中共宜宾市委党史研究室　宜宾市地方志办公室

宜宾历史文化研究丛书

赵树吉集校注

（清）赵树吉　著
祁青贵　校注

宜宾历史文化研究丛书

巴蜀书社

郗鄳山房詩存

邱晉成署檢

郗鄳山房詩存卷一

癸丑至丙辰　　宜賓　趙樹吉　沅青

游仙詩

瑤草瓊芝藻夏初玻瓈曉日朗蓬壺三年親授長生訣碧柰花中讀素書

笙歌吹度彩雲輕閬苑微聞玉珮聲花下忽逢青鳥使璇宮又詔許飛瓊

日月扶輪唱錦雞逼明殿裏綠章齊軒轅鸞鶴知何處三十三天曉霧迷

鳳凰扶輦下金微鎮日春游露未晞十萬飛龍揮汗雨棲鸞山外早朝歸

郗鄳山房诗存

郗鄳山房駢文二卷

駢文自序

樊南生甲集自敘曰四六之名六博格五四數六甲之取也未足矜蒙自童牙削牘郡縣即試爲律賦弱冠塵玷清祕兼司制誥㠯駢儷爲職因得流覽曩喆所箸往牒所錄上自鹵京下逮昭代凡諸作者體製略究時或襞績世謬献肎洎臺掖游竊將矢不佗卒亦未能沈休歲維涒灘月在橘壯㠀夷內訌遇遷閩閫蒙既達甯氏捍圉之訓又乖遼賢近關之義鍵戶埽軌儕輩斯診每庭柯夜風敗葉如語觳觫不寐灿騷逢旦束緼篝火輒復發篋檢料舊稾㠯摩朩夕芟蕪就簡合得茲體若干首迺手錄而存之夫元黃剖判文字似落體非一類言各有當要㠯造詣乎獨

郗邳山房骈文

郋鄎山房
文略弍卷

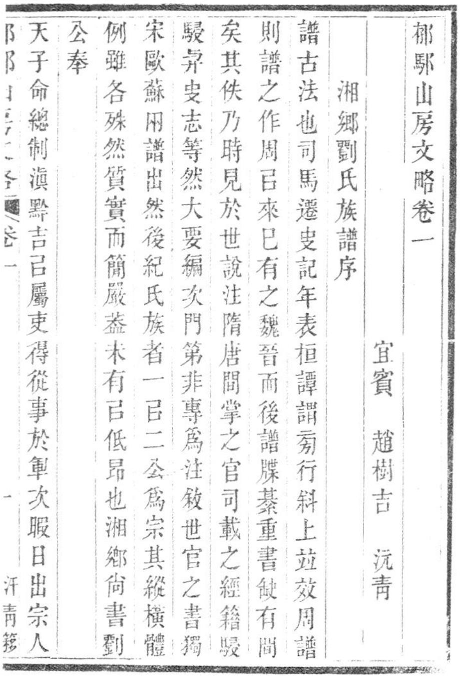

郁鄎山房文略卷一

湘鄉劉氏族譜序　　宜賓　趙樹吉　沅青

譜古法也司馬遷史記年表桓譚謂旁行斜上竝效周譜則譜之作周已來已有之魏晉而後譜牒綦重書缺有閒矣其佚乃時見於世說注隋唐閒掌之官司載之經籍騐异史志等然大要編次門第非專爲注敘世官之書獨宋歐蘇兩譜出然後紀氏族者一已二公爲宗其縱橫體例雖各殊然質實而簡嚴蓋未有已低昂也湘鄉尚書劉公奉

天子命總制滇黔吉已屬吏得從事於軍次暇日出宗人

郁鄎山房文略卷一　一　汗青簃

郁邘山房文略

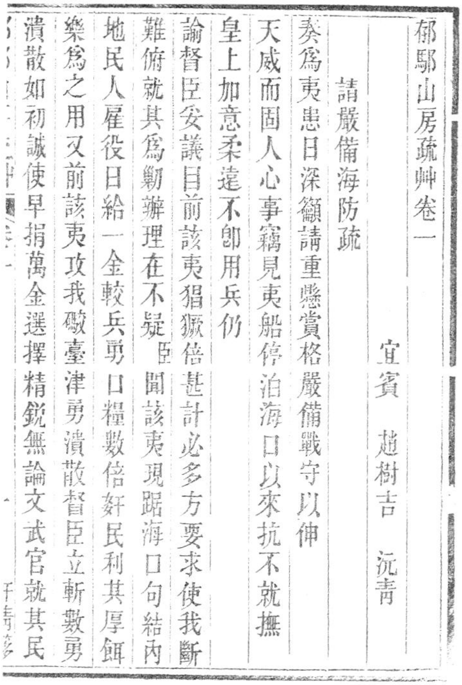

郁鄎山房疏艸卷一

請嚴備海防疏　　宜賓　趙樹吉　沅青

奏爲夷患日深籲請重懸賞格嚴備戰守以伸

天威而固人心事竊見夷船停泊海口以來抗不就撫

皇上加意柔遠不卽用兵仍

諭督臣妥議目前該夷猖獗倍甚計必多方要求使我斷難俯就其爲剿辦理在不疑臣　聞該夷現踞海口句結內地民人雇役日給一金較兵勇口糧數倍奸民利其厚餌樂爲之用又前該夷攻我礮臺津勇潰散督臣立斬數勇潰散如初誠使早捐萬金選擇精銳無論文武官就其民

郁鄎山房疏艸卷一　一　汗青簃

郁邘山房疏草

甕天瑣錄　　宜賓　趙樹吉　沅青

杜詩重碧拈春酒有讀重爲平聲者余按重碧輕紅自是以輕對重且公詩有嘉州酒重花繞樓此可證也

杜詩憶鄭南玭五律一首玭字下恐有脫字詩首聯云鄭南伏毒寺瀟灑到江心疑伏毒寺別有一名仇兆鼇曰吳若注玭疑作玼玉色鮮潔也此說近之觀次句知寺本臨水當是以玉比水之鮮潔因以名寺其曰石影銜珠閣泉聲帶玉琴映襯玼字尤屬顯然但不知玼字下脫何字耳後閱王漁洋先生隴蜀餘聞云郭宗昌華

甕天瑣錄　一　汗青簃

瓮天琐录

出版说明

宜宾，历史悠久，文化底蕴深厚，是国务院命名的国家历史文化名城。市境内“筠连人”的发现，表明最晚在大约四万年前就有人类生存。大约五六千年前，就有氏族部落聚居于宜宾这片广阔的地域。进入春秋战国时期，聚居此地的僰人就已迈进了文明社会的门槛，建立了高于氏族部落的、稳定的、独立的政治实体，史称“古僰国”，以“夷中最仁”闻名。秦灭巴蜀后，在此设立了最早的县级政区僰道。西汉高后六年（前 182）建城，至今已逾二千二百年。近年向家坝考古发掘表明，东汉时期，此地已有同整个巴蜀文明同步的文化。此后直至近代，宜宾始终保持与中原文化同步，积累了丰厚的文化遗存，在此基础上吸收先进文化，迈入了文化创新之路。

宜宾素有“西南半壁”之誉，自古就是兵家必争之地，不仅是川南的军事重镇，还是川南的政治中心和经济中心。境内有诸多历史遗存，如南方丝绸之路的五尺道、南夷道、石门道和茶马古道，抗元战争的登高山古城，曾省吾剿灭都掌蛮的九丝城，石达开转战川南的横江古镇，抗日战争中容纳了诸多内迁大学和研究机构的李庄古镇，等等。

宜宾自来物博，很早就以蒟酱、荔枝、苦笋、重碧酒、绿荔枝、杂粮酒、盐、茶闻名，加上有江河之利，成为商贸重镇，重要物资滇铜也由此入京。其商贸之繁，有“填不满的叙府”之称。

宜宾这片沃土孕育了许多名人大师和显宦，也吸引了诸多文人墨客，如程公许、黄庭坚、杜甫、尹伸、周洪谟、赵树吉、薛焕、傅增湘、唐君毅、阳翰笙等；还有李硕勋、赵一曼、刘华、孙炳文、郑佑之、余泽鸿等革命英烈彪炳史册。

宜宾悠久的历史和丰厚的文化，是非常宝贵的资源，应当转化为现实的物质财富与精神财富。为传承弘扬我市优秀历史文化，根据中共宜宾市委办公室、市人民政府办公室《关于传承发展中华优秀传统文化的实施意见》中加强宜宾历史文化的研究等要求，中共宜宾市委党史研究室（宜宾市地方志办公室）组织实施了《宜宾历史文化研究丛书》的编纂出版工作。

研究、整理、编纂出版此套丛书，将众多不被人知晓的珍贵资源，转化为可读、可视、可供传播的有形媒质，使社会各界和广大读者能够从中汲取智慧，相信这一工作可以为经济、社会发展战略决策提供历史借鉴和学术理论支撑，对提升宜宾文化软实力，争创四川省经济副中心产生积极作用。

我们也期待，有更多的研究者参与到宜宾历史文化的研究中来，并不断有更新、更深的研究成果面世。

本书是《宜宾历史文化研究丛书》的第一部，是清咸丰、同治年间著名直臣、廉吏、诗人、书法家，宜宾县（今宜宾市叙州区）进士赵树吉的著作集，收录其《郁郚山房诗存》（八卷）、《郁郚山房骈文》（两卷）、《郁郚山房文略》（两卷）、《郁郚山房疏草》（两卷）、《瓮天琐录》（一卷）五种。本书由本土文化研究者祁青贵先生进行点校注释，已故著名文史专家、宜宾市历史学会原副会长、宜宾市史志协会副会长李伯章先生审阅了全稿。

《宜宾历史文化研究丛书》编委会

2019 年 6 月

整理校注说明

赵树吉（1827—1880），字元卿，也作沅鹡、沅青，是清代四川宜宾赵场人，进士出身，在清代咸丰、同治年间曾为御史和云南迤西兵备道（其生平详见本书附录的传记资料）。赵氏为御史时以刚直敢言声震朝野，做道台以清廉恤民为人称道，作诗文则为一代巨擘，其留下的著作至今仍然具有很大的现实意义。

目前能收集到的赵树吉成套著作，是在他逝世后由其门人整理刊行的《郁郅山房诗存》八卷（光绪十年（1884）汗青簃刊本，以下简称《诗存》）、《郁郅山房骈文》二卷（光绪十年汗青簃刊本，简称《骈文》）、《郁郅山房文略》二卷（光绪十一年汗青簃刊本，简称《文略》）、《郁郅山房疏草》二卷（光绪十年汗青簃刊本，简称《疏草》）、《瓮天琐录》一卷（光绪八年汗青簃刊本，简称《琐录》），全部五种（统称“原书”，此校注本则称“本书”），再无其他刊本。

为适应当代读者，利于文献传播，兹将整套诗文集辑成一部，按《诗存》《骈文》《文略》《疏草》《琐录》的顺序，以简体横排形式，予以标点校注，定名为《赵树吉集校注》出版。

兹将本次整理有关情况说明如下。

一、底本

本书包括全部如前所述的五种集子，自光绪八年《瓮天琐录》由其门人首先整理刊发出版，至光绪十一年《文略》的最后出版，已近一百四十年未曾再版。故无他本可供比校，只能以它们为底本。其他散见于他书如《咏楼盍簪集》（含《沅鹊诗录》一卷）、《晚晴簃诗汇》、《清朝经世文续编》、《清道咸同光奏议》、光绪年修《叙州府志》等书中者，仅作参校。

二、点校注释

1. 标点。全书施加规范标点符号，不使用着重号、破折号、省略号、专名号。原书诗歌长标题均不加标点。

2. 文字。全书依照2013年《通用规范汉字表》，改繁体字为简化汉字。对原书大量使用的异体字（古今字、俗字也视为异体字），除个别可能因改动引致歧义的或未曾简化的外，均不予保留，改为正体简化字。对避讳字，除涉及清代人物地名的外，一般予以回改。原书间有明显误书误刻的错字，或依当时习惯，将“已”刻成“巳”等，径改，不出校记。其他错字，如“徐荣”误作“徐鏷”等，则将错字置于圆括号内，正字置于方括号内，并在校注中说明。

3. 原书自注。原书正文自注采用小字双行夹注，今改为小字单行排印。

4. 注释。着重解释人物典故和生僻字词。本书《诗存》《骈文》《瓮天琐录》部分，注释较详，这是考虑到尽量减少读者阅读难度，尽量免除翻检之苦。尤其是《骈文》，其行文往往以典喻事，非明其典则不解其意，故注释稍详。其他如《文略》《疏草》部分，因其文易读，则注释稍简。所有注释尽量不重复，如需参阅前注，分别于注释中指示。唯部分诗文涉及的帝王纪年，因频繁出现，考虑到不便翻检，而又与其人其事关联密切，则予重复注出。《诗存》原书中有的诗为唱和之作，有的为集会时分韵作诗，但均只载赵诗，为有利于全面理解赵诗，特将收集到的他人原诗或他人分韵所作，作为注释录于赵诗尾注中。唯此类诗本系提供参考，故不再作注释，以免冗杂。

三、增补和调整

1. 本次校注，收集到一些与赵树吉及其诗文相关的资料（包括散见于各书的赵树吉友僚诗文），甄别和研究这些资料，是古籍整理的重要工作之一。本书补入了一些资料，如人物事迹、事件背景等，作为注释引入该文尾注中。收集的赵树吉同僚亲友诗文，除与原诗文十分紧密者录于该文注释中外，其他都收入《附录》中，一般也不作注释。本书《瓮天琐录》属于赵树吉读书笔记，多系对《诗经》的不同见解，原书无小标题，校注者为每则笔记添加了小标题。并且，考虑到读者手边未必有《诗经》与所涉诗文参照，特将该文所涉诗也录于注释中。此外，《王氏祠堂义田记》之条例，本赵树吉所撰，故置于该正文后。

2. 原书空格，分两种方式处理：表示尊崇的提格（行），以及由此产生的空行空格，按现行格式，随同取消；原书《疏草》中，弹章所劾对象，成书时有意仅书其姓，名则留空。为保存著书者用心之良苦，不予补齐，用方框符号“□”表示；但为避免读者不知所指，在注释中引录相关资料，以明所指。

3. 原《郁郅山房诗存》八卷前有朱鉴成生前所作序，光绪六年赵树吉逝世后，其诗文由“屏山聂培新暨门人樊宗源梓以行世”，此序文仍置于由邱晋成署检的《郁郅山房诗存》八卷之首。朱序中不仅言诗，也写赵树吉的性格，且谈及赵树吉为谏官的抱负。今次整理，将此文调整附录中，与赵增瑀《赵沅鹬先生事略》、陈代卿《书赵给谏元卿赠序后》并列，便于读者全面了解赵树吉人品诗品，也为与全书体例（正文中只收赵树吉所著）相符。

4. 原书于每卷卷号下署有“宜宾赵树吉沅青”，均予删去。《诗存》卷号下标有该卷起止干支纪年，本书增加帝王年号纪年和公元纪年于其后。

古籍整理良非易事，本书疏漏在所难免，尚祈读者指正。

《赵树吉集校注》编辑部

2019 年 6 月

目　录

郁邬山房诗存

郁郘山房诗存·卷一

癸丑至丙辰　咸丰三年（1853）至咸丰六年（1856）

游仙诗

瑶草琼芝藻夏初，玻璃晓日朗蓬壶[①]。三年亲授长生诀，碧柰花[②]中读素书[③]。

笙歌吹度彩云轻，阆苑微闻玉佩声。花下忽逢青鸟使[④]，璇宫又诏许飞琼[⑤]。

日月扶轮唱锦鸡，通明殿[⑥]里绿章[⑦]齐。轩辕鸾鹤知何处，三十三天[⑧]晓雾迷。

凤凰扶辇下金微[⑨]，镇日春游露未晞。十万飞龙挥汗雨，栖鸾山外早朝归。

麻姑掷米[⑩]少年心，零落羊珠何处寻。闻道群真闲不得，丹台日日炼黄金。

金母[11]筵开翠水间，穆王[12]乘骏领仙班。日长小作神丛博[13]，输却当年白玉环。

柏子香熏玳瑁亭，琪花露滴水晶屏。上清册府[14]图书满，不是人间瘗鹤铭[15]。

东方游戏醉霞觞，橘叟[16]敲棋岁月忘。上界清平齐献颂，不知人世有沧桑。

① 蓬壶：蓬莱仙山，形状如壶，故称。

② 碧柰花：柰，苹果的一种，蓬莱仙山有仙果名“碧柰”，其花甚香（一说为茉莉花）。魏晋时杨羲《九华安妃见降口授作诗》：“俯漱云瓶津，仰掇碧柰花。”

③ 素书：道书，传为秦末黄石公作，因其写于白（素）绢上，故称素书。

④ 青鸟使：传递书信的使者。《山海经》说：西王母有三青鸟为其取食、报信。

⑤ 许飞琼：西王母侍女。

⑥ 通明殿：玉帝居所。

⑦ 绿章：也称“青词”，旧时道士祭天时所写的奏章表文，用朱笔写在青藤纸上，故名。

⑧ 三十三天：天界名，道教术语，以大罗天最高，其下有三十三重天。

⑨ 金微：西方山名，今称阿尔泰山。

⑩ 麻姑掷米：喻下笔皆珠玉，如麻姑掷米成珠。出自葛洪《神仙传》：“（麻姑）即求少许米，得米便撒之掷地，视其米，皆成真珠矣。”麻姑，道教神仙，也称寿仙娘娘。

⑪ 金母：即西王母。

⑫ 穆王：穆天子。曾西行到西王母处。

⑬ 神丛博：本指立于树茂密处之神祠，为神灵所依。博，博弈。这是借恒思少年与神丛博弈的故事，这种博弈类似今日掷骰子的游戏。事见《战国策·秦策三》：“应侯谓昭王曰：亦闻恒思有神丛与？恒思有悍少年，请与丛

博。曰：吾胜丛，丛籍我神三日；不胜丛，丛困我。乃左手为丛投，右手自为投，胜丛，丛籍其神。三日，丛往求之，遂弗归。五日而丛枯，七日而丛亡。”

⑭ 上清册府：天宫图书库。册府，帝王藏书之所。

⑮ 瘗（yì）鹤铭：刻于南朝梁天监十三年（514），原刻在江苏镇江焦山西麓断崖石上，遭雷击断为五节落入长江，捞起拚接后，又数次断落江中。清代康熙年间，又将这五块残石捞出，于乾隆二十二年（1757）嵌于焦山定慧寺壁间。铭文是为哀悼家鹤所作，署名“华阳真逸撰，上皇山樵正书”。今据数次打捞，凑出计一百六十字。历代称其书法为神品，黄庭坚称“大字无过瘗鹤铭”；明王世贞评曰“此铭古拙奇峭，雄伟飞逸，固书家之雄”。瘗，掩埋、埋葬。

⑯ 橘叟：唐代牛僧孺《玄怪录》：巴邛人橘园中，霜后两橘大如三斗盎。剖开，每橘有二老叟相对象戏，谈笑自若。

七月二十一日乾清门侍班

香案初陪①侍从班，九霄秋朗近天颜。黄麻②诏奉螭头上，翠羽行分豹尾③间。黼扆④屡临知主圣，玉珂⑤迟散为时艰。词臣不用平戎策，愿拟铙歌⑥待凯还。

① 初陪：赵树吉道光庚戌年（道光三十年，1850）中进士后即接父亲六月初一去世消息，乃“奉讳归里”，依制丁忧三年，服阕后回京作翰林，方首次侍班，此时已是咸丰三年（1853）七月，故曰“初陪”。

② 黄麻：古代诏书用黄麻纸。后借指诏书。杜甫《赠翰林张四学士垍》诗：“紫诰仍兼绾，黄麻似六经。”杨伦笺注引《唐会要》：“开元三年，始用黄麻纸写诏。”

③ 螭头、豹尾：前者多用于宫殿建筑装饰，后者常用于天子仪仗装饰。

④ 黼扆（fǔ yǐ）：绣有斧形纹路的屏风。黼，黑白相交的纹饰，后专指代表帝王之尊的斧形纹饰。扆，宫殿内门和窗之间的地方，或专指中间的大屏风。

⑤ 玉珂：本指马络头上的玉质装饰物，此处借指朝臣所乘之马。因时事纷乱，往往推迟散朝。

⑥ 铙歌（náo gē）：军乐。李白《鼓吹入朝曲》：“铙歌列骑吹，飒沓引公卿。”

邯郸行

客从中州来，云过邯郸路。邯郸百里无居民，曾是年来征战处。天寒日暮行人少，白骨蓬蓬委荒草。饥乌啄肉绕地啼，肉尽还将及肝脑。腥风夕起吹人衣，道旁破屋鸣狐狸。心摇发竖不得卧，坐看青磷无数飞。

兀坐①

书帷人散后，兀坐思无端。炉火明知夕，瓶花冻觉寒。烽烟惊远道，升斗②恋微官。愁绝团圞③月，他乡独自看。

① 兀坐：独自端坐。戴叔伦《晖上人独坐亭》：“萧条心境外，兀坐独参禅。”

② 升斗：指代禄米，此言俸、禄都微薄。清代京官正收入包括俸银和禄米两部分。

③ 团圞（tuán luán）：指圆月。谢灵运《登永嘉绿嶂山》诗："澹潋结寒姿，团栾润霜质。"

十二月二十九日大雪夜宿申夫[①]寓斋即事有作

岁暮腊景短，孤怀苦岑寂[②]。驱车城南隅，衣上雪如织。故人招入户，剪灯话清夕。虚室生奇寒，气与羊裘敌。地炉松火灺[③]，坐久齿相击。朔风咽城柝[④]，深巷群动息。剥啄谁叩门，忽有不速客。搴帷喜熨眼，琼瑶照颜色。寒灰拨重热，茗碗谈笑剧。怡然歌一曲，曲尽人脉脉。开门雪已深，天地混茫白。

① 申夫：李榕（1819—1889），原名甲先，字申夫，也作申甫、申凫，后改名榕，字六容，也作鹿容，号六容居士，四川剑州（今剑阁县）人。咸丰二年（1852）壬子科进士。初任礼部主事。后曾入曾国藩幕。官至湖北按察使、湖南布政使，同治八年（1869）罢归，以书院讲席终。李榕与赵树吉为挚友。后人集其遗著成《十三峰书屋全集》。

② 岑寂（cén jì）：高而静；清冷。

③ 灺（xiè）：残烛或灯芯余烬，常指灯烛熄灭。此指炉已熄火。

④ 柝：打更的梆子。

正月二十四日送范云吉比部[①]泰亨李申夫仪部[②]甲先两同年归蜀

燕台旧雨太寥寥，又向离亭折柳条。宦迹已同鸿爪幻，归心渐逐马蹄遥。天临榆次山俱险，春入桑干[③]雪未消。况是幽并烽火接，花前分手倍无聊[④]。

① 范云吉比部：名泰亨（1818—1864），字右民，一字云吉，叙州府隆昌县人，为当时著名的"隆昌三范"之一（另为其兄范泰衡、其兄子范运鹏）。原为刑部员外郎，后于咸丰十一年（1861）四月丁忧回籍。同治二年（1863）七月入曾国藩幕，十二月简授吉安知府，未及接奉任命即病故，赠太仆寺卿。著有《谷海集》。比部，清代对刑部司官的习称。范云吉做过刑部员外郎，故称其比部。详见本书《文略》卷二《刑部员外郎江西吉安知府范君墓志铭》。

② 仪部：清代对礼部官员的习称。

③ 桑干（sāng gān）：古县名，今废。亦河名，在永定河上游。

④ 倍无聊：是说遭逢乱世，心绪万端，分手之际竟更加无奈。

赠司马绣谷[①]通守名钟

黄金散尽著羊裘，人海浮沉六十秋。得俸便谋千日饮，养花为遣一春愁。破囊堆砚游燕市，瘦马驮诗入霸州[②]。何必酒泉移典郡，头衔合署醉乡侯[3]。

清贫犹似布衣时，剩有通神笔一枝。世上已无韩干马，画中疑是辋川诗[4]。竹床茶灶身将隐，白鹤青琴[5]世岂知。傥入商山问园绮，扶云愿共采灵芝[6]。君有采芝园小照。

① 司马绣谷：名钟（1792—1857），字子英，号绣谷，江苏上元（今南京）人。以捐纳得官，至直隶河工州判。后弃官。本书常称其“通守”，这是清代对州府管理漕运、农田水利、诉讼等事项官员的习称。司马钟生前即以书画名，擅长写意花卉及鸟兽。

② 霸州：绣谷居官州判所在，今河北省霸州市。

③ 醉乡侯：此句言无须去做“酒泉”太守，头衔也应加上“醉乡侯”。

④ 韩干马、辋川诗：唐韩干善画马，司马绣谷也善写生；王维《辋川集》写辋川山水二十首。

⑤ 白鹤青琴：言舞白鹤，弄青琴，尽隐者之乐。

⑥ 采灵芝：秦末，有四皓（四个皓首老人，均年逾八十）隐于商山，作《紫芝歌》明志，中有“驷马高盖，其忧甚大，富贵之累，人不如贫”。汉初刘邦欲请出山相助，不出。事见《史记·留侯世家》。“园绮”即四皓中的“东园公”唐秉和“绮里季”吴实。

华阳师相[1]命和庚戌总校礼闱次明王衷白先生聚奎堂原韵

风味堂[2]前淑气深，奎垣星自上台临。一朝贡举归元老，两世文衡[3]重艺林。帘幕茶香春昼永，砚池花落漏声沉。醉翁门下多佳士，愧我传衣负素心。是科公子鹤溪前辈同拜分校之命。

① 华阳师相：卓秉恬（1782—1855），字静远，四川华阳（今成都华阳）人，清嘉庆七年（1802）进士。官至兵部尚书、户部尚书、吏部尚书、协办大学士、文渊阁大学士、武英殿大学士，赠太子太保，谥文端。卓秉恬是道光三十年（1850）庚戌科正总裁，故赵称其“师相”。本诗末自注“是科公子鹤溪前辈同拜分校之命”，实际上正因卓秉恬为该科正考官，卓鹤溪遵命回避，未入闱。卓鹤溪详后诗注。

② 凤咮（zhòu）堂：苏东坡在杭州居所，因其《催试官考较戏作》一诗有句“凤咮堂前野枯香，剑潭桥畔秋荷老”而成阅卷官居处的代称。咮，鸟嘴。

③ 两世文衡：卓秉恬与卓鹤溪父子同为庚戌科考官，因科考以文为“衡”取士，故以“文衡”称之。

月夜归自徐雨岑农部[①]寓斋

访友贪清话，归来已二更。市遥灯在地，霜冷月窥城。人语千门闭，边声一柝鸣。开轩童仆睡，炉火夜深明。

① 徐雨岑农部：此人未得其详。农部，清习称户部官员为“农部”。

感事

秋尽鱼邱[①]画角哀，孤城[②]未下早寒来。霜高铁胫登陴卧，风急飞车按部回。幕客闲调追电马，将军空筑受降台[③]。夜深谁唱关山月，年少征人泪满腮。

莽莽秦淮水乱流，江南浩劫[4]几时休。尚方罢进盘雕锦，津吏谁催转漕舟。十里板桥烽火黯，六朝金粉战云愁。专征幸有长城在，已报旌旗近石头[5]。

慷慨元戎白霤王[6]，帐前子弟半青羌。风驰录耳[7]千蹄乱，云护储胥七萃强[8]。残孽早闻鱼入釜，合围[9]又见雁飞霜。北来露布[10]无消息，独上金台望阜昌[11]。

招凉别苑枕湖波，曾是君王游幸多。红藕花深闻滴漏，绿槐阴转散鸣珂。六龙归后[12]多鼙鼓，万户秋深锁薜萝[13]。独使羽书[14]劳睿算[15]，昆明何日翠华过。

铜马[16]荆湘数驿骚[17]，应知乱后有蓬蒿。霜寒橘柚人烟少，潮落菰蒲[18]战垒高。劫火万家闻鬼哭，秋风几日起鸿嗷。创痍欲复原非易，端赖循良抚字[19]劳。

财赋名区尚控弦[20]，司农仰屋[21]已频年。黄金白璧知何用，翡翠明珠空自妍。鸦翅别翻中统钞[22]，龙文难辨上林钱。度支无计舒宵旰，羞读长沙七福篇[23]。

长安自昔擅繁华，人海茫茫动地哗。绣陌香尘朝万骑，广筵华烛夜千家。金貂散去黄骢[24]少，弦索凄凉翠袖斜。欲问开元全盛日，樱桃不似旧时花。

鱼龙跋浪大江东，吴楚青苍咫尺通。列炬曾消千丈锁，扁舟惯趁一帆风。纸鸢突阵书难寄，铜虎征兵籍已空。太息芜湖天险地，扼吭谁解建奇功。

甘泉[25]入粟诏书颁，海内争弹贡禹冠[26]。岂有金钱归内府，常闻翠羽赐闲官。时危未觉簪裾贵，身贱犹思雨露宽。衣马五陵尽年少[27]，春风捧檄[28]出长安。

① 鱼邱：在山东高唐，咸丰四年（1854）初夏到咸丰五年春，清军与太平军李开芳部在此激战十个月。战争初期，高唐知州魏文瀚在隹邱驿投井

自杀。

② 孤城：指高唐，清军久围不下。

③ 空筑受降台：讽清军统帅胜保久攻高唐不克被革职逮京。

④ 江南浩劫：太平军于咸丰三年攻占金陵并定都，与清军争夺不休，江南陷入无休止的战乱。

⑤ 旌旗近石头：金陵被占后，清廷派钦差向荣在城东立江南大营。石头，即石头城南京。

⑥ 白霫（xí）王：指僧格林沁，蒙古人，因战功被封博德勒噶台亲王。咸丰五年六月，于山东冯官屯筑堤，水灌李开芳军，迫其投降，太平军北伐遂告失败。盖下文所谓“残敌早闻鱼入釜”。白霫，我国北方少数民族，游牧于今蒙古国图拉河一带。《唐书·回鹘传》称其“居鲜卑故地”，实则均指蒙古高原。因僧格林沁为蒙古人，故称之。

⑦ 录耳：名马名。

⑧ 云护储胥七萃强：言护卫京畿重地皆精锐之师。储胥，本指藩篱，因其亦曾是汉宫馆名，遂用以泛指皇宫。七萃，周天子设七萃以为拱卫，故以称禁军或精锐之师。

⑨ 合围：清军围困天京的江南、江北两大营。

⑩ 露布：报捷文书。

⑪ 阜昌：昌盛。

⑫ 六龙归后：道光归天之年，太平天国起事，从此清王朝陷于内外战乱。

⑬ 薜萝：薜荔和女萝，攀墙植物。

⑭ 羽书：羽檄，用以传递紧急军情。

⑮ 睿算：圣明的决策。

⑯ 铜马：本指新莽末年之铜马军，借指太平军。

⑰ 驿骚：指频繁战争引起的骚乱。驿，通“绎”，扰动；骚，骚乱。

⑱ 菰蒲：两种亲水植物。因湖泊多菰蒲，遂借之指湖泊。

⑲ 抚字：安抚体恤百姓。如陆游有句：“虽诚心未格于丰穰，然拙政每存于抚字。”

⑳ 控弦：拉弓控弦，指代士兵。言处战乱之中。

㉑ 司农仰屋：管钱粮的官员司农只能在床上望梁兴叹，无计可施。

㉒ 中统钞：元代纸钞“中统元宝交钞”。下文“上林钱”即“五铢钱”。

㉓ 长沙七福篇：贾谊向汉文帝所上禁铸私钱的《谏铸钱疏》，因其中历数对国家的七大好处，即“七福”，故名。贾谊曾被贬为长沙王太傅，后世称贾长沙。

㉔ 黄骢：黄骢少年，少年勇士。《周书·裴果传》：“果从军征讨，乘黄骢马，衣青袍，每先登陷阵，时人号为‘黄骢年少’。”

㉕ 甘泉：汉粮仓名甘泉。《通典·食货十一》：“入粟甘泉，不复告缗。”

㉖ 贡禹冠：典出《汉书·王吉传》：吉与贡禹为友，世称“王阳在位，贡禹弹冠”。

㉗五陵尽年少：指纨绔子弟。五陵，西汉高祖、惠帝、景帝、武帝、昭帝的陵墓，都在咸阳附近，四方富豪及外戚聚居于此。

㉘ 捧檄：典出《后汉书·刘平等传序》东汉孝子毛义捧檄的故事。毛义家贫，侍母至孝。朝廷得知，传檄文为守令，为了讨母亲欢喜，毛义喜孜孜地迎接檄文。不久其母病逝，毛义即将原檄捧还，为母守制。这里讽五陵年少春风得意，捧着任命书出去做官。

祈雪

河朔地千里，土宜异吴越。农以麦为秋，丰歉关腊雪。年年见三白，麦秀遗蝗没。今年冬独暖，天秘琼瑶屑。温风吹残腊，气作春云热。麦苗牧牛羊，新颖尚未茁。老农辍耒叹，泪注饥肠窄。圣皇嗣宝祚，民依轸念切。惧酿来岁灾，祷祠虔练日[①]。别设内道场，中旨诏罗什。焚香礼楞伽[②]，梵呗[③]绛霄[④]彻。天高听自下，丹忱应上达。朝来望云物，晴昊仍空阔。自从铜马警，三年事征伐。鼙鼓满天地，江河日流血。哀黎半离散，远近心尪毙[⑤]。津淀畿辅区，至今扰遗孽。长安米如珠，路有未收骨。几人得耕种，生理抑毫末。天若复屯膏[⑥]，何以慰饥渴。岂怜战士苦，卒岁寒无褐。竟使泽愆期，造化恐不出。世路方艰虞，毋乃和气郁。犹忆春夏交，无雨累数月。宿麦埋黄埃，寥天惰龙蛰。帝曰咨士师[⑦]，惟尔囚是察。圜扉毳菼中[⑧]，虑有疑枉谳。入声。毋令悲覆盆，予将更斋祓[⑨]。三坛举祀事，躬亲晋芬苾。升降礼初备，和风生拂拂。丰隆震天鼓，电影金蛇掣。高空走群龙，势若倒溟渤。侍臣冠服湿，朱旗莽喷泼。登高望原隰，新绿千畦活。盈廷额手贺，欢声出蓬荜。以兹悟天道，所重恤刑罚。国家严法令，本欲锄奸猾。迩来[⑩]捕间谍，雉兔谁能别。安知牍背词，不由狱吏黠。凄凉一路哭，肝脑膏椹质。召沴[⑪]宁无由，今昔理则一。帝心终仁爱，天子亦圣哲。愿告执法吏，勿更多诛杀。人力能回天，春雪犹可必。作诗意苍茫，独立望天阙。

① 祷祠虔练日：虔诚地挑选祈福的日子。祷祠，国家有难，祈神求福。练日，择日。“练”通“拣”。

② 楞伽（léng qié）：此指楞伽经。

③ 梵呗（bài）：诵经之声。

④ 绛霄：天空极高处。南朝梁元帝《玄览赋》：“郁如蓬莱之临沧海，憬如昆仑之出绛霄。”

⑤ 卼臲（wù niè）：惶惶不安。亦作臲卼。

⑥ 屯膏（zhūn gāo）：恩泽不施于下。此言天不肯雨。《易·屯》：“九五，屯其膏。”屯，吝啬。膏，恩泽。

⑦ 士师：本指《周礼》秋官司寇之属官，分掌禁令、狱讼、刑罚、捕盗之事。后以通称司法官员。

⑧ 圜扉毳（cuì）菼（tǎn）中：狱中已被法官定罪的囚犯中。圜扉，狱门，借指监狱。毳菼，其色青如荻的“毳衣”，即《诗经·王风·大车》之“毳衣如菼”，即大夫之服，古代大夫巡行决讼所穿，细兽毛所制，指代法官。

毳，鸟兽的细毛；荚，古指荻。

⑨ 斋祓：斋戒沐浴，祓除秽恶。祓，fú，消灾祈福的之祭。

⑩ 迩来：近来。

⑪ 沴（lì）：本指水流遇阻不畅，引申为相悖、矛盾。这句是说凡召致冤案，必有值得深究之处。

春日卓鹤溪[①]前辈邀同淡海山[②]太守树琪游巨苐庄

出郭马蹄轻，春游及早晴。晓山明见塔，村树远疑城。野蔌青堪啜，荒原绿未耕。梨花吹急雨，天为洗诗情。

① 卓鹤溪：名枟（1813—1857），字云木，号鹤溪。卓秉恬次子。道光十九年（1839）举人，道光二十年联捷成进士，官至礼部侍郎、兵部侍郎、吏部侍郎。道光三十年庚戌科会试，卓枟与其父卓秉恬同为考官，因回避，未入帘。

② 淡海山：名树琪（？—1856），字海山，四川广安人。咸丰六年（1856），以知府候补云南。咸丰六年六月二十六日战死于云南碧鸡关附近彩凤山，死时距其到滇仅七十余天。事见《清史稿·列传二百七十七·忠义四》。

奉陪华阳师相游城南颐园

负郭名园属阿谁，野风开遍海棠枝。亭轩高下妙无次，水木清华如有诗。盛世公卿饶卜筑，平泉宾从足盘嬉[①]。故乡梅柳花潭路，丞相[2]忧时恐未宜。

① 盘嬉：盘桓游乐。梅圣俞《赋秋鸿送刘衡州》诗即有："烟波千万里，足以资盘嬉。"

② 丞相：敬称"华阳师相"卓秉恬，清代未设丞相，大学士得以称"相"。

夏日书斋杂咏

折得荷花供胆瓶，更无热客户常扃[1]。自研一笏隃麋墨[2]，玉版金笺[3]写道经。

倦来随意读南华，淡荡烟痕护碧纱。梦醒日长愁内热，雕盘新试草桥瓜。

殷殷轻雷夕照收，晚来帘幕欲生秋。不知何处龙行雨，一片凉云似水流。

① 扃（jiōng）：关门。

② 隃麋墨：汉代名墨，隃麋（今陕西汧阳）所产。

③ 玉版金笺：洒金玉版纸笺。玉版纸是古代名笺纸，白如玉，吸水好。金笺，洒金笺。

题司马绣谷通守采芝图小照

绣谷老人清且癯[1]，能摹花鸟兼虫鱼。醉来竹石又横绝，挥毫落墨惊痴奴。长安豪贵争润笔，寸缣尺素皆隋珠[②]。南田[③]已与石谷[④]死，如此画手时世无。少年浪迹逾江湖，白衣长揖将军初。灌夫籍福皆弟畜[⑤]，一官游戏如鸥凫。黄金散尽黑貂敝，长康[⑥]卖画还轩渠。华堂官烛红氍毹[⑦]，凤笙龙笛[⑧]歌吴歈[⑨]。酒波和月泻胸次，当筵醉影花枝扶。此时磊落忘头白，老去而今贫似客。看花暗洒忧时泪，白下无家归不得。惟有丹青晚更神，野鹤孤松见高格。绿槐吹雨帝城寒，携图示我心茫然。人生弹指梦万变，安得相邀采药峨眉巅。

① 癯（qú）：消瘦。

② 隋珠：隋侯珠，古代名珠。传春秋时隋侯出行见断蛇而救之，蛇感恩衔明珠相报。

③ 南田：恽南田（1633—1690），即恽格，本字寿平，号南田，后改以“寿平”为名，改字正叔。清初著名书画家，被尊为常州画派的开山祖师。与王时敏、王鉴、王翚（huī）、王原祁、吴历合称为“清六家”。

④ 石谷：王翚（1632—1717），字石谷，号耕烟散人、乌目山人、清晖主人等。江苏常熟人。被称为清初画圣，是清初“四王”中技法比较全面，成就比较突出的一位。作《康熙南巡图卷》十二卷。

⑤ 灌夫籍福皆弟畜：灌夫、籍福都曾被季布之弟季心像兄弟一样对待。二人最终结局迥异，在窦婴、田蚡之争中，灌夫鲁莽不知时变，终罹灭族之祸；籍福精于世事，则为人称道。详见《史记·魏其武安侯列传》。此处“畜”作收容、收养解。

⑥ 长康：顾恺之字。顾恺之（348—409），东晋人，六朝四大家之一，作《女史箴图》等。

⑦ 氍毹（qú shū）：毛织的地毯，旧时演戏多用以铺台，故常用“氍毹”或“红氍毹”代称舞台。

⑧ 笛：原书用古字“篴”，下文多处同，今改用“笛”。

⑨歈（yú）：《康熙字典》：“吴歌亦曰歈。”《庾信·哀江南赋》：“吴歈越吟，荆艳楚舞。”

河决行六月河决兰阳[①]

昆仑浊浪浮月窟，西入中原势奔突。长堤截断青虹霓，一夜东流尽南折。大鱼扬波老蛟舞，嵩高旷望无干土。男呻女吟满道傍，宝珪白马沉何补。飞章六月来甘泉，愁云欻[②]起彤墀间。国家筑堤捍民患，水衡[③]岂惜颁金钱。东南戎马况未已，河滨郡县成创痏[④]。淇园菉竹摧为薪，忍听临流歌瓠子[⑤]。近闻有诏赈灾黎，乘檋使者星夜驰。淖糜[⑥]虽足供一饱，田庐漂泊将安归。我欲披诚告河伯，贝阙幽深呼不得。世间浩劫何时休，泪洒秋风暮天黑。

① 兰阳：今兰考境。咸丰五年（1855）六月河南兰阳河决。

② 欻（xū）：忽然、迅速。

③ 水衡：古官名。掌皇家苑林，兼管税收、铸钱。后主管水利的官也叫水衡。

④ 痏：此读 wěi，创伤。

⑤ 淇园菉（lù）竹、歌瓠（hù）子：淇园菉竹，淇园位于河南省淇县北部淇奥（淇河弯曲处），据传是西周晚期卫武公（前 812—前 757）所建。菉，菉竹，荩草的别名。《草木疏》称："有草似竹，高五六尺，淇水侧人谓之菉竹也。"因"菉""绿"古通，故也作"绿竹"，如《诗经・卫风・淇奥》"绿竹猗猗"。歌瓠子，汉武帝所作歌。汉元封二年（前 109），汉武帝刘彻登泰山封禅后，命汲仁、郭昌率十几万人堵瓠子河决口。刘彻临祭，并下令伐淇园之竹，制楗堵塞决口，终获成功。刘彻现场作《瓠子歌》，记述此次指挥救灾，其中也为伐淇竹治水解释："薪不属兮卫人罪，烧萧条兮噫乎何以御水。颓林竹兮楗石菑，宣防塞兮万福来。"

⑥ 淖糜：烂糊粥，常以赈济灾民糊口。

奚铁生[1]为王渭符画黄叶村居图其孙子行属题

黄叶堆门村路微，画中犹认旧柴扉。只应素羽孤山鹤，曾识当时老布衣。

堤柳年来化作烟，青山不似永康前[2]。西风残照萧萧影，谁放江南鸭嘴船。

① 奚铁生：名冈（1746—1803），原名钢，字纯章，号铁生，别号鹤渚生、蒙泉外史，浙江钱塘（今杭州）人。乾隆、嘉庆年间著名篆刻家、书画家，其篆刻为“西泠八家”之一。

② 永康前：八王之乱前。始于西晋永康元年（300）的八王之乱，断续十六年，导致西晋亡国及三百年动乱，士民纷纷南渡。

冬夜独坐

自我来长安，独宦少生趣。年年空索米，苦忆乡园味。天寒新篘[1]熟，闭门少人事。地炉围小火，笑语忘竟醉。卧闻老梅花，香雪浸肝胃。蹉跎负林壑，四载有余思。北风号万窍，虚室丛水气。宵深怯衾枕，孤灯照无睡。故乡在何许，万里云叆叇[2]。途长梦难到，岁晚书莫寄。安得遂躬耕，春酒拜天赐。

① 新篘（chōu）：新酒。篘，指酒，如苏轼《溪堂读书》有句：“近日秋雨足，公余试新篘。”

② 叆叇（ài fèi）：浓云密布的样子。《木华·海赋》：“气似天霄，叆叇云布。”叆，浓云。叇，《康熙字典》引《玉篇》：“云貌。”

送祜熙①侄还听斋②兄陕州官署

天涯薄宦少良朋，赖汝消磨永夜灯。一第慁③人犹寂寞，九秋驱马独凌兢。风鸣紫陌鸦如叶，霜落黄河水有棱。到日亲知如问讯，闭门枯坐似孤僧。

① 祜熙：赵祜熙，道光二年（1822）闰三月生，长赵树吉五岁，字尔周，一字文庵，赵树勋之子。附贡生，河南候补知县，历署荥阳、孟津、洛阳知县，加同知衔。约同治九年（1870）十月卒。

② 听斋：赵树桐，嘉庆九年（1804）三月生，字琴初，一字听斋，赵树吉堂兄。道光辛卯举人，历署河南卢氏、灵宝、修武等县，补浚县知县，署淅川同知。因助守汴梁有功，升直隶州知州，旋署陕西知州，援例候选道。同治元年六月卒。

③ 慁（hùn）：杂乱、混杂。此句言屋里人虽多、杂，仍感寂寞。

送镇江张芸簃秀才祖芬由豫归省

烽火满淮上，君归何处居。云山念慈母，风雪入南徐。子舍孤村外，人烟百战余。沧桑无限事，头白话门闾。

芦沟一片月，送尔渡黄河。日下[①]故人少，梁园宾客[②]多。莼鲈[③]恐零落，戎马莫蹉跎。还问征南将，何时唱凯歌。

① 日下：指天子足下，京师。

② 梁园宾客：梁孝王喜纳士，所以梁国名士众多，宾客如云。梁园，汉建，在睢阳（今商丘）。

③ 莼鲈：莼菜鲈鱼，典出张季鹰官居洛阳，秋风起时思念吴中家乡莼菜羹、鲈鱼脍，遂毅然归乡。

喜雪

梦里如闻饼饵香，起看城郭白茫茫。不知瑞色来何处，已觉丰年入帝乡。碧毯春肥郊甸麦，翠华夜宿醮坛霜。乱余尺泽原非偶，五版凭谁答贺章[①]。

① 贺章：向皇帝上的贺喜表章。

送司马晴江从军江南绣谷通守犹子[①]也

大江向东流，浩荡送日月。江南数千里，岁晚犹战伐。前年赤眉[②]乱，诸将纷秉钺。相持等鹬蚌，万灶烟萧瑟。一闻庚癸呼[③]，三军惨不发。至今劳庙算，且复虑饥渴。水衡縻既尽，民贫忍鞭挞。东吴本名区，财赋兹焉出。帆樯鸦尾衔，租税贡京阙。三年陷盗薮，转饷穷铚秸[④]。萑苻[⑤]不速靖，供亿[⑥]何时毕。君今谒征南，年少气英拔。仗剑辞长安，快马踏残雪。男儿事功名，安能惜离别。饮君一尊酒，往为诸将说。上言圣主忧，下言帑藏竭。兵法贵奇速，及此励士卒。孤城背水军，一炬横江铁。立功报恩宠，庶用安杌陧[7]。长歌从军行，努力佐筹笔。

① 犹子：即侄儿，因视之犹如亲子，故称犹子。

② 赤眉：本指新莽时以樊崇为首起事的农民军，因以赤色涂眉，故称"赤眉军"。此处则指咸丰三年（1853）兴起的捻军。

③ 庚癸呼：呼"庚癸"以求军粮。典出《左传·哀公十三年》："（公孙有山氏）对曰：'粱则无矣，粗则有之。'"若登首山以呼曰："庚癸乎！"则诺。此言军无粮难发。

④ 铚（zhì）：古代一种短镰刀。镰刀，代指割下的禾穗。秸：秸秆，禾秆。《尚书·禹贡》："二百里纳铚，三百里纳秸服。"

⑤ 萑（huán）苻：春秋时郑国沼泽名，因那里密生芦苇，盗贼出没。因以代指盗贼或贼之巢穴。

⑥ 供亿：即供给、供应。刘禹锡《谢贷钱物表》："经费所资，数盈巨万；馈饷时久，供亿力殚。"

⑦ 杌陧（wù niè）：局势、局面、心情等不安，亦作"阢陧""兀臬"。

元旦后一日何容川半农昆仲邀同绣谷兰生[1]兄小饮醉中有作

沉沉大瓮高于床，红泥击碎春云香。冰鱼登盘玉花烂，冬笋脆白如鹅肪。主人昆弟皆酒敌，一举十觞俱辟易[2]。我兄于此兴不浅，通守婆娑花坠帻。万事茫茫总逝波，江北江南烽火多。黄金白璧委灰烬，吾生不乐当如何。昨夜东风吹菜甲，城头雪花大于叶。一片寒光落酒杯，羽衣珠佩纷离合。门前车马春雷鸣，先生欲眠休更惊。韶华百五莽尘土[3]，蜾蠃螟蛉[4]谁醉醒。

① 兰生：赵树棻（1810—1875），后更名桂棻，字郁初，一字兰生，赵树吉伯父赵淇子。道光二十四年（1844）甲辰举人，以知县拣发云南，历署易门、浪穹等县，调沾益知州。后以母老，请回川迎军饷，遂不再出，卒于光绪元年（1875）。《叙州府志》有传。

② 辟易：退避。此言醉倒退席。

③ 韶华百五莽尘土：美好年华最终也只是寒食节时的茫茫黄土。韶华，美好时光，青春年华。百五，寒食节，因在冬至后一百五天（105 天），故称“百五”，因在清明前一两日，后也为祭奠亡人的日子。莽，无边无际，茫茫。

④ 蜾蠃（guǒ luǒ）螟蛉：皆小昆虫。蜾蠃，即土蜂、细腰蜂，四川民间称“牛角蜂”。《说文》：“螟蛉，桑虫也。”也说泛指棉铃虫。宋代史浩所作大曲《花舞》中有“是非场，名利海，得丧炎凉徒自苦。至乐陶陶唯有醉乡，谁向此间知趣。花下一杯一杯，且莫把光阴虚度。八极神游长寿仙，蜾蠃螟蛉休更觑”。

闻扬州再陷[1]

绿杨城郭久鸣刁，又报烽烟起丽谯[2]。江势遥通瓜步[3]水，橹声轻渡广陵[4]潮。连营北府兵何在，残劫西京火未销。从此玉钩斜畔路，青磷荒草倍萧条。

闻道承平歌舞年，东南财赋此州全。霜粳秋转千帆雨，江市春浮万灶烟。铁骑乱来漕道改，盐田荒后贾人迁。不堪重作芜城赋[5]，回首繁华思黯然。漕读作平声。

①扬州再陷：咸丰三年（1853）四月，扬州陷。咸丰六年三月，太平军秦日纲攻破在扬州的江北大营，扬州再陷。

② 丽谯：亦作“丽樵”，华丽的高楼。

③ 瓜步：在六合东南，南临大江，传吴人卖瓜于江畔（江边称为“步”），故称。王安石《入瓜步望扬州》：“落日平林一水边，芜城掩映只苍然。”

④ 广陵：扬州旧称。

⑤ 芜城赋：南朝鲍超所作。《芜城赋》题下原注“登广陵城作”。赋中道尽扬州昔时繁华，痛惜战乱后的衰破荒芜，大有不堪回首之慨。

久不得诸弟书偶检蘤卿[1]弟甲寅寄怀诗怅然于怀补和一首寄示诸弟

厌闻战伐思乡里，阅尽知交念弟兄。乔木百年余旧宅，笋香三月看春耕。远吟未灭怀中字，薄禄难偿别后情。空忆平生少游语，风尘满地一寒檠[2]。

① 蘤卿：赵树烈（1836—1867），字葆初，一字蘤卿，赵树吉弟，过继给其叔父。道光十六年（1836）四月生，同治六年卒。“蘤卿”赵氏族谱作“蔿卿”。“蘤”字《康熙字典》：《唐韵》韦委切（wěi），音蔿。据《汉语大字典》蘤同“花”。而“蔿”则有三义：芡实的茎、古地名（春秋时楚、郑均有邑名蔿）、姓，而此三义，音则仅“wěi”。据此，应以读“wěi”为宜，且楚相孙叔敖别称“蔿敖”，也即“蔿卿”。

② 檠（qíng）：本指灯架、烛台，借指灯。

挽刘仲山[①]太守存厚吾蜀荣县人，官刑部主事。王次怀少司马荐从江南军，授江宁知府，丙辰六月战殁于镇江。

拔剑击盘陀，双眦迸热泪。乾坤含创痍，雄才日沦逝。哀哉刘太守，忠勇复谁继。往构黄巾祸，烽火照吴会。君时直云司[②]，被荐从戎旆。柴绍[③]堪横行，孟施[④]能无畏。不知天壤间，复有成败事。凌波一军张，摧坚百战利。以兹帝心简，独受专城寄。三年枕戈卧，未忘击楫誓。峨峨京口镇，中丞列兵卫。帐前资宜僚，谓抵五百辈[⑤]。潢池[⑥]事反复，坏云吹黑蜧[⑦]。援尽独突围，创病犹振臂。莫救张辽军[⑧]，呜呼血涂地。君家本富窟，生长纨绮内。持粱刺齿肥[⑨]，温饱可毕世。胡为弃妻孥，万里徇大义。始君受荐时，人以君为戏。百金买兜鍪，千金买骐骥。据鞍雄顾盼，谈笑出燕蓟。誓擒白波帅[⑩]，众粲[⑪]了不计。功名虽未终，卒成马革志。姓字御屏书，勋伐太常记。桐乡祀朱邑[⑫]，一死庶无愧。所恨失干城，寇盗忧不细。天岂未厌乱，夺君胡太易。当时津淀扰，畿辅人鼎沸。戡戡[⑬]谢明府，屡战挫其锐。阴符中掣肘，授命艰难际。至今百保儿，歌虞尚流涕。猿鹤化君子，先后诚一致。生才世需用，摧折竟何意。戎马方阗然[⑭]，带甲连数岁。谁能奋身命，一往敌王忾。白日翳秋阴，西风正凄厉。长歌当恸哭，声尽唾壶碎[⑮]。斯人不可作，浩荡望淮泗。

① 刘仲山：名存厚（1821—1856），字仲山，四川荣县人，捐纳刑部主事。咸丰三年（1853）侍郎王茂荫疏荐，命赴江南大营。因屡建功，擢升江宁知府。咸丰六年四月，江南大营被破，刘存厚随副帅吉尔杭阿于镇江苦战

数日，吉战殁，刘力战突围后，返回欲夺吉尸，中道遇伏，马陷淖被戕，时年三十六岁。江苏巡抚许乃钊作《刘观察传》记其死事甚详。清廷予骑都尉世职，谥刚愍，建专祠。李榕《十三峰书屋全集》有《刘存厚传》。

② 云司：朝廷掌刑法的官员。

③ 柴绍：唐初大将，凌烟阁二十四功臣之一。

④ 孟施：孟施舍，战国名将，善带兵，善培养兵之士气。见《孟子·公孙丑上》第二章孟子论北宫、孟施一段。

⑤ 五百辈：出自《左传·哀公十六年》熊宜僚的事。宜僚，楚国勇士，一人可抵得上五百人众。白公胜欲作乱，打算先除掉自己的恩人，有人便向他推荐“市南有熊宜僚者，若得之，可以当五百人矣”。刘存厚初到军中，主帅向荣视其一介书生，并不看好他，但作为副帅的江苏巡抚（中丞）许乃钊“独奇之”，颇为器重他，后更为吉尔杭阿所重。

⑥ 潢池：“潢池弄兵”，指兵变、造反。典出《汉书·龚遂传》：“其民困于饥寒而吏不恤，故使陛下赤子盗弄陛下之兵于潢池中耳。”

⑦ 黑螭（lì）：一种黑色神蛇，能兴云作雨。

⑧ 莫救张辽军：此句以张辽事哀刘存厚反身夺吉尔杭阿遗体不成而死之壮举。建安二十年（215），孙权率军十万攻合肥，张辽乘其未合，领八百死士冲入吴营，直至孙权麾下。后孙权发现张辽兵寡，反围之。张辽冲出重围后，反身再入救出被困余众。

⑨ 持粱刺齿肥：端的大米饭，吃的肥肉，形容每餐尽佳肴。出自《史记·范雎蔡泽列传》：蔡泽谓其御者曰：“吾持粱刺齿肥，跃马疾驱，怀黄金之印，结紫绶于要，揖让人主之前，食肉富贵，四十三年足矣。”

⑩ 白波帅：汉黄巾军败后，余部郭太等人在西河白波谷（今山西襄汾县永固镇）重起，号为白波军。白波帅杨奉等人后投降。

⑪ 粲（càn）：笑。

⑫ 桐乡祀朱邑：刘存厚战死后，清廷准在其战死地及上海等地建专祠享祀。这是用汉代循吏朱邑曾官桐乡，死后桐乡士民立祠纪念的事为典。朱邑事见《汉书·循吏传》。

⑬ 㫥㫥（guāng guāng）：威武勇敢。《班固·舞阳侯樊哙铭》：“㫥㫥将

军，威盖不当。”

⑭ 阗然（tián rán）：大量聚集的样子。

⑮ 声尽唾壶碎：感慨悲歌，边唱边敲击唾壶，壶口尽碎。典出《晋书·王敦列传》。王敦每酒后辄咏魏武帝乐府歌曰：“老骥伏枥，志在千里。烈士暮年，壮心不已。”以如意打唾壶为节，壶边尽缺。后遂以形容心情忧愤或感情激昂。

碧鸡行为淡太守树琪作[①]

碧鸡关[②]势何崔嵬，吴宫花尽丸泥开。百年南人不复反，春农[③]远过盟蛮台[④]。不知何事鸣铜鼓，一夜花门[⑤]逞螳斧[⑥]。可怜碧血洒孤臣，化作青磷泣风雨。风雨滇南初合围，昆明池上劫灰飞。虎符难募僧腾客[⑦]，金锁凋残马不肥。西来太守方捧檄，奇厐福艾[⑧]髯如戟。前却宁容鼠子狂，解鞍便献终军策。岩关先踞建瓴势，六诏[⑨]河山此其脊。杀象椎牛夜飨军，更为诸公手击贼。电扫飙驰[⑩]晓出关，呼声合沓动千山。赤龙鼓鬣[⑪]火珠迸，螳螂积骨增奔湍。转战穷搜无不敢，书生乃有子龙胆。仆碑万岁渡蜻蛉，纸鸢信断妖巢险。一甄两甄鼓隆隆，蚩尤喷薄迷寒空。孤军鸟散挽不得，空拳一奋来悲风。战马嘶鸣向归路，杜鹃哭断桄榔树。黄衫莫备阿奴衣[⑫]，荒峦葬骨知何处。吁嗟乎，莽莽沙场半坎轲[⑬]，垂成功败恸如何？筹边谁拥旌旄在，铁马金戈饮恨多。肉非黄羊不畏刺[⑭]，捐生报国终无愧。只惜征南少此才，棘门霸上[⑮]皆儿戏。回首雄关万里遥，盘蜗蛮触[⑯]未全消。莫歌滇海当年曲，瘴雨蛮烟锁铁桥。

① 为淡太守树琪作：为淡树琪（淡海珊）作。赵树吉另有《送淡海珊太守之官滇南序》，文见本书《文略》卷一。关于淡树琪，参见本书《诗存》

卷一《春日卓鹤溪前辈邀同淡海山太守游巨苐庄》注。

② 碧鸡关：在云南昆明西南碧鸡山，为迤西入昆明要道。

③ 春农：春天农事，又常为春荒无粮。《后汉书·段颎传》："颎以春农，百姓布野，羌虽暂降，而县官无廪，必当复为盗贼，不如乘虚放兵，势必殄灭。"

④ 盟蛮台：一说为孔明与孟获在嵩明县城会盟，有盟蛮台，遗址尚在，称"古盟台"。

⑤ 花门：花门山，在居延海北三百里。因唐初在该处设堡垒防西域各族（以回纥为主），后遂以"花门"指代回纥。

⑥ 螳斧：螳螂的前足如镰刀状，因谓之螳斧。比喻脆弱的武装。

⑦ 僧腾客：南朝梁时为抵御侯景攻台城而招募的敢死士。《南史·贼臣传·侯景》："山起芙蓉层楼，高四丈，饰以锦罽（罽读 jì，纹彩的毡毯），捍以乌笙，山峰相近。募敢死士，厚衣袍铠，名曰'僧腾客'，配二山，交矟以战。"

⑧ 奇厖（máng）福艾：谓相貌奇伟多福。《新唐书·李勣传》："临事选将，必訾相其奇厖福艾者遣之。或问故，答曰：'薄命之人，不足与成功名。'"厖，厚、大、重。艾，艾命，即舍生。

⑨ 六诏：云南别称。唐初分布在云南洱海地区的蒙巂诏、越析诏、浪穹诏、邆赕诏、施浪诏、蒙舍诏六大部落。

⑩ 电扫飙驰：疾如雷电，猛似狂飙。

⑪ 鼓鬣（liè）：竖起毛发。鬣，动物颈上生长的又长又密的毛。

⑫ 黄衫莫备阿奴衣：儿子们不必准备黄衫殓衣。《隋书·麦铁杖传》："将渡辽，谓其三子曰：'阿奴当备浅色黄衫。吾荷国恩，今是死日。我既被杀，尔当富贵。'"反用此典言其壮志。阿奴，常用来称儿女。

⑬ 坎轲：坎坷。

⑭ 肉非黄羊不畏刺：这是用唐张说的典故，言不畏死。张说冒死进入传闻将叛的北方部落首领帐中抚慰之，并宿其帐中，部下送信去劝阻，张复书答："吾肉非黄羊，必不畏食；血非野马，必不畏刺。士见危致命，此吾效死之秋也。"事见《资治通鉴》。

⑮ 棘门霸上：讽耍花架子。典自《史记·绛侯周勃世家》。汉文帝后元六年（前158），匈奴大规模侵入汉朝边境。朝廷委刘礼将军扎营霸上、徐厉将军立营棘门。文帝到营视察军备，却见两营防卫松弛，列队迎送，大摆花架子。文帝遂感慨：霸上、棘门军如同儿戏。

⑯ 盘蜗蛮触：《庄子·则阳篇》：有国于蜗牛之左角者曰触氏，有国于蜗牛之右角者曰蛮氏。

九日感怀柬王泽山[①]同年

儿时弄柔翰[②]，仕宦恐不早。举头见红日，常觉长安好。东华及侍从，世事真食蓼[③]。三年困声利[④]，驽马恋空皂[⑤]。反思田园乐，青山负怀抱。登高望峨眉，乡心入飞鸟。常恐插茱萸，绿发变华皓。西风下黄叶，秋色忽以老。闭门度重九，一觞共谁倒。故人懒出户，寒蝶抱烟草。天涯佳节过，盛会同侪少。坐念东篱菊，有知当被恼。

① 王泽山：王再咸（1820？—1871），字泽山，也作册山，四川温江人。幼时即被视为神童，为赵树吉挚友之一。与赵树吉同为道光己酉拔贡，故称同年。咸丰二年（1852）壬子科举人。两次会试均落，留京师几近二十年。著有《燕台集》《南游小草》《泽山乐府》等，皆散佚（据《国朝全蜀诗钞》）。五十二岁卒于北京。

② 柔翰：指毛笔。如左思《咏史》诗："弱冠弄柔翰，卓荦观群书。"

③ 食蓼（liǎo）：吃水蓼做的调料。因蓼茎叶所作调料味辛辣，喻世事艰辛，五味杂陈。一年生草本植物，叶披针形，花小，白色或浅红色，果实卵形、扁平，生长在水边或水中。

④ 三年困声利：赵树吉于道光三十年（1850）中进士后即丁父忧，写此

诗时为服阕后入京供职三年时。此时即萌归意，故有此说。声利，即名利。

⑤ 空皂：空马槽。此诗云“恋空皂”，当属无奈自嘲。皂，马槽。

申夫①重来京师置酒斋中赏菊感赋

兀兀篱边酒一杯，故人京洛又追陪。伶俜瘦蝶②秋仍在，冷淡余花晚更开。插帽未偿归隐志，傲霜谁识岁寒材。醉中重忆当时事，风雪严城画角哀。

① 申夫：李榕，其《十三峰书屋全集》内收此诗，署有“丙辰”。

② 伶俜瘦蝶：孤零零的瘦蝶在飞舞。东坡也有“伶俜寒蝶抱秋花”句。

郁郚山房诗存·卷二

丁巳至戊午　咸丰七年（1857）至咸丰八年（1858）

余觉峰[1]孝廉祥钟寓斋话旧感赠

我昔髫龀[2]时，从吾先人游。君来同砚席，居我池上楼。有时共嬉戏，跳地作卧彪。春水涨陂[3]塘，倒骑乌牸牛[4]。失势惊一落，拍浮如沙鸥。归来洗靴袜，抚掌笑不休。此景犹目前，弹指二十秋。当年同学人，坠雨不可收。春明话旧事，感叹增烦忧。乍得山中书，手种竹已修。苦笋屡登盘，朝衫脱无由。门前二顷田，何当把锄耰[5]。待君寻樵牧。老瓦[6]尝新篘[7]。

君本廉吏孙，贫贱特英妙。读书三十年，瘦骨郁兀傲。俯仰耻桔槔，坐致群儿噍[8]。朔风吹羊裘，落拓长安道。鸿鹄未振羽，鸴鸠[9]蒿下笑。栾公社[10]固在，苍天宁爽报。胡为握蛇珠[11]，瑰异幽不耀。要当勖[12]光采，勿凿混沌窍[13]。沧海方横流，磐牙[14]弄群盗。民物忧不细，儒术久无效。一歌行路难，穷达何足校。

① 余觉峰：名祥钟（1825—1860），四川叙州府（今宜宾市）人，祖籍浙江衢州开化县。祖父余绍先，嘉庆举人，任过邻水等县知县，廉吏。道光九年（1829）署东乡知县，时赵树吉祖父赵钟琳东乡为教谕，赵、余两家遂成三世之交。余祥钟父余献璜寓居宜宾，余祥钟与赵树吉同学于赵父汉。后入府学，遂注籍宜宾。十九岁中道光甲辰（二十四年）恩科举人。咸丰十年庚申（1860）恩科成三甲进士。分发贵州知县，未及成行即卒于京师，年三十六。既卒，赵树吉兄弟为其营葬，并撰墓志铭。参看本书《诗存》卷六《书余觉峰借轩诗集后》和《文略》卷二《贵州即用知县余君墓志铭》。

② 髫龀（tiáo chèn）：指幼年。髫，垂发。龀，儿童换牙。

③ 陂（bēi）：水池、水塘。

④ 牸（zì）牛：母牛。因公牛性烈，儿童喜骑母牛。牸，雌性牲畜。

⑤ 锄耰（yōu）：耕作用的农具。古代一种弄碎土块、平整土地的农具。

⑥ 老瓦：老瓦盆。老瓦盆盛酒，出陈暄（隋朝人）故事，苏轼称：“陈暄好饮，一日，贵客笑暄用陶器，暄曰：‘莫笑此老瓦盆，多见兴废也。’客无语。”宋林景熙《渔舍观梅》有“影落寒矶和雪钓，香浮老瓦带春斟”句。

⑦ 新篘（chōu）：新酒。篘，酒。苏轼《溪堂读书》：“近日秋雨足，公余试新篘。”

⑧ 噍（jiào）：通“谯”（qiáo），责备。此句言因力不能汲水而被孩子们责怪。

⑨ 鸴（xué）鸠：小鸠。鸴，也指山鹊。

⑩ 栾公社：祭祀栾布的神庙。栾布曾言：“穷困不能辱身下志，非人也；富贵不能快意，非贤也。”彭越有恩于栾布，后彭越冤死，栾布甘冒被“烹”而收彭越头颅。临被烹，无惧色，在刘邦面前历数彭越的功劳，刘邦遂免栾布死，并拜为都尉。以致后来“燕齐之间皆为栾布立社，号曰栾公社”。司马迁后来说明为何要为栾布立传：“栾公不劫于势而倍死”（不屈服于淫威而背叛死去的恩人），“栾布哭彭越，趣汤如归者，彼诚知所处，不自重其死。虽往古烈士，何以加哉！”事见《史记·季布栾布列传》。

⑪ 蛇珠：珍珠。比喻卓越的才华。刘禹锡《送周鲁儒赴举诗》有："自握蛇珠辞白屋，欲凭鸡卜谒金门"句。

⑫ 勖（xù）：勉力、勉励。

⑬ 凿混沌窍：干费力不讨好的蠢事。先秦寓言：南海、北海之帝倏、忽，至中央之帝浑沌那里，人家待他们很好，于是倏、忽二位为报恩，遂思为浑沌凿七窍，想使他像人一样能听能看能呼吸又能吃喝。于是一天凿一个窍，不想第七天却把浑沌弄死了。

⑭ 磐牙：指盗贼或叛乱者交相联结。《后汉书·滕抚传》："顺帝末，扬、徐盗贼群起，磐牙连岁。"亦作"盘牙"。

杨烈女①诗

烈女涉县人，户部郎杨兰士女，字武陟吴世贞。咸丰乙卯四月，世贞病殁。女泣不食。兰士谕之再，誓以身殉。家人防綦严，已，颜渐解②，饮食如平时。一夕，投缳死。盖是岁九月事也。吴氏哀其志，迎女柩与世贞合葬。长白倭艮峰奉常为立传，余作是诗。

月黑秋郊鬼姥哭，闺中银釭③耿残绿。白霓婴茀④下天来，贞魂夜去灵风肃。刘陵⑤有女杨氏儿，松筠心性冰雪姿。生长高门盛貂珥，佩环鸣玉能歌诗。里中采伴矜罗绮，独对桓嫠⑥心似水。每看香字剪皮金，自言吾骨当如此。昔年曾受延陵⑦聘，绛河屡爽黄姑信⑧。消息俄传芣苡⑨歌，鞠凶⑩更应龙蛇谶⑪。手把温郎旧镜台⑫，深深玉树竟长埋。朝泪似潮夕似汐，锦花湿透红琼瑰。香缨未戴虚萎室⑬，露纺恶笄⑭行不得。空说婴儿撤瑱环，茫茫缞抱⑮知无力。宛转春蚕抽苦丝，飞龙骨出意难移。兰摧玉碎甘同死，筑台配天徒尔为。由来苦志谁能谅，侍儿绿屏⑯环相向。只愁片片青陵衣，化为蝴蝶飞台上。何处能求鸩堇[17]方，何因得淬并剪铓。伤心求死不得死，辘轳金井秋宵长。晓妆强展青鸾照，对人破涕聊为笑。尽道眉头自此伸，焉知白柰[18]终须吊。西风吹梦乘辎軿[19]，青幢绛节纷来迎。彩云掩映赫蹄[20]字，前驱传唱朱鸢城[21]。豆蔻汤温晨起浴，缟素严妆私结束。深闺视荫更无人，画梁一夜成芳躅[22]。从容决绝谈何易，万古乾坤留正气。即今玉骨返笭床[23]，六尺绛纱犹系臂。我闻昆明倒景凌飞霞[24]，中有衣钵[25]青莲花[26]。优昙[27]一见有如此，香龛应在滇海涯。生天成佛宁须论，凤靡鸾吪更何恨。只应月夜玻璃魂，归来含笑听虞殡。吁嗟乎，三千鸳牒[28]散氤氲，断竹续竹徒纷纷。女贞尚抱冬心死，漫山桃李空争春。愿向终南买紫石，娥台大篆书馨烈。精诚耿耿日月白，千秋照耀河山色。一任碧海桑枯石不泐。

① 杨烈女：其父杨三珠，字兰士。幼随祖母读书，十分崇敬忠孝节义之人。咸丰五年乙卯（1855），刚与其未婚夫吴（吴父为杨父已故同僚）议定婚期，吴时已病重，不久即亡，杨女誓死殉。投缳死前一晚（九月二十八）称梦见车马仪仗自云南来迎，旗上有字隐约不可辨，家人认为是喜兆。杨女自尽后邻家女则称杨女死的那晚，梦见她被大轿抬去，仪仗盛大（据武陟人毛昶熙所撰《杨烈女传》）。余见本诗小序。这属于未嫁殉夫，即使按旧礼教，未嫁从父，也不必守节甚至身殉。父母包办，两人连面都没有见过，谈不上殉情，杨女殁年仅二十岁，只是悲剧一桩，实不足为范，但在当时颇为轰动，朝廷也予以旌表。

② 已：原作“己”，据意改。颜渐解：据《杨烈女传》，在父母劝说下，杨女已不绝食，行动如常，麻痹父母，实际抱定一死之心。

③ 银釭：烛台，灯台。

④ 白霓婴茀：白色虹霓如龙迤逦而下。出自《楚辞・天问》：“白霓婴茀，胡为此堂？”

⑤ 刈（yì）陵：涉县古曾属刈陵。

⑥ 桓嫠（lí）：汉节妇，刘长卿妻，夫死不回娘家探望（归宁），此后几年儿子夭折，她又割掉自己耳朵明志。嫠，丧偶的男或女，寡妇为嫠妇。

⑦ 延陵：江苏延陵，在今常州附近，为吴姓郡望。

⑧ 绛河屡爽黄姑信：绛河即天河、银河。黄姑即牵牛星。《玉台新咏·歌辞之一》："东飞伯劳西飞燕，黄姑织女时相见。"

⑨ 芣苡（fú yǐ）：车前草。这里指《诗经·周南》的篇名，"采采芣苡，薄言采之。采采芣苡，薄言有之"，此指咏妇女采芣苡的诗歌。

⑩ 鞠凶：极大的灾祸。

⑪ 龙蛇谶（chèn）：即所谓"龙蛇之岁，不利贤者"的谶语。咸丰五年的次年才是丙辰（龙），杨死乙卯九月，故说"更应"，意在问天：既非龙蛇之年，何以罹此凶灾？谶，本指将要应验的预言、预兆。

⑫ 温郎旧镜台：典出晋峤北征刘聪，得玉镜台，用以聘从姑（父亲的叔伯姐妹）刘氏之女的故事。

⑬ 蒌室：古代王后孕七月即另居宫室待产，这间宫室称为蒌室。汉贾谊《新书·胎教》："青史氏之《记》曰：'古者胎教之道，王后有身之七月而就蒌室。'"

⑭ 露紒（jì）恶笄：古代居丧的头饰，以麻束发，以竹木为笄。紒，发髻。

⑮ 缞（cuī）抱：丧服，粗麻制成，不用裁缝，父母亡，子女服丧用。如子女尚属婴儿，则用粗麻布包裹，称为"缞抱"。

⑯ 屩（juē）：本指草鞋。此指便鞋。

⑰ 鸩堇：毒药。鸩，毒鸟，其羽入酒能致人死。堇，乌头，也可为毒药。

⑱ 白柰：茉莉花，也为丧事饰花，指代丧事。《晋书·后妃传下·成恭杜皇后》："三吴女子相与簪白花，望之如素柰，传言天公织女死，至是而后崩。"后因以"白柰"为丧事之花。

⑲ 軿（píng）：古代一种有帷幔的车，多供妇女乘坐。《说文》：軿，辎车也。前后皆蔽曰辎，前有蔽曰軿。

⑳ 赫蹄：古代称用以书写的小幅绢帛，后亦以借指纸。

㉑ 朱鸢城：古地名，在今越南境内。泛指南方。

㉒ 芳躅：躅，足迹。先贤足迹谓之“芳躅”，《史记·万石张叔列传》唐司马贞述赞：“敏行讷言，俱嗣芳躅。”

㉓ 笭（líng）床：古时棺中垫尸的木板。

㉔ 昆明倒景凌飞霞：这是说天空云霞中出现昆明倒景（海市蜃楼）。明代诗人钟芳也写过“愿从天游子，倒景凌玄苍”。

㉕ 衣钵：佛教用语，袈裟和钵盂。因为禅宗师徒间道法的授受，常付衣钵为信证，称为衣钵相传。

㉖ 青莲花：佛教谓五色莲花为“五色天花”，白莲、青莲最崇。

㉗ 优昙：优昙婆罗花，极难出现。

㉘ 鸳牒：即“鸳鸯牒 ”，旧谓夙缘冥数注定做夫妻的册籍。宋代陶谷《清异录》卷上：“世人阴阳之契，有缱绻司总统，其长官号氤氲大使，诸夙缘冥数当合者，须鸳鸯牒下乃成。”

赠王泽山同年

十年一第叹君迟，历落嵚奇[①]只自知。绛衲屡思投笔去，赤眉只用折棰笞[②]。西风棋局伤尘劫，夜月歌场助酒悲。寂寞怀中余旧刺[③]，墨花漫漶已多时。

即论风雅亦超然，胸有瑶华十万编。海内文章刘孝绰[④]，才人幽怨杜樊川[⑤]。秋花红泪河东绢，琼树春宫蜀国弦。君有秋花吟及蜀乐府御沟怨等篇。坛坫[⑥]音尘久零替，名山珍重著书传。

骙骙[⑦]日下侈云龙，花雨僧寮独过从。青简十车咨束晳[⑧]，绿绨五字定虞松[⑨]。月中步屧[⑩]重城柝，雪里围炉晓寺钟。东野[⑪]平生最低首，镫王[⑫]佛所渺愁侬。

① 嵚奇：也作嵚崎，比喻品格卓异。

② 棰笞：鞭打。棰，一种竹子，可做竹鞭。

③ 旧刺：旧的名刺（古代名片）。

④ 刘孝绰：名冉（481—539），字孝绰，小字阿士，南朝梁国彭城（今江苏徐州）人，幼为神童，十四岁即能代父草诏诰。文章书法俱佳。

⑤ 杜樊川：杜牧（803—852），唐代杰出的诗人、散文家。因晚年居长安南樊川别墅，故后世称“杜樊川”。

⑥ 坫（diàn）：屋中的土台子，放饮食用具。

⑦ 騤騤（kuí kuí）：马强壮的样子。《说文》马行威仪也。

⑧ 束皙（264—306）：西晋文学家、文献学家、藏书家。晋太康元年（280 年，或云太康二年），汲郡人盗魏襄王墓，得竹简数十车，均为蝌蚪文，称“汲冢古文”。晋武帝命束皙和荀勖等人整理，其文方为世人所知。

⑨ 绿绨五字定虞松：虞松的稿子只被改动了五个字就令司马景王满意。绿绨，绿色厚缯。装玉玺的盒子以绿绨为衬里，此处指代帝王。五字：虞松曾为司马景王作表，因几次修改司马景王均不满意，苦苦思索，钟会看到虞松为难，看稿后便为其动五字而定稿。事见《三国志》。虞松，字叔茂，陈留（治今河南开封）人，弱冠有才，官魏晋。

⑩ 屧（xiè）：鞋的木底或木底鞋。也指行走。

⑪ 东野：孟郊，从小生性孤僻，很少与人交往。

⑫ 镫王：镫同灯，须弥灯王，佛名，其身长八万四千由旬（一“由旬”长约十三里）。

湄君[①]招同申夫眉生[②]陪朱伯韩[③]前辈琦小饮云吉寓斋

绣裀[④]金络幂黄尘，紫陌[⑤]狂花日日新。浮世几为文字饮，先朝犹见老成人。野蔬细啜真多味，琼岛重游易感春。尚有豪情郁飞动，酒边龙剑剧如神。

① 湄君：朱鉴成（1820—1865），字眉君，本书亦作湄君、麋扃。四川富顺县（时属叙州府）人，兴文籍。自幼博闻强记，耽于经史，擅长文学，尤工诗词，少时即有才子之名。与四川学政何绍基忘年交，亦师亦父事何。后入川督黄宗汉幕，黄调任京兆尹，朱即随幕入京。咸丰七年（1857）十二月，黄宗汉为两广总督、钦差大臣，朱鉴成又随黄南下赴任，参与运筹。后因与黄歧见，愤而辞职。适值长兄朱巨成选任广东文昌县知县，遂随赴文昌，游历广东各地。他创作的《汉阳相公行》长篇史诗，详尽地记述了第二次鸦片战争中广州失陷的全过程，以及叶名琛自负误国的历史教训。同治三年甲子（1864），回川乡试，中举后选任北京内阁中书舍人。同治四年冬殁于京师，年四十六岁（据顾复初）。其友人集遗稿成《题凤馆稿》，赵树吉为之序。而朱鉴成生前即为赵树吉《郁郅山房诗存》作序（文见本书附录）。

② 眉生：李鸿裔（1831—1885），字眉生，号香严，又号苏邻，四川中江人。咸丰元年（1851）举人，曾入曾国藩幕。官至江苏按察使加布政使衔，兵部主事。后以耳疾辞官，家居苏州网师园。精书法，临抚魏、晋碑铭，无不神形毕肖。工诗古文，晚年好佛，光绪十一年（1885）五十五岁卒。著作有《苏邻遗诗》二卷，《苏邻遗诗续集》二卷，《髯仙诗舫遗稿》二卷、附录一卷。

③ 朱伯韩：朱琦（1803—1861），字伯韩，广西临桂人。道光十五年（1835）进士，官至御史，道光二十六年辞官回桂林，讲学桂山书院。太平军兴，以团练守省城，功擢道员。咸丰十一年总理杭州团练，死于太平军陷杭州，赠太常寺卿。著有《怡志堂诗文集》。此会伯韩诗题《同眉君饮范云吉寓斋示坐中诸子仍次前韵》，载朱琦《怡志堂诗初编·卷八》，诗云："西曹东观半儒臣，纵酒歌呼又几人。岷蜀争先扬马迹，江河不废齐梁尘。少年轻薄仍须远，老辈交期久更新。论士稍宽持己峻，两言韦佩可铭身。"

④ 绣裍（kǔn）：绣花衣带。裍，衣带。

⑤ 紫陌：指京城郊野的道路。刘禹锡《元和十一年自朗州召至京戏赠看花诸君子》诗："紫陌红尘拂面来，无人不道看花回。"

四月初七夜雨

初疑溜溜滴糟床[①]，渐听骚骚风响廊。一夜蛰龙春睡足，满城人语土膏香。吴帆浮海迟输粟[②]，北道飞车正捕蝗。卧想朝来熨双眼，际天新麦绿成行。

① 糟床：榨酒的器具。杨万里《过三衢徐载叔采菊载酒秉烛夜酌走笔》诗："试问糟床与檐溜，雨声何似酒声多。"

② 吴帆浮海迟输粟：这是说江南漕运改为海运延迟了漕粮进京。

再题湄君焦山酣睡图

昔年君自焦山归，手携此图索我诗。山中老鹤不可识，但见水天浮翠微。岷江西来此入海，势撼杰阁[①]愁倾攲[②]。阴阴云木昼欲雨，冉冉竹雾寒浸衣。孝然[③]往矣数千载，奇境付与阇黎[④]栖。君从闲处得清福，孤睨万古谁知之。写生尺幅出菊垞[⑤]，江风海雨毫端驰。当时披读觉神王，径欲舣棹[⑥]青玻璃。自居京国困尘绁[⑦]，梦中觅路烟水迷。五年不见人事改，朱方[⑧]城郭凄鼓鼙。江南一寸无净土，积甲高与青山齐。似闻瓜庐支枕处，钟磬阒寂[⑨]猿鸟悲。画图水墨今尚在，别来展卷重蹉咨。吾乡先辈苏玉局[⑩]，风流照耀江水湄。为寻佳处欲投劾[⑪]，茅庵久与山僧期。人生当著岩石里，况今渐少安眠时。风尘负负无可说，腰脚幸未津梁疲。闻君近说太华好，天门夜上寻希夷[12]。莲花十丈照宝月，卧饮沆瀣精灵窥。誓将投版从夫子，苍龙岭上诛[13]茅茨。但恐他时君又渡江去，海天飞梦还相思。

① 杰阁：高阁。

② 攲（qī）：倾斜。

③ 孝然：焦先，字孝然，东汉末河东郡人，隐于焦山，八十九岁终。事见葛洪《神仙传·卷六》。

④ 阇（shé）黎：梵语，也写作“阇梨”。梵语“阿阇黎（梨）”之省称，意为高僧，也泛指僧人、和尚。

⑤ 菊坨：朱龄（1821—1850），字菊坨，自号黄华道人，江苏上元人，名画家。写花卉翎毛，魄力兼胜，师徐渭而有石涛逸韵，人物近唐寅，偶作山水古木槎枒，亦得蓝瑛苍古之趣。尝客清江浦寓广荫庵，一日醉后绘清奇古怪四柏树于殿之四壁，顷刻而成，势如龙蛇，观者叹服（《墨林今话续编》）。

⑥ 舣棹：划船靠岸。

⑦ 尘绁（xiè）：为尘世所系。绁，绳索、缰绳。

⑧ 朱方：春秋时吴国地名，约在今江苏丹徒东南。这里指江南一代，其时清政府正苦战太平天国。

⑨ 阒（qù）寂：寂静。

⑩ 苏玉局：苏轼，因曾任玉局观提举，故以“玉局”称。

⑪ 投劾：投书言己之短（自劾），请辞。古代辞官之谓。

⑫ 希夷：陈抟（871—989），字图南，自号扶摇子，号希夷先生，唐宋间隐士，著名道学家，其籍贯何地至今无定论，曾自称为“西蜀崇龛人”（今属重庆潼南区）。一百一十八岁逝于华山。

⑬ 诛：要求、索求。

申夫见余瘦欲步坡公闻子由瘦诗韵以示意久而未见作此解嘲

骅骝重骨不重肉，人生可瘦不可俗。君看松竹岁寒材，劲节孤根挺苍玉。我生斗米月不尽，宦情付与云中鹄。清虚日来滓秽去，狂吟时复惊童仆。横陈已等嚼蜡视，岂碍群雌相粥粥[1]。常嗤叔夜论养生[2]，不效曹交空食粟[3]。汝身况乃非汝有，百岁浮生倒悬蝠。劝君莫作饭颗嘲，身轻好试青岩鹿。

① 群雌相粥粥（yù yù）：引韩愈“当东而西，当啄而飞，随飞随啄，群雌粥粥”句。粥粥，本鸡相呼声，引申为众口藉藉，声音嘈杂。此比喻妇女聚集，声音嘈杂。

② 叔夜论养生：叔夜，嵇康，有《养生论》。魏晋时向秀有《难嵇叔夜养生论》。其实嵇康的理论并非无合理之处，向秀所质疑，有些近似抬杠。

③ 曹交空食粟：语出《孟子·告子下》：曹交问曰：“人皆可以为尧、舜，有诸？”孟子曰：“然。”曹交又问：“交闻文王十尺，汤九尺，今交九尺四寸以长，食粟而已，如何则可？”

湄君以高丽笺册索写近作录成书后三首

仰眠看屋梁，著书徒覆瓿[1]。区区身后名，何如一杯酒。我独似寒虫，苦吟不去口。孤怀诣忽微，万象入臂肘。乾嘉盛风雅，老辈零替久。十年甘苦意，抑塞[2]向谁某。君来辄欣赏，谓可商不朽。得意喜自矜，瘿瘤[3]忽忘丑。摊笺书与君，烛花大如斗。

长风负大翼，不积固无力。沧溟纳百川，一泻万顷碧。论诗岂偶然，蕴蓄非朝夕。胸无五千卷，奇语安所得。俗儒矜白学，驱遣愁烟墨。熠熠孤荧光，欲抗羲娥色[4]。先民不可作，此道谁雄伯。知君闻吾言，掩卷当太息。

好友如春月，但觉令人喜。未见常相思，既去思复尔。人生多别离，安能长尺咫。柳辩生刻像[5]，张敏梦蹑屣[6]。不如萧侍中，大书三十纸[7]。君才十倍我，遮眼宁须此。聊当置怀袖[8]，风雨伴砚几。长公实仙令，爱我亦君比。吟成屡击节，一别阻烟水。他时海上见，携卷坐花底。卿其谓何如，请君问伯始[9]。

① 覆瓿（bù）：喻著作毫无价值或不被人重视。

② 抑塞：压抑堵塞，郁闷。杜甫《短歌行赠王郎司直》："王郎酒酣拔剑斫地歌莫哀，我能拔尔抑塞磊落之奇才。"

③ 瘿瘤：长于身上的肿块。

④ 羲娥色：此谓日光月色。

⑤ 柳辩生刻像：柳辩在生时的雕像。辩，原书用"䛒"，系"辩"字异体"䛒"的讹字。柳辩，隋时人，字顾言，杨广的文友。《隋书》有传。杨广极为欣赏他的文采，并以朋友待之，甚至同榻共席，恨不得日夜不离。于是叫人雕了柳辩像放在内宫，晚上就与其雕像讨论诗文、饮酒。这就是"柳辩生刻像"。柳辩后成为隋朝的"秘书监"。

⑥ 张敏梦蹑屣：传战国时，张敏与高惠二人为友，每相思不能得见，张敏便于梦中往求之，但行至半道，即迷不知路，遂回，如是者三。蹑屣，奔波。

⑦ 萧侍中大书三十纸：梁时，百济（古朝鲜国名）国王仰慕萧子云书法，遣专使求书，适萧船方远行，来使追船不舍，萧感其诚，停船三日，大书三十纸与之，得酬金数百万。

⑧ 怀袖：古人携小件常置于怀，或藏于袖，此指随身携带。

⑨ 请君问伯始：《后汉书·邓张徐张胡列传》称：汉灵帝时，胡广已八十二岁，还作太傅，“虽无謇直之风，屡有补阙之益。故京师谚曰：‘万事不理问伯始，天下中庸有胡公。’”伯始，胡广字。

闰五月二十三日夜与湄君宿云吉斋中小酌①

苦热畏褦襶②，炎天厌肴核。闭门如蛰虫，高卧群动息。今宵独轩爽，宿此故人宅。科头③庭宇下，渴饮倒虹霓。长空坏云合，酿雨不成滴。回飙吹颓阴，渐见银河白。凉深酒旋醒，风露浩胸臆。兵戈黯江湖，数载驰羽檄④。九关⑤喑虎豹，铁牡虚阖辟⑥。中原有征战，此计劳筹画。吾侪生已晚，沉忧百无益。得钱且相过，次公醒可惜⑦。不辞长夜卜，尚恨重闉⑧隔。残星耿城树，聊尽尊中沥。明朝茂宏⑨出，失眠定惊客。

① 朱鉴成也有诗，载《题凤馆稿·归雅集》，诗题《与元卿饮云吉斋食幽菽泼乳蓉叶蒸豚皆乡味也醉后纵谈郁甚畅甚元卿有诗仆也继作一篇》：“翰林之官俸几斛，有田可自耕山谷。作官莫作秋曹郎，鞭笞审录终朝忙。今夕何夕两相将，乡风独举夸排当。种豆得花花似霜（朱自注：蜀人谓菽乳绝嫩者为豆花），�笼雪糁芙蓉香，冰瓯红凸珍珠光。客敬主人争先尝，十围之腹嗟彭亨。遥天雷殷顽云塞，长风起天云破碎。风云百变雷无威，蚓窍之声余我辈。翰林作诗思最沉，意我二客为知音。秋曹下笔有霜气，狂夫渐老无春心。春心之来不可形，大地如海心如萍。风移浪打终相迎，不因人事为亏盈。北海乖龙漫偷渡，天地宽容百神怒。吾侪醉饱禁风露。谷城老人正脱屦，五更相约圯桥去。”谓通宵达旦，仍不尽兴，还想要出去逛逛，看能不能碰到黄石公。

② 褦襶（nài dài）：衣服粗重厚大，既不合身，也不合时。暑热时居家

穿衣甚少，有客登门，则主人叫苦，古称此种客为“褦襶子”。比喻不懂事。旧有伏日诗：“今世褦襶子，触热到人家。”

③ 科头：头上不戴帽不扎巾。

④ 羽檄：古代军中紧急的文书。上插鸟羽以示紧急，如鸡毛信。

⑤ 九关：中国著名的九大关。此指处处兵戈。

⑥ 阖辟：开合。

⑦ 次公醒可惜：次公，盖宽饶字。廉正不阿，史称其“刺举无所回避，小大辄举，所劾奏众多。公卿贵戚及郡国吏使至长安，皆恐惧莫敢犯禁，京师为清”。此典出《汉书·盖宽饶传》：平恩侯许伯治第新成，权贵均往贺，宽饶不行，请而后往，自尊无所屈。许伯亲为酌酒，宽饶曰：“无多酌我，我乃酒狂。”丞相魏侯笑道：“次公醒而狂，何必酒也？”盖宽饶后却因得罪太多，被迫“引佩刀自刭北阙下，众莫不怜之”，所以此诗叹“次公醒可惜”。

⑧ 重闉（yīn）：即瓮城的门。

⑨ 茂宏：王导（276—339），字茂弘。此处因避乾隆“弘历”，改书“宏”字。王导是东晋时期著名政治家、东晋政权的奠基人之一。王导一日招祖约来彻夜清谈，第二天清早有客登门，王导连头发也未整理即出见，且倦容满面，来客大惊，问：“您昨夜失眠了吧？”王答：“昨晚和祖先生清谈整夜，忘了疲倦。”事见《世语新说》。

眉生新移居夜话湄君有诗① 余亦继作

天地一逆旅，何人非寄公。容膝苟易安，岂在居处崇。李生如孤鹤，久栖枳棘② 丛。一椽今始卜，洒扫翳障空。北轩致幽静，书史罗千重。昨夜雨东来，庭树生凉风。苍云堕湘竹，几砚烟蒙蒙。俯仰乐幽独，亦足安厥躬。世宙方艰难，慎勿辞固穷。

吾生寡交游，良友稀可数。当时独范李，与君重相许。忆昔癸丑秋③，王畿盛豺虎。告归我独留，握别出苦语。时艰未可测，后会渺何所。日落复在天，花飞复在茵。京华各有家，坠欢[4]补余春。觥觥尹侍御[5]，雕鹗方盘云。轩轩朱公子，文采金鸾[6]群。人世无疵瑕，天涯多弟昆。有酒还相呼，贺客休叩门。窗外紫藤花，精灵语宵分。自从有此屋，无此好主宾。

相如虽食贫，著述垂简册。王令[7]虽微官，文章胜畴昔。卓哉两贤心，肯为世虑役。念君禀天秀，英词沮金石。少年涉忧患，壮盛益逼仄。常恐磨砻疎，负此万金璧。缅怀井络间，精英炳赫奕。李苏久不作，岷峨黯无色。生才岂偶然，坠绪[8]吾党责。愿君发奇光，共为洗荒寂。钟镛无细响，江流无涓滴。作诗一相箴，且书新斋壁。

① 湄君有诗：此诗载朱湄君《题凤馆稿·归雁集》，也题为《过眉生新移居夜话》，其诗云："世有千秋人，难得三间屋。况乎人海间，一廛忻得卜。贺者叩门来，欢迎到童仆。笑问居之者，何如在幽谷。家人既云乐，旧书摊更读。云屋见基构，抗心希著录。阴阴古藤花，翠雪森可掬。有此百年姿，不复伤幽独。　行子客万里，夜梦寻家山。峨嵋与青城，高耸不可攀。幽燕尘污人，浮土一席难。赫赫京兆府，而我虱其间。主人虽好士，淹久非所安。卿辈各有家，除舍自不悭。信信复宿宿，终与援系班。秋飙肃獬气，钓鳌持一竿。知君花下坐，南向日三叹。　吾友汪幼兰，才艳骨亦寒。何人知拂拭，蕉萃渝之干。江东顾幼耕，吾严事以兄。五穷沮归计，失职芙蓉城。广敷气太豪，素翁齿益高。客星陨河上，大雅悲问樵。窗外风雨多，灯前故人少。京华得数子，终始期相保。存者君定觏，殁者君当知。明河天上水，汇海岂无时。"

② 枳棘：比喻障碍、阻碍。左思咏《史诗八首》之八："出门无通路，枳棘塞中途。"

③ 癸丑秋：咸丰三年（1853），太平军北伐抵近天津，京畿戒严。

④ 坠欢：指往日相处的欢乐。

⑤ 觥觥尹侍御：尹耕云，字瞻甫，号杏农，江苏淮安府桃源县人，道光三十年进士。咸丰丁巳年（咸丰七年）闰五月谏皇帝轻处败将讷而经额，奏

请收回成命，予以严惩。此诗所言或为此事。参见平步青《霞外攟屑》所录《尹侍御奏折》。觥觥，言其刚直。

⑥ 鷟：即 鸑鷟（yuè zhuó），古称紫凤。宋人强至诗《上何太宰生日二首》即有“世欣金鷟见，人庆玉麟来”句。

⑦ 王令：王令（1032—1059）初字钟美，后改字逢原，北宋诗人。五岁丧父母，随其叔祖王乙居广陵（今江苏扬州）。文词俱佳，与王安石忘年交。终身安于穷困，以授徒为生，只做过短时小官（高邮学官），年二十八岁卒。

⑧ 坠绪：失传、断绝。

奉和龚叔雨[①]夫子之任贵西道[②]留别四首

迢递苴兰[③]万里余，绣衣持节拜恩初。帝因门业思遗笏，人望官仪拥传车[④]。左掖[⑤]锦袍曾受赐，西清铃索早紬书[⑥]。獞花犵鸟[⑦]星邮路，残月还应梦直庐[⑧]。

潺潺盘水绕雄关，锁钥西来控百蛮。铜弩春深乌撒雨，瓢笙秋沸马郎山。射堂红烛宾僚宴，甲帐银刀将吏班。会见从容靖边徼，桑麻多处一开颜。

早岁稀苓幸见收，东华风月久从游。向人已似氃氋[⑨]鹤，爱我真如浩荡鸥。燕市狂歌倾玉斗，承明寂寞敝貂裘。摩挲花叶登科记，往事传衣已十秋。

锦江秋水长芙蓉，家在江流东复东。此日经过堪饮马，当年爪印认飞鸿。应多候吏知聃叟[⑩]，欲向君王借寇[⑪]公。咫尺能移严武节[⑫]，行厨[⑬]归话百花中。

① 龚叔雨：名自闳（1819—1879），号叔雨，字应皋，又字节兰，浙江仁和（今杭州）人。道光二十四年（甲辰科，1844）进士，选翰林院庶吉

士，授编修，曾出任四川考官，赵树吉己酉中举（道光二十九年，1849），即出其门下，故赵树吉尊其“夫子”。咸丰四年（1854）任江南御史。咸丰七年，受命任贵西道，龚自闳有《丁巳三月二十九日奉备兵贵西之命留别都门四律》，赵此诗即为奉和。此后，龚复于咸丰十年升贵州按察使，同治二年（1863）任贵州布政使，次年调入京。累官内阁学士、礼部、工部右侍郎。

② 贵西道：乾隆二十年（1755）设，先后领平远、大定、黔西、威宁、安顺、仁怀、普安诸府州。《龚自闳集》有诗《丁巳三月二十九日奉备兵贵西之命留别都门四律》兹录如下：“除书新贵五云边，菲植频叨雨露偏。芸馆怀铅才十载，兰台视草未三年。文章报国心方惕，简命承恩秩又迁。帝眷先臣清问及，感深弥自懔冰渊（自注：谢恩日蒙召见垂询先文恭公宦迹甚详）。

昔年持节蜀山行，今又黔阳赋远征。敢以蛮荒辞险阻，愧无报称答升平。湖山空绕思乡梦，云日犹余念阙情。此去春明门外路，邮籤数到夜郎城。

多惭师友受知深，惜别拳拳药石箴。食德无忘培笃厚，畏难转觉累胸襟。庙谟方布平蛮策，臣秩宜坚叱驭心。所冀有苗齐格化，九重迭听凯歌音。

危棱巉岩取次过，征尘惆怅隔关河。途经万里知交少，人到中年感慨多。夜雨联床违雁序，秋风振策动骊歌。离情愿逐牂牁水，流入桑干一带波。”

③ 苴兰：或为“且兰”，古国名，在今贵州省东部以黄平为中心的沅水上游（据《中国古今地名大词典》）。或说“苴兰”为古西南夷地一侯国，属夜郎“旁小邑”。本诗指代“西南夷故地”之贵州。

④ 传车：古代驿站的专用车辆。《淮南子·道应训》：秦始皇“具传车，置边吏”。

⑤ 左掖：午门的左掖门（“掖门”为正门两旁的边门），逢大典，供文武大臣出入。

⑥ 西清铃索早紬（chōu）书：指龚叔雨此前翰林院履历，曾任翰林院编修。清代有称南书房为西清；唐翰林院出入须拉铃绳通报。紬书即缀书。紬，缀辑、编辑。

⑦ 獞（tóng）花狫（gē）鸟：以西南民族地区花鸟指代西南地区。獞、狫分别是古时对西南壮族、仡佬族的旧称。

⑧ 直庐：侍臣值宿之处谓“直庐”，也写作“值庐”。

⑨ 毴氋（tóng méng）：毛散乱的样子。

⑩ 应多候吏知聃叟：这是借老聃（即老子）骑青牛过函谷关的故事。老子欲出函谷关，关令尹喜敬重其才，挽留不住便求老子留下著作，老子遂留《道德经》而去。候吏，古代掌管整治道路，稽查奸盗，或迎送宾客的官员，这里指函谷关关令尹喜。聃叟即老聃。

⑪ 借寇：寇，寇恂，东汉能吏，所到之处，盗贼绝迹。后随光武南征过颍川，群盗皆降。颍川百姓因向光武陈情："愿从陛下复借寇君一年。"事见《后汉书·寇恂传》。

⑫ 咫尺能移严武节：唐时严武曾任成都，为一代能臣。但其早年曾有诱盗邻家女儿出逃，事败被追捕，畏罪杀匿该女的丑事。传严武第二次出任成都，任剑南西川节度使时，因此事暴卒。

⑬ 行厨（xíng chú）：出行所带酒食。

夏日得寿绅[①]云笙[②]书寿绅并寄示丙辰出都见怀之作

郁姑台畔同游处，银甲弹筝春酒浓。梦里花开成远别，山中书到宛相逢。江城夜静防篝火，野庙春晴咒钵龙[③]。闻道生涯近非旧，白鱼紫笋更谁供。

闲云出岫少佳色，归鸟投林岂定枝。身世悠悠百无济，行藏落落两俱疑。几年相见铜驼陌[④]，他日应参玉版师[⑤]。惆怅王湖旧题句，乱山斜照不胜思。

① 寿绅：曾寿绅，名其祀（1822—1867），初名其恭，字寿绅，宜宾人。咸丰辛亥（元年，1851）恩科举人，同治壬戌（元年，1862）大挑二等，选授成都府灌县训导，不久即病逝。其妹嫁赵树纪（黼臣）。多次入京会试，至

则居树吉第。似患有糖尿病（消渴症），故赵以相如之事安慰他。详见本书《文略》卷二《灌县训导曾君墓志铭》。

② 云笙：陈代卿，字云笙。咸丰十一年辛酉（1861）举人，其女嫁赵树吉子赵鲁熙。同治十三年（1874）任山东章丘县令。后寓居济南。有《慎节斋文存》两卷，其中称“元卿与余同年而兼姻娅，少相善”。其生卒年，则考孙葆田为《慎节斋文存》所作“序”称，光绪三十一年之“去年秋，先生寿八十”，且以赵树吉称云笙“同年”，自小相善推之，当生于道光六年（1826年或1827年初），至光绪三十一年（1905）尚在世。

③ 咒钵龙：西域人僧涉遇天旱，能以秘咒下神龙入钵，天辄大雨。事见北魏崔鸿《十六国春秋·前秦·僧涉》。

④ 铜驼陌：隋唐时东都城东（故址在今洛阳）的一条繁华里坊，每逢春季，桃李高楼相映，游人如织。

⑤ 玉版师：笋的别称，出自苏轼《器之好谈禅戏语器之可同参玉板长老》诗：“丛林真百丈，法嗣有横枝。不怕石头路，来参玉板师。”

七月二十三日五鼓赴淀园[①]作

车如扁舟月如水，马蹄怒蹴滩声起。荡摇残梦不计里，身在千波万波里。西风卷地幨帷开，人语湖堤灯火来。铜环玉锁[②]鸣水殿，落月正照西山隈。砉然一笑声影绝，清景须臾那能掇。君不见城头白昼多朱轮，黄尘蔽天愁煞人。

① 淀园：即圆明园。

② 铜环玉锁：东坡《武昌西山》诗有“江边晓梦忽惊断，铜环玉锁鸣春雷”。

杂诗

长安九重门，列肆多于屋。市声日浮动，米价等珠玉。秋禾晚未登，贫窭苦握龊[①]。扶携杂衰稚[②]，辗转炎暑酷。瓜皮吐弃余，群儿竞奔逐。涓涓玉河水，三尺浸寒绿。其下溺人笑，其上招魂哭。斯民质饮食，残生累饘粥[③]。三叹投箸兴，朱门方鼎肉。

三年冬少雪，尘埃翳禾黍。飞蝗渡河来，布阵如风雨[④]。去年食秋稼，生子还入土。今年更戢戢，得气开翅股。巍峨京兆府，万斛蔽堂宇。捕捉所不尽，遗孽仍振羽。高粱与矮稻，齮龁[⑤]过田鼠。居民祀虫天，夜夜击土鼓。诏书信恻怛，使者问疾苦。吾皇务修政，灾祲[⑥]何足数。彼哉刘将军[⑦]，祷祠谅无取。

镕金作泉刀，宝货规古式[⑧]。磨砻出周郭，文字工篆刻。当时不胫走，率以十直百。岂惟殊綖环[⑨]，犹胜杂铅锡。世情利骫法[⑩]，真赝渐难识。纷纷似刘宠[⑪]，万选不一获。吏胥捉私铸，岁久仍接迹。驱车过邻巷，老翁行叹息。持钱朝入市，日暮无所得。归来对妻孥，泪缘筐筥[⑫]滴。

幽燕地苦瘠，百物资东南。譬如血气身，滋养需肥甘。昔年全盛时，粳稻充闾阎。漕渠达津淀，鸦尾衔千帆[⑬]。天庾[⑭]红粟陈，郊圻和乐耽。耰锄变锋镝，群盗久不歼。三吴半邱墟，贡赋知难兼。宣房[⑮]况未筑，淇竹已尽芟。飞艚帆沧海[⑯]，恐触蛟鳄馋。正供既有常，缺乏岂复堪。安得萧酂侯[⑰]，转粟驰骖骥[⑱]。

荒政十二策[⑲]，其下为淖糜。淖糜会有穷，民饥无已时。昨朝敕书下，振廪出黍粢[⑳]。分炊杂鬻釜[㉑]，滑若膏流匙。伛尪[㉒]声雷动，万古饥涎垂。争先营一饱，肩背相挤推。群吏怒目视，呵叱加鞭笞。虽云足果腹，未免伤肤肌。吾闻上古民，冻馁皆不知。膏泽固有道，感此思轩羲[23]。

我有齐年生[24]，谏议媲东都。朝阳翙[25]鸣凤，声噤百鸟咮。抗疏金商门[26]，重陈根本图。叔敖决期思[27]，雩娄变膏腴。张堪治渔阳[28]，种稻万顷余。菁华蕴富媪，美利先沟渠。郊畿方千里，地异斥卤区[29]。蟹堁[30]皆宜禾，畎浍[31]余前模。滹沱与桑干，众流昔所趋。鳞鳞启畦畛[32]，远近足灌输。他时盖藏富，岂止隆上都。国家长久计，此论良非迂。苍龙实主土，寻览当何如。尹杏农侍御耕云疏陈畿辅水利，言甚切直。

长安居不易，翻然思故园。故园少峨阴，五亩当门前[33]。臣昔本布衣，家食不自安。端来窃太仓，负此郭外田。客从山中来，叹息为我言。西郊久不雨，自秋徂[34]冬春。方田作龟坼[35]，高下同一尘。乌蛮况剽掠，出没随狙猿。农事知何如，岁月垂秋分。登高望青城，旷荡天无垠。何乡为乐郊，使我安耕耘。

① 握龊：局狭之貌。

② 衰稚：老幼。

③ 饘（zhān）粥：稠粥和稀粥。饘，稠粥。司马光《训俭示康》："昔正考父饘粥以餬口，孟僖子知其后必有达人。"

④ 飞蝗渡河来，布阵如风雨：据《清实录》：咸丰七年（1857）春，昌平、唐山、望都、乐亭、平乡蝗；平谷蝻生，麦无收。其他地方入山东、江西、湖北等地也蝗灾惊人。

⑤ 齮龁（yǐ hé）：侧齿咬噬，引申为毁伤。

⑥ 祲（jìn）：不祥之兆。

⑦ 刘将军：南宋刘锜，抗金名将，曾在苏皖一带蝗灾区驻扎和作战，因深得民心被朝廷封为"灭蝗之神"，此后全国蝗灾地区建"刘猛将军"庙祭祀之，以求显灵灭蝗。

⑧ 此首刺咸丰年间铸大钱之弊。赵树吉咸丰九年五月初一有《请罢大钱

疏》历数其弊端，文见《郁郅山房疏草》卷一，可参看。

⑨ 綖环：将钱币内圈和肉剪或凿去以减重，这是偷工减料的做法，使钱不值其重。

⑩ 骩（wěi）法：枉法。

⑪ 刘宠：东汉陈王，因其勇猛过人，黄巾军起后，值天下饥荒，唯陈国富强，得以独完，邻郡民纷纷往投。

⑫ 筐筥（jǔ）：筐与筥的并称。方形为筐，圆形为筥。

⑬ 鸦尾衔千帆：鸦头船首尾相接。言当年漕运盛况。

⑭ 天庾：本星名，星象家以此为“天仓”，以观当年丰歉。张衡《周天大象赋》：“天庾积粟以示稔（丰稔）。”后遂指国家粮仓为天庾。

⑮ 宣房：参见《诗存》卷一《河决行》“淇园菉竹注”。汉武帝亲临决口处，发卒数万人伐尽淇园竹治河，功成之后，筑宫其上，即名为“宣房宫”。事详见《史记·河渠书》。这里泛指治河工程。

⑯ 飞艚（cáo）帆沧海：漕船入沧海。因为江浙为战区，运河时有阻断，漕粮运输只能走海路。艚，运粮船，也泛指货船。

⑰ 萧酂（zàn）侯：萧何被封酂侯。

⑱ 骖驔（cān diàn）：马奔跑貌。

⑲ 荒政十二策：《大清会典事例》所载救灾方略、预案，最早为先秦所定，此后各代均有，略有差异。

⑳ 振廪出黍粢（zī）：开仓济民。振，发放；廪，粮仓。黍和粢都是北方的两种粮食，黍脱壳后叫黄米，比小米稍大；粢，北方称谷子（脱壳为小米）。这里泛指粮食。

㉑ 杂鬵（zèng）釜：言用各种锅灶遍设粥厂。鬵，古同“甑”。

㉒ 尪尪（wāng）：老弱病残者。尪，骨骼弯曲不正、瘦弱。

㉓ 轩羲：轩辕、伏羲。

㉔ 齐年生：赵树吉与尹耕云同为道光庚戌（道光三十年，1850）进士。

㉕ 翙（huì）：鸟飞的声音。《诗经·大雅》“凤凰于飞，翙翙其羽”。

㉖ 抗疏金商门：语出张衡《东京赋》：“昭仁惠于崇贤，抗义声于金商。”“金商”，古洛阳西门名“金商门”。

㉗ 叔敖决期思：此句是说楚庄王时孙叔敖主持修建期思、雩（yú）娄水利工程的事。《淮南子·人间训》："孙叔敖决期思之水，而灌雩娄之野。"期思、雩娄，古地名。雩，在今豫皖交界处，由于此工程，这一带变为楚国重要的粮食产区。

㉘ 张堪治渔阳：张堪，字君游，东汉南阳宛县人，曾作渔阳太守八年，教当地人广植水稻，由此致边疆稳固，民家殷实，史称"渔阳惠政"。

㉙ 斥卤（chì lǔ）区：盐碱地区。《康熙字典》引《说文》："西方咸地也。东方谓之斥，西方谓之卤。"

㉚ 蟹堁（kè）：亦作"蟹螺""蠏螺"，高地。刘向《说苑·复恩》："'……臣笑臣邻之祠田也，以奁饭与一鲋鱼。其祝曰："下田洿邪，得谷百车，蟹堁者宜禾。"臣笑其所以祠者少而所求者多。'"堁，土堆。

㉛ 甽浍（quǎn kuài）：田间的水沟。也指疏浚，此处用"疏浚"意。

㉜ 畦畛（qí zhěn）：畦，田园中分成的小块。畛，田间小路或界限。

㉝ 五亩当门前：此句出自《孟子·梁惠王上》："五亩之宅，树之以桑，五十者可以衣帛矣。"关于孟子这个"五亩之宅"究竟是多少，历来解说纷纭。总之，赵树吉用此典，并非说自己家门口有五亩田，而是说自己并不富裕，"衣食不自安"。

㉟ 徂（cú）：往，到。

㉟ 龟坼（jūn chè）：即龟裂，土地开裂。坼，开裂、干裂。

八月五日[1]云吉招同何子贞[2]朱伯韩两前辈王少鹤[3]农部锡振六容麋扃[4]眉生小集顾祠分韵得古字

昔闻城西隅，慈仁崇梵宇。当时萃锦幰[5]，烂若群玉府。亭林此侨寓，百载荒榛莽。草木良可敬，岁祀幸修举。嗟余懒不出，遗跡[6]无由睹。兹来获瞻拜，道义懔肺腑。北轩寄余赏，杂坐忘宾主。

苍然两髯叟[⑦]，霜皮貌太古。森森槐柏行，兀傲堪与伍。凉风吹酒波，斜日互吞吐。高歌裂金石，醉草不可谱。京华居五载，此会难指数。吾道宁尽非，乾坤自鼙鼓。东洲行远别，梦落明湖雨。他时还复来，黄叶满廊庑。

① 八月五日：此次盛会，以“两三知己道古论文”分韵作诗，兹录如下，以资参看。

何绍基分得“两”字，其诗收入《东州草堂诗钞·卷十九》：“慈仁古寺少尘坱，创立顾祠备瞻仰。十五年来世故多，幸未荒凉归莽苍。今年屡从祠下醉，古井摩挲字印掌。岂忘蒿目向疮痍，聊借闲身供倜傥。炎风畏景才几日，飒飒园林动秋响。古佛应怜僧饭苦，一任声声敲麦杖（自注：正殿前打谷多日）。寒蝉入夜鸣转悲，仰看星光自摇荡。范君携樽意何厚，冷客寻秋到方丈。竹篱以内如深山，城市之间成野赏。英多蜀士粲珠玉，愧我三年秉英荡。相逢直谅杂嬉谐，未免昂藏生慨慷。难得诸君不相弃，劝酒索书互撝奖。诸君抱才皆不羁，诗名官职要兼两。老夫酒醒别怀生，梦落明湖双画桨。”

王锡振得“知”字，诗载王拯《龙壁山房诗钞》：“昔贤不见昆庐阁，此日风流又顾祠。人代升沈双树在，文章得失几心知。金戈跌宕空豪气，翰墨飞腾好醉时。坐恋清光不归去，寒山片月似峨眉。”

朱鉴成分得“道”字，诗载《题风馆诗稿·归雅集》：“古寺草木深，秋晴风日燥。饮食乐贤者，风流见二老。二老醉辄歌，歌声波浩浩。苍然松柏槐，倚门同绝倒。纤月不生明，爽气天为皓。二老阅世久，群贤匡济抱。忧乐有后先，主人国瑰宝。走也虱其间，玉衅夏璜考。贱无天下责，酒为羁人造。醉语王农部，君入京华早。顾祠十五年，中兴赖文藻。春秋两大祀，河海归行潦。此会亦足贵，招邀宁草草。酒阑二老行，归哉怅惲嘐。萧条千载心，难向闲人道。”

赵树吉得“古”字韵，即本诗。

范云吉（泰亨）得“文”字，诗载《国朝全蜀诗抄·卷五十六》：“顾祠德星聚，风流我昔闻。今登毗卢阁，草木含清芬。杯酒延高轩，犹得识三君。东洲老更豪，醉墨生烟云。高吟太白诗，铿锵调笙鼓。直哉朱侍御，谈笑亦阛阓。定甫乃独醒，词赋识其分。讨论得异同，吾人此乐群。是日秋气清，晚照犹缤纷。我来历游览，神冶歆蒿焄。双松间槐柏，古木苞奇芬。老僧为我言，庋阁富缃芸。东洲有令嗣，摊书迎朝曛。我昨惜未到，不及窥三坟。嗟我苦尘鞅，谳牍徒纷纭。况郁忧世怀，蒿目东南军。今日幸高会，雅足慰懃懃。吾乡四君子，饮醇有余醺。何当重载酒，酣醉听论文。"

② 何子贞：何绍基（1799—1873），字子贞，号东洲，别号东洲居士，晚号猿叟。湖南道州（今道县）人，道光十六年（1836）进士，晚清诗人、画家、书法家。历任文渊阁校理、国史馆提调等职，曾充福建、贵州、广东乡试正副考官。咸丰二年（1852）任四川学政两年。因上疏不合上意被降调。咸丰七年三月至京，九月回济南（即此次会集后，因此诗中提到"东洲行远别"）。历主山东泺源、长沙城南书院。同治十二年（1873）病逝苏州。著有《东洲草堂金石跋》《东洲草堂诗钞》。顾祠即顾亭林（炎武）祠，道光二十四年由何绍基建于京之报国寺（即慈仁寺）。

③ 王少鹤：王拯（1815—1876），原名锡振，字定甫，号少鹤，广西马平人（今柳州市柳江县一带）人。幼年父母早丧，家贫，由姐姐为人洗衣抚养，供其读书。道光二十一年中进士，初任户部主事。太平军新起时，三曾随吉尔杭阿军剿办。王一生体弱多病，数传死讯。官至通政使，同治三年与薛焕互劾，均被降调。能诗文，词尤佳，有《龙壁山房词》《龙壁山房文集》《龙壁山房诗集》《归方评点史记后笔》《谈艺录》等。

④ 麋扃：即眉君，朱鉴成。朱鉴成为龙皞臣《坚白斋集》题词曾落款"蜀南麋扃朱鉴成"。

⑤ 赙（dàn）：书册或字画卷首贴绫处。

⑥ 遗趼：泛指遗迹。何绍基有《顾祠》记其建祠本末，内即有"至今双松下，仿佛见遗趼"句。还有"我昔使蜀州，遗趼前贤聚。两处流杯池，和诗照戎叙"句。

⑦ 两髯叟：指何、朱（伯韩）两位。

中秋夜月酒后与王泽山同年兰生兄祐熙侄共话

学宦莫作京朝官，年年索米居长安。浪游莫作幽燕客，敝尽貂裘[①]归不得。抟抟[②]大地七尺身，巨鳌戴[③]之如一尘。云雷不动龙剑气，日月空悬钟虡[④]文。闭门万象困嘲弄，卷轴如山压秋梦。坚苦谁知志士心，苍茫未识生材用。西风夜过晾鹰台[⑤]，朝来白露滋苍莓。典衣沽酒且行乐，肯令佳节羞瓶罍[⑥]。庭院沉沉孤月迥，仙桂垂花散花影。一片清光似故人，照我肺肝冰雪冷。何处歌声吹紫云，凤笙龙笛华堂深。琼楼高处寒不觉，岂知下有枯蛩吟。谈深忽忆朱公子，冷吟闲醉亦如此。宇宙苍凉秋气多，相逢不乐当奈何。

① 敝尽貂裘：此用《史记》苏秦说秦，裘破金尽归不得的典故："说秦王书十上而说不行。黑貂之裘敝，黄金百斤尽，资用乏绝，去秦而归。"敝，破、旧。

② 抟抟（tuán tuán）：圆圆的样子；凝聚如团。

③ 戴：《说文》："又与载通用。言其上曰戴。言其下曰载也。"

④ 钟虡（jù）：古代悬挂钟或磬的架子两旁的柱子。

⑤ 晾鹰台：在今京郊大兴，为皇家围猎及阅兵场所。

⑥ 瓶罍（léi）：泛指酒器。罍，古代一种盛酒的容器，多用青铜或陶制成。小口，广肩，深腹，圈足，有盖。

送祜熙侄以县令需次河南

前年送汝时，相视意不怡。今来汝有官，送汝能无辞。念汝负英禀，雏凤翔崔巍。森然辈行中，独立毛羽奇。家贫复多难，藜苋常苦饥。独抱范馨砚[①]，涕泣事文词。橐笔从名场，剑气干虹霓。我时如黄犊，鸠车[②]日酣嬉。但闻族党言，汝宜居凤池[③]。穷乡岁月多，青衫误心期。款段[④]出里门，依依将何之。大阮具铜盘，招汝河之湄。一州如斗大，书剑相因依。西笑入长安[⑤]，秋赋复罢归。

吾宗有阴德，昌炽理固宜。况汝节母孙，天岂爽报施。一朝腰银艾[6]，见我紫陌陲。眉间有黄气[7]，喜慰夙昔思。此官古诸侯，勿谓所职卑。朝廷任守令，保障非茧丝[8]。缅维吏部公，日角珠庭[9]姿。起家高淳令[10]，政绩循良推。冤狱解覆盆，异物格仁慈。饥虎避人境，飞蝗沦涟漪。以兹被荐牍，遂受圣主知。至今臼湖[11]上，榱桷[12]余生祠。白云自卷舒，既雨归翠微。传家无长物，惟有清白贻。六朝百余年，葛藟[13]绵本支。相继佩铜符，治谱无敢隳[14]。清芬尚未远，廉吏诚可为。中州镇嵩岳，神柄控火维。河洛互襟带，九达成通逵[15]。承平已繁剧，于古称难治。一从兵火余，人民今则非。米贼[16]时鸱张[17]，出没风雨驰。重烦将帅力，万垒栖熊罴。连村团保甲，逋赋穷呼追。夜探赤白丸[18]，斫吏莹鹖鹎[19]。黄流天上来，坼岸坤轴危。蛟龙改窟穴，蛙黾[20]生庡庮[21]。凄凉瓠子歌，三载多尪羸[22]。薅莨[23]难未已，堎骔[24]民其咨。乂安[25]赖长策，责在良有司。吾君如舜尧，臣下无皋夔[26]。大厦须构材，岂云一木支。庶得百贤宰，分处罗星棋。吏民如家人，呼吸关创痍。众心隐敌国[27]，桑葚怀枭鸱[28]。持此报国家，起衰其在兹。汝习长桑[29]术，更为汝言医。阴阳视其性，寒燠[30]视其时。参苓苟不适，不如败鼓皮。冥心穷脉缕，殊功宁患迟。愧我忝侍从，五年居京师。才疏际时艰，蒿目空郁伊[31]。所恃吾舌存，敢忘涓埃裨。东华莽黄尘，车盖何逶迤。闭门少干谒[32]，须捷徒贻嗤。独汝知我志，不谓王湛痴[33]。眼中亲旧稀，况此重别离。白日照金台[34]，寒风吹征衣。执袂国西门，去去度琉璃。他年世业振，抽簪返峨眉。种花道南宅，待汝倾千卮。此约会有待，努力匡济资。

① 范馨砚：范馨，晋时人，范乔祖父。范乔二岁时，范馨临终以砚传他，遗言："恨不见汝成人!"稍长，范乔知道了祖父的遗言，抱砚痛哭，后遂好学不倦。事见《晋书·隐逸传》。

② 鸠车：泛指古时儿童玩具，如鸠车、竹马。赵树吉小祜熙五岁，故自言“我时如黄犊，鸠车日嬉戏”。

③ 居凤池：指在朝为官，因凤凰池是皇家池苑之“池”，常用以指代朝廷。

④ 款段：行动迟缓。这里指忐忑出门，不知前路如何的样子。

⑤ 西笑入长安：西笑，言渴慕长安之乐。出自汉代桓谭《新论·祛蔽》：“人闻长安乐，则出门西向而笑；知肉味美，则对屠门而大嚼。”

⑥ 银艾：指银印绿绶，意即做官。因绶用艾草染绿，故称“艾”。

⑦ 黄气：指喜气、祥瑞之气。

⑧ 茧丝：泛指赋税（因敛赋如抽丝）。

⑨ 日角珠庭：这是相面用语，指人额头正中有隆起如角，为富贵之相，所谓“日角珠庭，非常人也”。此赞吏部选材。

⑩ 起家高淳令：赵氏祖赵玮康熙年曾任江苏高淳知县，当时有名循吏，“清厘逋欠，分剖疑狱，有能声。邻邑溧阳蝗起近界，不事祈祷，恭默自咎。薄暮，石臼湖风大作，蝗尽卷没。溧界猛虎伤人，刁民移尸过界，至夜，虎仍衔归旧处。事闻，保举同知，任吏部主事，旋升员外”（据《宜宾赵氏家谱》）。本诗以下几联即叙述其事。

⑪ 臼湖：即石臼湖，位于今江苏省南京市溧水、高淳两区与安徽省当涂县、马鞍山市博望区交界处。

⑫ 榱桷（cuī jué）：本意指屋椽，此指高淳百姓为赵玮所建生祠。榱，椽子。桷，方形的椽子。

⑬ 葛藟（gě lěi）：因其延绵不绝，又称“千岁藟”，《左传·文公七年》：“葛藟犹能庇其本根，故君子以为比。”

⑭ 治谱无敢隳（huī）：治谱，《南齐书·良政传·傅琰》：“琰父子并著奇绩，江左鲜有。世云‘诸傅有《治县谱》，子孙相传，不以示人’。”后因以“治谱”为称颂父子兄弟居官有治绩之典。隳，毁坏。

⑮ 通逵：“通途”之义。

⑯ 米贼：东汉末张鲁五斗米道。此指捻军。

⑰ 鸱（chī）张：“嚣张”之意。

⑱ 夜探赤白丸：汉书所载“探丸斫吏”事。《汉书・尹赏传》云：“长安中奸猾浸多，闾里少年群辈杀吏，受赇报仇，相与探丸为弹，得赤丸者斫武吏，得黑丸者斫文吏。”

⑲ 莹鸊鹈（pì tī）：指斫吏者用鸊鹈的油脂擦拭刀剑。莹，使明亮光洁。鸊鹈，水鸟，扬雄《方言》称其“膏可以莹刀剑”。

⑳ 黾（měng）：古书所称的一种蛙。

㉑ 扊扅（yǎn yí）：门闩。

㉒ 尪羸（wāng léi）：瘦弱。

㉓ 臡菹（ní zū）：本意指剁斩为碎块的肉糜。此处是指任人宰割的人。臡，带骨的肉酱。菹，切成小块的肉。

㉔ 墋黩（chěn dú）：混沌不清。上墋下黩为乱象。

㉕ 乂安（yì ān）：太平安定。乂，安定、治理；安，太平、安稳。《史记・孝武本纪》：“汉兴已六十余岁矣，天下乂安，荐绅之属皆望天子封禅改正度也。”

㉖ 皋夔：皋陶和夔的并称。皋陶是虞舜时刑官，夔是虞舜时乐官，常借二者指贤臣。

㉗ 众心隐敌国：指民心中隐藏可以敌国之气。言民气可用，民气可畏。

㉘ 桑葚怀枭鸱（xiāo chī）：言人皆亦可因仁政知报答。用“食黮怀音”典，出自《诗经・鲁颂・泮水》：“翩彼飞鸮（xiāo），集于泮林，食我桑黮，怀（回报）我好音。”枭鸱、飞鸮，皆指猫头鹰。

㉙ 长桑：战国时长桑君医术高超，曾传扁鹊医术。

㉚ 燠（yù）：暖，热。

㉛ 郁伊：抑郁不舒。

㉜ 干谒：为某种目的而求见权贵。语出杜甫《寄狄明府博济》：“胡为漂泊岷汉间，干谒王侯颇历抵。”

㉝ 王湛痴：王湛（249—295），字处冲，西晋太原晋阳（今山西太原）人。王湛极富才学，而幼时因少言被人视为痴呆。

㉞ 金台：指北京。

九日欲出游不果

苜蓿秋凋马不肥，抱花寒蝶梦迷离。五年九日闲中过，北地西山青为谁。邻笛凄凉怀旧，感昨送鹤溪少宰之殡。嵩云迢递送人时。前日送祜熙侄需次河南。胜情输与题糕[①]客，黄菊千行照酒卮。谓眉生杏农诸君子。

① 题糕：原书“糕”字用“餻”字，典出唐刘梦得（禹锡）作《九日诗》，欲用“餻”字，以《五经》中无此字，不敢用。宋子京不以为然，遂作《九日食餻》诗：“飙馆轻霜拂曙袍，糗餈花饮斗分曹。刘郎不敢题餻字，虚负诗中一世豪。”后称重阳题诗为“题餻”，今简化为“题糕”。

赠吴秋漪[①]布衣复，浙江绍兴人

须髯如戟颜苍松，心如铁石筋骨铜。篆如鸾凤如虬[②]龙，奇姿妙技不可佣。少年好古镌鱼虫，梦吞丹篆光熊熊。袖中千朵青芙蓉，刻画括尽京西东。芝房宝鼎皆消融，土花不蚀红沐红。仓颉蝌蚪开鸿蒙，峄山秦望鸧然从[③]。俗书晚出博鹅笼[④]，古意百变离其宗。鸡溲瓦屑[⑤]矜儿童，后来铁笔知谁工。君有成竹兀在胸，奏刀投削驰雨风。琪花瑶草森珑璁[⑥]，群仙排云集新宫。平生富贵浮云同，朱门足履如蒿蓬。都人润笔挥手空，残衫破帽还成翁。西山晓望苍翠重，归来独听城南钟。青苔及榻无人踪，韩陵片石[⑦]为君容。朱方鼙鼓声隆隆，夜梦空绕湖上峰。有时叩户足音跫[⑧]，细看妩媚[⑨]

非龙钟。愿君勿更悲途穷，茫茫今古将毋同。作诗赠君供一笑，霜飙正下秋菊丛。

① 吴秋漪：也作吴秋衣，浙江绍兴人，著名篆刻家。张之洞《送吴叟秋衣往四川为道士》诗序中言："吴癖金石，善刻印，技在陈曼生、赵次闲之间。尝荷担穷探名山访碑，遇，即搨之。"又在为《沈贤修印谱》题跋中称："秋衣看印多，读书少。"余未详。

② 虯（qiú）：同"虬"。

③ 峄（yì）山秦望鸧（qiāng）然从："峄山"和"秦望"都是著名的秦篆碑刻，传为李斯所书，历代习小篆者奉为法式。"鸧然"，意指历代篆家纷纷师法。鸧，同"锵"。

④ 鹅笼：典出南朝梁吴均《续齐谐记》记述的"鹅笼书生"的怪异故事，比喻变化莫测。

⑤ 鸡溲瓦屑：这是指东晋戴逵幼时用白瓦屑（瓦灰）和鸡蛋清混以小便制作小碑，刻上字，名之为《郑玄碑》，由于碑、字、刻工俱佳，传为美谈的故事。戴逵后来成为一代名画家和雕刻家。其人《晋书》有传。有关"鸡溲瓦屑"见《世语新说·巧艺》。

⑥ 珑璁（lóng cōng）：草木青翠茂盛。

⑦ 韩陵片石：成语，比喻少见的美文。南北朝时期，梁朝的庾信从南朝到北方，文士很多看不起他。庾信把《枯树赋》给他们看，自后没有人敢说什么。后来南方人问庾信北方的文士水平怎样，庾信说只有韩陵片石的温子升可相提并论。韩陵，山名，在河南安阳。片石，指韩陵山上北魏温子升撰写碑文的石碑。

⑧ 跫（qióng）：脚步声。

⑨ 妩媚：这里指仪态美好。

酒醒

隔巷晓风闻犬吠，傍城残月觉驼行。酒醒梦断知何处，落叶空山无限情。

除夕用东坡馈岁三诗韵

腐儒不治生，修史绌食货。岁晚闻剥啄①，兼旬损清卧。今宵复何事，一笑风雨过。故人知我贫，酒钱醵②相佐。小妇罗杯盘，婢仆声应和。寒灯孕春花，佳气蔼四座。官闲乐易足，差免消驴磨。狂歌时一醒，窗外明星大。

去年寄弟书，言我归有时。今年岁已除，我归尚迟迟。风尘莽浩荡，岁月焉可追。坐念五旬母，齿发幸未衰。承欢赖弟妹，稍慰倚闾悲。所愧作人兄，佳节羁天涯。尺书久欲寄，怅惘③难为辞。醉把梅花看，瘦骨何由肥。

我生际多事，世宙纷豕蛇。京华居六年，鼙鼓无停挝④。昨者赤囊⑤来，朝市夜惊哗。欃云⑥大如马，影逐南斗斜。藩篱穿不完，荒忽难防遮。虮虱⑦生甲胄，将帅空蹉跎。旧岁既复尔，新岁当如何。作诗一感喟，得酒谁能夸。

① 剥啄：亦作“剥琢”。敲门或下棋声。

② 醵（jù）：凑钱喝酒。

③ 怅惘：心事重重，惆怅迷惘。

④ 挝（zhuā）：意为敲打，如“挝鼓”。

⑤ 赤囊：即赤白囊。古代递送紧急情报的邮袋。

⑥ 欃（chán）云：彗星尾云。欃，星名。《尔雅·释木》称彗星为“欃枪”。星象家有“天欃为兵，赤地千里”之说。

⑦ 虮（jǐ）虱：虱卵和虱子。虮，虱卵。

雪山

阶前积雪数尺，峰峦宛然，沃以燂[①]汤，久更莹洁。甚可玩也。戏为此诗。

黄灵银沙抟作堆，罡风吹冻云根胎。蓬婆玉立太始色，倒出井络高崔嵬。阳崖虚明日月白，阴谷惨黮[②]龙蛇（孩）［骇］[③]。当时秦鞭[④]远莫及，驱遣未敢呵风雷。我来长安望西徼，涨天尘土生阴霾。五年不着剑南屐，耳目自觉皆凡材。荒荒庭院那有此，一笑灵鹫同飞来。横斜凹凸各具体，坡陀尺寸光皑皑。吾闻海中有蓬莱，珠宫贝阙金银台。扁舟徐福去不返，只今寂莫波涛回。阎浮[⑤]今古一沤[⑥]耳，有无真幻何容猜。我对兹山动遥想，置身已到峨眉隈。梦中更作蚁缘壁[⑦]，尻轮神马[⑧]行相偕。前朝一雪车辙断，空庖湿苇无烟煤。貂裘典尽酒难换，清赏不惮衔空杯。呼奴缚帚莫扫却，叩门或有麴秀才[⑨]。

① 燂（tán）：热、烧热。《康熙字典》引《礼·内则》："五日，则燂汤请浴。"

② 黮（dàn）：云黑色。

③ 龙蛇骇：即"骇龙走蛇"。龙蛇被掠走，形容声势浩大、惊天动地。原书"骇"误作"孩"。

④ 秦鞭：秦始皇之鞭。宋代诗人宋庠《丑石》诗有"讵闻轻宋璞，可要逐秦鞭"句。

⑤ 阎浮：亦称"阎浮提""南阎浮提"，为须弥山四方的四洲之一，位于南方的南赡部洲，上面生长许多南赡部树。"阎浮"即"赡部"，一种树名，后泛指人间世界。

⑥ 一沤：大海中一个水泡。

⑦ 蚁缘壁：手脚并用，如蚂蚁爬壁。

⑧ 尻（kāo）轮神马：以尻为车而神游。指随心所欲遨游自然。《庄子·大宗师》："尻以为轮，以神为马。"成玄英疏："尻无识而为轮，神有知而作马。"尻，屁股，脊骨的末端。

⑨ 麹秀才：即"曲秀才"，因有麹姓，而旧"麹"字又与酒曲之"曲"同，故以"麹秀才"戏称酒。有神话一则，唐代道士叶法善招饮，一秀才不请而至，自称"麹秀才"，道士刺之而化为美酒一瓶。

人日六容招同郭云仙[①]前辈尹杏农[②]侍御李篁仙[③]农部龙皞臣[④]孝廉眉生小集寓斋

春来已七日，出门今方始。东风散晴陌，华毂如流水。只鸡赴近局，谈笑无俗士。春盘足乡物，味敌燔炙美。娇女才负床，牵衣戏阶戺[⑤]。牙牙作何辞，似语客可喜。惜哉此欢宴，不见朱公子。共指北牖间，悬榻犹在此。居人自娱乐，行者已千里。盛年轻聚散，感念尝自悔。君居近江亭，苍然莽葭苇。有酒当时来，浩歌暮山紫。

① 郭云仙：郭嵩焘（1818—1891），字筠仙，号云仙、筠轩，别号玉池山农、玉池老人，湖南湘阴城西人。道光二十七年（1847）进士，咸丰四年（1854）至咸丰六年佐曾国藩幕。同治元年（1862），被授为苏松粮储道，旋迁两淮盐运使。同治二年任广东巡抚，同治五年罢官回籍，在长沙城南书院及思贤讲舍讲学。光绪元年（1875），经军机大臣文祥举荐进入总理衙门，不久出任驻英公使。光绪四年兼任驻法使臣，次年迫于压力称病辞归。曾为薛焕撰墓志铭。光绪十七年病逝，终年七十三岁。此次集会应是在咸丰七年

人日。

② 尹杏农：名耕云，字瞻甫，号杏农，江苏淮安府桃源县人，道光三十年进士。咸丰丁巳年（咸丰七年，1857）闰五月谏皇帝轻处败将讷而经额，奏请收回成命予以严惩。参见平步青《霞外攟屑》所录《尹侍御奏折》。因上时政疏，与郑亲王端华庭争，痛哭于朝，天下皆知其直。咸丰九年，因受戊午科场案牵连，以“科道失纠”遭降调。终因不容于朝，外放河南，帮办剿捻军务，后以知府留豫，又升河陕汝道。光绪三年，以忧劳死于河南。

③ 李篁仙：原名寿蓉（1825—1894），字梦莹，号天影庵居士，湖南望城县星城镇杉木桥人，谭嗣同岳父。清咸丰六年（1856）丙辰进士，授户部主事，转江汉关道及芜湖道，封荣禄大夫。李清才卓越，善诗文，尤工联语，被誉为“长沙才子”，是清末湖南六大联语家之一。著有《天影庵诗集》《离骚音韵》等。联语著述有《天影庵联语》。

④ 龙皡臣：名汝霖（1824—?），字润生，号皡臣，湖南攸县人，道光二十六年丙午（1846）举人。由教习官山西曲沃知县，后知直隶高平。与郭嵩焘、王闿运等交往。著有《坚白斋集》。

⑤ 戺（shì）：指台阶两旁所砌的斜石。

盛啸松[①]至自浙中

前年送子西泠去，烟雨梅花满六桥。一别湖山少消息，重来须鬓渐飘萧。浮云世事悲苍狗，残雪春寒敝紫貂。剩有新诗可持赠，夜灯孤馆慰清寥。

① 盛啸松：名襄，字啸松，或作啸髯、盛啸髯、啸嵩，皆一人，收藏家。与赵树吉诸多朋友有交集，或为旗人（辽宁东州），或曾官（或居）杭州，余未详。

羊城行[1]

君不见，羊城城门昼不开，飞书日报番舶来。石光迸火炮如雨，绕城庐舍飞烟煤。番儿碧眼毛发卷，短衣突入疑衔枚。高马达官走相避，簪佩脱落纷挤推。使相[2]军门拥旄节，捽持一去无迟回。腰间玉麟竟何有，帐下银刀安在哉。都人侧目路旁看，城头惨淡鼓角哀。可怜搜牢更出令，鲛绡破碎红琼瑰。高赀席卷富窟尽，摸金[3]直欲仇枯骸。海波如镜月如水，当时歌舞喧楼台。珠船风送百宝至，往往月进逾江淮。自从边臣失控制，割弃数欲同珠崖[4]。洸洸徐公奋智勇，洒雪旧耻清氛埃。十余年来又一蹶，鲸鲵跋浪无津涯。金枷岂为浑瑊[5]铸，伏波铜柱荒苍苔。满月窥兵固其性，隐忍谁念祸所胎。粤中民俗素操（刺）［剌］[6]，白梃可以歼渠魁。健儿皆知敌忾义，勇怯不合今昔乖。诏书昨敕铸铜虎，横海勋名需将才。中原兵革殊未息，外患何由绝根荄。蜚雨[7]冥冥春不雷，罗浮花落生阴霾。登高南望一长叹，风尘澒洞[8]多劫灰。

① 羊城行（xíng）：行，古诗的一种体裁，多长篇叙事。此诗咏第二次鸦片战争中广州的陷落，痛斥广东督抚不善用民气，坐待英军炮轰入城，叶名琛被俘去国。诗中怀念林则徐当年勇气。

② 使相：叶名琛官至两广总督、体仁阁大学士，钦差通商大臣，故称其“使相”。

③ 摸金：曹魏曾设摸金校尉掘墓“摸金”，后遂指盗墓掘坟为“摸金”。

④ 珠崖：汉代郡名。汉武帝置地居海中，崖岸出珠，故曰珠崖。此指割地香港。

⑤ 浑瑊（jiān）：唐时名将，在平定安史之乱及与吐蕃作战中战功赫赫，

贞元十五年去世后获赠太师，谥号“忠武”。唐德宗素来猜忌功臣，但对浑瑊却十分信任，敌人数次离间均未能得逞，“猜间不能入”。故本诗感叹“金枷岂为浑瑊铸”。瑊，本义是像玉的美石。

⑥ 操剌（là）：意为“勇猛”。徐无党注《新五代史·汉高祖纪》：“世俗谓勇猛为操剌。”又如“操剌健儿”。原书误“剌”为“刺”，今改之。

⑦ 蜑（dàn）雨：南方海上的暴雨。如苏轼《松风亭下梅花盛开》诗即有“岂知流落复相见，蛮风蜑雨愁黄昏”句。

⑧ 风尘澒（hòng）洞：出自杜甫《观公孙大娘弟子舞剑器行并序》：“一舞剑气动四方”“风尘澒洞昏王室”。又，司马光《和范景仁西圻野老》中“哀声澒洞彻四极，草木惨澹颜色伤”。澒洞，形容相连不绝，弥漫无边；水势汹涌；引申为冲击、震动。

送林星五同年[①]炳枢之官广西便道归里

仁和夫子筹边去，寥落京华同岁生。百里岂能羁骥足，一官等是负鸥盟[②]。天临桂海鱼龙阔，路绕衣江父老迎。去日凌云花正发，可无高咏寄春明。

浩荡苍梧劫运开，十年战伐尚飞灰。空城日瘦黄狐立[③]，荒箐春深白雁回。虞诩三科犹募士[④]，公孙五县[⑤]正需才。他时听唱中和颂[⑥]，握手还倾日下杯。

① 同年：此为生年相同。林炳枢其人未详，诗称“仁和夫子”，应是杭州人。

② 鸥盟：与鸥为友，比喻隐退。陆游《夙兴》诗：“鹤怨凭谁解，鸥盟恐已寒。”

③ 黄狐立：言荒芜。杜甫《乾元中寓居同谷县作歌》之五有：“黄蒿古城云不开，白狐跳梁黄狐立。”

④ 虞诩三科犹募士：虞诩，东汉名将，为官清正廉明，刚正不阿。任朝歌令，在三科（犯三种罪被科以刑狱罪犯）中募求敢死之士入匪营诱其入埋伏而歼之。

⑤ 公孙五县：汉哀帝时，公孙述为清水县令，因其很有能力，太守命他兼领五个县，他都治理得非常好。

⑥ 中和颂：白居易所作《中和节颂》。中和节在二月初一，为唐代节日，后世更为二月初二龙抬头，庆万物复苏。

送从兄兰生游白下①

天涯群从独相亲，闭户高歌动鬼神。嗜左竟成元凯癖②，食鲑未厌庾郎贫③。三年香土④初醒梦，六代残花易感春。莫向江南苦留滞，故山猿鹤待归人。

① 白下：南京别称之一，因古代于白石山下筑“白下城”而名，历来为南京繁华地带。

② 元凯癖：晋杜预字符凯，嗜好《左氏春秋》，自谓有《左传》癖，即“嗜左”成癖。事见《晋书·杜预传》。

③ 食鲑未厌庾郎贫：《南齐书·庾杲之传》载：庾杲（gǎo）之家贫，日以韭薤、蒲韭、生韭为食，即三韭（三“九”）。有人即戏称：谁说庾郎贫，食鲑常有二十七种之多（谐三九二十七）。

④ 香土：喻做京官。宋时有戏言“西湖风月不如东华（门）香土”。东华门为百官出入朝堂所经之门。

花之寺[1]

垂柳阴阴郊路弯，春晴携酒叩禅关。野风呼叶翻涛濑[2]，笕水[3]通花响佩环。金粟梦残居士远，是日话罗两峰前生为此寺住持事。海棠开尽老僧闲。乾嘉韵事凭谁说，愁绝征车不可攀。时伯韩前辈将有江南之游。

① 花之寺：在旧北京丰宜门外三官庙，以寺内海棠花著名。乾嘉时著名书画家罗两峰（罗聘）自称“初生时不茹荤血，常梦入花之寺”，自号前身花之寺僧。后江西人曾燠遂题此三官庙为“花之寺”。每年海棠花期，京城士大夫喜宴集此寺。

② 濑（lài）：急流。

③ 笕水：用长竹管引的水。笕，引水或接水的长竹管。

书感二首

冲风[1]吹火云，暝色[2]乱晴昬。仰观城阙高，乌啼当昼起。忧来块然立，耿耿念国耻。浇酒淬剑花，照耀三尺水[3]。报君当提携[4]，直割乖龙[5]耳。

居夏常苦夏，既秋复思之。世运极迁流，蕴此无穷悲。枯蝉鸣空桑，岁月安可移。风多易沉响，大造宁闻知。已矣其何言，万事非昔时。

① 冲风：暴风、烈风。《楚辞·九歌·河伯》：“与女游兮九河，冲风起

兮横波。”

② 暝色：暮色、夜色。

③ 三尺水：比喻剑。语出李贺《春坊正字剑子歌》：“先辈匣中三尺水，曾入吴潭斩龙子。”

④ 报君当提携：句出李贺《雁门太守行》：“报君黄金台上意，提携玉龙为君死。”

⑤ 乖龙：传说中因不愿行雨而到处躲藏的孽龙。这是借用韩愈《答道士寄树鸡》句：“烦君自入华阳洞，直割乖龙左耳来。”不过韩诗写的是割木耳的事。

闻湄君南行过浙消息

名山看尽东西浙，客路句留大小苏。谓子贞先生桥梓[①]。定有新诗在烟水，更闻醉梦满江湖。兵戈帀[②]地闲身好，苍海浮天短棹孤。到日对床[③]同听雨，可无书札忆潜夫。

① 桥梓：又作“乔梓”，桥木高大，梓则相对矮小。用来比喻父子关系。朱鉴成和何绍基为忘年交，朱小何二十一岁，事何如父。

② 帀：同“匝”，如本句“兵戈帀地”即遍地兵戈。

③ 对床：典出苏辙、苏轼兄弟早年“风雨之夜对床听雨谈诗之约”。

分校京兆[1]奉和尹杏农同年监试用东坡监试呈诸试官诗韵即以述怀

自我通籍[2]来，九载窃官廪。忧时百无济，迂拙守天禀。墨磨人欲老，砚枯岁不稔。分校膺宠命，如鼠作河饮[3]。当时本弋获[4]，惭汗尚余渖。京华天下首，人文萃流品。镛钟混筝琶，兰茝丛赍荏。心鉴苟不莹，朱衣岂能审。文章重根柢，浮靡今特甚。庸种无嘉苗，纇[5]绚无美锦。挦扯[6]饰陋窳[7]，经史等沙碜。持此骋天路，不怪行踔踸[8]。朱方犹带甲，杀气霜雪凛。饥雁鸣嗷嗷，惊鱼波淰淰[9]。谁能副旁求[10]，一使鸮食葚[11]。航航尹师鲁[12]，谏院联茵衽。平生尺一书[13]，启心以沃朕[14]。棘闱[15]寄筦钥[16]，作歌详告谂[17]。审音聆[18]其曲，辨味聆其饪。庶期得晁董[19]，不但侣曹沈[20]。构厦[21]有众材，扪心可安寝。秋风吹紫陌，名录待镌锓[22]。蛟龙一吟吼，众蜑蛙黾噤。诗成万感寂，夜雨鸣孤枕。

① 分校京兆：作京兆（顺天府）戊午（咸丰八年，1858）科乡试同考官。这一科因发生舞弊案，导致主考官柏葰等被杀而载入史册。而尹耕云则"以科道失纠下吏议，而耕云以充内监试谴独重，镌二级调用。"

清代科举考试分乡试和会试，乡试在地支逢子、卯、午、酉的那年秋八月分省举行（顺天府则在北京举行），称"秋闱"，考中的为举人；会试在乡试次年即丑、辰、未、戌年春三月在京举行，各省举子公费赴京应考，称"春闱"，考中者经殿试后分三甲（等）被赐予"赐进士及第""进士出身""同进士出身"。

② 通籍：古时用二尺长竹片（称为"籍"）写上可出入宫门的官员姓名

悬于门外，以供出入查验。被登录门籍，谓之“通籍”，后遂称当了官为“通籍”。赵树吉道光三十年中进士后为庶吉士，至咸丰八年，近九年，所以下文自称“九载窃官廪”。

③ 如鼠作河饮：成语“鼹鼠饮河”，指所求甚微，所欲极少。

④ 弋获：射鸟而得获。

⑤ 纇（lèi）：丝上的疙瘩。

⑥ 挦扯（xián chě）：多方摘取、摭拾。多指剽窃词句或割裂文义。挦，有拉扯、拔取、摘取、摘录等意。

⑦ 窳（yǔ）：低劣，粗劣。

⑧ 踔踸（chuō chěn）：单脚跳行、跛脚走路的样子。踔，践踏，跳跃。

⑨ 淰淰（niǎn niǎn）：散乱不定貌。

⑩ 旁求：广泛搜求人才。孔融《荐祢衡表》：“旁求四方，以招贤俊。”

⑪ 食葚：受人恩惠而改恶习。《诗经·鲁颂·泮水》：“翩彼飞鸮，集于泮林，食我桑黮，怀我好音。”说的是声音很怪的鸮，吃了我的桑葚后，为感激我，本来很难听的声音都改好了。后常用此典比喻在好的影响感化之下而改变旧的恶习。

⑫ 尹师鲁：此借欧阳修赞尹洙（尹师鲁）来比喻尹杏农。参看本卷《眉生新移居夜话湄君有诗余亦继作》注。尹洙事见《欧阳修集·居士集卷二十七》。

⑬ 尺一书：诏书。也指书信。

⑭ 沃朕：“沃”指内心受启发。此指以治国之道开导帝王。元稹《高端婺州长史诰》有：“朕尝因苦口，必念沃心。每思药石之臣，咸听肺肝之语。”

⑮ 棘闱：古代在考场四周围以荆棘，故称考场为棘闱。

⑯ 筦钥：筦同管。本指钥匙，指考场已经锁闭，即已“锁闱”禁止出入。

⑰ 谂（shěn）：详尽。

⑱ 聄（zhěn）：意为“听”。

⑲ 晁董：汉代晁错和董仲舒，均为良才良臣。

⑳ 曹沈：曹植、沈约。均以文学见长。

㉑ 构厦：构建大厦。

㉒ 镌锓：雕刻制版，这里指高中之后发榜。

郁郢山房诗存·卷三

己未至辛酉　咸丰九年（1859）至咸丰十一年（1861）

雨夜五鼓赴圆明园道中作用东坡歧亭韵

晚雨东南来，夜半如沥汁。重城更柝暗，隔巷车声湿。疲骡出郭门，欹簸眠未得。野旷天茫茫，争道仆夫急。笼烛时一明，人影乱凫鸭。坡陀[1]太行麓，云树青幂历[2]。兹行失远近，不见朝霞赤。疏林灯火出，始觉湖光白。京畿久旱暵[3]，尘土污巾帻。似闻老农夫，悬耒空啜泣。斋宫祷祈应，默补造化缺。我无贺雨诗，愧彼元和客。明朝望天颜，送喜冠佩集。

① 坡陀：山势起伏貌。

② 幂历（mì lì）：弥漫笼罩貌。梅尧臣《依韵和孙浦二都官展墓由大明精舍而归》："归鞍却望原头路，幂历轻烟物景沉。"原书作"羃麗"。

③ 暵（hàn）：干旱，《说文》："暵，干也。耕暴田曰暵。"

宿张肖眉[①]洵编修淀园直庐

水木清华绕直庐，绿窗朱户列仙居。新凉已似初秋候，小住真成三宿余。曾枢元[②]师直上书房时旧寓，余宿此屡矣。庭竹过风喧坠鸟，池荷经雨聚行鱼。独怜第五桥边路，华屋飘零梦不如。余与肖眉同主鹤溪少宰家，今少宰已下世矣。

① 张肖眉：名洵（1821—1861），字肖眉，钱塘人。咸丰二年（1852）进士，改庶吉士，授编修、上书房行走、文渊阁校理。后于咸丰十一年太平军陷杭州时，阖家殉，留绝命诗云："箧内犹存御赐衣，澄怀风景已全非。微臣虽死心犹在，化作杜鹃向北飞。"衣冠北拜投井殉。

② 曾枢元：名璧光（1795—1875），字枢垣（枢元），四川洪雅人。因其道光二十五年曾以举人出任叙州府宜宾县教谕，后又中道光三十年（1850）进士，故与赵树吉亦师亦同年。中进士后选庶吉士，授编修，记名御史。后入直上书房，为皇子奕䜣等师傅。咸丰九年，出为贵州镇远知府。同治元年（1862），署贵东道，同治七年实授贵州巡抚。加太子少保。光绪元年（1875）八十岁死于任上，归葬洪雅。追赠太子太保，谥"文诚"。

初秋夜作

西风几日到重城，凉入空堂悉蟀声。落叶渐多愁不扫，怒涛无定梦犹惊。起看脉脉虫缘壁，卧听啾啾鼠上檠。懒放[①]久知非世用，欲抛冠剑学长生[②]。

① 懒放：犹懒散。

② 欲抛冠剑学长生：意同今时所言“无官一身轻”。“冠剑”，指代官职。崔颢《行经华阴》尾联有“借问路傍名利客，无如此处学长生”句。长生，长生不老之道。

闱中排闷戏作是科奉命监试

风云诛荡[①]龙门开，官居乃在龙之腮。监试居龙门左右厢，呼曰龙腮。蝇须蜗角[②]不容旋，人语百变争喧豗[③]。京华薄宦已七载，麋鹿野性嗟难谐。息心闭户谢时辈，落花阒寂生苍苔。胡为役役堕人海，扰攘昏旦如蚊雷。虽云叔夜不堪[④]事，未免强起鞭驽骀[⑤]。迩来兼旬损眠食，视听既改形神乖。洞天咫尺不可越，但见冠佩纷徘徊。回头旧梦渐惝恍[⑥]，坐令逐队羞凡材。堂前翠雪森古槐，百年几见吾曹来。风尘满面色老丑，精灵觑我应嘲诙。可怜明月泻流水，寒光夜半无纤埃。中秋佳节已屡负，对影谁念孤吟哀。江湖白波雁始下，风露丛菊花初胎。粗完官事当早出，持螯一醉城南杯。

① 诛（dié）荡：即“诛荡荡”，开阔清明的样子。《汉书·礼乐志》：“天门开，诛荡荡。”如淳注：“诛荡荡，天体坚清之状。”

② 蝇须蜗角：言其所居狭小。

③ 喧豗（huī）：喧闹拥挤的声音。

④ 叔夜不堪：嵇康（叔夜）与山涛（巨源）绝交书中称自己散漫懒散，不识人情，暗于机理，一身“毛病”，尤其有“七不堪”，即不堪忍受七种礼仪的束缚。

⑤ 鞭驽骀（tái）：鞭驱劣马。自谦为劣马，自应鞭催。驽骀，劣马。

⑥ 惝（chǎng）恍：模糊不清；恍惚。

八月十二日至公堂夜坐达旦

空堂霄露冷侵衣，银烛花残蝙蝠飞。偶触屏风僮仆倦，乍听官鼓吏人围。说经谁似匡衡解①，好士今如永叔稀②。试向铜仪高处望，文昌六曜渐光辉。

① 说经谁似匡衡解：匡衡，字稚圭，东海郡承县人。西汉经学家，对《诗经》的解说为历代经学家所推崇，无人能及。

② 好士今如永叔稀：如今缺少欧阳修那样好士的人。欧阳修好士惜才，苏东坡赞“治经方笑《春秋》学，好士今无六一贤”。欧阳修字永叔，号六一居士。

八月十六日夜与陈心泉① 浚刘子恕② 成忠两侍御登明远楼

白袍③散尽此登临，槛外星河淡欲沉。一夜月明佳节过，九霄云起禁钟深。风摇万瓦鳞鳞动，露下重城雉雉阴。差免丹黄④役文字，可无杯酒助高吟。

① 陈心泉：名浚（1815—1870），字华哲，号字心泉。道光二十七年（1847）丁未科二甲进士，选庶吉士，散馆授编修，时为御史。后卒于湖北盐

法道任。

② 刘子恕：名成忠（1818—1884），字子恕，江苏人。咸丰二年（1852）壬子恩科进士，改庶吉士，授职编修，作御史。咸丰八年任福建道监察御史，咸丰十一年（1861）外任河南汝宁府知府，同治四年（1865）任开封知府，后升道台，光绪三年辞官居淮安至卒。

③ 白袍：指应试士子。苏轼《催试官考较戏作》诗："愿君闻此添蜡烛，门外白袍如立鹄。"

④ 丹黄：古时点校用丹砂、雌黄二色，故用以指代点校文字的工作。

冬夜感怀二首

闭门若空谷，矮屋如渔舟。纵横十笏[1]间，俯仰成退休。霜风振庭柯，寒气侵我裘。囊空瓶罍耻[2]，茗饮聊自谋。砖炉火深明，长夜良悠悠。天地日荆榛，雄才逝如流。儒术非介胄[3]，事业百不酬。心伤已成翁，所欠唯白头[4]。推书仰屋梁，寂寞徒烦忧。

烦忧不能寐，欲语当告谁。家人睡已酣，惟有孤灯知。孤灯岂复知，含葩弄春姿。八年别乡井，飞梦愁峨眉。默数西来程，亭堠[5]多转迷。家山忽在眼，村路青霏微。当时负床儿，束发肩已齐。喧呼慈母侧，喜我今真归。空房警虚响，复觉身在兹。骨肉贵欢聚，感此重嗟咨。城乌独何事，绕树亦未栖。

① 十笏：言其斗室，狭小可用十块笏板长度（约两市尺稍多）丈量。"十笏"一词，出自唐释道世撰《法苑珠林·感通篇第二十一》：印度吠舍厘国有维摩故宅基，唐显庆年敕使卫长史王玄策出使西域，过净名宅，以笏量基，"止有十笏，故号方丈之室"（见《法苑珠林校注》中华书局2003年版第903页）。

② 瓶罍耻：说自己囊空以致瓶罍皆耻。语出《诗经·小雅·蓼莪》："瓶之罄矣，维罍之耻。"说的是瓶子空了是罐子的"耻辱"。

③ 介胄：铠甲和头盔。介，铠甲；胄，头盔。

④ 所欠唯白头：时赵树吉尚未满三十二岁，却自言"心伤已成翁"，只是头还未白而已。下一首遂作思乡之梦，梦醒后"重嗟咨"。

⑤ 亭堠（hòu）：古代用以守望的岗亭、土堡。堠，供瞭望的土堡，也指古时计里程的土堆，五里一"单堠"，十里一"双堠"。此句用亭堠多转迷言梦中故乡之遥。

得湄君广东书[①]将从令兄小封明府渡海之任文昌

平生不识罗浮路，梦断梅花何处游。岁暮怀人还日下，书来听雨又琼州。孤城海气寒成市，绝岛涛声夜撼楼。天遣新诗出荒怪，越装那用叹淹留。

① 湄君广东书：咸丰七年（1857），朱鉴成在黄宗汉幕，两广总督叶名琛被英军俘往印度后，清廷命黄宗汉继。朱鉴成随黄赴粤，但因建言不被采纳，愤而辞职。辞职后竟然靠典衣度日，后因长兄（即此诗所称小封明府）选任广东文昌县知县，遂随赴文昌。据朱鉴成《题凤馆诗稿》，此事在咸丰九年，有《大兄摄文昌篆余将从泛海去》。

闻官军破贼郡城获全[①]

胪言[②]风听久疑猜，吉语真随好梦来。想见炊烟满城郭，更无劫火照楼台。短衣子弟从军乐，春酒庭闱笑口开。早晚扁舟问归路，梅花无恙雪皑皑。

双江东汇走夔巫，碧水丹山[3]入画图。从此降人辞佩犊[4]，漫令妖谶托鸣狐[5]。花卿[6]身手超巴郡，严武旌旗在益都。西顾不烦霄旰虑，愿闻天诏罢征输。

① 咸丰九年（1859）秋冬，在与四川筠连接壤的云南大关县（今云南盐津县）发生李蓝起义，迅速攻下叙州府筠连、高县、庆符后，围攻叙州府城达两个多月，久攻不下，于十二月初撤军而去，城得以全。围城期间，赵树吉心忧如焚，在朝屡上书请拨精兵强将增援，参见本书《疏草》卷一所载奏折。

② 胪（lú）言：传言，流言。胪，传语，陈述。

③ 碧水丹山：宜宾境内岷江北岸一处丹岩映碧水，有“丹山碧水”题刻。

④ 辞佩犊：言投降之人卖刀买牛犊，以回家耕田。佩犊，典出《汉书·循吏·龚遂传》：“遂见齐俗奢侈，好末技，不田作，乃躬率以俭约，劝民务农桑……民有带持刀剑者，使卖剑买牛，卖刀买犊，曰：何为带牛佩犊!”

⑤ 鸣狐：吴广大泽学狐鸣呼“大楚兴，陈胜王”事。

⑥ 花卿：花敬定。与下文严武均是唐将。

赠高生[1]

西江山水秀巉绝，高生晚出殊奇侅[2]。少年从军缚袴褶[3]，鸷若乳赞[4]当嬴骀[5]。匡庐落日揖帅府，帐前动色夸雄才。解鞍三载逐计吏[6]，素衣几日生缁埃。庙堂储英重芸馆[7]，拔擢晁贾登邹枚[8]。凤池夺汝竟何意，百不一试谁能猜。平生仇耻徒耿耿，湛卢绣涩[9]空墙苔。心如绛蜡一寸短，中有万泪难成灰。腐儒官贫日扫轨[10]，昏昏梦堕故纸堆。旁人大笑不肯顾，独能折节无挤排。园居相距三十里，我不一去君频来。论诗说剑气磅礴，骇怪僮仆藏婴孩。朝为百篇暮千首，往往劖[11]刻造化胎。昨从西麓造深翠，出入霞雪旋羸䴪[12]。眼明梯空望南岳，春阴迷合从无阶。揭来[13]告我欲东逝，湖口有田多芋魁。丈夫顑颔[14]不称意，力耕垄亩宁沉埋。艰虞世宙足忧患，印累绶若[15]知谁佳。高生高生愿尔为不材，牺尊青黄天所灾[16]。

① 高生：高心夔（1835—1883），江西湖口人。原名梦汉，字伯足（百足），号碧湄、陶堂、东蠡。咸丰元年（1851）十七岁中举，咸丰十年成进士。高心夔少年时练乡勇，后带五百乡勇到九江投入曾国藩幕。久而无功，以赴会试为由辞去。入京后为肃顺所赏识，遂与尹耕云、龙汝霖、王闿运等人同为肃顺核心幕僚。中进士后，选县令，不就，遂东归，赵树吉以此诗赠行。数年后于德州入李鸿章幕，以军功发江苏，两署吴县令。后因抗上，引疾退，高心夔虽才高，但一生坎坷，盛年即郁郁而卒，仅四十九岁。野史载肃顺两次欲暗助拔头筹，其两次复试、殿试均因作卷粗心押错诗韵而败（事载《异词录》）。高心夔博学能诗，杨岘所撰墓志铭称其诗“句躍字奇，如荒山古碣”。精篆刻，故此诗有“往往劖刻造化胎”之语。著有《高陶堂遗集》八卷。

高心夔深为肃顺赏识，却因肃顺暗助其欲得状元事为士人所轻。肃顺因戊午科场案促杀柏葰、辛酉政变自己又被诛杀，高心夔好友杨岘、汤纪尚为其所作传和墓志，均讳言其与肃顺之交，赵树吉虽重高心夔之才，因有此诸事，他在此后编《郁郢山房诗存》时恐觉隐其名号为宜，故只称“高生”，但赵树吉保留此诗，也说明他的正直和惜才。而高心夔也始终怀念赵树吉。此诗被收入徐世昌编《晚晴簃诗汇·卷一百五十》。

② 奇侅（gāi）：非同寻常。侅，非常。

③ 袴褶：利于骑射之服装。

④ 乳䝮（xuàn）：䝮，指育子的母䝮。“䝮”，古书上说的一种似狗的凶兽，乳子之䝮尤其凶恶。此指高心夔因其父死于太平军，遂练乡兵欲为父复

仇事。

⑤ 羸骀（léi dài）：指瘦弱驽钝的马。庾信《代人乞致仕表》："驱奔效驾，先辍于羸骀。"

⑥ 逐计吏：指欲考进士做官。古代州郡掌簿籍并负责上计的官员。古时对官员的考绩以及担任考绩的官员也叫"计吏"。

⑦ 芸馆：翰林院的美称。"芸"本是一种防蛀书虫的香草，故称藏书楼或书房为"芸馆"，后常用以美称翰林院。

⑧ 晁贾、邹枚：晁错和贾谊、邹阳和枚乘，两两合称。四人均是西汉辞赋大家。晁、贾二人富治国之才，是杰出的政治家，"晁贾"并称。而邹、枚二人则又因极富辩才，合称"邹枚"。

⑨ 湛卢绣涩：宝刀绣涩（即锈涩）。湛卢，古名剑。李白《独漉篇》："雄剑挂壁，时时龙鸣。不断犀象，绣涩苔生。"高心夔感激赵知己，其《高陶堂遗集·陶堂志微录》卷四中《怀人五十八截句》怀赵树吉特意提到此句："蜀国英英赋颂声，仙郎岂为碧鸡行。宝刀锈涩秋落句（自注：见赠长歌有宝刀锈涩秋墙苔句），知我泥涂亦半生（自注：前云南迤西道赵君树吉沅鹊）。"绣涩，也作"锈涩"。

⑩ 扫轨：扫除车迹。意为谢绝来访，不预人事。这是赵树吉自况门前车马稀。

⑪ 劖（chán）：意为刻，铲，凿。高心夔工篆刻。

⑫ 蠃蜱（luǒ pí）：用螺蜱比其归家下雪，只好如螺蜱卷缩壳内。蠃，同"螺"。蜱，一种狭长的蚌。

⑬ 朅（qiè）来：前来。朅，此作句首助词。

⑭ 颇颔（kǎn hàn）：指因营养缺乏而面黄肌瘦状。此句指不得意而郁郁消瘦貌。

⑮ 印累绶若：官印累累，绶带长长，形容宦吏身兼多职。累，多；若，长。即班固所谓"印何累累，绶若若邪！"

⑯ 牺尊青黄天所灾：喻为才所累。韩愈《祭柳子厚文》："凡物之生，不愿为材。牺尊青黄，乃木之灾。"牺尊，刻为牺牛之形的尊。青黄，彩色纹饰。

饮眉生宝啬轩晚大雷雨

出门无所适，复寻宝啬轩。轩中亦何有，四壁罗缃芸。疏帘延斜光，几簟①皆清新。子野②三十后，不复好诣人。唯吟少陵诗，得意时一醺。我来相对饮，至静无众喧。渴砚生微津，蒸作坏色云。乾坤忽如暝，霹雳车殷辚。似闻龙衙衙③，倒泻银潢翻④。昆阳⑤战方合，屋瓦皆崩填。须臾群响寂，邻火明颓垣。开轩视故径，湖河浩在门。且歌快哉谣，出淖归其掀⑥。

① 簟（diàn）：竹席。

② 子野：指南朝史学家、文学家裴子野，其兄弟四人皆负盛名，时称“四裴”。做过中书通事舍人，其文才深得梁武帝赏识，赞“其形虽弱，其文甚壮”。他的人品也广受同僚尊敬。《梁书》称其“在禁省十余年，静默自守，未尝有所请谒”。

③ 龙衙衙：形容云龙翻滚，声音隆隆。

④ 银潢翻：翻到银河。银潢，指天河。宋张孝祥《水调歌头·隐静山观雨》有“谁泻银潢水，倾入宝莲宫”句。

⑤ 昆阳：指公元23年刘秀以二万人打败王莽军四十万的昆阳之战。此言电闪雷鸣，风雨大作。

⑥ 出淖归其掀：抬车出泥淖。这可能是所谓“快哉谣”中的句子，赵树吉借《左传·成公十六年》晋楚鄢陵之战中晋厉公交车陷泥淖，晋军驾从“乃掀公以出于淖”的事幽默一下。掀，抬，举。

夜宿宝啬轩待眉生未归

晚雨洗残暑，轩馆夜肃肃。新凉在衣袂，秋气不可掬。主人游未返，剪尽西窗烛。一歌猛虎行[①]，凄风咽城角。

① 猛虎行：历代诸多诗人均有作题为《猛虎行》的诗歌，诗意各有不同。

次酬王定甫农部[①]拯见赠五十韵

艰虞念俦侣，旧交多隔面。闭门强视息，阒若僧退院。寒螀[②]空自和，燕石忍复衒[③]。挂冠愧宏景[④]，索米犹曼倩[⑤]。何人慰端忧[⑥]，蔼蔼承明彦。长篇却投赠，箴勖及闲宴。自从烽火逼，光照甘泉殿。禁中乏颇牧[⑦]，背城谁借战。笼东[⑧]哀甲士，狼藉走丞掾[⑨]。天王已姑莸[⑩]，突厥遂渭汧[⑪]。神山逴龙艳[⑫]，飞石震雷洊[⑬]。北门掌郑管[⑭]，近关错蘧传[⑮]。君归闻引疾，戢羽鸟思倦。门前胡骑沓，尘污愁障扇。悬知坚卧意，痛哭手难援。霜飙豁祆氛[⑯]，快雪人意善。余生复何幸，经月相向偭[⑰]。谈深烛见跋[⑱]，坐久庭集霰。君才本琮琥，早岁声誉擅。一驰相如檄[⑲]，县令负弓箭[⑳]。再参秺侯军[㉑]，壁垒森津淀。澄清志未就，岁月去如电。十年老豹直[㉒]，笔橐依雉扇。犹有未烧书，欲待峨豸弁[㉓]。沧溟一钓竿，桂岭双行缠。粗酬世事了，庶极灵境变。默观元穹閟[㉔]，坐恐厚地窾[㉕]。伤时郁孤抱，感激日百遍。忆昔慈仁刹，宾筵始相见。烂烂秋照花，沉沉诗在卷。独迟连墙谒[26]，徒作踞觚[27]羡。嗟予百无能，驽缓众所贱。埋轮[28]苦力弱，愦学又偷便。世途竞奇服，独退益迂狷[29]。可怜漆室柱[30]，恻恻泣婵媛。君今胡我厚，夸赏过楚卞。江海方横流，提封[31]少完堰。南山极芜秽，谁复事锄佃。鹈鸿[32]满台阁，虞罗[33]畏罪谴。矫首望萧辰，万象凄以眩。况闻黄竹歌，八骏[34]尚泥淀。张弧事虽已，俘累被华袨。金缯岂长策[35]，饥虎犹侧睊。至尊方旰食，吾辈敢酣宴。每怀东洲翁[36]，旧裙书白练。松寮当时客，散尽少欢忭。平生恃良友，道义获磨炼。感君重爱惜，肯随时俗转。文章亦邱貉，身世等堂燕。各葆岁寒心，尘网期勿罥[37]。夜清灯火荧，苦泪渍成片。酬诗慎莫出[38]，聊共冰雪咽。

① 次酬王定甫农部：这是对王定甫（拯）《赵元青给谏携示疆圉集诗卷感怀附赠五十韵》的酬答。王诗中回忆他们咸丰七年（1857）八月五日的聚会情形（见《诗存》卷二《八月五日云吉招同何子贞朱伯韩两前辈王少鹤农部六容麋扃眉生小集顾祠分韵得古字》），以及他曾在其中的感受。王拯诗载《龙壁山房诗草》卷十一《庚申集诗》，兹录于此以作参照：“蜗壳巷南北，经年不相面。一樽曾合坐，秋影双松院。东洲老豪强（自注：子贞），设论颇高衒。江阳朱公子（自注：麋君），被学亦华倩。时君犹玉貌，窈窕金闺彦。温如圭壁姿，寡默竟兹宴。一从冠惠文，铁柱峨秋殿。传言疏草秘，但说主攻战。我时从灞陵，戎马备书椽。秺侯本精忠，坚壁据长汧。谅渠飞石迅，奈我围棘洊。独嫌鲜筹略，未肯听书传。我归仍懒拙，奔走日思倦。居邻闻给驺，对客每抝扇。要当夔龙接，不受金张援。迹疏神则亲，往往心嗟善。可怜尘鞅余，衡宇日空偭。长星朝在天，雨雪集维霰。师徒甘狃败，趋走特恣擅。敌驱遂国门，猬礫鸣惊箭。沧江龙穴露，鳞鬣徙溏淀。东海竟扬尘，三山激飞电。城居纷引避，十户九寒扇。屈偻数交游，晨星几华弁。闭关坚卧疾，符牍畏连缠。郸人患当痘，鲁客色先变。谁能厦倾扶，坐觉舟漏窾。夜月挂圆冰，提铃九馗遍。过从门偶踳，呼烛喜相见。新诗久传播，快得牛

腰卷。声情悲复壮，击诵杂妒羡。岷峨郁精英，行谊马杨贱。比来况寂寞，巴曲或偷便。如君文行卓，深语出高狷。奇香熏东衿，美颦昵西媛。吾侪既违俗，汗纳宁守卞。不观荒县田，草莱塞塘堰。行愁嘉种绝，泪血惜农佃。年来耻荣禄，恨不获罪谴。万石尽委蛇，一官好依恋。街头佩犊人，碧眼光眴眩。其来禆海遥，偏侧又荒淀。淫奇恣争夺，华土悲丽袨。好人恶则兽，百计事涎睊。交衢昨悬书，主客乃欢宴。都人幸无恙，聊复已征练。吾属亦萧闲，新知且欢抃。我衰子尚壮，筋骨好镕炼。背人露肝鬲，语莫触喉转。悔思当世平，胜日尠文宴。松寮今落莫，画壁蛛网罥。犹留玉池波，皎洁青璘片。穷途伤急景，与子冰雪咽。"

② 寒螿：即寒蝉。螿，蝉的一种，较小，耳色青，秋鸣。

③ 燕石：似玉之石，借以自谦。衒（xuàn）：高声叫卖。

④ 宏景：陶弘景，字通明，《南史·隐逸传》载："南梁，陶弘景脱朝服，挂神武门，上表辞禄。"但梁武帝每遇国家大事，就去山中寻访他，当时人称陶"山中宰相"。

⑤ 索米犹曼倩：这是用汉东方朔（字曼倩）嫌俸禄薄，用巧言向皇上"索长安米"的故事。参看本书卷七《重有感仍用前韵》"饱死侏儒"注。

⑥ 端忧：闲愁，深忧。

⑦ 禁中乏颇牧：朝中缺乏如廉颇、李牧那样的将才。明张居正《送敕使阅武》诗："始知颇牧在禁中，何事劳师勤远略。"

⑧ 笼东：犹东笼，摧败披靡之状。赵诗此语哀败军将士之惨苦。"笼东"一词来自《荀子·议兵》："案角鹿埵陇种东笼而退耳。"可能是古方言。有人解释为"鹿埵，败退溃散貌"，"陇种，跌撞摇晃貌"。古人注荀子此语，众说纷纭。但对指败军之状似无异议。

⑨ 丞掾：泛称属官。

⑩ 天王已姑莸：语出《左传》：东周王子朝之乱时，"天王处于姑莸，辟儋翩之乱也"。周敬王躲在姑莸这个地方以避儋翩（王子朝余党）之乱。

⑪ 突厥逐渭汧（qiān）：唐武德九年（626）突厥四十万犯渭水，唐太宗被迫求和，待突厥退兵时于半道击杀。汧，汧水，今千河的古称，源出中国甘肃省，流经陕西省入渭河。

⑫ 逴（chuō）龙赩（xì）：逴龙山色赤，寸草不生。语出《楚辞·大招》："魂乎无北！北有寒山，逴龙赩只。"王逸注："言北方有常寒之山，阴不见日，名曰逴龙。"赩，大红色，赤色无草木状。

⑬ 雷洊（jiàn）：雷声频频。洊，频仍。这是《易·震》："象曰：洊雷震，君子以恐惧修省。"意思是闻滚雷叠至，君子应悟知恐惧惊惕，修身省过。

⑭ 北门掌郑管：语出《左传·僖公三十二年》："杞子自郑使告于秦曰：'郑人使我掌其北门之管，若潜师以来，国可得也。'"

⑮ 近关错蘧传：卫献公十八年，孙文子欲害卫献公，在进入卫国都的路上遇见蘧伯玉，乃征询其看法，蘧伯玉认为："立了新的国君，难道能确知比旧的国君好吗？"言罢，便急忙从离边境最近的关口离开卫国。近关，因卫国京城不在国中央，故有关口离边境较近的称为"近关"。错，交错而过。传，驿站的车马。蘧（也作遽），蘧瑗，字伯玉，春秋时期卫国的上大夫，因为人贤德而闻名于诸侯。

⑯ 霜飙豁祆氛：寒风凛冽驱除夷人的妖气。杜甫《北征》也有："仰观天色改，坐觉祆气豁。"

⑰ 偭（miǎn）：面向。

⑱ 烛见跋：蜡烛烧到了根部。"跋"就是烛的根。指谈话投机，烛尽不忍停。

⑲ 相如檄：指晓谕军民的文告。典出司马相如《喻巴蜀檄》。

⑳ 县令负弓箭：语出《史记·司马相如列传》：汉武帝拜相如为中郎将，出使蜀郡，"至蜀，蜀太守以下郊迎，县令负弩矢先驱"。

㉑ 秺（dú）侯军：王拯曾在咸丰元年随吉尔杭阿军。咸丰十年再次随军参赞，所以是"再参秺侯军"，秺侯金日磾（jīn mì dī），匈奴王子，降汉后成为汉朝名相。后元二年（前87），汉武帝病重，托金日磾助霍光辅佐太子刘弗陵（昭帝），并遗诏封其为秺侯。这里借指王拯所随的将军。

㉒ 豹直：古称御史值班为"豹直"，比喻像埋伏豹子那样不出，故也称"伏豹"。

㉓ 峨豸弁：高高的御史豸冠。"豸冠"即獬豸冠，借指法官等司法官员。

弁，指官帽。

㉔ 閟：清静，幽深。古通“祕”。

㉕ 竁（cuì）：穿地，孔洞。

㉖ 连墙谒：王定甫与赵树吉曾连墙而邻，情深谊厚。赵树吉《郁郅山房骈文》卷二《刘母王夫人七旬寿序》中说：“吉与定甫，居久连墙，谈每申旦。”

㉗ 踞觚（jù gū）：倚着灶角。出自《南华逸编》：“仲尼读《春秋》，老聃踞灶觚而听。”觚，腹部足部各有四棱的青铜酒器，后借指棱、角。

㉘ 埋轮：典出《后汉书》张纲埋车轮于洛阳都亭事：汉安元年（142）选派张纲等八人巡视全国，纠察吏治，余人皆受命而往，独张纲埋其车轮于洛阳都亭，曰：“豺狼当路，安问狐狸！”比喻不畏权势，敢于弹劾。

㉙ 独退益迂狷：因王诗中言及当时宴集众皆活跃，而赵则“温如圭璧姿，寡默竟兹宴”，所以这首酬答诗称自己独处时更拘谨寡言。

㉚ 漆室柱：典出《列女传》，鲁国漆室邑有个女子（鲁娥）倚柱而哭，隔壁妇人以为她在哭自己老大了还嫁不出去，实际上她是因为国君已老而太子尚幼而悲。借此典喻忧国忧民。

㉛ 提封：指版图、疆域。

㉜ 鹓（yuān）鸿：比喻贤能之才，高贵之士。苏轼《次韵答邦直子由》之四：“闻道鹓鸿满台阁，网罗应不到沙鸥。”鹓，一种瑞鸟。

㉝ 虞罗：护林官张的捕鸟网，即罗网。因是“虞官（虞人）”所张设，故称虞罗。

㉞ 黄竹歌、八骏：皆出自李商隐的《瑶池》：“瑶池阿母绮窗开，黄竹歌声动地哀。八骏日行三万里，穆王何事不重来。”黄竹歌，《穆天子传》称穆天子西行于黄竹遇大雪，乃作“黄竹歌”哀民之苦。

㉟ 金缯岂长策：这是指咸丰十年（庚申）朝廷关于“借洋兵剿贼”的争议，赵认为不是长久之计。金缯，黄金锦缎。

㊱ 东洲翁：何绍基，号东洲。

㊲ 罥：意为缠绕，如杜甫《茅屋为秋风所破歌》“高者挂罥长林梢”。

㊳ 酬诗句：可能担心这首诗有“妄议朝政”之嫌，遂有“慎莫出”之语。

冬夜读所编同人诗漫题一律

平生落落数良友，聚散京华又几年。永夜怀人在何许，举篇见字故欣然[①]。用孔文举语。此身各有千秋想，他日知谁一卷传。寂寞承明更伤乱，岁寒霜雪渐华颠[②]。

① 举篇见字故欣然：孔融（字文举）《又遗张纮书》："前劳手笔，多篆书。每举篇见字，欣然独笑，如复睹其人也。"

② 华颠：因年老而头发斑白。

曾涤生[①]师奉命督师江南三首

百战孤军在，临危用乃神。诸侯皆秉钺，圣主自知人。兵气缠吴会，天威仗老臣。诏书信勤恳，喜极欲沾巾。

痛哭祁连冢，春芜渍泪痕。长城千里坏，荒郡几家存。有地征输急，无功将吏尊。楼船早下濑，旦夕缚孙恩[②]。

幕下多豪俊，后来推剑州[③]。故人能办贼，吾意复何求。时议思儒将，奇勋寄故侯。谓杨忠武公[④]。无才甘退隐，行矣狎沙鸥。

① 涤生：曾国藩号。这可能是咸丰十年（1860）四月命署两江总督，曾国藩当时在安徽作战，未署职，后由薛焕暂署。六月，实授曾两江总督，督办两江军务。《晚晴簃诗汇》录前二首。

② 孙恩：借指洪秀全。孙恩是东晋五斗米道道士，琅玡郡人。东晋隆安

三年（399）起兵反晋，横行海上，后兵败跳海自杀。

③ 剑州：指李申夫，四川剑州人，时在曾国藩幕中干才。

④ 杨忠武公：杨遇春（1760—1837），字时斋，四川崇州人，清朝名将，历仕乾隆、嘉庆、道光三朝。道光八年（1828）起担任陕甘总督十年，告老后两年病逝，年七十八岁。追赠太子太傅、兵部尚书，入祀贤良祠，谥号“忠武”，故后世称其为“杨忠武侯”。

连日雾凇王定甫冯鲁川[①]王霞举[②]皆有诗定甫邀余赋一首即次其用姚惜抱[③]老人集中韵

寒日欲出如藏遮，城南老屋啼曙鸦。元阴訇市[④]不成雨，散作千树鬖松[⑤]花。黏条琐细贯珠琲[⑥]，照影莹洁忘杈枒。纷然跗鄂[⑦]谁镂刻，欲与晴雪争天葩。烟消风动落璀璀，妖姬漫舞遗笄珈[⑧]。蚩尤曩者偶作剧，洞壑喷薄迷谽谺[⑨]。青珊宝玦尽零落，帝台翻倒觞流霞。似闻金母在瑶水，至今鸾凤愁回车。岁寒霜雪复覯[⑩]此，望气岂比葱郁佳。讴谣古称有位[⑪]惧，或云预兆丰桑麻。时危机祥理元閟[⑫]，况兹穷巷多无家。诸君忧时抱惸惸[⑬]，霜锷独惜老莫邪。琼思瑶想出寒襟，征文考异非浮夸。桐城老人昔叹异，若论所见今尤加。安能归休涤饭瓮，暴背坐看羲轮斜。

① 冯鲁川：名志沂（1814—1867），字述仲，号鲁川，山西代州人。道光十六年（1836）进士。授刑部主事。咸丰十一年（1861）再以刑部郎简放庐州知府，赴任途中被胜保奏留一段时间。曾因与胜宝言论不合，留书径去。胜保阅书大惊，急修书致歉：“公于军事虽非所长，然品望学问当代所重，所以拳拳于公者，以公之品学足以表率群伦也。”令手下携狐裘重金急追回，弄

了一出“韩信追萧何”。鲁川卒于安徽按察使任上。本诗中称“桐城老人”。其著有《微尚斋诗集》。

② 王霞举：王轩（1823—1887），字霞举、青田，自号顾斋，晚年或署壶翁，山西洪洞县人。道光中举人。咸丰六年（1856）入都会试不第，遂留京师，由符葆森资助捐纳兵部主事。同治元年（1862）壬戌三甲进士，仍在兵部，前后八年。同治三年，兄死乞辞官归葬。主讲鸿运书院十年。王轩后成为晚清著名学者、方志学家。著有《耨经庐诗集初稿》《耨经庐诗集续稿》，后由洪洞杨恩浚集为《顾斋遗集》。主修《山西通志》《洪洞县志》。

③ 姚惜抱：姚鼐（nài）（1731—1815），字姬传，一字梦谷，其室名惜抱轩，故称其惜抱先生、姚惜抱。乾隆二十八年（1763）进士，清代著名散文家，与方苞、刘大櫆并称为“桐城三祖”。有《惜抱轩诗集》十卷及其他多种著作。本次集会用诗集中《新城道中书所见》韵。

④ 匌帀（gé zā）：也作“匌匝”，环绕在周围。匌，山、水、烟雾环绕。帀，周匝。

⑤ 鬘松（méng sōng）：鬘，马的垂鬃。松，指乱头发。

⑥ 琲（bèi）：串珠称琲。

⑦ 跗鄂：即“跗萼”，花萼的底部叫“跗”。

⑧ 笄珈（jī jiā）：古代妇女类似步摇一类的头饰。笄古同“笄”，簪子。珈，古代妇女的一种头饰。用头发编成假髻，称“副”；再用簪子把副别在头上，上加玉饰，称“珈”。

⑨ 谽谺（hān xiā）：形容山谷空大，此指空谷。

⑩ 觏（gòu）：看见。

⑪ 有位：天子之位，也指居官者。

⑫ 机祥理元閟：言天机本身就是神秘的。机祥，吉凶之先兆。元閟，玄秘。元，古同“玄”，此处用“元”以避“玄烨”之“玄”。

⑬ 惸惸（qióng qióng）：担忧烦恼的样子。《诗经·小雅·正月》：“忧心惸惸，念我无禄。”

冬至日定甫招同人会饮舫斋[①]时将扈直滦阳[②]行有日矣，感念时事慨叹久之夜归被酒[③]不寐乃作二首

皑皑积雪困霜桧，猎猎北风吹瘿槐[④]。夜静更堪闻画角，故应相对且衔杯。

一阳初动尚严寒，五柞[⑤]何时扈猎还。凄绝瑶墀去年事，日高黄伞[⑥]点朝班。

① 舫斋：王拯寓所名。

② 扈直滦阳：咸丰以“北狩”为名，北逃承德，时王拯将轮扈。滦阳，承德的别称。此次所谓北狩，实为因英法联军抵近北京时的逃跑，廷议时即遭包括赵树吉等群臣谏阻，去后又一再拖延回京。所以本诗起手就显凄凉。

③ 被酒：被酒所醉，就是喝醉了。

④ 瘿槐：病槐。瘿，肿节，树瘤。

⑤ 五柞：五柞宫的省称。五柞宫是汉时宫殿，因植有五柞树（一说为梧桐树），其树荫盖数亩之大，故称五柞宫。借指京城皇宫。

⑥ 黄伞：代表皇帝仪仗。苏轼《九月十五日粪日各以表谢又进诗一篇臣轼诗云》：“日高黄伞下西清，风动槐龙舞交翠。”

定甫有诗复次其韵

舫斋清绝玉池浔[①]，笮簟[②]风高夜漏沉。乱后衣冠谁好在，愁来

尊酒更相寻。冰鱼入馔宁知味，雾雨回春傥有心。毳帐毡庐[3]渺萧瑟，几人行炙[4]正豪吟。

① 浔：水边深处。

② 筚篥（bì lì）：一种由西域传入的木管乐器，其声甚悲。

③ 毳帐毡庐：均为毡帐。毳，细羊毛，古代游牧民族用来制毡。毡庐也为毡帐的一种。

④ 行炙：宴会上传送烤肉，泛指宴会上菜。《南史·王琨传》："传酒行炙，皆悉内妓。"

次韵定甫将赴行在留别

仙仗逶迤自北行，梦回时觉哕鸾[1]声。岁寒尚赴锋车[2]召，猎骑应无左毂惊[3]。天际巢痕鸿雪幻，帐中春味马酮[4]倾。安危密勿需长计，莫侈王侯识姓名。

① 哕（huì）鸾：有节奏的鸾铃声。《诗经·鲁颂·泮水》："其旗茷茷，鸾声哕哕。"哕，象声词；哕哕，形容徐行有节奏。鸾，銮铃，系在马嚼子两端的小铃。

② 锋车：追锋车，常指朝廷用以征召的疾驰之车。王拯将去承德值扈，其时已近年底。

③ 左毂惊：左毂指即"鸣毂"之典，出自刘向《说苑·立节》：齐国一位车右（坐在御者右边的勇士），为打猎的齐王驾车，因左毂发出刺耳的声音惊了齐王而坚决引咎自刎的事。

④ 马酮：即马奶酒。

送刘芋圃[①]孝廉本忠之胡宫保英山幕

九衢冠佩接云龙，朴学[②]何人识此翁。日下交游奴饭白[③]，酒边谈笑醉颜红。远闻幕府求孙惠[④]，近见襜帷[⑤]并马融[⑥]。君与刘融斋前辈同行。京络缁尘久愁污，挂帆吾亦欲俱东。

① 刘芋圃：名本忠，生卒年未详，安徽寿州人，举人出身，故称其“孝廉”。工诗，精研《周易》。馆于都门何侍郎家时，与名公卿相吟咏（据《寿县志》）。刘本忠此行是应胡林翼聘入幕，咸丰十一年（1861）正月间，与刘熙载同行赴武昌。但此行因太平军围攻武昌，直至八月二十六（1861年9月30日）胡病死，两人均无法见到胡林翼。此后刘本忠曾入曾国藩幕，而刘熙载最终逃落山西。刘本忠有《触萍诗钞》一卷。刘熙载，详见《诗存》卷四《送刘融斋前辈督学广东》及注。

② 朴学：本指上古朴质之学。后泛指儒家经学。

③ 奴饭白：东坡有《陈季常见过三首》：“但得君眼青，不辞奴饭白。”

④ 孙惠：以刘芋圃比孙惠。孙惠，字德施，吴郡富春人。东海王司马越举兵下邳，孙为记室参军，专掌文疏，为文应命即成，快而具文采。晋怀帝永嘉末年卒。下文之。

⑤ 襜（chān）帷：车上的帷幕，借指车。在前面的叫襜，在两旁的叫帷。

⑥ 马融（79—166）：字季长，扶风茂陵（今陕西兴平东北）人，东汉时期著名经学家，汉安帝时，马融曾入仕大将军邓骘幕。以马融事喻同行的刘熙载（融斋）。

寒食日晡[①]后定甫寓斋看杏花

困眠白日如过鸟，闭户不知春色好。西邻花发仙郎家，招我来看[②]破愁恼。一株斜倚短墙东，醉痕晕颊春潮红。一株离立耿玉雪，吴娃娟妩愁当风。苍然夕阴蔽林入，香雾空蒙影离合。绝似江皋解佩[③]初，丹心寸意难为接。长安花市车班班，仙郎赐沐多宴闲。每对孤花媚幽独，不与时世争春妍。我居无徒复湫隘[④]，比屋如君吾所赖。余生萧索且相过，绮语忏除[⑤]聊一疥。却忆山中寒食时，梨花风细雨丝丝。江海兵戈归未得，花前三嗅泪沾衣。

① 日晡：约在午后至日落前（今约午后2至5时）。

② 招我来看：王拯对此诗有和，诗题说早就找沅青来看花，由于春早天暖，至沅青来时，花已憔悴。所以赵诗前句即后悔“闭户不知春色好”。王诗收在《龙壁山房诗草》卷十二，为庚申集诗之辛酉年（咸丰十一年，1861），诗题较长，《舫斋杏花两株盛开，时以滦阳轮扈，展沐至再。曾招元卿来观，一春风暵懒眠，斋前花木憔悴，碧桃一株亦遂萎矣。夜访元卿，出示看杏花诗，走笔和之》。兹录全诗于此：“乌啼月落尊酒空，东皇蓐秣何匆匆，东皇一别奈何许，经春不沐头飞蓬。春来九十曀与风，困眠日日蜗牛宫。起看庭树半枯索，宋玉那复窥墙东。去年花开如璧月，眼底仙源兴飞越。今年春比去年早，好景枝头恨如瞥。佩玉阿傩愁不来，武陵桃源安在哉。巷南巷北车马寂，落英颠倒迷苍苔。吁嗟乎，犹有花前我与君，天教寂寞化龙云。瑶井玉绳相对处，倚楼长笛更谁闻。”

③ 绝似江皋解佩：极像汉江女江边解所佩饰物。典出郑交甫遇汉皋神女解佩事。刘向《列仙传·江妃二女》：“江妃二女者，不知何所人也。出游于江汉之湄，逢郑交甫。见而悦之，不知其神人也。谓其仆曰：‘我欲下请其

佩。’……遂手解佩与交甫。”江皋，指江边。

④ 湫（jiǎo）隘：指自己所居低湿又狭小。湫，低洼。

⑤ 绮语忏除：上面那些胡乱说说的艳丽辞藻都该忏悔。

书感

丸丸[①]高冈松，苍然挺霜节。不成鸾凤栖，复此蝼蚁穴。孤鸿翔寥廓，罗者犹视泽。从来忧谣诼，贤圣痛至骨。在毁难为誉，至素[②]众所涅[③]。白日沦光耀，不照冰与雪。谁为马服君[④]，一奋貂勃舌[⑤]。淹迟[⑥]负公义，局蹐[⑦]天地窄。

① 丸丸：高大挺直。

② 至素：纯色。

③ 涅：染黑。

④ 马服君：战国时赵国良臣名将赵奢，事平原君时秉公执法，平原君家不肯交田税，他杀了平原君家九个管事的，后为将则屡建奇功，后被惠文王封“马服君”。

⑤ 貂勃舌：貂勃之舌。貂勃，战国齐人，处士，因极善言而留名后世。

⑥ 淹迟：延迟。

⑦ 局蹐（jú jí）：狭窄、狭隘。也指畏缩恐惧的样子。

门人[1]程柚谷[2]孝廉哀辞名兆缙，江苏武进人，余戊午分校京兆所得士也。辛酉遇贼殉难。事闻，恩准赐恤。

十七人中领袖时，和凝衣钵[3]共相推。半生得士君为始，一死无端痛可知。避地梁鸿犹有妇，招魂伯道更无儿[4]。陆庄[5]荒落寻常事，肠断西风咽鼓鼙。

① 门人：科举时阅卷官称经由自己荐卷录取的考生为门人。

② 程柚谷：名兆缙，举人，江苏武进人，曾为常州名医。于山东兰山阵亡，同治元年八月恩准“赏恤加等”。

③ 和凝衣钵：比喻思想、学问世代相传。这是用五代时进士和凝（被录为第十三名）当主考时，将头名范质置于十三名以期其继承自己衣钵的故事，非常切合。

④ 伯道更无儿：晋代邓攸，字伯道，战乱中带着儿、侄一起逃难，在危难关头，舍儿保侄。时人有“天道无知，使伯道无儿”之叹。

⑤ 陆庄：武进一地名，以陆氏祖居名陆庄，此指代武进。

六月二十一日欧阳文忠公生日王定甫枢部招集舫斋拜公滁州遗像摹本并展林颖叔[①]所藏原本会者杨湘芸[②]农部林颖叔侍御寿图王霞[③]举驾部董研秋编修冯鲁川唐子蕃[④]启荫两太守凡八人

卢陵风貌天人姿，文章政事世所师。八代而还起衰手，后有苏曾前退之。忆公谪官守滁郡，四十鬓发殊未衰。醉翁山亭作者谁，山僧剪茅[⑤]宾从随。杜彬琵琶[⑥]四弦皮，玉练锁调弹风漪。侑以绿螺鹦鹉卮，清泉白石春酣嬉。年深人往尽陈迹，遗像拓尽琅玡碑。侍御何从得真本，上有宸翰森龙螭。荷花满湖山浸陂，值庐[⑦]岁祀由曹司。淀园枢曹直庐在昆明湖西，旧悬公滁州像拓本，入直者颜曰“欧斋”，岁以六月会同官寿公，遂为故事。王君述作有神契，摹写天秀穷毫厘。中原十载盛兵火，名迹百代遭芟夷。滁山已闻变荆棘，欧斋况复巢狌狸。兹图历劫久不坏，嘉辰展拜一叹咨。公之精灵在宇宙，鬼物呵护常非奇。江湖翻天生苦迟，忧时无用唯思归。梦中战云蔽峨眉，如公耕颍安可期。行逢诞节萃履綦[⑧]，对花酒盏倾琉璃。呜呼此身将何依，醉中一颂鹎鹁词[⑨]。

① 林颖叔：林寿图（1809—1885），初名英奇，字恭三、颖叔，别署黄鹄山人，福建闽县（今福州市区）人。道光二十五年（1845）进士，咸丰九年（1859）十二月，任山东道监察御史。咸丰十一年辛酉政变后，升任礼部给事中，兼署兵部给事中，浙江道监察御史。

② 杨湘芸：杨宝臣（1806—1878），字湘芸，自号铁臣，福建邵武人，

王拯至交。曾任户部郎中，监督钱铁局，旋因上疏开罪时为户部尚书的肃顺被罢职。后于光绪四年（1878）卒（据《陶楼文钞·山西河东道杨公墓表》）。

③ 董研秋：董文涣（1833—1877），字尧章，号研秋、研樵，山西平阳府洪洞县人。咸丰六年（1856）丙辰成进士。散馆授翰林院检讨。有《岘嶕山房诗集》等诗文集遗世。

④ 唐子蕃：名启荫（1827—?），字子蕃，号念甫。广西桂林人，咸丰九年（1859）二甲进士。后任广东南韶连道、甘肃巩秦阶道，光绪十六年署云南迤南兵备道。卒于光绪年间。其父唐仁（尧心）。

⑤ 剪茅：韦孟《在邹诗》："爰戾于邹，剪茅作堂，我徒我环，筑室于墙。"

⑥ 杜彬琵琶：欧阳修谪居涂山时听通判杜彬弹琵琶，在其《赠沈博士歌》中云："坐中醉客谁最贤？杜彬琵琶皮作弦。自从彬死世莫传，玉连锁声入黄泉。"杜彬，宋代琵琶演奏家，用皮弦而不用丝弦演奏。

⑦ 值庐：侍臣值宿之处。

⑧ 履綦（lǚ qí）：足迹，踪影。

⑨ 鹎鵊（bēi jiá）词：欧阳修有《鹎鵊词》，末句"可怜此乐独吾知，眷恋君恩今白发"。鹎鵊，鸟名。

对镜摘白发有感

少壮视老景，常如千万年。经旬不梳头，开奁忽苍然。忆昔垂髫时，授书大父[①]前。投怀捋颔髭，笑索榛栗餐。流光倏奔驶，百感纷熬煎。三十又过五，局居徒屈蜷。视听无好物，梦魂触愁天。墙根有嘉木，枝叶相扶鲜。秋庭一夜雨，晓色不复妍。置镜起绕树，无语空涕涟。

① 大父：爷爷赵钟琳。

杨湘芸郎中宝臣偕定甫过访定甫有诗[①]次韵

闭户稀闻长者车，梦回萧寺报钟鱼[②]。星河长夜愁孤醒，灯火幽人识旧居。多难余生唯有泪，先民直道本无誉[③]。荒寒如对霜松坐，白发苍髯太古初。

① 定甫有诗：王拯诗《同湘芸过元卿夜话作》在《龙壁山房诗草》卷十二，诗中也写赵树吉迎接不速之客"颠倒衣裳"的狼狈和"寂寥衡宇似山居"的窘迫："长官骢马出无车，饥鼠窥床壁有鱼。颠倒衣裳来野客，寂寥衡宇似山居。更从底事修雄职，未拟危言博令誉。人海不堪投足处，短檠疏影对相于。"

② 钟鱼：寺院撞钟之木，因制成鲸鱼形，故称。亦借指钟、钟声。

③ 先民直道本无誉：这是借孔子"吾之于人也，谁毁谁誉？如有所誉者，其有所试矣。斯民也，三代之所以直道而行也"而发，回应王拯诗中"未拟危言博令誉"。认为先民以自身所秉之道即"直道"而行，本无所谓毁誉。先民，夏商周三代之"民"。

再迭前韵赠湘芸

牢落[①]甘乘下泽车[②]，西山深处狎禽鱼。夜来犹梦争王室[③]，老去唯闻忆故居。保氏算姟成底用[④]，韩康卖药[⑤]岂要誉。白衣苍狗[⑥]须臾事，愿与游心在物初。

① 牢落：寥落，孤寂。

② 甘乘下泽车：言其所求无多，但求过得去而已。典出《后汉书·马援传》中马援引其弟语："士生一世，但取衣食裁足，乘下泽车，御款段马，为郡掾史，守坟墓，乡里称善人，斯可矣。致求盈余，但自苦耳。"下泽车是一种适于沼泽行驶的短轴车。

③ 争王室：争论于朝堂，喻为国事操心。语出西汉韦孟《在邹诗》，因楚王（刘戊）不听韦孟谏阻与吴王通盟作乱，韦孟即辞官去邹，后楚王事败自杀。韦在诗中发思念楚王之情，其中即有"其梦如何，梦争王室"。王室，指朝堂。

④ 保氏算姟（gāi）成底用：言身为谏官别无所用。保氏，古职官名，司规谏之责。算姟，算大账。底用，何用。在朋友圈，皆佩服杨湘芸之"精审"，且会打四十桥算盘，所以赵树吉此诗用"算姟"一词。姟，古同"垓"，古以"一万万"为"垓"，即如现代的"亿"。

⑤ 韩康卖药：汉朝韩康本是豪门出身，逃名避世，三十多年一直隐于长安市上卖药。最终仍然被一女子认出，只好隐遁于霸陵山中。

⑥ 白衣苍狗：比喻世事无常，如白云如衣，瞬间变幻为苍狗。也作"白云苍狗"。语出杜甫《可叹》诗："天上浮云如白衣，斯须改变如苍狗。"

奉怀从兄兰生安阳用坡公与子由别于郑州西门外马上赋寄诗韵

梦里峨眉青突兀，山中梅花春又发。羁人京国苦思乡，归客道途犹寂寞。去年送子[①]国西门，胡尘涨空晓星没。今年忆君漳水上，目极云天见秋月。曩客宣南惨不乐，风雪寒灯雨凄恻。艰虞[②]兄弟难为别，贫贱亲朋百事忽。十年须鬓俱非昔，万里家山变萧瑟。君如旦晚真得归，我亦东华休谏职。

① 去年送子：参看《诗存》卷二《送从兄兰生游白下》。
② 艰虞：灾害战乱频繁，充满忧患。

秋怀八首和董研秋翰林韵[①]

秋空夜多声，不寐听愈长。以兹岁暮怀，惜彼炳烛光。开编视陈迹，思虑皆失常。沉忧令人瘦，曷以咨昌阳[②]。

破屋风四交，虚檐雨千滴。愁心复谁共，悉蟀鸣我壁。江海日风尘，荒磷出残碧。浮生欲何恃，寂寞念泉石。

元化[③]理幽閟，惨舒乃其数。自巡瑶水辔[④]，万象俱非故。鼎湖堕遗弓[⑤]，风雨为泣诉。钧天乐[⑥]不闻，泪湿蓟门树。

狂哉吾与点[⑦]，复此哂由求。辛苦就功名，形神坐相雠[⑧]。愚贱寡众悔，高明生百忧。鸱夷[⑨]彼何人，扁舟五湖[⑩]秋。

太行起眼底，褒斜非险巇[⑪]。区区口舌语，肝肺还自疑。利势竞相轧，至荣辱所基。桃李争熹阳，零落岂有时。

我本田家子，窃禄计早非。岂敢怨贫窭，归养惜多违。矫首望孤云，日暮音书稀。北山念贤劳，古道今已微。

秋堂一雨歇，月出归鸦后。羽虫相翾翻[⑫]，独立露下久。清光如故人，冰雪照枯朽。蹉跎竟何成，头白君知否。

惊风脱危叶，萧槭[⑬]鸣墙阴。我无泥浊悲[⑭]，何为多苦吟。壮盛涉忧患，愧彼师友心。南阳咏梁父，浩歌激古今。

① 董文焕《秋怀八首》原诗载《岘嶕山房诗集初编》卷三，兹录于此以见其彼此心境：“炎夏苦夜短，秋至悲夜长。寒灯照不寐，耿耿难为光。庭柯

一叶动，万象非故常。浮生抱虚警，令我思颓阳。　初日不成曙，疏雨犹残滴。静耳多所憎，凄声亦出壁。寸晷驰百年，家山梦中碧。谁无世上怀，偃息负松石。　荣枯各有归，先后何能数。万绿强名之，辞柯同一故。熏莸岂自别，幽蛩为哀诉。叶落不上枝，修名思早树。　蚩蚩群氓子，一饱无他求。虚名误来世，白日坐自雠。命运寄通塞，蕴此无穷忧。宁知大造力，自春还自秋。　大道本夷直，末路生险巇。杯酒指天日，醒醉还相疑。倾挤无坦步，系援有危基。一羡与一怜，悠悠岂多时。　贵人方得志，流俗焉是非。平生事千百，蹉跎惜多违。岂不念贫贱，耳目久依稀。谁能一寸地，容此万幽微。　先我读书人，远生古人后。当其愁肝肺，岂不思永久。奈何当吾世，已先古人朽。掩卷空叹息，后亦如今否。　天高昼气肃，弥日欺重阴。酸风激地籁，入耳无欢吟。壮盛争遣此，焉知迟暮心。勿叹芳华晚，悲秋非自今。”

② 曷（hé）以咨昌阳：何必希求服食昌阳。曷，义同“何”；曷以，何以。咨，此作“希求”解。昌阳，药名，有补气开窍、明目清心、健脑提神作用。

③ 元化：指天地、造化。陈子昂《感遇》诗之六中“古之得仙道，信与元化并”即此意。

④ 自巡瑶水辔：此联借穆天子西行事暗指咸丰皇帝去岁“北狩”以来国家的变故。

⑤ 鼎湖坠遗弓：黄帝于鼎湖（在蓝田）乘神龙升天，其臣欲下攀龙须随之，须断，黄帝之弓坠。指咸丰帝热河龙驭上宾。

⑥ 钧天乐（yuè）：钧天广乐，天上的仙乐。钧天，天的中央。乐，指广乐，优美雄壮的仙乐。

⑦ 吾与点：吾（孔子）与曾点。出《论语·先进》孔子赞赏曾点：“夫子喟然叹曰：吾与点也！”此言自己当初得恩师选录进士，便有些轻狂。

⑧ 相雠（chóu）：相对。雠，对。

⑨ 鸱夷：革囊。伍子胥自杀后，吴王将他的尸体装入鸱夷投入江中，后也借指伍子胥。

⑩ 扁舟五湖：越复国后，范蠡不居功，辞去，乘扁舟泛五湖。

⑪ 褒斜非险巇（xī）：褒斜道并不险恶。险巇，形容山路危险，泛指道路

艰难。巇，山险。

⑫ 翾（xuān）：低飞。

⑬ 萧槭（xiāo qì）：凋零、零落。刘禹锡《游桃源》诗："日莫山迳穷，松风自萧槭。"形容风吹树木的声音。

⑭ 泥浊悲：为世风日下伤悲。语出汉代王逸《九思·哀岁》："佞俗兮泥浊，矇蔽兮不章。"

戊午正月十六生女名镮儿今四龄矣颀然颖秀十二月十四日遽以痘殇作此哭之

北来宦京华，再索皆得女。幼女昔早殇，长者才免乳[①]。翩翾今四龄，巧舌过鹦鹉。晓妆学母饰，玉雪自娟妩。鸠车虽好弄，识字已可数。独居少生趣，赖此慰羁旅。安知优昙花，变灭如风雨。仍怜魂魄怯，欲挈归故土。我归尚无期，归汝定何许。怆然抚桐棺[②]，寒日黯平楚。

劳生迫衰季，世宙盛兵燹。常忧小儿女，他日恐不免。速化宁非福，情至奈难遣。亲朋虑成疾，苦语相慰勉。中年悟元化，万事云过眼。谁能苦悲恋，缚若蚕在茧。江湖多国殇，战骨喂豺貘。存亡那复恤，念此力自刬[④]。作诗送余哀，有泪不敢泫。

① 长者才免乳：长女才断奶。此女后来也夭折，见《诗存》卷七《梦殇女长安》。

② 桐棺：桐木做的棺材。因其质地朴素，也常表示薄葬。

③ 刬（chǎn）：灭除。

倪小舫[①]于厂肆购得元人吉字铜押[②]盛啸松[③]以闻远山人书册及竹根墨床易之持以赠余为赋长句

上都猎骑[④]空烟草，银券金符迹如扫。谁遗小押出人间，红沫消沉土花老。盛侯得之自倪迂，持赠重比青璚琚[⑤]。男儿不能石勒燕然印悬肘[⑥]，何用篆刻微名夸不朽。

① 倪小舫：绍兴人（也说宛平人）。晚清著名收藏家，精于鉴别，在琉璃厂有“厂魔”之号。自己也工花卉，以“倪痴”著名。

② 铜押：铜质押印。“押”即“押印”“押记”“花押”，指在公文、契约上的盖章、签字或画上某种记号，以作凭信，就是今天所谓“签字画押”。盖章之印就叫“押印”，多用铜制，与名章不同的是其印纹不限于文字。

③ 盛啸松：参看《诗存》卷二《盛啸松至自浙中》注。

④ 猎骑：假借为“猎奇”。

⑤ 璚琚（qióng jū）：琼玉做的玉佩。璚，古同“琼”，赤色的玉，泛指美玉；也同“玦”。琚，佩玉。

⑥ 石勒燕然印悬肘：均指建立功勋。“勒石燕然”典出《后汉书·窦宪传》：东汉永元元年，车骑将军窦宪领兵出塞，大破北匈奴，登燕然山，刻石勒功，记汉威德。“印悬肘”出自南朝刘义庆《世说新语·尤悔》周顗曰：“今年杀诸贼奴，当取金印如斗大系肘后。”

答王霞举兵部

素女弹瑶瑟，丝寡弦乃悲。焉知壮士怀，凄若窈窕思。羲和骕[①]北驭，万象无春姿。孤芳擢冰雪，荣悴理亦齐。歌君寒梅句，惄焉[②]感生迟。

日出役群动，向晦[③]怀孤忧。心如张风帆，澒洞不可收。文书强遮眼，失笑禹稷俦[④]。饥饱弗自救，形瘁神亦休。漆园[⑤]有隐叟，洸洋恣千秋[⑥]。

① 骕（sǒng）：摇动马衔，令马快跑。

② 惄（nì）焉：成语“惄焉如捣”缩用：伤痛忧思，心中如捣。惄，忧郁，伤痛。出《诗经·小雅·小弁》：“我心忧伤，惄焉如捣。”

③ 向晦：日暮向晚，天将黑时。《易·随》象曰：“澤中有雷，随。君子以向晦入宴息。”

④ 失笑禹稷俦：夏禹、后稷都忍不住发笑。

⑤ 漆园：老庄曾为漆园吏，故称其漆园隐叟。

⑥ 洸（guāng）洋恣千秋：赞王霞举文章恣肆放纵，无拘无束，能流传千秋。《史记·老子韩非列传》：“其言洸洋自恣以适己，故自王公大人不能器之。”洸洋，水面浩茫无涯，喻文章浩荡之气。洸，水波动荡闪光。此诗被收入《晚晴簃诗汇》。

移家椿树二巷留别旧居

侨寓如山妻，习熟无丑姣。六年居井眉，醉梦堕昏晓。寥寥几瓴甓[①]，目想心已了。家人既安敦，吾亦惬幽抱[②]。比邻久知我，官贫径不扫。夜龙[③]何曾吠，愧此众情好。迩来过百指[④]，旋转蚊睫[⑤]小。图新逝将去，恋旧头屡掉。尚记秋树根，灯火书窗悄。小妾所编篱，晚花媚红蓼。吾生如寄耳，栖止真过鸟。沧海莽横流，莵裘[⑥]何时老。呼僮笑登车，家具付草草。一作万事付鸿爪。

① 瓴甓（líng pì）：古代称砖为瓴甓。

② 幽抱：幽独的情怀。

③ 尨（lóng）：多义字。此处是指多毛的狗。

④ 百指："百指""十口"都是谐称十人。

⑤ 蚊睫：蚊子的睫毛。这里形容旧屋狭小。

⑥ 菟裘：指退休后的居所。典出《左传·隐公十一年》，鲁国大夫羽父怂恿隐公杀掉桓公，隐公回答说："我已叫人在菟裘那个地方给我修房子，打算退休了（使营菟裘，吾将老焉）。"

郁郘山房诗存·卷四

壬戌至甲子　同治元年（1862）至同治三年（1864）

送范云吉比部同年归里[1]兼柬宗山[2]先生五首

桑干流澌[3]绿已波，饮君征马为君歌。同时里闬二三子[4]，十年道义相斫磨[5]。东风乱后长安陌，故人半作诸侯客。憔悴忧时又别君，独立苍茫欲头白。

迂生[6]懒放不自程[7]，忍饥蹋壁[8]无将迎。方穿[9]那为棘轴转，君独笃爱旁人憎。玉池青磷浸霜月，走觅仙郎话扪虱[10]。煮茶煨栗炉火明，此景他时渺愁绝。

兰膏[11]出明终自煎，井眉汲瓶难瓦全。怪君有似玉在璞，温润不雕中粹坚。当官持法[12]平不颇，素衣未合久庐左。男儿荐达须澄清，刀笔簿书真细琐。

青衣沄沄向巫峡，夹岸军声乱鹅鸭。山中茅屋不逢人，漏刃[13]

村童皆裹甲。三川使者人魁雄，前身诸葛后韦公。寄声储胥问消息，猿鸟已畏旌旗红。

广文先生[14]古君子，恐是关西杨伯起[15]。风貌清严昔见之，朐腮[16]一官今老矣。君归听雨对床眠，恰有门生供酒钱。京华无物远持赠，为我更乞修心篇。

① 归里：范云吉归里，据王拯《龙壁山房诗草》，应在同治元年（壬戌）正月，原因未详。

② 宗山：姓鲁，字啸吾，一字小梧，汉军镶黄旗人，籍辽宁铁岭，又称铁岭宗啸吾。宗啸吾能文善歌，无事辄饮。每酒酣，辄令姬人吹笛，自讴其所填词（《清稗类钞》）。官浙江乍浦同知，有《窥生铁斋词》一卷。

③ 流澌（liú sī）：江河解冻时流动的冰块、冰凌。出处《楚辞·九歌·河伯》："与女游兮河之渚，流澌纷兮将来下。"

④ 里闬（hàn）二三子：剑州李榕、隆昌范云吉、富顺朱鉴成，均是川人，几人在京甚多交往。里闬，里门，指乡里，此指同乡。

⑤ 斫磨：雕琢。

⑥ 迂生：赵树吉屡自称"迂生"。

⑦ 自程：自我约束。苏轼《初别子由》诗："常恐坦率性，放纵不自程。"

⑧ 蹋壁：即踏壁，紧挨墙壁。

⑨ 方穿：方形穿孔。棘木虽又硬又滑，但做的车轴也不能在方孔里转动。出自《史记·田敬仲完世家》："狶膏棘轴，所以为滑也，然而不能运方穿。"司马贞索隐："狶膏，猪脂也。棘轴，以棘木为车轴，至滑而坚也。然而穿孔若方，则不能运转。"

⑩ 扪虱：指贤士不拘小节。典出《晋书》：东晋王猛见北伐苻坚的桓温时，一边边捉虱子一边纵论天下大事。古人卫生不佳，人皆有虱，不足为奇。

⑪ 兰膏：古代用泽兰子炼制的油或混以动物脂，用以点灯。即《楚辞·招魂》说："兰膏明烛，华容备些。"

⑫ 持法：范氏在刑部主断狱。参见《文略》卷二《刑部员外郎江西吉安府知府范君韵谷墓志铭》。

⑬ 漏刃：刀下漏过（漏刃而逸），死里逃生。

⑭ 广文先生：对教谕、训导等主管县、府教育的官员习称，源于唐代所设广文馆。

⑮ 杨伯起：东汉名臣杨震，号“关西孔子”，为官清廉，警告行贿者“天知，神知，我知，子知”的“四知”即出其口。后因为人所忌，被罢官，途中服毒自尽。

⑯ 朐腮（qú rèn）：古县名，也名云安县，在今重庆云阳西部。

奉和定甫学士礼闱分校用坡公监试呈诸试官诗韵并柬同事[①]诸君

汉唐重甲科，储才若积廪。质文虽异尚，理道岂殊禀。我朝文教洽，树获[②]屡丰稔。芳腴漱六艺[③]，至味醇可饮。自从乾嘉来，拾掇到余沈[④]。经畬[⑤]既荒落，月旦混题品[⑥]。少年偶通籍，才弱柔木荏[⑦]。一承分校[⑧]役，衡石愧未审。顾惟敦牂秋[⑨]，文运厄尤甚。吹求到瘢疻[⑩]，萋斐成贝锦[⑪]。纷然缇骑逮，碧血尘沙碜。孤危差免责，国步又颠踸[⑫]。雷霆一以震，气夺霜霰凛。耀灵复重光，溟澥早消淰[⑬]。风箓[⑭]今纪元，春阴蔼桑葚。经堂萃群彦，拜命重接衽。朝廷向儒术，中兴兹兆朕。学士老斫轮[⑮]，三度歌来谂[⑯]。觿俞[⑰]工辨曲，伊挚[⑱]妙调饪。迂生百颓废，末技惭庾沈[⑲]。风帘对宫烛，往事如隔寝。诸君方志世，多士待雕锓[⑳]。梧冈尽鸣凤，容我寒蜩[㉑]噤。吟成却翛然[㉒]，皎月照高枕。

① 同事：同治元年壬戌会试诸考官。是科赵树吉分掌第三房（共十八房）、王拯掌第六房、翁同龢掌第十八房。王拯诗收其《龙壁山房诗草》卷十

三，诗题《闱中用东坡监试呈诸试官韵呈总裁并诸同人》全诗为："释褐星再周，忝禄粟逾廪。与时重磨砺，识士贵异禀。簪橐本非才，欲休怀几稔。何期东阁诏，三窃南宫饮。年时忆抱璞，风味屡啜涫。登朝犹少壮，当轴判流品。戎马十年间，农田半蓬荏。屠沽尽除授，伦属况研审。陵夷百事隳，兹弊谅尤甚。譬如同杼机，良女出鲜锦。佳庖千金馔，讵可杂沙碜。明良要得人，往事嗟狂踸。嗣皇伏工兜，百族气为懔。宫中尧舜出，四海息波浛。从来蠋宿桑，自尔鸮栖椹。仁贤必正笏，狳獠悉端衽。夙闻老司空，道在启沃朕。群公各艰试，泾渭谅精谂。绨绣气先华，膏粱味宜饪。折衷要周孔，作技岂潘沈。日月丽重霄，妖邪必逃寝。唯蒙早懵学，文字癖雕锓。一从遘时难去，计绌口先噤。拥毂冀曹邱，神鍡傥宵枕。"

② 树获：此喻人才。《管子·权修第三》："一树一获者，谷也；一树十获者，木也；一树百获者，人也。"

③ 芳腴漱六艺：吸取六艺之精华。腴，美好。漱，吸取。六艺，此指儒学六经：《诗》《书》《礼》《易》《春秋》《乐》。

④ 余涫（shěn）：遗留的墨汁，指著述。但此诗指广泛揽才。涫，《说文》："涫，汁也。"如"墨涫未干"。

⑤ 经畬（yú）：以经训为根本，"经训菑畬"的省语。韩愈《符读书城南》诗："文章岂不贵，经训乃菑畬。"

⑥ 题品：品评人才。《后汉书·许劭传》："劭与靖俱有高名，好共核（hé）论乡党人物，每月辄更其品题，故汝南俗有'月旦评'焉。"

⑦ 柔木荏：意为柔弱之苗。荏，柔弱。《诗经·巧言》："荏染柔木，君子树之。"

⑧ 分校：分房阅卷谓之"分校"。

⑨ 敦牂秋：指咸丰戊午科场案。古称太岁在午之年为"敦牂"，意为此年万物盛壮。咸丰八年戊午地支在"午"，秋（顺天乡试）科场案，导致大学士、军机大臣柏葰等考官被斩。是科赵树吉也是考官（参见本书《诗存》卷二《分校京兆奉和尹杏农同年监试用东坡监试呈诸试官诗韵即以述怀》）。同治元年正月，此案获部分平反，所以赵树吉在此方敢议论此案，以下几句皆描述此案。敦，盛也。牂，壮也。

⑩ 瘢痆（bān niè）：疮痕。

⑪ 萋斐（qī fěi）成贝锦：喻因小过而获大罪。萋斐，指谗言。《诗经·小雅·巷伯》："萋兮斐兮，成是贝锦；彼谮人者，亦已大甚！"贝锦，本是华丽的织锦，后用以比喻谗人者因人之小过而饰成大罪。

⑫ 颠踸（chěn）：摇摆颠倒。踸，走路无定，即《说文》所谓"行无常貌"。

⑬ 溟澥（míng xiè）早消淰（niǎn）：如今早已风平浪静。溟澥，指大海。淰，水无波。

⑭ 凤篆：改元诏书，这里指同治改元。篆，指新帝登基所奉天书以示"受命于天"即所谓"奉天承运"。

⑮ 斫轮：指代经验丰富的老臣。典出齐国叫轮扁的斫轮匠讽齐桓公的故事。

⑯ 三度歌来谂（shěn）：王拯三次做考官。来谂，指代《诗经·小雅·四牡》，因其中有"是用作歌，将母来谂"句。用此典喻尽忠王事。谂，想念。

⑰ 觗（zhì）俞：相传古代善听辨音者。

⑱ 伊挚：即伊尹。商代著名政治家、思想家，也因善烹饪闻名，被奉为"厨祖"。

⑲ 庾沈：指南北朝庾信、唐沈佺期，都是成就极高的诗人。

⑳ 雕锓：雕和锓都是古代雕版印刷时的工艺．这里指雕版印榜，指代金榜题名。

㉑ 寒蜩（tiáo）：寒蝉。蜩，古书上指蝉。

㉒ 翛（xiāo）然：无拘无束、自由自在。

定甫以蓝笔为余画绿萼梅便面[1] 并题二绝赋和

天风翠袖不胜寒，斜抹云蓝一角烟。冰雪丰容谁省识，世间唯有老羊权[2]。

玉妃[3]小谪堕琼楼，君自言愁我亦愁。卷取仙姿入怀袖，梦醒何处鸟啁啾。

① 便面：扇面。

② 羊权：字道舆，东晋黄门郎，官至尚书左丞。传有仙女萼绿华，夜降杨权家，自称姓杨，“赠权诗一篇，并火浣布手巾一，金玉条脱各一枚”。一月之中六次来杨权家。后来访知为九凝山得道女罗郁。事载南朝梁陶弘景《真诰·运象篇第一》。

③ 玉妃：仙女，亦常指梅花。

吴晋壬[1]孝廉唐林卷荐余房下第后以诗来谒赋赠

落花寂寂满苍苔，春去空帘首重回。快得好诗消永昼，谁令峻坂曲长材。凄凉香草灵均[2]怨，萧瑟江关庾信哀。努力著书千古事，素衣莫漫涴缁埃[3]。

① 吴晋壬：名唐林（1835—1890），字子高，号晋壬，一号苍缘，江苏阳湖人。咸丰十一年（1861）辛酉举人，曾官浙江候补知府。工诗、书，有《横山草堂诗集》，又刻《侯鲭词》五卷。赵树吉为其房师，虽不第，但有荐卷之恩。

② 灵均：屈原字。其《楚辞·招隐士》有：“王孙游兮不归，春草生兮萋萋。”

③ 涴（wò）缁埃：被黑色尘埃污染。此反南朝谢朓《酬王晋安》句：“谁能久京洛，缁尘染素衣。”勉其勿为尘俗污染。涴，弄脏。缁埃，黑色尘埃，比喻世俗的污垢。

送陆眉生[①]给谏秉枢之大梁军

当时慷慨伏青蒲[②]，谏草流传满帝都。四海共知骢马使，九重终赐玉麟符。兵戈大地长围急，灯火严城旧梦孤。白发相逢尹师鲁，军门回望渺毡炉。

① 陆眉生：名秉枢（1821—1862），字辰吉，号眉生，浙江桐乡乌镇人。道光二十七年（1847）丁未科进士，庶吉士散馆授编修。历任贵州、江南两道御史，工科、礼科、户科给事中，巡城御史等。咸丰九年己未（1859）会试同考官。作谏官多年，谏章颇多，其中《谏设京师夷馆》《谏阻巡幸木兰》《谏止内务府召民间优伶演戏》轰动京师。同治元年（1862）赴河南开封（大梁）襄办军务，卒于军营，此别竟成永诀。善书法，工诗文，著作收于《陆给事遗集》中。

② 伏青蒲：犯颜直谏之谓。典出《汉书・史丹传》：汉元帝欲废太子，史丹候帝独寝时，直入卧室，伏青蒲（青蒲编制的席子）上泣谏。此当借指陆所上《谏阻巡幸木兰》事，中有："上何以对祖宗？何以示臣庶？"

病起呈杨湘芸王筱泉[①]两先生

吾生少贫贱，瘠若山泽癯[②]。廿年触世网，所历多忧虞。郁郁居京华，貌悴神益愈[③]。尝恐不自保，零落先柳蒲[④]。胡为失餐卫[⑤]，淫戾灾微躯。空肠昼雷转，腹疾疑河鱼。志业百无成，愧此发与肤。诚知缀旒[⑥]生，死又足悲吁。谁能起委蜕[⑦]，一叩青囊书[8]。

秋阳照帷幕，溽暑殊未已。呻吟辄累月，生理半人鬼。谅无食新望，况冀勿药喜。故人有和缓，帝问契微旨[9]。翩然来不速，感至为强起。治以轩光灶，饮以上池水[10]。流恶导汾浍，澄源瀹[11]漯济。泠泠肝肺间，冰雪已不滓。连朝步阶除，霜叶绚红紫。反思眩瞑眩[12]时，梦寐宁及此。扶杖谢故人，蓬桑自兹始。

杨君为我言，君昔遘疠疫。王君晨叩门，告我君疾剧。呼我同载行，谓君当致力。岂无洞垣[13]术，独见非所适。此意谁复知，于今见遗直。吾闻贤达训，医人等医国。成功己不居，推贤尽群策。君才信殊众，古谊照颜色。以兹共宏济，庶事必适职。纫[14]君珍惜意，益佩谦退德。相贻愧瑶玖[15]，愿言服无斁[16]。

① 王筱泉：王用诰，字观五，号筱泉，祖籍山西，迁居河北深泽。道光十九年（1839）举人。

② 山泽癯：隐居山泽的瘦弱之人。本书第五卷有诗也称“烟霞癯”。癯瘠，形容瘦弱疲病。《汉书·司马相如传》：“列仙之儒，居山泽闲，形容甚癯。”又，沈约《齐故安陆昭王碑文》：“若此移年，癯瘠改貌。”

③ 貌悴神益愈：面色憔悴，精神更差。“愈”，多义字，此处用“病”(态)之意。

④ 零落先柳蒲：即“零落先蒲柳”。柳蒲即蒲柳，灌木，生水边，因质性柔弱且又早秋落叶，常用来比喻身体衰弱。

⑤ 餐卫：指饮食调养。语出南朝周弘让《答王褒书》：“土风气候，各集所安，餐卫适时，寝兴多福。”赵树吉认为此次生病是因饮食失调害了肚子。

⑥ 缀旒：本指国势危急，此处借指病势危急。《续资治通鉴·宋高宗建炎四年》：“臣观今日国势，危如缀旒。”

⑦ 起委蜕：即“起死回生”。“委蜕”此处是“死亡”的委婉说法。如王安石《游土山示蔡天启秘校》中“委蜕亦何恨，吾皃已长鬣”即此意。

⑧ 青囊书：华佗所遗医书。

⑨ 帝问契微旨：问过神仙，病情契合其微旨。此处“帝”指天帝。帝问，“问帝”倒装。契，契合。微旨，指精深微妙的意旨。

⑩ 轩光灶、上池水：轩光灶，扁鹊过赵，闻赵国太子假死，扁鹊医之，造轩光之灶，医之得复生。上池水，扁鹊得药方，饮以上池之水三十日，即能透视人体，即下文“洞垣术”。

⑪ 瀹（yuè）：疏导。

⑫ 瞑眩：神昏迷乱貌。汉扬雄《甘泉赋》：“仰矫首以高视兮，目瞑眩而亡见。”

⑬ 洞垣：看穿墙垣。

⑭ 纫：深深感激。

⑮ 瑶玖：两种美玉。

⑯ 无斁（yì）：不厌弃、不厌倦。斁，厌弃、厌倦。

题门人温味秋[①]编修忠翰蒹葭秋水楼诗草

花枝烂漫曲江游，争看仙人紫绮裘。珠玉九天生咳唾[②]，楼台七宝[③]出雕锼[④]。中兴作颂需雄笔，使节传家继故侯。却笑阿婆真乞相[⑤]，未堪涂抹旧风流。

① 温味秋：名忠翰（1835—?），字西林，号味秋，山西太谷县人。咸丰八年中举，同治壬戌科（同治元年，1862）一甲第三名进士（探花），赵树吉为其房师。授编修。后于同治六年（1867），以翰林院编修提督湖南学政。光绪元年（1875）曾出任四川乡试副考官。光绪十二年以病乞开缺。能诗文，工书法。有《遗山诗髓》。

② 咳唾：咳唾成珠的缩写，对他人诗文的美称。李白《妾薄命》诗：“咳唾落九天，随风生珠玉。”

③ 楼台七宝：即“七宝楼台”，用珠玉等宝物所建的神仙居所。也是用

来赞美他人诗词的。语出张炎《词源》卷下称赞南宋词人吴文英："吴梦窗词，如七宝楼台，眩人眼目。"

④ 雕锼（sōu）：镂刻。

⑤ 阿婆真乞相：借薛逢事赞温中翰。唐代诗人薛逢，才高八斗，口无遮拦，得罪人不少，在同年中混得最差，至暮年宦途仍不顺。一天骑着瘦马赴朝，正值新科进士列队而出，开道的见他又穷又老，喝令回避，薛逢叫人去传过话去："报道莫贫相，阿婆三五少年时，也曾东涂西抹来。"

闱中食枸杞苗和定甫庚申作四首[①] 补录

公膳鸡难取洎餐[②]，寒儒食籍本来寒。灵苗分得仙人种，一洗黄齑[③]百瓮酸。

送春时节雨丝丝，露甲烟苗几日滋。自是将军爱膻酪，秀才风味几人知。

朱明洞[④]里龙蛇瘿，闻道千年胜茯苓。一落尘埃多采撷，那容仙犬月中听。

作诗君似丰干舌[⑤]，得食我如湖守馋[⑥]。又向锁闱添故实，他时此语不须芟。

① 定甫庚申作四首：王拯诗《闱中分校将必微雪新霁奴子偶摘庭中杞苗充馔得四绝句》，收在《龙壁山房诗草》卷十一："霁雪微阳院宇深，春来榆柳渐成阴。东风昨夜余寒在，飞絮飞花无限心。年年簪橐饱廊餐，腰脚侵寻惜健顽。杞菊山中原故物，敢将药笼诧园官。

藏神频梦蹴蔬羊，藜藿平生未改肠。痴绝何曾愁一箸，阒胸能有菜根香。到处曼胡采芑行，千邨万落长荆榛。寒庄辟得新锄陇，不种薇芜种蔓菁。"

② 公膳鸡难取洎餐：这是《左传·襄公二十八年》记载的一段齐国故

事："公膳（工作餐）日双鸡，饔人（厨子）窃更之以鹜（鸭子），御者（送饭者）知之，则去其肉，而以其洎（汤）馈。"子雅和子尾二人贵为公子，地位等同于"卿"，但作为齐国"正卿"的庆封有意冷淡二人。按当时齐国的公膳标准，二人应"日双鸡"，厨子竟然敢把鸡换成廉价的鸭，而端上桌竟然连鸭骨头都没有了，这个未免欺人太甚。难，为难。赵树吉用这个典故是抱怨伙食不好，还解嘲说"寒儒食籍本来寒"。

③ 黄齑（jī）：腌酸菜。宋朱敦儒《朝中措》词说："自种畦中白菜，腌成瓮里黄齑。"应该就是泡（或腌）酸白菜。

④ 朱明洞：在广东罗浮冲虚观后。

⑤ 丰干舌：丰干，唐代高僧，性饶舌。

⑥ 湖守馋：文同之馋。指北宋画家文同（字与可），梓州盐亭县人，善画竹，又爱吃竹笋。曾调湖州太守，故此诗称其"湖守"，东坡有诗称其"清贫馋太守"。

二月五日定甫太常[①]招同人饮松筠庵效朱子[②]为续斜川之会[③]拜渊明小像至者凡十人用陶原韵

经月不一出，萧然如退休。嘉辰续良会，及与群贤游。城西春气暄，决决河冰流。稍喜谏草堂，人意关凫鸥。有酒即痛饮，何必壑与丘[④]。我齿适卅七[⑤]，愧非斜川俦。寒螿既噤声，归愿亦莫酬。壁间老梅花，知是渊明否。高风邈冰雪，笑我多烦忧。行当自投劾，归矣吾无求。年谱以是岁辛丑游斜川公年三十七。游斜川，公年三十七。

① 太常：同治三年（1864），王拯迁太常寺卿，故赵称其太常。而赵树

吉三十七岁也应是同治三年。但此次会集据《龙壁山房诗草》王拯为此写《癸亥二月五日，效朱子续斜川之会于松筠庵，同孔绣山阁长、陈筱舫侍御廷经、尹湜轩孝廉继美、吴和甫侍郎、林颖叔京兆、赵元卿给谏、王霞举祠部、杨湘筠民部，集谏草堂拜手摹渊明像，重和陶韵》诗，却是同治二年（1863）。王拯此诗如下："百岁倏竟半，吾生安归休。既无乘风翮，胡不餐霞游。驽策倦思林，相携嵇阮流。愿言释夸毗，浩荡如白鸥。昔有龙比士，忠肝涂此邱。行违各时趣，俯仰同一俦。我昧思頫毫，一尊重举酬。壁间太古春，能似篱下不（自注：是日壁间悬新得王冕画梅十二巨帧）。载愧紫阳躅，遁时成百忧（自注：咸丰癸丑将去，师篮得遯之初爻）。贤哉中觞乐，篮渎匪我求。"

② 朱子：朱熹。

③ 斜川之会：斜川在江西星子县。陶渊明有《游斜川》诗。宋人极崇陶渊明，每年正月初五文人相邀作斜川之会（游）成一时习俗。朱熹在南康期间，尽管距斜川咫尺，两年均未得遂斜川之会。

④ 何必壑与丘：陶渊明《归去来辞》有"既窈窕以寻壑，亦崎岖而经丘"句。

⑤ 我齿适卅七：我今年刚好三十七岁。赵诗尾自注说渊明游斜川时"年三十七"，这是根据《斜川游》诗序中"辛丑正月五日推算"。但逯钦立先生考订说陶渊明《斜川游》时年五十而非三十七，理由是诗成于"甲寅"年，而"辛丑"为"辛酉"之讹，且非年的干支，而是甲寅年正月初五日的干支。

朱久香[①]夫子命题旧绘花间补读图[②]

姚江夫子皋夔徒，风裁岳峻心则虚。昔持荡节采荆璞[③]，瑶华十乘随轺车。政成诏恩许归养[④]，压装图史光照闾。一编终日长在手，灌溉旧学如菑畬。圣贤功用在经世，肯为尔雅笺虫鱼。秘图山色青绕庐，铁箫楼前花木疏。游丝飞絮春昼静，琅嬛福地[⑤]神仙居。

当时吴越号宁一，超然出处皆有余。十年烽燧[⑥]人事改，丛祠篝火宵鸣狐[⑦]。浮江莫负鸡次典[⑧]，海滨避地乡心孤[⑨]。似闻万轴付灰烬[⑩]，败壁雨蚀莓苔枯。朅[⑪]来被召入京国[⑫]，侧身南望中烦纡。苦吟差胜病庄舄[⑬]，弟子独有穷相如。每随杖履谈往事，感叹示我花间图。方今庙廊重忠谠[⑭]，大开铜匦招严徐[⑮]。诸生断断[⑯]议复古，置难发策须鸿儒。先朝耆旧况柄任，中旨即出看真除[⑰]。嗟余壮盛早颓放，一庄久已惭荒芜。从公愿更授要道，归觅洴澼千金书[⑱]。

① 朱久香：朱兰（1799—1873），字久香，晚号耐庵，浙江余姚人。清道光九年（1829）己丑科一甲第三名进士。道光皇帝曾赞其“学问好，人品也好”。官内阁学士、礼部侍郎。曾被降调，同治元年（1862）再起。同治二年，朱兰授太仆寺卿，提督安徽学政。同治三年，任詹事府詹事，留任安徽学政，再任内阁学士。年七十四岁卒于家。《余姚县志》有其传。有《补读室诗稿》《补读室赋抄》。

② 朱兰有《柬赵生沅青给谏》诗，载朱氏所撰《补读室诗稿》卷五（癸亥，同治二年）第三页提及“题图”，或指题此图。诗云：“十年京宦冷，小用在文衡。四始雅为祖，一鸣人尽惊。闭门常觅句，敢谏岂沽名。悬揣读书乐，题图应早成。”

③ 持荡节采荆璞：钦派持符节（荡节）选材，这是指朱兰道光十四年出任广东乡试主考事。荡节，竹符。荆璞，卞和荆山所采璞玉。

④ 许归养：指朱在道光十九年获恩准归养老父。

⑤ 琅嬛福地：指皇家书库文渊阁。咸丰元年朱兰内阁学士，直文渊阁。典出元伊士珍《琅嬛记》：张华游于洞宫，遇一人引至一处，别是天地，每室各有奇书，问其地，曰：“琅嬛福地也。”

⑥ 十年烽燧：整个咸丰一朝十一年，全处内外战争，故言十年烽燧。

⑦ 丛祠篝火宵鸣狐：陈胜大泽乡起事以鸣狐伪托，借指洪秀全金田起事。

⑧ 鸡次典：即《鸡次之典》，为楚国法典集成。楚曾败于吴后，法典尽毁。幸有蒙谷将当时从楚宫背负游水而救出的《鸡次之典》献出，楚国方未陷于无法可依的混乱。

⑨ 海滨避地乡心孤：朱兰在丁母忧期间，在家乡余姚办团练，后因“在籍大员不能劝化乡愚”之过被降四级调用。

⑩ 似闻万轴付灰烬：据朱兰《自题花间补读图》称其书巢被“焚毁殆尽”，此事在同治元年（1862）九月。

⑪ 朅（qiè）：去。朅来犹言去来、尔来。

⑫ 被召入京国：同治元年朱兰重新被起用入京，授三品京堂。

⑬ 病庄舄（xì）：生病的越国人庄舄在楚为官，病中呻吟仍作楚语。典出《史记·张仪列传》。李白《淮南卧病书怀寄蜀中赵征君蕤》就有：“楚冠怀钟仪，越吟比庄舄。国门遥天外，乡路远山隔。”

⑭ 忠谠：忠诚正直。谠，指正直之言。

⑮ 铜匦招严徐：汉武帝用铜箱子收集各种意见书，严安、徐乐因上书言事获拜郎中。

⑯ 龂龂（yīn yīn）：争辩的样子。《汉书·楚元王刘交传》：“朝臣龂龂不可光禄勋，何〔邪〕？”

⑰ 真除：实授官职。

⑱ 洴澼（píng pì）千金书：能强国的小药方。典出《庄子·逍遥游》：说有家历代以漂洗丝絮为业的，有不皲手秘方，卖得百金。后吴伐越，用此药获大胜。洴澼，漂絮之声，引申为漂洗丝絮等。

员峤①

员峤方壶迹已灰，龙鳞曾见日华开②。一从白马朝天后，无复青骡③按辔回。黄竹雪深瑶水远，苍梧④云黯夜弦哀。孤臣洒涕周庐外⑤，原庙衣冠⑥锁绿槐。

①《晚晴簃诗汇》收有此诗。此诗哀咸丰末年事，咸丰逃遁热河、圆明园被焚，国难当头，赵树吉个人又遭人暗算，通篇充满悲愤之情。据赵增瑀

《沅鹊先生事略》（见本书附录），赵树吉因身为谏官，得罪权贵，朝廷曾有任命其作河南学政、广东督粮道打算，权臣以“赵某直臣，宜留都中”为由，“命皆格不下”，两次阻止了对他的任命下达。“员峤”与诗中的“方壶”，均是传说中的海外仙山名。这里借指自元代即为皇宫禁地“太液池”的北海、中海。圆明园也建有“方壶胜境”，焚于英法联军之手。此诗即哀咸丰皇帝逃热河、联军进入皇家重地之祸。这是国家奇耻大辱，赵树吉不忍明言，遂以“员峤”隐喻。员峤、方壶事见《列子·汤问》。

② 龙鳞曾见日华开：天子常幸临此处，曾现天开日晕。龙鳞，天子衮衣纹饰。见，作“现”讲。日华，即日晕。

③ 白马、青骡：隐喻咸丰生赴热河，死后方回。古代以素车白马为丧葬之仪，“青骡不回”常作为“死”的讳言。唐王维《哭褚司马》：“尚忆青骡去，宁知白马来。”出自《太平御览》所引《鲁女生别传》：“李少君死后百余日，后人有见少君在河东蒲坂，乘青骡。帝闻之，发棺，无所有。”赵增瑀《沅鹊先生事略》称：“及大行崩逝，空宫绿槐，泪洒周庐，先生赋诗有‘自从白马朝天后，无复青骡按辔还’之句，盖自伤其孤立也。”

④ 黄竹、苍梧：元代丁鹤年《自咏十律》有“黄竹雪深迷玉辇，苍梧云断见珠丘”句。“黄竹雪深”典出《穆天子传》卷五：周穆王往苹泽打猎，为暴风雪所阻，宿于黄竹，乃作诗三章以哀民（本书《诗存》卷三《秋怀八首和董研秋翰林韵》也用穆天子西巡典故喻咸丰“北狩”）。苍梧，舜葬于苍梧之野，即九嶷山。这是以穆天子西巡暗喻咸丰北狩，以舜葬苍梧暗喻咸丰薨于热河行宫（即“大行崩逝”）。

⑤ 孤臣洒涕周庐外：孤臣，古指孤立无助或不受重用的远臣。周庐，皇宫周围的卫士庐舍。周，即周围，周墙。此句意或指咸丰十年八月，以文祥为首诸臣谏阻咸丰北狩（实为逃出京城以避兵锋），于召见时痛哭流涕，叩头出血。几位亲王甚至抱住咸丰的足哭留。文祥在巡防中于东门遇见尹杏农时，又相抱而哭。咸丰出京前，二百多皇室宗亲和六部官员包括祁寯藻、翁心存跪于圆明园东门再次哭谏。

⑥ 原庙衣冠：原庙为皇家宗庙正庙之外的副庙，供奉历代先皇像或衣冠供祭祀。古代宫苑多植槐树。

定甫太常斋中

烂漫秋容近夕晖，小斋人静共忘机[①]。酒怀浅薄三蕉叶[②]，宦海浮沉两布衣。风露花丛蛩语寂，江湖兵后雁来稀。晚香更待看黄菊，霜落团脐[③]蟹定肥。

① 忘机：本为道家语，意为消除机巧之心，此指甘于淡泊，忘掉世俗，与世无争。李白《下终南山过斛斯山人宿置酒》："我醉君复乐，陶然共忘机。"

② 三蕉叶：犹三杯酒。大约宋人郊游时有以蕉叶盛酒之乐。陆游《幽事》诗"酒仅三蕉叶"句原自注云："东坡自能饮三蕉叶。"

③ 团脐：母蟹有蟹黄味美，因其腹甲呈圆形，故称"团脐"。

送曾寿绅广文[①]二兄归里

十载居城南，卜宅[②]已八九。君来辄主我[③]，相聚兹独久。剧谈风雪深，灯火青照牖。终始无疵瑕，余爱到鸡狗。知我宦况贫，薄禄只升斗。何曾厌粗粝，此意嗟尤厚。但苦愁病侵，屡辇[④]栽花手。芙蓉怨秋雨，别思落杯酒。朱颜各非旧，再见应老丑。行矣望国门，晓月挂疏柳。

末俗艳华朊[⑤]，炙手须及热。广文非粗官，智者乃不屑。朝廷重学校，岂为贫仕设。民风视牧令，人才由教术。奈何等吏道，子衿[⑥]滥叨窃。穅麬糅雕胡[⑦]，筝琶混瑶瑟。理意存饩[⑧]羊，振兴在贤哲。经义与治事，分途表绵蕝[9]。庶储桢干[10]姿，世用傥不缺。荒言勿示客，寒毡耐冰雪。

长卿患消渴，仕进常闲居。不自惜心力，乃著封禅书。伟哉张子房，亦抱清羸躯。功成学辟谷，长揖赤松徒[11]。古来淡荡人，形病神则腴。翛然遗世累，是岂山泽癯。念子遘奇疾，走谒疲医巫。谁能分刀圭，顿使三缚[12]除。还乡复何事，问字[13]酒满觚。极愿慎餐卫，安坐真良图。委心任穷达，尘梦醒蘧蘧[14]。灵茅傥可采，裹粮寻郁姑[15]。

我家少峨[16]下，薄有二亩田。诸弟奉母居，门户喜粗完。中道遭寇乱，一岁率数迁。松菊径已荒，蓬蒿翳颓垣。前年君来时，家人稍复还。两儿日夜长，束发差比肩。墙根手种树，直干青参天。恨我不早归，西望空长叹。君归见吾弟，问讯知平安。行当自投劾，拂衣返南山。荔子擘轻红，苦笋[17]香春盘。余生幸不辱，猿鹤毋嘲讪。

① 广文：曾寿绅因曾作教谕，故称广文。曾寿绅此番进京会试，再落第，居赵树吉家两年（同治元年、二年），病日重，树吉后称：见其“支离病骨，毛发脱落之状，当时固已忧之”。

② 卜宅：以占卜选宅，言好几次打算搬家。

③ 主我：以我为主人。

④ 拲（gǒng）：铐两手曰“拲”，这里比喻因病而束手。

⑤ 艳华朊（wǔ）：羡慕富裕的生活。华朊，华丽的衣饰住宅和肥美丰盛的食物，形容富裕的生活。

⑥ 子衿：读书人的衣服，借指读书人。来自《诗经·郑风·子衿》“青青子衿”。

⑦ 糠𪍿（kuàng）糅雕胡：怎能把米糠麦麸混杂在一起呢。典出《晋书·皇甫谧传》：“况臣糠𪍿糅之雕胡。”这是安慰曾，教谕不是谁都可以当的，奈何人们把它当成小吏，而且有些滥（滥叨窃），筝琶和瑶琴混在一起罢

了。䵚，麦麸。雕胡，菰米，六谷之一。

⑧ 饩（xì）羊：祭祀用的羊，比喻礼仪。饩，古代祭祀或馈赠用的活牲畜，此指代“礼教”。

⑨ 绵蕝（mián jué）：借指表率。蕝，古代朝会时表示位次的茅束，引申为标志。

⑩ 桢干：古代筑墙时所用的木柱，竖在两端的叫“桢”，竖在两旁的叫“干”。比喻骨干人才。

⑪ 长揖赤松徒：张良功成请辞曰：“愿弃人间事，欲从赤松子游耳。”赤松子，传为神农之师，后成仙。

⑫ 三缚：贪缚、嗔缚、痴缚。人如陷三缚，则不得解脱。

⑬ 问字：从人受学或向人请教。典出《汉书·扬雄列传下》：扬雄校书天禄阁时，多识古文奇字，刘棻曾向扬雄学奇字。

⑭ 蘧蘧（qú qú）：惊喜的样子。

⑮ 郁姑：郁孤台下生仙茅，北宋杨真君遇郁姑至此，二人成仙侣，并得食仙茅之法。《广舆记》：“郁姑台在（叙）府北，宋杨真君遇郁姑仙于此。”即在今宜宾真武山。

⑯ 少峨：山名，在今宜宾西。

⑰ 荔子、苦笋：赵树吉家乡宜宾名食。荔子即荔枝，杜甫《宴戎州杨使君东楼》有“重碧拈春酒，轻红擘荔枝”句。苦笋，苦竹之笋，黄庭坚有《苦笋赋》传世。

闻树桎弟① 游庠② 志喜

十年未见已能文，鼓策③秋风竟出群。蚤岁荷衣余涕泪，寒灯荻画忆辛勤。儒冠误我空持禄，马稍④看人尽策勋。便筑糟邱资女老，石田茅屋⑤不须分。

① 树栝弟：赵树栝，字亨初，一字少舫，道光二十二年生，比赵树吉小十五岁，廪贡生，候选训导。光绪七年卒。

② 游庠：指儒生经考试取入府、州、县学为生员。

③ 鼓策：用簸箕扬谷物。

④ 马稍（shuò）：一种马上使用的丈八长矛，使用较难。稍，古同“槊”，长矛。

⑤ 石田茅屋：杜甫《醉时歌》：“先生早赋归去来，石田茅屋荒苍苔。儒术于我何有哉，孔丘盗跖俱尘埃。”

送杨湘芸观察河东

朱云请剑[①]老犹存，历尽冰霜雨露温。汉代官仪尊豸绣[②]，河东财赋重牢盆。易将悬特惩餐素[③]，莫遣惊鱼使水浑。懒放年来书更少，青泥[④]多谢故人恩。

① 朱云请剑：意指忠臣冒死直谏。典出《汉书·杨胡朱梅云列传》汉朱云冒死请成帝赐尚方剑诛帝师张禹，触帝怒，欲斩之。朱云被拖下殿时仍抗声不绝，以致拉断栏杆。后成帝觉悟，为表彰忠臣，不许修复栏杆。

② 豸（zhì）绣：古时监察、执法官所穿的绣有獬豸图案的官服。

③ 悬特、餐素：俱出《诗经·魏风·伐檀》：“不狩不猎，胡瞻尔庭有悬特兮？彼君子兮，不素餐兮。”悬特，挂着兽肉。特，三岁兽，或公牛。此处用《悬特》指代“伐檀”全诗。餐素，即尸位素餐，白吃干饭。

④ 青泥：书信。因古代以青泥为信件封泥，故以此指代书信。

补近岁友人挽词

张幼涵[①]翰林大枬，陕西肤施人

先皇策士紫宸初，同辈翩翩尽锦裾。宵路飞腾几人在，承明寂寞十年余。云归华岳边烽黯，血洒貂裘泪眼虚。葛帔[②]西华更伤折，茂陵遗稿[③]近如何。

① 张幼涵：张大枬，字幼涵，与赵树吉同为道光三十年庚戌科二甲进士。余未详。

② 葛帔：用葛制成的披肩，言其穷困。《南史·任昉传》："西华冬月着葛帔练裙，道逢平原刘孝标，泫然矜之，谓曰：'我当为卿作计。'"后因以为怜恤友人贫困之典。

③ 茂陵遗稿：以林和靖不写阿臾文章事为赞。典出宋代杭州隐士林和靖（逋）《书寿堂壁》遗诗："茂陵他日求遗稿，犹喜曾无《封禅书》。"盖司马相如死后汉武帝从其居所得其生前所作《封禅书》，内多歌功颂德，后人认为是邀宠之作。林则为自己一生未作过《封禅书》这类文稿欣慰。

吴秋漪布衣复，浙江绍兴人

传闻幞被访峨眉，江月江花[①]梦见之。白首看云成独往，青山埋骨竟何时。君平肆[②]里仙龛在，伍相祠[③]前蜀魄悲。他日巴渝寻宿草，墓门犹欲为刊碑。

① 江月江花：借唐代张若虚《春江花月夜》诗"江畔何人初见月，江月

何年初照人”悼之。

② 君平肆：严光，字君平，隐于成都肆中为人卜筮，“得百钱足自养，则闭肆下帘而授《老子》”。

③ 伍相祠：伍子胥祠，在苏州。

蕴检之[①]侍郎秀，满洲人

年时奏赋试明光，曾识雍容陛楯郎[②]。半亩秋山尘榻下，一尊凉雨水荷香。书生燕颔[③]功名薄，天路龙髯侍从长。作记元瑜[④]已退鬓，不堪腹痛[⑤]午桥庄[⑥]。

① 蕴检之：名秀，字检之，生卒年及事迹均不详。《苏邻遗诗续集》称其为正蓝旗人，清代满人始有资格做皇帝侍从，故依汉代侍从之称，尊称其“侍郎”，当非一般所称的尚书、侍郎之“侍郎”。

② 陛楯郎：御前侍卫。

③ 书生燕颔：既是书生，又有军人的威武相貌。“燕颔”，相士曾说班超“生燕颔虎颈，飞而食肉，此万里侯相也”。

④ 元瑜：东汉末人阮瑀，字符瑜，建安七子之一。文章极好，为曹操起草文书，曹操竟无法更动一字，甚至传说曹操读了他的文书竟然病都好了。

⑤ 腹痛：《后汉书·桥玄传》：曹操与桥玄知己，二人曾戏言“徂没之后，路有经由，不以斗酒只鸡过相沃酹，车过三步，腹痛勿怨”。后以“车过腹痛”为悼念亡友之词。

⑥ 午桥庄：裴度晚年以宦官专权，辞官退居，于洛阳午桥庄建别墅，“野服萧散，与白居易、刘禹锡为文章，把酒穷昼夜相欢，不问人间事”。

陆眉生给谏秉枢，浙江钱塘人

昔别常忧病骨孱，诏书强起事戎旃[①]。河山旧恨虚垂涕，苦粥[②]

余生竟陨年。疏草可能留藏史，诔文应不愧临川[3]。当时凄绝知心语，灯火严城夜不眠。

① 诏书强起事戎旃：参本卷《送陆眉生给谏秉枢之大梁军》。"强起"指陆秉枢奉诏时正守母丧，遂移孝作忠赴营（《桐乡县志》）。

② 苦粥：草衣稀粥。言其贫苦。

③ 临川：谢灵运善写哀诔之文，曾官临川。

卓鹤溪少宰[1]杴，四川华阳人，文瑞公冢子[2]

碧梧翠竹佳公子，翰墨风流似米颠[3]。两世心知竟何在，千秋手笔故应传。西园金缕朝酣酒，东阁花枝夜擘笺。我亦令狐旧宾客[4]，城南歌管散如烟。

① 少宰：清代对吏部侍郎的习称。卓杴曾官礼部、兵部、吏部，均为侍郎。

② 冢子：嫡长子。

③ 米颠：宋代书画家米芾。因其个性怪异、举止颠狂而被称"米颠"。

④ 令狐旧宾客："令狐"，指唐令狐绹，与其父令狐楚为父子宰相，借指卓杴。活用李商隐《寄令狐郎中》诗有"休问梁园旧宾客，茂陵秋雨病相如"句。

司马绣谷通守钟，江苏上元人

步兵沉醉[1]隐于吏[2]，好事犹呼老画师[3]。有佛曾同参米汁[4]，无家应是返灵芝[5]。翟公宾客[6]严兄事[7]，中散[8]形容独我知。一奠椒浆[9]浑未得，愁吟烟雨万家辞。君有题画句云："最是梦魂忘不得，万家烟雨好楼台。"

① 步兵沉醉：阮籍借酒韬晦。阮籍曾做步兵校尉，故称“阮步兵”。南北朝时颜延之《五君咏·阮步兵》：“阮公虽沦迹，识密鉴亦洞。沉醉似埋照（韬光不显），寓辞类托讽。”

② 隐于吏：吏隐一词指不以利禄萦心，虽居官而犹如隐者。“隐于吏”者，隐居于吏卒之中。

③ 老画师：司马钟极善画。参《诗存》卷一《赠司马绣谷通守》注。

④ 有佛曾同参米汁：曾有佛一同喝酒。米汁，酒。《酒史》：“（苏晋）尝得胡僧慧澄绣弥勒佛一本，宝之。尝曰：‘是佛好米汁，正与吾性合，吾愿事之，他佛不爱也。’”

⑤ 返灵芝：言返仙宫。灵芝，指灵芝殿，传海中仙山宫殿。刘克庄《纪游十首》：“箧有亡友诗，愈久愈鲜健。不归芙蓉城，定返灵芝殿。”

⑥ 翟公宾客：翟公居廷尉门庭若市，被贬后门可罗雀，复官后，谒者不绝。

⑦ 严兄事：著名隐士严子陵与光武帝刘秀少为同学，故此诗以“严兄”代之。所谓“严兄事”就是光武称帝后严子陵坚不出山的故事。

⑧ 中散：指嵇康，因做过中散大夫，世称“中散”。

⑨ 椒浆：椒浸泡之酒（古时浆即是酒）。如王维《椒园》诗：“椒浆奠瑶席，欲下云中君。”

李勉斋[1]大令志学，潼川人，眉生族兄

当年曾现宰官身，晚岁江湖一散人。陇上归来诗独壮，将军去后客尤贫。青娥玉笛风流尽，红雨残花寂寞春。凄绝皖公山[2]下路，阿连[3]鸡絮[4]独伤神。

① 李勉斋：名志学，四川潼川人，诗人。李鸿裔族兄。余未详。

② 皖公山：安徽天柱山，也名皖公山。

③ 阿连：谢灵运族弟谢惠连称“阿连”，也是著名文学家。

④ 鸡絮：汉徐稺以鸡和棉絮浸酒奠黄琼。陆游《老学庵笔记》也说："有蜀人史叔夜者，怀鸡絮，号恸墓前，其家大喜，因厚遗之。"

人日大雪鹤庵泽山游陶然亭龙树寺[1]晚归过话

江亭葭菼[2]苍苍外，佛阁春寒欲暝钟[3]。雪满楼台浮玉海，风高鳞甲动槐龙。追寻偶共围炉话，谈笑狂思策蹇[4]从。寥落梅花过人日，多君豪语起衰慵。

① 龙树寺：又称龙树院，寺内因有宋代古槐如龙卧，故名，为清代官员文人雅集之所。有天倪阁、看山楼、抱冰堂，蒹葭簃。

② 葭菼（jiā tǎn）：芦与荻。此指"蒹葭簃",《诗经》有"蒹葭苍苍"句。

③ 暝钟：傍晚钟声。

④ 策蹇（jiǎn）：唐代诗人李贺常跛驴行，偶得诗句，即写下投入背囊中，回家再补成全诗。蹇，跛，尤指跛驴或劣马。

四月十四日宿掖垣[1]夜月不寐

连闼[2]蜂房密，对廊星火明。乱鸦翻月色，老鹳警宵声。旧种花初活，新愁梦不成。犹然混笔砚，骨相愧班生。明日保和殿御试。

① 掖垣：本皇宫的旁垣，此指值宿之所。

② 连闼：形容房屋深邃，门户重重。左思《魏都赋》："禁台省中，连闼对廊。"

端午节前三日门人温味秋王艾堂[①]谭序初[②]曹朗川[③]诸子招饮龙树寺分韵得佳字

惊沙三日吹疾飙[④]，高城曀曀[⑤]阴且霾。城南古寺入葭菼，摩云老干森龙槐。五年不到少人迹，时见鸟雀驯空阶。登楼旷荡愁远目，把酒郁萃[⑥]伤孤怀。昆仑北折赴恒碣，三山隐见浮蓬莱。苍鸾白凤竟安在，珠宫贝阙余寒灰。前轩尘上黄蓊匌[⑦]，铁骑远殷空中雷。似闻饥虎尚垂睊[⑧]，灞上练卒驰庚牌。祆氛满地殊未已，感时倦眼重摩揩。自经变故废游宴，朋旧散落江湖涯。范君[⑨]一别便千载，山阳闻笛增心哀。岷峨灵气况堙郁[⑩]，造化作意摧边才。遁翁迁谪行且去[⑪]，桂岭已办双青鞋[⑫]。金花翠尾讵辞辱[⑬]，狙囊凭黠[⑭]忧挤排。死生契阔乃如此，静观兆朕疑非佳。忆初释褐[⑮]尚清晏，追凉兰若多同侪。当时惨绿居末坐，百罚未肯辞深杯。只今壮大气欲尽，往往独醒如清斋。冠簪欲谢儿濡忍，尚念仙仗崆峒回。宣光中兴[⑯]果再睹，荷锸便可刘伶埋[⑰]。天门虎豹呼不开，长歌被酒[⑱]还归来。人生早达胡为哉。吁嗟吾党二三子，努力作颂平徐淮[⑲]。

① 王艾堂：或为王艾亭。王葆修，字艾亭，英山人。同治元年（1862）壬戌科二甲进士。授刑部主事，选授湖北知州，署黄安县事。同治十二年充乡试同考官。

② 谭序初：名钧培（1828—1894），字宾寅，号序初，贵州镇远人，原籍广东高州府茂名县。同治壬戌科二甲进士（殿试二甲第六十八名，朝考一等第四名）。选庶吉士，授翰林院编修，国史馆协修。后历任江西道按察御史，江苏常州知府、山东按察使、湖南按察使、江苏布政使、湖北巡抚、广

东巡抚、云南巡抚和云南总督等。

③ 曹朗川：名秉浚（1838—1893），字朗川，广东番禺县（今属广州市）人。同治元年壬戌科二甲进士，选庶吉士，散馆授翰林院编修，后任提督福建学政，江西南昌知府，署盐茶道。

④ 飁（jiē）：风雨疾速的样子。

⑤ 曀曀（yì yì）：阴沉昏暗。

⑥ 郁萃：相聚而心情郁闷。

⑦ 蓊匌（wěng gé）：《康熙字典》：蓊匌，气蓊郁也。《杜甫·三川观水涨诗》中有“蓊匌川气黄”句。蓊，草木茂盛。匌，河流、烟气环绕。

⑧ 睊（juàn）：半闭眼睛看。

⑨ 范君：范云吉。参《诗存》卷一《正月二十四月送范云吉比部李申夫仪部两同年归蜀》注。

⑩ 堙郁：闷塞，气郁结不畅。

⑪ 遁翁迁谪行且去：王定甫同治三年因与赵树吉同乡（宜宾黎汤乡）薛焕互劾被降调出军机处，遂萌退意，终于在同治四年夏末获准病退回桂林（即后面之桂岭）。此诗时只是“行将去”。

⑫ 青鞋：即草鞋。着草鞋即指归隐。杜甫《发刘郎浦》：“白头厌伴渔人宿，黄帽青鞋归去来。”

⑬ 金花翠尾讵辞辱：这是用杜甫《赤霄行》“赤霄玄圃须往来，翠尾金花不辞辱”诗意以惜王拯。有意思的是王、薛互劾一案，两败俱伤，而赵显然没有站在同乡同里的薛焕一边。同治四年薛焕也因蔡寿祺诬告得直后，以归养母疾而去。

⑭ 狙囊凭黠：指害人的宵小。据唐陆龟蒙《小名录·曹黠》：“曹爽之专政也，其党何晏、邓飏、丁谧。爽敬之，言无不从。于时谤书谓：‘台中三狗，二狗崖柴不可当，一狗凭黠作狙囊。’三狗谓何、邓、丁。黠，爽小字。其意言三狗皆欲啮人者。”狙囊，指窥伺者潜藏之囊袋。“狙”，埋伏潜藏，伺机而出。

⑮ 释褐：脱去粗布衣（着官服），指当年进士及第。释，释去。褐，粗布衣。

⑯ 宣光中兴：周宣王和东汉光武帝均是中兴之主。以此誉“同治中兴”。

⑰ 荷锸便可刘伶埋：《晋书》故事，刘伶使人荷锸相随，吩咐“死便埋我”。此言诗人欲待国家中兴便可退隐归田。

⑱ 长歌被酒：王昌龄《长歌行》：“人生须达命，有酒且长歌。”赵树吉此诗也颇合王昌龄《长歌行》诗意。

⑲ 作颂平徐淮：这是借唐韩愈《平淮西碑》、宋诗人邢凯《上丞相平淮颂》等言志，勉励诸门人。颂，《晚晴簃诗汇》作“诵”。

题苏栩谷[①]刺史汝谦寄鹤集即送之蓟州任

往余未识刺史时，遁翁示我刺史诗。夜寒风雪高烛灺，玉光珠气交相辉。藐姑仙人[②]冰雪姿，乘风姗姗翔红霓。胡天朝云暮吹篪[③]，孤鸿叫月鸣声悲。穷阴绝壑霜霰霏，水泉凝涩崖石危。忽然草木变枯槁，春山花鸟娱晴曦。当其得意辄神往，缘悭[④]半面无由窥。昨朝偶就遁翁饮，坐中有客沧浪髭。炯如江阳老令尹，乍见欲唤心然疑。翁言昔与共乡井，谛视肥瘦真毫厘。百篇新制重展读，感时抚事多赍咨[⑤]。京华大雅远莫追，惜哉腰绶来何迟。桂林一老骨已朽，东洲晚卧潇湘湄。翁今五十亦颓鬓，余子散落音尘稀。羁孤我独恋空皂，失群病马长酸嘶。念君亦复苦吏事，讼庭未免烦棰笞[⑥]。迁官差喜近畿甸，州如斗大民如儿。一尊聊共豁怀抱，更用雕刻愁肝脾。蓟门烟树青垂垂，春残麦熟休王师。盘山[⑦]有约且须住，待我松下倾千鸱。

① 苏栩谷：名汝谦（1819—1869?），字煦谷，一作虚谷、栩谷，广西桂林灵川人。道光二十三年（1843）举人，工填词，善书画，尤长兰竹。曾官新乐知县，时刚升蓟州知州将赴任，本诗赠其行。有《东山草堂诗钞》《东山

草堂文集》《雪波词》。

② 藐姑仙人：《庄子·逍遥游》："藐姑射之山，有神人居焉，肌肤若冰雪，绰约若处子。不食五谷，吸风饮露。乘云气，御六龙，而游乎四海之外"。

③ 篪（chí）：一种类似竹笛的古乐器。也泛指吹管乐。

④ 缘悭：无缘。悭，缺欠。

⑤ 赍咨：叹息。王弼注《易·萃》"赍咨涕洟，无咎"曰："赍咨，嗟叹之辞也。"

⑥ 棰笞：打板子，杖刑。棰，竹节、马鞭。

⑦ 盘山：山名，在蓟州城西北。

题李广射虎图

射虎将军十石弓，南山逐鹿老英雄。人间别有封侯相，李蔡何妨在下中[①]。

① 李蔡何妨在下中：这是为李广鸣不平的句子，出自辛弃疾《卜算子·漫兴》"李蔡为人在下中，却是封侯者"句。《史记·李将军列传》："（李）蔡为人在下中，名声出广下甚远，然广不得爵邑，官不过九卿，而蔡为列侯，位至三公。"李蔡，李广堂弟，汉武帝时受封轻车将军、乐安侯，后任宰相。

六月二十一日夜定甫台长[1]斋中[2]是日为欧阳文忠公生辰

遁翁无事不好饮，邀我月明看修竹。自言门巷可张罗，几日新篁挺苍玉。疏帘清簟坐深晚，飞电流光乱灯烛。崩云压空如败堵，雷车殷山转鸣毂。咫尺唯愁沧海翻，昏黄不辨烟梢绿。已疑望月反得雨，且可流甘洗蒸溽。谁知狂飙挟东去，人生万事何由卜。忽忆曩年今日时，寿欧烂醉荷花卮。事在辛酉。升堂词翰萃时彦，即今几辈驰骖騑。河东老翁绝可念，苍颜白发望不归。孤檠相对迥愁思，只有此君聊与宜。阿香[3]作剧又败意，人纵欲厄天何私。作诗与君一嗢噱[4]，有酒不待秋为期。

① 台长：古称御史台长官为“台长”，后也用以尊称御史。

② 此诗作于同治三年（甲子，1864）六月二十一日，是日王拯有诗，诗题为《六月二十一日晨起，寓斋独拜摹藏欧公小像，薄暮元卿见过，归而有诗作此奉酬》。王拯受处分后心灰意冷，门可罗雀，只能独自在家拜欧公并赏月。寂寞中特邀赵树吉陪他赏月，不料忽雷雨大作。王拯答诗：“键关两月篁新绿，日日轩窗媚幽独。清晨自起索居情，往日瓣香怀近局。寿欧筵起光丰际，丹浒赐庐名五福。一时群彦盛衣帽，各有篇章粲题轴。晨星落落兼人鬼，浩劫匆匆已陵谷。岂期被谪尚风尘，独对摹临比冠服。平生尚友从髫丱，画荻风流痛莪蓼。年时制草愧前徽，老至归田缅遗躅。晚檐弦月明苍三，有客招邀喜跫足。殷雷作雨忽掀腾，奔云随风只翻覆。思论后会唯君在，且喜新诗贶予辱。诘朝请诘河上翁，来约初筵同一六（自注：谓宗丈涤甫将自运河来觐也）。”

③ 阿香：神话传说中推雷车的女神。苏轼《无锡道中赋水车》诗即有

“唤取阿香推雷车”。

④ 嗢噱（wà jué）：笑，乐一乐。

送刘融斋[①]前辈督学广东

旧望长安傅，新恩国子师。中兴向儒学，前辈见风仪。英簜[②]从天远，梅花度岭[③]迟。清贫原不厌，岂为处膏脂。

铜柱怀新息，荒台吊尉陀[④]。山川余霸气，金贝蕴兵戈。问俗华夷界，宾贤孝弟科。故人近开府[⑤]，康济术如何。谓郭筠仙中丞前辈。

① 刘融斋：刘熙载（1813—1881），字伯简，号融斋，晚号寤崖子，江苏兴化人。道光二十四年（1844）进士。咸丰三年（1853），入值上书房，为诸王师。咸丰十一年，应鄂抚胡林翼之聘，离京赴武昌任江汉书院主讲，嗣因太平军攻武昌，生员逃散而未果。于是留诗一首，回程返京，中途改入山西，浪迹漫游。同治元年（1862）应诏回京，于次年入京。同治三年补国子监司业，秋，被命为广东学政。广东任期未满（同治五年）即请假回籍，其后主讲上海龙门书院十四年。有《艺概》六卷。事见《清代七百名人传》。参见本书《诗存》卷三《送刘芋圃孝廉本忠之胡宫保英山幕》注。

② 英簜：本是竹制的符节，持之以作凭证，后亦泛指外任官员的印信和证件。

③ 梅花度岭：江西与广西交界处的大庾岭，岭上多梅花，古有“大庾岭上梅，南枝落，北枝开”之说。古者迁官或贬官，过此即入蛮荒之地，远离京师。

④ 尉陀：秦末汉初南越王、南越武帝赵佗。

⑤ 故人近开府：郭嵩焘在同治二年派任广东巡抚。官员到任入驻官衙称开府。同治初年，中兴伊始，不少人才受派出任外官。

送门人曹朗川编修督学福建

年少西清佩玉锵，新传红旆入闽漳。奇山到海中原尽，野橘连云驿路香。自古著书推夹漈[1]，何人伏枥待孙阳[2]。杜陵老大虚槎使[3]，看尔探奇贡上方。

① 夹漈（jì）：宋郑樵，福建莆田人，因居夹漈山下三十年，闭门读书撰著，高宗召见授官。后学尊称为夹漈先生。

② 孙阳：伯乐原名，曾被秦穆公封为“伯乐将军”，故称其伯乐。寄望曹为伯乐。

③ 杜陵老大虚槎使：这是指杜甫在大历五年（770）南下郴州不果，最后折返，死于舟中的事，故用一“虚”字。

次和定甫台长病起韵[1]

岁终羁空皂，迟回惜素心[2]。艰难通性命，去住各浮沉。危叶知严霰，荒苔恋故岑。看君抱高节，风雪闭门深。

脱绣[3]常辞客，因疴得数游。丹铅犹矻矻[4]，谤誉漫悠悠。上界足官府，散仙谁侣俦。似闻[5]舐余鼎，鸡犬已丹丘。

藤老奇礓亚[6]，花低短竹围。冰霜催急景，兰芷变春菲。摇落关时晚，孤芳与物违。静中观化理，长羡遂初衣[7]。

论史存微尚[8]，临池爱独居。香多黏药裹，声疾过帷车。心事江湖远，诗篇战伐余。却怜河上叟，鞅掌[9]久无书。

①《晚晴簃诗汇》收有此诗。王拯多病，曾数次传殁，所以王诗中有“吾生何善病，消尽百年身”句。王拯《龙壁山房诗草》卷十四有诗《病起偶成》四首：“吾生何善病，消尽百年心。稍喜新凉健，翻惊宿疢沈。秋风摧壮士，夜雨泣荒岑。不为逢摇落，谁知我泽深。　蚤日辞邨塾，天涯橐笔游。琴书本落落，班仗复悠悠。老大伤孤寄，支离重鲜俦。春陵闻贼退，归卧榜吾丘。　独树穿藤格，群筜绕荔围。闲庭容洒扫，随意足芳菲。宰物偏情忌，般幽易愿违。园窥曾几日，寒叶亦华衣。　一枕犹残梦，萧然感索居。衾帷愁掩阁，门巷愧停车。顾影嗟何恃，升阳庆有余。青毡原故物，灯火尚劬书。”

② 素心：本心，素愿、纯洁之心。

③ 脱绣：脱去绣袍着布衣。李白《赠宣城赵太守悦》有“公为柱下史，脱绣归田园”句。

④ 丹铅犹矻矻（kū kū）：仍辛勤校书。丹铅，点勘书籍用的朱砂和铅粉，借指校订之事。矻矻，辛勤劳作的样子。

⑤ 似闻：用汉代刘安“一人得道，鸡犬升天”故事。“舐余鼎”即狗舔炼丹药的鼎而升天。丹丘即指神仙居所。

⑥ 礓（jiāng）亚：礓，本指砾石，泛指石头。“亚”通“椏”，树椏。

⑦ 遂初衣：辞官回家重着布衣。

⑧ 微尚：小兴趣。谦辞。

⑨ 鞅掌：职事纷扰繁忙而顾不上仪容。《诗经·小雅·北山》：“或栖迟偃仰，或王事鞅掌。”后遂指公务纷扰繁忙。

答定甫台长见柬①

甲煎何如皂荚香，豨苓时复绌昌阳。古来寒饿多奇士，身外荣枯等梦场。四海交游知汲黯②，一篇著述老蒙庄③。浮生独我愁孤寄，岁暮天高朔吹凉。

① 王拯《龙壁山房诗草》卷十四有《柬元卿给谏》，其诗多作悲凉语："平生冷落少年场，岂有声名匹郑庄。青史几人终磊磊，黄尘与子独凉凉。残檠突兀怜宵短，浅酌摧颓笑瓮香。华屋归来感畴昔，那堪孤士又河阳。"

② 汲黯：西汉直臣，为人耿介。汉武帝刘彻称其为"社稷之臣"，后因过免官，居田园数年后复出。因王拯原诗中有"岂有声名匹郑庄"句，赵即以"汲黯"作答。郑庄也为西汉直臣，因小过被贬。司马迁叹二人被贬后世态炎凉："夫以汲、郑之贤，有势则宾客十倍，无势则否，况众人乎！下邽翟公有言，始翟公为廷尉，宾客阗门；及废，门外可设雀罗。翟公复为廷尉，宾客欲往，翟公乃大署其门曰：'一死一生，乃知交情。一贫一富，乃知交态。一贵一贱，交情乃见。'汲、郑亦云，悲夫！"

③ 蒙庄：即庄周。

蜀中产荔枝苦笋者唯上下南诸郡县吾郡其尤著者余北来十二载辄有季鹰莼鲈之思[1]岁暮怀归而不可得乃赋二诗以寄意明年附书示黼臣少舫两弟[2]也

吾州二江合，南郭环星岩[3]。连山多苦竹，绿霰交层髟[4]。野风散春秀，林润香可劖。篱根[5]过朝雨，戢戢青玉嵌。倾筐杂菜把，缕切女手掺。登盘象齿白，勇食如鼓馋[6]。魏征绝媚妩[7]，汲黯终清严[8]。幼诵涪翁赋，高格信不凡。回甘喻忠说，与俗殊酸咸。比年职献纳，欲语口屡缄。谅无食肉相，空有湖州馋[9]。故山在何许，霜雪埋松杉。杜老念黄精，托命唯长镵。吾将参玉版[10]，散发抛朝

衫。右⑪苦笋

① 季鹰莼鲈之思：故乡之思。西晋张季鹰思念吴中家乡美食莼菜羹、鲈鱼脍而思归，曰："人生贵得适意尔，何能羁宦数千里以要名爵。"典出《世语新说》。

② 黼臣少舫两弟：黼臣，赵树纪，道光九年生，光绪三年卒。赵树柼之兄。少舫，即赵树柼。

③ 吾州句：家乡宜宾金沙江、岷江两江环合东去；城之南面有山七峰连绵，号"七星山"，赵家即处山下，此山盛产苦笋，至今尤盛。黄庭坚《苦笋赋》开篇即云"僰道苦笋，冠冕两川"。

④ 髟（biāo）：毛发下垂的样子。

⑤ 篱根：谓每逢新雨即满山新笋如篱。

⑥ 鼓儳（gǔ chán）：趁敌队未整，击鼓而勇攻。因苦笋味苦，故用此戏语。

⑦ 魏征绝媚妩：笋虽苦，却像魏征那样"妩媚"。典出《隋唐嘉话·卷上》唐太宗常对人夸魏征："人言魏征举动疏慢，我但觉其妩媚耳"。

⑧ 汲黯终清严：与上句同，用苦笋比汲黯的清严。

⑨ 湖州馋：东坡为湖州太守，喜食笋（湖州安吉笋味美），有"宁可食无肉，不可居无竹"之慨。

⑩ 参玉版：这是用宋惠洪《冷斋夜话·东坡作偈戏慈云长老》所记苏东坡约刘器之"同参（拜）玉版和尚"故事：东坡所谓玉版和尚原来是美味的竹笋，后遂用"玉版"喻笋，"参玉版"即成"餐玉版"。

⑪ 右：原书因竖排，故诗列于右，今横排则居上。下不再注。

海山有仙人，绛襦映肤玉。不知何年世，逃影入岷蜀。色味两无殊，未碍骨胜肉。芳腴沁肝肺，庐橘①真隶仆②。缅惟唐天宝，驿骑驰涪谷③。但见妃子笑④，那闻野人哭。盛朝绝果献，家法宫帷肃。遂令珍异产，得果藜苋⑤腹。山居屡过夏，离离绽红熟。分甘及童丱⑥，余摘喧鸟啄。北来望孤云，梦绕翠屏⑦麓。寒瓜⑧嚼水

精，信美非吾欲[9]。艰虞玉食减，斤斧被草木。三百傥可啖[10]，臣朔饥亦足。右荔支

① 庐橘：即枇杷。

② 隶仆：本周代司洒扫宗庙之官，泛指奴仆。此言枇杷不值一比。

③ 涪谷：宜宾岷江北岸催科山下黄山谷所凿流杯池所在地，后世名之“涪谷”。指代宜宾。

④ 妃子笑：杜牧有“一骑红尘妃子笑，无人知是荔枝来”句。

⑤ 藜苋（xiàn）：藜和苋均野菜。泛指贫者所食之粗劣菜蔬。

⑥ 丱（guàn）：本为古幼童发式，束发于头上两则如角（称“总角”），后也指代幼童。

⑦ 翠屏：山名，在今宜宾市翠屏区城西，其半山曾有翠屏书院。

⑧ 寒瓜：即西瓜。

⑨ 信美非吾欲：再美好也不是我想要的。

⑩ 三百傥可啖，臣朔饥亦足：倘若能吃到三百粒荔枝，东方朔饿死也值了。苏东坡有诗云：“日啖荔枝三百颗，不辞长作岭南人。”臣朔饥亦足，典出《汉书·东方朔传》：“朱儒饱欲死，臣朔饥欲死。”朔，东方朔自称。

郁郧山房诗存·卷五

乙丑至丙寅　同治四年（1865）至同治五年（1866）

二月初一日大雪

帀月春寒独掩扉，阳和端不散严威。沾衣点密花枝冻，掠面风多酒力微。尚想铁刀[①]曾出赐，更无鹰隼与高飞。何人得晤青田鹤[②]，为问尧年[③]果是非。

① 鈇（fū）刀：古时天子以鈇钺赐于诸侯或大臣，授以斩杀之权。《礼记·王制》："诸侯赐弓矢，然后征；赐鈇钺，然后杀。"

② 青田鹤：出自浙江青田，传为神仙所养。

③ 尧年：尧之世，天下太平，后遂以"尧年"喻盛世。

与内子[①]夜话

别来十二年中事，酒尽灯残未忍听。洒涕村墟频丧乱，惊心亲旧半凋零。长贫母老惭重鼎[②]，失学儿骄误一经。累汝持门况多病，那禁远道鬓星星。

① 内子：据赵氏族谱，其“原配郑氏，同邑运谟公女，道光四年（1824）甲申十一月生，大赵树吉三岁，同治十二年癸酉十一月卒”。

② 重（chóng）鼎：“重茵列鼎”的缩用，语出刘向《说苑·建本》：“累茵而坐，列鼎而食。”指优越的生活。重，双重，重茵即双重坐垫。鼎，此指古代烹煮或盛食的器物。

闱中[①]读湄君拂珊集[②]漫题

轻帆来往狎波涛，紫凤天吴[③]入醉哦[④]。绝岛青春舞台飓，空江白日走鼋鼍[⑤]。雄心欲割乖龙[⑥]耳，鼓臂真投玉女梭。笑煞寒蜩抱宫柳，壮游奇福两蹉跎。

昔岁燕台送筱骖[⑦]，金符玉节倚征南。故人半落诸侯手，与子重为海客谈。岭外文章似同叔[⑧]，坐中丝竹老何戡[⑨]。龙华小劫今回首，锁院灯昏酒正酣。

① 闱中：是科为同治四年（1865）乙丑科会试春闱。赵在此次充监试官，因非考官，按制度，处于“外帘”。咸丰三年（1853）朱鉴成在川乡试

中举后，入京为中书舍人，此时应已抵京。

② 拂珊集：后收在同治十年所刻的《题凤馆诗稿》。

③ 紫凤天吴：杜甫《北征》诗："天吴及紫凤，颠倒在裋褐。"天吴，水神。《山海经》言："朝阳之谷，有神曰天吴，是为水伯。其为兽也，人面八首八足八尾，皆青黄。"

④ 哦：吟哦。

⑤ 鼋鼍（yuán tuó）：神话中指巨鳖和猪婆龙（扬子鳄）。墨子《公输》："荆有云梦，犀兕麋鹿满之，江汉之鱼鳖鼋鼍为天下富。"

⑥ 乖龙：孽龙。因苦于行雨而到处藏避，俗称"避乖龙"。

⑦ 筱（xiǎo）骖：喻为文喜用僻词古语以求新，此处作为赞语。语出《全唐诗话·徐彦伯》："徐彦伯为文，多变易求新，以凤阁为鹓阁，龙门为虬户，金谷为铣溪，玉山为璚岳，竹马为筱骖，月兔为魄兔。进士效之，谓之'涩体'。"筱，小竹。筱骖即竹马。

⑧ 同叔：即晏殊，北宋抚州临川县文港乡（今属进贤县）人，字同叔，北宋著名词人。

⑨ 何戡：唐著名歌者。刘禹锡《与歌者何戡》诗："旧人唯有何戡在，更与殷勤唱《渭城》。"

至公堂夜坐用己未[①]监试原韵

几日轻寒换夹衣，夜深微雨晚花飞。蠕蠕人影蚕千箔[②]，隐隐铃声棘四围。七度春秋天诏渥，九科前后旧交稀。白驹翙羽[③]谁真副，奎藻[④]遥瞻纠缦晖[⑤]。

① 己未：咸丰九年（1859）。己未诗见《诗存》卷三《八月十二日至公堂夜坐达旦》。

② 箔：此指蚕箔，即养蚕用的竹席或竹帘。

③ 翙（huì）羽：出《诗经·大雅·卷阿》“翙翙其羽”。翙，鸟飞声。这里喻时光如白驹过隙，或如飞鸟行空。

④ 奎藻：称御笔书画或御制诗文。

⑤ 纠缦晖：喻皇帝文笔洋洋大观，灿烂辉煌。纠缦，聚集弥漫。出自先秦《卿云歌》：“卿云烂兮，纠缦缦兮。日月光华，旦复旦兮。”纠，聚集。缦，即缦缦，萦绕舒卷貌或弥漫状。

明远楼[①]下古槐行

锁院周遭围棘界，中有老槐百围大。高柯直上贯斗牛，垂枝偃卧欹冠盖。不知种植自何年，历劫霜皮长不坏。云开西麓接山翠，月出公堂发清籁。文士精灵尚在无，蚁封梦觉[②]终何害。灯烛长看举子忙，斧斤幸荷樵苏[③]贷。君不见，九华门[④]下虬龙枝，花飞黄雪萦罘罳[⑤]。孤高盘踞虽得势，路人指道藏妖魑。风霆昨夜枝条仆，不觉当筵惊失箸。古来荣落岂有时，莫恃东皇私雨露。

① 明远楼：明清时，各省乡试考场均有楼名“明远”，用来监试考场，取《大学》中“慎中追远，明德归厚矣”之意。

② 蚁封梦觉：蚁封即蚁垤，用《南柯太守传》梦到在魏安国做驸马的典故。

③ 樵苏：采樵的人。樵，砍柴。苏，割草。此句希望举子折桂。

④ 九华门：指宫门。李商隐《公子》诗：“外戚封侯自有恩，平明通籍九华门。”

⑤ 罘罳（fú sī）：宫城墙角的角楼。

江晓帆[①]中丞因湄君知余余未知也今中丞已归道山[②]诵湄君集中语[③]感其意为赋一诗

坡翁不见延州范[④]，自恨生迟涕泪多。并世神交付冥漠，海山归去奈公何。

① 江晓帆：江国霖（1811—1859），字雨农，号晓帆，四川大竹人，道光十八年（1838）戊戌科探花（一甲第三名）。道光二十七年（1847）出任惠州知府两年，极有政声。后升任雷琼兵备道。咸丰三年（1853）任广东按察使，后改布政使。咸丰八年江国霖始署广东巡抚，不久被劾，罢。咸丰九年病逝。

② 已归道山：已故。犹言驾鹤西去。

③ 湄君集中语：即此后收入朱鉴成《题凤馆诗稿》中的《二哀诗·权粤抚广东布政使江公国霖》。

④ 坡翁不见延州范：苏东坡仰慕范仲淹多年，不得一见。直待东坡举进士至京，“则范公殁。既葬而墓碑出，读之至流涕，曰：‘吾得其为人。’盖十有五年而不一见其面，岂非命也欤？”（苏东坡《范文正公文集》）延州范，因范仲淹在西北危急时，自请知延州，故称之。

闻李西沤[①]前辈下世感赋

法物尊三代，清名重四朝。师儒齐祭酒，侍从汉宫僚。褰纬[②]

忧宗国，冥鸿托远宵。当时未敢荐，青史莽萧条。

精气还天地，巴渝暗淡春。名山虚此席，石室更何人。逋峭[③]惭孤赏，文章沮后尘。遗书孰排纂，洒涕望峨岷。

① 李西沤：李惺（1787—1864），字伯子，号西沤，四川垫江人。嘉庆二十二年（1817）进士，官至翰林院检讨，迁国子监。后主锦江书院讲席二十年。咸丰十年六月，赵树吉曾上《遵保川省官绅办理团练疏》（见本书《疏草》）荐李惺督办四川团练，获准，但李以年老力辞。同治三年（1864）二月二十三日，病逝成都寓所，年七十八。善书法，苍古有味。晚年著《冰言》《药言》及《西沤全集》。

② 嫠（lí）纬："嫠不恤纬"的缩语，意为寡妇不忧布织得少，而忧国家之亡。嫠，寡妇。恤，忧虑。典出《左传·昭公二十四年》："嫠不恤其纬，而忧宗周之陨，为将及焉。"

③ 逋峭：本指屋柱曲折，喻文章曲折多姿、富有风致。引申为人有风致。《北史·卷八十三·文苑传·温子升》：子升前为中书郎，尝诣梁客馆受国书，自以不修容止，谓人曰："诗章易作，逋峭难为。"西沤《老学究语》以通俗有趣的语言讲述人生哲理，老少咸宜，开卷有益。

闱中遣兴戏作

人似来鸿信不愆，棘围[①]七见月轮圆。黄齑[②]食籍知多少，又费汤丞[③]二等钱[④]。

烧尾风雷亦等闲，藏胸鳞甲渐冥顽。郕华[⑤]位置都无着，合在龙腮左右间。监试四人居龙门旁舍，谓之龙腮。

梨花一树女墙欹，不是东风桃李枝。细雨无言自开落，何人解作惜春词。

广场初放大光明，香钵飞来护世城。十万恒沙豪薜荔，酣嬉轰作法雷声。

霓裳三迭调何高，同拨鹍弦凤尾槽。一自李谟偷曲[6]后，旧声谁唱郁轮袍[7]。

杈丫老树半生枯，终日哑哑白项乌。唯有麴生[8]风味好，引人高枕梦江湖。

① 棘围：科考场。因古代以棘围试院，故称“棘围”。

② 黄齑：咸腌菜。戏言伙食不好。

③ 汤丞：古代小厨官。

④ 二等钱：二文钱。

⑤ 郕华：泰山、华山。郕，春秋战国时宋的一个小邑，在泰山，此借指泰山。

⑥ 李谟偷曲：典出元稹《连昌宫词》：“李谟擪笛傍宫墙，偷得新翻数般曲。”详见元稹此诗自注。李谟，唐代善吹笛者。

⑦ 郁轮袍：古曲名。唐开元九年（721），王维考后欲殿试得第一，求人引见公主，席间弹《郁轮袍》，惊动四座。又献诗作，原来都是公主平日诵读过的，乃传话考官，殿试遂得取第一。

⑧ 麴生：此“麴生”实“曲生”，即酒。古人常戏作“麴生”“麴先生”，以麴为酒之姓。

夏夜饮湄君斋中[1]听雨次和

催诗衙衙走群龙，雪壁风椂落烬红。痛饮何须秋井[2]塌，对床曾记大坡[3]同。十年海国伤离索，一代才人孰长雄。夜半酒醒檐溜歇，坐听街柝响城东。

① 湄君斋中：同治三年朱鉴成中举后，复入京当中书舍人，此诗可能在入京后还暂未入中书科时作。

② 秋井：陵墓，犹称“金井”。杜甫《苏端薛复筵简薛华醉歌》有句：“忽忆雨时秋井塌，古人白骨生青苔，如何不饮令心哀。”

③ 大坡：称苏轼“大坡”，其原因是同时有被称为“小坡”的诗人苏过。

再和

旧游无复盛云龙，相对唯看醉颊红。老物渐怀身后感，冷吟聊喜眼前同。凉生枕簟潮痕滑，梦想旌旗甲士雄。闻道故人[①]能作健，应知马首欲俱东。谓眉生，时李申夫方赴山东招募马队。

① 故人：李眉生（李鸿裔）、李申夫（李榕）时在曾国藩幕中。

次日复招同徐少岩[①]小饮夜话再用前韵

茉莉花香沁醉龙，碧纱凉雨晚灯红。饮徒尚有徐中圣[②]，门业深知郑小同[③]。不尽江河流日夜，等闲诗酒污英雄。玉箫檀板谁家乐，只恐钟鸣景向[④]东。

① 徐少岩：未详其人。

② 中圣：喻喜酒之人。典出《三国志·魏书·徐邈传》，徐邈饮酒醉，自称“中圣人”，因醉常谓酒“清者为圣人，浊者为贤人”，意为非贤非圣者。

③ 郑小同：字子真，郑玄之孙，三国魏时期人物，学者。其父生丁卯年，子真生丁卯日，故名“小同”。

④ 景向：即影响，言如影随形，如响应声。

送王定甫通政归桂林

衡湘天南富山水，龙城[①]独在千山底。小年好读柳州记，故人昔乃生于此。巉巉秀骨刻削成，天与笔舌为聪明。铜花悍石[②]互磨砥，霜气厚入秋蛩声。文章少日倾流辈，宛陵[③]师法方姚[④]在。策中传作已等身，夜夜骊珠发光怪。功名如梦何足言，拂衣好种訾洲[⑤]田。虫沙[⑥]历劫殊未已，悠悠宙合知谁贤。

乌台[⑦]抗疏二三策，锄恶荐贤思举职。白日不照冰雪诚，以微罪行人未识。天吴紫凤空复愁，南箕贝锦[⑧]终何责。独怜芳草变萧艾，那恤伤鸿垂羽翼。溯从[⑨]两圣执威柄，首殛三奸[⑩]扶主极。仁言善政日在史，蒙昧乾坤顿华色。出谋发虑繄为谁，高皇降鉴知臣力。委弃原非圣主心，綮维[⑪]盍为中兴惜。痛哭休同阮嗣宗[⑫]，饮酒岂易李元忠[⑬]。世情贵远贱目近，黄鹄举矣天无穷。

孤松秀岭不自高，涧花蛩柄[⑭]攀仰劳。平生抗志岂绝物，俗流未敢窥蓬蒿。薄材何幸被接引，浅渚湍急难容篙。独蒙风骚力推激，濡呴[⑮]时复分余膏。忆昔都城苦鸣镝，君亦重怀骑省戚[⑯]。风雪天寒乌夜啼，悼逝忧危一灯白。当时同辈两三人，范云已死杨修别。秋雨秋花况送君，指口我唯宜饮醇。明年花发峁嵲[⑰]树，过门尽是思君处。

山中古柏双轮囷[⑱]，斧斤所赦枝拿云。其下有堂可讲授，翠涛风泻空天春。漓江英英盛才隽，十年鞍马长追奔。谈经脱佩师子厚，琢雕自要成奇珍。小夫丐残侈余馂[19]，卮言[20]诬圣道不尊。君归著述翼谟训[21]，一豁万目烟霾昏。岳莲花鄂青无垠，三峨乃是金天孙[22]。溯江傥践看山约，洞口无忘呼老猿。佘镌一石曰“猿公”。

① 龙城：柳州，唐天宝时曾为龙城郡。

② 悍石：坚固的石块。苏轼《次韵王定国南迁回见寄》：“土晕铜花蚀秋水，要须悍石相砻砥。”

③ 宛陵：宣城古名。

④ 方姚：方苞、姚鼐，二人均为桐城派的始祖（另两人为戴明世、刘大櫆）。

⑤ 訾洲：桂林漓江东岸一洲。

⑥ 虫沙：比喻死难将士和百姓。

⑦ 乌台：御史台。因汉时御史台柏树多栖乌鸦，古名乌台。

⑧ 南箕贝锦：出自《诗经·小雅·巷伯》，诗歌抒发被谗言所害者的满腔怨愤。南箕，星宿名，四星相连状如簸箕。贝锦，织有贝纹之锦。

⑨ 溯（sù）从：“自从”义，回顾用语。溯，上溯、回溯。

⑩ 首殛（jí）三奸：辛酉政变赐死二人（载垣、端华），斩一人（肃顺）。殛，诛杀。

⑪ 絷维：原意为拴马留客，后指延揽、挽留人才。

⑫ 阮嗣宗：阮籍，字嗣宗。

⑬ 李元忠：北魏赵郡柏人。镖旗将军、刺史。好喝酒至醉，不理细事，但十分能干，为人所敬重。

⑭ 枿（niè）：同“蘖”，伐木后的树桩或树桩长出的新芽。

⑮ 濡呴（rú xǔ）：即呴濡。慰藉，救助。呴，指慢慢呼气或吐沫。《庄子·天运篇》：“泉涸，鱼相与处于陆，相呴以湿，相濡以沫，不如相忘于江湖。”

⑯ 骑省戚：丧妻之戚。典出晋代文学家潘越作《悼亡诗》三首悼其爱妻。而因潘岳《秋兴赋序》称其“以太尉掾兼虎贲中郎将，寓直于散骑之省”，故有“潘骑省”之称，后遂称丧妻为“骑省之戚”或“骑省之悲”。

⑰ 峁嵻（fáng kāng）：山名，《今古逸史·别国洞冥记》有："进峁嵻细枣，出 峁嵻山，山临碧海上，万年一实，如今之软枣。"

⑱ 轮囷（qūn）：屈曲盘绕的样子。囷，围绕。

⑲ 余馂（jùn）：剩饭剩菜。

⑳ 卮言：自然随意之言。

㉑ 谟训：谋略和训诲。

㉒ 天孙：织女，传为天帝孙女。此句称峨嵋大、中、小三峨均是天孙。

朱铁君[①]分馈龙井茶用山谷以双井茶送子瞻诗韵赋谢

北来嗜好变愈少，病肺不复长浇书[②]。砖炉活火供茗事，瀺灂[③]群鱼吹沫珠。东南珍产龙井腴，缄封赠我琼瑶如。清泉不及在山好，飞梦试觅西泠湖。

① 朱铁君：朱宪成，因行五，朱鉴成称其"铁仙弟五郎"。四川富顺人，兴文籍。咸丰十一年（1861）辛酉拔贡。

② 浇书：陆游称东坡先生谓晨饮为"浇书"。

③ 瀺灂（chán zé）：水声。鱼的沉浮。司马相如《上林赋》："临坻注壑，瀺灂霣坠。"

酬朱湄君舍人[①]赠藤床用昌黎郑群赠簟韵

缚藜为床世所知，易以椽竹[②]夸新奇。后来藤榻又别出，梦痕凉堕青琉璃。物情中热务外爽，怀安不复相瑕疵。迂生懒性亦善睡，书堆高枕吾能为。失眠奈此赤熛怒[3]，往往晏起逾朝炊。故人偶得剡溪质，纵横斗室庋置宜。长须大力负之走，论值不数桃笙[4]资。斜行细碎织鱼网，水纹滑笏风生漪。称心乍似添婢妾，坦腹兼可嬉童儿。遥怜老李在戎幕，据鞍触热笳横吹。豻牙满地几安处，与君犹得祛炎曦。诗成报谢试偃仰，是乡可老吾其衰。

① 舍人：朱鉴成中举人后，赴京作中书舍人，故改称其“舍人”。

② 椽竹：竹名，生于广东、福建、广西等地。

③ 赤熛怒：上古五帝之一，南方赤帝，司夏。后亦以借指夏天、夏日。也省作“赤熛”。

④ 桃笙：桃枝竹编的竹席。苏轼《仇池笔记・桃笙》称：“偶阅《方言》：宋魏之间，簟谓之笙。乃悟桃笙以桃竹为簟也。”

检定甫留别诸物各作数句

别诗意重语在口，笑指此中宜饮酒。眼前谁复胜公荣[1]，独醉独醒真我友。玉船滟滟[2]殷红酣，仙人流霞[3]安足贪。醉唱先生归去也，杏花春雨思江南。右杏花春雨酒

五星夜陨瑶枢[4]精，化为草木滋含灵[5]。皮黄根黑柔茎青，赤花白节吾能名。定姜[6]服之颜孩婴，何休《公羊注》：定姜服五加皮不死。浸以甘酒尤芳馨。我无仙骨羞养生，荷锸大醉从刘伶。右五加皮酒

江妃红泪凝秋竹，青奴[7]夜偃潇湘渌[8]。越州藤簟尤所稀，万缕千沟织苍玉。火云毒热秋连旬，北窗拂拭清无尘。梦中乘此觅波路，习习风漪来故人。右藤簟

洱海春芽小团月，新蒻[9]包缄香喷发。色浓浸碗琥珀红，日铸

宝云羞薄质。夜窗浩浩风露清，肝肺荡涤生虚明。不须更补桑苎经[10]，吟诗试作秋蚓声。右普洱茶

蓼虫[11]食辛入骨苦，此味吾生差可语。怪君神药不自私，欲遣支兰[12]变春煦。破如竹瓦腴不腐，丹砂霏霏照玉杵。孤危阳气要滋培，冷性难温奈何许。右肉桂

① 公荣：刘公荣（刘昶），甚好酒，饮必醉。阮籍、王戎、刘公荣三人坐谈甚洽，而饮酒独不与公荣。因刘曾言："胜公荣者，不可不与饮；不如公荣者，亦不可不与饮。"阮籍遂以此相戏。见《世说新语·简傲》。

② 玉船滟滟：杯中酒光滟滟。玉船，玉质酒杯。滟滟，水光貌。

③ 流霞：传说中仙人饮用的一种酒。

④ 瑶枢：天枢，为北斗第一星。

⑤ 含灵：具灵性之生灵，即指人类。

⑥ 定姜：春秋时期卫国国君卫定公的夫人，卫献公嫡母。

⑦ 青奴：江南一带竹编或用整段竹制的凉寝具，可抱、可搁脚，也戏称"竹夫人"。

⑧ 渌（lù）：水清。

⑨ 新蒻：嫩蒲草。

⑩ 桑苎经：指陆羽所著《茶经》。

⑪ 蓼（liǎo）虫：寄生于蓼间的一种虫，古人称其甘食辛苦而不知迁而就食甘美，《楚辞》所谓"蓼虫不徙乎葵藿"。蓼，亦称"水蓼"，茎叶辛辣。

⑫ 支兰：人体经络。

赠陈朗山[1]学博良玉

广文官冷饭不足，昔日郑虔[2]今见之。谁乞酒钱供痛饮，更籴

升米同襟期[③]。书生衮衮[④]尽持节，清夜沉沉独咏诗。画角秋城正悲壮，相看我亦鬓如丝。

① 陈朗山：名良玉（1814—1881），字朗山，一字铁禅，广州驻防汉军镶白旗人，道光十七年（1837）中举。官广西知县，补直隶州知州，旋丁忧，服阕后因脚疾无法赴京，遂放弃仕路，专事教职。曾执教京师同文馆，此诗似在此期间。其诗词俱佳，有《梅窝诗钞》二卷、《梅窝词钞》一卷、《虞苑东斋词钞》一卷。

② 郑虔：唐天宝时著名文士，诗书画俱佳，曾为广文馆博士，唐玄宗题诗书画为"郑虔三绝"。杜甫称其"郑老"。

③ 同襟期：彼此的襟怀和性情相同。杜甫《醉时歌》写其与郑虔事，诗中有："日籴太仓五升米，时赴郑老同襟期。"

④ 书生衮衮：反用《醉时歌》中句"诸公衮衮登台省，广文先生官独冷"。

题刘紫钧明经[①]仿罗汉像横卷

罪花燋种[②]莽匆匆[③]，浩劫何时涤荡空。修到应真[④]须度世，莫将游戏诩神通。

① 明经：清代习称贡生为"明经"。刘紫钧其人未详。

② 罪花：有罪之花。燋种：焦种，烧焦的种子。燋，古同"焦"。唐李邕《大唐泗州临淮县普光王寺碑》："构之者，罪花雕落；信之者，燋种萌生。"

③ 莽匆匆：莽莽匆匆，形容世人无知而忙碌的样子。

④ 应真：罗汉别名，意谓得真道的人。

何子贞前辈墨兰卷为湄君题

楚畹[1]行吟亚国风，十年香草拾童蒙。美人自抱孤芳格，不在寻常近玩中。

荃蕙为茅悲物化，菉葹[2]盈室感离忧。华堂别有黄磁斗[3]，愁对孤花说素秋。

① 楚畹：兰圃。出自《楚辞·离骚》："余既滋兰之九畹兮，又树蕙之百亩。"后遂以"楚畹"泛称兰圃。

② 菉葹：荩草和苍耳合称，皆为恶草。《离骚》："赍菉葹以盈室兮，判独离而不服。"

③ 黄磁斗：一种养花盆。唐冯贽《云仙杂记》称："王维以黄磁斗贮兰蕙，养以绮石，累年弥盛。"

铁君送湄君榇归葬诗以别之[1]

北风吹易水，送子独行时。雪霁断鸿急，霜严瘦马迟。重过怀远驿[2]，愁诵大坡诗。亦有刘郎在，看云同泪垂。

念我平生友，廞旌[3]浩荡愁。交情尽一哭，别路即千秋。吾道伤孤立，劳人渐白头。归家搜荩箧[4]，珠玉[5]赖君收。

① 同治四年冬，朱鉴成殁于京，时年四十六岁，由朱铁君扶柩归川。榇(chèn)，棺材。

② 怀远驿：广东驿馆名，在广州。

③ 廞（xīn）旐：一种送葬时列装明器和祭品的“廞车”所插的旐幡。此指运载灵榇的车队。廞，陈列。

④ 芪篋：芪草编织的箱子。这里泛指箱子。

⑤ 珠玉：著作。

送兰生从兄需次云南县令便道归省

与兄九载四为别，此别黯然真欲绝。填胸万语愁难尽，握手相看默不发。吾宗群从四五人，联翩接翅翔帝闉[1]。独君孤简有同性，闭门谈笑皆天真。昔岁胡尘惊澒洞，城头飞石殷雷哄。抵足空床夜不眠，起饮悲歌聊一痛。风雪天寒黄竹哀，金支羽葆[2]光徘徊。乾坤万里腥膻恶，灯火十年须鬓摧。余生岂料还频见，城南把酒无传箭[3]。两子明经[4]贡上都，一官垂老临边县。玉垒山川界碧鸡，蜻蛉万岁仆丰碑。江深日出鱼龙见，箐密人行虎豹窥。毛生捧檄[5]为亲喜，世论悠悠安足齿。归及梅花丙含春，好取江鱼煮江水。独我东华感不禁，每逢归骑辄惊心。白沙翠竹家何处，铁笛愁歌游子吟。

① 帝闉（yīn）：帝都内城的门，指代京师。

② 金支羽葆：言礼乐之奢华。金枝翠旗，光怪陆离。

③ 把酒无传箭：饮而忘时。

④ 两子明经：言兰生两个儿子都成贡生。

⑤ 毛生捧檄：见《诗存》卷一《感事》“捧檄”注。

夜大雪次日复霁因过删山旅舍

梦回不闻更，虚牖明晓色。风随众籁定，水气一灯白。起坐衣生棱，畏寒复偃息。天明小儿呼，始识琼瑶积。晨兴视屋瓦，银涛露鱼脊。京畿屡冬旱，祈祷岁承敕。帝心[①]本仁爱，群龙或失职。春雪虽云迟，犹足滋宿麦。独念城西友，偃卧无所适。踽然[②]叩荒斋，暂慰寂寥夕。敲冰对煮茶，炉火明深壁。

① 帝心：天帝之心。

② 踽然：踽踽然，即踽踽独行。

删山席上赠杨润生玉章[①]大令同年

虎坊桥[②]畔春酒香，玉船潋座珍珠光。清歌脆管鸣雏凰，杨花雪落昼漏长。使君把盏情慨慷，感时怀旧多老苍。当年接翅游帝乡，翩翩同辈屏风张。九衢灯火夜未央，美人如花弄银簧。一朝世事经沧桑[③]，海波澒洞蛟鳄狂。三山劫火灰飞扬，桥陵[④]云凄轩剑藏。乾坤清明运再昌，珠星壁月昭回章。揭来报政朝天阊[⑤]，鞭箬鸾凤追翱翔。酒徒尚有琅玡王[⑥]，伸眉痛饮相轩昂。虽无红粉歌霓裳，终胜槁壤[⑦]吟寒蛩[⑧]。劝君尽醉无停觞，百年盛会安可常。吁嗟乎！百年盛会安可长，燕云秦树天茫茫。

① 玉章：杨玉章（1814—1876），字润生，号寄鸥，四川成都人。在陕西高陵、鄠县、大荔（同治元年时）做过知县，升补商州直隶州知州。有《寄鸥吟草》。

② 虎坊桥：旧址在今北京市宣武区。

③ 经沧桑：杨玉章官陕西期间，逢境内民族冲突。

④ 桥陵：黄帝衣冠冢在陕西桥陵县。因杨玉章咸同间在陕西做县令多年，借指其陕西任所。

⑤ 报政朝天阊：去向朝廷陈报政绩。报政，陈报政绩。天阊，宫门。

⑥ 琅琊王：琅琊为王姓两大郡望之一（另一为太原王，最大），善饮的王姓客人"册山"疑即王泽山（王再咸。参《诗存》卷二《赠王泽山同年》注），因川人"泽""册"同音，均读"册"音。上一首之"册山旅舍"也当是王泽山所居旅舍。

⑦ 槁壤：干土。《孟子·滕文公下》："夫蚓上食槁壤，下饮黄泉。"

⑧ 寒螀（jiāng）：寒蝉。

五月初三长孙增颖[①]生

向平婚嫁两悠悠，世事催人易白头。尚忆枣梨从祖乞，又看汤饼为孙谋。儿因失学嗟豚犬，我未休官笑马牛。扶杖他年要须汝，芙蓉花发故山秋。

四十鬑鬑[②]颇有须，传家事业竟何如。更无陆贾千金橐[③]，犹剩康成[④]一卷书。清白毋忘廉吏后，刚强莫羡虎儿誉。乡书聊博慈颜喜，正是菖蒲酒熟初。

① 增颖：赵氏族谱作"增颍"。同治五年（1866）五月初三生。

② 鬑鬑（lián lián）：须发稀疏貌。

③ 陆贾千金橐：陆贾病辞后，变卖了出使南越时所得的财物得千金，均

分五儿，每人两百，让他们各治生产，然后他轮流到各个儿子家住一旬，如死谁家就将随身财物给谁。

④ 康成：东汉儒学家、经学家郑玄字。郑玄学富五车，曾聚徒授课，弟子达数千人。一生遍注儒家经典，为后世儒学、经学留下宝贵财富。

送王少白[1]同年庚作令广东

十八年前第一人，飞凫今现宰官身。青庐[2]老女看初嫁，白发衰亲喜欲颦[3]。炎徼瘴消笳鼓静，高城兵后管弦新。珠江楼阁辉金碧，何似东华十丈尘。

烧尾筵[4]开拥紫袍，两行花朵照金鳌。当时咳唾生珠玉，几辈云霄羡羽毛。位业[5]中年同寂寞，簿书王事独贤劳。晨星落落登科记，努力廉能御札褒[6]。

① 王庚：王少白，巫山人。举人。曾任海丰县令，此诗可能是送王庚出任海丰县令。由“十八年前第一人”看，应是四川乡试同年（道光己酉，1849）。

② 青庐：古称洞房。段成式《酉阳杂俎·礼异》：“北朝婚礼，青布幔为屋，在门内外，谓之青庐，于此交拜。”

③ 喜欲颦：高兴得额头都要笑出皱纹。

④ 烧尾筵：古代祝贺升官之宴。

⑤ 位业：名位与功业。

⑥ 御札褒：朝廷赐褒奖书。

苦热三首

群龙春睡慵，旱熯[1]徂[2]长夏。黄尘满郊甸，飞雹零罢亚[3]。斋祷廑[4]帝心，坛壝[5]勤夙驾。天公呵丰隆，甘霖彻昏夜。胡为赤熛怒，妒此尺泽下。长空飞鸟绝，酷虐甚燔炙。晓闻市声动，晴色梦犹怕。二气有差忒，何以翼元化。反思故山居，纳凉豆花架。

清风如高人，城市不能致。经旬迥相望，去我等遗弃。炎官张火伞，金石为之沸。汗流作汤沐，当食百无味。妻孥剖新瓜，渴若奔泉骥。婢媪敲寒冰，牙龈响清脆。平生好冷性，肯为蒸歊[6]易。高歌秋水篇，赤足聊游戏。

宵深苦无寐，月上窥檐牙。飞虫乱灯火，在目如疵瑕。开襟步庭阶，仰视明河斜。肺渴思苦茗，呼童烹井华[7]。枯肠沃冰雪，秋意滋萌芽。流云忽生鳞，掣电穿金蛇。虽云非雨候，稍慰望眼赊。何当倒天瓢，甘寝忘晨挝[8]。

① 熯（hàn）：干热。

② 徂（cú）：及，至。

③ 零罢亚：把茂密的稻子打得七零八落。罢亚，此处形容稻多的样子。

④ 廑（qín）：挂念，怀念，如廑怀。

⑤ 坛壝（wéi）：祭坛。“壝”，古代祭坛四周的矮墙。

⑥ 蒸歊（xiāo）：即歊蒸、歊烝，气上升腾状，或言炎热。宋李纲《寓轩记》：“自春徂夏，气候歊蒸。”歊，气上出。

⑦ 井华：晨起第一次汲的井水。

⑧ 晨挝（zhuā）：早晨的击柝声，犹如今日晨钟。挝，敲击。

题吴晋壬[1]驾部横山草堂纪游诗

海云戴日车轮重，榑桑[2]东枝茧如瓮。吴生昔自斗边来，秘怪群灵恣嘲弄。细探袖底万骊珠，直扫胸中九云梦。想见冯夷[3]真出听，不比张骞徒凿空[4]。我生未涉沧溟险，薄宦虚怀舟楫用。壮词雄笔一相贶[5]，目骇精移几微讽。奇观八极信云止，豪饮百觚聊一痛。他年若作浮槎行，汗漫期君傥陪从。

今皇继圣初元春，锁院丹黄与分校。得卷传观凤味堂，磊落高文祖谟诰[6]。石渠给札固无愧[7]，蓬岛回风殊未料。奇珍谁惜娵娃髢[8]，俗听虚莹寒蚓窍。庾信[9]江关倍萧瑟，君房[10]言语翻工妙。朅来郎署[11]获因依，商略[12]诗篇喜同好。鸡虫得失何足计，骚雅渊源要深造。中和乐职望吾子，未用横山思寄傲。

① 吴晋壬：参看本书卷四《吴晋壬孝廉唐林卷荐余房下第后以诗来谒赋赠》注。

② 榑（fú）桑：古同“扶桑”。

③ 冯夷：黄河水神。因过河时淹死，就被天帝任命为河伯。

④ 凿空：指探索而行。《史记·大宛列传》：“然张骞凿空，其后使往者皆称博望侯。”

⑤ 贶（kuàng）：赠，赐。

⑥ 谟诰：谟与诰。《尚书》文体名，为文章师法楷模。

⑦ 石渠给札固无愧：柳宗元《石渠记》获殊荣固然无愧。给札，典出《史记·司马相如列传》载汉皇令尚书给予笔札以奖赏司马相如所作赋。

⑧ 娵（jū）娃髢（dí）：闾娵和吴娃的头发。闾娵和吴娃均为古代美女。《汉书·扬雄传上》：“资娵娃之珍髢兮，鬻九戎而索赖。”髢，剪下的头发，

也指假发。

⑨ 庾信：因叛事敌国，终身不得回江南故地，屡发江关之思，特别是其《哀江南赋》，读来倍感萧瑟。

⑩ 君房：贾捐之，字君房，西汉著名政治家、文学家。《汉书·贾捐之传》有“君房下笔，言语妙天下”句。

⑪ 郎署：清代兵部公署习称。吴晋壬任职兵部车驾司，所以称其“驾部”。

⑫ 商略：商讨，品评。

偶成

黯黯秋阴已浃旬[①]，萧然庭户欲生尘。偶思止酒同元亮[②]，苦说还乡愧季真[③]。偎树乱鸦寒似墨，病风黄叶瘦于人。华年容易伤迟暮，可许躬耕作幸民。

曾记山村白露天，空场雀噪觉丰年。赛神酒熟香连舍，放鸭人归月浸田。十载羁栖怀紫芋[④]，万方征战老乌犍[⑤]。而今洗甲[⑥]秋成近，红腐官仓[⑦]只自怜。

① 浃旬：十日为浃旬，即一旬。

② 元亮：陶渊明字。有《止酒》诗，道尽戒酒之苦，宣言“平生不止酒，止酒情无喜”。

③ 季真：贺知章字，八十六岁告老还乡，玄宗赠御制诗，太子率百官饯行。

④ 紫芋：水芋，川南盛产。

⑤ 乌犍（jiān）：阉过的黑色公牛（水牛多为黑色），驯顺、强健、易驱使。犍，阉过的公牛。

⑥ 洗甲：获胜罢兵，此言已无战事。典出武王伐纣，出师时遇大雨洗甲，后获大胜。

⑦ 红腐官仓：官仓之米多陈腐变红。东坡有诗句“我久食官仓，红腐等泥土”。丰年官仓米粟陈陈相因，腐烂如红土。《汉书·贾捐之传》：“太仓之粟，红腐而不可食；都内之钱，贯朽而不可校。”

寄怀眉生观察五弟徐州

当年揽揆[①]在眉州，此日彭城复宦游。只恐前生是坡老，可无峻烈继黄楼[②]。辕铃风静清笳晚，篱菊花明紫蟹秋。想见才多官事少，宾僚文宴作遨头[③]。

① 揽揆：生日、生辰的代称。出《离骚》：“皇览揆余于初度兮，肇锡余以嘉名。”后遂以指代生日。

② 黄楼：在古彭城（徐州）东门，苏东坡任徐州知州时建，原楼今已不存。现今黄楼为异地重建。

③ 遨头：遨游之头领。所谓“遨头”，按苏东坡在《次韵刘景文周次元寒食同游西湖》一诗自注中的说法：成都太守自正月二日出游，谓之遨头，至四月十九日浣花乃止。这是旧成都一种游春习俗。陆游《老学庵笔记》记载：四月十九日成都谓之浣花遨头，宴于杜子美草堂沧浪亭，倾城而出，锦绣夹道，自开岁宴游至是而止。四川因此也戏称太守为“遨头”。这种遨游延续了很长年代，甚至有人认为直至“文革”前。

送彭龢盦[①]明府之任建宁

巴西老守是吾师，廿载清风在口碑。廉吏于今真有后，少年如子信能奇。墨磨盾鼻[2]飞书速，星落旍头脱佩[3]宜。若向无诸台[4]上望，海天云月定相思。

① 彭龢盦：名鏊，字龢盦，生卒年未详，宁都人。同治五年（1866）出京赴福建建宁知县任。后长期在闽台为官，历署晋江、福清、闽县、彰化、漳浦、南安等县及台湾中路同知。光绪七年（1881）经闽浙总督臣何璟奏请，擢永春知州，署台湾鹿港同知。寻升福州府知府。

② 墨磨盾鼻：在盾牌把手上磨墨。典出《北史·文苑传·荀济》称荀济“会楯上磨墨作檄文”，后称军中文案为“磨盾鼻”或“磨盾”。盾鼻，盾牌的把手。

③ 脱佩：卸脱佩剑。

④ 无诸台：台名，在今福州市。“无诸”是南越闽王邹无诸，尝于重九日登此台行宴。彭龢盦出任建宁知县，故此诗以望无诸台思故人作结。

甲子春种紫藤二株台省下今三载矣枝叶峻茂近复作花同事诸君索诗记之因赋四截句

掖垣西畔接回廊，清簟疏帘刻漏长。官事无多群吏散，茸茸璎珞紫藤香。

淡烟迟日绿葱茏，玉朵轻盈试小红。若把秾华[1]比桃李，恰无姿媚斗春风。

春燕秋鸿迹杳然[2]，直庐幞被荷恩偏。滋兰树蕙成何事，惆怅花开又一年。

海王村里新城宅[3]，铨院庭前文定遗[4]。草木若为人爱惜，他年谁续赏花诗。

① 秾（nóng）华：指女子之美貌，如花盛开。出自《诗经·召南·何彼秾矣》："何彼秾矣，唐棣之华。"秾，花木繁盛的样子。

② 杳然句：紫藤开花在暮春。

③ 海王村里新城宅：指海王村（在琉璃厂）里新城尚书宅子的紫藤。清钱大昕《潜研堂诗稿》卷十有《题吴香亭鸿胪古藤诗思图》："海王之村近书市，新城尚书曾卜庐。藤花一本手所植，岁久剪败惟枯株。"新城尚书，指王士祯，山东新城人，康熙四十三年（1704）任刑部尚书，卒于康熙五十年。杰出诗人、书法家、文学家。

④ 铨院庭前文定遗：吏部院内庭前的紫藤还是文定遗物。铨院，吏部司铨选官吏，故称"铨部"。文定，即吴宽，字原博，号匏庵，长洲人，明成化八年进士，历官礼部尚书，卒赠太子太保，谥文定。上条注释所引钱大昕诗尾自注云："吏部官廨藤花，吴匏庵手植。"

咸菜和陈朗山学博韵[①]

山居食贫非粮茹[②]，华实之毛推上腴。黄齑百瓮渍盐豉，旨蓄[③]足老烟霞癯[④]。去乡日远嗜好异，庾郎廿七[⑤]多生菹[⑥]。秋菘饱霜似菰手，未信笋菌相妾奴。鄙哉肉食性独殊，毋怪乃公溲腐儒。岂知酸咸浸冰雪，清脆不碍残牙枯。吾侪咬根亦已惯，政用何物须监厨。尚忆家园老都养[⑦]，一绳挂雨饶冬蔬。归与归与计莫疏，瓜畦菜圃吾岂无。

① 原诗系宛平许以保作，陈良玉次其韵作《许容生孝廉馈咸菜有诗次韵》（陈良玉《梅窝诗钞》卷三）："秋菘霜脆连朝茹，分明齿颊锵冰腴。平生食债齑百瓮，粥饭欲作山僧癯。咄哉肉食定何鄙，嗜此乃越昌歜菹。将无诗肠喜清快，不用洗昏呼酪奴。语君风味酸咸殊，一任老饕嘲腐儒。腐儒腹

俭足奢想，土膏但恐冬雪枯（自注：今岁雨特少）。冷官三载断支俸，炊烟晚望谁家厨。已敕家僮早料理，后圃锄秽开园蔬。吁嗟高惠君勿疏，明年捆载偿君无。”赵树吉复有此诗和陈良玉。

② 糗茹：吃炒麦（米）面、野菜度日。出自《孟子·尽心下》：“舜之饭糗茹草也，若将终身焉。”

③ 旨蓄：指贮藏的美食美味。出自《诗经·邶风·谷风》：“我有旨蓄，亦以御冬。”

④ 烟霞癯：言其瘦似不食人间烟火的隐士。参看《诗存》卷四《病起呈杨湘芸王筱泉两先生》“山泽癯”注。

⑤ 庾郎廿七：南朝齐庾杲之家清贫，食唯有韭葅、生韭杂菜。人们戏称“谁谓庾郎贫，食鲑常有二十七种。”音谐三韭（三九）。

⑥ 葅（zū）：腌菜。

⑦ 都养：此指为全家烧菜做饭的人。

郁郧山房诗存·卷六

丁卯　同治六年（1867）

出都

一绾朝簪直到今，诏恩南去马骎骎[①]。春风好作还乡伴，残月犹悬恋阙心。灯火十年尘梦醒，江湖万里鬓霜侵。兹行差快平生志，六代云山[②]取次吟。

① 骎骎（qīn qīn）：马跑得很快的样子。
② 六代云山：指六朝古都金陵，也泛指历经十年战祸的江南一代。六朝，也称六代。袁枚《春草六首》有“三生蓬海骚人老，六代云山燕子低”句。

盛啸髯以石庵相国[①]手书卷子赠行别后赋谢

鲁公[②]书法久不作，后来臂腕尤孱弱。诸城相国生盛朝，突过前贤峙台阁。明堂清庙灿彝鼎，巨阙豪曹敛芒锷。万垒森严将律精，九牛䂮解群观愕。颇闻师法出钟繇[3]，肯向野鹜沾腥恶。柔姿妩态一洗空，秋华孤青盘独鹗。世间好事苦效颦[4]，广眉半额真堪噱。郿坞痴肥岂玉奴[5]，食以糠核[6]知非虐。君从何处得此卷，笔势纵横气旁魄。槎河山庄[7]本先世，绿野平泉富林壑。此卷为朱石君相国书，即录其题槎河山庄图诗。裙屐风流[8]夙唱酬，云龙意气争腾踔。公如右军后庾翼[9]，洗砚披图忆红药[10]。石君[11]诗句石庵书，书健有神诗不薄。迂生懒拙强涂抹，每对公书辄心怍。清爱堂空遗墨散，有买岂惜倾囊橐。故人与我同癖嗜，云锦装潢付扃钥[12]。忍情割爱肯持赠，远别何烦责前诺。江湖万里时一展，简书虽苦吾差乐。愿捐故技弃凡近，独运神明追矩矱[13]。书成他日傥还朝，报君新样元和脚[14]。

① 石庵相国：刘墉，字石庵，体仁阁大学士，故称“相国”。山东诸城人，所以诗中又称“诸城相国”。

② 鲁公：即颜真卿，唐代宗时官至吏部尚书、太子太师，封鲁郡公，人称“颜鲁公”。

③ 钟繇（yáo）：字符常，三国时期曹魏著名书法家，被后世尊为“楷书鼻祖”。

④ 颦：原书用其异体“矉”，但偏旁“目”误为“耳”。

⑤ 郿坞痴肥岂玉奴：像董卓那种痴肥岂能与杨玉环相比？玉奴，杨贵妃小名，杨玉环也胖。郿坞，董卓所建于郿，广储珍宝。用郿坞借指董卓。以句比喻颜字肥厚，但绝非痴肥。

⑥ 糠核：谷糠中的坚粒。比喻粗恶的饮食。

⑦ 槎河山庄：刘墉家族的别业，明弘治年间始建，后为刘墉曾祖购得。

⑧ 裙屐风流：少年风流。裙屐，六朝贵族子弟的衣着。

⑨ 庾翼：字稚恭，东晋中期书法家。

⑩ 红药：即芍药。

⑪ 石君：朱珪，字石君，乾嘉时名臣，大学士。

⑫ 付扃钥：好好收藏起来。扃钥，门户锁钥。

⑬ 矩矱（jǔ huò）：规矩法度。

⑭ 元和脚：唐刘禹锡戏称柳宗元的书法。后亦指柳公权书法。脚，指笔形中的捺，俗称捺脚，代指书法。

啸髯复以古铜镜铁如意为赠再赋

镜铭：“日初升，月初盈，纤翳不生，肖兹万形。是曰婴宁[①]，炯乎太清。”款识元卿，元字避写，字作小篆。如意篆书六字不可识，啸髯云蒙古篆也。

土花晕碧蚀铜腴，冻云幕天月模糊。背铭篆刻谁所摹，制作欲仿鞶鉴图[②]。一枝锈铁非刀鈇，长柄屈作花萼跗。文不可读字欲无，独堪捶碎红珊瑚。啸髯好古手自储，今我得之胡为乎。中年阅世如沤泭[③]，妍媸强别毋乃愚。壮心消尽非故吾，高歌谁复缺唾壶[④]。拜嘉再四惭瑶琚，深藏箧笥行与俱。韬匿光采其鉴诸，铁中铮铮谢弗如。

① 婴（yīng）宁：即撄宁，撄而后宁，言接触外物而不为所动，保持心神宁静。语出《庄子・大宗师》：“其为物，无不将也，无不迎也，无不毁也，无不成也。其名为撄宁。撄宁也者，撄而后成者也。”撄，通“婴”，意为扰乱、纠缠。

② 鞶（pán）鉴图：刻于鞶鉴上的铭文，唐王勃有《鞶鉴图铭序》，文内称其铭文为“转轮钩枝八花”状，“文字萦回”。故后人称鞶鉴图铭“转轮八花钩枝鉴铭”。鞶鉴，古时皮带上作装饰铜镜，古人常“书箴词于其上，以为鉴戒”。鞶，皮质大带，用来束衣。

③ 如沤泭：如水面漂浮的泡沫。泭沤，指水面上的泡沫。常比喻世事无常，人生苦短。

④ 缺唾壶：参见本书《诗存》卷一《挽刘仲山太守》注。

十二桥[①]在雄县南十二里

风漾靴纹[②]冻已消，长虹迤逦水村遥。不知移入江南画，何似扬州廿四桥。

① 十二桥：即赵北口“十二连桥”。位于今赵北口镇，处河北安新、任丘、雄县相接处，古燕赵交界，当年长堤七里，有桥十二座相连，附近多水村，宛如江南。雄县历史上曾为宋辽分界。宋抗辽名将杨业被俘于此。

② 靴纹：靴皮的花纹，此形容细波微浪。苏轼《游金山寺》诗有句：“微风万顷靴纹细，断霞半空鱼尾赤。”

过十二桥感宋拒金人事再赋

十里长虹卧碧涟，麾军谁复敢投鞭[①]。竟闻地险通胡马，空望春流恨杜鹃。南渡君臣花石国，北来妃后雪霜天。津沽巨浸成平地，千古沧桑总黯然。

① 投鞭：典出苻坚“投鞭断流”故事：“以吾之众旅，投鞭于江，足断其流。”

与王泽山泛舟大明湖遂至历下亭铁公祠夜归饮陶赞臣[1]大令衙斋

十载城市居，窅[2]如馆枯井。驱车道齐鲁，旷望心目骋。逆旅逢故人，暂憩得幽屏。却寻大明湖，云水浩千顷。惊风乱鳞甲，空碧荡寒影。是时春已半，堤柳殊未挺。湖边三两家，鸡犬极闲静。居民踏宿漫[3]，没入凫雁警。兹行岂游历，揽胜独何幸。高唱遗山[4]诗，扣舷动笭箵[5]。

轻舠[6]信所适，泛泛沿波路。言经历下亭，遂系湖堧[7]树。入门见丰碣[8]，宸藻红栏护。缅想东巡时，宝墨滋仙露。百年翠华阒，瞻拜有余慕。前轩面沦漪[9]，倒浸华不注[10]。动影苍翠来，莽荡入无处。燕游思少陵，出守怀子固。名士今何如，湖山已非故。谁为红裙醉，弦管愁日暮。

（薢茩）［邂逅］[11]得王子，如有夙昔期。相携展幽瞩，不使儿辈知。人生若萍梗，会合安可思。尚念东洲翁，何子贞先生。昔此拥皋比[12]。迩来久归卧，唯见壁间诗。当其气旁魄，鱼鸟酣娱嬉。娟娟湖上月，劝以荷花卮。至今留石墨，醉笔何淋漓。惜我来已晚，妙语先得之。太息谓王子，奔走将奚为。

回舟枉北渚，斜照明榱桷[13]。中有尸臣[14]像，英灵壮东岳。忆昔逊国初，燕师鸣鼓角。桓桓铁少保[15]，屡战力如荦[16]。呜呼志不就，忠节继正学。郫望竟无归，碧血洒飞雹。我来拜祠下，冠剑肃帷幄。遗风激中懦，世俗真龊龊。道人岂解此，昼睡呼不觉。唯有沧浪清，尘缨[17]聊可濯。祠外榜曰“小沧浪”。

晚归自湖上，胜情殊未忘。湖光与山渌[18]，仿佛沾衣裳。况有贤主人[19]，惜此夜漏长。丝竹为陶写[20]，在手无停觞。连裾萃亲旧，大笑供千场。经旬苦行役，鞍马劳苍黄。骁征[21]虽未已，小住计亦良。回首春明俦，落月应相望。焉知此间乐，沉醉锦瑟旁。留诗记岁月，明发天茫茫。

① 陶赞臣：陶绍绪，字赞臣，四川安岳人。与赵树吉系道光三十年（1850）庚戌科同年进士，赵树吉此次游大明湖时，陶任历城知县。

② 窅（yǎo）：本意指眼睛深陷的样子。此指凹陷。

③ 宿潫：旧的积水。

④ 遗山：元好问，字裕之，号遗山，生金元之际，为元代著名诗人。

⑤ 笭箵（líng xīng）：鱼篓。也泛指渔具。

⑥ 舠（dāo）：小船。

⑦ 湖堧（ruán）：湖边空地。堧，城下宫庙外及岸边土地。

⑧ 丰碣：历下亭乾隆御碑。

⑨ 沦漪：水生微波一圈圈如轮。出《诗经・魏风・伐檀》："河水清且沦猗。"

⑩ 华不（fū）注：山名，又名"华山"，在济南东北，黄河之南。"不"，通"柎"。

⑪ 邂逅：原书均用"薢茩"（并见《瓮天琐录》之《野有蔓草》），今通用"邂逅"，而不用"薢茩"。

⑫ 皋比：古人讲学坐的虎皮椅，后因以指讲席，"拥皋比"即为任教。何绍基（东洲翁）咸丰六年（1856）经陕西等地到达济南，主讲于山东泺源书院，其间尽游济南诸胜景，遗墨多处。

⑬ 榱桷（cuī jué）：屋椽。

⑭ 尸臣：主事之臣。此指重臣铁铉。

⑮ 铁少保：明代兵部尚书铁铉，在靖难之变时不肯投降造反夺位的燕王朱棣，并召集溃败的士兵坚守济南，击退燕王朱棣，在朱棣夺位后被施以磔刑，时年三十七岁。后南明朝廷追赠他为太保。大明湖有铁公祠。

⑯ 荦（luò）：杂色牛。

⑰ 尘缨：指世事。白居易《长乐亭留别》诗有："尘缨世网重重缚，回顾方知出得难。"

⑱ 山渌：山间清泉。苏轼《书林逋诗后》："吴侬生长湖山曲，呼吸湖光饮山渌。"

⑲ 贤主人：即诗题中陶赞臣大令（其人未详）。

⑳ 陶写：怡悦情性，消愁解闷。辛弃疾《满江红·自湖北漕移湖南席上留别》词："富贵何时休问，离别中年堪恨，憔悴鬓成霜。丝竹陶写耳，急羽且飞觞。"

㉑ 骁（shēn）征：跋涉，奔走。出自《诗经·小雅》："皇皇者华，于彼原隰，骁骁征夫，每怀靡及。"骁，马众多貌。

移居见山堂漫题徐州眉生观察署中

暂来栖息下帘旌，扫地焚香眼乍明。城外春山如拥出，雨余新绿忽丛生。图书洒落忘羁宦，灯火依迟见旧情。等是驰驱闲未得，菟裘何日更经营。

三月三日游放鹤亭①戏马台二绝

日对云龙倦眼开，孤亭今更俯崔嵬。旌旗满地寒泉涸，那有山人放鹤来。亭外有饮鹤泉已成智井矣。

寄奴游宴②迹俱陈，况复当年戏马③人。芳草何心管兴废，荒台新碧最怜春。

① 放鹤亭：徐州放鹤亭处于云龙山巅，为北宋彭城隐士张天骥所建。苏轼曾写过一篇《放鹤亭记》。张天骥自号“云龙山人”，苏轼任徐州知州时与其结为好友。山人养了两只仙鹤，每天清晨在此亭放飞仙鹤，亭因此得名。有饮鹤泉在亭西，咸丰九年疏浚过，赵树吉去时称“已成眢井”，今已涸。眢（yuān）井，即枯井。眢，枯干。可参看苏东坡《放鹤亭记》。

② 寄奴游宴：公元416年，时为东晋大将的刘裕北伐凯旋，路经彭城时恰逢重阳佳节，便在戏马台大宴群僚。寄奴，刘裕小名。

③ 戏马：项羽都彭城，筑戏马台观戏马、演武、操兵。此台历经沧桑，数度兴废。

过范增墓

暮年臣主忽疑猜，玉斗撞残[①]剧可哀。生并萧韩真劲敌，死看刘项等寒灰。纷纭戎马思奇计，寂寞河山思霸才。客里椒浆[②]携未得，荒丘斜日冷苍苔。

① 玉斗撞残：事见鸿门宴：亚父受玉斗，置之地，拔剑撞而破之，曰：“竖子不足与谋，夺项王天下者必沛公也。”

② 椒浆：用椒浸制而成的酒。此句表达无酒祭奠的遗憾。因酒又名浆，故称椒酒为椒浆。古代多用以祭奠，如《楚辞·九歌·东皇太一》：“蕙肴蒸兮兰藉，奠桂酒兮椒浆。”

眉生赠青花石端砚赋谢并呈李申夫廉访

夙闻端州溪，水石相孕乳。孤根矗云骨，幽窦斫月斧。马肝及鸜眼①，荒怪皆可谱。珍材萃墨客，宝气惜后土。百年渐消歇，价重尊彝古②。故人绣衣使③，持赠非漫与。玄云翳方池，沧润晴亦雨。蓬窗试隃麋④，一笑瘦蛟⑤舞。

我贫为墨磨，欲穿一寸铁。田枯无稔岁，秃尽中书发。曩昔侍銮坡⑥，帝鸿⑦窥法物。谓当擅编划⑧，吏事谢刀笔。凤池竟夺我⑨，破匣随远出。西南方泯棼⑩，蛮触⑪争未毕。持此欲安用，草檄吾敢必。聊当乞余波，秀句裁花骨。

平生数石交⑫，硁硁⑬几同里。当时聚日下，意气无余子。范云吉朱眉君相继逝，存者晨星耳。君才锟铻刀，凛凛寒照水。此外剑门老⑭，力敌临淮垒。吾穷得二士，如跛能骤起。但恐宦辙分，忘檠大弨⑮弛。愿闻宏远谟，吾将洗砚俟。

① 马肝及鸜眼：马肝，马肝石制的砚，色如马肝。鸜眼，即鸜鹆（qú yù）眼，指砚石有如鸜鹆眼般的圆斑，最为名贵。

② 彝古：古董泛称。彝，商代青铜祭器。

③ 绣衣使：西汉绣衣使者，犹如后代“廉访使”“按察使”。

④ 隃麋：古地名，在今陕西千阳，汉代即以产墨著称。此指代墨。

⑤ 瘦蛟：赵树吉戏称自己。

⑥ 銮坡：翰林院别称，盖因唐德宗时，尝移学士院于金銮殿旁的金銮坡上。

⑦ 帝鸿：黄帝的号，亦称黄帝“帝鸿氏”。宋徐铉《文房四谱·砚谱二》：“昔黄帝得玉一纽，治为墨海焉。其上篆文曰帝鸿氏之研。”

⑧ 编刬（biān chǎn）：编辑删削。韩愈《赠张籍》诗："我身蹈丘轲，爵位不早绾。固宜长有人，文章绍编刬。"

⑨ 凤池竟夺我：指此番奉调离京外任。旧称中书省为"凤池"，所谓夺"凤池"，就是远离天子了。

⑩ 泯棼：纷乱貌。

⑪ 蛮触：指西南之地。典出《庄子》：有建立在蜗牛角上的国家，右角上的叫蛮氏，左角上的叫触氏，双方常为争地而战，伏尸数万。

⑫ 石交：交谊坚固的朋友，犹如现在所称"铁哥们"。如《三国志·蜀书·杨洪传》："石交之道，举雠以相益，割骨肉以相明，犹不相谢也。"

⑬ 硁硁（kēng kēng）：硁硁然，耿直貌。

⑭ 剑门老：申夫（李榕）剑州人。赵树吉小李榕九岁、李惺（眉生）小李榕十二岁，故称申夫"剑门老"。

⑮ 大弨（chāo）：大弓。

顺风过微山湖[①]入运河一日行百二十余里

留滞固不恶，驶行殊亦佳。卧闻帆腹饱，底用[②]苦安排。

① 微山湖：在江苏、山东两省间，清代时即已"东西四十里，南北八十里"。京杭大运河出入微山湖。

② 底用：何用。

寄题陈朗山学博所藏徐铁荪[1]先生荣画梅册子

十年不踏山中雪，疏影暗香空傲兀。怪君亦负罗浮春，翠羽无声梦斜月。铁孙先生心似铁，欲忆萝冈伤久别。酒酣肝肺生槎牙[2]，吐作寒花寄愁绝。雪月为魂玉为骨，朔风吹沙山石裂。孤臣苦战天惨冽，耿立冰霜僵不折。灵芝平甫已复位，此册人间犹硉矹[3]。吾闻画梅有法通书诀，草篆花枝同一律。冬心娟秀何足言，妙悟公从二树说。古来画师非俗士，况复棱棱厉高节。哲人楮墨[4]自可贵，只恐开橱[5]飞去疾。我官京华识公子，飞耳长倾[6]辄心折。鹅溪东绢[7]犹可买，悔不请公为放笔。潞河学官本高弟，籍湜韩门[8]推秀出。手泽珍藏又几年，乞我留题忘鄙拙。简书敦迫前诺负，每忆良朋思纡郁。昔从遁翁评画本，十二墨龙叱神物。奇观传自王元章[9]，宝市盲人笑饶舌。定甫通政家藏王元章墨梅十二大幅名笔也。空堂展挂鳞爪动，飞电抉壁惊蟠屈。别来纸素余梦想，短调长歌等悠忽。扁舟淮上得少暇，剪烛蓬窗消眼缬[10]。万里新篇远封寄，灭没燕鸿入天末。银潢[11]汇海当有时，草书待我不仓卒。

① 徐铁荪：即徐铁孙（1792—1855），名“荣”（原书写作“镕”，当因其字“铁孙”而误加“钅”旁，径改）。工诗，善画梅。汉军正黄旗人，先世驻防广州。道光十六年（1836）丙申恩科二甲第十七名进士。历官浙江遂昌嘉兴临安知县，玉环厅同知，杭州知府，署杭嘉湖道。咸丰五年（1855）正月，带浙勇孤军入皖，二月初三，战死于安徽黟县鱼亭，其时升福建汀漳龙道之命刚到。二月十三，其妾伍氏在杭州迎接徐荣灵柩后即投缳自殉。著

有《怀古田舍诗节钞》三十三卷。其生平事迹详见《怀古田舍诗节钞》卷首之《徐公传略》，其开篇即云："公讳荣，原讳鉴，字铁孙。"文中也称徐"喜画梅，初师逃禅元章（宋代画梅大师家"逃禅叟"扬补之和元代王冕），晚则皆取诸名家之长而集其成"。本诗有"铁孙先生心似铁"句，知其为一人。

② 酒酣肝肺生槎牙：这是用苏轼《郭祥正家醉画竹石壁上郭作诗为谢且遗古铜剑》句"空肠得酒芒角出，肝肺槎牙生竹石"赞徐铁荪画。槎牙，也作槎丫。

③ 硉矹（lù wù）：雄健不凡。

④ 楮墨（chǔ mò）：纸与墨。借指诗文、书画。

⑤ 幮：用布制而形状像橱的帐。

⑥ 飞耳长倾：意如"久闻大名"。

⑦ 鹅溪东绢：古时产自四川盐亭的名绢，称"鹅溪绢"或"东绢"，绘画极佳。杜甫《戏为韦偃歌》："韦侯韦侯数相见，我有一匹好东绢。"

⑧ 籍湜（shí）韩门："籍"指张籍，"湜"指皇甫湜，皆为唐代文学家，俱出韩愈门下。

⑨ 王元章：王冕，字符章，明末元初诗人、画家。

⑩ 缬（xié）：眼花时所见的星星点点。

⑪ 银潢：指天河，银河。

别买小舟至金陵

小艇如渔家，开门俯波镜。虽云仅容膝，适此疏野性。依依秦淮水，欲唾怜绿净[①]。微风一荡漾，沙草相掩映。钟山临铁瓮[②]，自昔推名胜。河堧灯舫集，不夜管弦竞。十年沦盗薮[③]，杀气弥枭獍[④]。坐令佳冶地，血溅花枝病。繁华真一梦，榛莽乱方定。我来嗟已晚，俯仰怀全盛。寂莫红桥春，清歌为谁咏。

① 欲唾怜绿净：干净得让人不忍往里面吐口水。

② 铁瓮：坚固的瓮城。

③ 薮（sǒu）：人或物聚集之处。如“逋逃薮（逃犯藏身之所）”。

④ 枭獍：比喻狠戾忘恩之人。旧说枭为恶鸟，生而食母；獍为恶兽，生而食父。

与倪豹岑[①]同年登飞霞阁遂至山后平台眺望金陵诸胜最后观江宁新修圣庙

东望孝陵畔，钟山何葱青。下有明故宫，双阙犹峥嵘。西瞻清凉麓，仰见翠微亭。南俯雨花台，北极琅玡城。古来名胜地，一揽目未经。飞霞迥高出，石磴阶青冥。况有素心人，画法穷关荆[②]。快若数掌螺，万景无遁形。幽寻虽未暇，已尽丘壑情。溯从孙吴还，阅世多豪英。时来攀龙凤，运去啼鼯鼪[③]。楼台自歌舞，戎马旋纵横。河山惯急劫，千载奕一枰。宝公[④]骨已朽，宏景阁亦倾。人事固难料，仙佛皆虚名。却笑王介甫[⑤]，一墩翻苦争。断断讲官礼，贻祸弥苍生。至今半山园，齿冷贤愚并。不如莫愁湖，剩水犹芳馨。奈何牧猪奴[⑥]，欲以妖谶[⑦]兴。临风吊战骨，故垒空涕零。稍喜湘乡公，洗甲崇新黉[⑧]。峨峨出殿宇，秩秩罗笾铏[⑨]。圣岂待肸饰[⑩]，斯文当再亨[⑪]。大哉宣尼教[⑫]，万古不可能。

① 倪豹岑：名文蔚（1823—1890），字茂甫，号豹岑，安徽望江人。清咸丰二年（1852）进士第十名，钦点翰林院庶吉士，刑部江苏司郎中。后官至湖北荆州府知府，广西、广东、河南巡抚，兼河道总督。著有《禹贡说》《荆州万城堤志》《两强勉诗文集》。工山水画。

② 关荆：五代画家关仝、荆浩。

③ 鼯鼪（wú shēng）：鼯鼠和鼪鼠，即飞鼠和黄鼠狼。

④ 宝公：名宝志，南朝梁的高僧，卒后葬于南京紫金山。

⑤ 王介甫：王安石字。王安石身后有些凄凉，其弟为他争得一山后荒地为墓庐。王安石生前见其南京半山故居“半山园”附近有“谢安墩”，因谢安的字正好是“安石”，王安石遂戏作“争墩诗”，即七绝《谢公墩》：“我名公字偶相同，我屋公墩在眼中。公去我来墩属我，不应墩姓尚随公。”赵树吉也以此打趣。

⑥ 牧猪奴：称粗鄙之人。

⑦ 妖谶：用来蛊惑大众的妖言。

⑧ 黉（hóng）：古代称学校。

⑨ 笾铏（biān xíng）：两种祭祀用的竹器和青铜器。笾，古代祭祀和宴会时盛果品等的竹器。铏，古代盛羹的铜鼎，两耳三足、有盖，常用于祭祀文庙。

⑩ 肸饰（xī shì）：整饬装饰。颜师古注：“肸，振也。谓皆振整而饰之也。”

⑪ 亨：通达。因南京有江南最大贡院，故言“斯文当再亨”。

⑫ 宣尼教：即“宣尼之典教”。宣尼，即孔子。西汉曾追谥孔子为褒成宣尼公，后因称孔子为宣尼。

自瓜洲放船至金山焦山①是晚阻风宿焦山下经日乃返三首

我行齐鲁逾淮上，日日看山意未餍②。却倚兰桡向京口，欲凭玉带问苏髯③。残灰已换红羊劫④，孤影唯余白塔尖。更拟中泠⑤试泉味，老僧新指涨痕添。

白浪如山拥翠屏，中流石气晚逾青。磴悬细蹑飞蛇路，碣断深藏瘗鹤铭。楚蜀悠悠一江水，乾坤淼淼两浮萍。到来犹恐惊猿鸟，花雨空岩落窈冥。

昔时曾见焦山画，朱湄君有焦山酣睡图。云树江流杳霭中。梦想瓜庐十年事，卧闻罨岸[6]五更风。故人宿草[7]虚前约，独客残灯对短蓬。明发回舟重翘首，浮图高处鹘盘空[8]。

① 金山、焦山：均在江苏省镇江市边，相距十里，为历代交通重地和防御要塞，金山以寺著名，焦山以要塞著称，古人多有吟咏。

② 餍（yàn）：满足。

③ 欲凭玉带问苏髯：去瞻拜东坡先生遗留在金山寺的玉带。苏髯，即苏轼，也称髯苏。其实也有称苏辙“苏髯”的，兄弟俩都是大胡子。

④ 红羊劫：古人认为丙午、丁未之年，国家必有劫难，因“丙丁”属火，而“未”生肖是羊，故称为“红羊劫”。

⑤ 中泠：泉名，在金山下的长江中，其水烹茶极佳，可惜今已为泥沙所没。

⑥ 罨（yǎn）岸：罨，掩盖，覆盖。宋张泌《春江雨》：“子规叫断独未眠，罨岸春涛打船尾。”

⑦ 宿草：来年的草。借指故去多时的人。此故人应有地主之约，可惜已故。《礼记·檀弓》曾子曰：“朋友之墓，有宿草而不哭焉。”

⑧ 浮图高处鹘盘空：苏轼《腊日游孤山访惠勤惠思二僧》有：“出山回望云木合，但见野鹘盘浮图。”意境颇相似。

月夜舟过小孤山[1]

十年烽火照孱颜，鬖髿[2]依然拥髻鬟[3]。白下江声无限憾，那堪重话小孤山。

① 小孤山：位于安徽省宿松县城东南六十公里的长江中的独立山峰。因山形犹如古代妇女头上发髻，故又称为髻山。

② 鬖髿（wǒ duǒ）：头发美好的样子。

③ 髻鬟（jì huán）：环形发髻。

距黄鹤楼故址数武曰江城别墅中有小楼负山面江可以坐眺可以茗饮将行携二客登之

劫灰何处问雄楼，尚有层阑为少休。风定日斜茶正熟，坐看江水拍天流。

满眼烟波崔颢诗，晴川远树绿迷离。独怜五月江城暮，无复梅花玉笛吹[1]。

贾楼金碧接云端，指点唯凭二客看。别有愁心人不识，江湖满地望长安。

① 玉笛吹：指李白《黄鹤楼闻笛》。

洞庭舟中暴雨

岳阳城边湖水生，卧闻沙岸瓮盎鸣[1]。长年三老[2]夜白事，晓看浊浪吞巴陵。扁舟张帆指南征，纵[3]金伐鼓中流行。乾坤洋漭[4]倏变态，飒然冻雨生空冥。雷车碾波砰訇[5]声，浪花溅衣龙气腥。上天下水悬孤萍，前云后涛相合并。倾欹势恐鲸鳄夺，呼吸力与蛟鼍[6]争。应知广乐张帝廷[7]，奔走秘怪趋群灵。江妃水仙弭节听，蜺旌雾旆纷纵横。低空疑有物出没，咫尺但觉寒凌竞。烟消云敛波镜明，渔舟稍稍出前汀。君山一角撑孤青，林容新沐晞鬅鬙[8]。彷徨视听心屏营[9]，兀如残梦蘧然[10]醒。我生观事真平平，意行似天无涧坑。昔闻奇境今始经，变幻倏忽谁使令。欲就老衲烦推评，惜哉头风病未能。莫嗤劳扰成老伧[11]，琅函绛简旧有名[12]。他时重游过洞庭，黄衫仙翁[13]应我迎。春波倒泻酃湖醽[14]，醉中更草新宫铭[15]。

① 瓮盎鸣：这是套用韩愈《岳阳楼别窦司直》中“余澜怒不已，喧聒鸣瓮盎”句。瓮盎，陶制容器。

② 长年三老：四川古称艄公为“长年三老”。陆游《入蜀记》：“问何谓长年三老？云：‘艄公是也。’”

③ 摐（chuāng）：敲击。《司马相如·子虚赋》：“摐金鼓，吹鸣籁。”

④ 漭（mǎng）：广阔无际。

⑤ 砰訇（hōng）：雷声。訇，大的声音。

⑥ 蛟鼍（tuó）：故人所称蛟龙，实际是水中的鳄类。鼍，或即“扬子鳄”，也称“鼍龙”“猪婆龙”。韩愈《石鼓歌》：“年深岂免有缺画，快剑斫断生蛟鼍。”

⑦ 广乐张帝廷：言如天庭所奏仙乐弥散，秘怪群灵尽舞。广乐，盛大之乐，仙乐。《穆天子传》：“天子乃奏广乐。”

⑧ 鬅鬙（péng sēng）：本指头发散乱，此喻风雨后山石林木状。

⑨ 屏营（bīng yíng）：惶恐。

⑩ 蘧（qú）然：惊觉。

⑪ 老伧：粗俗鄙陋之人。

⑫ 琅函绛简旧有名：言洞庭神仙事迹古已有名。“琅函”，道书。“绛简”，道教祀天的奏章用丹朱书写，故名。杨慎《艺林伐山·仙经》：“琼文、藻笈、琳篆、琅函，皆指道书也。”

⑬ 黄衫仙翁：即吕洞宾，有剑仙、酒仙、诗仙之称，曾三醉岳阳楼。“黄衫仙翁”语出陆游《岳阳楼》：“鼋鼍出没蛟鳄横，浪花遮尽君山青。黄衫仙翁喜无恙，袖剑近到城南亭。”

⑭ 酃（líng）湖醽（líng）：衡阳酃湖美酒名醽醁（lù）。

⑮ 新宫铭：典出唐《集异记·蔡少霞》蔡少霞梦书“新宫铭”事。“新宫铭”传为紫阳真人山玄卿所撰，蔡少霞梦中被召去书于碑。

失壶诗

余嗜茶，友人赠一壶。泥质坚致，广上约下作包裹之状。底有小篆，文曰“壶痴”，非近今常工所能制也。爱而宝用有年矣。今春南行至黄村为仆失去，意甚惜之。道中追忆，作小诗以自解。

达人贵忘我，况乃后起数。纷然计得失，能令公喜怒。颠倒不自知，似为众狙误。嗟余未学道，玩物情偈寓。终年嗜烹啜，苦被三雅[①]妒。花瓷琢红玉，是岂贫家具。独有一壶公，质朴恶文著。𩑶背窊尊踆，皤腹鸱夷踞[②]。旁窥日生珥，侧睨鸟垂喙。占爻协括囊[③]，举似或抱布。轻圆泛团月，信美如甘露。梦回倾紫盏，醉眼散花雾。何人工挻埴[④]，痴比虎头顾[⑤]。自从落吾手，摩挲不忍去。胡为迫行役，遗弃渺中路。宛余金石交，睽携[⑥]损欢趣。岂乏征逐徒，臭味终非故。浮生一沤耳，何者能久据。破甑[⑦]且勿看，刻舟毋乃固。漫愁泥洹堕，那计尘土污。观空得解脱，即事生禅悟。呼儿瀹[⑧]官焙，瓢饮吾其庶。

① 三雅：酒具，语出《典论·序》：“南荆以刘表子弟有三雅之爵。”据说刘表有大中小酒爵，大号伯雅，中号仲雅，小号季雅。

② 嶅（āo）背：整联形容其壶形状。嶅背，形容其壶背凹。窊（wā）尊，本为中凹如酒器的岩石，此言其壶之凹。皤腹，言其壶肚大。鸱夷踞，言其放桌上时犹如“鸱（猫头鹰）”蹲踞。夷踞，人两腿伸直张开坐在地上。《后汉书·郭太传》：“（茅容）耕于野，时与等辈避雨树下，众皆夷踞相对，容独危坐愈恭。”

③ 占爻协括囊：就好似占爻中《易·坤》所谓“括囊，无咎无誉”。所谓“括囊”，按孔颖达的说法：“括，结也。囊，所以贮物，以譬心藏知也。闭其知而不用，故曰‘括囊’。”犹囊括。

④ 埏埴（shān zhí）：揉和黏土，借指制陶工艺。埏，揉和。埴，黏土。

⑤ 虎头顾：东晋画家顾恺之小字虎头，时人称其三绝：画绝、文绝、痴绝。

⑥ 暌携（kuí xié）：聚散；离合。暌，意为分隔，分离。

⑦ 破甑：用此典自我安慰。孟敏买了饭甑（陶制）往回走，不慎掉地下碎了，不顾而去。人家问他为啥不看一眼，孟答：甑既已破，视之何益？

⑧ 瀹（yuè）：煮。如“瀹茗”。

安乡①舟中杂诗

小市瓜蔬不入城，生涯萧索见民情。只应赢得儿童喜，犹有扁舟卖饼声。

豆棚瓜架雨如麻，黄竹编门屋半斜。堤下人家堤上水，似闻蛟鳄瞰檐牙。

晚泊推蓬夕照明，江天无际布帆轻。谁知尽日丛芦里，却听风声作雨声。

蛙黾南来愁入釜，尘埃北望欲埋禾。祈晴祷雨纷纷急，造化无言奈尔何。

① 安乡：县名，清属岳常澧道直隶澧州，今属湖南常德。因县境“左挹洞庭，右接兰澧”，取“洞庭兰澧诸水各安其流”之意名县。

沙市遇峨眉僧

我似山僧久不归，飘然行脚竟何之。眼前渐悟楞严[①]义，方外[②]来寻粲可师[③]。未用旃檀[④]除热恼，凭将冰雪画峨眉。他年文字空禅缚[⑤]，西崦[⑥]荒寒待后期。僧颇能书画。

① 楞严：佛教经典《楞严经》。

② 方外：世俗之外。

③ 粲（càn）可师：乐观开朗可师之。粲，露齿笑；精洁、鲜明的样子。

④ 旃檀（zhān tán）：旃又名檀香、白檀。

⑤ 禅缚：佛教术语，称即便修得“四禅”，仍有束缚。《楞严经》云：“一切苦恼所不能逼，名为初禅；一切忧悬所不能逼，名为二禅；身心安隐得无量乐，名为三禅；功用纯熟，名为四禅。”四禅尚未达到真解脱境界，故仍说“缚”。

⑥ 西崦（yān）：指西山。明高启《寄题鄞县青山寺钟秀楼》：“西崦暮钟时，凭阑共僧语。”崦，崦嵫，古代常用来指日落的地方。

书余觉峰借轩诗集后

儿时同学三五人，廿载曙星稀可数。与君握手铜驼陌，壮盛存亡遽如许。多生嗜好溺吟咏，唧唧秋蛩独咽语。刻雕造化钩物情，咀嚼冰霜愁肺腑。才语忧虞磨不尽，酒肠芒角森还吐。岂唯孤标傲流辈，直恐健笔凌前古。先皇选令重甲科，发策临轩擢翘楚。已见云霄插羽翰[①]，谁令丘垄埋蒿秬[②]。天偿一第似有意，中道何心翻夺汝。跃冶精金[③]果不祥，抱叶干萤不犹愈。当时两穷莫相湿，宿草每怀零泪雨。箧中遗墨未忍看，扃鐍[④]尘封觑饥鼠。昨朝偶就篷窗读，细字明珠贯成缕。佳处快如爬癣疥，悲来径欲空瓶甒[⑤]。惜哉贫困不自振，未尽君才伤蜕羽。纷纷今古一丘貉，豪素流传那复睹。我亦羁孤余结习，晓角霜猿[⑥]自凄苦。要言犹在敢忘践，九原[⑦]不作终谁与。聊将编次付仑郎[⑧]，他日有求须记取。

① 羽翰：翅膀。此句指已获功名（余觉峰咸丰十年恩科中三甲进士），本应腾飞，却卒。

② 秬（lǚ）：自生植物（如自生野稻、麦）。

③ 跃冶精金：指急于求用。出自《庄子·大宗师》："今之大冶铸金，金踊跃曰：'我且必为镆铘。'大冶必以为不祥之金。"说大炉冶铁时，炉中的铁都踊跃上窜，都说自己是作"镆铘"宝剑的材料，炼铁者认为都是"不祥之金"。这是惋惜余觉峰太突出了反为不祥。

④ 扃鐍（jiōng jué）：扃，关钮。鐍，锁钥。意指收藏。

⑤ 甒（wǔ）：古代盛酒的有盖瓦器，口底小，腹大。

⑥ 晓角霜猿：犹言餐风露雪，四方奔波劳苦。晓角，报晓的号角。霜猿，霜夜猿啼声。

⑦ 九原：此指九泉、黄泉。

⑧ 仑郎：刘禹锡小儿，原书"仑"作"崙"。白居易与刘禹锡世称"刘白"。因常互相唱和，白居易集之为二册，一付其侄，一付仑郎，令各收藏。事见《旧唐书·刘禹锡传》。

赠门人吕芝岩[①]明府宪瑞，东湖令

茂陵病客[②]犹前日，吴下阿蒙[③]非昔年。秋水远来山县静，舆歌

听诵使君贤。酒钱元亮烦时致，衣钵和凝[4]喜再传。花袅长红看罗拜[5]，相逢只惜是离筵。时方有分校秋闱之役当候代去。

① 吕芝岩：吕宪瑞，字辑堂，号芝岩。山东莱芜人，咸丰九年（1859）举人，同治元年（1862）三甲进士，以知县分发湖北，曾在湖北河南多地任职，担任过黄陂、汉阳、东湖（即彝陵县，今宜昌故地）、黄冈、江陵、随州、登封、滑县等知县，政声颇佳。后入京为礼部主事，又出任许州知州。孙葆田撰其墓志称其“在官有善政，其施治也无怨民”。著有《菊花诗集》。

② 茂陵病客：司马相如有糖尿病（消渴疾），以病免官后闲居茂陵。李商隐《寄令狐郎中》：“休问梁园旧宾客，茂陵秋雨病相如。”

③ 吴下阿蒙：三国时吴国吕蒙出身行伍，后努力读书，令人刮目相看。鲁肃赞曰：“吾谓大弟但有武略耳，至于今者，学识英博，非复吴下阿蒙。”

④ 衣钵和凝：如和凝那样衣钵相传。和凝，五代时人，后唐中第十三名进士，居官后选拔了众多人才，却将最优秀的范质屈居第十三名，称欲使其继承自己衣钵。

⑤ 罗拜：围绕而拜。

宜昌

层关叠嶂锁襟喉，迢递[1]荆襄控上游。巴峡船来随夕照，黄陵木落又深秋。乍看山色如秦栈，渐觉乡音变楚咻[2]。至喜亭[3]边一翘首，时清鼓角壮城楼。

① 迢递：此作高峻、连绵解。

② 楚咻：楚人的吵闹声。出自《孟子·滕文公下》第六章，说的是在楚国的某个齐人如果想学齐语，若用齐人去教他，则“一齐人传之，众楚人咻

之”。周围的楚人成天吵扰，你随便打他也没有用，这种一齐众楚的环境是学不好的。

③ 至喜亭：在宜昌三游洞顶，欧阳修任夷陵县令时，为此亭撰写了《峡州至喜亭记》，使此亭成为宋代峡州三大胜境之一。

入峡

轻帆首夷陵，咫尺骇创[1]见。崖崩江出腹，径绝壁削面。怒石错龂腭[2]，犇流剧砮箭。殷殷风霆交，惨惨阴晴变。窥天帻屡堕，过岫目辄眩。人稀猿玃[3]杂，地僻蛟鼍忭[4]。老妻色不怡，舟子力已倦。艰难世路狭，奇险兹游遍。忧虞方自今，默起垂钓羡。

① 骇创：即创骇，震恐。骇，惊骇。

② 龂腭（yín è）：凹凸不平貌。韩驹（宋，四川成都盐井监，即今仁寿人）《入鸣水洞循源至山上》诗：“我欲蹋惊湍，下穷龂腭石。”

③ 猿玃（yuán jué）：亦作“玃猿”，猿猴之类。干宝《搜神记》卷十二：“蜀中西南高山之上，有物与猴相类，长七尺，能作人行，善走逐人，名曰‘猳国’，一名‘马化’，或曰‘玃猿’。”

④ 忭（biàn）：喜乐的样子。

黄牛峡[1]

江深晴亦寒，水落石愈峭。孤帆转硖角，仰见黄陵庙[2]。香烟萦庌庨[3]，殿宇森窈窕[4]。山飙动群木，笙钟酣万窍。不知何神人，佐禹董开导。武侯有遗碣[⑤]，楚觋[⑥]歌鼓闹。我行及霜肃，浪静恣谈笑。谁云三朝暮[⑦]，瞬[⑧]息驶轻艞[⑨]。江神不留客，回首哀猿叫。

① 黄牛峡：在西陵峡中段，距宜昌四十公里，今葛洲坝和三峡水电站两坝间库区。

② 黄陵庙：建于汉代，原名黄牛庙，因传黄牛助大禹治水。欧阳修认为无稽之谈，遂改为“黄陵庙”。现处在三峡大坝所在三斗坪江边。

③ 庌庨（yǎ xiāo）：庙堂高深。庌，厅堂。庨，厅堂高阔。

④ 窈窕（yǎo tiǎo）：深远，深邃。原书用异体“窅窱”，义同。

⑤ 武侯有遗碣：诸葛亮撰《黄陵庙记》刻石。

⑥ 觋（xí）：男巫。

⑦ 三朝暮：古谣云：“朝发黄牛，暮宿黄牛，三朝三暮行太迟。三朝又三暮，不觉鬓成丝。”

⑧ 瞬：原书用异体“眴”，音义俱同。

⑨ 艞（yào）：大船。

兵书峡[①]

坡陀[②]根虚冥，危青入无上。何年扃缄縢[③]，一卷留秘藏。兵凶圣所慎，真诀无传将。那闻读阴符[④]，中复有吕尚。十年苦戎马，楚蜀劳转饷。诸公尽茅土，余孽仍剽掠。吾欲问真宰，韬钤[⑤]不我贶。神人意堪会，俗说听姑妄。感时悲浩劫，对此默惆怅。

① 兵书峡：全称兵书宝剑峡，由香溪入长江交汇处长江下游方向附近起，下至青滩（今名新滩），全长约五公里。

② 坡陀：同“陂陀”，山势起伏貌，不平坦。

③ 缄縢：绳索。《庄子·胠箧》：“将为胠箧探囊发匮之盗而为守备，则必摄缄縢，固扃鐍。”

④ 阴符：传为姜太公所作谋略书，泛指兵书。

⑤ 韬钤（qián）：著名兵书《六韬》和《玉钤篇》的合称，后来即称用兵的谋略为“韬钤”。钤，权谋、谋略。

归州①

湘累②去不返，愁过秭归城。秋草至今碧，女媭③空复情。江山留正直，里闬识忠贞。吾亦从兹逝，多言累此生④。

① 归州：秭归旧为直隶州，屈原故里。

② 湘累：指屈原投湘水而死事。古人称非罪而死为“累”。

③ 女媭（xū）：屈原之姐（姊），据传秭归之名来自“姊归”。媭，楚方言称姐姐为“媭”，后也用于姊的代称。

④ 多言累此生：赵树吉此句感慨伤怀，以作台谏为不幸。

江雨

入峡苦多阴，连峰色黤黮①。秋江况积雨，白昼昏欲暝。日薄石生云，水气相与应。潇潇蓬背湿，兀坐晨夕听。滩声畏行客②，线路怯泥泞。雾重帆樯迟，夜寒衣袂凝。浮生迫愁辛，威迟③损幽兴。穴居彼谁子，扪萝④出樵径。

① 黤黯（mìng qìng）：青黑色。

② 滩声畏行客：滩声令行客害怕。畏，吓唬。

③ 威迟：曲折绵延。杜甫《铁堂峡》诗："威迟哀壑底，徒旅惨不悦。"

④ 扪萝：意为攀援葛藤。王安石《九井》诗有："扪萝挽茑到山趾，仰见吹泻何峥嵘。"

九月十五夜舟入巫山界观月

十年不饮岷江水，梦随江月归乡里。今宵真在故乡看，江水悠悠如梦耳。我家只在此江上，月出群峰净于洗。遥知亲舍应未眠，笑说归人风露里。巫峡霜高夜向阑[①]，江流浩森涌风湍。山棚人静灯火暗，玉宇云敛星河寒。我行青阳徂素节[②]，扁舟几见月盈缺。明年更向何处看，露滴寒篁湿黄雪[③]。

① 向阑：将尽。阑，尽。宋张孝祥《鹧鸪天》词："咏彻琼章夜向阑，天移星斗下人间。"

② 青阳徂（cú）素节：从春天至秋令时节。青阳，指春天，《尸子·仁意》："春为青阳，夏为朱明。"素节，指秋令时节，欧阳修《水谷夜行寄子美圣谕》诗："我来夏云初，素节今已届。"

③ 露滴寒篁湿黄雪：露滴寒篁，言峡中夜露漫滴寒竹。湿黄雪，露滴打湿了满山黄花。此句谓指秋冬之交时。

出峡

出峡心神舒，快若辞笼鸟。坡陀迤逦尽，喜见川原渺。江阔水鳞鳞，天长烟袅袅。回头望巫峰，离立隔云表。经旬苦昼晦，及兹如再晓。欢娱到僮仆，拜舞逮弱小。身穷命独牢，惊定梦犹搅。不有艰险途，何由坦夷[1]兆。吾生固应尔，书板记泥爪。

① 坦夷：宽而平坦。南朝齐王融《在家怀善篇颂》："烦流舍智宝，榛路坦夷途。"

滟滪堆[1]歌

不可上，大如象；不可下，大如马。滟滪之险匪自今，今年滟滪尤怖心。霜高九月秋气森，西来天雨愁太阴。欲出不出孤根浮沉，飞湍喷流蛟鼍啸吟。昨日公无渡[2]，舟行无觅处。今日顺风行，莫向堆边去。远莫远兮瞿塘，难莫难兮涉涛波。涉涛波兮焉穷，横中流兮盘涡[3]。吁嗟乎，滟滪虽险犹可过，古来太行孟门[4]起。面前人心反复皆险颇，嗟尔客子将奈何。

① 滟滪堆：位于瞿塘峡口大江正中，有古谚："滟滪大如象，瞿塘不可上；滟滪大如马，瞿塘不可下。"因碍航，于1958年炸除。

② 公无渡：无法渡河。这可能是当时人未渡或无法渡河的俗语，所谓"渡"也并非今日所言"横渡"，泛指乘船行。典出乐府诗《箜篌引》："公无渡河，公竟渡河。堕河而死，当耐公何。"写一白首狂夫，乱流而渡，其妻阻拦不及，亲见其堕江死，乃援箜篌痛哭而歌，歌罢投水而亡。李白也有《公无渡河》咏其事。

③ 盘涡：即旋涡。滟滪堆兀立江心，会形成极大旋涡，十分危险。

④ 孟门：即东西向出入太行山脉八陉第三陉之孟门陉（白陉），位于河南辉县的太行山南关山，是贯通晋豫及江南诸省的一条咽喉要道。

白帝城吊昭烈帝武侯

君才岂止十曹丕，嗣子可辅则辅之。鞠躬尽瘁死乃已，炯炯丹心照江水。一代主臣真古谊，故宫榛莽今荒废。隆准河山[①]不再兴，暮气吞吴尤失计。呜呼，猇亭挠败[②]王业空，孝直[③]若在帝岂东。

① 隆准河山：意指汉室江山，因汉高祖刘邦“隆准龙颜”故。准，鼻子。

② 挠败：挫败，战败；扰乱败坏。

③ 孝直：即刘备谋士法正。善奇谋，深受刘备信任和敬重，不幸于刘备进位“汉中王”的次年去世，年仅四十五岁。刘备痛哭数日，追谥为翼侯。

万县程氏园[①]

朐䏰[②]郭西北，众山如列屯。笋舆[③]初陟岭，竹树不知门。留客风轩静，逢人野服[④]温。向来阻幽胜，暂得快心魂。

美花多映竹，乔木自成林。宛尔称佳语，跫[⑤]然闻足音。云生岩石润，池满水亭阴。何必主人问，相从放浪吟。首二句园门联也。

闻道山东麓，涪翁胜迹[⑥]传。春波自觞咏，翠墨此剜镌。欲重扪苔读[⑦]，谁为折屐先。泥深行不得，羡尔结邻便。距园数武有流杯池，邑人修禊于此，石上有山谷游记。

行役尚未已，还乡岂是休。聊为一日饮，慰此百年愁。多雨池荷尽，新霜篱菊秋。夜闻岩谷响，扶醉且迟留。

① 程氏园：可能是万县都历山之陈家花园，川人口音“程”“陈”不分。据说由陈馨德建于同治甲子年（1864，此说尚存疑，另有一说是嘉庆甲子年，即 1804），今已不存。

② 朐䏰（qú rěn）：古县名，辖今重庆所属云阳县、开州区、万州区、梁平区等地域。

③ 笋舆：即竹轿，川渝地区称“滑竿”。

④ 野服：村野平民服装。

⑤ 跫（qióng）：脚步声。

⑥ 涪翁胜迹：万县（今万州）西山山麓高笋塘石壁有黄庭坚书《西山题记》摩崖石刻。

⑦ 扪苔读：扪苔剔藓而读石刻文辞。

郁郛山房诗存・卷七

戊辰至己巳　同治七年（1868）至同治八年（1869）

自家赴滇南留别

故里新归暂濯缨[①]，无端又奉简书行。廿年踪迹长如客，六诏河山未解兵。晚嫁娥眉羞自炫，密缝衣线若为情。南征粗了公家事，早晚陔华[②]句补赓[③]。

① 濯缨：洗濯冠缨，言得以休整。出自《楚辞补注・渔父》："沧浪之水清兮，可以濯吾缨。"

② 陔华：《诗经》中的诗篇名：《南陔》《白华》《华黍》，均亡其词。后以"南陔"采兰供养父母之意指代尽孝。

③ 赓：赓韵，即依韵唱和。赓，继续，连续之意。因《南陔》一诗无词，所以此言"补赓"。

与舍弟[1]少舫别于双河[2]旅舍走笔赋寄

汝昔十龄我廿六，我初从政汝入塾。当时别意汝不知，十五年华如转烛。人言敏中酷类兄，双瞳剪水秋一泓。归来谛视口角哆，岂独吾弟真友生[3]。王事有程官有守，篼舆[4]送我双河口。更为此别独茫然，欲去仍留屡回首。我今须鬓非昔年，鲇鱼上竹[5]人所怜。虎嗥猿哭魑魅笑，万里殊方行路难。平生学古甘迂拙，落溷飘茵[6]等毫末。金符玉节尽时俊，我虱其间聊傲兀。念汝能文方健壮，角驹[7]汗血权奇相。纷纷世儿工疾趋，愿君更养青云望。琢磨道德出温玉，曲蘖[8]诗书入春酿。霜蹄暂蹶未为失，云翮高骞会有向。他年我老归蓬庐，莳[9]花种竹奉母居。汝吟一篇我一斗，醉倒不用花枝扶。

① 舍弟：亲弟弟。赵树吉父亲赵汉生三子：长为树吉（元卿）、次为树纪（黼臣）、老三树枟（少舫）。

② 双河：现为四川省宜宾市高县双河乡。旧属叙州府庆符县，距赵树吉家乡宜宾县黎汤乡（现为宜宾市叙州区赵场）约十一公里步程。赵树吉出川赴滇，双河是必经之路，也是他出川首站。

③ 友生：朋友。《诗经・小雅・常棣》："虽有兄弟，不如友生？"

④ 篼（biān）舆：竹制的舆床，即便轿，四川谓"滑竿"，两人抬。

⑤ 鲇鱼上竹：比喻本想前进反而后退。典出欧阳修《归田录》："君于仕宦，亦何异鲇鱼上竹竿耶？"

⑥ 落溷飘茵：掉在粪坑里或飘在茵席上。比喻由于偶然的机缘而有迥然不同的命运。

⑦ 角驹：成语"咫角骖驹"缩用，指未壮之马，喻人年少。

⑧ 曲糵：酿酒的酒曲。此处用苏轼《又一首答二犹子与王郎见和》中“诗书与我为曲糵，酝酿老夫成搢绅”意，言以诗书涵育其道德。

⑨ 莳（shì）：栽种。

上大关脑[①]

祇知秦蜀云栈[②]缘秋毫[③]，不知乌蒙梯石[④]凌黅霄[⑤]。伟哉造物逞荒怪，炉韛[⑥]磊块如镕膏。烟蘙[⑦]雨蚀顽不化，万古积此青岧峣[⑧]。崩崖破裂走蛟虺，细路诘屈愁猿猱。自从庄蹻[⑨]震铜鼓，六诏渐见通星轺[⑩]。上如蜗黏下兔脱，坐令人马同疲劳。我来却度大关岭，正值淫雨蒸炎熇[⑪]。汹汹怒雷转脚底，草棘翳蓊鸢鸱号。径盘之字四十八，五步一折浆流骹[⑫]。垂趾二分俨在外，失坠直恐随狂涛。舆夫狼狈仆无色，我亦瑟缩疑藏逃。平生履险久已惯，视此何啻九牛毛。陟巅回望渺人物，但见蚁负缘蓬蒿。夜来魂梦不到地，飞驾时与山云高。磨崖他日待铭勒，作诗一笑聊自豪。

① 大关脑：在今昭通市大关县寿山乡。上大关脑后始渐上云贵高原。此诗被收入《晚晴簃诗汇》。

② 云栈：指褒斜谷古栈道，为由秦入蜀要道。

③ 缘秋毫：杜甫《飞仙阁》：“土门山行窄，微径缘秋毫。栈云阑干峻，梯石结构牢。”

④ 乌蒙梯石：指古乌蒙府天梯土城梯石，其故城在今昭通境内。

⑤ 黅霄（jīn xiāo）：道家所谓九霄之一。九霄：赤、碧、青、绛、黅、紫、练、玄、缙，均在天的极高处，为九天仙人所居。黅，黄色。

⑥ 炉韛（lú bài）：火炉鼓风的皮囊。亦借指熔炉。韛，古代的皮制鼓风囊。

⑦ 　（wō）：玷污。

⑧ 岧峣（tiáo yáo）：形容山之高峻、高耸。亦作“岹峣”。

⑨ 庄蹻：楚将庄蹻伐滇，后因路阻无法返楚，遂留滇称王。事见《史记》。

⑩ 星轺（yáo）：星使之车。轺，一种小马车，古作迎宾礼仪中的引导车，后也作使节所用之车。

⑪ 炎熇（yán xiāo）：谓暑热。

⑫ 骹（qiāo）：胫骨近脚处较细的部分。

盐井渡[1]铁锁桥用坡公东新桥[2]诗韵

乱山连僰道，巨刃摩云霓。裂为千尺涧，汇此奔雷溪。经营穷匠术，坐见椓杙[3]低。何人铸铁索，横波贯虹堤。银铛互钩连，专车骨相挤[4]。至今化康庄，利尽滇东西。我行值暑雨，出淖容轻跻。涛澜翻脚底，雾散驰千啼。惜哉碑碣缺，岁月不可稽。昔闻刀墨乱[5]，聚若沙中鹥[6]。谁令失此险，渐构公输梯。滋蔓到吾蜀，曳尾终涂泥[7]。齿冷及行路，色变谈中闺[8]。十年风电过，刀剑不复携。往来似潮汐，茅店催荒鸡。历劫永弗坏，讵数三石犀[9]。他年持节还，慰劳看扶藜。犹能学逸少，轻煤研麝脐[10]。

① 盐井渡：盐井渡因产盐和设渡口而名，清代属云南省大关厅，今为云南省昭通市盐津县盐井镇（县政府驻地）。关河穿境，历代为滇铜由川经叙州出长江的重津，也为由川陆路入滇必经之渡。距宜宾市约一百一十公里。

② 东新桥：在惠州，东坡贬惠州时道士邓守安所建。苏东坡有《两桥诗·东新桥》。《晚晴簃诗汇》收赵树吉此诗，但题中“东新桥”之“东（東）”字误为“柬”字。

③ 椓杙（zhuó yì）：亦作“椓弋”，捶钉木桩。椓，敲。杙，木柱。

④ 锒铛互钩连，专车骨相挤：这是形容构桥的铁链，形如古代巨人防风氏长如车身的骨节，节节相连。这种结构至今在黄葛溪铁索桥（即下文之“黄桷溪铁锁桥”）仍保留。专，作“占满”讲，典出《国语·鲁语下》：“吴伐越，堕会稽，获骨焉，节专车。”这句话说防风氏被大禹杀后，得到其骨，每节竟有一车之长！韦昭注：“骨一节，其长专车。专，擅也。”

⑤ 刀墨乱：指咸丰九年（1859）昭通人蓝大顺、李短鞑盐津起事，很快蔓延到四川，首当其冲的就是赵树吉家乡叙州府所属各县。“刀墨”，古代鲸刑，此指应受鲸刑之“乱民”蓝李。语出《国语·周语上》：“有斧钺刀墨之民。”

⑥ 鹥（yī）：鸥的别名。

⑦ 曳尾终涂泥：在污泥中摇尾巴，此为苟全乱世之意。典出《庄子·秋水》：“往矣！吾将曳尾于涂中。”曳，原书误用为讹字“曵”。

⑧ 中闺：本指女眷内室，此指同行的女眷。

⑨ 石犀：古时常以石刻犀牛置于河岸镇压水怪。近年成都即出土据说是李冰镇水的石犀一头。

⑩ 轻煤研麝脐：用细研麝脐所得麝香掺入轻煤制得香墨。轻煤，轻细的烟灰，为古代制墨精料，以掺入麝香的轻煤所制麝墨尤其名贵。王勃《秋日饯别序》即有“研精麝墨，运思龙章”句。此言还有兴趣题写两句。

黄桷溪铁锁桥① 仍用前韵

飞梁绾巨索，亘②若青虹霓。上负欲落石，下窥不测溪。孤撑一橛强，稍脱半段低。风摇动危板，浪啮无坚堤。滇南多涧壑，独木忧倾挤。谁欤贯长锁，惟有盐渡西。岂知黄桷岘，亦复便攀跻。但恐生铁花，锈涩铿霜蹄③。殷勤修勿坏，跫步无留稽。勿令五十万，空酬书尾鹥。西陲况未靖，蜗角劳绳梯。征兵拥牙纛，转饷通丸泥。庶几免病涉，圣廑纾金闺[4]。功成标铁柱[5]，德礼怀离携。豢彼犬与羊，雄关开碧鸡。繄[6]余奉简书，志欲驱象犀。却陋老腐儒，驷马惊杖藜[7]。作歌谂[8]有司，一醉酒到脐。

① 黄桷（gé）溪铁锁桥：即今大关县城东北十七公里黄葛溪镇关河上之“永安铁锁桥”，清道光十三年（1833 年）由藤桥改建，此桥仍在。因其由铁锁连而成，故称“铁锁桥”。黄葛，川滇相邻处又写成“黄桷”，且俱读“桷”“葛”“角”为“gé”，原书写作“黄槲”，当为“黄桷”之误。

② 亘（gèn）：延续不断。

③ 霜蹄：马蹄。语本《庄子·马蹄》“马蹄可以践霜雪”。

④ 金闺：指朝廷。

⑤ 标铁柱：唐朝派唐九征讨吐蕃，功成拆毁城堡，斩断漾水、濞水两条江上的铁索桥索铸成铁柱标纪其功。

⑥ 繄（yī）：助词。

⑦ 杖藜：藜，多年生草本植物，茎可作杖。杖藜，扶藜杖者，借指老者。

⑧ 谂（shěn）：规谏，忠告。

鹦哥嘴[1]

何年鹦武化巑岏[2]，翘首行人尽惨颜。我自平生耐艰苦，他时画作卧游看。

人言过此即平夷，险阻终须有尽时。更看郊原莽空阔，芊天苇地是滇池。

① 鹦哥嘴：地名“鹦哥嘴坡”，在今昆明市禄劝彝族苗族自治县境内。

② 巑岏（cuán wán）：峻峭，山耸列的样子。

夜宿得胜坡[1]

昼行披荆榛，暮宿休驺从[2]。野庐不容旋，人与牛羊共。崩云晚来合，雨势挟风纵。绳床苦穿漏，终夜自喧哄。山深气候殊，瘦骨薄寒中。幸有卮酒藏，屡饮不嫌痛。孤吟杂醒醉，短烛兀残梦。似闻倦仆僵，蜷若春蚕冻。呶呶作何语，一笑踏破瓮。觉来号荒鸡，蜡泪堆红凤。坐见山月斜，坏壁光穿缝。天明复登舆，陟险仍凿空。

① 得胜坡：在今昆明市寻甸回族彝族自治县境内。

② 驺从：骑马的随从。

赋得舆纤得牵字二十韵

曩年出入栈道，见肩舆以长绳系其前，左右各一，用大力者牵挽之，或十或八。登陟坡岭，趫捷如飞，俗呼曰纤。今滇南亦皆有之，不知昉[1]于何时也。舆中无事，偶有所感以入韵语。

峭碧插青天，攀跻利竹箯[2]。谁能聚而上，径使往无前。妙绝长绳系，浑如锦缆牵。两行排雁阵，一线走蝉联。菅蒯[3]绹[4]新索，藤萝壁善缘。徒应三耦具[5]，舞比两骖[6]圆。鱼贯争驰骤[7]，猱升[8]孰后先。喧呼近红日，笑语破苍烟。才见鸦衔尾，旋思马卸鞯。陟巅稍艮背[9]，下阪或随肩。何用登山屐，疑乘上水船。下风窥九万，云路蹑三千[10]。曩者经秦栈，萧然着祖鞭[11]。道逢盛驺从，势欲挟飞仙。附翼真虓虎[12]，摩空笑跕鸢[13]。梯青[14]同健羡，纡紫[15]已频年。世路行几遍，游踪此最便。看山如走马，得句屡题笺。致远何曾泥，登高总不颠。他时傥征典，应为小诗传。

① 昉（fǎng）：起始。

② 竹篼：篼舆，见本卷《与舍弟少舫别于双河旅舍走笔赋寄》注。

③ 菅蒯（jiān kuǎi）：茅草之类，可编绳索。菅，茅草。蒯，蒯草，茎可编席。

④ 绹（táo）：绞制绳索。

⑤ 三耦（ǒu）具：即三耦俱。耦俱，指相处融洽。耦，原意为两人并肩耕地，引申为二人一组，三耦即六人。

⑥ 两骖：四马拉车，外侧左右两马称“两骖”。

⑦ 驰骤：驰骋，疾奔。此指轿夫敏捷。

⑧ 猱（náo）升：猿猱上树，言攀爬敏捷。

⑨ 艮背：意指轿夫弯腰而稍见其后背，与下句“随肩”相对。典出《易·艮》“艮其背，不获其身。行其庭，不见其人，无咎。”

⑩ 九万、三千：《庄子·逍遥游》：“鹏之徙于南冥也，水击三千里，抟扶摇而上者九万里。”此言其山之高，其路之遥。

⑪ 祖鞭：意为占先、争先。典出《晋书·刘坤列传》：“吾枕戈待旦，志枭逆虏，常恐祖生先吾着鞭。”刘坤志存高远，唯恐落祖逖之后。

⑫ 虓（xiāo）虎：咆哮的老虎。

⑬ 跕鸢（dié yuān）：因瘴气太盛，难以飞越而坠落的鸢鸟。杜甫《秋日夔府咏怀奉寄郑临李宾客一百韵》：“东走穷归鹤，南征尽跕鸢。”跕，下坠貌。后以“跕鸢”为典，多喻指艰难与险阻。

⑭ 梯青：登梯上青云。“梯”作动词。

⑮ 纡（yū）紫：佩紫绶，指身居高位。纡，佩戴，系结。

威宁[1]道中三首

橘刺藤梢古道荒，满山乱石散牛羊。隔溪荞麦花如雪，知有人家向夕阳。

燕麦收时雨乍晴，离离山果烂朱樱。忽逢野老谈前事，暗喜风光似太平。

山色向人无赖青，眼明孤塔俯郊坰[2]。已嫌诗思殊荒落，更听边城鼓角声。

① 威宁：清代雍正为贵州省大定府威宁州，今为贵州省威宁彝族回族苗族自治县。

② 坰（jiōng）：远郊。

奉赠张星阶[1]二丈启辰

当年同赋鹿苹诗[2]，裙屐风流擅一时。往事龙华成小劫，故山荔子负归期。兵戈未定身还健，须鬓相看意可知。独喜锦囊佳句在，不辞快读倒残卮。

① 张星阶：名启辰（1820—1888），字星阶，仲枢。四川叙州府宜宾县菜坝（今宜宾市翠屏区菜坝）人，与赵树吉系姻亲，赵称其“二丈”。咸丰二年（1852）壬子三甲进士，当年派任云南江川知县（迤东道澄江府），后历任数县知县，宁、宣知州，宦滇十八年，颇有循声，返川后曾任翠屏书院

山长，年六十九卒。王麟祥为其撰墓志铭，俞樾撰其墓表。著《鸥榭诗抄》四卷。王麟祥修《叙州府志》有传。

② 鹿苹诗：指《诗经》。语出“呦呦鹿鸣，食野之苹”。

追和兰生家兄去岁卸篆易门后见忆之作即用原韵

华发潇潇殢[①]一官，俸钱应与鹤分餐[②]。丰年常觉人情好，乱后深知吏道难。瘦马压装诗卷富，长鲸渴饮酒怀宽。鸡虫得失浑闲事，已作如来平等观。

依依别梦绕都门，宦辙相随亦帝恩。记拨炉灰听夜雨，萧然灯火似山村。对床有约言犹在，春草何心句独存。等是风尘归未得，那堪重忆旧巢痕。

① 殢（tì）：滞留，困于。

② 与鹤分餐：古文人好养鹤，有“梅妻鹤子”之说，与鹤分餐亦雅事。

曲靖[①]郡城寓楼与兰生兄夜话

昔岁长安别，兄腴我则癯。兄今尚如昔，我瘦复有须。流光去如驶，四十忽已逾。不知似兄年，衰态当何如。宦游岂云乐，局促辕下驹。幸此杯中物，时复相嬉娱。遽然醉梦觉，得句手自书。人生贵适意，茵溷诚区区。

故园有蜗居，相距无咫尺。山田薄可稻，廿载负阡陌。可怜绕屋竹，绿云荫寒碧。一官归何时，苦笋已屡拆。滇南多劫灰，苍莽中原隔。诸将尽茅土，谁能苦攻击。回头望乡关，落日千山赤。吾侪各霜鬓，归耕当自力。眉州老兄弟[2]，风雨话畴昔。期君果此约，有诺吾不食。

① 曲靖：清乾隆时改为云南省曲靖府，在云南省南宁县城。入民国后，裁府，改南宁县为曲靖县。赵树吉被任迤西道后赴滇，因道署所在之大理府为杜文秀所据，随军驻扎，曾寓曲靖。参看本书《文略》卷一之《寓楼记》。

② 眉州老兄弟：苏轼、苏辙兄弟。苏轼与其弟苏辙早年读韦应物《示全真元常》中“宁知风雪夜，复此对床眠”时深有所感，曾有“对床话诗”之约：“昔始宦游，诵韦氏诗，夜雨对床，后勿有违。”

兰生兄两和前韵赋此奉答

众山窥我楼，山色如人癯。饥鼠拱空隙，怒目张其须。念我来曲阳，倏忽浃旬逾。萧条等羁旅，晋如乃愁如[1]。兄胡独矜宠，欲策伏枥驹。金椎碎珪璧，幽独何自娱。赖有珠玉什，如读旧时书。焚香拜大坡，枭鸾任同区。

山城如斗大，列戟不容尺。马鸣夕笳动，人语喧巷陌。坐久岩谷暗，夜气吐金碧。滇池矗万帐，饥卒手龟拆[2]。燕寝清香凝，傀道蜡丸隔。何术救疮痍，感此齿牙击。我兄仁厚姿，小试廑保赤。迩来老益壮，风雨驱笔力。坛坫[3]信无愧，世事非宿昔。安得廉耻将，灭贼看朝食[4]。

① 晋如乃愁如：这是“晋卦”爻辞：“晋如愁如，贞吉，受兹介福，于其王母。”

② 龟坼（jūn chè）：因寒冷而手脚开裂。龟，通“皲”，如“龟裂”。

③ 坛坫（diàn）：此指文坛。

④ 朝食：灭此朝食。

读江晓帆中丞梦苏斋诗集书后[①]

清钟画角竞霜晓，畴昔文章交有神。中丞题朱湄君诗集云“琅琅都门酬唱篇，画角清钟竞霜晓”，谓余与李范诸君也。泪洒秋风哭坡颍[②]，天留副墨[③]寿峨岷。七科前辈探花早，五管春愁逐水新。湖海在胸消不得，故应豪语露天真。

① 江国霖有《梦苏斋诗集》，在其中《海上寓公草》卷有《读朱眉君鉴成北征南征都门诸集为题长篇于后》，因此诗太长，收在本书附录《赵树吉友僚诗文》。梦苏，谓梦之苏醒。

② 坡颍：苏轼苏辙兄弟。苏轼号东坡，苏辙号颍滨遗老，故以“坡颍”合称之。

③ 副墨：指副本。

仿梅圣俞[①]体作四禽言

泥滑滑[②]，没踝深，三日五日多愁霖。昆明路断消息沉，万灶无烟羸马瘖。呜呼，战士黧黑尘满襟，皇天何时开积霪。泥滑滑，

愁人心。竹鸡

婆饼焦[3]，不可食。群雏皇皇，绕釜而泣。绕釜泣兮众口多，不怨新妇惟怨婆。婆不善炊兮，奈群雏何。婆饼焦

提壶提壶，为君行沽。帐中美人玉雪肤，银麟金雀红罗襦。弹棋蹴鞠[4]吹笙竽，刁斗无声钟漏徐。将军恩重多奇略，斗宠争妍姿欢谑。一杯寿尔千万春，边城夜唱从军乐。提葫芦[5]

不如归去，此邦不可住。燕雀兮满堂，虎狼兮载路。健儿挟弹丸，出门睥睨伺高树。乌有母兮鹤有儿，旧巢弗栖兮须何时。蜀山花开明春曦，归与归与君莫疑。杜鹃

① 梅圣俞：梅尧臣（1002—1060），字圣俞，北宋著名诗人，世称宛陵先生，北宋宣州宣城（今属安徽）人。因宣城古称宛陵，世称宛陵先生。年五十（公元1051年）后始得宋仁宗赐“同进士出身”。后任国子监直讲，故也称“梅直讲”。曾作《四禽言》诗，宋人多有仿作，以苏东坡谪黄州时所作《五禽言》、梁栋《四禽言》比较有名。

② 泥滑滑：竹鸡俗名“泥滑滑”，学名 thoracica，灰胸竹鸡。

③ 婆饼焦：鸟名，也叫“婆饼”“婆饼煎”。因其声如“婆饼焦”，故名。宋王质《林泉结契》卷一：“婆饼焦，身褐，声焦急，微清，无调。作三语：初如云婆饼焦；次云不与吃；末云归家无消息。后两声若微于初声。”学名未详。

④ 蹴鞠（cù jū）：一种古代踢球游戏。

⑤ 提葫芦：也叫“提壶”，有说是水鸟“鹈鹕”，也有说是山鸟“小杜鹃”（学名 Lesser Cuckoo），俗名“阳雀”“阴天打酒喝”（据《中国鸟类野外手册》）。

喜晤彭韵谷[1]铨部同年松龄

湛卢[2]出匣天为白，霜锷棱棱动心魄。年深不用刳[3]象犀，秋雨

蛟螭泣空壁。念君少日殊崎嵚，怜君还乡多苦心。乱余生死谁复问，北望中原云气阴。当时握手长安道，先皇初政趋朝早。荷花水殿莽红云，玉佩琼琚相媚好。倏忽烟尘动四溟，凄凉劫火连三岛。鹓鸿散尽台省空，十九年来如过鸟。万里边城上将营，南风六月吹旆旌。相看怪我色老丑，试谈旧事疑前生。我今薄宦真如寄，四十始衰今又二。古甃[4]寒泉誓不波，浮生鸡肋终何味。白沙翠竹吾菟裘，笋香鱼美君所游。移家不用与妇谋，勾漏乞令[5]君其休。

① 彭韵谷：名松龄（1832—1870），字韵谷。祖籍江西，因父从医南宁，遂家于南宁。赵树吉在《吏部文选司七品京官彭君韵谷墓志铭》（见本书《文略》卷二）中称其为“余己酉齐年友”即同为道光己酉（道光二十九年，1849）拔贡。廷试优等，选吏部文选司行走，在京与赵过从。时年不满二十，年少气壮，为同辈畏慕，也为朝中重臣看好。后回家结婚，逢云南乱，遂不复出。赵官云南迤西道二人方重逢，已分别十七年。彭后来死于忧患，年方三十九岁，甚为可惜。详见本书《文略》卷二该文。

② 湛卢：古五大名剑之首。为春秋时期铸剑名匠欧冶子所铸。

③ 刓（tuán）：割断，截断。

④ 甃（zhòu）：砖砌的井壁、井。

⑤ 勾漏乞令：葛洪为入勾漏山炼丹，不愿做高官，乞为勾漏县令。事见《晋书·葛洪传》。勾漏，古亦作“句漏”，山名，在广西北流。

秋草四首次和沈意文[1]观察原韵

鼓角山楼一夜霜，城头晓望色苍凉。天垂旷野牛羊尽，地入穷边戍堠[2]荒。空见青磷出残碧，忍听鸣鹍[3]又斜阳。芸芸满眼生机蹙，谁向通明奏绿章[4]。

客思西风黯黯销，镜中蓬葆[5]鬓霜凋。徒闻物化多荃蕙[6]，不分春芳即艾萧。骐骥病来拳似猬，鹰鹯[7]饥后鸷[8]于雕。游龙花水还相媚，剩绿零红太不聊[9]。

河畔逍遥历岁年，红兰泣露[10]托缠绵。新愁芦管千山远，旧梦裙腰[11]一抱圆。丈六现身[12]原是幻，大千色界总成烟。西园亦有黄蝴蝶[13]，残照双飞绝可怜。

孤根唧唧语寒虫，枯菀由来总化工。遗种未知谁使蔓，有心应笑子犹蓬[14]。暮云战马揩残碣，野烧惊鸦噪故宫。莫为思归怨肠断，好留劲节待春风。

① 沈意文：沈寿榕（1823—1884），字朗山，号意文。海昌（今浙江海宁）人，其自订年谱称"先母祝夫人孕榕在腹十八个月未产"，产下后即被视为奇人。因在云南作盐法道（亦说任迤南兵备道），故称"观察"。曾作广东布政使，亦曾宦川三十年。本书《文略》卷一有《沈意文方伯玉笙楼诗集序》，可参看。沈寿榕善诗，工书，尤精鉴赏金石书画。著《玉笙楼诗集》，集中收有与赵树吉互相赠答唱和多首，其中卷六有《秋叶四首》《秋草四首》。光绪六年赵树吉逝世，沈意文闻之有"蜀人至闻元卿观察殁于里泣挽四首"，尚忆及唱和"秋草"事。兹录沈意文《玉笙楼诗录·卷六》之《秋草四首》："渡河昨夜履微霜，自检征衣怯早凉。晓角有声孤月迥，乱山无主一城荒。愁将蒿目观残劫，独抱葵心向太阳。醉把离骚如画读，美人兰蕙是文章。　　楼台金粉已全销，漫道江南色未凋。归去湖山仍落落，不闻木叶亦潇潇。风前月黑惊谈虎，塞外云黄学射雕。怨女征夫多少恨，寒蛩私语太无聊。　　仲蔚穷居亦有年，独留劲节胜缠绵。名同马骨千金重（自注：千金草色黄多节，产夷山中），腐笑荧光几点圆。不信断肠犹是药，相思到口便成烟（自注：俗呼烟草曰相思草）。枯荷自立亭亭盖，红蓼斜欹绝可怜。　　生机宛转变冬虫（自注：蜀产冬虫夏草良药也），一样无知有化工。未必人才能采菲，微看我首渐飞蓬。僧扶短策寻荒寺，客访残碑吊故宫。相约王孙归去好，先将消息寄春风。"

② 堠：古五里垒一土台以记程，五里一堠，十里双堠。

③ 鶪（jú）：伯劳鸟。

④ 向通明奏绿章：向玉皇祈祷，为芸芸众生请命。陆游《花时遍游诸家园·其二》："绿章夜奏通明殿，乞借春阴护海棠。"通明殿，玉帝之殿。绿章，见《诗存》卷一《游仙诗》注。

⑤ 蓬葆：比喻头发散乱如蓬草和羽葆。

⑥ 荃蕙：蕙与荃，香草名。

⑦ 鹯（zhān）：鹞类猛禽。亦称"晨风"。

⑧ 鸷（zhì）：凶猛。

⑨ 不聊：作"不乐"解。

⑩ 红兰泣露：晏殊有句："春来秋去，往事知何处。燕子归飞兰泣露，光景千留不住。"红兰，兰草名，又名蕙兰、多兰花、九头兰。

⑪ 裙腰：裙子上的腰带。

⑫ 丈六现身：即成佛。据云佛化身长一丈六尺。

⑬ 西园亦有黄蝴蝶：这是活用李白《长干行》中"八月蝴蝶黄，双飞西园草。"

⑭ 犹蓬：犹如"蓬之心"，喻不开窍。语出《庄子·逍遥游》："今子有五石之瓠，何不虑以为大樽而浮乎江湖，而忧其瓠落无所容？则夫子犹有蓬之心也夫！"

中秋夜作和沈意文观察韵

木樨香气满山城，蜗角秋来尚战争。红烛花明行帐宴，碧云天远暮笳声。思乡愁听早鸿过，止酒①偏逢佳月生。独倚西楼数残漏，劳人何事不归耕。

① 止酒：戒酒。

送李韵荑[1]大令奉母归湖南

自我来曲阳，瘖歌寡侪偶。侧闻和仲言，称君不容口。先公守开化，遗爱在耇耇[2]。君能读楹书[3]，无愧廉吏后。十年走绝域，出入虎狼薮。全家脱重险，心小胆如斗。忠孝神所相，履道知无咎。归途暂假馆，板舆[4]获拜母。荒陬[5]得佳士，慰我一握手。

契合不在久，但须臭味同。孤弦跃蕤宾[6]，气感声响通。识君曾几日，恻恻心无穷。独客惜俦侣，况乃文字工。悬知别后思，梦逐江流东。洞庭生白波，放棹湘君宫。过我旧游处，烟树青蒙蒙。秋帆有坠句，收取贻飞鸿。

① 李韵荑：李崇畯，字韵荑，湖南人，贵州修文知县，同治七年（戊辰年，1868）秋奉母归湖南。

② 耇（gǒu）：老年斑，借指高寿。

③ 楹书：遗言、遗书。典出晏子死前置遗书于楹内。

④ 板舆：本指古代一种人抬的代步工具，多为老人乘坐。长用来指代官吏在任迎养父母。

⑤ 陬（zōu）：本义为山之角落，亦指边远偏僻的地方。

⑥ 蕤（ruí）宾：古乐十二律中之第七律。

秋叶四首次和沈意文观察原韵[1]

一片秋容画夕阳，寒雅假影不成行。愁深大树垂垂老，瘦入西风旋旋黄。未落已知生意少，将飞恐逐逝波忙。独怜夜夜经霜醉，强作嫣红媚晚妆。

浮生自分委泥沙，偶着高枝岁月赊。漫向风前犹作态，只缘霜后苦无花。桓温旧种悲衰柳[2]，陶侃新营[3]咽暮笳。往日将军空衣锦，浓阴分借又谁家。

春来对语鸟关关[4]，万事消磨付等闲。短梦乍醒金碧外，归心遥寄杵砧闲。旗边枯影黄昏月，天末愁眉翠黛山。一样湘兰沅芷恨，丹枫疑是泪痕殷。

拼将踪迹伴樵渔，门巷苍凉岁暮初。萧寺晚烟僧扫径，荒村寒雨客骑驴。君犹未了鸣蝉蜕，我欲重寻种树书[5]。旧事弹蕉[6]成一笑，后凋松柏待何如。

① 沈意文原诗《秋叶四首》载《玉笙楼诗录·卷六》全诗如下："层阴低处漏斜阳，岁序惊心雁数行。浅着霜痕先赐紫，微因风势便飞黄。酒人薄醉容如画，贫女无衣补更忙。笑汝此身轻过燕，细腰原是楚宫妆。　征袍抖擞战场沙，绝塞长天望眼赊。将蜕哀蝉犹抱树，不眠寒蝶尚寻花。旗亭鞭影催残梦，月夜礁声和远笳。闻道题诗堪寄与，微波通处是谁家。　传云大树独当关，气已苍凉意转闲。世态贯看荣悴后，客愁都付有无间。津头浅落拖蓝水，屋角新添点赭山。多少芙蓉开正好，骄人颜色不宜殷。　生涯未老托樵渔，漫怅容华不似初。高出烟霄翻俊鹘，缓寻门巷问疲驴。人藏梵夹先尊佛（自注：喇嘛僧曾以贝叶经见赠），我守丛残欲校书（自注：吾杭兵后重开书局）。耐此清寒羞作态，明年花放又何如。"

② 桓温旧种悲衰柳：东晋桓温伐前燕，过金城，见他当年所种柳大已十围，感慨而泣："木犹如此，人何以堪！"

③ 陶侃新营：陶侃驻武昌时，命诸营植柳，后人称"陶公柳"。陶侃，东晋名将、名臣。

④ 关关：鸟类雌雄相和的鸣声。《诗经·周南·关雎》："关关雎鸠，在河之洲。"后亦泛指鸟鸣声。

⑤ 种树书：秦始皇焚书，“所不去者医药卜巫种树书”。辛弃疾有“却将万字平戎策，换得东家种树书”句。

⑥ 弹蕉：弹甘蕉。南朝沈约有《修竹弹甘蕉文》曰：“切寻甘蕉出自草药，本无芳馥之香，柯条之任，非有松柏后凋之心，盖阙葵藿倾阳之识。”蕉，一种香蕉（甘蕉）。

小楼秋望

天低风急噤蝉鸣，漠漠秋阴不放晴。砯[1]石湍声疑倒壑，压山雨气欲吞城。贫来官长如羁客，众里韬钤愧此生。憀慄[2]那堪频望远，捷书早晚盼消兵。

① 砯（pīng）：水击岩石声。

② 憀慄（liáo lì）：凄怆。苏轼《宿望湖楼再和》：“骚人故多感，悲秋更憀慄。”

重阳独坐用陶公九日闲居及己酉九日诗韵寄意文观察幕府[1]

商音[2]满天地，晓镜霜丝生。兼旬困积雨，幽忧苦难名。今朝复何日，霁色天宇明。踏枝有乾鹊[3]，飞乱落叶声。客心感令节，怅焉念颓龄。出门无所诣，坐看西乌倾。谁谓我无酒，饮徒乏公荣。可人期不来，何以娱中情。欲和贫士诗，苦调歌不成。

边城气候异，秋杪[4]炎凉交。芙蓉相媚红，黄花飒已凋。感此意不怿[5]，仰视浮云高。京华在北极，阊阖[6]凌丹霄。糕酒忆畴昔，引领魂梦劳。与君落穷荒，音在桐尾焦。未能便决舍，远愧栗里陶[7]。三径有余赀，餐英庶终朝。

① 沈意文《玉笙楼诗录》卷六《赵元卿观察来书云今日重阳风日清朗惜无白衣人一助高兴余以军事杂沓郁闷过之作歌奉答（名树吉宜宾人）》："年光瞬息又重九，安得相逢笑开口。霜中泥浅菊无花，床下瓶空谁送酒。浩浩白石江，萧萧红树林。登高不高且放眼，将醉不醉添愁心。君书尚言今日好，遥指远峰螺黛扫。五湖归梦味莼羹，双阙觚棱忆蓬岛。胡为乎君居丈室同僧房，我持秃笔句稽忙。苦思热血坐消耗，手腕欲脱须眉苍。君家峨眉去天咫，万丈楼台碧云起。我家钱唐观怒潮，激荡鸱夷灵怪喜。南来共听城头鸟，战场牧马青草枯。长吟击钵还击剑，残兵吹角如吹芦。君诗双明珠（自注：君以九日和陶诗二首见示），我诗一敝帚。试比古人才几斗，嫫母西施别妍丑。秋声飞出闻清钟，秋山耸立撑芙蓉。何当掬取银河水，快洗平生芥蒂胸。"

② 商音：五音之商调为悲凉之声。

③ 乾鹊：即喜鹊。乾，也指太阳，因喜鹊好晴，故称乾鹊。

④ 秋杪：秋末、暮秋。"杪"的本义是末梢、末尾。如岁尾也称"岁杪"。

⑤ 怿（yì）：愉悦。

⑥ 阊阖（chāng hé）：皇宫正门。

⑦ 栗里陶：指陶渊明。陶渊明故乡和隐居之地在庐山南麓之栗里。

残菊

谁遣秋芳落远皋，傲霜枝在总萧骚[1]。京华宝马长椿寺[2]，瓦缶金钱价正高。

① 萧骚：景色萧条。

② 长椿寺：位于北京西城区长椿街，建于明万历二十年（1592），至清晚期时已衰落。

答沈意文

吾乡朱汪[①]鲁两生[②]，文章卓荦[③]皆有名。炯如平津两龙剑[④]，冷光入手生寒冰。当时好客张司马，投辖闭门说风雅。玉箫檀板红儿讴，沈侯遇之尽倾写。惜哉盛会我不与，若对花枝岂论辈[⑤]。一朝造物暴折摧，夺取二子归蓬莱。岷峨自此少颜色，至今睫泪留颐颏。沈侯胡为夸我贤，云昔二子曾相推。蛩号蚓窍[⑥]久寒陋，岂有奇句惊风雷。年来流落况荒外，鬓飘蓬葆中心哀。官曹[⑦]知是骑与马，健儿大笑羞舆台[⑧]山城秋高白日薄，画角乌乌动寒郭。市沽酒恶不可饮，更望红裙劝斟酌。沈侯贻我歌，使我涕泗重滂沱。呜呼，朱汪已逝等寂寞，沈侯沈侯将奈何。朱湄君，吾郡富顺人。汪梧村，吾县人。

① 朱汪：朱鉴成与汪香祖。朱鉴成，见前注。汪香祖，字梧村，又自号梧村道人，宜宾人。清代数学家，著《中算斠》（朱鉴成作序）、《衍元笔算今式》。

② 鲁两生：言二人正直不知投机。汉初，叔孙通欲从鲁征集三十多位儒生为汉朝制定礼乐，其中有两个儒生鄙视叔孙通先后事十主“皆面谀以得亲贵”，拒绝跟从。叔孙通反而认为这两鲁生“真鄙儒也，不知时变。”

③ 卓荦（luò）：特出。

④ 平津两龙剑：《晋书·张华列传》：雷焕豫章得干将莫邪，与张华各持其一。张华被诛后其剑失，雷焕死后其子佩另一剑过黄河平津渡，剑忽跃入水中，与张华剑合化双龙而去。

⑤ 斝（jiǎ）：古代一种圆口三足的青铜酒器。

⑥ 蚓窍：古人以为蚯蚓发声于孔窍，以此自谦文声如蚯蚓微弱。“蛩号”亦类此自谦。

⑦ 官曹：官吏办事处所。

⑧ 舆台：地位低下者。

闻李眉生廉访引疾去任①奉寄

四十挂冠非早计，几人林下定归休。溪山巴蜀真堪老，烟月江南偶倦游。幸有图书供暇日，聊将天地入扁舟。笋舆芒屩②前盟在，只恐尘容笑白鸥。

① 引疾去任：李鸿裔（眉生）同治七年（1868）七月，以耳疾请开缺。此后不复再出。参见《诗存》卷二《湄君招同申夫眉生陪朱伯韩前辈琦小饮云吉寓斋》注。

② 笋舆芒屩（juē）：竹轿与草鞋。屩，草鞋。

生日兰生兄以诗为寿次韵奉答

人生过隙驹，扰攘常八九。少日知几何，忽复成衰叟。穷年旷色养①，追逐名利薮。与君落南荒，糊口藉升斗。四十初过二，须鬓增老丑。远游逢兹辰，未忍事杯酒。尝恐贺客来，枨触[2]感华首。借病独掩扃，饥肠夜鸣吼。寒衾警乡梦，朔吹战虚牖。诵君冰雪辞[3]，胸臆刬堆阜[4]。相知在寸抱[5]，慰藉胜良友。功名谅无取，德言[6]庶不朽。他时连舆归，奉母同上寿。

① 色养：古人认为承顺父母颜色是件困难的事，即孔子说的“色难”，因此就称奉养父母，承顺父母为“色养”。

② 枨（chéng）触：感触。

③ 冰雪辞：高雅清新的辞章。

④ 胸臆刬堆阜：言胸中块垒全消。刬，削平。

⑤ 寸抱：犹内心，寸心。欧阳修《渔家傲》：“惹得此情萦寸抱。”

⑥ 德言：合于仁德之言。贾谊《新书·傅职》：“忠信以发之，德言以扬之。”

兰生兄再和仍依韵奉答

一阳始孳萌，筮乾[1]遇初九。山城梅欲花，寒意欺病叟。生朝强闭阁，阒若逃泽薮。连篇获珠璧，酌我胜大斗。迂愚众所弃，笃爱乃忘丑。阿兄本天随，世事付尊酒。孤怀忽牢落，感叹辄搔首。冲风振林莽，万窍自吟吼。人生如寄耳，蠨蛸[2]托空牖。宦游亦偶然，麋鹿志林阜。君家两儿子，玉雪照僚友。得归胡不乐，老眼慰衰朽。岂比穷刘叉[3]，攫金聊自寿。

① 筮（shì）乾：占到乾卦：“初九，潜龙勿用。”筮，用蓍草占卦。

② 蠨蛸（xiāo xiāo）：蜘蛛的一种，腿很长，结网成车轮状。

③ 刘叉：唐代诗人，与韩愈同时。才气纵横但任性，曾醉酒杀人。因不

满韩愈为人所作墓志铭，将韩所得酬金攫取而去，称："此谀墓中人得耳，不若与刘君为寿。"扬长而去，不知所终。

月夜怀沈意文军幕[①]

山城严鼓角，春信滞梅梢。何以慰羁客，因之思远郊。剑炊[②]星饭早[③]，盾墨[④]夜书交。还有闲情否，新篇带月敲。

① 军幕：时沈为云贵总督刘岳昭幕僚，故称"军幕"。

② 剑炊：指军情紧急。典出《世说新语·排调》"矛头淅米剑头炊"。矛头淘（淅）米，剑头为炊俱是危殆之情。元方夔《邑郭旅中》诗："出猎将军夜打围，剑头炊火割鲜肥。"

③ 星饭早：星尚在即吃早饭。

④ 盾墨：盾鼻之上磨墨，喻军情紧急之下的书写。

十二月十七日记事

皇帝七年冬乙丑，日躔元枵既望[①]后。乾坤白昼倏晦冥，炮车云起狞飙[②]吼。初闻轰隆[③]殷[④]山谷，渐听霹雳惊户牖。银潢倒泻绳属地，飞雹错落丸脱手。始从当午及亥子，更复连朝竟申酉。筵前客屡失匕箸，雨脚宵分见星斗。边城气候固不常，夏令冬行亦安有。未应造化如此醉，毋乃龙公乖职守。溯惟滇乱逾一纪[⑤]，肇自花门开祸首。积骸如莽未招魂，破屋焚余半摧朽。贼臣恶子复屠噬，悍将骄兵随指嗾[⑥]。探丸斫吏[⑦]日二三，拥众专城时八九。至今魑魅尚纵横，到处风鹤惊狂走。似闻征符到遗孑，几见搜粟[8]遗盎缶。人事纷纭苦难定，二气何由反灾咎。迂儒机祥空臆度，志士悲歌怨高厚。玉川地上虮虱[9]臣，闵默无言对尊酒。

① 日躔（chán）元枵（xiāo）既望：指十二月十六。日躔，指太阳运行到到十二月元枵节。古天文把黄道平面划分为十二宫，以日躔过宫划分十二个月。元枵，即玄枵，十二月节，大寒气后之月将。躔，古天文称“日运为躔，月运为逡”。既望，阴历十五为望，十六为既望。

② 狞飙：猛烈的暴风。韩愈《送无本师归范阳》有“狞飙搅空衢，天地与顿撼”句。

③ 轰隆：滚雷声如山石滚落。原书作“硠礚”，石落声。

④ 殷（yǐn）：震动。

⑤ 一纪：十二年为一纪。

⑥ 嗾（sǒu）：教唆、指使别人做坏事。

⑦ 探丸斫吏：随意杀官吏。参看《诗存》卷二《送祜熙侄以县令需次河南》注。

⑧ 搜粟：搜刮粮食。因汉时曾设“搜粟都尉”专征军粮，以后即以称征粮为“搜粟”。

⑨ 虮虱：比喻微末。

梦殇女长安女生同治初元壬戌三月六日，今七龄矣。十月中以暴病殁于家。

千里汝何到，病容空复惊。死生离别恨，老大爱怜情。孑立疑孤影，误呼犹小名。唯将双眼泪，随梦渍荒茔。

元夜

一落尘埃浩不收，年来佳节迥添愁。天涯霜霰逢元夕，江上鱼龙忆旧游。风战边声凄晚角，雨欺残火暗春篝。无花无酒寻常事，无限乡心易白头。

春夜寓楼观东山野烧

城乌毕逋[①]日轮没，众星戢[②]影天无月。白石江[③]头吹暮笳，一炬炎光莽熛[④]忽。荧荧初似青磷飞，火城百道俄合围。炎官张伞祝融下，飞廉举扇当空挥。烛龙喷怒鼓髯鬣[⑤]，列缺绕地金蛇驰。连岩沓嶂卷丛薄，回风散落珊瑚枝。怪鸟嘻嘻作人语，呼泣山魈突豺虎。紫烟滃郁[⑥]天为低，坐愁坤轴[⑦]成焦土。是时二月春分初，冻雷启蛰方昭苏。生机缊伏待长养，烈山焚泽胡为乎。反忆昆华昨驰檄，坏云压阵军无色。荒草平原战血红，颓墙破屋飞灰黑。千里萧条转斗[⑧]难，虫沙浩劫几摧残。安得银潢作雨一倾倒，尽洗妖氛润群槁。

① 毕逋：鸟尾摆动貌。语出《后汉书·五行志一》：（桓帝之初）京都童谣曰："城上乌，尾毕逋。公为吏，子为徒。"

② 戢（jí）：收敛，收藏。

③ 白石江：曲靖白石江。

④ 熛（biāo）：火焰迸飞窜烧。

⑤ 髯鬣（liè）：胡须。明《帝京景物略·戒坛》："龙之爪则深，目则出，鳞则张，髯鬣则作。"鬣，马、狮子等颈上的长毛。

⑥ 滃郁（wěng yù）：云烟弥漫状。

⑦ 坤轴：指大地。晋代张华在《博物志·地》中说地有三千六百轴。古称地为"坤"。

⑧ 转斗：转战。

曲阳春感用沈意文戊午韵①

东风何处入山城，鼓角楼高未解兵。一局残棋争急劫，百年上策负归耕。花枝惨淡春仍发，鹤骨②支离病更轻。伤乱怀乡两无赖③，那禁明镜鬓霜生。

曾闻万马渡黄河，将士中原罢枕戈。恒碣④风烟三辅⑤静，蓬莱宫阙五云多。花迎玉辇香成海，雪尽金鳌水正波。回首春明隔天上，南荒愁绝僰僮⑥歌。

乌蒙东望朱提⑦近，社酒香逾奶酪膻。父老曾迎持节使，儿童争索买灯钱⑧。金狨⑨系马无多日，玉垒⑩看云又隔年。咫尺关山莽萧瑟，瓶花炉火总堪怜。

安危谁是济时才，白羽虻飞⑪日日来。军令空闻诛子玉⑫，壮心无复上强台⑬。饿狼搏噬⑭嗥荒冢，新鬼烦冤哭劫灰。玉节金符尽专阃⑮，西封⑯应遣一丸开。

① 此为赵树吉读沈意文《曲阳春感呈仲昀尚师（时驻军曲靖府）》后的和诗，此诗并非写给赵树吉，而是寄给赵，可见二人诗筒频递。沈意文此诗载《玉笙楼诗录》卷二："群山如掌抱孤城，斥堠烟销罢戍兵。破屋几家闻鬼哭，荒田三载误春耕。受降转恐狼心野，爱士终怜马骨轻。时务怕谈狂态减，

客来休问弃繻生。　　迢遥乡梦隔关河，载笔轻装又枕戈。荆棘盘根当路满，桃梅交树着花多（自注：滇中气暖桃梅并开）。春寒未化去年雪，风起如掀平地波。不见红镫闻画角，夕阳影里唱夷歌。　　棋局谁争一着先，穴中群蚁慕羊膻。何时错铸六州铁，无计空搜九府钱（自注：时以泸州铜铸钱充饷）。如我风尘殊草草，斯民水火已年年。闺人不作封侯梦，底事垂杨绿可怜。

不才落寞感怜才，一笑三千里外来。草檄近依新幕府，棠阴犹见旧楼台（自注：公先任滇抚）。谁持玉斧分疆域，空叹铜山付劫灰（自注：三迤铜局皆毁于贼）。欲洗繁愁浇浊酒，蛮花红处瘴云开。"

② 鹤骨：丹顶鹤的骨骼。此言病后身瘦体轻如鹤骨。

③ 无赖：此处意同无奈，无可奈何。

④ 恒碣：即恒碣，恒山和碣石山的并称。

⑤ 三辅：即三秦，旧指京兆、左冯翊、右扶风。此言北方战事已息，南国却征伐不休。

⑥ 僰僮：僰人僮仆。古代西南有僰人，在春秋时期即已居住在以今宜宾市为中心的川南及滇东北境内，有"僰国"，后为古蜀国附庸。秦灭蜀国后，于"僰国"地置"僰道"属蜀郡，所以宜宾市以僰道为其建置始。由于僰人比较开化，有"夷中最仁"之誉，其童男幼女多被贩卖为奴，以至富豪往往以拥有"僰僮"多寡夸饰，《秦纪》即有"僰童之富"，《史记·西南夷列传》也载巴蜀商贾贩卖"僰僮"致富，后世甚至有"市僰僮千口"者。

⑦ 乌蒙、朱提（shū shí）：乌蒙是云南省昭通府旧名，在今云南昭通市昭阳区。朱提，汉时置县，地在今昭通境内，以产银著名（名朱提银）。唐天宝中，曾徙置朱提县于今宜宾县（2018 年始更名为叙州区）安边镇西南，宋废，故赵树吉此诗以朱提指代其家乡宜宾县。

⑧ 索买灯钱：或为家乡旧俗。

⑨ 金狨：用狨皮制成的坐褥或鞍垫，后喻指帝王身边的重臣。这句是说觉得离开帝京没多久。黄庭坚《次韵宋楙宗三月十四日到西池都人盛观翰林公出遨》："金狨系马晓莺边，不比春江上水船。"

⑩ 玉垒：玉垒山，在四川理县东南，亦借指成都。杜诗有"锦江春色来天地，玉垒浮云变古今"。

⑪ 白羽虻飞：唐代窦巩《唐州东途作》："绿林兵起结愁云，白羽飞书未解纷。"

⑫ 诛子玉：楚成王三十九年，子玉不听成王不可伐晋之言，坚决要求带兵伐晋，结果大败。成王怒诛子玉。

⑬ 强台：即楚国荆台，又叫章华台。楚灵王六年（前 535）"举国营之，数年乃成"，后终醒悟，"后世必有以高台陂池亡其国者"。遂不再登强台。

⑭ 搏噬：搏击吞噬。

⑮ 专阃（kǔn）：指将帅在外统军。阃，城郭的门槛。《史记·张释之冯唐列传》："臣闻上古王者之遣将也，跪而推毂，曰：'阃以内者，寡人制之；阃以外者，将军制之。'"

⑯ 西封：西部疆土。《左传·僖公三十年》："夫晋何厌之有？既东封郑，又欲肆其西封。若不阙秦，将焉取之？"杜预注："封，疆也。"

重有感仍用前韵

芳草迷离绿上城，郊原乱后几人耕。空村似水还搜粟，尺籍[1]如山又募兵。肯把黄金酬死士，好凭大药[2]觅长生。银刀画戟香凝寝，珍重闲身莫自轻。

昆明池水涨春波，池上旌旗战垒多。几见偏师驰间道，徒闻上相[3]秉天戈[4]。纸鸢不到哀牢国，玉斧[5]如分大渡河。千古公忠唯李郭[6]，唾壶击碎易悲歌。

闻道开元极盛年，象犀翡翠不论钱。繁华乍散鸡余肋，涓滴纷争蚁聚膻。饱死侏儒[7]应自笑，穷来债帅[8]亦堪怜。金瀞铜柱[9]天王地，胜算唯凭着手先。

瘴雾昏昏郁不开，野花零落髑髅[10]台。美人名马从军乐，帕首靴刀冠世才。斫吏白丸骄更纵，突围红袄[11]败仍来。纷纷青史评功罪，莫笑秦皇一炬灰⑫。

① 尺籍：书写军令、军功等的簿籍。此指军中花名册。

② 大药：长生不老之药。白居易《浩歌行》："既无长绳系白日，又无大药驻朱颜。"

③ 上相：泛指大臣。或指张凯嵩同治丁卯年（同治六年，1867）被任命云贵总督，接旨后路上一路称病，迁延一年多不至，最终清廷将其革职了事。此时赵树吉也正好赴任途中，赵到滇后听说此事，所以有"徒闻上相秉天戈"之语。

④ 天戈：王师曰天戈。典出自周宣王对淮夷西戎狁等用兵的事。韩愈《石鼓歌》："周纲陵迟四海沸，宣王愤起挥天戈。"

⑤ 玉斧：指宋朝与大理国之间厘定边界的事情。后蜀灭亡时，太祖赵匡胤曾用玉斧指着地图上的大渡河说"此外非吾所有也"。

⑥ 李郭：唐代名将李光弼与郭子仪的并称。李光弼郭子仪均是平定安史之乱的大功臣，但也屡招谗言。

⑦ 饱死侏儒：谓无能之人反得厚禄。典出《汉书·东方朔传》：东方朔抱怨说自己身长九尺，与三尺侏儒俸禄相同，自己饿死而侏儒饱死。

⑧ 债帅：唐大历后，凡命一帅，必广输重赂，有人因此则向富户借贷，得为"帅"后再大肆搜刮民脂民膏还债。故称其为"债帅"。

⑨ 金潾铜柱：汉马援立铜柱于交趾金潾以为汉界。唐张籍《蛮中》诗有"铜柱南边毒草春，行人几日到金潾"句，杨升庵称："金潾，交趾地名。《水经注》所谓金潾清渚也。"

⑩ 髑髅（dú lóu）：死人的头骨，骷髅。

⑪ 红袄：金末山东、河北一带反金的红袄军。借指云南回、汉等各族反清队伍此伏彼起。

⑫ 莫笑秦皇一炬灰：讽刺慵官悍将们：不要高兴太早，哪怕秦始皇一把火烧掉了除《秦纪》外的所有史书，千秋功罪也会有人评说。

为岑和卿[①]太守题画马

吾闻天生神骏为时出，凤臆龙鬐[②]那易识。何人画此精权奇[③]，朔漠长风动深壁。短衣厮养殊有神，弛衔解辔工调训。玉花虎脊仿佛见，写生恐是曹将军[④]。忆昔东华扈车驾，银鞍金埒[⑤]香罗帕。奉宸上驷尽龙媒，掣电追风总无价。周室材多咏肃罝[⑥]，人人善控驰边沙。腰鞬[⑦]袴褶[⑧]好身手，三年梦想空咨嗟。滇南何从得见此，驽骀[⑨]多肉非千里。忽看尺幅扫骅骝，叹息雄姿还拊髀[⑩]。即今炎运启重光，西陲蜗角犹崛强。成功会见战场利，肯使伏枥悲孙阳。

① 岑和卿：名毓祥（1834 年—?），字和卿，广西西林县人，岑毓英二弟。知府衔候选同知，因功以知府用（同治八年己巳六月：不论单双月，遇缺即选），后升道员。

② 凤臆龙鬐：凤凰的胸脯，龙的颈毛。比喻骏马的雄奇健美。鬐，鬃毛。

③ 精权奇：权奇，谓良马善行。汉武帝《天马二首》诗赞其汗血马卓异不凡、又善奔驰，“志俶傥，精权奇”。

④ 曹将军：曹霸，唐代著名画家。杜甫作有《丹青引》及《观曹将军画马图》二诗，对其画艺极加称赞。

⑤ 金埒（liè）：指骑射场之豪侈，花的金钱足可围成它的墙。《世说新语·汰侈》：“济（王济）好马射，买地作埒，编钱匝地竟埒。时人号曰金埒。”埒，马射场四周的土墙。

⑥ 萧罝（jū）：典出《诗经·周南》：“肃肃兔罝，椓之丁丁。”罝，捕兔网。

⑦ 鞬（jiān）：马上盛弓箭的器具。

⑧ 袴褶（kù zhě）：一种汉服的款式，便于骑射，上服褶而下缚袴，其

外不复用裘裳，故谓袴褶。

⑨ 驽骀：劣马。唐代李群玉《骢马》诗有句："青刍与白水，空笑驽骀肥。"

⑩ 拊髀（fǔ bì）：以手拍股，表示激动、赞赏等。《汉书·冯唐传》：上既闻廉颇、李牧为人，良说，乃拊髀曰："嗟乎！吾独不得廉颇、李牧为将，岂忧匈奴哉！"

赠刘采九[①]大令即题其诗草兼示蔡霁麓[②]大令

归昌巢阿阁[③]，引吭中律吕。一朝遭铩翮[④]，飘堕薤雾雨。云渊倏抗坠，世态异寒暑。昔为金闺彦[⑤]，今与哙等伍。高庳[⑥]各有适，饮啄聊得所。风尘多苦辛，珍重爱毛羽。

杀声迴[⑦]苍穹，战云翳金碧。十年昆华外，鼙鼓殊未息。白骨蔽高原，行者为凄恻。将帅尽蒙恩，安边困筹策。时事知如何，各有司民责。天心在不杀，终然用褒德[⑧]。

灵均怨秋江，芳心托兰芷。流风今未沫，万里见之子。孤弦惜同调，招办契微旨。蔡生亦安雅，圭璧莹心理。毋为苦离忧，讴歌荡瑕滓。中和傥可作，吾道在南鄙。

① 刘采九：名凤苞（1826—1905），字毓秀，号采九。湖南常德武陵县人。咸丰七年（1857）举人，同治四年（1865）二甲第七十三名进士，授翰林院庶吉士。同治七年派任云南禄丰知县。后于同治九年调元江直隶知州，于同治十一年调任大理知府、同治十三年任永昌知府。入光绪年，先后任顺宁知府等，光绪十年（1884）被革。后回乡讲学。有《南华雪心编》《晚香堂诗抄》等。

② 蔡霁麓：名元燮，字寄庐，也作霁麓。生卒年未详。举人。与刘凤苞

同为湖南武陵人。时为云南府宜良县知县。后于同治十一年署昭通府镇雄知州，光绪四年起任东川知府。

③ 归昌巢阿阁：归昌，称凤凰夕鸣曰“归昌”。晋张协《七命》：“追逸响于八风，采奇律于归昌。”阿阁，四面有柱子的楼阁。

④ 铩翮（hé）：铩羽。翮，羽毛中的硬管，也泛指鸟的翅膀。

⑤ 金闺彦：朝廷杰出之士。南朝梁江淹《别赋》：“金闺之诸彦，兰台之群英。”金闺，即金马门，代指朝廷。彦，才学之士。

⑥ 庳（bēi）：低、矮。

⑦ 迥：寥远，高远。

⑧ 褒德：褒扬德行。白居易《李愬等咸赐爵一级制》：“封爵之设，在乎赏劝，有以褒德，有以序勤。”

送沈意文方伯[①]归成都四首

出门大笑不回首，仆射安能易饮酒。青天荡荡鸿鹄飞，万里皮罗[②]犹泽薮。男儿意气轻王侯，哙婴桑孔[③]非吾侪。吾事不谐亦幸耳，吾谋不用真宜休。君不见，步兵广武悲末流[④]，琴材自古摧薪槱[⑤]。

城西小楼窗壁斜，天寒风雪闻悲笳。君来谈笑春气煦，缺盆榾柮[⑥]煨团茶。世人共弃独否否，令我孤宦忘无家。吁嗟乎，平生忧患天所饷[⑦]，旧交零落谁见广。高堂大厦知有人，他日孤灯独长想。

系君雕鞍紫骝之骏马，酌以莲蕊清曲之新醽。巴渝竹枝侑君饮，点苍屏石[⑧]亦足张君行。茫茫人海几青眼，侧身东望长风生。乌蒙喋血啼新鬼，祸乱之来安可儗[⑨]。勖哉千里行路难，道虎磨牙瞰人喜。

浣花溪水如碧玉，水槛芙蓉媚秋渌。画烛金尊四十年，美人重唱铙箫曲。知君好事囊有钱，沙头呼客还醉眠。大儿书记真翩翩，小儿诵读声琅然。浮生莫问君平肆，招隐聊废淮南篇[10]。成都有诗傥寄我，更写薛涛千斛笺[11]。

① 方伯：明、清时对布政使的习称，沈寿榕曾作广东布政使，故称其方伯。

② 皮罗：《大楼炭经》称：有丛树名皮罗，广长各二千里。

③ 哙婴桑孔：或指樊哙、灌婴、桑弘羊、孔融。

④ 步兵广武悲末流：阮籍登广武城楚汉古战场遗址，叹："时无英雄，使竖子成名"。

⑤ 槱（yǒu）：木柴。

⑥ 榾柮（gù duò）：木柴块，树根疙瘩。榾，连根树桩。柮，断。

⑦ 饷：此处为"馈"之意。

⑧ 点苍屏石：大理点仓山石制的石屏。

⑨ 儗（nǐ）：准备、打算。

⑩ 淮南篇：崔豹《古今注》："《淮南王》，淮南小山之所作也。淮南王服食求仙，遍礼方士，遂与八公相携俱去，莫知所往。小山之徒，思恋不已，乃作《淮南王曲》焉。"

⑪ 千斛笺：价值千斛之薛涛笺。

独宦

独宦觉秋早，梦回清夜寒。高城过凉雨，孤枕落风湍。世事谁能料，远书犹屡看。向来轻退隐，拂袖近知难。

移寓城东南火神庙呈彭姜畦[1]同年

妖氛[2]黯炎云，橐笔从兹役。一椽得坎止[3]，嚣隘敢云择。昔来初赁庑，再徙仍逼窄。楼头读书处，山色在枕席。今朝复舍去，欲别意还惜。吾身本如寄，何者为安宅。鹪鹩[4]借一枝，俯仰随所适。

古庙城东南，荒垣翳秋草。呼僮庋[5]几榻，光洁出洒扫。故人喜先在，笑我迁不早。深谈剪华烛，余事及文藻。月明清梵[6]寂，夜静寒砧捣[7]。谁云久无僧，退院两禅老。他时古味人，指此说泥爪。

① 彭姜畦：彭瑞毓（1821—1877），字子嘉，号姜畦、艺泉，湖北江夏人。咸丰二年壬子（1852）恩科二甲第一名进士。改庶吉士，授编修，入直南书房。咸丰八年，提督山西学政。曾任山西正主考官、山西监察御史、四川成绵龙茂兵备道兼提刑司按察使。同治四年八月赴云南就盐法道任，因道梗阻于叙州府，遂以筹饷留宜宾。旅居宜宾城近四年，与叙州府文士以及退休在籍侍郎薛焕等过从甚密，光绪《叙州府志·流寓》有其传。同治八年六月，因克复寻甸州城有功，赏加按察使衔，年六十后归。工绘画，著有《赐龙堂诗稿》八卷，归里阻水叙州府时，由门人邱晋成等筹资刊刻，其中卷五卷六皆为其在宜宾诗作。

② 妖氛：原书“妖”字用“祅”，古通。

③ 坎止：遇坎（险）而止。

④ 鹪鹩（jiāo liáo）：鸟名，亦称“桃虫”“巧妇”。

⑤ 庋（guǐ）：置放。

⑥ 清梵：僧尼诵经的声音。

⑦ 寒砧捣：寒秋捣衣声。寒砧，亦作“寒碪”，指寒秋的捣衣声。砧，

捣衣石。李贺《龙夜吟》："寒碪能捣百尺练，粉泪凝珠滴红线。"

中秋夜望月

长空敛纤云，皓皓白银阙①。故乡不可望，见此千里月。山城钟漏静，风露气凛冽。此心如辘轳，既放绳复结。隔邻闻歌呼，怅焉负佳节。

裴回②念我里，清广满柴门。高堂正置酒，梨栗③舞儿孙。巾觞④意凄恻，倚闾望滇云。焉知远游子，独处愁空尊。家书阻长道，此意谁与论。

① 银阙：道家谓天上有白玉京，为仙人或天帝所居，即金宫银阙。指代明月。

② 裴回：留恋。唐贾至《送夏侯子之江夏》诗："留欢一杯酒，欲别复裴回。"

③ 梨栗：即梨树和栗树。

④ 巾觞：沥酒和举杯。巾，陶巾，陶潜之巾（据说是种软帽），陶潜用来沥酒。唐王绩《尝春酒》诗："野觞浮郑酌，山酒漉陶巾。"这里是说一家人中秋之夜端起酒杯的时候。

出郭时由曲靖赴会城①作

出郭始知秋色佳，山田欹倒稻粱斜。半村残照浑难画，堆遍新黄屋上瓜。

① 会城：指昆明。自同治六年（1867）十月杜文秀派兵数十万围省城，同治八年秋八月始解围。这是省城解围后赵首次赴昆明。

陆凉[①]道中

绝似川西路，平畴秋稼新。赤云斜日合，青黛远山皴。老稚窥过客，兵戈有幸民。西风须障扇，莫是庾公尘[②]。

① 陆凉：即今陆良县。明洪武年间曾名“六凉”，取六月尚凉之意，1913 年前称“陆凉”。

② 庾公尘：《晋书》载庾亮（元规）权重，王导心有不平，常遇西风扬尘，即举扇遮挡，并说“元规污人”。后遂以“庾公尘”喻权贵气焰。不过此诗用此典作戏言。

抵会城后奉寄彭韵谷同年

山城凉雨一尊同，廿载销磨祸乱中。腹有阳秋知季野[①]，家无儋石累扬雄[②]。病余生意看丛菊，别后诗情寄晚虹。努力加餐须记取，莫将穷达问天公。

① 腹有阳秋知季野：东晋褚裒（póu），字季野，大臣桓彝评价他说：“褚季野有皮里春秋。”是说他从不乱说，但腹中自有是非。

② 家无儋（dān）石（dàn）累扬雄：《汉书・扬雄传》称扬雄“家产不

过十金，乏无儋石之储，晏如也。”儋石，石罂，能装一石（dàn），所以叫“儋石”。

赋谢彭子嘉①同年馈橘

佳橘比嘉士，风味殊不凡。芳腴浸肺腑，中有冰雪严。信足涤热恼，岂惟供老馋。故人远能致，遗赠虚縢缄②。知我病吻燥，近病热齿痛。意欲相镌劖。念昔玉局翁，荆溪泛轻帆。云将种百株，颂亭③表空嵌。此志竟不遂，晚乃忧讥谗。况我系尘鞅，何时脱朝衫。故园虽未荒，山雪愁长镵。欲寻对弈叟，岁月如疾帆。无因报佳惠，苦语徒诂诂④。

① 彭子嘉：即彭姜畦。参本卷《移寓城东南火神庙呈彭姜畦同年》注。

② 縢缄：用縢绳捆扎。

③ 颂亭：东坡欲建“楚颂亭”，种橘三百株。颂，指屈原《橘颂》。

④ 诂诂（zhān）：絮絮叨叨。诂，多言。

海心亭①公宴沈意文有诗因次其韵

雍容冠佩集群仙，丹橘红梨照绮筵。风泛酒纹生细縠②，鱼吹山影绉晴天。十年劫火亭还在，数点梅花春宛然。归听路人夸盛会，夜来笼烛晃金莲。

① 海心亭：在昆明翠湖。清康熙三十一年（1692），云南巡抚王继文建。

② 縠（hú）：有皱纹的纱。

得韵谷曲靖书并和前诗作此奉答

城西山色楼头月，别梦时时到曲阳。书札几回淹道路，兵戈何处哭文章。耸肩贾岛寒应甚，止酒陶潜[1]病未妨。天谴羁迟应有意，点苍铭勒要君偿[2]。

① 止酒陶潜：陶渊明有《止酒》诗云："平生不止酒，止酒情无喜。暮止不安寝，晨止不能起。"

② 点苍铭勒要君偿：这是借东汉窦宪大破匈奴后，登燕然山，以班固作文纪其功勋，刻石永存事，勉励彭韵谷，希望他待大理克复后，能有机会像班固那样，作铭纪功，偿还"文债"。点苍，云南的大理点苍山，指代其时尚被杜文秀占据的大理府。

郁郘山房诗存·卷八

庚午至辛未　同治九年（1870）至同治十年（1871）

元日万寿亭随班庆贺礼成喜而有作

和风晴旭上春旗，花簇金鞍引步迟。正朔礼严边乱后，衣冠喜及中兴时。珠杓[①]北望枢仍正，铁柱西陲寇莫窥。尽道承平今有象，路人争看旧官仪[②]。

① 杓（biāo）：斗柄，北斗星柄头第五、六、七三颗星。

② 旧官仪：指同治八年冬，官军收复被围困两年多的昆明，杜文秀东征失败，从此转入颓势。典出《后汉书·光武帝纪上》："不图今日复见汉官威仪"。

正月二十四日乡人宴集海心亭会者凡三十四人

暖风吹积阴，晴色飞埲塕[①]。壶觞选幽胜，冠盖拨繁冗。亭虚山翠入，窗明水纹动。游鳞不贪饵，似有蛟龙种。他乡筮簪盍[②]，献酬欣继踵。

桑梓有敬恭，醵酺[③]自古重。兵戈尚艰难，春事犹荒茸。怀归等未得，一醉天所宠。莫辞百罚劳，深杯愿贾勇[④]。

① 埲塕（běng wěng）：尘土飞扬。埲，尘起貌；塕，尘土。

② 筮簪盍（shì zān hé）：占得朋友宜速聚之卦。《易经·豫卦·九四》："由豫，大而有得。勿疑，朋盍簪。"《说文》："筮，易卦用蓍也。"簪，有快的意思，孔颖达疏："簪，疾也。以信待之，则众阴群朋合聚，而疾来也。"盍，（聚）合。

③ 醵酺（jù pú）：朋友聚会，出钱为"醵"，出酒菜为"酺"。

④ 贾勇：有余勇愿卖，意为鼓足勇气。

赠赖南冈[①]广文钟俊

庾信蓬飘已倦游，郭虔樗散[②]晚谁收。数茎白发烟尘里，十载悲歌天地秋。病鹤翎疏寒自爱，老蚕丝在冻还抽。亦知未肯因人热，官阁梅花待唱酬。时将同赴楚雄。

① 赖南冈：名钟骏，字南冈，生卒年不详，昆明人。道光二十四年甲辰（1844）举人，曾官楚雄教谕。据《新纂云南通志》载："性孤介，不事交游，惟杜门力学，以吟咏自娱。"本书《文略》卷一有赵树吉《赖南冈先生诗序》，称其穷而隐于昆明，其弟子"廖刺史"（廖修明，字覆三，富顺举人，时官晋宁知州）向赵推荐，赵则延其返楚雄执教。赖以一老儒穷居闹市，赵认为其诗"愈穷愈工"，乃为之序。

② 樗（chū）散：樗树之材不堪用，比喻不为世用，投闲置散。后也用来自谦。樗，臭椿树。

寄郭梅溪[①]刺史时郁安宁

历劫灰犹黑，残黎病未苏。我来三户在，春到百花无。刺史扫尘榻，炰[②]人开酒厨。荒斋留信宿[③]，沾溉[④]遍佣奴。人尽疏儒素[⑤]，吾犹见老成。贫知民不扰，晚与世无争。彭泽陶潜酒，春陵漫叟行。重征殊未忍，此意几能明。

① 郭梅溪：名时郁，字梅溪，生卒年不详。湖北蕲水人，举人出身，以军功保升安宁知州。同治五年，知安宁州事。主修安宁州续志。后于同治十三年（1874）迁永北同知，旋以疾卒于任（据《云南通志》）。

② 炰（páo）人：厨子。炰，古通"庖"。

③ 信宿：连住两夜称为信宿。

④ 沾溉：浸润浇灌。比喻使人受益。

⑤ 儒素：儒者素质。指有儒者素质的人或家庭，如宿儒、儒士、诗书人家，也指儒术（学）。

禄丰

破屋颓垣剩劫灰，山行终日见蒿莱。东风残照荒城里，犹有呢喃燕子来。

登楚雄城楼

女墙高处驻鸣驺[1]，霭霭山云接戍楼。九郡西南雄锁钥，十年战伐出兜鍪。从容歌管犹前日，寥落风烟似晚秋。满地春芜耕未得，何时多稼看丰收。

① 鸣驺：本指开道的骑卒，此应指卫卒。

送少舫弟回蜀乡试三首

骨肉惯离析，挥手犹踟蹰。岂不欲少留，迫此贤能书。西来数千里，破屋鸣狼狐。视我峨嵋[1]下，两月欢有余。挑灯话夜雨，立寐僵痴奴。晨朝倏告别，尘色侵襟裾。亦知见有日，但念岁序徂。吾官亦细事，进退可自如。吾食尚强健，勿用廑忧虞。汝身万金璧，磨砥世所须。殷勤慎餐卫，魂梦安恬愉。遄[2]归慰慈母，毋使长倚闾。

为贫始学宦，宦久乃愈贫。譬如酒消愁，酒尽愁还棼[3]。吾家本儒素，清白长贻孙。杯羹与勺水，涓滴皆君恩。西陲况创痏[4]，每食惭俸缗。终窭[5]敢怨尤，澹泊聊存真。念汝囊橐窄，道途多苦辛。无由壮行色，嘲笑从乡邻。此意那复识，临发徒声吞。

科名亦何荣，士者进身始。初阶必以正，文字见根柢。我昔少年时，挦扯[6]饰荒鄙。春秋再战捷，轻脱殊自喜。逮承贤达训，耿耿知愧耻。偶闻说名场，耳热面犹泚[7]。汝今亦能文，天姿实清美。琮琥[8]明堂器，所重非青紫。要当追大雅，慎勿随俗靡。芙蓉花正发，归及秋赋迩。鹿鸣[9]傥与宴，早寄泥金纸。

① 峨碌（lù）：山名，在云南省楚雄市西部，也称西山。碌，原书作“崃”。光绪《楚雄县志》作“峨碌”，今作“峨碌”。

② 遄（chuán）快，迅速。

③ 棼（fén）：纷乱，紊乱。众多错杂。

④ 痏（wěi）：殴人皮破血流。泛指殴伤、创伤，亦指受创伤。

⑤ 终窭：谓境遇艰难。出《诗经・邶风・北门》：“出自北门，忧心殷殷。终窭且贫，莫知我艰。”

⑥ 挦扯：指对他人文章生吞活剥，拉撕剥取，率意割裂。

⑦ 泚（cǐ）：出汗。

⑧ 琮琥：皆玉器。琮，外方中圆的玉质礼器。琥，虎形玉质礼器。

⑨ 鹿鸣：鹿鸣宴，科举时代规定，于乡试放榜次日宴请新科举人和考官，其命名取自《诗经・鹿鸣》“呦呦鹿鸣”。地方官也以此宴请同僚、当地举人、贡生及乡绅。此外，凡中举满六十年者，均得以参加鹿鸣宴，称为“重晏鹿鸣”，以贺其高寿，赴宴老举人无比荣耀，与新科举人互称“同年”以为喜庆。本书《骈文》卷二有《重宴鹿鸣唐年伯尧心先生八旬有一双寿序》。

行馆遣兴

养拙兵戈际，空斋无足音。文书漫遮眼，烽火不惊心。犬吠山城阔，蛙鸣夜雨深。安危有将帅，得暇且长吟。

渐忘衣冠缚，无人觉晏眠。素风[1]聊自适，青眼[2]不须偏。借树安巢鸟，分花注涧泉。犹闻苦征役，每食愧官钱。

古郡无寒暑，微凉称夹衣。墨融知砚润，灯暗识花肥。战伐时翻覆，风尘有是非。白云吾羡汝，空际独忘机。

① 素风：秋风。

② 青眼：典出嵇康青白眼。嵇康喜人则青眼而视，不喜则偏以白眼视之。杜甫《短歌行・赠王郎司直》："仲宣楼头春色深，青眼高歌望吾子。"

南冈广文见和复用前韵

忽枉珠玑什[1]，如闻咳唾[2]音。孤云无美荫，片月共澄心。感旧关山隔，怀归萝薜[3]深。非材渐衰老，漫比漆娥[4]吟。

吏少苦无事，昼长多困眠。晴风市声动，斜照树阴偏。旧日供金版[5]，恩波溢玉泉。蒙荒一流落，空忆水衡钱[6]。

老态嫌看镜，清贫误拂衣[7]。鸟心飞已倦，鹤骨饲难肥。冷暖从时异，羁迟识计非。因君偶枨触，愁剧损天机。

① 什（shí）：指诗、书篇（卷），因其多以十篇为一“什”，故以指代。

② 咳唾：美称他人诗文“咳唾成珠”。

③ 萝薜：都是蔓生植物名，女萝（旧误称菟丝）和薜荔（又名凉粉子、木莲）。屈原《九歌·山鬼》：“若有人兮山之阿，被薜荔兮带女萝。”

④ 漆娥：或为“七娥”。因“漆”“榛”也通“七”，《康熙字典》引《扬子·方言》：“吴有馆娃之宫，榛娥之台。《注》：战国时诸侯所立也。”东晋辞赋家束皙《玄居赋》有“夕宿漆娥之房，朝享五鼎之食”。据此，所谓“漆娥”，即“七个美女”，“馆娃之宫”是夫差为西施所建，七娥台也可能是为从越国掠来的美女所建（也有说漆娥台在秦）。

⑤ 金板：即“印子金”，楚国金币。此喻官俸。

⑥ 水衡钱：本指皇家钱库，后泛指国帑（库）。

⑦ 拂衣：去官归隐。晋殷仲文《解尚书表》：“进不能见危授命，忘身殉国；退不能辞粟首阳，拂衣高谢。”

六月二十一日作是日为欧阳文忠公诞辰，曩在京师王定甫通政岁集同人寿公并拜所摹滁州遗像

我昔曾骑御史骢[①]，年年此日一尊同。京华旧雨无多在，谁折荷花供醉翁。

① 御史骢：典出《后汉书》卷三十七《桓荣传》附《桓典传》。桓典拜为侍御史，时宦官专权，桓典常骑青白马（骢）而过，无所回避，致“京师畏惮，为之语曰：行行且止，避骢马御史”。

悼李姬[①]并序

姬姓李氏[②]字佩樨，峨眉人也。咸丰丙辰冬，余方官翰林，

姬来归，年二十矣。生四女皆殇，今存者唯男女各一耳。以同治八年己巳十月十四日病卒于家。逾岁始得其耗。作二诗以志痛。

远别即诀绝，宁须论死生。乍闻空涕泗，沉病为聪明。儿女增吾累，艰难愧汝情。更无魂入梦，应未识征程。

故人诗慰我，归骨胜朝云。彭子嘉同年寄诗云："犹胜同游不同返，栊榔林外葬朝云。"已是幽明隔，曾何远近分。凄凉般若忏[③]，寂寞馆陶文[④]。未了前因在，吾衰忍更云。

① 李氏之殁，次年（庚午）四月"始得其耗"，彭瑞毓的慰问诗透露了这一时间，这首诗在彭的《赐龙堂诗稿》卷七，诗题《赵元卿观察驻军楚雄得家书丧姬寄此慰之时庚午四月也》："高人例定缠魔蝎，世事从来类聚蚊。犹胜同游不同返，栖禅松下葬朝云。人生苦易乐难寻，请向孩提数到今。善保千金躯七尺，好酬造物不仁心。"

② 李氏：无名。据赵氏族谱，赵树吉"副室李氏，道光十七年丁酉生，同治八年己巳十月卒"。

③ 般若忏（bō rě chàn）：一种佛教道场忏文。

④ 馆陶文或指《长门赋》。汉馆陶公主因其女陈皇后失宠居冷宫，致司马相如百金作《长门赋》以诉其寂寞悲凉之情，欲感动武帝。此指李氏独留家乡之苦。

赠别赖南冈广文归昆明

兵戈万里昆华路，寥落风流独见君。欲遣明经[①]师子厚，敢将时事吏[②]朱云[③]。孤城细雨离尊[④]启，荒驿鸣狐月夜闻。归取点苍图绢素，开缄准备好香熏。君善画，许以山水横幅贶我。

① 明经：唐时曾以经义取士，谓之“明经”，后世也称贡生为“明经”。
② 吏：此作动词，《康熙字典》引《五音集韵》：“奉也，职事也，劳也。”
③ 朱云：汉成帝时人，以直臣闻名于世。
④ 离尊：饯别的酒杯。

雨夜有怀南冈广文仍用前韵

萧条赖夫子，归去滞来音。秋雨生禾耳，高城入海心。鱼龙回地迥，灯火到门深。想见独居处，幽忧多苦吟。

狐豕犹宵突，熊罴当昼眠。兵戈沉劫惨，将帅荷恩偏。时论迂儒素，清衷[1]懔盗泉[2]。向来悲世意，不为买山钱[3]。

月黑怪鸱叫，山寒侵敝衣。与君等贫病，过客自轻肥。幸有奇书在，孰云吾道非。论文一尊酒，还待畅天机[4]。

① 清衷：内心清白。衷，即“中”，指内心。
② 懔盗泉：《淮南子·说林训》：“曾子立廉，不饮盗泉。”懔，畏惧。
③ 买山钱：为隐居而买山林的钱。
④ 畅天机：率性而为，适于天性。畅，融畅。原书用“暘”，同“畅”。

雨夜不寐有怀兰生兄会垣

昆华一别百八日，飒飒西风边草黄。几处飞磷哭新鬼，万山寒雨叫奇鸧[1]。愁心独夜如中酒，衰病何时更对床。闻道使星[2]今已近，看君兰芷撷秋芳。滇闱以典试阻水展期，九月兄奉檄调取入帘。

① 鸧（cāng）：鸟名，一说“九头鸟”。《郭璞·江赋》：“龙鲤一角，奇鸧九头。”

② 使星：也作“星使”，即钦差。这里指京师派来的主考官。

至镇南[①]作

芦苇如人立，新霜尽白头。塔残余旧垒，城小入扁舟。流血腥犹在，嬴粮[②]役未休。将军方飨士[③]，灯火暖歌楼。

① 镇南：镇南州，属迤西道楚雄府辖。今南华县。

② 嬴（yíng）粮：担运粮食。嬴，担负。

③ 飨士：以酒食犒劳士卒。

儿无襦悲夫役也

儿无襦[①]，生不识诗与书，天寒忍冻面垢污。吏来呵儿驱作夫。负载力弱，日夕载途，饥火烧肠风裂肤。以刀击背如鞭驴，十步九蹶不敢呼。草间谁氏儿，血肉充鸢乌。比邻去者消息无，道路生死俱模糊。同行垂泪相叹吁，叩头但乞归田庐。君不见，掘濠饲马皮骨枯。军中之役苦尤殊。

① 襦（rú）：短衣、短袄。

输官粮悲捐派也

耕田望稻熟，稻熟输官仓。官仓陈陈多盖藏[①]，大鼠硕腹[②]如羝羊。军中日夜犹征粮，百夫挽运奔走忙。奈何终年输不足，沿村又报来搜粟[③]。邻有寡妻抱儿泣，粮尽归来啖穅核[④]。吁嗟乎，以粮养兵兵养贼，民欲食稻安可得。

① 盖藏：隐藏。

② 硕腹：大腹。

③ 搜粟：强征军粮。

④ 啖穅核：吃穅核。范成大《四时田园杂兴诗六十首之四十五》有："不惜两钟输一斛，尚赢糠核饱儿郎。"

新嫁娘悲掳掠也

谁家新嫁娘，椎髻红襦裳。自云陷贼家本良，依稀阀阅犹能详。含羞忍垢思归乡，城破掠卖来他方。夫婿金珠升斗量，提戈杀贼如驱羊。昨婚今别殊慨慷，顾影茕茕无姑嫜[①]。骨肉信断知存亡，比邻居者多嫋孀[②]。朝闻哭泣暮叹伤，生世如此安得长。呜呼，昔日颜如花，今日贱如草。乱离几辈团圈[③]老。我欲问苍穹，心摧不能道。

① 姑嫜（zhāng）：古时妻子称丈夫之母为"姑"，丈夫之父为"嫜"。

② 嫋（chú）孀：孕妇和寡妇。

③ 团圞（luán）：团聚。元好问《清平乐·悲欢聚散词》："何日西窗灯火，眼前儿女团圞。"

荒田谣

山田高于屋，下田平似掌。荒垄春深不见人，但见蓬蒿荆杞林林长[①]。乌犍抱犊眠青莎[②]，犁锄已铸为兵戈。昔时清宴患田少，今日田荒空复多。道旁一翁毛发白，苦言旧业连阡陌。兵火流离骨肉亡，只今惸独[③]依人食。噫吁嘻，官逋[④]昨日催未了，残年朝暮不自保。有田何若无田好。

① 林林长：密集生长。林林，密集，极多。

② 青莎：即沙草。《楚辞·招隐士》："青莎杂树兮，薠草靃靡。"

③ 惸（qióng）独：孤独。惸，无兄弟者。

④ 官逋（bū）：即逋负，指拖欠官府的田赋。逋，拖欠。

秋疠[①]行

死于兵，死于贼，死于疫者又千百。新鬼影大故鬼小，入户吹灯攫人魄。青囊有方救不得，利人之死尔何益。荒犬狺狺风有声，空城日暮无人行。道旁积槥[②]纷纵横，男呻女哭邻夜惊。楄柎[③]之价十倍增。巫儿祟[④]禳擂大鼓，泥佛垂头看腐鼠。红羊[⑤]黑劫[⑥]何关汝。

① 秋疠：秋瘟疫。

② 槥（huì）：简陋而薄的小棺材，也叫“匣子”。

③ 楄柎（piān fù）：即匾柎，棺中垫尸的木板，又叫苓床。

④ 禜（yíng）：祈求神灵消除灾祸的祭祀。《左传·昭公元年》：“山川之神，则水旱疫疠之灾，于是乎禜之。”

⑤ 红羊：红羊劫。参看《诗存》卷六《自瓜洲放船至金山焦山是晚阻风宿焦山下经日乃返三首》注。

⑥ 黑劫：指劫难。

乡兵叹

昔时花门乱[1]，举义练乡兵。乡兵近守非远征，田庐丘墓骨肉亲，出入守望皆其邻。如以手足卫乃身，剥肤切近敢不勤。奈何千里俾从军，或则易地为防屯。从此同类相噬吞，提封尺土无完民。君不见，健儿得官骑大马，辇载归来开广厦。何用荷锄老田野。

① 花门乱：清代对云南众多少数民族的各种称呼多含贬义，如用“花门”指代回族。云南咸同年间的战乱最初由回汉双方冲突而起，并非单方面由回民挑起。林则徐平乱即有“只问是非，不问回汉”的方针。

城门开[1]

城门开，迎官兵；拔白帜，树红旌。军中令下如雷霆，传呼父老来投诚。投诚何有金满籯[2]。大州几万铤，小邑几千贯，宽乡狭乡视其半。输[3]者为民否则叛，稻粱羊酒还无算。嗟乎哉，作贼者贼非吾徒，贼酋赐金紫骝[4]驹。奈何食我仓廪役我夫，贼平我乃如降俘。投诚之金胡为乎。嘻，投诚金，信有诸？君不见，太平县官比乐输[5]。

① 久处战乱之城，民本不聊生，但官军收复后反视民为贼，以投诚之名勒索钱财，不从则按叛乱者论处，百姓悲呼“贼平我乃如降俘”。而贪官们则耍无赖：“嘻，投诚金，信有诸？”（嘿嘿，有投诚金这回事吗？）生民之苦，赵树吉道来无比悲愤。

② 金满籝（yíng）：黄金满籝。金籝，储存黄金的竹器，亦作“金籯”。

③ 输：捐输，贡献财产。

④ 紫骝：古骏马名。《南史·羊侃传》：“帝因赐侃河南国紫骝，令试之。侃执矟上马，左右击刺，特尽其妙。”

⑤ 乐输：东晋和南朝时对无籍流民所征税，借古讽喻，言捐输逃无所逃，搜刮太甚。

朱肯堂[1]太守新自贼中还年八十有二矣赋赠

七年辛苦滞边关，白发尊前老泪潸。耿耿孤忠长北向，潇潇秋色竟东还。气驯豺虎生无愧，书走龙蛇力不孱。从此归田春正好，湖南烟雨郁林山。

① 朱肯堂：朱庆椿，字肯堂，广西博白县人，举人出身。道光十四年起任云南晋宁知州，昆阳知州，咸丰楚雄知府。可能因城陷困敌，故无同治年任职记载。云南贫瘠，又逢战乱，多不愿任滇官。而杜文秀军攻城略地，地方官或死或降或逃，或借出差不返，或丁忧起复不回，或干脆“引疾归里”。

朱肯堂陷敌多年，有“气驯豺虎”之壮举，八十二高龄得还，也是异数。

引疾归里王静安①刺史以诗赠别赋和不用韵

归兴忽然动，离怀翻不禁。有诗壮行色，无用愧知心。天地冰霜晚，风尘边塞深。平生磊砢②意，局促到而今。

自得资岑范，心闲坐啸③多。深谈见经济，余事富诗歌。我已辞矰缴④，谁能假斧柯。莫将残客泪，飘洒墨同磨⑤。

昔我来威楚，春芜绿可怜。此行见茅屋，几处有炊烟。民气犹难复，兵锋莫更延。君如佐筹笔⑥，吾语岂徒然。

别子一杯酒，梅花归路春。图书足佳日，旨蓄⑦奉偏亲⑧。腐鼠宁须吓，轻鸥未可驯⑨。重逢定何处，珍重苦吟身。

① 王静安：不详其名，事迹阙如，或为川人。

② 磊砢：本指石相磊，也形容竹木多节。喻人有奇特的才能，《世说新语·赏誉》有言：“森森如千丈松，虽磊砢有节目，施之大厦，有栋梁之用。”

③ 坐啸：闲坐吟啸。指为官清闲或不理政事。

④ 矰缴（zēng zhuó）：系有丝绳的射鸟器具。

⑤ 飘洒墨同磨：此言泪洒墨砚，与墨同磨。

⑥ 筹笔：运笔筹划。

⑦ 旨蓄：贮存的美好食品。《诗经·邶风·谷风》云：“我有旨蓄，亦以御冬。”

⑧ 偏亲：古谓寡母。宋苏舜钦《朱君墓志铭》：“不幸父以贼死，而家有母、妹在青州……幸挈出死境，使归奉偏亲。”

⑨ 轻鸥未可驯：陆游《自咏》：“病马何劳斥，轻鸥未肯驯。”

庚午之冬引疾归里留别迤西士民四首①

浮屠过空桑，三宿②犹顾恋。况我来西陲，寅杓③行复转。相依岂无情，欲别泪如霰。世途多风波，力薄谢时彦④。平生负众望，岩壑阻深眷。栖迟⑤今则遂，所愧人意善。此邦昔繁盛，宝玉千金衒⑥。幸无一物携，旧箧仍破砚。何以压归装，沉沉几诗卷。

少壮乏吏才，世事知无补。区区叱驭心，图报敢安处。局促到滇南，崎岖陟威楚。蒿目此残黎，空拳困循拊⑦。众情安我拙，未忍相烦苦。我岂遂自欺，扪心惭厚糈⑧。丈夫不经世，便当老农圃。吾生况颓放，讵谓人力阻。得归即君恩，庶几艺稷黍⑨。

北风何处来，吹乱梅花枝。感时复惜别，郁纡烦我思。我思亦何念，中道愿乖违。似闻父老言，行路多叹咨。呼吁叩府门⑩，借寇⑪还陈词。我无起衰手，救汝创与痍。安能负公义，郁郁长在兹。但恨黄龙约，未及痛饮时。弃置勿复道，养疴南山陲。

骊驹⑫难久留，振策即征尘。相扳终何益，天阙远岂闻。鸳鸿满台阁，拯济宁无人。收尔临歧涕，慎勿徒酸辛。勉事后使者，亲之如我身。守业奉公上，同为太平民。我归问消息，在远梦亦欣。官居比传舍，去住奚足论。作歌叙中怀，矫首看浮云。

① 庚午之冬：同治九年（1870）冬。迤西：云南迤西道，雍正八年（1730）改永昌道置，领大理、鹤庆、丽江、楚雄等昆明以西之地。此诗和者众，俱载光绪年修《楚雄县志》抄本，此处录一首，其余见本书附录。楚雄山长尹建中（赵州解元）所作《敬次观察赵沅青先生原韵》："朝阳一鸣凤，阿阁巢常恋。为抱饥溺怀，远逐篷科转。前途苦艰难，霾风挟霜霰。劳苦安足辞，矫首谢朝彦。孝子悦亲心，忠臣衔主眷。宵旰方殷忧，一身宁独善。

坐言庶起行，怀璧岂自衒。文章足经世，君苗欲焚砚。朗咏春陵行，三叹为掩卷。　西来有漏天，炼石难为补。十年出烬余，谁能独安处。觥觥不聊生，夭沃羡苌楚。侧闻使君来，挟纩仰循拊。况乃负盛名，扶危心独苦。如水励臣心，清廉愧华糈。当时立期端，抗章锄杞圃。天下仰直声，势力讵能阻。郇公来何迟，阴雨膏残黍。　秋菊漫东篱，傲霜翘一枝。一枝自矜重，零落匪所思。下车抚穷黎，箕毕愿肯违。呼吁时相关，藉慰祈寒咨。满腔郁忠爱，蔼如见言辞。岂无起衰手，救此疮与痍。斧柯不相假，贤哲坐困兹。坐困终当起，疮痍无已时。公整东归驾，能勿悲西陲。　贱子命途舛，流离逐风尘。诗书渺隔世，寡识惭咫闻。余生岂自意，岳岳见伟人。谦光礼下士，感此忘艰辛。巍然望山斗，抠侍期终身。何图志高尚，甘伍农圃民。至素有众涅，孤弦聊独欣。风波随宦海，升沉奚足论。引归养时晦，且耕蜀山云。"

② 浮屠三宿句：《后汉书》卷三十《襄楷传》："浮屠不三宿桑下，不欲久生恩爱，精之至也。"唐李贤注："言浮屠之人寄桑下者，不经三宿便即移去，示无爱恋之心也。"后引申为留恋不舍之意。浮屠，僧人。空桑，空心桑树。

③ 寅杓（biāo）：斗柄指寅（正月），此句谓斗转星移几年过去。

④ 时彦：宋能吏，为开封府尹时治理有方，群盗绝迹，监狱屡空。

⑤ 栖迟：隐遁。

⑥ 此邦昔繁盛，宝玉千金衒：光绪《楚雄县志》载此诗作"此邦富宝玉，价重千金衒"。衒，此处为"卖"义，非"炫耀"之"衒"。

⑦ 循拊：安抚，抚慰。《资治通鉴·唐德宗兴元元年》："巨盗始平，疲瘵之民，疮痍之卒，尚未循拊。"循，安抚；拊，古同"抚"。

⑧ 厚糈：厚禄。糈，精米。

⑨ 艺稷黍：种庄稼。艺，种植。出自《诗经·唐风·鸨羽》："不能艺黍稷，父母何食？"稷黍，两种粮食，泛指五谷。

⑩ 叩府门：言百姓到府衙叩门吁请。

⑪ 借寇：见《诗存》卷二《奉和龚叔雨夫子之任贵西道留别四首》。

⑫ 骊驹：古代告别所赋的诗歌篇名，借指告别。

静安[①]摘钞余新旧诗成帙并系一律次和

粪朽何从出菌芝，寒梅更少入时姿。尘尘旧梦徒能说，衮衮流年空自悲。老病不堪金碧使，风流还愧邛郊[②]词。《邛郊集》吾乡李西沤前辈诗也。君日前送余诗有"试看郁郛集，宜继邛郊诗"之语。子渊[③]盛业君须继，看草中和乐职诗。

① 静安：即王静安，由此诗看，或为川人。

② 邛郊：指《邛郊诗稿》，李惺作，收诗四百八十首。"邛"字音义俱未详。李惺，参看本书《诗存》卷五《闻李西沤前辈下世感赋》注。

③ 子渊：王褒（前90—前51）字，蜀资中人。西汉著名辞赋家，与扬雄齐名于当世。宣帝时，为益州刺史王襄客，因写《中和》《乐职》《宣布》诗，声名四播。

寄吉云浦[①]大令定远第

大令，余戊午分校京兆所得士也，屡试春官[②]辄报罢。洎余备兵迤西而大令亦以拣发来滇。今年余晋驻楚雄，冬间大令又来权定远令，适余引疾归里行有日矣，相去不百里而未得见，因作一律寄之。

登科零落旧题名，远宦同为万里行。喜见传衣多法嗣[③]，大令今秋分校滇闱得士十九人。相看伴月似长庚[④]。栽花山县今方始，种竹家园计已成。归去肩舆有儿子，酒钱还待老门生。

① 吉云浦：吉第，四川人（据《新纂云南通志》）。署定远县令。其余未详。

② 春官：古称礼部为“春官”，此“官”是“部门”之意。

③ 法嗣：禅宗指继承祖师衣钵而主持一方丛林的僧人。也指学艺等方面的继承人。

④ 长庚：李白自号。

同僚多以诗赠行赋此奉酬①

千金买娥绿②，眉妩非其天。涧松寒无花，偃蹇难为妍。久知傀儡场③，变态纷云烟。国恩豢疲骥，一系二十年。那将尘垢姿，剪刷重洗湔④。诸君盛才杰，奋翅看联翩。西陲亦禹甸⑤，岂此瓯脱然。将士尚裹甲，万垒冰霜坚。疲民如惊鱼，赤尾尤可怜。沫湿相呴濡，重赖司牧贤。缅惟赠言义，出处各勉旃⑥。故人林下笔，野史方摩编。

① 同僚赠诗均载光绪《楚雄县志》卷一二《艺文下》，此处录两首，余见本书附录。其一，知县黄文炅（jiǒng）《敬次观察赵沅青先生原韵》：“海上伯牙琴，风趣契人天。簴钟非筝琶，肯为俗耳妍。朝阳一鸣凤，声破九霄烟。险危忽细德，曾击无停年。吁嗟声利场，刷羽尘自湔。佩兰弃荃荪，态度亦翩翩。君子抱奇节，出处何超然。如泉挠不浊，如玉磨益坚。豹隐亮难企，鸿嗷翻足怜。愿起东山云，荫彼北山贤。苍生仰膏雨，再拜亲旌旃。平滇待高文，永勒金石编。”其二，腾越总镇李维述《庚午冬酬迤西兵备道赵沅青原韵》：“彗星缠桑梓，呼吁穷地天。山谷猰貐满，搏噬无丑妍。谁家起华屋，处处炊绝烟。搴旗集义师，我时方壮年。十荡复十决，羊大膻腥湔。使

君谏台下，犹见鹗飞翮。往岁昆明池，阴火骇潜然。围解乃回戈，千里城无坚。白鹿鸡和开，兵民苦谁怜。方略仰使君，重见文忠贤林少穆公。蜀山暂归去，清梦绕戎旃。他年仗史笔，滇事存信编。”其余赠诗也收入本书附录。

② 娥绿：即螺黛。妇女画眉用的青黑色颜料。

③ 傀儡场：本指演傀儡戏的场所，后用来比喻官场。

④ 湔（jiān）：洗刷。

⑤ 禹甸：大禹所治之地，后指中国之域。典出《诗经·小雅·信南山》：“信彼南山，维禹甸之。”

⑥ 勉旃（zhān）：即“勉之”。旃，助词，“之焉”的合声。

生日酬静安二首诗中用坡公黄州生日故事

坡公昔谪黄州日，是我今朝解组年。比似先生差胜耳，春风诏许径归田。公年谱：元丰二年四十四岁，十二月责授黄州团练副使。余今岁亦四十有四矣。

零落仙人紫绮裘，余生剩欲卧沧洲[①]。笛中听奏南飞鹤，却为新诗又少留。

① 沧洲：水滨。借指隐者所居住的滨水之地。如欧阳修的《采桑子·何人解赏西湖好》：“水远烟微。一点沧洲白鹭飞。”隐士的居处，如阮籍《为郑冲劝晋王笺》：“然后临沧洲而谢支伯，登箕山以揖许由。”

门莘臣以漕卫千夫长从军[1]不知其能诗也次和酬同僚诗元韵斐然成章和答之

麋鹿逐林阜，鸿鹄翔云天。一从触世网，强自分媸妍。文章与富贵，过眼同风烟。胡为苦缠绕，忧患常穷年。我正坐识字，积污难涤湔。子今能挽强，鞍马殊翩翩。不见师武臣，爵土[2]高巍然。时来附鳞翼，破竹无留坚。慎勿学雕虫，为人耳目怜。书足识姓名，项籍真能贤。卿材吾未尽，小技愿舍旃[3]。边城方选将，努力阴符编。

① 门莘臣以漕卫千夫长从军：门莘臣，其人不详。明代实行屯田制，以卫、所为单位分屯各地，漕卫，即是与漕运有关的“漕运卫”。“卫”下有“所”，每所多者有兵千人，军官为“千夫长”。清初，袭明制，但雍正、乾隆时，卫所制渐废，失去军事功能，其官兵已成文职或民籍，后来进一步并入州县，但卫所的习惯叫法仍有保留的，所以才有门莘臣这样的“漕卫千夫长”从“军”。

② 爵土：爵位和封土的合称。

③ 舍旃：即舍之。舍，放弃。旃，助词。

赠李信古镇军[1]维述[2]

临淮旌旆西平策，将略君家自古闻。百战朝廷知姓字，十年边徼奋风云。危机已屡支棋局，余事犹堪写练裙[3]。君工书擘窠大字[4]。会见功成列茅土[5]，大书深刻待铭勋。

① 此诗本两首，此其一，其二据光绪《楚雄县志》补于此："陇西名将族，尽说李将军。孝德由天授，忠忱达帝闻。西平绳祖武，南诏建奇勋。我幸登龙遂，刍荛敢献君。"此外，候补知事李文运也有《观察有留赠李信古镇军诗敬次元韵奉呈》，并录于此，以便参照："化人俎豆休军旅，尼父明言在昔闻。何幸林壬歌蜀雨，忽惊兵甲洗滇云。鹿城自泰观文履，虎帐方惭着战裙。小李将军留不得（自注：镇军曾禀请两院奏留），去思碑合勒公勋。"

② 维述：李维述，"信古"其字。生卒年未详。云南楚雄人，马帮出身，团练起家。在镇压杜文秀时颇著军功，后官至腾越镇总兵。"镇军"是对"总兵官"的习称。清代绿营兵分区镇守（类似现代的"军分区"），设总兵官一员统带，其上则受各省提督（类似省军区司令）节制。镇之下则依次为协、标、营、汛。

③ 练裙：白绢下裳。《宋书·羊欣传》："献之尝夏月入县，欣着新绢裙昼寝，献之书裙数幅而去。"后因"练裙"作文人乘兴挥毫的典故。

④ 擘窠大字：超大字。擘窠也叫"擘窠"，写超大字时，先于一大方格内轻描数行数列小格作底，字落于"窠"，使其匀称端庄。

⑤ 列茅土：即裂土分茅之意。古代天子分王、侯，授以白茅所包五色土。

赠杨云阶[1]镇军玉科

西川昔日杨无敌，震耀勋名五十年。谓杨忠武公遇春。紫阁犹存元老像，朱方重数中兴贤。令严刁斗森千帐，恩赐珍盘下九天。我幸同时识英略，论功还看绘鸢肩[2]。

① 杨云阶：杨玉科（1838—1885），字云阶，云南白族人。以义勇从军，

因军功屡获擢升，后于 1872 年因攻破大理城，迫杜文秀自杀之功，升提督，御赐黄马褂。后战死于抗法战争中，追赠太子少保，谥武愍。

② 鸢肩：谓两肩上耸，像鸱鸟栖止时的样子。这是恭维杨玉科，祝他今后绘像入凌烟阁（朝廷悬挂功臣像的地方）。

除夕有感

急雨声中宿火微，闲愁入酒更难支。身如退院[①]名山衲，心似长缫独茧丝。两地人天珠泪在，百年哀乐鬓毛知。朝衣已卸香俱灭，惆怅熏笼夜起时。

① 退院：指僧人脱离寺院。陆游《初夜》诗："身似游边客，心如退院僧。"

发楚雄

回首青云意已阑，一肩行李幸平安。兵戈无定归原好，父老多情别亦难。几处炊烟新宅舍，百年图画旧衣冠。只应今夜星邮[①]宿，塞火边笳入梦寒。

① 星邮：信使。此指驿站。邮，驿。

口占谢士民饯送者

长红夹道袅花枝，手把离尊怅惘时。我已无恩酬父老，泪痕莫遣外人知。

碧鸡关三首

西去泥封启一丸，几人马革裹尸还。书生来往萧闲甚，短策轻装又入关。

平时咫尺幻楼台，眼底云烟瘴不开。今日立身高处望，众山拳握海如杯。

踠地[1]垂杨绿有情，去时笳鼓拥行旌。而今候吏眠春昼，付与青山管送迎。

① 踠（wǎn）地：斜曲垂地。北周庾信《杨柳歌》："河边杨柳百丈枝，别有长条踠地垂。"踠，弯曲。

送彭姜畦观察同年入觐

君去我亦归，相望实先后。此别更何言，一笑各挥手。飞鸿翔寥廓，底用[①]罗泽薮。皎月丽太虚，何从着瑕垢。吾侪落荒外，有似偿宿负。粗完即燔券[②]，谣诼亦云厚。骢马今还朝，新烟散杨柳。天涯老兄弟，霜雪各华首。吾州有灵茅，神药根独寿。君过勤采掇，庶救肤发丑。谏轩[③]傥少留，待我擘荔[④]否。

① 底用：何用，何必。“底”犹“何”。

② 燔（fán）券：焚烧（债）券。燔，焚烧。

③ 谏轩：味谏轩，黄庭坚在戎州所题蔡次律家轩名。黄并有《题味谏轩》诗：“方怀味谏堂中果，忽见金盘橄榄来。”因橄榄先苦涩而后甘，一如忠言，故名“谏果”。

④ 擘荔：古时叙州荔枝有名，杜甫有“轻红擘荔枝”句。

岩栖[①]上人见赠赋答

飞锡[②]下岧峣，归来诗一瓢。笠云余海气，江雨入秋潮。师曾游点苍鸡足诸山及黔楚吴越，尝有“谷冷沉秋雨，江空响夜潮”之句。城市禅无碍，兵戈劫渐消。相过惊老健，佳句枉参寥。

往岁昆华驻，已闻支遁[③]名。白莲寻旧社[④]，苍雪[⑤]有遗声。世外风波少，天涯衰病婴[⑥]。敢辞成佛后，乞与说无生[⑦]。

① 岩栖：又号昌云、庆有，俗姓丁，昆明人。著名诗僧，林则徐诗友。道光、咸丰年间任昆明西山华亭寺方丈。

② 飞锡：僧人游行的美称。据《释氏要览》：“此因高僧隐峰游五台，出淮西，掷锡飞空而往也。”

③ 支遁：东晋高僧，字道林，世称支公，也称林公，别号支硎。精通佛理，有诗文传世。

④ 白莲寻旧社：庐山东林寺“白莲旧社”为东晋慧远大师等人结“白莲社”社址，又名“远公堂”，因社中有十八人世称高贤，故又叫“十八高贤堂”。

⑤ 苍雪：苍雪禅师（1588—1656），字见晓，后改为苍雪，号南来，云南呈贡人。明代著名诗僧，有《南来堂诗集》传世。

⑥ 病婴：病缠身。婴，遭受，缠绕。

⑦ 无生：佛教生死观。

上巳日程用和[1]廉访诚招同宋筱曙[2]方伯诸君泛舟至大观楼饯饮于月亭醉归赋谢即以留别

春气忽已深，吾行犹未果。嘉辰及修禊，良约泛轻舸。中流任斜横，麦浪青掀簸。舣舟近华浦，小步无坎坷。危楼蹑层梯，绝顶莽豁闾[3]。蒲帆破远碧，快若驶箭笴[4]。云岫鬘髻[5]妆，城郭烟雾裹。天风鸣铁凤，久立愁帻堕。髯孙[6]已陈人，健笔犹磊砢。如闻广武叹[7]，千载等劫火。新亭具芳宴，列次群贤坐。虽无丝管盛，幽兴畅亦颇。吾生如寄耳，所遇无不可。况此贤主人，疲苶[8]独容我。酒肠荡冰雪，醉眼洗尘堁[9]。斜日促归桡，笑语忘喧呵[10]。兹游谅难再，感念意弥荷。临分纪壮观，天地一蜾蠃[11]。

① 程用和：名諴（xián），字用和，安徽休宁人，道光二十四年（1844）甲辰科二甲进士。云南按察使（古称廉访），曾任迤南道。赏头品顶戴。

② 宋筱曙：名延春（1802—?），字治世、引恬，号小墅，江西奉新人。道光十三年（1833）进士，官福建监察御史、云南布政使，也曾是赵树吉迤西道前任。同治七年，曾护理云贵总督直至刘岳昭奏到任。

③ 豁閜（huō xiǎ）：亦作“豁闲”，谓虚空。豁，裂口，残缺。閜，开裂。

④ 笴（gě）：箭杆。

⑤ 鬌鬌（wǒ duǒ）：古时一种发型。《康熙字典》引《类篇》：“鬌鬌，发髻美好貌。”

⑥ 髯孙：东坡戏称其文友孙觉“髯孙”。孙觉是文学家，诗词俱佳，黄庭坚岳父。曾历任七州，所到多有政绩，也做过谏官，以敢言著称。

⑦ 广武叹：阮籍登广武城观看楚汉战场，感叹道：“时无英才，使竖子成名乎。”

⑧ 苶（nié）：疲倦。

⑨ 堁（kè）：尘埃。也喻人世间。

⑩ 呵（hē）：大笑。

⑪ 蜾蠃（guǒ luǒ）：寄生蜂的一种，此喻渺小。

题朱舜臣[①]秀才庭凯纪游诗草后

蓬莱杰阁凌神山，重楼翠阜虚无间。晚潮不动海镜碧，一粟点破风帆还。泰岱寻碑立云表，天门荡荡榑桑[②]晓。日光敛尽兜罗绵，下视齐州青未了。却从东海溯江淮，扁舟出没云涛堆。乾坤万里奇秀气，都被锦囊收揽来。碧鸡金马荒荆棘，如此鸿才谁复识。欲携佳句向青天，吹裂梅花[③]苍玉笛[④]。

① 朱舜臣：名庭珍（1841—1903），原名庭凯。字舜臣，一字筱园，云南石屏人。后于光绪十四年（1888）中举。以诗名，著有《筱园诗话》四卷（同治三年，即1864年二十四岁时作）、《穆清堂诗钞》三卷等。

② 榑（fú）桑：现一般写作“扶桑”，传说中的神木。

③ 梅花：著名笛曲《梅花落》或《梅花三弄》。如李白：“黄鹤楼中吹玉笛，江城五月落梅花。”

④ 苍玉笛：笛，原书作“篴”。“苍玉篴”恐“苍玉篴”之误。前者“篴”，读 suì，仅用于人名。后者“篴”有两读：zhú，古书所云一种竹名；dí，古同“笛”，故作“苍玉笛”，以符诗意。陆游《桐庐县泛舟东归》亦有：“宦游何啻路九折，归卧恨无山万重。醉里试吹苍玉笛，为君中夜舞鱼龙。”

赖南冈广文以绢画山水小幅见赠赋酬

波流抱沙树蚴蟉[①]，老屋潭潭古苔厚。南翁赠我村居图，已觉溪山落吾手。男儿了事正作痴，石田茅舍归何迟。从今且觅画中住，扁舟添写闲鸥姿。

① 蚴蟉（yòu liào）：树木盘曲纠结貌。

岩栖上人馈食物以安息香蜀笺报之

鄙人厌肉食，开士[①]赋承筐[②]。老瓮冬蔬脆，斋厨法豉香。酸咸殊众好，澹泊称枯肠。尚想（弧）［伛］尪[③]者，当餐未忍忘。赞公老耽静，供养近如何。问法了无碍，吟诗应更多。炉熏似婆律[④]，笺素出摩诃[⑤]。往助冷中趣，宁须笼白鹅[⑥]。

① 开士：本指菩萨，也用来尊称高僧。

② 承筐：馈赠礼品。

③ 伛尪（yǔ wāng）：原书“伛”作“弧（彄）”。弧（kōu），本指弓弩

两端系弦处，也指环状之物。“弫尪”一词，似可引申解释为“（腰背）弯曲如环”，总觉牵强，故疑“弫”为“伛”之误。“伛尪”，指佝偻穷困者。伛，曲背，弯腰。尪，骨骼不直。《诗存》卷二《杂诗》有“伛尪声雷动，万古饥涎垂”即此意。

④ 婆律：即龙脑香，也即冰片。

⑤ 摩诃：梵语“大、广大”的音译。

⑥ 笼白鹅：王羲之写字换鹅事。

自癸丑后与兰生兄聚处之日为多今移疾东归道经沾益[1]而兄适牧此州为留三日乃去临别怅惘不能无言

絮飞春尽雨风斜，官阁寒灯夜作花。客里青刍[2]还系马，酒边华发感抟沙[3]。印累绶若知非计，笋美鱼肥及到家。莫遣对床虚旧约[4]，明年待泛锁江[5]艖[6]。

① 沾益：时属云南曲靖府沾益州，同治十年（1871），赵桂棻（参看《诗存》卷一《元旦后一日何容川半农昆仲邀同绣谷兰生兄小饮醉中有作》注）为沾益州知州。沾益后降为县，今已更名云南省曲靖市沾益区。

② 青刍：新鲜草料。

③ 抟（tuán）沙：以手握沙，聚而复散。苏轼《二公再和亦再答之》：“亲友如抟沙，放手还复散。”抟，捏物以使成团。

④ 对床虚旧约：苏轼苏辙兄弟幼读唐人诗，作风雨对床话诗之约，但兄弟宦游四方，终虚旧约（参见《诗存》卷七《曲靖郡城寓楼与兰生兄夜话》注）。

⑤ 锁江：家乡岷江北岸有锁江石，上有锁江亭。

⑥ 艖（chā）：小船。

可渡河[①]

拍岸湍涛一缆危，回头往事梦迷离。而今可渡真须渡，莫待风狂浪飐[②]时。

① 可渡河：在云南宣威县，滇黔界河，属北盘江北岸支流。在今宣威县杨柳乡有可渡关遗址。

② 飐（zhǎn）：风吹浪动。

早发金斗铺[①]遇雨

宿云蒙朝光，雨点如菽[②]落。回风入灌莽，远响殷群壑。东行凌奇崟[③]，及黔道弥恶。径危石挺怒，出没乱丛薄。登陟信已劳，滑汰[④]尤可愕。人家嵌岩窦，老稚貌猱玃[⑤]。褴褛不掩骭[⑥]，食莫饱藜藿。未忍役其力，怜汝瘦骨弱。此间本瘠区，矧乃被锋锷。天荒寒暖异，地险豺虎虐。蕃生共蓬块，殊类各有托。春工所嘘润[⑦]，众绿皆沃若。奈何苍黎贵，长使罹瘵瘼[⑧]。不睹他乡艰，安知故园乐。念兹动心魂，归当力耕作。

① 金斗铺：驿站，在今贵州威宁金斗乡政府所在地。

② 菽（shū）：豆。

③ 崟（yín）：高耸，高峻。

④ 汏（tà）：滑的。

⑤ 猱玃（náo jué）：泛指猿猴。

⑥ 骭（gàn）：小腿骨或肋骨。

⑦ 嘘润：形容春雨滋润。

⑧ 瘵瘼（zhài mò）：本指痨病，此言民生凋敝，一片衰败惨状。瘼，疾苦、苦难。

渡威宁海[①]滇黔间凡潴水之区皆呼曰海

威迟转复壁[②]，闭帷如蛰蛘[③]。逮兹[④]一神旷，极目浩泱漭。远流带城郭，断桥入菰蒋[⑤]。白羽破轻烟，细鳞罥修网[⑥]。渟泓[⑦]虽无源，颇足江湖想。况闻青冥际，神物亦潜养。是时雨初歇，高浪吹过颡。方舟闯逆风，势与波下上。篙师狎涛濑，浩歌自偃仰。隐忧忘灭顶，快意谢鞅掌。忆昨泛昆池，近华荡兰桨。危楼俯空阔，天水澄万象。云鬟媚寒碧，帆影明三两。惜哉难久留，坠欢隔畴曩。东行见光炯，清景犹可仿。我本渔钓徒，廿载堕尘坱[⑧]。世途多坎坷，局蹐谁见广。愿言返初服[⑨]，聊作鸥鹭长。

① 威宁海：在今贵州省毕节市威宁彝族回族苗族自治县境内，因水草茂密，故也名“草海”。海拔 2172 米，湖东西长二十余公里，南北宽十余公里，是贵州最大的高原淡水湖泊。据称清道光二十七年（1847），也说咸丰七年（1857），因暴雨致堰塞，水面大增，故赵树吉渡“海”时尚有“极目浩泱漭”之状。目前为国家级自然保护区。

② 复壁：重重石壁。

③ 蛘（yáng）：生在米里的一种小黑甲虫。

④ 逮兹：待到此（时、地），及至此时（此地）。

⑤ 菰蒋：菰和蒋都是茭白一类的水生植物。此言入茭白丛中。

⑥ 罥（juàn）修网：被安置的网挂上了。罥，名词指捕鸟网，这里用其动词义，被挂住、缠住。修，设置。

⑦ 渟（tíng）泓：积水深广的样子。渟，水聚而不流，水深。泓，水深而广。

⑧ 坱（yǎng）：尘埃。

⑨ 初服：未仕之前的布衣之服。

毕节[①]道中

云间石径似修蛇[②]，茅屋萧条三两家。长日无人牛自放，满山开遍丽春花。

① 毕节：位于贵州省西北部，与四川的永宁县（因永宁河得名，时为叙永厅附郭县，今四川省泸州市叙永县）接壤，至今仍为重要的入川通道。

② 修蛇：长蛇。

留别王月帆[①]大令时方权毕节县篆

君生乙酉吾所兄，十年不见空复情。璚楼玉宇一谪堕，至今案牍犹劳形。我落南荒三四载，兵燹萧条穷不悔。相逢握手共轩渠，瘦骨峥嵘须鬓改。忆昔京华接袵[②]年，胡尘杂沓愁涨天。干谒公卿颇历抵，严城灯火同不眠。沧桑变后都非故，海国天吴犹郁怒。几人揽辔任澄清[③]，杜牧罪言[④]空自著。菉赍[⑤]历乱兰茝[⑥]丛，筝琶悦耳非递钟⑦。吾侪升斗尚莫饱，安用癙痒⑧忧八鸿⑨。讼庭花落清尊进，仰视星辰珠斗正。野鹤闲云何所为，看君努力匡时盛。

① 王月帆：名正玺，字伯章，号月飒（同“帆”），亦有称其字“樾凡”。四川绥定府达县（今达州市达川区）人，生于道光乙酉年正月（1825 年 3 月），卒年未详。咸丰八年曾随花沙纳参与上海税则谈判。咸丰九年（1859）己未二甲第十名进士，庶吉士散馆后授编修。此诗时王方署毕节县令，即题中所称“权毕节县篆”（权，权且，也即“暂时署理”之义。篆，古代官印用篆文，因以指代执掌某大印）。王后于同光之交（1874—1875）署遵义知县，终官正安知州。著有《滇游杂记》《黔游杂记》《怀芬馆文集》。

② 接袣（yì）：即接袂，形容街市繁华，路人衣袖相接。袣，其义同袂，即衣袖。

③ 揽辔任澄清：“揽辔澄清”，革新政治，澄清天下的抱负。《后汉书·党锢列传》：“时冀州饥荒，盗贼群起，乃以（范）滂为清诏使，案察之。滂登车揽辔，慨然有澄清天下之志。”

④ 杜牧罪言：杜牧有《罪言》一文，纵论国策。开篇即称：“国家大事，牧不当言，言之实有罪，故作《罪言》。”

⑤ 菉赍（lù zī）：菉，荩草。赍，白芨。

⑥ 兰茝：二者皆香草。

⑦ 递钟：周代名琴，因琴音洪亮，犹如钟声激荡，也称“号钟”。原书“递”本应用“篴（dì）”，“篴钟”即递钟。但原书“篴”字系“辶”部加“箎”字，而非“竹”头下“逓”字，未查得该字，其字如图：。与“篴”字部首不同，字形相近，极易混淆，古人或许干脆混用不分也未必。“箎”字与“篪”同，且“逓”也为“递”的异体字，故类推为“篴”。且《汉语大词典》第 12393 页有“篴钟”条；再，嘉定人，楚雄知县黄文炅《敬次观察赵沅青先生原韵》（见光绪《楚雄县志》）中“篴钟非筝琶”句也作“篴”字，皆可证原书有误。

⑧ 癙（shǔ）痒：忧思成病。《诗经·小雅·正月》：“哀我小心，癙忧以痒。”癙，痒，病。

⑨ 八鸿：指八方。

雪山关①

虚檐断残滴，初日光炯碎。肩舆陟危梯，盘折入苍霭。仰攀挂猿枝，俯蹑飞鸟背。緪②悬一发系，谷暗惧失坠。层阴忽滃合，仆马均覆盖。重知衣屦③湿，坐觉呼吸大。人语空蒙中，风号线缕外。出云已卓午，始讶突兀最。雄关扼险绝，黔蜀天所界。凉秋郁古寒，积素④惨不坏。我行及初夏，凛冽犹可戒。道人疑山精，碧眼望客拜。汲泉煮新荈⑤，石楼暂流憩。缅惟帝座近，真宰⑥通謦欬⑦。吾将揖浮丘，高举揽霞佩。

① 雪山关：号称蜀南第一雄关。在今四川省泸州市叙永县（旧永宁县）城南七十公里处高山，明洪武年间垒石成关，门有一联："孤城万仞山，羌笛春风吹不度；八月即飞雪，玉门秋色拟平分。"

② 緪（gēng）：粗绳。

③ 屦（jù）：草鞋，登山不滑，有芒屦（草编）、葛屦（葛麻编成）。

④ 积素：积雪。《文选·谢惠连〈雪赋〉》："积素未亏，白日朝鲜。"素，白色。

⑤ 荈（chuǎn）：茶树老叶制的粗茶。

⑥ 真宰：天之主宰，天帝。

⑦ 謦欬（qǐng kài）：咳嗽，或谈笑。此言天帝咫尺，可与之语。

自永宁买舟至泸①途中有作

前日雨留人，朝来雨送客。梦回觉传呼，溪涨深几尺。天公厌久暵，倒海沛优泽。岂唯慰田夫，我亦喜折屐。沿流得扁舟，俯入蜗壳窄。差释登顿劳，局促宁复择。湍急不受篙，波卷欲移石。山穷路忽转，沙暝鸥远白。东下通巴江，浩荡任所适。频年遇辄阻，舛午[②]谁能测。兹行独快意，信我非天厄。水窗自高枕，身旷远忧责[③]。遄[④]归可计日，举酒谢龙伯。

① 泸：泸州。距宜宾老家只有二百里，到了泸州计日可抵家门。

② 舛（chuǎn）午：亦作“舛忤”。违背；差错。舛，违背、不顺。

③ 忧责：负责，担负重任。《后汉书·张酺传》：“朝廷望公思惟得失，与国同心，而托病自洁，求去重任，谁当与吾同忧责者?”

④ 遄（chuán）：因走捷径而快速。

郁郘山房骈文

郁郢山房骈文自序

樊南生[①]《甲集》自叙曰:“四六之名，六搏、格五、四数、六甲之取也，未足矜。”[②]

蒙自童牙，削牍[③]郡县，即试为律赋。弱冠，尘玷[④]清秘，兼司制诰，益以骈俪为职。因得流览[⑤]曩哲所著、往牒所录。上自西京，下逮昭代，凡诸作者，体制略究。时或襞绩[⑥]，世谬猷肯[⑦]。洎台掖[⑧]荐，窃将矢不作，卒亦未能汔休[⑨]。

岁维涒滩，月在橘壮[⑩]。岛夷内讧，遏遾阛阁[⑪]。蒙既违宁氏捍御之训，又乖蘧贤近关[⑫]之义。键户扫轨，侪辈斯诊[⑬]。每庭柯夜风，败叶如语，觙觫[⑭]不寐，恼骚达旦。束缊篝火，辄复发箧，检料旧稿，以摩永夕。芟芜就简，合得兹体若干首，乃手录而存之。

夫元黄剖判，文字俶落，体非一类，言各有当。要以造诣乎独至，不跅弛[⑮]于轨外。而近代缀学之士，排斥俪体，必谓纤艳不逞，庄士[⑯]弗道。以东颦訾西媛，因饐餲[⑰]废馎啜。不知剽袭韩欧，无关典则。此之流失，讵云多让。原其初祖，亦皆不尔。然则刊落浮华，以达意明事，俪体之设，又可少哉?

独惜遘遭[18]时难，浮湛无状，不能大泽于古，以张吾论。玉池之西，庯庩[19]一室。盱繇[20]寡欢，惜此粪土。鸥吻前望，玃父后顾。白羽若月，余生几何。此后之或作或不作，盖未可知。而齿逾壮盛，所业如此。苍苍者，且将在鬓矣。恤恤乎，湫乎攸乎[21]。诵樊南生之言，能无爽然自失也乎？

咸丰十一年重光作噩[22]，余月朔日[23]。

郁郛东乡生，自序于京师宣武门外之寓庐。

① 樊南生：唐代诗人李商隐（字义山），因曾居樊川（樊乡，今长安县韦曲镇东南），又号“樊南生”。有《樊南四六甲集》。

② 未足矜：此段是说骈文所以又叫“四六”，本是赌博游戏以及小儿初学识方位数干支一类小把戏，算不上什么。六博、格五、四数，皆古代博戏名。

③ 削牍：古时削薄竹木成片，用以书写。有误则刮去重写，谓之“削牍”。后用以泛称书写、撰述。

④ 尘玷：也作“尘点”，污染，玷辱。语出《后汉书·杨震传》：“损辱清朝，尘点日月。”

⑤ 流览：浏览，大略地看。

⑥ 襞绩：本指衣服上的褶皱。也用以比喻堆积、重叠。

⑦ 世谬猷肯：承蒙大家谬为认可。谬，错误，此作谦辞如“谬谤奖”。猷、肯，皆“可”意，表示认可。《尔雅·释言》：“猷、肯，可也。”

⑧ 台掖：指作谏官。台，御史台。掖，宫中两旁小门。

⑨ 汔（qì）休：“汔可小休”的缩语，意为“庶几得以稍休”。出《诗经·大雅·民劳》：“民亦劳止，汔可小休。”

⑩ 岁维涒（tūn）滩，月在橘壮：指咸丰庚申年（1860）八月，国家遭受英法联军之难。古称太岁在申为“涒滩”。橘壮，八月。

⑪ 遏遾闉阇（è shì yīn dū）：兵临城下。遏、遾，均是“相及”之意。闉阇，城门。

⑫ 蘧贤近关：参看《诗存》卷三《次酬王定甫农部拯见赠五十韵》注。

⑬ 誃（chí）：脱离。

⑭ 嘳㰦（kuì xiè）：叹息声和鼾声。嘳，同“喟”，叹息。㰦，鼾声。此谓辗转难眠，时睡时醒。

⑮ 跅弛（tuò chí）：放荡不循规矩。

⑯ 庄士：正人君子。

⑰ 饐餲（yì ài）：饐，食物腐臭。餲，变味。

⑱ 遻（è）：遇到。

⑲ 庯庩（bū tú）：屋势高低不平貌。

⑳ 盱繇（xū yáo）：忧虑。《尔雅·释诂》解释这两个字：“盱、繇，忧也。”

㉑ 恤恤乎，湫乎攸乎：这是在当时国难深重，咸丰在英法联军逼近京师时，以“北狩”之名逃到热河不返之时，赵树吉极言其忧患之情。用《左传·昭公十二年》：“南蒯之将叛也，其乡人或知之，过之而叹，且言曰：‘恤恤乎，湫乎攸乎。’”杜预注：“恤恤，忧患。”攸，悬危貌。

㉒ 重光作噩：即辛酉。《尔雅·释天》说，太岁“在辛曰重光”“在酉曰作噩”。

㉔ 余月朔日：四月初一日。

郁鄂山房骈文·卷一

谢川省豁免钱粮恩折

奏为恭谢天恩事。

同治二年二月二十七日内阁钞出。奉上谕：骆秉章奏请将川省曾经失守之各州县应征地丁，分别豁免带征一折。四川自咸丰年间，被匪窜陷筠连、庆符等县，虽经收复，而被陷已久，民困未苏。若将新旧钱粮照常征收，民力实有未逮。加恩着照所请，所有业经查明之青神县，应征咸丰十一年暨同治元年地丁、正耗银两，着一并豁免，余着照所议办理等因，钦此。

臣等伏读之下，感戴难名。钦维皇太后、皇上道协生成，德齐帱载[1]。鸿慈茂育，仁风倍速于置邮[2]；骏惠覃敷，睿虑远周夫边徼。在禹贡梁州之域，赋只错于下中；况圣朝天庾之供，租更轻于南北。星分井络[3]，二百年休养原深；地属坤维[4]，五千里灾祲罕告。

曩以毗连六诏，偶滋蔓于萑符[⑤]；因之剽掠三川，致辍功于树获。擒渠扫穴，已渐看庐舍之重完；赐复蠲租，乃更荷丝纶之曲逮。悯青神之荡析，眷黄则先及眉山；防墨吏之侵渔，保赤则务稽齿籍。

白沙翠竹，胪欢遍玉垒之间；黑水朱提，膜拜听巴渝之唱。春生桑梓，庆洽枌榆[⑥]。臣等籍隶西陲，光依北阙。叨登朝列，每怀素食之惭；久服先畴，快睹黄麻之诏。代壤叟衢童而歌颂，唯齐呼万岁者三；合男钱女布以输将，冀稍报百分之一所有。

臣等感激下忱，谨合词恭折，叩谢天恩。伏乞皇太后、皇上圣鉴。

谨奏。

① 帱载（dào zǎi）：言天之覆盖，地之载承。指代天地。语出《左传·襄公二十九年》："大矣如天之无不帱也，如地之无不载也。"帱，覆也。载，装载。

② 置邮：古代用车马传递文书信息。《孟子·公孙丑上》："德之流行，速于置邮而传命。"

③ 井络：井宿区域。晋左思《蜀都赋》："岷山之精，上为井络。"也泛指蜀地。

④ 坤维：指西南方。源于《易·坤》"西南得朋"，故以坤指西南。

⑤ 萑（huán）符：春秋时郑国沼泽名，因密生芦苇，盗贼出没。后因以代指贼之巢穴或盗贼本身。

⑥ 枌榆（fén yú）：也如用"桑梓"，比喻故乡。

枝巢饯岁图记

乙卯之冬，余与司马绣谷、何容川半农昆仲、家兰生，僦[①]居宣武坊南之枝巢。屋住两头，月同三径。晨夕共数，及兹岁除。罢诩台[2]而勿筑，皮诗卷而弗祭。特合消寒之侣，共登捉醉之场。饯岁长安，循故事也。

杯盘既陈，裳袿[3]相接。旧雨今雨，情均乎一家；大山小山，盟兼乎三友。人皆酒敌，肴足羹材。拇战而大白横飞，狂谈则惊花乱下。虽无丝竹管弦之盛，何减铜琶铁拨之豪。亦足以抒写景光，破除乡梦。

是夕也，火城欲动，檐雪初消。六街生爆竹之烟，万户动星河之影。黄羊熟而司命醉，红烛灺而镜听[4]来。数八十一瓣梅花[5]，杯将娄尾[6]；算三百六旬蓂荚[7]，历又开头。借羊胛[8]之光阴，聚鸿泥之爪迹。乐之所至，仆有感焉。

今夫枯菀[9]，境也；欣戚，情也。落拓者多隐忧，远游者畏佳节。是以乱山残雪，崔涂[10]昨夜之愁；饥鹤[11]寒鸡，玉局他乡之感。以吾侪一身道长，万里饥驱，怅知音于碧海青琴；徒劳索米，忆风味于花猪窨酒。虚说归田，竹岂团栾[12]，花空富贵。世味直同于鸡肋，宦情有似乎鲇鱼[13]。而况烽火年年，羽书处处。关山西楚，阵云迷鹦鹉之洲；金粉南朝，恨水咽胭脂之井。请缨无路，说剑何功。得毋有叹岁月之如流，对屠苏而自失者乎。

然而茫茫世事，总是风花扰扰。人群无非蕉鹿一塞[14]，至此未妨范叔之贫[15]。百岁几何，莫误邯郸之梦。愿参米汁，佛醉一千日以何辞；请谈文字，禅赌三百杯而亦可。人生行乐耳，安能媚王孙之灶[16]，送吏部之穷[17]，而与寻常争利市也哉。

嗟乎，人海知心，贫交有几！云烟过眼，陈迹难追。昔西园绘于伯时，兰亭叙于逸少。今兹雅集，宁匪前因。不有所传，曷希往哲。乃属绣谷写图，而余为记之。虽无旨酒式饮，庶几且共浇胸中之块垒。未知明年又在何处，幸无忘画里之风流。

① 僦（jiù）：租赁。

② 誃台（yí tái）：本洛阳南宫一台名，即逃债台。史称周赧王因负债，人家逼债，只好逃于此台，后人因名此台“逃债台”。所以此文饯岁之时，戏称“罢誃台而勿筑”。

③ 袘（yì）：衣袖。

④ 镜听：旧俗，于除夕或岁首，怀镜胸前，出门听人言，以占吉凶休咎。

⑤ 八十一瓣梅花：中国北方旧俗，用画九九消寒图的方式数九：从冬至日起，在画好的九朵八十一瓣（每朵九瓣）素梅上每天涂色一瓣，九九八十一瓣全红即“出九”春暖。

⑥ 婪尾：酒巡至末座。古称行酒一巡为“婪”。

⑦ 蓂（míng）荚：传说中尧时的一种瑞草，亦称“历荚”。因其每月从初一至十五，日结一荚；从十六至月终，日落一荚。从荚数多少，可知是何日。故名历荚。

⑧ 羊胛：《新唐书》载西域“骨利干”以北某国，因昼长夜短。太阳落山时羊胛下锅，熟时已是第二天日出。故以“羊胛熟”比喻光阴之短。

⑨ 枯菀：以草木枯荣比喻死生。菀，指生。

⑩ 崔涂：唐代诗人，其《除夜有怀》诗中有“乱山残雪夜，孤烛异乡春”句。

⑪ 饥鹤：苏东坡（玉局）有诗句云：“寒鸡知将晨，饥鹤知夜半。亦知老病客，遇节尝感叹。”

⑫ 团栾：竹秀美。

⑬ 宦情有似乎鲇鱼：宦情如鲇鱼上竹竿。参看《诗存》卷七《与舍弟少舫别于双河旅舍走笔赋寄》注。

⑭ 蕉鹿一塞：典出《列子·周穆王》：“郑人有薪于野者，遇骇鹿，御而击之，毙之。恐人见之也，遽而藏诸隍中（干涸的城壕中），覆之以蕉。不胜其喜。俄而遗其所藏之处，遂以为梦焉。”

⑮ 范叔之贫：典出《史记·范雎蔡泽列传》。范雎为秦相后，以一身破衣去见使秦的须贾，后者昔日几乎致他于死地，须贾见其一副寒酸相，大惊：“范叔一寒如此哉！”留其饭食，临别赠以绨袍。后须贾知范雎是秦相，便肉

袒请罪，范雎亦因须贾有绨袍之赠，未加害于他。

⑯ 媚王孙之灶：典出《论语》。王孙贾问孔子："与其媚于奥，宁媚于灶，何谓也？"子曰："不然。获罪于天，无所祷也。"灶有"灶王爷"，虽然"奥"是管整个屋子的神，但县官不如现管，所以王孙贾暗示孔子：与其去巴结"奥"，不如伺候好他这个灶王爷管用。

⑰ 吏部之穷：韩愈曾官吏部，故称"韩吏部"，曾作《送穷文》，戏称自己被"智穷、学穷、文穷、命穷、交穷"五穷鬼缠身，最终还得甘愿留诸"穷"终身为伴。

三十树梅花书屋诗钞序

《三十树梅花书屋诗钞》者，中江李梦莲[①]先生遗集也。其故人杨海琴太守，今官湖湘，始付剞劂[②]。刻既成，先生子鸿裔持以示树吉，且曰：先君弃世廿六稔矣，鸿裔不幸，早离穷罚，生为鲜民[③]。雪泗启橀[④]，惧遂散佚，岁月不宁，负荷无状。而信后之作，待人而成。循省终策，良用伤悼，吾子其何言。

余谓微之荐章尽交白傅[⑤]，崔（湜）［液］文字纂自耀卿[⑥]；何逊卒而王僧孺辑其言[⑦]，昌谷亡而沈子明刊其集[⑧]。斯爱斯传，古则然已。

先生负魁垒之瑰才，抱夐幽[⑨]之琼。思池隍之宝，晚出而弥曜；委灰[⑩]之兰，久揽而愈芳。可不谓慰乎？然当其探灵宝之万卷，夺樊川之五名[⑪]，仲宣[⑫]至都，群公倒屣；崔俊[⑬]入座，众客禁声。所交如吴兰雪、陈秋舫、王鲁之、小云诸先生，并皆咀漱芳润，喉襟风雅，共波比景[⑭]，滋愧弗如。谓宜作绣补之铭[⑮]，究容氏之掌，而青途不跃，灵氛难卜。迷阳迷阳[⑯]，吾行伤矣；独漉独漉[⑰]，前路茫然。遂使沈炯[⑱]投天台之笺，刘瓛[⑲]设檀桥之馆。十年风雨，一梦琼瑰。虽臣心不聋，许丞[20]无妨于清净；而恒干既去，幼舆[21]竟终于岩壑。

悲乎，诗岂穷人，文真憎命！瑶华孰嗣，芳草乍歇。彼栀貌而蜡言[22]，或媚行而烟视。一呼得雉[23]，三日中台。伏腊滋讹[24]，金根误读。荣郁悬绝，伊何人哉！且夫五角六张者，舛午之遣也；八窗四达者，奇侅之材也。单慧狭襟，难与牢笼百态[25]；春规秋矩，何以萧条众芳。

先生戴远游之冠，服采华之树。少文[26]年壮，穷极幽遐；李翰[27]思枯，辄奏音乐。犹以听睹未侈，心灵弗荣，遂乃溯江淮，别燕赵，振衣北顾，拾句山塘。当是时，朝廷清明，民物殷阜。江左之群屐咸集，南朝之金粉重新。每至笋晚花余，露初风熟，板桥万柳，烟月皆春；画舫千灯，水天不夜。先生相羊[28]其际，燕嬉而游。旗亭高吟，浮以大白；金缕新曲，付之小红。酣嬉淋漓，无所遴惜，焉复觉鹏鷃二物哉。故其为诗，不假雕饰，自成馨逸。羽容霓色，群真集于瑶想；乾端坤倪，百灵张其丽瞩。古之人如太白，蝉蜕泥滓，霞举太虚。先生殆具体者乎。

嗟乎，陵谷隆穴，谁凤谁枭；星霜熛忽，何荼何荠？唯兹心声，庶为不没。是知垂棘之璧，不加美于银佩；一卷之传，必当荣于令仆。

鸿裔夙承副墨，长多思闻，自官京师，誉业弥藉[29]。此又高密明经之泽，夏侯传学之望者焉。树吉与鸿裔辱在齐年，交深切肺。诵凌云之作，只恨生迟；闻长者之风，愿言轶事。吮毫濡墨，叙之如此。读先生诗者，可以思矣。

① 李崧霖：原名特寿，字梦莲，号箫楼，幼倜傥不羁，兄特果督课綦严，遂博极群书，为文伸纸立就。才思过人，屡试辄冠，曹芸浦、赵佩湘学使深器重之，有“金马玉堂”之目。嘉庆丙子（嘉庆二十一年，1816）乡试中第

五名，寓京邸，才名藉甚，词赋诗文人争传诵。工书画，著有《三十树梅花书屋诗集》（据民国《中江县志》）。

② 剞劂（jī jué）：雕版、刻书。

③ 鲜民：无父母穷独之民。语本《诗经·小雅·寥莪》："鲜民之生，不如死之久矣。"

④ 启楹：开启遗书（楹书）。典出《晏子春秋·杂下三十》："晏子病，将死，凿楹纳书焉，谓其妻曰：'楹语也，子壮而示之。'"后因以"楹书"指遗言、遗书。

⑤ 微之、白傅：微之即元稹；白傅即白居易。

⑥ 崔液文字纂自耀卿：崔液，原书误作崔湜。经查《旧唐书》，耀卿所纂为崔湜弟崔液遗文。事见《旧唐书》卷七十四：崔液尤工五言之作，湜常叹伏之曰："海子，我家之龟也。"海子即崔液小名，官至殿中侍御史，坐兄配流，逃匿于郢州人胡履虚之家。作《幽征赋》以见意，辞甚典丽。遇赦还，道病卒。友人裴耀卿纂其遗文为集十卷。崔湜、崔液、裴耀卿，三人事均见《旧唐书》。

⑦ 何逊卒而王僧孺辑其言：何逊，南朝梁文学家。字仲言，八岁能诗，弱冠州举秀才。诗文俱佳。死后，同时人王僧孺辑其诗文为《何逊集》八卷。

⑧ 昌谷亡而沈子明刊其集：唐代李贺，因家于昌谷，故称李昌谷。李贺死后，沈子明将李贺诗二百三十三首编为四编刻印。

⑨ 敻（xiòng）幽：幽深，深邃。敻，意为远，如"平沙无垠，敻不见人"。

⑩ 委灰：灰烬。陆机《演连珠五十首之十四》："臣闻郁烈之芳，出于委灰；繁会之音，生于绝弦。"

⑪樊川之五名：《新唐书》载：太学博士吴武陵持杜牧所作《阿房宫赋》向主持选拔进士的侍郎崔郾推荐，请置杜牧为头名状元。崔郾虽大赞杜牧文才，可惜状元已定，吴武陵激动地说："那起码也要作第五名！"

⑫ 仲宣：即建安七子之王粲。史载王粲随献帝西迁长安，左中郎将蔡邕及其宾客素慕其才，一日闻门报王粲求见，蔡邕及其宾客急奔出迎，连鞋子都穿倒了。

⑬ 崔㥄（líng）：貌美健谈，人称其胸中贮千卷书。此事载《北齐书·卷二十三》：赵郡李浑尝宴聚名辈，诗酒正欢哗，㥄后到，一坐无复谈话者。

⑭ 共波比景：同游清波，共沐丽阳。语出南朝宋王僧达《祭颜光禄文》："清交素友，比景共波。"

⑮ 绣补之铭：扬雄《答刘歆书》："如是后一岁，作《绣补》《灵节》《龙骨之铭》诗三章。"

⑯ 迷阳：指荆棘。语出《庄子·人间世》："迷阳迷阳，无伤吾行。"

⑰ 独漉：语出《独漉篇》乐府："独漉独漉，水深泥浊。泥浊尚可，水深杀我！"李白也有同名诗，首四句仿此。

⑱ 沈炯：字初明，南朝梁时人。据《南史》《陈书》：事梁元帝、陈武帝。西魏陷荆州，厚待沈炯，但其仍思归，偿独行汉武帝通天台，上表，陈己思归之意。终获归。

⑲ 刘瓛（huán）：《南齐书》卷三十九载：刘瓛"不习仕进"，只想教书。其在檀桥的书馆穿漏，世祖以一华宅与之。刘曰："室美为人灾，此华宇岂吾宅邪？幸可诏作讲堂，犹恐见害也。"

⑳ 许丞：《汉书·循吏传·黄霸》：许丞老，病聋，督邮白欲逐之。霸曰："许丞廉吏，虽老，尚能拜起送迎，正颇重听，何伤？且善助之，毋失贤者意。"

㉑ 幼舆：两晋时名士谢鲲字。谢曾言：寓情丘壑，自己超过庾亮。后来顾恺之画谢鲲像，特意把他画在山崖沟壑中。

㉒ 栀貌而蜡言：伪饰的面貌与言辞。

㉓ 一呼得雉：这是用"喝雉呼卢"之典讽刺才能远逊李梦莲者，却自吹"非不能者，是不为也"。典出《晋书·刘毅传》："毅次掷得雉，大喜，褰衣绕床，叫谓同坐曰：'非不能卢，不事此耳。'"得雉，古代五子博戏，博时呼喝连声，五子依次为枭、卢、雉、犊、塞。以博得"枭"为上，"塞"为最次。一说用木制骰子五枚，每枚两面，一面为黑，画牛犊，一面为白，画雉。一掷五子皆黑者为卢，为最胜采；五子四黑一白者为雉，是次胜采。

㉔ 滋讹：讹误滋漫，谬种流传。

㉕ 牢笼百态：言其笔墨之下，写尽世间百态。语出柳宗元《愚溪诗序》：

“予虽不合于俗，亦颇以文墨自慰，漱涤万物，牢笼百态，而无所避之。”

㉖ 少文：宗柄（375—443），字少文。南阳涅阳人，好山水，爱远游。事见《宋书·隐逸传》。

㉗ 李翰：《国史补·李瀚借音乐》一节云：李翰文虽宏畅，而思甚苦涩。晚居阳翟，常从邑令皇甫曾求音乐，思涸则奏乐，神全则缀文。

㉘ 相羊：漫游、徘徊。语出《离骚》：“折若木以拂日兮，聊逍遥以相羊。”

㉙ 誉业弥藉：名声更大。

卓文端[①]公话雨楼遗集序

粤若元黄剖判，文字权舆[②]，古诗之什三千，大雅之材卅一。其人类皆扶景运，穆天绛，履星辰，绘日月。是故宫鸣而商应，君歌而臣赓。鹿苹原华作于上，则鱼藻鸳梁和于下。

我朝龙兴，传历八叶，至宣宗成皇帝，三灵鼎奠，九垓镜清。尧醲舜熏，箾韶[③]象其功德；珠星璧月，天章倬其诏回[④]。维时苍牙[⑤]应期，金瓯协卜，则我华阳文端公，实佐平章焉。公以岳渎[⑥]之灵祇，敷丹青之神化。谟在密勿，书在史官。生死哀荣，敻乎尚已。若其喉衿六义[⑦]，挥绰九能[⑧]；烟墨染芬，金丝奏雅。召康矢音于梧凤[⑨]，史克[⑩]奋藻于驷駜。缉言琼秘，缀响兰深[⑪]。

窃尝综其全编，受而卒业，喟然曰：治世之声，无噍杀[⑫]也；风人之旨，必温愉也。盖公早通朝籍，翔步木天。养魄广寒之池，环辔庸成[⑬]之府，委蛇退食[⑭]，逾五十年。钟鼓声希，微闻清咏；香烟朝罢，即召吟宾。而且风云宕其奇怀，江山张其丽瞩。凡绕溜[⑮]之地，常羊[⑯]之维；金天碧霞之都，泾灏剑门之险；折梅庾岭，观潮钱塘，靡不撷秀餐灵，横飞纵出。

夫抢枋榆之近者，不足语培风之背；拘魁父[17]之乡者，无以极竖亥之观。执是而言，公斯伟矣。说者谓公含毫命，素无假炉锤，未为庸听之所矜，或非专家之能事乎。不知雕刻肝肾，天和易伤；流荡繁华，哲人弗尚。公手运丹枢，尻穷元圃；芳泽自润，灵襟独摅。无蛙鸣蝉噪之音，有夔拊皋扬之度。岂与夫槁项黄馘，蠹朽萤干者争妍逞葩，矜捷斗险于涩思僻字、绨章绣句间哉。

吉六载升堂，叨陪几砚，一朝撤瑟，痛甚山梁。

先是，公疾将不斟[18]，稿于吉曰："以累子矣。"嗟乎，秋草西州之路[19]，马策空挝[20]；寒花老圃之吟，云笺故在，匪予小子其谁叙之！是用祓饰[21]俪词，书太尉会昌之集[22]，阐扬要旨，附熙朝雅颂之编云尔。

① 卓秉恬：咸丰五年，年七十四卒后，赠太子太保，谥文端。

② 权舆：起始。

③ 箾韶（xiāo sháo）：舜所制的乐曲。亦称为"箫韶"。

④ 天章倬其诏回：出《诗经·云汉》："倬彼云汉，昭回于天。"九天之上浩瀚的银河，将天光返照大地。

⑤ 苍牙：伏羲的别称。宋范仲淹《明堂赋》："粤自苍牙开极，黄灵耀德，巢穴以革，栋宇以植。"

⑥ 岳渎：指五岳和四渎。古称泰山、华山、霍山（天柱山）、恒山、嵩山为五岳（《尔雅·释山》）；长江、黄河、淮河、济水为四渎。

⑦ 喉衿六义：汉赵岐《孟子注·题辞》："《论语》者，五经之錧鎋，六艺之喉衿也。"喉衿，比喻纲领，要领。

⑧ 挥绰九能：挥绰，悠扬越发。九能，古指大夫应当具备的九种才能。即所谓"建邦能命龟，田能施命，作器能铭，使能造命，升高能赋，师旅能誓，山川能说，丧纪能诔，祭祀能语，君子能此九者，可谓有德音，可以为大夫"。

⑨ 召康矢音于梧风：召康即召康公姬奭（shì），西周贤臣。《诗经·卷

阿》有“岂弟君子，来游来歌，以矢其音”及“凤凰鸣矣，于彼高冈。梧桐生矣，于彼朝阳”句，“矢其音”，发其音。

⑩ 史克：即太史克，亦即里革，春秋时期鲁宣公的大臣、史官。传曾奋笔作《鲁颂》，有“有駜有駜，駜彼乘黄”句。駜（bì），马肥壮强健貌。

⑪ 兰深：语出谢庄《孝武帝哀策文》：“怊怅四始，优游六位。缀响兰深，缉言琼秘。悠哉梁践，眇焉汾肆。”

⑫ 噍杀（jiào shā）：声音微小而急促。

⑬ 庸成：传庸成氏守群玉之山先王之册府历八世。

⑭ 委蛇（yí）退食（sì）：言卓秉恬进退自如，于朝于家两相得。语出《诗经·召南·羔羊》：“委蛇委蛇，自公退食。”委蛇即逶迤，自得之貌；退食，退朝而食于家。

⑮ 绕溜：古地名，在陕西，因其地势险要著称。后常用以代指险固之地。

⑯ 常羊：古山名，言其远。语出《山海经·海外西经》：“形天与帝至此争神，帝断其首，葬之常羊之山。”

⑰ 魁父：小丘。

⑱ 不斟：古代南楚谓疾病少愈而加剧为不斟。

⑲ 秋草西州之路：典出《晋书·谢安传》。谢安卒前扶病还都经西州门，安死，其甥羊昙伤痛。“行不由西州路，尝因石头大醉，扶路唱乐，不觉至州门。左右白曰：‘此西州门。’昙悲感不已，以马策扣扉，诵曹子建诗曰：‘生存华屋处，零落归山丘。’恸哭而去。”

⑳ 挝（zhuā）：敲打。

㉑ 祓（fú）饰：语出《司马相如·封禅书》“祓饰厥文”。祓饰，除去旧事，更饰新文。祓，除去。

㉒ 会昌之集：唐名宰相李德裕《会昌一品集》，李商隐作序，并称其“成万古之良相，为一代之高士”。李德裕曾被拜太尉。会昌，唐武宗年号。

题风馆遗集序[①]

题风馆遗稿若干帙，为集九，曰：《春华集》《大笑集》《苟美集》《井梧集》《怀器集》《代风归鸦集》《徙溟集》《拂珊集》《晨风集》。为诗若干首。树吉排纂既竣，累欷而作曰：呜呼，此吾亡友湄君舍人之诗也。少陵有言："千秋万岁名，寂寞身后事。"悲夫，悲夫！

然观其漱涤万物，牢笼百态。幽感元思，孤情绝照。瑰华壮采，粲溢烟墨。英篇迥句，独造无始。至乃慨讽政俗，萌柢忠爱，怨慕[②]往复，顽艳均戚[③]。斯固雅才之遗制，孤士之微抱与。

盖君世承先芬，家富藏籍。天才既超，矗没[④]又久。自其稚齿，溺苦吟咏。时为才语，遂已英绝。若夫壮盛以往，足趼所经，发舒心灵，增益标胜。则东跻岱宗，西蹑华岳，南穷岭海，北极燕蓟。文字之助，江山为多。屐綦之游，篇什斯广者焉。

尝论乾嘉以来，实繁作者，然纤仄剽轻，谐谑杂沓，一时风靡，典则殆尽。迩岁群彦，稍志复古，又或模绣颜谢，雕饰韩杜[⑤]。取具形似，不由心声，徒资诋娸[⑥]，钧失齐楚。循君所诣，美臻弊绝，近代实希，岂唯吾鄙。大江之水，导源岷山，纳沫水于汉嘉，汇马湖于僰道，奔腾浩溔[⑦]，一瞬千里，而峨眉巫峰雄峙其间。井络之精，坤维之秀，意在斯乎，意在斯乎。

君体干丰伟，而襟致旷逸，虽蹶制举，无闷巾褐。尝一受知于学使道州何先生，先生总持风雅，精赏严别，独君著录，矜许特至：宜其作中兴之颂，赋平淮之雅，昭宣皇风，纪述功德。而贤书甫登[⑧]，殇宫遽执。人生穷达耄夭，于君何所复恨。惜乎名山盛业，竟止于此。为可恸也！

夫铜山陁而洛钟鸣[⑨]，畹兰摧而亩蕙叹。昔徐君奄忽，吴剑去佩[⑩]；钟期殂谢，牙弦辍响。矧余与君，心喻元中，道契形外。不朽之业，期之百年；未渫之欢[⑪]，坠于一夕。死生大矣！气类孤矣！啜其泣矣！尚忍言哉！顾惟仲宝之作，付之手定；徐陵之序[⑫]，犹有前诺。裒[⑬]其遗藻，传诸文苑，抑亦后死者责也。方今元冥司辰，耀灵匿景；惊叶窣地[⑭]，严霜雨天。隐忧倦于长宵，虚响警于初梦。独处成痗[⑮]，晤歌[⑯]寡俦。况复绋讴[⑰]载路，言多故人之丧；孤笛生邻，易陨山阳之涕。逝者如斯，存者奈何。削简缀词，百端交集。呜呼。

① 朱鉴成《题风馆稿》刊此序文略有不同，光绪《叙州府志》卷四十一《艺文》亦采该刊本。两者与本书差异有三，兹列如下：其一，刊本文首不列遗稿集名，直书“题风馆遗稿凡为集若干卷，为诗若干首”。本文末句：“逝者如斯，存者奈何。削简缀词，百端交集。呜呼。”刊本作：“逝者如此，千秋奈何。呜呼，呜呼！”并书：“同治十年岁次辛酉冬日。宜宾赵树吉譔。”其二，本文“少陵有言”一句，刊本则为“潘岳有言：执玩周复，想见其人纸劳于手，涕沾于巾。悲夫，悲夫！然观其傲睨百代，吐纳万象”。其三，他如，“粲溢烟墨”作“灿溢烟墨”；“自其稚齿”作“自其髫龀”；“遂已英绝”作“已号英绝”；“诋娸”作“诋諆”；“钧失齐楚”作“均失齐楚”；“吾鄗”作“吾党”；“岷山”则作“嶓山”；“纳沫水于汉嘉”作“纳沫水于嘉州”；“汇马湖于僰道”作“汇金沙于僰道”；“澔汧”作“澔瀚”；“虽蹶制举”作“虽蹶轨步”；“人生穷达耄夭”作“人生穷达寿夭”；“惜乎名山盛业，竟止于此。为可恸也”作“惜乎名山盛业，竟止于此也”。又，“昔徐君奄忽，吴剑去佩；钟期殂谢，牙弦辍响”一句，作“昔惠施殂谢，庄说寝音；钟期奄忽，牙弦辍响”。并“矧余与君”作“以余与君”；“死生大矣，气类孤矣”作“风流尽矣，气类孤矣”；“徐陵之序”作“皇甫之序”，“遗藻”作“剩藻”。

② 怨慕：因不得相见而思慕之。

③ 顽艳均戚：愚顽无知与聪明俊美者均受感动。

④ 黾没（mǐn mò）：勉力。黾，勉力，努力。

⑤ 颜谢、韩杜：南朝宋诗人颜延之、谢灵运；唐代古文家韩愈和诗人杜甫的并称。

⑥ 诋娸（qī）：毁谤丑化。《汉书·枚皋传》："故其赋有诋娸东方朔，又自诋娸。"颜师古注称："诋，毁也。娸，丑也。"

⑦ 浩澣（hàn）：也作浩汗，水盛大貌。澣，形容水流得很急。

⑧ 贤书甫登：古称中举为登贤书。

⑨ 铜山阤（tuó）而洛钟鸣：刘义庆《世说新语·文学》："铜山西崩，灵钟东应。"阤，山崩塌。

⑩ 徐君奄忽，吴剑去佩：春秋吴公子季札过徐国，徐君很喜欢他的佩剑，但不忍出口。季札会意，已心中暗许，但因还要出使他国，不便即时相赠。等他返徐，则徐君已死，于是，解下所佩宝剑，挂徐君陵墓的树上后离去，以践心诺。奄忽，此指死亡。吴剑，指季札之剑。

⑪ 未渫（xiè）之欢：出曹植《七启》："为欢未渫。"渫，此作"停歇"解。

⑫ 徐陵之序：徐陵是南朝梁著名文学家，著名的《古诗为焦仲卿妻作》作者。曾为太子的梁简文帝萧纲撰写的《长春殿义记》作序。

⑬ 裒（póu）：收聚、收集。

⑭ 窣（sū）地：指树叶在地上发出细小的声音。窣，细小的声音。

⑮ 痗（mèi）：病，忧思成病。《诗经·卫风》："使我心痗。"

⑯ 晤歌：对唱，此指两相唱和。

⑰ 绋讴（fú ōu）：挽歌。绋，送葬时牵引灵柩的大绳。

章鼎芗①先生南宋乐府序

鼎芗先生，两世寓公，三生慧业。探石室兰台②之秘，胸有千秋；读锦囊冰鉴之编，心伤半壁。成《南宋乐府》一卷，俶落泥马渡江之始，迄乎衮龙蹈海之余。岁历百五，章凡四十。瑰华壮采，纵出横飞。铁板铜琶，无以拟其豪宕也；霜笳晓角，不能喻其凄楚也。

尝综建炎以来兴废之迹而论之。当夫北狩蒙尘，红羊乍换；西冷驻跸，白雁未来。以返国之晋重，作南迁之典午[3]。其时右相则李伯纪[4]，留守则宗汝霖[5]。刘锜[6]奏绩于顺昌，蕲王[7]屡克于京口。武穆朱仙镇之师，吴玠和尚原之胜[8]，靡不井堙木刊[9]，飙驰电扫。五版并入[10]，三捷频闻。夫艺祖[11]之遗泽未衰，娄室[12]之北风奚竞。(暉)［晖］台[13]鼎在，玉步依然；太室[14]璧存，天心尚眷。向使高宗志图恢复，力戒偏安，则奉半臂之书[15]，升陑[16]作誓；鼓三边之气，罄地呼嵩[17]。或率苍兕[18]以渡河，或抵黄龙而痛饮。清宫阙，复燕云，指顾间事耳。

而乃懦同软国，甘作孱王。桧误于内，而挞懒[19]之议愈坚；浚误于外，而符离之师屡衄。金牌一下，金瓯遂缺。呜呼，汉官仪之仅见，小朝廷之已成。徒使二胜环空，三精雾塞。鹳鹆鹳鹆，难回野井之君；笔来笔来，竟立吴山之马。即孝宗之雄武，何救于江表之偏王哉！况复玉津园启，秋水观开，君相则窟室酣嬉，将帅则棘门儿戏。厓山踧踆[20]，驯至沦亡。呜呼，桂子三秋，劫灰沉黑；冬青一树，怨魄啼红，何其悲也。

然而危亡之运虽迫，忠孝之道弥光。抗论于太学者，前则陈欧之二烈[21]焉，后则杨周之六君子[22]焉。胡邦衡[23]千金一疏，陈同父[24]中兴五策；陆秀夫讲学于颠沛，文信国抗节于俘累。凡此丹心碧血之俦，无非紫岳黄灵之望。尤足光争日月，气壮风云。此则祖宗培养之深，而道学修明之效也已。

先生网罗众说，捃拾[25]方闻，以扶世翼教之心，抒诛佞褒忠之笔。卓乎鸿制，岂唯豹斑。无如秋赋既登，春官屡上，匡衡之策，数射而不中；苏季之裘，既久而愈敝。长安怛化[26]，著作散亡。惜哉。

哲嗣斐泉通守、载赓大令，并登仕版，能读楹书。在曩年为抚尘之交，蒙长公有弁言之托，分驰宦辙，诺责未偿。今者贺监[27]归来，青莲人渺；仲卿[28]梦里，子建频来。恨杜牧之生迟，恐江淹之才尽。愿书万本，继曲台如意之歌；请质九原，当楚国先贤之赞。

① 章鼎芗：名宝箴，原名熉，字鼎芗，也作鼎香。四川宜宾人。由叙永籍中嘉庆己卯举人。《国朝全蜀诗钞》卷四十五存其《南宋乐府》若干首，称其“独抒己见，不主故常”。

② 石室兰台：汉朝宫内有兰台，筑石室藏书，后世泛称宫廷内的藏书库为兰台。

③ 晋重、典午：晋重即晋文公重耳，流亡十九年返回晋国登王位。典午，晋帝司马氏五王南渡至建邺（今南京），司马睿建立东晋王朝，“典午”隐指司马氏。

④ 李伯纪：李纲，字伯纪，因曾任尚书右丞，即右相。抗金名将，曾几起几落，后于绍兴十年（1140）病逝，追赠少师。

⑤ 宗汝霖：即宗泽，汝霖为其字。靖康之难（1126—1127）后，赵构在河南商丘（即宋南京应天府）即位，时宗泽留守东京（汴京开封）。

⑥ 刘锜：绍兴十年（1140），于顺昌（今安徽阜阳）激战六天，大破金兀术军。

⑦ 蕲王：韩世忠，四大抗金名将（张俊、韩世忠、刘光世、岳飞）之一，绍兴二十一年（1151）逝世后被追封为蕲王。建炎四年（1130），韩世忠以八千人切断渡过长江的十万金军后路，多次交战均有所获，于黄天荡围困金军兀术四十八天，后被逃去。

⑧ 和尚原之胜：绍兴元年（1131），金军企图由陕西入川袭南宋后方，吴玠、吴璘兄弟在和尚原（今宝鸡西南）重创金军主力。

⑨ 井堙木刊：填塞水井、砍伐树木。本是古代攻入敌国后的作为，这里指得胜。

⑩ 五版并入：此指宫门大开，报捷者同时由各门涌入。古时筑墙，宫墙以五版（版筑）为高，故此文以五版指代宫墙各门，平时上朝仅由指定的门鱼贯而入。

⑪ 艺祖：本指有文德之祖，后用以指开国帝王。

⑫ 娄室：完颜娄室，金灭辽功臣，后也为宋劲敌。

⑬ 晖台：原书误“晖”为“暉”。台名。齐宣王欲取东周九鼎，颜率责问齐王，打算怎样把它们运到齐国，齐王说借道梁国，颜率说：“梁国也正想要九鼎放在晖台下、少海之上呢。”

⑭ 太室：太庙。

⑮ 半臂之书：《叙州府志》误作“半壁之书”。靖康之难，钦宗被掳北上，途中将写在御衣领的求救信交给曹勋，嘱其逃回交给高宗，史称“半臂书”。

⑯ 升陑（ér）：陑，古地名，指代发誓。《书·汤誓序》：“伊尹相汤伐桀，升自陑。”

⑰ 罄地呼嵩：全国都会山呼万岁。罄地，所有国土。《叙州府志》作“罄土呼嵩”，意亦同。

⑱ 苍兕（cāng sì）：本指古代掌管舟楫的官，借指水军，言北渡收复中原。

⑲ 挞懒：完颜昌，金国主将之一，主张利用南宋内部的主和派策动南宋投降。

⑳ 厓山踧跋（cù zī）：厓山决战，宋十万君臣兵民蹈海，十分悲壮。踧跋，通“呢訾”，忸怩，进退不得。踧，通蹙，困窘貌。

㉑ 二烈：陈东，太学生；欧阳澈，布衣。二人皆因上书反对和议，触怒宋高宗，同时被杀。第二年获平反。

㉒ 六君子：南宋宁宗（赵扩）庆元年间，上书为被谪的右相赵汝愚辩诬而被发配的杨宏中、林仲麟、徐范、张行、蒋傅、周端朝六人。

㉓ 胡邦衡：胡铨，字邦衡，进士，枢密院编修官。高宗绍兴八年秦桧将与金议和，胡邦衡上书请斩秦桧等卖国三奸，被贬。其《戊午上高宗封事》时人争相传抄，金人以千金购去。

㉔ 陈同父：陈亮，字同甫。乾道五年（1169）宋金议和，陈连上五疏反对，被称中兴五策。

㉕ 捃拾（jùn shí）：拾取，收集。

㉖ 怛（dá）化：庄子言人死时自然变化，不必去惊动将死者，后遂用以称人之死。怛，忧伤，惊恐。

㉗ 贺监：贺知章晚年自号。

㉘ 仲卿：韩愈父。又称柳宗元撰《龙城录》：韩仲卿梦乌帻少年飘然而来，求仲卿为其文集作序，去而复来，说自己是曹子建（植）。

送郭藕莊[1]太守之任扬州序

扬州领广陵之域，当江淮之冲。邗沟径其南，瓜洲镇其北，飞刍挽粟兹焉。首途楚糯吴粳，涉春不绝。牢盆墆粥[2]，利甲表海。风气所聚，里区谒舍[3]，比栉鳞次。象犀玳瑁，珠香之属，襁至[4]辐凑。廛人敛布[5]，日不暇给。富商大贾，废举是间。及它方技浮食[6]奇民，出其市者，若颓波[7]之委大壑也。

国家休养生息二百余年，考[8]钟而吹竽，羹鱼而饭稻。一旦姎徒俶扰，捶驱寥狼[9]，欃云去而枪云[10]来，铜拔歌而铁拔[11]继。蕃厘之观，琼花弗荣，芜城之阴，秋草如积。虽军府复完，而凋瘵[12]已甚矣。嗟乎，此虽盛衰之常理，然岂封圻之细故哉。

咸丰七年冬，天子以渤海名区，必资龚遂[13]；淮阳重郡，须用汲公[14]。御札十行，竹符第一。岭南郭侯，往莅兹土。君投袂而起，屦及窒皇[15]。拜表即行，鸾无辍軏。然且博咨乡望，广集方闻。虞诩[16]有志，欲靖朝歌；东海需才，先求孙惠[17]。扬之人士，翕然以悦。吾党交君者，咸为祖道[18]，又歌咏以张之。

余与君初无抚尘交，以君曾官吾蜀故耳。其名或谓何逊，诗人风流相尚；或谓崔倭，文士精神太遒。吾友朱麋扃曰："郭大夫，今之干济才也。"一日天大雪，余徒步城南，访麋扃于君舍。履綦乍接，井辖[19]遂投。相与烹园官之菜，把斞[20]刘堕[21]之芳酎。信眉高谈，风噫电笑。观其裙屐，可知使才；窥其篇什，以为余事。余既异目，至此益心折焉。于是举觥黴湑[22]而言曰：扬州苦兵燹久矣，夫天下之大，势在于东南；九州之上，腴尽于淮海。财不出，则齐民困；赋不登，则度支穷。前事之鉴，则既然矣。今阿童[23]楼槛，已下石头；北府[24]旌旗，更收京口。君以扰毅之资，当盘错之际。策全枭散[25]，安辑流离[26]。赤黍白盐，胥劳算画。蒿墙铜柱，尽赖经营。其必使明珠复还，春犊无佩。黄籍白籍，生聚重齿于司徒；宽乡狭乡，租税率登于天府。不独扬人蒙福而已。夫操之如束湿[27]，救之如扬沸，此俗吏所以苟目前之急也；破觚而为圜，斫雕而为朴，此通儒所以贻百世之安也。

君曰唯唯。遂书以贻之。

麋扃吾蜀人，尝相天下奇士者。

① 郭藕荘：名志融（1812—1860），字煦田，号藕舡，亦作藕荘，广东清远人。道光十四年（1834）甲午举人，道光二十五年乙巳恩科进士。历任四川大邑知县，成都知县，道光三十年升四川叙永厅直隶同知，四川潼川知府。于咸丰七年（1857）调任扬州府知府兼署苏州府事务，后任苏州知府，不久升为徽宁池泰广后备道加按察使衔。咸丰十年（1860）二月，四十九岁卒于任。

② 牢盆墆粥（zhì yù）：谓有盐产之利。牢盆，煮盐的器具。墆粥，囤积待售。墆，谓囤积并待价卖出。

③ 里区谒舍：据《汉书·食货志下》："工匠医巫卜祝，及它方技商贩贾人，坐肆列里区谒舍。"其中交易场所的房舍，不宿客的称"里区"，供客商留宿的则为称"谒舍"。

④ 褫至：络绎而至。

⑤ 廛（chán）人敛布：税务人员收取各种税钱。廛人，税务官员。廛，此指集市、市场。布，钱币。

⑥ 浮食：指从事非农产业的各种人。扬州极尽鱼盐商贾之利，万商云集，有大批各色人等在其间谋生。

⑦ 颓波：往下流注的水。

⑧ 考：此处是敲打的意思。

⑨ 妖徒俶（chù）扰，捶驱寥狼：皆骚乱之状。妖徒，泛指作乱之徒，出《后汉书·南蛮传》“蛮夷互称”。俶扰，开始骚扰。俶，开始。捶驱寥狼，指鞭打驱赶、侵扰。出《后汉书·文苑传上·杜笃》：“捶驱氐僰，寥狼邛莋。”捶驱，用鞭子驱赶，“捶”也指马鞭。寥狼，侵扰之义。

⑩ 欃云、枪云：皆指彗星，古人认为是灾星。

⑪ 铜拔、铁拔：指北魏拓跋氏、贺拔氏，皆北魏军阀。

⑫ 凋𠢕（guì）：犹凋敝，衰败困苦之状。𠢕，筋疲力尽，疲极。

⑬ 龚遂：字少卿，西汉山阳人。汉宣帝时为渤海太守，渤海多盗，龚遂劝民农桑，民皆卖剑买牛，卖刀买犊，境内大治。

⑭ 汲公：汉武帝能臣汲黯。

⑮ 窒皇：寝门阙，即甬道。《左传·宣公十四年》：“楚子闻之，投袂而起，屦及于窒皇，剑及于寝门之外，车及于蒲胥之市。”

⑯ 虞诩：东汉时名将。初任朝歌令时，特招三种类型的重罪犯为敢死之士，遂平定朝歌叛乱，名震朝野。

⑰ 孙惠：西晋时东海王越起兵，孙惠匿名上书，王越阅罢，大为赞赏，“榜道（贴告示）以求之，惠乃出见”。事见《晋书·孙惠传》。

⑱ 祖道：古代为出行者祭祀路神，并饮宴送行。

⑲ 井辖：留客之典“取辖投井”，出《汉书·陈遵传》：陈遵豪饮，为留住满门宾客，把人家车子上固定轮子的键销（车辖）拔了丢进井里，使人无法回去。辖，古代车轴两端用于锁住轮子不致脱落的键。

⑳ 斞（jū）：舀酒，注酒。

㉑ 刘堕：即刘白堕，南北朝时人，善酿酒，后被尊为酒神。

㉒ 瞥𧝞（bié xiè）：此指起身敬酒时衣服飘摇。瞥𧝞，连绵词，衣服飘摇婆娑貌。

㉓ 阿童：西晋王浚小字阿童。刘禹锡《西塞山怀古》有“王浚楼船下益州，金陵王气黯然收”句。太康元年王浚率水军东下攻占石头城，吴主孙皓投降，西晋统一。

㉔ 北府：北府兵，东晋名将谢玄招募北来流民组建的军队，淝水之战大败苻坚。

㉕ 枭散：喻指贵贱。如汉桓宽《盐铁论·结和》：“闾里常民，尚有枭散，况万里之主与小国之匈奴乎？”古六博棋博戏以“枭”为王，“散”为卒。因王贵卒贱，故以枭散喻贵贱。枭，富强者。散，贫弱者。

㉖ 流离：本“枭”的别名，但此文指“流离失所”之民。

㉗ 束湿：捆扎湿物。因湿物易于捆扎，“束湿”一词用以形容官吏驭下苛酷急切。《汉书·酷吏传·宁成》：“好气，为少吏，必陵其长吏；为人上，操下急如束湿。”

送陈云笙[①]同年耿甥笃卿[②]之官山左序

东海之滨，齐鲁旧治。粤稽星次，是曰元枵。壤土肥沃，民薄耕而厚获，鱼盐蜃蛤[③]，富甲天下。商贾烦累万物，争骛走[④]以取利。诸奇珍怪之市自贾胡者，舶交海中。岁漕粟以实京师，殆数十万计。当此之时，疆圉无事，州牧县令衣租食税，长其子孙。入则哦松署牍[⑤]，出则清道引喤[⑥]。齐民望尘扶服，尊若天人，莫敢仰视。士得官于此邦，亦荣幸矣哉。

国家承平二百余年，长吏愉娞[⑦]以尸职。萑符窃发，蹲循[⑧]莫能捕诘。又征敛无时，杂出色目。丁胥因缘为奸，日朘月削[⑨]，以重困竭我嘉师。而闾巷椎埋[⑩]攻剽，群不逞之徒，始凭借乡团，齐一愚庶，百名十姓，自为长帅。比响联势起，而持吏长短。一不慊意，则往往探赤白之丸，致苍黄之劫。其难治与淮颍诸州县等。于是捧檄者，始以兹土为诟病，除板久出，错惮弗肯就事。

今天子嗣服初元，疆臣以需才请。朝廷合选人之籍，遴畯良[11]者八人，悉赐符牒以往。而吾齐年友陈君云笙，实被是选，吾家之甥耿子光祜，亦与焉。

岁之初，吉戒仆首途[12]，接茵连舆，骈驰翼驱。春流已波，芳草未碧。送者咸集，余乃扬觯以酌陈君曰：君宽而仁，足以苏其民；和而乐，足以柔其俗。毋畏乎都魁[13]，毋慑于大吏，唯赤子之扶扶是字。又与耿甥酒而告之曰：牖唯虚也，而后能明；毂唯圆也，而后能行。通人之用，情顺无情[14]。遂以为子箴。

嗟乎，盘根错节，乃别利器。今吏道蓁艿[15]久矣，士或促訾[16]以为能，闪揄[17]以为智。处脂膏则拊髀雀跃，遇瘠区则雷叹颓息。彼其于康济时艰之大何如哉。

君与吾甥，独无几微慨于心，表于色。诚知轻重民人社稷，诚非偶然。吾交游只数子，而东人一举而得其二，真诚多福。于其行也，乐为文以张之。

① 陈云笙：参《诗存》卷二《夏日得寿绅云笙书寿绅并寄示丙辰出都见怀之作》注。本书附录有陈云笙《书赵给谏树吉赠序后》。

② 耿甥笃卿：耿光祐，字笃卿，四川隆昌人，举人。咸丰八年（1858）戊午科顺天乡试举人。曾任咸丰十一年《增修隆昌县志》总校。先后官山东馆陶（原属山东）、夏津知县。耿光祐父亲为耿昂，母亲为赵树吉伯父赵冰的长女（据民国《隆昌县志》）。

③ 蜃蛤（shèn gé）：大蛤和蛤蜊，均海内可食的动物。《左传·昭公三年》：“山木如市，弗加于山；鱼盐蜃蛤，弗加于海。”

④ 骛走：疾行。

⑤ 哦松署牍：吟哦松风，虚应差事。吟哦，典出韩愈《兰田县丞厅壁

记》："崔斯立为兰田丞县，庭有老松四行，崔松吟哦其间。"署牍，典出南唐时常梦锡以被小人所荐而被迫任户部尚书为耻，每日只在公文后署名而已，不置可否。

⑥ 引喤（huáng）：官员出行时，有衙役在前高声吆喝清道。喤，象声词。

⑦ 愉綖（yú yán）：懈怠迟缓。

⑧ 蹲循：逡遁退让，逡巡不前。

⑨ 日朘（juān）月削：被日减月缩，指时时受到搜刮。班固《汉书·董仲舒传》："民日削月朘，浸以大穷。"

⑩ 椎（chuí）埋：杀人而埋之。椎，椎杀。

⑪ 畯良（jùn liáng）：即俊良之才。畯，通"俊"。

⑫ 首途：启程，出发。

⑬ 都魁：豪强。葛洪《抱朴子·刺骄》："汉末诸无行，自相品藻次第，群骄慢傲，不入道检者，为都魁雄伯。"

⑭ 情顺无情：指顺应自然，不以个人情感为好恶。这是程颢《定性书》中："圣人之常，以其情顺万物而无情。故君子之学，莫若廓然而大公，物来而顺应。"

⑮ 蓁艿：杂草丛生。此言吏道坏如荆莽。

⑯ 促訾（zī）：或作哫（zú）訾。阿谀奉承、以言求媚。语出《楚辞·卜居》："将促訾栗斯，喔咿儒儿，以事妇人乎？"

⑰ 闪揄（shǎn yú）：奸巧谄媚。

送王泽山同年南游序

弭节江湖之上，凝神寂波之表。烟语水宿，悦其孤襟；波谲云诡，荡此危魄。不诚足轻侯封、傲当世哉？而况澧兰沅芷，美人可思；犵鸟獞花，霸图斯在。登高可以作赋，临风可以吊古。又且迁道访故，入幕作宾。南岳之间，是娄留[①]之故里；东道之主，与韦睿[②]为同乡。然则足下佩黄神之印[③]，署钓鳌之客[④]；攀湘妃之竹，折罗浮之花。宗人佐侊饭[⑤]，仙吏供歌席，蜻蜓导前，猿鹤拥后。班生此行若登仙[⑥]已。

独念吾与子自来京师，共数晨夕。一巷之屋，分占其东西；两家之仆，亦亲于兄弟。隔墙整巾，闻呼必诺。踞觚听史，申旦忘疲。郗恢髭毵，子猷负去[⑦]；休文雌霓，王筠[⑧]击节。自非切肺谊深，岂易得此一旦。油素犯雨，策彗驱尘[⑨]。昔闻音则跫然喜[⑩]，今出门则块然立。能勿思哉，能勿思哉！

且足下穷龙威之秘，有锐银[⑪]之功。记封禅七十二家[⑫]，数西域三十六国。履绚冠述[⑬]，极乎人天；春葩丽藻，粲于牙齿。而志在康济，神存钟鼎。言若含泽，舌如电光。慕管乐之为人，鄙随陆[⑭]之无武。间与抚时论事，借箸前筹[⑮]。灰盘指画，虏在目中；棋枰推策，运若掌上。读诏书则每叹圣主，视棘门则斥为儿戏。

所学也如彼所志也。如此使假之毛羽，策以风云，外之磨盾鼻佐奇胲[⑯]，内之颂金天缕玉牒，胡宁惡[⑰]焉！觭偶不仵[⑱]，一第溷人[⑲]。楚和之玉，再献而仍绌；阳春之歌，独唱而寡应。而君甘抱奇律，不为诡遇[⑳]。宁索长安之米，耻曳侯门之裾。遂至曲突烟冷，邓禹笑人[㉑]；影质[㉒]衣空，仲宣去国[㉓]。则此游也，殆亦有所不能已者乎。

今夫润因云而芬泽流，响乘风而音徽远者，智慧之需时也。俊乂希翘车之招，金碧辱风举之使者[㉔]，取舍之无定也。奏刀技神，必合桑林之舞[㉕]；步瑟弦妙，何虑匏梁[㉖]之暗。是以苏秦十上，飞钳愈精；荀卿中岁，兰陵作令。足下方在盛年，未越强仕。固宜造化玉汝，大器晚成。彼夫琼琚玉佩，早踞台阁，而睹空署白，身名俱泰者，其于人、家国何如也？

足下行矣，失毋表色，游毋废学。毋慊其所已能，毋忘其所未足。穷其山川，以增长气识；乐其风土，以浚凿神智。藏器以待时，澄怀以观物，如是而已。仆上书让职[27]，既惭前哲；维驹食藿，又愧风人。效绕朝之赠策[28]，恃惠子之知我[29]。骊驹在左，肴尊在右。孔璋[30]孔璋，幸慎餐寝，连舆接茵，勉践后约。楮墨未罄，申之以诗。

① 婆留：五代吴越王钱镠小名。借指吴越之地。

② 韦睿：字怀文。京兆杜陵（今陕西西安东南）人，南北朝时期南梁名将。

③ 黄神之印：古登山者佩以辟邪。葛洪《抱朴子·登涉》："古之人入山者，皆佩黄神越章之印，其广四寸，其字一百二十，以封泥着所住之四方各百步，则虎狼不敢近其内也。"

④ 钓鳌之客：李白曾自称"海上钓鳌客李白"。典出《列子·汤问》：巨人钓走驮海上仙山的鳌，致使仙山或流或沉。

⑤ 侊（gōng）饭：丰盛的酒食菜肴。侊，大的意思。

⑥ 班生此行若登仙：班景倩，唐卫州汲人。据《资治通鉴》卷第二百一十一：玄宗时，班以扬州采访使入为大理少卿，过大梁，汴州刺史倪若水饯之行，立望其行尘，久之乃返，谓官属曰："班生此行，何异登仙！"

⑦ 郗恢毾㲪（tà dēng），子猷负去：郗恢，东晋将领。毾㲪，毛毯。子猷，王徽之。子猷访郗恢，见其毛毯很好，乘郗恢尚在内室，便叫随从赶紧背回家去。郗恢出来不见毯子，子猷说："刚才大力士负之而去。"

⑧ 休文、王钧：南朝梁沈约、王筠，均以文名。沈约《郊居赋》中有"驾雌霓之连蜷"句，五字平声，王则读"霓"字为入音，正符沈原意，沈大赞王为知音。

⑨ 策彗驱尘：语出《礼记·曲礼上》："国中以策彗恤勿驱，尘不出轨。"言入他国，宜以鞭稍（策彗）轻轻搔摩马而慢行，以免车辙里的尘土飞扬。

⑩ 闻音则跫（qióng）然喜：《庄子·徐无鬼》："闻人足音跫然而喜矣。"跫，脚步声。

⑪ 锐银：即“锐垠”，“锐之以逾垠”的缩语，意为“快速越过敌国边境”。语出《尉缭子·战权第十二》：“高之以廊庙之论，重之以受命之论，锐之以逾垠之论，则敌国可不战而服。”《康熙字典》“银”字条引《同文铎》：“与垠同。”又《康熙字典》：“垠，又通作银。界限也。”

⑫ 封禅七十二家：《史记·封禅书》：“古者封泰山禅梁父者七十二家。”七十二家即七十二王曾泰山封禅。

⑬ 履绚（qú）冠述：古称：“知天者冠述，知地者履绚。”履绚，鞋头饰以绚。绚，鞋上的装饰物，寓意自我约束不逾矩。冠述，冠上饰以述。述，即鹬（shù），翠鸟，故人认为翠鸟能知天将下雨，所以，“知天者冠述”。

⑭ 随陆：刘邦的文臣随何、陆贾的并称。两人皆有辩才。《晋书·刘元海载记》：刘元海尝曰：“吾每观书传，常鄙随陆无武，绛（绛侯周勃）灌（颍阴侯灌婴）无文。”

⑮ 借箸前筹：典出《汉书》所载。张良曾在刘邦吃饭时，借用刘邦的筷子在桌上为其谋划。

⑯ 奇胲（hǎi）：指用兵。因兵书有《五行奇胲用兵》二十三卷。

⑰ 恧（nǜ）：自愧。

⑱ 觭（qí）偶不仵：谓奇偶之数本不相同。不仵，不相同。语出《庄子·天下》：“以坚白同异之辩相訾，以觭偶不仵之辞相应。”觭偶，即奇偶。觭，与奇数之“奇”通。

⑲ 一第溷（hùn）人：言其会试不第，遭遇困阨。溷，本指混浊之地，后落溷为屈才。第，指科第。王泽山（再咸）会试不第，滞留京师以教书为生多年。

⑳ 诡遇：以不正当的手段谋取。

㉑ 邓禹笑人：东汉邓禹辅佐汉光帝得天下，二十四岁即封侯，后人王融自叹“为邓禹所笑”。后遂以“邓禹笑人”为功名迟暮之典。

㉒ 影质：北魏徐遵明为一代大儒，海内敬仰，授徒二十余年，惟爱财，求学者必“悬纳丝粟，留衣物以待之，名曰影质”。所谓“影质”，即“望影设质”。质，同“贽”，财礼。

㉓ 仲宣去国：仲宣，建安七子王粲字。汉初平四年，由于董卓专权控制

献帝，长安正处于混乱之中，王粲忧时去国，到荆州依附刘表。

㉔ 俊乂（yì）、金碧句：出《文选·演连珠之四》："是以俊乂之薮，希蒙翘车之招；金碧之岩，必辱凤举之使。"俊乂，才德出众的人者，贤为才。乂，治理，又用来称贤才。翘车，古代礼聘贤士的车子。

㉕ 桑林之舞：庄子《庖丁解牛》中说庖丁解牛所有动作、声响，"莫不中音，合于桑林之舞"。桑林，商汤时的乐曲。

㉖ 鲍梁：古善歌者。

㉗ 让职：辞职。

㉘ 绕朝之赠策：晋大夫士会投秦后，晋忧其为秦所用，派人去秦诱之回，秦君允其返，秦大夫绕朝虽然洞悉晋人之计，还临行赠士会马鞭。

㉙ 惠子之知我：战国时，施惠与庄周深交，于学问常有争论。施惠死后，庄周过其墓，感慨地说："自您死后，我还能与谁探讨问题呢？我还能与谁说话呢？"

㉚ 孔璋："建安七子"之一陈琳字，陈琳死于疫，故赵树吉嘱咐王再咸注意饮食。

朱湄君生日赠序

玉佩琼琚之会，车赫马跃之场，口呿①舌吟，盘辟雅拜，非所谓得志于时之丈夫乎。然而蛙蠙之衣②，朝荣则夕萎；呼謈之曲③，音尽则响歇。魁人硕士，岂其然与！若夫浴素陶玄④，履绚冠述，绨椠⑤撷其菁英，宇宙张其丽瞩。著书一尺，辉丽万有；握管径寸，皋牢⑥群能。则吾友湄君，殆庶几焉。

君名家子也。嘉庆初，盗起吾蜀，岷峨震骇，秦楚驿骚。篝火狐鸣，乌桄⑦鸟绝。白莲开而美人出，碧血化而杜宇啼。卜战之龟屡焦，犒师之牛⑧渐罄。当是时，君先祖安福公⑨，以射策之匡衡，为上书之曼倩。初投铜匦，公卿动容。及对金商[10]，敷奏移晷[11]，卒之三鼓克捷，用曹刿之言；两字攻心，服马谡之论。荐绅重之，士林传之。

今东南盗弄潢池，盘牙连岁，羽书络绎，庙谟忧勤。而君以磨盾草檄之才，不获展翔旝云辆[12]之计。今昔异轨，荣悴殊致，升沉之故，畴[13]测之哉！

嗟乎，芙蓉怨雨，渺渺秋江；油素犯风，茫茫前路。江南芳草，招公子于婿乡[14]；玉垒浮云，作将军之揖客[15]。吊古苍龙之岭[16]，歌离铜马之祠[17]。油幕旧而西山青，貂裘敝而北风大。人之情也，客何为乎。

虽然海内文章，已归孝绰[18]，后进领袖，独有裴彦[19]。子将[20]履至，长者多从之游；太初诣人，名流为拂其席。故已视黻冕[21]而荣，不绨绣而华者焉。向使青云无踧踖，世味少颇颔[22]，酣豢良酝[23]，局影凝严[24]。白龙香近，占执法之星；赤雀晨飞，给尚方之札。转不过金天一颂[25]，宫体一编耳。彼东方索米于长安，冯唐白首于郎署，抑又何如哉。失其傥来[26]，而专其独得，故曰不辱之谓贵，多文之谓富也，岂不然乎。

元英司辰，河朔始雪。君遘疾既瘳，适逢揽揆[27]，二三抚尘交[28]，思有以宴嬉之。君谓若饷以文词，则唯命。于是烟墨受召，宫商竞鸣。不鄙俪言，乃贻是序。它日者，岭南之行傥成，钓鳌之客可署。则鱼龙负舟，鲎蜃拥楫。青山一发，紫澜万里。回皇视听，增益神识。然后角巾故里，藏书名山，吾将为君，歌考盘之三章[29]也。

① 呿（qū）：张口。

② 蛙蠙之衣：青苔。

③ 呼谔（xū）之曲：劳动时所歌的号子。

④ 浴素陶玄：洗白淘黑。素，白色。玄，黑色。陶，古同“淘”。语出《南齐书·列传卷四十一》载张融《海赋》：“澜涨波渚，陶玄浴素。”

⑤ 绨椠（tí qiàn）：供书写用的丝织物和木版片，指书册。

⑥ 皋牢：本指牢笼，笼络。此意为统御，谓湄君其文足以冠群。

⑦ 乌栊：山名。或云指乌蒙山。

⑧ 犒师之牛：典出《左传·僖公三十三年》。郑国牛贩弦高路遇前往郑国的秦军，随机应变，以十二头牛犒劳秦军，以此暗示秦军：郑国已预知秦军来袭。秦军以为郑国已有防备，转而灭掉滑国。以牛都送完了比喻蜀战之频繁。

⑨ 安福公：朱俒，朱鉴成祖父，终江西省安福县令。嘉庆五年二月“以教匪事应直言诏”，条陈军务数万言，深得赞许，赐同进士出身，赐官不受。后以大挑历任江西数县知县，有惠政于民。归田后遂不出。

⑩ 金商：汉宫门。

⑪ 移晷：日晷移动，比喻奏对时间之久。

⑫ 翔旝（kuài）：翔旝，古代战争中发射的飞石，旝，古代用来的发射石块的军械。云辎（péng）：一种名叫楼车的战车，《新唐书·褚遂良传》：“但遣一二慎将，付锐兵十万，翔旝云辎，唾手可取。”

⑬ 畴：其义同“谁”。《尔雅·释诂》：“畴，谁也。”

⑭ 婿乡：朱鉴成曾远赴江南为赘婿。

⑮ 揖客：指朱入川督黄宗汉幕为幕僚。

⑯ 苍龙之岭：即华山苍龙岭。

⑰ 铜马之祠：铜马祠汉光武帝刘秀庙，在今河北巨鹿县北。

⑱ 孝绰：南朝梁刘孝绰，名冉，小字阿士，文才极佳。其舅王融十分赞赏他：“天下文章，若无我，当归阿士。”

⑲ 裴彦：即裴秀，字季彦，魏晋时人。少年便以文才名天下。时谚云：“后进领袖有裴秀。”

⑳ 子将：东汉许劭，节操为人称道，他到颍川，与他同游的都是一些有道德学问的长者。

㉑ 黻冕（fú miǎn）：一种祭服。

㉒ 顑颔（kǎn hàn）：因饥饿而面黄肌瘦的样子。此句希望仕宦之途少颠沛流离。

㉓ 酣豢良酝：畅享美酒。

㉔ 局影凝严：出入宫禁时小心恭谨之状。局影，形容谨慎小心的样子。凝严，严肃恭敬。语出《文选·江淹》："日者，谬得升降承明之阙，出入金华之殿，何尝不局影凝严，侧身扃禁者乎？"此句与"酣豢良酝"，均是对朱鉴成的祝愿。

㉕ 金天一颂：《南史》载：永明八年，天忽黄色照地，众莫能解。司徒法曹王融上《金天颂》。王摛曰："是非金天，所谓荣光。"武帝大悦，用为永阳郡。

㉖ 傥来：意外得来，偶然得到。《庄子·缮性》："轩冕在身，非性命也。物之傥来，寄者也。"

㉗ 揽揆：生日。

㉘ 抚尘交：自幼交好的朋友。抚尘，玩沙的游戏。

㉙ 考盘之三章：指《国风·卫风·考盘》。以其诗三章，赞美隐者。

郁郘山房骈文·卷二

袁太年伯母郭太夫人八旬晋三赐寿弁言[①]

皇帝御极之十年岁纪，上章涒滩，恭遇三旬延庆圣节。维时芬德畅敷，蕃祉骈坒[②]。丹文绿牒，灵蠵[③]呈元扈之符[④]；六茎九成[⑤]，需夏[⑥]奏帝台之曲。仪璘俪景，弥崇弥增。讴歈醵酺，賨纮帀洽[⑦]。

天子秉衷抝挹[⑧]，却抑弗居。顾念勤事之贤，特申锡类之宠。乃诏外任文武大吏，有亲年越八旬者，禄养承恩，康强逢吉。太宰司马具察以闻。于是少内宠颁，撢人[⑨]敕下。紫极房帅亲奉离褕，黄车使者僢驰[⑩]夏篆。灵檀宝树，御香发其茵蒀；太宵琅书，仙露滋其润采。

髾[⑪]衣六等，玉券十华。而钦使袁午桥之母太夫人，以八旬有三，首膺茂典。中朝簪盍，南国衿鞶。祈爵者手仇[⑫]而前，树颔[⑬]者扶服而拜。盛矣哉！非独宗鄙之至荣，盖升平之灵贶矣。

夫本茂则葩华荣，源邃则波流远。惟太夫人诞方雅之族，有庄姝之度。玉致韫照，觚奇勖操。自于归太年伯海门公[14]，夕洁晨蠲，午春宵杼。大家之诫，谓如影响；斯干之什，曰无非仪。逮夫漆室告居，蓍簪衔恤[15]。尊章继以嫖忽[16]，缫抱待之膏饡。斯时也，八褟衣单，阿阿谁听。一星曙后，耳耳非佳[17]。太夫人捋荼自甘[18]，折蓤[19]以教。秦篝郑络，隅余不恤之纬；缇巾革匮，槛有可读之书。卒使绨帙传家，厖褫[20]提庆。昔则荀偃之疡[21]，张目而犹视；继则灵宝之坐，成人而已还。一朏[22]一扬，风月尽家庭之妙；三宅三俊[23]，文昌坐子弟之宫。区里韪之，婉华茂矣。

我午桥年伯，恪承慈训，早播徽猷[24]。锦绁熏香，掣曳乎啧室[25]；紫荷橐笔，矗没乎枢廷。铁柱始冠[26]，银台旋擢。手如屈轶[27]，心如獬豸。王恬[28]之劾，宣武九陛改容；徐陵[29]之弹，安成百僚屏息。天子以为有伯夷史鳅之直，使招平林新市之兵。王导南征，更假安东之节；绛侯名重，遂代灞上之军。令甲十三，金翅五百。侯遮捍卫，鸱苕[30]翩翩。文画葩爪，戎容暨暨。御骍突于僧腾队里，取腹心于皇甫边城。九地九天，徽章变色；八战八克，草木知威。固以塞彼夷庚[31]，光兹勋簿。

摩诃之寝[32]，鸱尾常悬。神庆之床[33]，象笏相积。而太夫人申诫弥挚，受宠若惊。勉之以壮犹[34]，策之以远志。每读诏书，辄呼圣主。但闻吉语，乃喜加餐。银鹿坐孙，问何以仰酬黄屋；板舆归觐，计何以永靖铜驼。至乃麦曲山藭[35]，拯皀没之众；竹花木酪，活鸟钞之民[36]。霜俭一生，河润九里，则又善心为窈之明征，而美意延年之余事也已。

今者宝婺星明，养堂日丽。当丹凤衔书之候，正翟车拜赐之初。令孙筱坞[37]同年，武功列爵，玉署蜚英。当采东华之文，远附南飞之鹤，以彰家庆，以表君恩礼也。

伏考苍姬[38]宴镐，不闻重锦鱼轩；炎汉祈年，但赐上尊胎谷。贾逵拜表，冠帔乃颁；武昌侯封，金紫有耀。犹且载在缃帙，传为芬响。而况花钗九树，居兴庆之首行；鞶鉴一图，迈循蜚之宠眷者乎。

谨拜手稽首而称曰；天家之珍，纷纷纶纶。奎章之新，炳炳麟麟。以贶其亲，以及其子孙。

惟天子之恩，又祝曰：惟圣人之公，福与人同。惟钦使之忠，厥勋隆隆。俾八畡呕喁，玉烛消虹。

惟太夫人之教之功，再祝曰：轩箓延长，锡此龙光。如山如川，而寿而臧。匪家巷之庥[39]，而邦国之祥。匪一人之私，而万口之导扬。自今以始，身其康于千万年。视此觞。

① 此文是为袁甲三母亲八十三寿所作。咸丰十年（1860）六月，咸丰帝爱新觉罗·奕䜣三十寿辰，下诏：“查明外任大员老亲有年逾八十者，禄养承恩，康强逢吉。”并赐袁甲三母郭氏“懿规颐龄”匾。袁母后来享年一百零一岁。袁甲三（1806—1863），字午桥，河南项城市人。道光十五年（1835）进士，历礼部主事、江南道监察御史、兵科给事中，曾在安徽办团练，后受命专办安徽剿捻事，咸丰四年曾被革职，咸丰六年起复，在剿捻中多有战功，咸丰九年升钦差大臣、督办安徽军务，再为漕运总督兼江南河道总督。袁甲三后来于同治二年（1863）六月病故，年五十八岁。

② 坒（bì）：比次相连

③ 蠵（xī）：指一种大龟。即下文负“元扈之符”的神龟。

④ 元扈之符：指“洛书”。“元扈”也作“玄扈”。一说仓颉东寻，顺洛水而下至元扈，有灵龟负“洛书”（龟背有文，因出洛水，故名）而献。

⑤ 六茎九成：奏“六茎”九次。六茎，传为颛顼所作。曲终为“成”。

⑥ 需夏：古郊庙乐曲《五夏》之一。

⑦ 夤纮帀（zā）洽：夤纮，皆指极远之地。帀洽，亦作“匝洽”，遍及之义。帀，同“匝”。

⑧ 㧑挹（huī yì）：谦抑；谦让。

⑨ 撢（dǎn）人：古代负责探取国王之志向国人传达的官员。撢，本义

为探。

⑩ 僢驰（chuǎn chí）：分流背道四出而驰。

⑪ 髾（shāo）：古代妇女衣饰。

⑫ 手仇（jū）：以手挹酒。

⑬ 树颔：叩头。

⑭ 海门公：袁甲三之父名耀东，字海门，年未四十而殁。

⑮ 蓍簪衔恤：蓍草为簪，心怀忧伤。

⑯ 尊章继以嫖（piāo）忽：对公婆更加勤快恭谨。尊章，亦作“尊嫜”，敬称夫家父母。嫖忽，轻捷飘忽之义。

⑰ 一星曙后，耳耳非佳：前句典出唐代崔曙，因其有诗云“夜来双月满，曙后一星孤”，当时以为警句。及来年，曙卒，唯一女名星。耳耳，汉时生女则对人言“生女耳”，以表遗憾（非佳）。元柯芝《耳耳》诗：“耳耳非佳语，陆陆难为颜。”

⑱ 捋荼（lǚ tú）自甘：荼味苦，捋荼以食，自甘其苦。

⑲ 葼（zōng）：细树枝。

⑳ 厖褫（máng chǐ）：大福。厖，大。褫，福。

㉑ 荀偃之疡：晋中军元帅荀偃伐齐不成功，生疽疡于头致双眼凸出，至死不瞑，直至其副手发誓完成伐齐大业才闭上。

㉒ 朏（fěi）：新月初生。

㉓ 三宅三俊：是说居高位者皆应是具有优良品德的贤人俊杰。语出《尚书·立政》“克用三宅三俊”。所谓“三宅”，指居于夏、商、周时“常伯”“常任”“准人”之位的卿大夫；三俊，指具有刚、柔、正直三德的贤俊之人。

㉔ 徽猷：美善之道。徽，好的。猷，道德修养。语出《诗经·小雅·角弓》：“君子有徽猷，小人与属。”言上有美善之道，下面自会乐从。

㉕ 啧室：集议之所，因众言纷争，故曰“啧室”。因袁甲三曾为谏官，常以直言相争于议事之所。啧，大声纷争貌。

㉖ 铁柱始冠：古代法冠以铁为柱卷，寓其刚直。袁甲三初任谏官、监察御史。

㉗ 屈轶：古代传说中一种草，谓能指识佞人，故又名“指佞草”。以此

誉袁甲三为能识别奸佞的贤臣。

㉘ 王恬：谯王恬，也即司马恬，《晋中兴书》载：恬为御史中丞。大司马桓温废黜晋司马奕，立琅琊王司马昱为简文帝，登位时时尚在戒严期，然而屯驻中堂桓温部众却夜吹警角。司马恬奏劾温大不敬，请治罪。明日，温见奏事，变色叹曰："此儿乃敢弹我，真强项也。"

㉙ 徐陵：南朝陈人，曾在朝廷上弹劾安成王陈顼手下权臣，慷慨陈词，正气凛然，安成王大汗淋漓、惊慌失色。

㉚ 鸱苕（chī tiáo）：威猛的鸱鸟。《晋书·张轨传》："凉州鸱苕，寇贼消；鸱苕翩翩，怖杀人。"

㉛ 夷庚：平坦大道。《左传·成公十八年》："今将崇诸侯之奸，而披其地，以塞夷庚。"

㉜ 摩诃之寝：摩诃，萧摩诃，南北朝时期陈朝名将。《陈书·萧摩诃传》："旧制三公黄阁听事置鸱尾，后主特赐摩诃开黄阁，门施行马（家门口放马叉），听事寝堂并置鸱尾。"

㉝ 神庆之床：典出《旧唐书·崔神庆传》："开元中，神庆子琳等皆至大官，群从数十人，趋奏省闼。每岁时家宴，组珮辉映，以一榻置笏，重叠于其上。"后因以"笏床"为子孙多做显官的典故。

㉞ 壮犹：指宏大的功绩。犹，借用为"猷"。

㉟ 麦曲山蒡：两者皆御寒之药。典出《左传·宣公十二年》：楚国讨伐宋国的萧邑，楚大夫申叔展为救朋友宋大夫还无社，阵前以此隐语教还无社城破之日设法躲藏。此喻设法救人。

㊱ 鸟钞之民：饥不择食的灾民。鸟钞，像饿鸟一样掠食。范晔《后汉书·刘陶传》："鸟钞求饱，吞肌及骨。"

㊲ 筱坞：袁保恒。袁甲三长子，与赵树吉同为道光三十年庚戌进士。

㊳ 苍姬：此指代周礼。

㊴ 庥（xiū）：庇荫。

刘母王夫人七旬寿序

皇帝寅承宝祚[①]，初元肇纪，金泥玉简，推恩中外。少廷尉王君定甫，言于朝曰："臣年在毁齿[2]，即罹孤露，实赖臣姊刘，以食以诲，用克成立。今幸际昌辰，备员禁近。自臣先世，咸已昭荣。臣姊刘，早岁怀清[3]，未邀命服。眷言[4]旧德，兴寐弗喧。惟国家宏曲体之仁，懋无前之典，貤[5]之诰策，比于八命。俾服兹训词，以耀余景[6]，殊恩极荣，如在臣躬。"皇帝制曰："可。"于是撢人奉敕，内宰修仪。翚翟之衣九光，龙鸾之文五色。遂以月日，封其姊孺人为夫人。猗与[7]盛哉，盖异数也。

维时夫人年七秩矣。明年，定甫将采日下之徽言，寄岭南之驿使，以寿夫人。而使其门人来征词于吉。吉惟玉粲之瑟，有耀于刻，苕其瑮[8]猛也；岁寒之姿，晚秀于严，冱[9]其天全也。

夫人裸副[10]初承，瑱环遽撤。君姑颓侵[11]，则虚鉴既失；遗奴奄忽，而缞抱终渺。虽复掐膺[12]洵涕[13]，神明不衰。从来苦节之贞，终获甘临之吉。兹之幪敦帲固[14]，亦固其宜，若乃成哲弟之謍业，何天家之休宠超荣，绰楔[15]比重昆琼。则求诸彤史，古罕闻焉。

方定甫之往依夫人也，萨保锦袍[16]，初离民母。西华葛帔，谁问遗孤。夫人怜而育之，熨斗裁襦，胶青溯鬓，犹恐辱名贤于驵侩，郁奇器于牛医[17]。

家有园居，宽不盈亩，就傅之暇，兹焉栖息。吉尝观定甫所为《婴砧[18]课读图》，仿宣文[19]之绛帷，摹鲁娥[20]之漆室。浓青扑地，下见苔痕；晴翠黏云，上有桐荫。定甫指树根两巨石，谓余曰：某石吾姊所捣衣也，某石吾向所皮卷也。当夫晓月在闼，明河耿天，糠灯灺而络纬[21]啼，纺砖凉而竹露滴。呼之起，起则焠掌[22]励其勤；詈以申，申则折蓤代其教。日出入塾，夜复如之。以故郑缓[23]呻吟于裘氏，卒列通儒；林宗[24]踯躅于成皋，终为世表。丝言光贲，宠命褒嘉。回思五千里外之音尘，三十年前之梦影。画中隐约，伾咿唔之可闻；空外凄迷，恍澼统[25]兮未歇。夫李燮[26]以童牙免难，贾逵[27]以褓抱听经。婟孟[28]称贤，由来尚已。然或鞠养托诸残客，或冠帔仅及偏亲。不际修明，亦无盛典，又何论哉。

吉与定甫，居久连墙，谈每申旦。任彦升[29]之文字，引为商榷；范武子[30]之家事，言无隐情。辄复西风莼菜，相忆江村；海上娵隅[31]，有怀蛮府。盖定甫既通朝籍，常一归迓夫人。夫人方就养婿乡，遂停北辙。洎乎相如有谕蜀之役，淇泉[32]反怀卫之棹。伮伮[33]握手，相见甚欢，已复劼毖[34]之日。荣郁境也，屈伸时也。吾祖父后唯予季一身，其能早遂初衣乎？为颂莛轴之三章[35]，怊然[36]而别。自是夫人以族子为嗣，板舆就道，官舍含饴。攀庾岭之梅花，别漓江之桂树。距今揽揆，又十余年。夫人既寿届古稀，而定甫则亦将老矣。饷馔之情，虽有慕于曩哲，而作粥之愿，尚屡牵于人事。

适承谆诿[37]，略述梗端。所愿媌[38]曜长明，珠晖久照。它日者，隐山之麓，柳江之滨。丹荔垂垂，白石齿齿。田营好畤，卜筑瓜庐。时招韩康，遂奉伯姊。蜚襳[39]捧杖，绣裾[40]扶轮。上寿花初，娱宾笋晚，乐可言乎。

乃为作颂，使歌以侑觞。其辞曰：冰消雪融，卿云景风。神荐其祉，帝畀其封。愔愔[41]士夫，禔躬[42]不忒。突样匪荣，视姊之德。何以酬之，象服鱼軿。何以乐之，子姓蝉嫣。妟娸[43]买丝，易佛而绣。展如之媛[44]，永永眉寿。

① 寅承宝祚：继承大统。寅承，恭敬地继承。宝祚，帝位。

② 毁齿：乳齿脱落，指七八岁之年。

③ 怀清：守寡。典出秦代巴寡妇，秦始皇为筑“怀清台”彰其贞洁。

④ 眷言：回顾。

⑤ 貤（yí）：通“移”。转移，转赠。

⑥ 余景：余生。

⑦ 猗与（yī yǔ）：亦作“猗欤”，表示赞美的叹词。

⑧ 瑮（lì）：玉上纹彩排列有序的样子。《逸论语》：“玉粲之瑟（sè）兮，其瑮猛也。”

⑨ 沍（hù）：冻结。

⑩ 裸副（pì）：原书作“裸疈”。裸，裸袖。副，剖切，此指操厨，如本书《文略》卷一《寓楼记》之“庖疈”。

⑪ 君姑颓侵：婆母已衰。君姑，健在的婆母（夫之母）。《尔雅》：“姑在则曰君姑，姑殁则曰先姑。”颓侵，逐渐衰退。

⑫ 掐膺（tāo yīng）：捶胸，椎心。谓哀痛至极。

⑬ 洵涕（xún tì）：默默流泪。“洵”通“泫”。

⑭ 幪（méng）敦帲（píng）固：言王定甫受其姊王夫人悉心呵护。幪、帲，帐类，围在周遭的叫幪，盖在上面的称帲。引申为覆盖、荫护。敦，厚。固，坚固。

⑮ 绰楔：本是古时树于正门两旁，用以表彰孝义的木柱，后也指牌坊。

⑯ 萨保锦袍：典出北周宇文护（小名萨保）母身陷北齐数十年，北齐代其母寄书与宇文护，并随寄他小时所穿锦袍，睹此信此物，宇文护方知母亲尚在，号啕大哭，悲喜交加，回信倾诉思母之情，决心接回母亲。这两封信，成为母子情深的佳话。

⑰ 驵侩、牛医：驵侩，牛马交易中介，与牛医均是古代微贱职业。这是说王夫人立志要把王定甫这个“奇器”培养成高贵之人。

⑱ 媭砧（xū zhēn）：本屈原之姐的捣衣石，泛指捣衣石。亦指捣衣声。媭，古楚语称姐姐。

⑲ 宣文：宣文君，前秦女博士。其子年幼时，她白天打柴，夜里教儿子读书，终于将儿子抚育成才，做了前秦的太常。八十岁尚绛帷授课讲授周礼。

⑳ 鲁娥：参看本书《诗存》卷三《次酬王定甫农部拯见赠五十韵》“漆室柱”注。

㉑ 络纬：虫名，俗称纺织娘，夏秋夜间振羽作声，声如纺线，故名。

㉒ 焠掌：以火灼掌，以警因睡而废读。

㉓ 郑缓：典出《庄子·列御寇》：郑缓（郑人，名缓）呻吟（读书吟咏）于裘氏之地，三年成大儒。

㉔ 林宗：汉郭太（字林宗）早孤，辞去低贱工作，从成皋屈伯彦读书三年，博通经籍。

㉕ 澼絖（pì kuàng）：漂洗丝絮。

㉖ 李燮：东汉时人，幼年其父李固被陷遭灭门之祸，李燮年仅十三岁，在其姐姐请李固门生带李燮出逃，后终光复家门。

㉗ 贾逵：东汉著名经学家，幼时聪慧，姐姐每天早晚都抱着他，隔着篱笆墙来听邻家读书，居然全能背诵。

㉘ 娋（shāo）孟：方言，称呼姐姐。娋，姐。孟，其意为“大”。

㉙ 任彦升：任昉，字彦升，小名阿堆，南朝文学家。《南史》称：“谢玄晖善为诗，任彦升工于笔。”笔，散文。邓林有诗名《任彦升》，描写任彦升的文章有“阿堆文章妙一时，士林往往推元龟”。

㉚ 范武子：春秋时晋大夫祁姓，士氏，名会，字季。因不得已亡秦，但仍心系故国。后被策动，打算谎称往晋诱降晋臣，制造事败被晋扣留假象，实现归晋目的。但担心走后秦会加害他的妻儿。秦康公深信士会，遂起誓，如士会诱降失败被晋国扣留，一定设法将其妻女送归晋国。此即所谓“范武子之家事”。

㉛ 娵喁（jū yóng）：刘义庆《世说新语·排调》：郝隆为桓温南蛮校尉府参军，有诗句“娵隅跃清池”，桓问：“娵隅是何物？”答曰：“蛮名鱼为娵隅。”桓公曰：“作诗何以作蛮语？”隆曰：“千里投公，始得蛮府参军，那得不作蛮语也！”

㉜ 淇泉：淇水与泉源的合称，在古卫国。《国风·邶风·泉水》：“毖彼泉水，亦流于淇。有怀于卫，靡日不思。”王拯有诗称道光二十六年（1846）丙午去粤东迎养姐姐“一舸将迎计未成”。

㉝ 伮伮：疾进貌。此指快步趋前。

㉞ 劼毖：谨慎。

㉟ 薖（kē）轴之三章：指《诗经·卫风·考槃》，其第二、三章首句末分别为“硕人之薖”“硕人之轴”。薖，宽大、空旷。此言无奈分手。

㊱ 怊（chāo）然：怅然。怊，悲伤、失意。此整段言定甫迎养姐姐不遂事。

㊲ 诿（zhuì）诿：嘱托。

㊳ 媊（qián）：女媊，星名。星象家认为女媊居南斗，食厉鬼。

㊴ 蜚襳（fēi xiān）：古代妇人袿衣下垂为饰的长带。

㊵ 绣裾（jué）：半臂羽衣。

㊶ 愔愔（yīn yīn）：安和的样子。

㊷ 禔（zhī）躬：安身，修身。禔，安享。

㊸ 婴媄（yīng míng）：新妇、幼妇。

㊹ 展如之媛：展如，诚真貌。出《诗经·鄘风·君子偕老》："展如之人兮，邦之媛也。"言如此诚真的女子，真是国家的美人啊。这是赞颂王夫人精神之美。

王年伯母萧太恭人寿序①

士大夫彯长缨、佩符竹，穆天绰、缔民纽，二仪贶灵，万流仰镜。皇帝锡养堂之凤藻，颁秘省之鸾封。金珥镌蝉，褕衣画翟②。时乃崔邠③奉杖，安仁④导舆。昆仑之苹，隽觽之翠⑤；洪梁之酝⑥，九霞之觥。琅函云笈之文，婆驼力华之乐。云霞劼费⑦，锦昼尘宵⑧。方趾园颅，媥姺嫳徆⑨。县僮邑子，艾历觇胥⑩。匪为家祥，殆亦时瑞。若我芝庭太守同年之母夫人萧太恭人者，可不谓矣乎然。

余尝获交定甫通政，通政盖太恭人之犹子，而芝庭太守之从兄。通政君为余言：太恭人明识超襟，通知大义。我芝庭太守，千夫为吏，五管分符。一摄石城，再权阳邑。兹二境者，既乏铜柱苫墙之备，兼缺亭公弩父之防。方鱼辨就养之时，正铜马煽氛之日，来若麇窜，去犹凫没。吹笳警角，则儳道丸书；风听胪言，则丛祠篝火。惘沐⑪者，恐因得艾而及。伀朦⑫者，谓宜见溷而行。太恭人纤尘不惊，金玦独断。阖门圜土，发鼙⑬登楼。勖巫马⑭以戴星，勉国侨之成列⑮。谰语冰释，众志遂安。板舆所临，后先一轨。古有放仗之塔[16]，夫人之城[17]。以兹方之，殆未为过。至今更念前勋者，瞻新野之生祠[18]，留浚仪之绘像[19]，犹复溯源德水，仰荫慈云焉。

通政君又言：年伯爵之先生，以幕府雄才，为将军揖客。伊年婴戚，尼梦告灾。其时太守昆仲，齿犹未也，太恭人供张[20]束脡[21]，蒇敕[22]楹书。粲粲门子，砺此陵华；顼顼萧辰，忘其嫠纬。盖程督[23]者十余载，然后明经士业，秋赋书贤。篸绂祥华，并秀竞爽。而履盛如疚，在隆若窳。勖以治行，崇兹兴祚，盖鼎鼎尔，矜矜尔。余闻而识之，穆然想见汝南之母仪[24]，长孙之女[25]则焉。夫坤以顺承天，故厚而能载；震以恐致福，故慎乃有亨。世徒见太恭人锡羡延鸿，扶翘布花，而不知其所以臻此者，非漫然也。岁维旃蒙，月在鹑首[26]，华筵开而丹荔绽，锦帨设而纤阿生。太恭人仪若介徽，衎喜愉豫。礼楞伽而资福，奉绣佛以皈心。

粤之卿士大夫，郦菊制铭，绥桃[27]缉颂。将以侑手仇之爵，俪眉寿之篇。而通政君适正麐[28]而来征辞于吉，乃述前闻以被饰之。所冀离瑜永曜，长丽齐明。他日者，领兴庆之崇班，祝期颐之纯嘏[29]。织帅绣帅，奉六等之翚衣；大冠小冠，陈九华之钗钿。则吉虽谫陋[30]，夫犹握管竢之焉。

① 本序文是为王锡诰母贺寿所作。王锡诰，字芝庭，王拯（锡振）从弟。除文中所述，履历尚不详。

② 褕（yú）衣画翟（dí）：褕、翟，古贵妇所衣。褕，美服，如“褕衣甘食”。翟，古书上指长尾的野鸡。古代夫人之服用缯刻画之，缀以为饰，亦借指夫人。

③ 崔邠：唐时人。以孝闻名。

④ 安仁：潘安字。西晋时人。以貌美情专孝母闻名。

⑤ 昆仑之苹，隽觾（juàn yàn）之翠：皆美味。《吕览·本味篇》：“菜之美者，昆仑之苹”，“肉之美者，猩猩之唇，獾獾之炙，隽觾之翠。”隽觾，鸟名。

⑥ 洪梁之醢：即洪粱所产之酒，古代名酒，汉时即有。

⑦ 乿费（yì fèi）：锦文貌。

⑧ 尘宵：尘蔽星月之谓。典出晋王嘉《拾遗记·魏》。魏文帝曹丕爱妃薛灵芸将至京师，文帝彩车十乘迎接，灯火照耀数十里，车马塞路，扬尘遮蔽星月，当时人称此盛况为“尘宵”。

⑨ 媥姺嫳屑（piān xiān piè xiè）：衣服婆娑貌。司马相如《上林赋》：“揕独茧之褕袘，眇阎易以戌削，媥姺嫳屑，与世殊服。”嫳，衣服飘动的样子。屑，也作“屑”。媥，《说文》轻貌。姺，与媥连用为“媥姺”。

⑩ 艾历覛（mì）胥：《尔雅注疏》：“艾历覛胥，相也。”覛，相视也。此言县僮邑子争睹盛况。

⑪ 惆（xì）沭：怖遽（惊惶）。扬雄《方言》：“江湘之间，凡窘猝怖遽，谓之惆沭。”

⑫ 伀蒙（zhōng méng）：犹惶惑，恐惧不明。

⑬ 鼜（cào）：古代查夜时击的鼓。

⑭ 巫马：孔门七十二贤之一，巫马为姓，名施，字子期。曾为鲁国单父宰，以辛劳为治：“以星出，以星入，日夜不居，以身亲之。”

⑮ 国侨之成列：国侨，即子产。姬姓，国氏，名侨，字子产。春秋时期郑国人。郑简公三年，子产在平乱中，镇静布置应变，然后率军“成列而后出”反攻，救出被劫持的郑简公。

⑯ 放仗之塔：此塔为中印度毗舍离城四塔之一。据经载：一国王小夫人生一肉胎，以为不祥，装入木匣投恒河，被别国捞起，打开发现是一千小人，成人后个个勇武英俊，后被派围攻父王城。小夫人于高楼识得其子，遂以手挤两乳，各喷乳汁五百道，皆入儿口。千儿始知其父母之国，乃放下弓仗（放仗）。

⑰ 夫人之城：前秦苻坚派苻丕攻打东晋要地襄阳，梁州刺史朱序镇守襄阳，他的母亲韩夫人亲率家婢和城中妇女，于城西北角薄弱处增筑一道内城。后外城破后，晋军依靠此段新筑内城，得以击退苻丕。后遂名此段城墙为“夫人城”。

⑱ 新野之生祠：庾信《哀江南赋》中有“新野有生祠之庙，河南有胡书

之碣”句，指庾氏在新野、鄢陵，有纪念祖宗的遗迹。

⑲ 浚仪之绘像：西晋陆云之弟陆机，曾任浚仪令，有治绩，辞官后，浚仪百姓绘其像祭祀。

⑳ 供张：陈设供宴会用的帷帐、用具、饮食等物。

㉑ 脡（tǐng）：条状的干肉。

㉒ 蒇敕（chǎn chì）楹书：蒇、敕，俱指敕，告诫子孙或僚属皆称敕，并非单指皇帝敕令。楹书，遗言遗训，古有藏之与楹者，故称楹书。从“供张”至其下几句，言太恭人相夫教子之功。

㉓ 程督：此指监督课业。

㉔ 汝南之母仪：即黄帝之妻嫘祖母仪天下。汝南，嫘祖出生地西陵（即西平县），属于汝南郡。

㉕ 长孙之女：唐太宗长孙皇后所生女晋阳公主。长孙皇后去世后，李世民把她带在身边亲自抚养，寸步不离。晋阳公主温婉机智，聪明懂事，是父亲的散气宝，因此庇护了好些大臣。十二岁病逝，满朝悲痛。

㉖ 旃蒙、鹑首：天干在乙为“旃蒙”，月在五月上旬称“鹑首”。

㉗ 郦菊、绥桃：均以产地名。郦菊产于郦县，传长饮此菊所浸之水，“上寿百二三十，中者百余岁，七八十者名之为夭”。绥桃出于绥山，刘向《列仙传·葛由》云：绥山在峨眉山西南，高极。蜀中王侯贵人随葛由所骑木羊入山者皆得仙道。故里谚曰：“得绥山一桃，虽不得仙，亦足以豪。”

㉘ 正縻（xié）：正縻系履。縻，带子。衣冠整齐貌。典出庄子“正縻系履而过魏王”事。

㉙ 纯嘏（gǔ）：嘏，福。《诗经·小雅·宾之初筵》：“锡尔纯嘏，子孙甚湛。”

㉚ 谫（jiǎn）陋：浅陋。

重宴鹿鸣唐年伯尧心[1]先生八旬有一双寿序

桂林挹漓江之洪流，带訾州[2]之平燥。人分隐山之秀，家饮西湖之渌。风气所聚，灵贶毕甄。翘宠希景，则鳞集乎英髦[3]；浴素陶元，则朋生乎耆艾[4]。若乃邳张[5]大矩，涵泳圣涯[6]，连遂[7]而绂佩相庄，婉僤[8]而心房并耀。长阿连石，咸称归厚之门；密叶重花，再织登科之记者，其唯我唐年伯尧心先生乎。

先生黄灵毓粹，紫鸾征祥。笃行深中，壮才夙慧。邱迟振奇于嘻合[9]，郦炎[10]奋藻于羁贯。耽玩[11]缇[12]素，餐仰芳流。四彻中绳[13]，睇册府而骋辔；九柯十匠，规天构以呈材。当是时也，八翼抟风，万流仰镜。容刀脱佩，便攀金粟之枝，方离振衣，早注蕊珠之籍[14]。天子畀之畿赤[15]，绾以银黄，将使协司民之编，修治县之谱。而先生以滕太恭人崦嵫景暮，乌鸟情深，虽有毛生捧檄之喜，窃怀太真绝裾之惧，竟修沈炯通天之表[16]，罢读司空城旦之书[17]。

苜蓿[18]一官，皋比廿载。山南以公超名市[19]，潮人乐韩愈为师。乃设绵蕝以习仪，陈瓠叶而肄射。都士家士，恢以方闻；大冠小冠，传其绝学。馨烈所扇，雉雉棼棼。是故鹿洞之规，取式于黉序；熊安之室，争挹其音尘。青毡旧而风雪深，绛帐开而槐花落。佩韦赞易[20]，折简招难[21]。然而郄超有心，好闻栖遁[22]；郑虔[23]既老，欲赋归来。尔乃冠雀晨飞，再入停年之格；鹤书朝下，遂跻中秘之班。业已长府办装，绣衣劝驾；野庐聚柝，计吏呼车。先生慨然曰：荣郁境也，潜耀时也。将缘鹄而饰玉[24]乎，抑驾羊而树米[25]乎；将龙腾凤举，以扬声紫闼[26]乎；抑鲵居鲋入，以毕志青霞乎！

于是筑瓜庐，抽手版，初衣誓墓[27]，端牍辞官。佩黄神之章，筮白贲之卦[28]。瞻林戢影，望岫息心。风月水山，名其子弟。向婴侨札[29]，图作主宾。犹复七层分白帖之瓶[30]，十手佐丹铅之录[31]。文成数万，元凯[32]之癖在胸；梦饮三爻[33]，公明之论惟旨。非夫落落焉具有风飙者欤！今夫君子出则如几如式，以箫勺群慝[34]；居则不忒不责，以翼绛元化。十姓百名之地，戚里之所粲殊也；一枭五散[35]之间，刀墨之所縠薄[36]也。先生则寝丘立庙，筑煮焚椒[37]，下潩[38]置田，敬宗收族。墐捐瘠而厚篠衣[39]之费，裕禀假[40]而分寯[41]佃之租。粟积敖仓，则万家啜汁；钱输光学，则千室鸣弦。淑风载鲜，远跖无靳。

洎乎米贼鸱张，妖徒草窃。丛祠篝火，托妖谶于狐鸣；儳道蜡丸，驰飞书于象郡。则又广招峒户，部勒畬人。令甲十三，集秫缝[42]缇冠之辈；射生五百，有山棚角脑[43]之名。里社无惊，威燀[44]旁达，武功增其爵，羽仪锡其恩。此岂徒伏波矍铄，皓首请行，樊宏馈遗，赤眉引去而已哉。

今者岁纪重光，科经周甲。当秋赋书贤之会，正琐闱[45]赐宴之初。是日也，华毂尘宵，朱衣锦昼。缛露霏而榜花灿，天香发而岭桂荣。先生撰杖康娱，重披蜀缬。德车恤勿，再踏金鳌。曲奏宾云，笙歌鸣鹿。授唐宫之鹤版，大吏争迎；酌汉代之上尊，众仙同咏。想风标于九秋，文战敢教乞相阿婆[46]；证位业于千佛，名经合号儒童菩萨。人伦冠冕，艺苑荣之洵惇。史之稀闻，而摭言之佳话也。

年伯母滕恭人，傅粉道和，泽发怀顺。布裳椎髻，百年偕隐之风；仁粟义浆，五世其昌之兆。双心一袜[47]，并茧同功。固宜子姓蝉嫣，家声舄奕[48]。

仲子则庚科领袖，名重清卿；季君则甲第蜚英，符分华郡。扶翘布花，启佑储休。允为金策之祥，合作霞觞之祝。

树吉身居日下，谊托年家。幸飞耳于觩俞[49]，久闻馨逸；效称觥于犀首，愧乏徽言。聊代侑卮，敬书皇邸。它日者，琼林复与，云景高寻，金紫扶轮，蒌娱沃爵。拜褒德侯[50]之宠渥，公其乘绣幰[51]而来，续骖鸾录之新闻，我愿折瑶华以待云尔。

① 尧心：唐仁（1781—1864），字尧心，广西桂林人，唐子蕃（见《诗存》卷三《六月二十一日欧阳文忠公生日王定甫枢部招集舫斋拜公滁州遗像摹本并展林颖叔所藏原本会者杨湘芸农部林颖叔侍御寿图王霞举驾部董研秋编修冯鲁川唐子蕃启荫两太守凡八人》一诗“唐子蕃”注）之父。嘉庆六年（1801）辛酉举人，嘉庆十九年甲戌科进士，发榜后自请就教职。历任庆远柳州泗城镇安各府教授，升内阁中书，后辞官回桂林。咸丰年间主办团练以对抗太平军，因军功，加四品衔，赏戴花翎。咸丰十一年（1861）辛酉重宴鹿鸣见本书《诗存》卷八《送少舫弟回蜀乡试三首》“重宴鹿鸣”注）。著有《周易观玩编》《春秋左传分编》《棣华书屋文集》。

② 訾州：桂林漓江一沙州，处漓江东岸，与象鼻山相对。唐莫休符《桂林风土记》记：“先是訾家所居，因以名焉。洲每经大水，不曾淹没，相承言其浮也。”现为桂林著名景点。

③ 英髦（yīng máo）：俊秀杰出的之士。

④ 耆艾：古以六十岁为耆，五十岁为艾。

⑤ 邳张：盛大张设。

⑥ 涵泳圣涯：沉潜圣贤们浩瀚的道德文章中。出自《新唐书·文艺传》：“大历、贞元年间，美才辈出，擩哜（ruán jì，研求品味）道真，涵泳圣涯。”

⑦ 连逶（lóu）：连续不断的。逶，不绝。

⑧ 婉僤（wǎn dàn）：行动曲折貌。按旧读，僤读 shàn，《康熙字典》：“婉僤，行动貌。”

⑨ 邱迟振奇于瞦合：邱迟，即丘迟。八岁能文，故言“振奇于瞦合”。瞦（xī）：小孩眼睛。

⑩ 郦炎：东汉诗人。卢植《郦文胜诔》称：“自龀未成童，著书十余箱。”其成名之作《郦篇》即作于十七岁时。故此文言“奋藻于羁贯”。奋藻，奋笔于文藻。羁贯，古时成童发式，女曰羁，男曰贯。后泛指童年。

⑪ 耽玩：专心研习，沉溺其中。

⑫ 缇（tí）：橘红色。古代常用此色丝绸作书套。

⑬ 四彻中绳：地势平坦方正。《穆天子传》载群玉之山“四彻中绳，先王之所谓策府”，指其地被先王作为策府（藏书馆），后借指帝王藏书之府。

⑭ 注蕊珠之籍：入举人或进士名籍。科举考试后中试者张榜列名，此榜也称“蕊榜”，源自道教之学道升仙，列名“蕊宫”。

⑮ 畿赤：古谓京城所治之县为赤县，京之旁邑为畿县，合称“畿赤”。

⑯ 沈炯通天之表：《南史》载：炯少有俊才，为当时所重。后为西魏所掳，虽受厚待，以母老不愿就官，尝独行经汉武帝时的通天台，乃表奏陈自己思归之意，当晚即梦入宫禁陈述其情，终获归。

⑰ 城旦之书：指律令刑典之书。此段述唐尧心辞作守令，甘就教职事。

⑱ 苜蓿：比喻教职清苦，常以苜蓿充饥。典出《唐摭言·闽中进士》：“时开元东宫官僚清淡，（薛）令之以诗自悼，复纪于公署曰：‘朝旭上团团，照见先生盘。盘中何所有？苜蓿长阑干。’”

⑲ 公超名市：公超，东汉人张楷字。《后汉书·张楷传》载：其性好道术，能作五里雾。从学者众，以致聚而成市，名之“雾市”。

⑳ 佩韦贽易：佩韦容易克制躁动（使不动）。韦，熟牛皮，古人佩在身上以制急躁之性。贽，不动貌。

㉑ 折简招难：用断简随便写几个字，难以把别人招来。折简，折半的竹简。

㉒ 好闻栖遁：典出《晋书·郄鉴传》：“（郄超）性好闻人栖遁，有能辞荣拂衣者，超为之起屋宇，作器服，畜仆竖，费百金而不吝。”栖遁，意为隐居遁世。

㉓ 郑虔：唐文学家，曾作广文博士。杜甫《醉时歌（赠广文馆博士郑虔）》有“先生早赋归去来，石田茅屋荒苍苔”句。

㉔ 缘鹄而饰玉：因缘时会而攀登高位。《楚辞·天问》中“缘鹄饰玉”一句下，王逸注：“言伊尹始仕，因缘烹鹄鸟之羹，修玉鼎，以事于汤。汤贤之，遂以为相也。”

㉕ 驾羊、树米：曾子驾羊、晋文公种米，均被视为大人不知细事，属于

智者所短。语出刘向《说苑·杂说》。

㉖ 紫闼：指宫廷。

㉗ 誓墓：辞官归隐。王羲之耻与王述共事，于父母墓前自誓病辞。后因以“誓墓”称去官归隐。事载《晋书·王羲之传》。

㉘ 白贲（bì）之卦：《周易·贲》：“上九，白贲，无咎。”贲，纹饰。

㉙ 侨札：公孙侨和季札。春秋郑国公孙侨（子产）与吴国公子季札，二人一见如故。事见《左传·襄公二十九年》。

㉚ 七层分白帖之瓶：白居易在编辑《六帖》时，用几千个陶罐，各题门目，放在一个七层的架子上，学生采摘唐经籍中典故词语、诗文佳句，投入罐中，然后分门别类汇辑成书。

㉛ 丹铅之录：明代杨慎所著考据十种。丹砂和铅粉为古代校勘文字用，也指代考订。

㉜ 元凯：见《诗存》卷二《送从兄兰生游白下》注。

㉝ 梦饮三爻：三国经学家虞翻的典故，陈桃梦见虞翻与道士相交，道士以三爻烧灰与虞翻饮，虞求六爻尽饮，道士言《易》道在天，三爻足矣。

㉞ 箫勺群慝（tè）：以礼乐教化逆乱之徒。语出《汉书·礼乐志》：“行乐交逆，箫勺群慝。”颜师古解释说：这是“制定新乐，教化流行，则逆乱之徒尽交欢也”。箫、勺，古乐名。慝，恶。

㉟ 一枭五散：喻贫者之多。

㊱ 觳（què）薄：微薄。觳，瘠薄、俭薄，引申为贫乏。

㊲ 筑煮：煮香草。筑，捣之意。这是指祭祀。焚椒：即熏香。

㊳ 下濮（xùn）：低洼多水处。濮，水涌出。

㊴ 墐（jìn）捐瘠而厚篨衣：收埋饿、病而倒毙于道路者。墐，通“殣”，掩埋。捐瘠，流离倒毙于道路者。篨，即籧篨（jǔ chú），粗的竹席，由竹或苇所编成。

㊵ 禀假（bǐng jiǎ）：禀，给。假，借。赈济贫困。

㊶ 寫（diào）：远。

㊷ 秫缝：长针缝制，指其衣粗劣。

㊸ 山棚角脑：均指所招募的居于草棚、岩洞的山野之民。此类人不编在

军籍，打仗勇猛。

㊹ 威燀（chǎn）：威势炽盛。语出《史记·秦始皇本纪》：“义诛信行，威燀旁达，莫不宾服。”燀，炽盛。

㊺ 琐闱：乡试、会试结束，关闭考场叫“锁闱”。此后待发榜，举行鹿鸣宴。

㊻ 乞相阿婆：见《诗存》卷四《题门人温味秋编修蒹葭秋水楼诗草》注。

㊼ 双心一袜（mò）：也写作“一袜双心”，比喻两人之心一带相系。此处袜读 mò，非“袜子”。“一袜”是一根叫袜肚的腰带。典出王筠《行路难》中“裲（liǎng）裆双心共一袜”：女子为远征的夫君缝棉背心，这种称为“裲裆”的背心前后两片，从头上套下后需用一根“袜肚”在腰部扎上，方能贴在“双心”（前心后心）。“双心一袜”，故“双心”是双关语。

㊽ 蝉嫣、舄（xì）奕：均连绵不绝之意。

㊾ 觗（zhì）俞：古代听觉特别灵敏的人。

㊿ 褒德侯：卓茂，东汉名臣，受光武帝刘秀封为“褒德侯”。刘秀称其“束身自修执节淳固”。

(51) 幰（xiǎn）：车上的帷幔。也指围以绣幰的车。

徐鼎元年伯六旬双寿序

余与遂宁徐荔塘[1]比部，同登秋赋，早挹风仪。洎遇春明，获数晨夕。既而余披东观之书，君读西曹之律。以韦弦为幽贽，缔琴尊之古欢。见其硕艾庞奇，瑰玮倜傷[2]，固知颜公庭诰，必有自来，亦见谢氏[3]门人方兴未艾也。

今天子御极之四年，岁在旃蒙，赤奋若[4]元月中浣，适我年伯鼎元先生周甲之辰。其时年伯母刘恭人亦六旬有一矣。前麟后鸿，看诸孙含饴之乐；我黻子佩[5]，当天下有道之时。于是荔塘同年，挹丹溜[6]于陵阳，采麟篆于康水，用征俪语，寄祝养堂。

吉惟先生通敏秉姿，茂良著望，索胡绳之缅缅，罗皇坟之赟赟[7]。学使莆田郭兰石[8]先生，见而激赏之。蒲葵题逸少[9]之书，珠玉赠休文[10]之句。以为归昌应律，昆蹄[11]蹑云。固当振芬响于青龙，骋德论于白虎。乃兰本空湛[12]乎糜醢，玉色莫剖于石心。迨逾服政之年，始著选人之籍。角张舛午，时论惑焉。而先生方且密尔娱文，攸然任运。巾褐无闷，荃蘅自芳。明颜渊度彀[13]之仁，践威公遗冠[14]之义。绛趺朱萼，乌鸟致其洁馨；仲雪伯霜[15]，螟蛉[16]延其似续[17]。其深中笃行也，则春规秋矩之不愆；其和怨调人也，则燋种罪花[18]之俱绝。方格[19]称于七族，妄语赌夫一缣[20]。所谓执德不回，与道大适者与？

且国家玉弩敛芒，金瓯无缺，灵台偃伯，垂二百年。而吾蜀远列坤维，遥分井络。户有巴渝之舞，里无枹鼓[21]之声。一旦青犊扇氛，乌枕列炬，寥狼所至，几乏坚城。先生则未雨绸缪，戴星出入。赋于民比一鼓之铁，请于吏为六慎之门。操表掇而善睎[22]，司植巡[23]而属役。射稽四版[24]，挹娄九梯[25]。而且揵六枳以为篱，筑百楼以俯[26]谷。策全枭散，伛僯豪强。乡人识兴霸之铃[27]，威燀达樊宏[28]之里。其后贼以雕悍数万，盘牙七旬，果能铁牡严扃，先庚[29]有备。寇来不上，我武维扬。逮为博士之师，复佐左绵之守。横箛星饭，淅米剑炊。三遂三郊，九攻九拒。及至赤眉既去，而城尚屹然。贾复无言[30]，而赏因弗及，人尤韪其能而服其量也。

夫虔胶竺（掔）［掔］[31]为多祜之舆，黄耇鲐鲵[32]乃至德之应。唯其贞贞以徯福[33]，故能罨罨以延鸿。况我年伯母刘恭人，修珩璜琚瑀之仪，毓瑜珥瑶环之秀。九华八雀，早拜赐于崇封；一袜双心，并延年于美意。珍祎懿铄，庸有既乎。秋菊始花，芳晖正永。阳宣阴节，宝气啬神。则夫晋鹤板之阶，锡鹎衣[34]之宠，缉绥桃之颂，掞[35]蜀锦之词。如赋归与，窃更乐观其盛也。

① 徐荔塘：名忠锐（1827—?），道光七年生，卒年不详。字钝夫，也字（号）励堂，本书作荔塘。四川遂宁人。道光二十九年（1848）己酉举人，为赵树吉同年。咸丰三年（1853）癸丑二甲进士。光绪《遂宁县志》称其“伟躯干，有练达才。登进士，改部曹，刑狱为己任。值滇匪乱蜀，假归办团练，与贼战于绵竹，颇致衂。既而遂围得解。归部卒”。据云其学问鸿富，中进士前以授徒为业。庶吉士散馆后授刑部主事，所以赵树吉称其比部。并说与他“同登秋赋”，也赞其“硕艾庞奇，瑰玮倜傷”。

② 倜傷：今写作倜傥。“傷”为长、直之意。“傥”为洒脱不拘之意。二者音同，意稍有所别。

③ 谢氏：东晋谢氏与王氏同为望族，时有“王谢”之称。谢家最出名的就是政治家、军事家谢安（320—385），他的人品、才干，以及他对东晋的功绩，历来大受称许。故此处以“谢氏”比喻徐家。

④ 赤奋若：古谓太岁在丑、岁星在寅的年份为“赤奋若”。

⑤ 我黻子佩：谓夫妻和睦，同甘共苦。黼，华服。佩，玉佩。子，称妻。扬雄《琴清英》：“祝牧与妻偕隐，作琴歌云：‘天下有道，我黼子佩。天下无道，我负子戴。’”

⑥ 丹溜：道教所称仙水。语出郭璞《游仙诗》之六：“陵阳挹丹溜，容成挥玉杯。”

⑦ 索胡绳之缅缅，罗皇坟之赟赟（yūn）：前者借《离骚》“索胡绳之缅缅”之“胡绳（香草名）”言徐氏探求前代连绵不绝之典籍。后者“皇坟”即所谓“三坟五典”，泛指古代典籍，以“赟赟”言其博大精深。这是赞誉徐鼎元学问深厚广博。

⑧ 郭兰石：郭尚先。嘉庆十四年（1809）进士，曾任四川学政，故称学使。

⑨ 逸少：王羲之，字逸少。

⑩ 休文：南朝史学家、文学家沈约，诗文俱佳。

⑪ 昆蹄：良马名。

⑫ 兰本空湛（jiān）：《晏子春秋·杂上二三》："今夫兰本，三年而成，湛之苦酒，则君子不近，庶人不佩；湛之縻醢，而贾匹马矣。"湛，浸渍之义。此诗"兰本空湛乎縻醢"，则言徐氏自有其香，即下文所言"荃蘅自芳"。

⑬ 颜渊度（duó）毂：颜渊从驾车应体恤马力谈为政应"仁"。典出《韩诗外传》：颜渊不忍东野毕驾车毫不体恤马力，认为必然出事，后果然出事了。他认为，为政之人，使人不可尽其力，御车不可"极其马"，均要珍惜其力。度，忖度。毂，车轮，指代车。

⑭ 威公遗冠：齐桓公酒醉遗其冠，觉得丢人，不好意思去上朝。管仲说："这事固然有失体面，您何不搞点善政来雪耻呢？"桓公于是开仓赈济贫民，大赦狱中轻罪犯人。过了三天，民众就唱道："桓公何不再遗冠！"齐桓公曾因避宋钦宗赵桓讳，被称威公。

⑮ 仲雪伯霜：仲雪，伯霜本周时楚熊严之子，也称"熊霜"。其弟称仲雪。不过此处唯取其雪、霜之意。与下文绛趺朱萼（俱指红色花萼。绛、朱，红色。趺、萼皆花萼）类似，行文对仗所需而已。

⑯ 螟蛉：义子。《诗经·小雅·小宛》："螟蛉有子，蜾蠃负之。"古人误认为蜾蠃不产子，喂养螟蛉为子，因此用"螟蛉"比喻义子。

⑰ 似续：继承，继续。《诗经·小雅·斯干》："似续妣祖，筑室百堵。"

⑱ 燋种罪花：语出李邕《大唐泗州临淮县普光王寺碑》："构之者，罪花凋落；信之者，燋种萌生。"详见前注。

⑲ 方格：方正而有标格。

⑳ 赌夫一缣（jiān）：语出《梁书·良吏传·何远》："每戏语人云：'卿能得我一妄语，则谢卿以一缣。'众共伺之，不能记也。"缣，双丝的细绢。

㉑ 桴鼓（fú gǔ）：古代战阵所用的鼓，后为军阵的代词。

㉒ 操表掇（biǎo duō）而善睎：语出《吕氏春秋·不屈》："惠子曰：'今之城者，或者操大筑乎城上，或负畚而赴乎城下，或操表掇以善睎望。若施者，其操表掇者也。'"表掇，测量器具，指测量。睎，眺望。善睎，即更好地眺望观测。

㉓ 植巡：监督巡查。植，古代军中监督工事的将官。

㉔ 射稽四版：射稽，古之善歌者，其歌声能鼓动筑墙的人干得又多又好。他徒弟唱号子，工人每天能筑四版，墙能打进五寸钉子；而射稽的唱号子，则能鼓动人每天筑八版墙，而且还要坚固，只能打进两寸钉子。典出《韩非子·外储说左上·说一》。

㉕ 挹娄九梯：挹娄为东北古民族，史书记载“处山林之间，常穴居，大家深九梯，以多为好”。

㉖ 偫（zhì）：积储、储备。扬雄《校猎赋》“储积共偫”。

㉗ 兴霸之铃：甘宁（字兴霸）青少年时期不务正业，身佩铃铛，四处为非作歹，以致百姓一听铃声，便知这帮恶少来了。

㉘ 樊宏：东汉人，家巨富，时赤眉军正炽，樊宏联合家族筑寨自保。

㉙ 先庚：谓颁布命令前先行申述，即战前动员。

㉚ 贾复无言：贾复不言功。贾复，字君文，东汉名将，列云台二十八将之三。虽系出身文士，但是临阵果敢、身先士卒，在东汉中兴功臣中以勇武见称。《后汉书·贾复传》称：诸将每论功自伐，复未尝有言。帝辄曰：“贾君之功，我自知之。”

㉛ 虔胶竺掔（qiān）：据《尔雅注疏》称：“笃、掔、虔、胶，固也。”“笃”古同“竺”，厚之意。掔，紧固，原书掔作“擘”，误。此句是说其性情坚定是多福之基。

㉜ 黄耇（gǒu）鲐鲵（tái ní）：高寿。耇，老人斑。鲐鲵，鲵齿和鲐背，皆长寿之征。

㉝ 贞贞以徯（xī）福：意思是秉持端方正直，坚贞不二，则福当可待而至。这是扬雄《太玄经》中的一句：“次六：徯福贞贞，食于金。测曰：徯福贞贞，正可服也。”徯，等待。

㉞ 鷟（zhuó）衣：以鷟羽为饰的衣服。鷟，白鹇。

㉟ 挻（shàn）：铺张、舒展。

林岵瞻[1]方伯六旬双寿序

夫庞奇硕艾，福之府；通录眉寿，德之符。故扶翘者春荣，载响者飙远；抱愫者淳闷，乐凯者祥华。而况宣皇风，穆天绰，八命作牧[2]，一郭乘边。石画无方，绍金提而建福；彤管有炜，歌公宫而式化者哉。

岵瞻同年，房西福星[3]，闽中华阀。昌仆表蜀山之族，奢龙为东方之臣。标奇于童牙，擢颖于孤露。曒[4]玉粲以耀日，带钩矩而佩衡。削镰履豨[5]，恢张视听；钩河摘洛，驾说人天。早冠秋赋之曹，入膺春官[6]之选。霄路翼展，川途鳞舒。白云纪官，皂囊[7]启事。夫机要之任，曰朕股肱；密勿之司，为天喉舌。六刻数渠牟[8]之对，十手佐苏绰[9]之书。国家之政枢，曹郎之极选。君以丁潭[10]公望，邓禹[11]英年，坐第七车[12]，承尺一诏[13]。唐邕[14]兵机不持文簿，休璟[15]边事能说山川。蔡佑[16]为丞相之肩，隰朋[17]乃夷吾之舌。五版并入，八窗洞开。渊閟则温树不言[18]，夷白[19]则邪蒿不馔。非唯饫大官，矜地望而已。贤劳孔多，声誉弥洽。出采桢干，入乘骢马。风生赤棒[20]，枹鼓声稀。威重黄门，神羊气勇。其时天子崇圜绍矩，衣德[21]绑庥[22]。当嗣服之初，广建言之路。重离继照，啧室而待刍荛；万物丸兰，前席而聆敷奏。君衮衮忘倦，罳罳[23]覃思。隆窳[24]切今，得失镜古。法恩惟用，令恩惟行[25]，此贾谊之名言也；兼听则明，偏听则暗，此郑公[26]之说议也。以勤政论，作大宝箴。穆之百函[27]，姚崇[28]十事。遂受知于黼座，更书名于屏风。

观察豫州，陈臬廉镇[29]。环河导牧，则水若冰蠵；露冕行春，则星明贯索。然而十洲澄镜，五岳无尘。君虽轮鞅国典，箫勺群慝，犹以闳利器于盘错，坐谦衷为荐席，钦钦然为而不有也。

自青犊煽氛，白波构患；焚杅烧掇[30]，捶驱寥狼。飞书交乎道中，艨艟蔽乎江上。汴梁者，通绕溜之地，界常羊之维。居两戒之喉衿，为河北之屏蔽。一旦姎徒蚁聚，吹台狐鸣。武库仗稀，敖仓粟少。铎琅鞺阘[31]，终宵之警角相闻；井堙木刊，千里之长围已逼。苍兕苍兕，难呼渡河之援；黄獐黄獐，谁作关弓之射[32]。势极危阽，人相愕眙。君以为中州动，则畿辅动。北宫有盗，当成列以待之；赤眉虽来，但折棰以笞之。于是操表缀[33]，登丽谯。谨仓琅[34]，饬豨勇。吹鞭[35]警夜，刁斗传餐。发碻磬[36]之机石，公孙洞胸[37]；夺星斗之雷符，允奸衅鼓。兵九攻而九拒，鼯五技而五穷。加以绝地天通，迅雷风烈。飞腾屋瓦，妖鸟嘻嘻而噤声；倾仄天河，群龙衙衙面奉令。卒使九梯难近，三版不沉[38]。谍告曰幕有乌[39]，使来曰民无恙[40]。

此则三十六人得仲升之用[41]，二十四郡唯平原独存[42]。说者以谓神所相助，非偶然也。天子知李勣[43]如长城，吴公[44]若敌国。假之毛羽以耀其威，畀之屏翰以展其用。开藩关右，移节陇西。将使挠刚(坏)［坯］柔[45]，楫（猥）［遐］牖迩[46]，瓯脱永靖，服匿自空。然后召温峤于丹阳，引张苍[47]为计相，岂徒扬英荡之华，侈璆珌[48]之盛而已哉。

今者岁纪敦牂，节临天腊[49]。值生申[50]之衍算，当周甲而齐眉。陈夫人黻佩同心，珩琚俪德。板舆侍养于家衖，孔翠翔集于门庭。婉华自芳，福善来索。其长君伯恬舍人，宴开三昧，觞泛九霞。采日下之文，作先庚之祝礼也。某等齐年契合，抚尘交深。忆开成进士之科，霓裳同咏；数河朔酒人之会，春水又生。而君擅将明之材[51]，挺眉梨[52]之秀。轩轅帝载[53]，冠冕人伦。福德兼隆，于斯为盛。

所愿砥节首公，颐性养寿。沛膏雨于郇黍，饮眊庶以郦泉。它日者赤芾金舄，秋请有期。衮衣绣裳，枚卜协吉。瑶华十乘，雕管九光。写家庆之图，记朝天之笏；谱寿人之曲，掞德象之篇。则雍虽不敏[54]，瑗也请前[55]云尔。

① 林岵（hù）瞻：林扬祖（1799—1883），字孙怡，号岵瞻。福建莆田县人，道光五年（1825）乙酉举人，道光九年己丑进士。先后官刑部司员，考取军机章京，道光二十年升刑部主事，同年充庚子科广西乡试副主考。道光二十二年升刑部广西司员外郎，旋丁祖母忧。服阕后，补刑部云南司员外郎。二十七年五月升湖广道监察御史。咸丰元年（1851）授河南开归陈许道。因军功署河南布政使，授陕西按察使。再陕西布政使，调甘肃布政使。咸丰九年署理陕甘总督。同治元年（1862），以老病汗缺，回籍讲学终老。光绪九年（1883）正月卒于家中，终年八十四岁。本文当作于咸丰九年林署陕甘总督时，因此称其方伯。

② 八命作牧：周代官爵分为九等级，称九命。其中八命为王之三公及州牧。

③ 房西福星：天福二星，在房宿之西。房，星宿名，二十八星宿第四星。

④ 曒（jiǎo）：珠玉洁白、明亮。

⑤ 削镰（jù）履豨：皆指专注于某事必有所获。如古梓庆削木为镰（古代一种像钟的乐器），镰成，见者惊为神工；猪市的监管者踩踩猪脚印便知其肥瘦。

⑥ 春官：清代对掌科举等事务的礼部习称。

⑦ 皂囊：黑绸袋子。典出汉制：奏章如涉机密，应密封于皂囊入奏。后遂指密封的奏章。

⑧ 渠牟：韦渠牟。唐德宗贞元时太府卿，德宗用人常征询他的意见。

⑨ 苏绰：南北朝时期西魏名臣，他曾将历代治国经验书写上奏，魏文帝将它们作为诏令颁行。

⑩ 丁潭：字世康，会稽山阴（今浙江绍兴）人，晋朝大臣，位列三公，具有极高的名望（公望）。

⑪ 邓禹：东汉初年军事家。二十四岁即被封为酂侯，食邑万户。

⑫ 第七车：典出波斯匿王，从舍卫城至婆只国，中间预先备车七辆，依

次换车，至第七车始达。

⑬ 尺一诏：古时天子诏板长一尺一寸。

⑭ 唐邕：南北朝时北齐人，因才能出众很受文宣帝赏识。他熟知朝中各级官吏的情况，在御前检点数千人，不用名簿，能不出差错地叫出每个人的官职姓名。

⑮ 休璟：姓唐，名璇，字休璟。史称他尤谙练边事，自碣石西逾四镇，绵亘万里，山川要害，皆能记之。武则天赞："休璟谙练边事，卿等十不当一也。"

⑯ 蔡佑：南北朝时期西魏猛将，西魏太祖因军事失利，蔡佑夜入见，太祖正心惊难眠，伏在蔡佑大腿上才入睡。

⑰ 隰（xí）朋：春秋时齐国大夫，与管仲（夷吾）、鲍叔牙等辅佐齐桓公。他口才极好，办事周到细致，管仲临死感叹道："天之生隰朋，做我的舌头，我如果死了，舌头还能活吗？"果然管仲死后不久，隰朋也去世。

⑱ 温树不言：典出《汉书·孔光传》载西汉御史大夫孔光的一则故事：孔光假日在家，与兄弟妻子闲谈，中间绝不涉及朝中各省（部）事。有问"温室省中都栽些树"，他只"嘿嘿"应付，口风极严。

⑲ 夷白：安于清贫，洁身自爱。典出《南史·隐逸传下·蔡荟》。蔡荟，字休明，有人曾谈论他："古人称安贫清白曰夷，涅而不缁曰白。至如蔡休明者，可不谓之夷白乎？"

⑳ 赤棒：古代大官出行，督抚前导仪仗中的红棒。

㉑ 衣德：绍衣德言。谓承继旧闻善事，奉行先人之德化教言。

㉒ 绷庥（bēng xiū）：绷，作延绵讲。庥，荫庇。

㉓ 罞罞（mù mù）：蒙昧貌。出自《汉书·鲍宣传》："愿赐数刻之间，极竭罞罞之思。"

㉔ 隆窳（yǔ）：隆起与凹陷，引申为盛衰。语出《三国志·蜀书·郄正传》，"然而道有隆窳，物有兴废"。窳，凹陷。

㉕ 法恖惟用，令恖惟行：语出贾谊《新书·卷四》："陛下于淮南王不可谓薄矣，然而淮南王，天子之法恖蹂促（践踏）而弗用也，皇帝之令恖批倾（排斥）而不行。"恖，做连词用，相当于"则"。

㉖ 郑公：魏徵，封郑国公。

㉗ 穆之百函：刘穆之，东晋末能臣。“百函”典出《宋书·刘穆之传》：“穆之与朱龄石并便尺牍，常于高祖坐与龄石答书（回信）。自旦至日中，穆之得百函，龄石得八十函，而穆之应对无废也。”

㉘ 姚崇：唐名相，以奏十事而为唐玄宗赏识拜相。

㉙ 观察豫州，陈臬廉镇：指咸丰元年（1851），林扬祖由京官简放河南道台，后因治河有功升河南省按察使。

㉚ 焚杅（wū）烧掇：焚杅，焚揉而牵制。杅，牵制。烧掇，焚烧侵掠。语出《史记·张仪列传》：“中国无事，秦得烧掇焚杅君之国；有事，秦将轻使重币事君之国。”

㉛ 铎琅鼙（pí）阘：这是说各种声音乱响。铎，大铃。琅，清朗之声。鼙，小鼓。阘，鼙声。几种声音各异，故有“鼓声不过闻，鼙声不过阘，铎声不过琅”的礼法，如有乱，则有异常。

㉜ 关弓之射：满弯之射。关，通“弯”，拉满弓。

㉝ 表缀：表掇，古代用于观察敌情的仪器。见《骈文》卷二《徐鼎元年伯六旬双寿序》“操表掇而善睎”注。

㉞ 仓琅：仓琅根之缩称，指装置在大门上的青铜铺首及铜环。指代门。

㉟ 吹鞭：中空竹鞭，吹以发声。宋程大昌《演繁露》：“以竹为鞭，中空可吹，故曰‘吹鞭’也。”

㊱ 硡礲（hóng lóng）：象声词，滚石、雷声等巨大声音，犹“轰隆”。

㊲ 公孙洞胸：公孙指公孙述，东汉光武帝建武元年（25）四月，在成都自立为帝，国号成家。建武十二年（36）公孙述不听刘秀劝降，与汉军战于成都，被枪洞穿胸部重伤落马，当晚即亡。

㊳ 三版不沉：典出《资治通鉴》：“三家以国人围而灌之，城不浸者三版。沉灶产蛙，民无叛意。”言智瑶联合魏氏、韩氏，三家攻赵氏晋阳，放水灌城，仅差三版高即全城沉没，民家灶房成了青蛙产卵之处。

㊴ 幕有乌：军帐已空，乌鸦不惊。这是一出以空城退敌，而敌以空帐夜遁的故事。典出《左传·庄公二十八年》。楚国令尹子元以车六百乘伐郑，郑文公听正卿叔詹之计，于新郑摆空城计吓退楚军。而楚军连夜撤退时也设空

帐计，所有军幕（帐）整齐如常。郑文公以为楚军未退，吓得想逃。叔詹派探子（谍）前去探看，谍回告“楚幕有乌（鸦）”，郑国君臣方知楚军早已遁去。

㊵ 使来曰民无恙：典出《战国策·齐策》。齐王派使者去问候赵威后。威后问使者：“年岁好吗？老百姓好吗？齐王也还好吗？”使者不悦，说：“您不先问王，倒先问岁与民，哪有先贱而后贵的？”威后回答：“如果年岁不好，何以有民？要是无民，哪又有君？怎么能舍本而问末？”

㊶ 仲升之用：仲升，班超字。班超出西域于鄯善，恰北匈奴使者也到鄯善，班超及随行者三十六人火烧北匈奴帐，转危为安。

㊷ 平原独存：平原，颜真卿字。因得罪权臣杨国忠，被贬为平原太守，人称“颜平原”。安禄山叛，河北郡二十四郡，唯平原独存。

㊸ 李勣：原名徐世勣（594—669），字懋功，赐姓“李”，改李世勣，后因避李世民讳，单名“勣”。曹州离狐（今山东省菏泽市东明县）人，唐初名将。《旧唐书》载太宗李世民谓侍臣：“隋炀帝不能精选贤良，安抚边境，惟解筑长城以备突厥，情识之惑，一至于此！朕今委任李世勣于并州，遂使突厥畏威遁走，塞垣安静，岂不胜远筑长城耶？”

㊹ 吴公：东汉时大司马吴汉，刘秀称其抵得上一国：“吴公差强人意，隐若一敌国矣”（《汉书·吴汉传》）。

㊺ 捖（wán）刚坯柔：谓因时因事而异，刚柔相济。语出《法言·先知》：“甄陶（化育）天下者，其在和乎？刚则甈（qì，破裂），柔则坯。”捖，刮、拍打。原书“坯”误作“坏”。

㊻ 楫遐牖迩：召集远的，引导近的。楫，古同“辑”，聚集。牖，与“诱”通，引导之意。原书“楫遐”作“楫猳”，意不通，“猳”字当误，改之。

㊼ 张苍：西汉初期丞相、历算学家。约生于公元前256，卒公元前152年，河南郡阳武县人。秦时曾为御史，主四方文书。汉初，任代、赵相，封北平侯。迁为计相（主管财政的大臣），以列侯主持郡国上计。后为丞相。年百余岁至景帝时乃卒。曾改定律历。

㊽ 璆珌（qiú bì）：以美玉装饰的剑鞘。璆，美玉。珌，刀鞘、剑鞘下端的饰物。

㊾ 天腊：正月初一。

㊿ 生申：生日祝词。本指西周申伯诞日，语出《诗经·大雅·崧高》："崧高维岳，骏极于天。维崧降神，生甫及申。"

51 将明之材：辅佐帝王，执掌政事的才能。将，执行。明，辩明。语出《诗经·大雅·烝民》："肃肃王命，仲山甫将之；邦国若否，仲山甫明之。"

52 眉梨：眉、梨，皆指老年。如"眉寿"，《诗经·豳风》："为此春酒，以介眉寿。"梨，老年面如冻梨色，故以梨言老。

53 轩鼚（chāng）帝载：《玉篇》引《卿云歌》："帝乃载歌，鼚乎鼓之，轩乎舞之。"相传功成身退的舜帝禅位给大禹时，舜帝与百官同唱此歌。轩，舞貌。鼚，鼓声。

54 雍虽不敏：出自《论语·颜渊第十二》仲弓问仁。子曰："出门如见大宾，使民如承大祭。己所不欲，勿施于人。在邦无怨，在家无怨。"仲弓曰："雍虽不敏，请事斯语矣。"

55 瑗也请前：瑗，卫国大夫蘧伯玉名。语出《礼记·檀弓上第三》：公叔文子升于瑕丘，蘧伯玉从。文子曰："乐哉斯丘也，死则我欲葬焉。"蘧伯玉曰："吾子乐之，则瑗请前。"

牒楚雄城隍神驱疫鬼文

同治九年月日，分巡官某，谨以香楮[①]，昭告于楚雄郡城隍之神曰：

盖闻越魀[②]楚鬼，圣王不从巫祝之文；金目瑚戈[③]，《周礼》特著大傩之典。神荼郁垒[④]，具载咫闻，茭索桃枝[⑤]，非无明训。凡以驱疵疠，重民生也。而况灾甚痎痁[⑥]，疾多殗殜[⑦]。岂有依人淫厉，旷甲作[⑧]而弗锄；司民孤终，睹阽危而不救者乎。惟神灵昭赫濯[⑨]，德秉聪明。治阴治阳，典守则权分司牧；成都成邑，明禋[⑩]则礼肃绵区。久已魍魉潜踪，庬鸿[11]锡祉。

慨自花门煽毒，刀雨飞空。关壅碧鸡，甲仗洒桃花之血；援穷苍兕，欃枪缠榆水之云。赤熛怒而庐舍熸[12]，白虹堕而虫沙化。由是嘉生不降，恶疫流行。欲叩青囊之方，洞垣乏术；纵佩黄神之印，续命无丝。骼蔽蒿藜，哀丘暮筑。威凭暘睒[13]，金布安施。几几乎祟甚台骀[14]，人惊伯有[15]。夫游魂为变，虽聆曩哲之言，而帝德好生，讵任鬼雄之肆。楚雄地非傀道，险逼妖巢。矧被九攻，仅存三户。分巡官某，自惭凉德，忝辖穷边。惨沉灰而劫换红羊，罚已甚矣！驱强魄而虐逾青犊，孑有遗乎！

是用先以禜[16]禳，吁诸灵爽。载申黍稷非馨[17]之荐，敢云祝史无愧之词。伏望弹压妖氛，申明阴律，不假楞伽之法，速驱薜荔之豪。上膏下肓，罔任其匿。新大故小，俾有所归。无作神羞，以介景福。庶使户少三号之吊[18]，家开六慎之门。上以广蒿宫[19]仁育义正之规，即下以塞蔀屋[20]捍患御灾之望。尚飨。

① 楮（chǔ）：楮钱，祭祀用之。犹今之祭祀所烧“纸钱”。

② 越魕（jī）：《类篇》：“南方之鬼曰魕。”故《淮南子》曰：吴人鬼，越人魕。

③ 金目琱戈：金目，古时方相铸黄金为目，缀于面间，模拟凶恶可畏之状，以驱逐疫鬼。琱戈，刻镂之戈。庾信《哀江南赋》：“横琱戈而对霸主，执金鼓而问贼臣。”

④ 神荼（shēn shū）郁垒（yù lǜ）：二门神，民间贴其像于门扇以驱鬼。神荼居左，狰狞威严。郁垒居右，面善安闲。

⑤ 茭索桃枝：驱鬼用具。门神“执以苇索而以食虎”，旧俗立桃木“以制百鬼”。

⑥ 痎痁（jiē shān）：泛指疟疾，亦指疟疾发作。痎，隔日发作的疟疾。痁，多日一发的疟疾。

⑦ 殗殜（yè dié）：生病半卧半起。

⑧ 甲作：十二神兽之首，专门吃鬼。

⑨ 灵昭赫濯：灵，指城隍。昭，昭明、昭示。赫濯，威严显赫。

⑩ 明禋（yīn）：指明洁诚敬的献享。禋，升烟祭天以求福。

⑪ 厖（máng）鸿：洪大；广大。厖，大。司马相如《封禅文》："湛恩厖鸿，易丰也。"

⑫ 熸（jiān）：烧毁。

⑬ 睗睒（shì shǎn）：疾视貌。言鬼魅窥人。睗，疾视。睒，窥视。

⑭ 祟甚台骀：作祟超过台骀。台骀是水神，本不害人，晋平公占台骀之汾河，台骀始作祟，致平公久病难愈。

⑮ 人惊伯有：伯有，春秋时郑大夫良霄字，因政争被杀，死后变为厉鬼作祟，郑人一日数惊。

⑯ 禜（yíng）：一种祈神消灾祭祀。《左传·昭公元年》："山川之神，则水旱疫疠之灾，于是乎禜之。"

⑰ 黍稷非馨：祭祀时的祝语，意思是：五谷之气并非馨香，只有明德之气才能芬芳远播，感动神灵。出自《尚书·君陈》："至治馨香，感于神明。黍稷非馨，明德惟馨。"

⑱ 三号之吊：借指楚雄百姓因瘟疫致死者众，户户闻哭号之声。老聃死，朋友秦失去吊唁，号哭三次而出。语出《庄子·养生篇》："老聃死，秦失吊之，三号而出。"

⑲ 蒿宫：周代以蒿为柱之宫。《大戴礼记·明堂》："周时德泽洽和，蒿茂大以为宫柱，名蒿宫也，此天子之路寝也。"此喻宣扬天子好生之德。蒿宫，一说或为"郊宫"，"郊"字借用"蒿"字。

⑳ 蔀屋（bù wū）：以草席覆盖的屋顶，借指贫苦人家。王安石《寄道光大师》诗："秋雨漫漫夜复朝，可嗟蔀屋望重霄。"

祭先师卓文端公文

呜呼！峨眉秋朗，方看天柱之承穹；箕尾神归，遽怅星辰之复位。思裴令[①]三朝之旧，则行路沾襟；伤魏征一鉴之亡，则法宫雪涕。靡不投瓜痛逝，含玦兴哀。矧夫一代龙门，曾叨末座；六年绛帐，久被春风。雪乍立而无从，山已颓而安仰。此则罄元亭之草，莫写酸辛；弹碧海之琴，难传凄恻者矣。

惟我宫保夫子，巴梁柱石，河岳英灵。映雪岭以神寒，得金天[②]之气肃。花砖联步，兰成射策之年[③]；绣服巡行，桓典乘骢之岁。府寺载其劳勚[④]，阁部仰其回翔。卿月一轮，长悬碧落；岁星四照，仍傍紫微。凡东选西选之品题，左曹右曹之出纳。姚崇[⑤]之兵储暗记，张敞[⑥]之桴鼓稀鸣。久已黾黾竭思，优优敷政。刘弘[⑦]归第，庭绝管弦；苏绰[⑧]在公，手兼朱墨。海内望如山斗，朝廷倚作股肱。遂以参知，入襄政事。寅亮天地，辰诰讦谟[⑨]。排和议则九陛改容，弹权贵则百僚动色。渠牟[⑩]召对，漏屡下而未终；陆贽[⑪]封章，事有知而必告。虽心如白璧，或见毁于青蝇。而力尽蜉蝣，终无伤于大树。是以龙光湛露，恩极初终。紫绶金章，荣膺先后。韦平接武[⑫]，则银烛两行；瑰颋[⑬]同朝，则朱轮一色。苟非孤忠隐结，夫主知何以渥眷，迥逾于常格乎。然而士行[⑭]老去，未忘辞宠之怀；房相晚年，尚有忧时之表。帝尊黄发，已屡宽待漏之期；臣抱丹心，唯欲尽补天之力。身轻恩重，欢少愁多。又奚怪诸葛之早衰，杨彪[⑮]之羸瘦也哉。

至于夫子之于吉也，蕊珠榜下，初得鲰生[⑯]。桃李门中，独怜小草。问年弱冠，蒙白眉[⑰]第五之称；学步瀛洲，有国士无双之誉。期范质[⑱]为传衣钵，爱费祎[⑲]特许乘骖。遂安砚于文选之楼，俾课读于乐贤之馆。于是窗前吟罢，长获追随；花底朝回，亲承謦欬。或闲开夹袋，同数人才；或夜爇水沉[⑳]，命书章奏。或云笺属和，许子夏之言诗；或宝笈题名，使颜渊之附骥。赠重裘而助暖，得一脔以分尝。犹复奖借齿牙，刻雕朽钝。扶摇弱羽，则九万程而未穷；鞭策驽骀，则八千里而更远。一生知己，方寸恩波。至今公孙弘之东阁[21]钦迟[22]，李赞皇[23]之平泉容接。此风古矣，何日忘之。

不图广桑之园乍终，中台之星已陨。天边甲马，早待富公[24]。海上仙凫，遽迎白傅。天子追怀赤舄，晋秩青宫。几筵降麟角之尊，科第慰燕诒之志。勋垂铭鼎，千秋永焕乎太常；论定盖棺，一字倍荣于华衮。夫子之心可以安矣，夫子之目可以瞑矣。所惜者，松雕柏萎，隆树无多；山高水流，赏音有几。典型已远，空余说命之篇；文章有神，谁听广陵之散。奉瓣香而申奠，瞻函丈[25]以抒哀。呜呼，羊昙悲安石之亡，望西州而忍过别墅[26]；玉局悼欧阳之逝，为天下而兼哭私情。魂兮归来，鉴兹忱悃。尚享。

① 裴令：裴度，曾历穆宗、敬宗、文宗三朝。

② 金天：秋天。秋于五行属金，故曰金天。

③ 花砖联步，兰成射策之年：喻卓秉恬早年登第，卓二十岁联捷进士，后成大学士。花砖，唐时大学士入直之内阁北厅前阶有花砖铺就的步道。兰成，庾信小字。十五岁应试（射策），庾信《哀江南赋》自称“王子滨洛之岁，兰成射策之年”。

④ 勚（yì）：劳苦。

⑤ 姚崇：唐武则天时名臣，很有军事才干，当兵书如雪，却剖判如流。

⑥ 张敞：西汉时人。史载张敞久守山阳，境内无事，自请为胶东相，盗贼屏息，吏民相安。

⑦ 刘弘：西晋名将，八王之乱时，刘弘不忍听乐，称“主上蒙尘，我不能展效臣节，就算有家伎，还不适合听”。赵树吉因避乾隆讳改“弘”作“宏”。

⑧ 苏绰：南北朝时期西魏名臣，苏绰创制文案程序，用朱墨两色分别书写出入公文。

⑨ 讦（xū）谟：远大宏伟的谋略、谋划。《诗经·大雅·抑》：“讦谟定命，远犹辰告。”讦，大。

⑩ 渠牟：韦渠牟，唐代名臣、诗人。在德宗于延英殿召对时，别的大臣最多漏下二三刻即止，独渠牟直到五六刻仍在酣谈，德宗高兴得全忘君臣

之礼。

⑪ 陆贽：唐贤相，感德宗知遇之恩，凡政事上的缺失，无论巨细他一定陈奏，因此德宗更加看重他。

⑫ 韦平接武：比喻卓秉恬、卓枟父子。韦平，汉韦贤、韦玄成与平当、平晏两对父子的并称。韦平父子相继为相，世所推重。接武，承接，继承。指韦、平两氏父子都相接为相事。

⑬ 瑰颋（guī tǐng）：唐代苏瑰、苏颋父子。苏瑰，唐中宗时期的宰相，爵封许国公。长子苏颋是唐玄宗的宰相。

⑭ 士行：陶侃字。陶侃虽位极人臣，被特赐“赞拜不名、剑履上殿”之宠，恩宠无以复加，但老病退休时，派人将印信送还朝廷，造册登记好其驻地荆州的军资器械、马匹车船，亲自锁好仓库，交代好后事才离去，不日即病故。此所谓“未忘辞宠之怀”。

⑮ 杨彪：东汉末年名臣，曹操曾问他为何如此消瘦，他说因“老了还要有老牛舐犊的感情”，怀念儿子杨修之故。

⑯ 鲰生（zōu shēng）：谦辞，犹称“小生”。

⑰ 白眉：马良。《三国志·蜀志·马良传》：“马良，字季常，襄阳宜城人也。兄弟五人，并有才名，乡里为之谚曰：‘马氏五常，白眉最良。’良眉中有白毛，故以称之。”后因以喻兄弟或侪辈中的杰出者。

⑱ 范质：五代后周时期至北宋初年宰相，幼聪明好学，二十二岁中进士，深得宰相桑维翰的器重，当即奏封为监察御史。这些身世颇像赵树吉，卓秉恬也对他期望甚大。关于卓秉恬之喜爱赵树吉，可见《附录》之赵增瑀撰《赵沅鹊先生事略》。

⑲ 费祎：时蜀汉名臣，深为诸葛亮器重。诸葛亮至南中还时，朝中众官远出数十里相迎，大臣众多，诸葛亮却特请费祎同坐一车。

⑳ 爇（ruò）水沉：点燃沉香。爇，燃烧，点燃。水沉，高品质的沉香。

㉑ 公孙弘之东阁：公孙弘为汉武帝丞相，汉武帝元狩二年（前121），卒于相位，谥献侯。东阁，清代大学士殿阁之一。

㉒ 钦迟：敬仰，或恭敬地等待。

㉓ 李赞皇：李德裕，赞皇人，被誉为万古良相。

㉔ 富公：富弼，因封于郑，又称富郑公，字彦国。洛阳人，北宋名臣。生前高风亮节，居高位而为人宽厚谦和，与公事则正直不阿。平生所荐人才甚众。晚年退休，闭门谢客。其人品德行，为天下所尊崇，去世时，天下奔走相告，纷纷以各种方式吊唁。

㉕ 函丈：也作“函杖”，是对老师的尊称。《礼记·曲礼上》：“若非饮食之客，则布席，席间函丈。”函，容纳；古代讲席间也相隔一丈，便于老师指画。故以此尊称老师。

㉖ 羊昙句：见《骈文》卷一《卓文端公话雨楼遗集序》之“秋草西州之路”注。

祭祖姑丈聂蔼亭[1]先生文

呜呼，人生百年，电光过目。郑谶龙蛇[2]，贾悲舍鹏[3]。虽修短之大齐[4]，终汶汶而徒没。唯哲人之盛德，备箕畴之五福[5]。羌无疾而考终，返神明于冥漠。

繄公早慧，兰茁其芽。我族祖姑[6]，嫔于公家，反马[7]初来，共挽鹿车[8]。霞轩凤举，异音同夸。贤书既登，机云[9]并美。如日在东，曈曈而起。春官屡上，一第扼之。蓬莱檥舟，回风泊之。然天能困公以微名，不能限公以蓄德。能抑其少日之声华，不能靳以后来之昌炽。盖艰难险阻备尝者又数十年，然后安富尊荣，乐林泉而跻大耋。

始吉髫龄，饫闻庭训。偻指[10]旧姻，称公懿行。曰此人师，万流仰镜。方领矩步[11]，风仪渊令[12]。我时尚幼，负墙以听，如钟镛之入耳。虽不知其所以然，而固已屏息敛神，而肃然起敬。洎乎弱冠，公方秉铎。我通朝籍，公膺司牧。飞舄金沙，栽花沪渎。亿万弦尪，皆公所活。大江之南，群盗如麻。朝烽夕磷，猿鹤虫沙。公居其间，安如在家。楚水燕山，迢遥万里。闻公就养，距跃以喜。询公风貌，吉祥止止。又申之以婚姻，托茑萝[13]于桑梓。

岁纪丁卯，归自神京[14]。觐省之暇，谒公郡城。白发庞眉，不杖而行。有屋一椽，时方落成。积书千卷，琅然诵声。自冬徂春，常常而见。几席追陪，言笑晏晏。公跻八秩[15]，亲旧登堂。肖然四老，酬劝相将。欢腾姜被[16]，夜短语长。我持斑管，歌以侑觞。谓我六旬，适公百岁。再十九年，祝公里第[17]。公笑掀髯，我亦尽醉。

备兵滇西，仓皇告别。何图此行，竟成永诀。公骑箕尾[18]，我挂衣冠。宾馆重来，缌帐风寒。瞻望公兮不见，神惝恍兮长叹。顾我姻翁，帝心简在。开府兼圻，旦夕可待。前麟后鸿，方兴未艾。公虽往矣，志则已酬。冠冕两川，抑又何求。我闻人言，夜梦公至。骑卒旌旄，将往受事。公之一生，正直聪明。其来有自，其殁必灵。或者柳柳州之英魄，眷罗池而为神。不然则海山兜率，乘风大去，如白太傅之善果圆成。呜呼噫嘻，是邪非邪。敬陈薄奠，公傥归邪！尚享。

① 聂蔼亭：名汝佶，字蔼庭，本书作蔼亭，号吉人，四川屏山县人，生卒年不详。嘉庆十八年（1813）癸酉科举人，道光二十四年（1844）甲辰大挑任秀山县训导，道光二十九年选授江苏金坛县知县。后加同知衔署理川沙厅抚民同知。同治七年（1868）戊辰重游泮水。著有《砚香斋诗》。

② 郑谶龙蛇：郑玄龙蛇之年将死。《后汉书·郑玄传》："五年春，梦孔子告之曰：'起，起，今年岁在辰，来年岁在巳。'既寤，以谶合之，知命当终。"辰年和巳年，均为凶岁。

③ 贾悲舍鹏：鹏为不吉之鸟，似鸮，古人认为"鹏鸟入舍，不祥之兆"。《史记·屈原贾生列传》载：贾谊谪为长沙王太傅，有鹏鸟飞集其舍。相传鹏为不祥之鸟，贾谊自以为寿不得长，悲而作《鹏鸟赋》。

④ 大齐：即"大限"，最大的定限。《列子·杨朱》："百年，寿之大齐。"

⑤ 箕畴之五福：箕畴，即《尚书·洪范》之《九畴》，传为箕子所述，

所以称“箕畴”。其中言“五福”：“一曰寿，二曰富，三曰康宁，四曰攸好德，五曰考终命。”所谓“考终命”，就是“寿终正寝”，高寿而逝。

⑥ 祖姑：宜宾赵氏七世族祖赵堈（gāng）之三女儿嫁聂汝佶。

⑦ 反马：即“返马”。古礼新娘娶回，一段时间以后即将送亲之马返还女家，以示夫妇情好，妇永不复归的意思。《左传·宣公五年》：“冬来，反马也。”孔颖达疏：“礼，送女适于夫氏，留其所送之马，谦不敢自安于夫，若被出弃，则将乘之以归，故留之也。至三月庙见，夫妇之情既固，则夫家遣使反其所留之马，以示与之偕老，不复归也。”

⑧ 共挽鹿车：鲍宣家贫，妻少君不嫌，换下华服，一起拉着小车到鲍宣家里。《后汉书·鲍宣妻传》：“妻乃悉归侍御服饰，更着短布裳，与宣共挽鹿车归乡里。”鹿车，一种小车，因其窄小仅容一鹿。

⑨ 机云：陆机、陆云两兄弟并称，以此借称两位杰出的兄弟。杜牧《怀钟陵旧游》诗之一：“陆公余德机云在，如我酬恩合执鞭。”

⑩ 偻指：屈指而数。宋濂《生生堂记》：“偻指计之，诚甲子一周矣。”偻，本指曲背、伛偻，也泛指弯曲、屈曲。

⑪ 方领矩步：古代儒者的服饰和容态。范晔《后汉书·儒林传序》：“服方领习矩步者，委它乎其中。”

⑫ 渊令：谓其风仪极其美好。渊，深。令，善。

⑬ 茑萝（niǎo luó）：茑萝与女萝两种蔓生植物的合称。比喻关系亲密，寓依附攀缘之意。语出《诗经·小雅·頍弁（kuǐ biàn）》：“茑与女萝，施于松柏。”

⑭ 归自神京：同治六年（丁卯，1867），赵树吉去云南赴任，便道归省。

⑮ 八秩：八十。十年为一“秩”。

⑯ 欢腾姜被：弟兄们同一被盖下嬉闹。典出《后汉书·姜肱传》。姜肱与二弟仲海、季江，俱以孝行著闻。其友爱天至，常共卧起。后遂以“姜被”谓亲如兄弟或兄弟友爱。

⑰ 里第：里中私第。

⑱ 骑箕尾：谓游仙。《庄子集释》傅说“乘东维，骑箕尾，而比于列星”。“傅说星”在箕星尾星之间，相传为傅说死后升天而化。

谕迤西军民示

为剀切晓谕事。

照得天彰显道，积恶足以覆宗国。有常刑安良，必先除暴。光天化日，岂容丑类横行；赤县神州，那任幺么[①]窃踞。唯恶分首从，则律有重轻。但能返正投诚，即可原情宥罪。

若逆首杜汶秀者，虺蛇成性，枭獍[②]为心。本市井之僇民[③]，兼穷奇之凶德。曩以永昌巨案[④]，幸逭[⑤]丹书。应思仰荷鸿慈，正宜永深鳌戴。夫何鱼经漏网，不知伏藻以潜渊；而螳敢当车，翻欲借端而起衅。初由械斗，竟擅戕官。阳托报复之名，阴肆贪残之性。纠集党与[⑥]，荼毒生灵。始则窃大理一隅，继乃踞西南十郡。犹以潢池盗弄，曲赐矜全。帱载包容，暂稽挞伐。经前大宪宣布德音，冀其食桑葚以革心，当必扣铃辕而顿颡[⑦]。乃祝同疏网[⑧]，徒开三面之仁；而毒甚奇鸧，愈逞九头之暴。遂至显谋叛逆，僭易衣冠。违正朔而不书，设伪官而罔忌。煌煌华夏，几同椎髻之伦；赫赫典章，竟等弁髦之弃。而且果行杀戮，恣意奸淫。掳掠货财，铲掘坟墓。红飞一炬，连村之庐舍皆墟；白粲千囷[⑨]，比户之脂膏尽竭。武士强驱擐甲，文人威逼参谋。抽派则室计丁男，疆埸[⑩]暴骨；徭役则累遗子妇，鞭扑加身。英俊被拘牢，既积久而灾忘切近；庸愚经煽惑，假从教而薮萃逋逃[⑪]。以致冤忿莫伸，灾祲益炽。人命则百存一线，室家则十有九空。巨憝凶残，莫此为甚。

本道恭膺简命，巡察迤西。哀我蒸黎，罹兹惨毒。既倒悬而待解，情有同然，况为牧而求刍，责无旁贷。倘火热水深，而莫之援手，即官尊禄厚，而何以为心！凡万民未免于创痍，皆一日难安于寝食。幸天夺元凶之魄，浃旬而同恶骈诛。兵承大帅之谟，再战而贼军尽覆。

兹复奉督部堂、抚部院调派，官军分道进剿。我军所至，不犯秋毫。傥有故违，定按军法。如能一心一德，何难七纵七擒。但念罪止渠魁，胁从胥归罔治；恩宽大造，何人不许自新。总之此次西征，唯期禁暴。本德威之并用，亦剿抚之兼施。不分汉回，只论顺逆。特恐尔等迟回观望，伊戚自诒。合先剀切晓谕。为此示。仰迤西军民，汉回人等遵照。

此后但能自拔，即系良民。凡从前已往之愆，概行不究。即现有投归之路，慎勿怀疑。莫谓苍山绕郭，负险足以抗王师；洱海抱关，凭深足以阻声教。岂知金陵僭号，当皇威之一怒，而指顾冰消；捻匪跳梁，经大队以合围，而仓皇瓦解。矧党类半多革面姎徒，尽已离心。谅釜底游魂，不过苟延夫残喘；穴中穷鼠，已知无技以潜藏。尔等或充乡导为先驱，或赴军营而进策，或乘机投离间之谋，或相约为内应之举，或倒戈杀贼即以立功，或献馘开城爰邀懋赏[12]。凡以乡人急乡难，奋勉想必争先；以同里切同仇，响应定知恐后。本道三略训兵，五申示众。尤赖同心之助，早收扫穴之功。庶几六诏河山，洗腥膻而尘消函夏[13]；十年涂炭，登衽席而化乐熙春。各宜懔遵毋违。

特示。

① 幺么（yāo mó）：微不足道的。幺，排行最末尾者，或读整数“一”。么，微小。

② 虺（huǐ）蛇、枭獍（jìng）：虺，毒蛇。亦喻恶人。枭獍，古以枭为恶鸟，生而食母。獍，恶兽，古书说其“状如虎豹而小，始生，还食其母”。用以比喻狠戾忘恩之人。

③ 僇（lù）民：也指僇人，指当加以刑戮的人，后泛指罪人。出于《韩非子·制分》：“故其法不用，而刑罚不加乎僇人。”僇，通“戮”。

④ 永昌巨案：事在道光二十五年（1845）。

⑤ 逭（huàn）：逃避。

⑥ 党与：朋党、同伙。与，也有跟从、同盟、同类等意。

⑦ 顿颡：屈膝下拜，以额角触地请罪或投降。

⑧ 祝同疏网：比喻施朝廷仁惠之恩，以疏网罗鸟。意同网开一面。语出骆宾王《兵部奏姚州破贼设蒙俭等露布》："而祝禽疏网，徒开三面之恩；毒虺挺灾，逾肆九头之暴。"

⑨ 白粲千囷（qūn）：千仓白米。囷，圆形的谷仓。

⑩ 疆埸（yì）：边境。埸，边境，边界。

⑪ 薮萃逋逃：聚集逃犯。语出《尚书·武成》："为天下逋逃主，萃渊薮。"逋逃，逃亡者。薮，本指大泽，此指聚集之处。

⑫ 懋赏：奖赏以示勉励；褒美奖赏。语出《尚书·仲虺之诰》："德懋懋官，功懋懋赏。"懋，勉励、鼓励。

⑬ 函夏：全中国。函，包函。夏，华夏。

郁郅山房文略

郁郅山房文略·卷一

湘乡刘氏族谱序[1]

谱，古法也。司马迁《史记·年表》，桓谭[2]谓旁行斜上，并效《周谱》。则谱之作，周以来已有之。魏晋而后，谱牒綦重，书缺有间矣。其佚乃时见于《世说》注[3]。隋唐间掌之官司，载之经籍，骎骎与史志等。然大要编次门第，非专为注叙世官之书。独宋欧苏两谱[4]出，然后纪氏族者，一以二公为宗。其纵横体例虽各殊，然质实而简严，盖未有以低昂也。

湘乡尚书刘公，奉天子命总制滇黔。吉以属吏得从事于军次。暇日出宗人续修家谱见示，并命吉以一言弁首。吉受而读之，盖本欧公谱例而增益之者也。谨按谱载：刘氏之先世居江右，自元进士讳翊圣，官凤阁学士，改潭州别驾[5]，退隐湘乡螟潭[6]，后遂隶籍[7]。今居湘安新邵间者，皆别驾裔也，而湘乡之族，尤甲诸刘云。

尝窃观衡山，作镇南服[8]，紫盖[9]天柱，诸峰离立云表。而洞庭青草汇为一流，湘水自西南来注之，荡摇乾坤，吐纳江海。百灵秘怪，恍惚隐见。山川之灵，固有磅礴郁集而发者。如尚书公，非其尤著者邪？然以今天下之大，闻者阒如[10]。而楚东西千余里间，智名勇功震耀耳目。往往一邑之地、一门之内，旌纛相望，赫然膺茅土[11]而垂竹帛者，指不胜数，何人材之多若是与！将今昔钟毓[12]，有时而异与，抑彼苍之赋畀[13]特殊与？将拔茅连茹[14]汇征[15]者理与，抑功名之际固有运会焉，而不可以人力致与？於戏盛哉！

公之族在咸丰辛亥、壬子中，尝以粤匪滋乱，用保甲法藉族子弟练之。出入守望，众志齐一，卒免于难。今又本敬宗收族之意，合为兹谱。经始未期[16]，功用告讫。此其所为，皆卓卓大者。以是益叹刘氏多贤，而后祀昌炽之方未有艾也。

吉末学肤受，愧无以导扬休美[17]，谨摭其崖略如右。至乃尚书公之勋业鼎隆，熙天曜日，则所谓邦家之光，非族姓之私荣所弗缀焉。谨序。

① 本文系同治六年（1867）为云贵总督刘岳昭续修《刘氏族谱》所作，据此谱载，刘岳昭“现任云贵总督”。刘为湘军著名统帅之一，生于道光四年（1824），以团练起家，屡立战功。受骆秉章之请入川，以功升按察使，旋擢云南布政使，奉命援黔，功成，升云南巡抚，再命为云贵总督。光绪九年（1883）卒，年六十（郭嵩焘为撰墓志铭语“卒于光绪六年癸未岁”，查“癸未”非光绪六年，而是光绪九年，并与“年六十”相符）。

② 桓谭：东汉哲学家、经学家。《梁书·文学传下·刘杳》引汉桓谭《新论》：“太史（公）《三代世表》，旁行斜上，并效《周谱》。”所谓“旁行斜上”，即横行斜线。后用以指表格形式排列的系表、谱牒等。因古书竖写，横向划线则是“旁行”。

③《世说》注：南朝梁刘孝标注《世说新语》，引用大量古书。

④ 欧苏两谱：由欧阳修、苏洵开创的修谱范例，后世修谱大多遵从。“欧体”采用世系图，“苏体”采用世系表，基本由谱序、谱例、世系图、世

系录、先世考辨等五项内容构成，而且采用“五世则迁”的原则，不至紊乱冗杂。

⑤ 别驾：对在州府的长官下掌管粮运、家田、水利和诉讼等事项的州府官副职“通判”的别称。湘乡刘氏始祖刘翊圣江西人吉安，元至正年因直谏被贬为衡州别驾。

⑥ 螟潭：在今湘乡棋梓桥附近。

⑦ 隶籍：入籍，属于某地户籍。

⑧ 南服：古代王畿以外地区分为五服，故称南方为“南服”。

⑨ 紫盖：本指帝王所乘车盖，色紫。这里指现于斗牛之间的云气，为帝王符端。

⑩ 闻者阒如（qù rú）：还没有听说过这样的人。阒如，静寂。

⑪ 茅土：裂土分茅，指受封爵、得高位。

⑫ 钟毓：钟灵毓秀。指美好的风土诞育优秀人物。

⑬ 赋畀（bì）：给予。特指天赋的权利。畀，给与。

⑭ 拔茅连茹：比喻互相推荐，用一个人就连带引进许多人。《周易·泰》：“拔茅茹以其汇。征吉。”茅，白茅，一种多年生的草。茹，植物根部互相牵连的样子。

⑮ 汇征：连类而进。唐陆贽《请许台省长官举荐属吏状》：“惟广求才之路，使贤者各以汇征；启至公之门，令职司皆得自达。”

⑯ 经始未期：从始至终，未满一年。期，一整年、周年。

⑰ 休美：美善。范仲淹《老人星赋》：“增芳华于信史，协休美于祥经。”

赖南冈[①]先生诗序

滇自遘乱以来，地方数千里，所在为战斗，贵家世胄，藏书秘籍率成煨烬。其间老儒宿望，及志节耿介之士，非以身殉祸，则摧折惋郁而陨灭者，盖不可得而纪也。其幸而存者，或他徙，或远伏，独赖先生在昆明。然老且穷，不干[②]当事。当事诸公，亦莫能识其面也。

余既入滇之明年，至会垣，则乡人廖刺史[③]为余数言之。刺史，赖先生高弟也，余心钦钦[④]焉。既而大府檄余晋驻楚雄，楚边远郡，又新复，人文尤凌替[⑤]。而赖先生故为其郡学博，余欲仿昌黎公[⑥]延赵德教潮人故事，请与同行。又疑先生不肯见要人，其肯为余出者，而赖先生实来。先生学术淹贯[⑦]，于书无所不读。多技能，而尤喜为诗。

先是，先生介廖刺史，以所存诗示余。读之，其神冲然以和，其骨翛然以清。其忧深思远，则淡而永，微而章。观其诗，而其为人可知也。夫诗，小道耳。然其至也，通阴阳之故，达性命之精。与夫世运之盛衰，人品之清浊高下，学问之纯疵得失，厥诗具焉。善知诗者，以意逆志[⑧]，而皆可得于声律文字之外，非徒以其辞华而已。

先生之来楚也，楚人士重先生文行，愿从游者众。既与余欢然相得，时复共数晨夕。议论上下古今，皆切中情势，洞烛利弊，又能匡救，裨益余所不逮者。然余方治军书，急不能多为诗。偶有倡和，犹往复不已。余既忘其为孤官，而先生亦若不知其穷也。

尝出其诗，属序于余。余言何足为先生重？然窃观欧阳文忠公论梅圣俞诗，以谓诗非能穷人，盖愈穷则愈工。后世多韪其言，而余独怪公犹区区以穷为圣俞惜者，何哉？士之自待也重，则其出处也必不苟。其出处也不苟，则其穷也固宜。彼其视汲汲于富贵贫贱，与俯仰时会，以侥幸成功名者，既已不足为，而独以其中之有所得者为可乐。唯中有得，然后能穷。唯能穷，然后其辞能愈工。然则穷者，士君子安身立命之区，而陶冶文辞之妙境也，而又何惜乎。今先生不以穷为累，而充然有余如此。则其诗之愈进愈工，以必传于后如圣俞，又可知矣。

独计先生已老，余亦引疾，旦夕将归蜀；廖刺史又远在滇北。叹滇乱之未靖，益怃然⑨于学校之未兴，而念先生系官于此，为何如也？是为序。

① 赖南冈：见本书《诗存》卷八《赠赖南冈广文钟俊》注。

② 不干：不去拜见。干，请求，此指“干谒”，有所求而请见当事者。

③ 廖刺史：廖修明，字复三，咸丰元年（1851）辛亥恩科举人，叙州府富顺县人，时为云南府晋宁州知州，“刺史”是对“知州”的习称。后擢升云南广南府知府。后蒙召见，仍以知府用，选浙江温州知府，未赴任。

④ 钦钦：想见其人而忧其际遇。钦钦，忧思而难忘。语出《诗经·秦风·晨风》：“未见君子，忧心钦钦。”

⑤ 凌替：衰落、衰败。

⑥ 昌黎公：韩愈。韩愈被贬潮州后，举荐潮州籍进士赵德掌州学以兴潮州文教。

⑦ 淹贯：深通广晓。

⑧ 以意逆志：以其诗意揣度出作者的心思，才算真正读懂了诗。语出《孟子·万章上》：“故说《诗》者，不以文害辞，不以辞害志。以意逆志，是为得之。”

⑨ 怃（wǔ）然：怅然失意。怃，怅然失意的样子。

沈意文方伯玉笙楼诗集序

海昌沈子意文，奇人也。

方母太夫人妊君，时历十有八月而后诞，其生奇。及长，英伟异凡儿，博览载籍，于天下治乱得失，了然如指掌；又明习国家令典，任以事无不能者，其才奇。少时习科举业，一试有司，辄舍去。由掾曹起家，而令守、而监司、今且晋方伯衔，位二品矣，其遇合又奇。君八岁即由浙入蜀，官蜀且三十余年。咸丰中，尝从吴制军[1]戎幕，一至滇，今又客滇黔督刘公[2]戎幕，其踪迹亦大奇。然则兼此数者，其文安得不奇。

余尝谓古今文章，自六经来，若龙门、扶风[3]、韩、杜、欧、苏[4]之属，其奇而法者无论已。乃至庄周之奇而诞，东方朔之奇而谲，樊绍述[5]之奇而晦，以及卢仝[6]之奇而怪，孟东野、李昌谷[7]之奇而艰[8]、而不根[9]。彼其人，皆有不可一世之概，耳目闻见，心精所辟，不主故常。故其发于言者，洸洋瑰诡，出奇无穷，而卓然不可磨灭。末学足不出里门，终日伊吾六经四子书外，制举文数帙耳，否则近人诗数十册耳。埋头颀故纸堆中，而欲肝肺间出一奇语，犹航断港[10]而语海若之大也，安可得哉，安可得哉！

意文既喜为有韵之文，值滇事棼如[11]，卤莽析乱[12]。凡其意有所感触者，一于声歌发之。若谏若讽，若诉若怨。慷慨激昂，刿心钛目[13]。呜呼，可谓奇矣。他人或不能知，而余独知之。以此与余交日密。余所赁寓楼湫隘甚，而意文无旬日不来。每朔风起，城头角声乌乌。而余两人者，方拥炉烧榾柮，以瓦缶煮茗。且饮且谈，若不知斗室外更有何事者。噫嘻，是又一奇也。

近出所著《玉笙楼诗》全稿示余，因索为序。余曰：君诗之奇，则余既知之矣。虽然，君之才其效于世者，百未一二也。度天所以生君之才者，必不以是而止。则君之诗之奇，又岂能以是而止！其请俟十年后，吾文若成，而君亦已即真位开府，为国家建殊勋伟业，与李赞皇[14]相伯仲。当更有出奇无穷，而卓然不可磨灭者，则《会昌一品》之集[15]，非余之奇文，其谁能序之。

① 吴制军：湖广总督吴文榕。咸丰四年（1854），在与太平军黄州作战中兵败投水自杀。

② 刘公：刘岳昭。

③ 龙门、扶风：本皆地名，分别指代司马迁（龙门人）和班固（扶风人）。

④ 韩、杜、欧、苏：唐之韩愈、杜牧；宋之欧阳修、苏轼。

⑤ 樊绍述：樊宗师，字绍述，唐散文家。为文力主诙奇险奥，刻意求奇，喜用生僻词语，流于艰涩怪僻，时号“涩体”。

⑥ 卢仝：唐代诗人，初唐四杰卢照邻嫡系子孙。史称其性格高古介僻，所见不凡近（“凡近”，才识平庸浅薄之谓），狷介类孟郊，雄豪之气近韩愈。

⑦ 李昌谷：李贺，生于福昌县昌谷（今河南洛阳宜阳县）。

⑧ 奇而艰：奇而艰涩。

⑨ 不根：荒谬而无根据。颜师古所谓：“议论委随，不能持正，如树木之无根柢也。”

⑩ 航断港：航于断塞之港，不能通江达海。

⑪ 棼如：纷乱状。

⑫ 卤莽析（sī）乱：乱象丛生。卤莽，指荒草，也指荒芜。析乱，分散蓬乱。

⑬ 刿（guì）心钵（shù）目：形容触目惊心。语出韩愈《贞曜先生墓志》：“及其为诗，刿目钵心，刃迎缕解。”刿，伤，割。钵，长针。

⑭ 李赞皇：李德裕，赞皇人，故称。

⑮《会昌一品》之集：唐李德裕撰。《会昌一品集序》郑亚所作。

送淡海珊[1]太守之官滇南序

去京师，渡黄河而西五千余里，为吾蜀。其比于吾蜀者，为滇黔。三省皆边地，而山川雄深，风云草木之状，奇谲变幻。故代多卓荦英伟非常之士。

淡君海珊，吾蜀人，有干才。以前太守来京师，不得志。请于朝，需次滇南。吾知其必将有为也，盖淡君尝守黔之黎平矣。黎平边郡而土瘠，盗贼久抗法，非贤且明则不。幸往往有患，君宽猛并用，群盗改格。粤寇犯境，率练勇再战，再破之。移守思州[2]六月，而人安其政。以忧去官，苗民攀辕涕泣，不忍去。由此观之，淡君之于滇南，吾知其必将有为也。

顾余尝与之谕天下形势，及用兵成败，辄中夜奋臂起立，讲画不绝。口筹时事，皆凿凿可见施行。尝曰："丈夫当如郭汾阳[3]，马上立功，为天子安社稷，手致中兴。高爵厚禄，随庸庸唱大诺，吾不为也。"他闻者皆匿笑。又言："黔中小丑不足虑，唯苗变可虑。吾在黔时，曾为上官言备苗数事，皆不见用，苗不久当必变。"已而果然。

凡士之怀奇负异者，必有卓识远见，超然不囿于流浴。而其时，朝廷公卿又有大力者推荐之，故得尽其素蕴[4]。今东南用兵四五载，将帅持久无成功。如淡君者，其志其才，宜可大用，乃令其乞典郡以去若此。此宜为天下得人者所嗟叹而爱惜之者也。虽然，士患无所借手耳。牧令丞尉之职，茧丝督捕之细苟，精求其事，皆可以裨政教而结主知，况太守之俨然方面者哉。抑闻后汉常以尚书令、仆射出典郡，或以郡守入为三公，崛起者不一而足。

淡君行矣。方今圣天子焦劳宵旰，不次用人，庙堂之上岂无一二留意人才者！淡君他日膺特赏、握虎符，将大展其才，以副其志。吾乌知夫今不如古所云邪？行以吾言券[5]之也，故于其行也，叙诸简以为赠。

① 淡海珊：时或作淡海山，本书《诗存》卷一《春日卓鹤溪前辈邀同淡海山太守树琪游巨苇》有注。赵树吉未料此一别竟是永诀。

② 思州：黔中重镇，约处今贵州省沿河土家族自治县、务川仡佬族苗族自治县（旧名婺川县）境。唐贞观四年（630）置，此后多有变革，明代曾为思州府，清代仍置思州府。

③ 郭汾阳：唐代名将郭子仪，曾被封为汾阳王。

④ 素蕴：素养。素，平时，向来。蕴，积蓄。

⑤ 劵（quàn）：状写，描摹。宋刘昌《芦浦笔记》：“若夏革谈妙，《齐谐》志怪，劵宇宙之无极，状鹍鹏之变态。”即用此意。

敖太翁[①] 七十寿序

天下之官，唯州县为难。为州县治，则天下治。盖其位于民最亲，而其职则以奉宣天子德意，与民休息，兴利革弊，捍灾御患，以助成盛世无疆之休。非若他官，取办[②]于文书法令而已。国家慎选牧令，重其权而严考之有以哉。

广东古南越地，东南滨海，物产蕃硕，民俗强悍，素号难治。重以岛夷外侵，蠡贼内讧。防剿征输，殆无虚日。为牧令者，非鹰击毛挚，则不足以为治。

太姻翁敖庚渠先生，以孝廉为令兹土，历丰顺、石城、澄海、永安等县。当戎马倥偬之间，独能以煦妪[③]祥和，辑柔[④]其下，所至谓慈父母。至其布置城防，练团募勇，先后擒渠数十百名，歼毙余贼无算。事平，大吏上其功[⑤]，玺书褒美，诏以同知升用。而先生口不言功，若弗屑屑然于俗吏之为之者。世尝谓国家科目取人，士虽经明行修，而实不可用。是以吏治不能遽臻，于古今州县之吏，不尽出于科目也。然考其治行，于先生何如哉？昔者用才之途甚隘，而循良常出于其中。今者用才之途甚宽，而治行反出乎其下。由此言之，人才之得失，吏治之隆替，毋亦别有所在，而非科目之果足为诟病与？

今先生年且七十矣。东南寇乱削平，方将与民休息，以助成盛世无疆之休。而先生泊然荣利之怀，遽欲请告归里。粤人咸惜其去，而无以尼[⑥]其行。乃于今六月揽揆之辰，奉觞为寿。其年家子[⑦]某等，亦谋制锦寄祝。以余姻末[⑧]，俾辞而序之。

余惟古昔盛时，政化翔洽，风俗敦庞。上下交忻，欢然相得。其民往往作为诗歌，以颂美其上。盖多出于介寿祝嘏之辞。而其爱慕无已者，尤莫如《都人士》之诗。其诗曰："彼都人士，狐裘黄黄。其容不改，出言有章。行归于周，万民所望。"言君子以道得民，其还归于周矣，而民犹望之也。今粤人之于先生，所以颂祷而望之者，岂有异乎。然吾观朝廷向用儒术，破除资格，以待贤能。其自牧令骤膺封圻连帅者，所在多有。一二贤大吏，方且抉剔幽滞[⑨]，以副仄席[⑩]之求，况先生之治行卓卓者也。然则先生之归，其果能自必乎。

先生之子金甫丈，以庶常为比部郎，与余同官京师有年，方侍先生于粤。余故著其素所闻者寿先生，且以为金甫喜也。

① 敖太翁：名翊臣，字翼武，号庚渠，重庆府荣昌县人。道光二年（1822）壬午科举人，乙未大挑二等，以教谕用，署江油教谕，借补叙州府珙县训导。善文词工书法。咸丰三年至五年（1853—1855）官广东潮州府丰顺县，咸丰七年署石城县，又调澄海、永安，同治三年再署石城。因御乱、治理有方为人称道，年七十以同知尽先补用。同治六年（1867）致仕归。光绪六年（1880）八十七岁终。

② 取办：指办理。

③ 煦妪：爱抚、养育。

④ 辑柔：和顺，和悦。引申为安抚。

⑤ 其功：指其在丰顺、石城屡建奇功，于众寡之际，保城池无恙，杀敌无数。

⑥ 尼（nǐ）：阻止、阻拦。

⑦ 年家子：科举时代同年登科者两家之间的互相称"年家"，其晚辈则称作"年家子"。

⑧ 姻末：敖庚渠是赵树吉太姻翁，是长辈，故自己谦称姻末。

⑨ 抉剔幽滞：搜求遗才。抉剔，搜求挑取。幽滞，隐沦而不为世用的人才。如《晋书·李寿载记》：“拔擢幽滞，处之显列。”

⑩ 仄席：侧坐以待贤良，犹虚席以待。

凌仁轩[1]先生六十双寿序

仁轩先生以方雅族，居郡之北乡，故与吾家为世好。先生与先君中宪公[2]，同生嘉庆戊辰，又同饩上庠。翘然行辈中，尤相契也。余为童子时，提学祥符何公，按试吾郡，先生褎然[3]首选，先中宪亦居高等。旌奖日，见先生与先中宪持银花红绫，自试院出，鼓乐喧阗，列送门外。郡人夹道纵观，咸指目叹羡。余时亦私心怦怦，望之如神仙中人不啻也。

洎余挂朝籍，先中宪已弃养。先生犹时应乡举，连不得志于有司。近乃以积分贡成均[4]，注选入籍。忆曩见先生试院前，仿佛犹前日事。岁月变迁，人事乖异。当时童子如余者，亦颀然壮且将衰矣。然则先生之年寿日增可知矣。

先生夙负文章名，壮年誉业弥藉。著作之林，令宰之选，皆先生所能自致，而迍邅[5]若此，天殆欲老其材，而后用与？抑将以是遗其子孙与？

先生子心垣从余游，亦通敏能文，以优行贡于朝。诸子皆彬彬向学。厚积之报，将毋在是与。然吾闻乡人北来者，言先生齿益高，德益劭，里居授徒，翛然自乐，一不以外物介意。是其潜躬味道[6]，必有得于圣贤性命之旨者，区区穷达诎信[7]之数，又何足为先生荣辱乎。

今世布衣之士，往往高谈霸王，以经世自命。听其言，真若鄙弃一切。要其穷精敝神，未尝非驰骛于富贵利达之途也。幸而遭蹈机势，遂成功名，得以极口张之耳。至于窥时俯仰，昵就事会[8]而辄不遇，与摧败折辱而终不知止者，盖亦所在多有。其于安贫守道之儒，贤不肖何如也？夫修身以俟命者，圣贤尽性之学也，性尽而命亦至焉，已彼多福，何庸求焉？若先生者，其有以知之矣。

今年[9]十月，为先生六旬揽揆之辰，淑配林孺人亦年周花甲，心垣属余为文。余既奉迤西备兵之命，方治行未暇。又念先中宪与先生同岁生，今先生岿然如鲁殿灵光[10]，福寿且无量。感触旧事，殆难为怀。而心垣来请者数四。余以为世俗掞张之词，非所以敬父执也。《南山》之诗曰："乐只君子，德音不已。"又曰"乐只君子，遐不黄耇。乐只君子，保艾尔后。"请以是为先生颂祷，可乎。

① 凌仁轩：宜宾宗场乡人凌荣祖。凌氏与赵氏同为宜宾书香巨族。凌仁轩两子心垣、心坦俱进士。心垣，字东藩，中同治戊辰（1868）进士，后曾任湖北咸宁、黄安、武昌知县，调补孝感未任卒。心坦，字东府，中光绪丁亥（1887）进士。

② 中宪公：赵树吉父赵汉，卒后晋赠中宪大夫。《叙州府志》载其传："字晴舫，钟琳子，赵树吉父。府学附生，以高等食饩。精楷法，得平原之遗。家贫，授徒奉母。会季弟卒，无子，以爱子树烈嗣。竭力营丧葬。弟产微有，入丝粟仍归诸弟妻。兄子树笏、树钺，染疫卒。兄亦逝，先后未一月。汉戴星出入，仓皇悲号，先已数十日不眠，布袍芒履，奔走烈日中，两目尽赤，医药棺敛，不以贫故恤力。毕葬，逋负累累，而家人食草具或至不爨，未尝以为言。已又焚所费簿籍，曰：虽细故，留之虑为后嗣口实。女兄适梅氏者，窭甚，子三，一病废，汉迎之归，养废者而资二子力业。母舅樊（即本书《文略》卷一《丹山老人传》之丹山老人），老无依，除舍馆之。某父子皆廪生，坐事褫，求复需多金，汉为贷于人。某嗜博，一夜罄，逃去，汉典衣物为偿，后遂不更问。生平敦尚大节，诚笃阔绰类如此。子树吉，庚戌进士，官迤西道。"

③ 褎（yòu）然：杰出貌。褎，出众的样子，本指庄稼生长茂盛之状。

④ 贡成均：指成贡生，保送国子监。国子监，古代最高学府，唐时称“成均监”，源自《周礼·春官·宗伯》：“大司乐掌成均之法，以治建国之学政，而合国之子弟焉。”

⑤ 迍邅（zhūn zhān）：困顿不进。晋左思《咏史》：“英雄有迍邅，由来自古昔。”

⑥ 味道：体味“道”的哲理。蔡邕《被州辟辞让申屠蟠》：“安贫乐潜，味道守真。”

⑦ 诎信（shēn）：意同“屈伸”。信，同“伸”。

⑧ 昵就事会：即投机取巧，钻营。昵就，亲近、亲昵。事会，机遇、时机。

⑨ 今年：同治六年，赵树吉便道回家省亲，居留数月。

⑩ 鲁殿灵光：虽经磨难巍然尚存。典出汉代鲁恭王所建灵光殿，屡经战乱而岿然独存。后因以“鲁殿灵光”称虽经磨难尚存的人或事物。

温太宜人六旬晋七寿序[①] 代

德阳于吾绵为属邑，其西南郭曰柏社。峰峦明净，林壑深秀，温氏世居之。道光己酉，余与甸侯[②]同举明经[③]。咸丰初元，复同领乡荐[④]。稍稍悉其家事。私念温氏以诗礼世其家，而甸侯昆仲又失怙，独能承先人遗志，并秀竞爽，如古所称河东三凤[⑤]者。比其成就，有非偶然者。以是心仪太宜人久之。

今年甸侯为尚书主事[⑥]，余亦以谒选来京师。甸侯时时为道太宜人贤。且曰今十月，太宜人六旬有七，愿乞一言，归为堂上寿。某不文，然谊不敢辞。

太宜人为世族李氏女，年十七归礼门[⑦]年伯。事舅姑以孝谨。

闻生甸侯昆仲四人。礼门公之谢世也，甸侯方为诸生。其伯兄益甫[8]、仲兄可垣[9]，亦以副贡明经困场屋。太宜人策之学，督课如礼门公在时。常曰："汝祖以孝廉授广文，不及官。汝父又少多疾，止于茂才[10]。门风之兴，责在儿辈。且吾使三子治生产，庾中粟犹足供饘粥，即贫必不累儿辈忧。汝曹勉哉。"闻有文士过从者，辄为具款之，令以所学次弟就正。由是诸子更相戒力学，不懈益勤。甲辰，益甫举孝廉。丙午，可垣举孝廉。甸侯最少，最后举。然皆未越八载中，时尤以为荣。

甸侯昆仲，为人朴质醇笃，数以公车[11]诣长安。长安故豪华地，鲜车怒马，填溢闾巷。长裾玉佩，照映白日。弦管丝竹，昼夜嘈杂。身处其间，而体无纨绮之被，足不及户，手一卷往复不辍。甸侯尤雅饬[12]，官比部，粥粥[13]若无能者。余尝叹温氏多贤，乃今而知太宜人之教为有素也。

初，太宜人来归时，同曾祖者凡四，老幼男女八十余人，犹合食。太年伯琼田公任家督[14]，以太宜人明慧知大义，凡婚嫁宾客，下及米盐凌杂，诸务悉以属焉。均平齐一，不为偏私。有勃谿[15]者，遇之如常，久亦感服，熙然以和。凡同居二十年，无内外少长，齐其口曰贤。待仆婢以仁，贫无依者留养之。今其家犹有三世前老仆。以此又知非徒能教其子之难，乃其厚积而发之者，亦正未易一二罄也。然则太宜人之食福，庸有量乎。

某一行作吏，将南游湖湘间，不获与称觞之末；视甸侯之列官于朝，而得奉翟茀[16]，以娱其亲者，相去倍蓰[17]。然吾闻衡阳之东有酃湖，与豫章渌水酿酒并甘美，古谓之酃渌酒。至今贵之，不改其旧。他日八旬设帨[18]时，或得邮致一觞，为太宜人寿，则又私心所愿自效者尔。

① 此文系赵树吉代人所作，未详其所代何人。

② 甸侯：温圻，咸丰元年（1851）辛亥科亥举人。由刑部主事，议叙知府候补直隶州。历官湖南湘乡桃源等知县。古称京畿范围之内的州县长官，因温圻候补直隶州，故称其甸侯。甸，郊外的地方。

③ 明经：清代贡生的别称。

④ 领乡荐：中举的别称。

⑤ 河东三凤：温氏三兄弟俱成举人，地方誉为“河东三凤”。典出隋末唐初时期薛收、薛德音、薛元敬叔侄三人，以才华闻名于世，而被誉称为“河东三凤”。

⑥ 尚书主事：温圻为刑部主事。

⑦ 礼门：温圻父温本慎字。

⑧ 益甫：温本慎长子温增（字益甫），道光二十六年（1846）丙午举人，任成都教谕。

⑨ 可垣：次子温均（字可垣），道光二十四年（1844）甲辰举人，任洪雅教谕。后以母老辞归。

⑩ 茂才：就是秀才。温本慎乡试不第，录副榜贡生（附贡）。

⑪ 公车：清代举人赴京会试，由公家资助旅费，称为“公车”。

⑫ 雅饬：指言行合礼制。明唐顺之《万古斋公传》：“诸子烝烝雅饬，规行矩步。”

⑬ 粥粥：此指柔弱、无能状。

⑭ 家督：总管家务，当家人。

⑮ 勃豀：争嘴、吵架。语出《庄子·外物》：“室无空虚，则妇姑勃溪。”

⑯ 翟茀（zhái bó）：古代贵族妇女所乘的一种饰以翟羽的车。

⑰ 倍蓰（xǐ）：数倍。蓰，五倍。

⑱ 设帨（shuì）：女子生辰的美称。源于古礼女子出生，挂佩巾于房门右。帨，佩巾。

丹山老人传

丹山老人者，先大母樊太恭人[①]弟也。樊在前明及国初，代有显官，久而中落。至老人，家綦贫，乃学医。老人有先墓在郡北江上，形势绝胜，遥望隔江诸峰，如屏案玉立，峭壁千寻，上有擘窠书曰“丹山碧水”[2]，相传为飞仙遗迹。故老人别号“丹山”云。老人少废读，目识不能至十字。所传方药，皆口授而心识之，数十年无一遗忘者。刀圭撮合，不差累黍。凡所救治，应手立效。踵门求药者，无贵富贫贱，及识与不识，所与药必以良。乡里咸德之。

老人既以贫故业医，业益精乃益日贫。其所蓄药多空青、水银、丹砂、麝香诸珍怪物，人力所不易致者。坐是费不訾[3]。又性仁而介，未尝轻取人财。酬以值不拒，即亦不较多寡。亲友或微讽以意，则曰：“吾师传如是。且贫，命也，乃欲以术效龌龊子伎俩乎?”先是，老人早鳏，生二子皆壮而夭，唯一孀妇一孤孙，茕茕在室，几无以自存。旁观咸为扼腕，老人晏如也，益务济人以术。

老人尝随先大父官东乡[4]。树吉姊妹兄弟，幼从老人嬉戏，提携负剑，未尝一日离。及先大父解组归，老人时往来吾家及里中亲戚间。大父卒，先大夫[5]除舍馆之。自是遂不复他往，岁中一归祭扫而已。

犹忆儿时读书园中，园之东偏有安石榴一株，英繁于常榴，其坠萼曝干研为末，加以冰片，治喉痹良效。每盛夏花时，则老人手一筥[6]，俯拾落蕊。余隙窗纸窥之，见日光从树阴中穿漏，肩背晃漾不定。余隔窗呼老人，老人曰：“唉！孺子不读书而睨我邪！”回顾窗隙而笑。

曾几何时，老人既殁，而余之年亦四十有二矣。先大夫尝从老人授炼丹法，尽得得其方。老人曰：“吾术不妄传。传之非人，则有殃咎。汝家世积德，且仁厚人也，幸秘之!”先大夫手录成帙，藏诸箱箧。树吉犹及目见。今不可复得矣，惜哉。

老人一药囊，佩之终身，每行必挟以俱。生平无他嗜，唯好饮酒。尝卖药市肆，得数十钱，辄呼父老与共饮。絮絮话百年来事，怡然自乐。年七十有五卒。卒之日，远近皆叹息流涕。

树吉曰：余尝读陆宣公[⑦]传，至谪忠州别驾，好抄《肘后方》[⑧]。以公宰辅之材而为此，岂非以其为仁术与！呜呼！人苟志于仁，即一技亦可以济物。而士大夫冠峨冠，拥高位者，反不能有毫发之补，且以重病吾民，可愧也！然如老人之积仁洁行，而终身困阨，天顾陨坠其后，抑又何邪？

① 樊太恭人：赵树吉祖父赵钟琳继配，封太恭人。

② 丹山碧水：此景今尚存，在岷江北岸石壁上，山为红色，岷江碧绿，隔江而望，尤为壮观。

③ 不訾（zī）：不可计算。訾，衡量、计量。

④ 东乡：赵树吉祖父赵钟琳曾作东乡县教谕。详见本书《文略》卷二《显祖考东乡公阡表》。东乡，时属四川绥定府，今为四川省达州市所属宣汉县。

⑤ 先大夫：赵树吉父赵汉赠中宪大夫，即前所称“中宪公”。

⑥ 筥（jǔ）：盛物的圆竹筐。

⑦ 陆宣公：陆贽，卒后谥“宣”。曾贬忠州，不言政事，集“古方名方”编《陆氏集验方》。

⑧《肘后方》：小单方的统称。也本指传为葛洪所著《肘后备急方》，简称《肘后方》，意谓其卷帙不多，可以悬于肘后。后因借以泛指单方。

胡顺斋封君[①]传

封君姓胡氏，讳堃先，字顺斋，世为仪陇人。少时家贫，从族叔光斗读。最慧，光斗君愿谢修脯，数促入学，卒以家累弃去。然其意常怏怏甚憾也。

君既治生，稍足自给，娶杨宜人，生一子辑瑞[②]，于是君年三十有六矣。辑瑞五龄即受书，杨宜人特爱怜之，而君督课益增严。洎遣就外傅，归必历试：听诵书熟否如何，某日课某题，所作优劣就视，即有进益乃喜。辑瑞为童子，就郡县试，家事弗使与闻。悉岁所入，皆以资膏火，自奉俭薄，晏如也。久之家益困。里人迂君所为，曰："吾见人家读书，多不效，譬之航断港望海，若百不获一，男子当令自力衣食耳。如胡氏子，其成可待邪?"君闻，弗为意。

已而辑瑞以郡试第一为学官弟子。秋闱再中副车[③]，君则益喜。甲子[④]，辑瑞举于乡。计偕[⑤]时，君谆谆告以作宰之难，意若有所深诫者。明年，辑瑞成进士，果以知县用，签分福建。既度道远不肯就，乃入资[⑥]为户部郎。人谓君有先见，而君竟遘疾以卒，年六十有六。

生平性严峻，然雅敦孝友。处乡党以礼让，持大义。仪俗健于讼，里绅尤甚。君顾谓辑瑞："吾家素忠厚，比三世，足不履公庭。汝幸博科名，勿效尤，为先德玷。"里党有事，必多方排解，或欣然具酒食相慰劳。人感其诚，嫌怨顿释。以是好讼用希。

滇匪之乱，督修寨堡，前后凡三载，未尝言劳。众议给薪水，亦不受。遇有捐助，虽窘，必殚力为富人倡。己未后，米数翔贵，人艰食。胡氏旧有积储，岁举以出债。君建议：祖宗所遗，当以恤济孙子。今春夏之交，纵不及事，盍[⑦]先称贷分赈，秋成再举储息归偿，宜有应者。众议难之无已，则愿划本房一分以纾急。众莫能夺，卒如君所议行，族中穷无告者，始免饿莩忧。其行事多此类。于卒也，葬大燕山。

论曰：仪陇最为吾蜀边远邑，而君以单微之裔，艰苦万端，卒就其子有立于朝，可谓贤矣。然禄不逮存，人子之至痛。虽贵极富溢，何以加焉。辑瑞每为余述之，未尝不凄怆欲绝也。昔余以庚戌通籍，旋奉先中宪公之讳，时先公年才四十有二耳。呜呼！天不使吾辈孤寒，稍赎罪戾，而少年薄祜[8]，长为无怙之人，何其酷也！余论次君事，盖不能无悲感云。

① 封君：受朝廷诰封官衔者（虚衔，以示皇恩）。也叫封翁。胡堃先以子贵，诰赠“奉直大夫”。

② 辑瑞：字遇唐，同治四年（1865）乙丑三甲进士，官户部员外郎云南司行走，曾修《仪陇县志》。

③ 副车：乡试的副榜贡生。

④ 甲子：同治三年（1864）。

⑤ 计偕：赴京会试。因以前举子公车赴京会试，例由掌簿籍的官员（计吏）培同照料，后遂以“计偕”指赴京参加会试。计，计吏。偕，俱。

⑥ 入资：清制，若任官不就，可捐资另行安排。

⑦ 盍（hé）：何不。

⑧ 薄祜：指福薄。祜，福；大福。

寓楼记

滇南多楼居。或曰滇地僻，而畏虎狼，其民率架巨木，处其上，而豢牛羊于下，至今沿以为俗。或曰非也，夏秋之交，其地苦湿淫，居必高燥，故于楼宜。

余奉天子命，备兵迤西。至古味[1]，大府请留军次，已赁屋于市，得城西一宅馆焉。

宅南向。入门则湫隘甚。唯南北二楼稍爽，东西两短廊。南楼已为他人居，余居北楼。楼之中纵横界以壁，为前后四楹。前两楹虚其一，穴板以通上下，置梯焉。其后，一以处亲友，一处僮仆。

前楹余自居。楼下屋二。一为会宾客所。凡广袤不及二十尺，而庖䴙[2]、舆台[3]、阍者之属皆具其中。前楼南窗，各一一施竹格，于外糊以榖皮纸[4]，光明，宜作字，一可眺远西望，城堞齿齿然，屋瓦鳞鳞然，独树童童然；东则远山一角，苍翠亘楼际。

天将雨，山云若絮帽。俄而风起东郭，挟云而西，势欲吞城。余顾而乐之。

客有过余者曰：嘻，甚矣子之陋也！子不见夫世之居官者乎？高门大厦，连屋以千百计；前衙列兵戟，后房具帷幕；声色玩好，使令之属毕集于前；酒淮肉陵，至腐败泛滥不可食。一不备，则色然弗怡。属吏供张，惴惴唯恐获罪。此大丈夫得志于时者之所为也，何子之陋也！

余曰：蒙闻之，物非其有而据之者，不祥。夫细旃[5]曲室，居高养尊，此唯天子大臣有功勋者当之耳。若余，一介寒儒，渔猎文史，非有孙吴之贤、甘逢之能，入则无补于朝廷，出则无益于黎庶，苟默取禄，中心疚焉。今虽稍嚣隘乎，然以视滇之残民，琐尾流离，牛衣对泣；与夫擐甲执兵之士，饥冻黧黑，曾无一瓦之覆，一息之安者，则已过矣。而吾子顾哂之乎！

客敛容而退。

余乃取酒独酌，倚楼而笑。融融然以天地为蘧庐[6]，仁义为枕席。不自知其乐之至于此也。遂书以为《寓楼记》。

① 古味：曲靖旧县名，旧址在今曲靖城西。

② 庖䴙（páo pì）：宰杀和烹调，此指厨役。䴙，屠宰牲畜。

③ 舆台：奴仆。本为古代低微职业者，其中舆为第六等，台为第十等。后指奴仆及地位低下的人。

④ 榖（gǔ）皮纸：用构树皮所制的纸。

⑤ 细旃（zhān）：古代地毯名。《汉书·王吉传》：“夫广夏之下，细旃之上，明师居前，劝诵在后。”旃，古也同“毡”。

⑥ 蘧庐：古代驿传中供人休息的房子，也称为“传舍”，犹今之旅舍。

王氏祠堂义田记[1]

知尊祖而后能敬宗，知敬宗而后能收族。顾或知之，而阨于无力有力矣，而或不能善其始与图其成。其究与不知者等，盖敦本若斯之难也。

古今称良法者，莫如范文正[2]公义田。然余尝窃疑之，以谓天下无百年不敝之法。圣君贤相，制作一朝，可谓美备。及其季也，屡穷屡变，而法或有所不行。文正虽贤，独安能以一家之私产，绵绵延延，至数百年而不坠乎？及读公全集，观其法式规条，然后知造端虽宏，而经画补苴[3]者阅三四世，而乃屹乎不可易。盖未尝不叹文正之泽之长，而其子孙之贤为不易得也。然则善其始之难，又不若图其成之尤为难与！

王翁朗云[4]，敦本者也。王故富顺巨族，世业禺策[5]，以资雄乡里。至翁诸父行，家几中落。翁独力任之十余年，业乃复振。翁为人识量宏远，明干有为。然布衣蔬食，不为侈靡。又恂恂好礼，义务施济。蜀数千里间，莫不闻其名。当咸丰己未，及同治癸亥，四五年中，滇匪窜蜀西南，人竟奔避。翁独出私钱数千缗，修筑寨堡，练乡兵击贼。贼不敢逼其所，保全甚大。

先是，翁有祖遗田若干亩，多凿为盐井。每岁所入，除奉祭祀外，悉以分赡贫乏亲族待以举火者，数十百家。既贼退，乃与诸昆弟议建宗祠，奉祖公以下栗主[6]，藏于其室。又为之规画久远。凡同祖以下各支，月有廪，岁有饩。婚嫁敛葬，及登科弟者，佽[7]费各有差。於戏，可谓能善其始者矣。

余于翁为表侄，尝一再至翁家。瞻其祠宇，及其所著法式规条，为心仪者久之。

嗟乎！自宗法废，而衣冠之族，有视同室如路人者矣。若翁者，其贤过人不亦远乎。《记》曰[⑧]：“有其举之，莫敢废也。”继自今，绳绳蛰蛰[⑨]，流泽孔长，将必有贤子孙出于其间，益推阐而大之。吾知数百年后，且与范氏义田比隆兢美，而又何患图其成者之难邪。余既重翁能敦本，又喜其创始之善，而乐为后嗣道也。于是乎书其条例，别具他石如左。

玉山支祠堂之条规

一 本祠每年春祭定期二月二十一日，冬祭定期十月初十日。届期黎明齐集行礼，凡我子孙，务要衣冠严肃，始昭诚敬。

一 设立义学。本支子孙均可入塾肄业，或疏远而有志读书者，亦许在塾肄业，以体祖宗培植人才之意。其余利济方便等事，随时酌量布施。

一 本支子孙六十岁以上者，来祠与祭，本祠发给舆马钱外，每岁助膳馐钱四千文。

一 亲支婚配者，助钱三十钏，嫁者五十钏，再娶者十五钏，再嫁者如再娶之数。疏而贤者同之。

一 亲支贫者，每人每月助米一斗，每人每年给棉衣钱二串，年老者酌加。疏而贤者同之。

一 本支子孙，生监应乡试者，助场费银二十两。童试县府院，每场助卷费钱二串。入泮者，助银一百两。补廪者，助银二十两。乡试中式者，助北上银四百两。拔贡者与中式同。会试中式、及钦点翰林官京师者，每年助银四百两，已外任者不给。

一 本祠佃户，有六十岁以上者，每岁给谷一石。

一 本祠酌派各房子孙贤能勤慎者一人，总理祠事，每岁给舆马钱二百四十钏。至中元日，齐集族众算结年账，除公用外如有赢余，以一半添业、一半添置三房产业，按股均分，以期久远而免争执。

一 在公业内者，拨充义地一，置祠处，族中有无地进葬者，准在此地内卜穴殡葬。

一 本支节妇贞女请旌建坊，本祠给银五十两。

① 本文为时富顺巨商王朗云出资所建的王氏“玉山支祠堂”所撰规章。全文收录在《富顺自流井珍珠山王氏宝善祠四修家谱》，赵树吉原书仅录此序文部分。今据该家谱将规条补录于此文后，以存文献全貌。

② 范文正：范仲淹死后谥号“文正”，世称范文正公。范仲淹在苏州置家族义田千亩，亲定十三条，规定其管理、收支等规则。范氏义田因此延续数百年不衰，至晚清时达到八千亩。

③ 补苴（bǔ jū）：修订完善。

④ 王翁朗云：王朗云，富顺人。王氏道咸间已成盐商巨富，富甲全川，曾以保寨护民之功获赏戴花翎。同治年间，曾因策划捣毁厘局入狱，复因捐纳巨款出狱。

⑤ 禺策：本义为合算、合计。此指账房会计。

⑥ 栗主：古代宗祠所立祖宗神主牌，因用栗木做成，故称“栗主”。

⑦ 佽（cì）：资助。

⑧《记》曰：指《礼记》所载。此引文见《礼记·曲礼》，原文为：“凡祭，有其废之莫敢举也，有其举之莫敢废也。”

⑨ 绳绳蛰蛰：喻多子多孙。语出《诗经·周南·螽斯》：“螽斯羽，薨薨兮。宜尔子孙，绳绳兮。螽斯羽，揖揖兮。宜尔子孙，蛰蛰兮。”

重修龙潭村龙神祠碑记[①] 代

龙于物为最灵，而其神又能润泽下土，捍灾御患，故天下多祀之。其在京师，天子岁以时遣官致祭。直省祭于大吏，郡县祭于守令。非礼有隆杀[②]，地使然也。

宁津[③]在河间东南，去京师六百余里，治西有潭，泓然以深。或曰：龙之所宅也，故名其村曰“龙潭”云。潭之上，神祠在焉。旧制崇闳壮丽，邦人祈报，盛于他祀。

道光癸巳[④]，余随先叔云墀公来治县事。闻父老言殿宇湮久，浸[⑤]以陊剥[⑥]，众谋复新之。事未集，云墀公旋奉檄去。咸丰初元辛亥，余适承乏兹邑。既用事，于祠始得周览庙壖，而观于所谓龙潭者。退而叹曰：嗟乎，余岂知十余年之后之再至于此邪！失今不修，则余之旦夕复去，于此不可知也。

当是时，粤西寇起。越癸丑[⑦]，遂由江南分窜河北。连陷旁郡，畿辅大扰。官军数万遥尾之，不敢一当贼。甲寅[⑧]贼踞连镇[⑨]，距县七十里。练乡兵治防，具转输供张，日不暇给。又明年乙卯春，科尔沁僧亲王[⑩]始讨平之。余与宁人乃得少休。

当贼陷连镇，其党谋犯境，遣谍来侦探。时天旱暵甚，余方祷雨神祠，闻邻警，疾驰还，为乘城计。须臾大雷电，风雨晦冥，水平地深三尺。翌日乡兵尽获其谍以献，鞫[⑪]之，则雷雨迷，失道转入行潦中，莫知所归者，遂戮诸市。宁竟无恙。是秋百谷胥实，易饥而穰[⑫]。民皆曰：“谅哉，兹神之灵，其曷可诬[⑬]？”于是谋诸绅耆，捐俸千缗为之倡。鸠工庀材[⑭]，百堵皆筑。以丙辰[⑮]三月经始，至六月，工俱告讫。门庭殿庑，焕然一复于旧观。盖自随先叔去，十有八年而余复来，来又五年，而始克即事，其成若有待者。邦人砻石[⑯]为丽牲之碑[⑰]，咸愿记其实如此。

始余弱冠来，海内全盛，畿辅完富。不见兵革者，垂二百载，令得从容祈福，于风和雨甘之余，以与士民相燕乐，丹楹刻桷，其事易集。曾未二纪，而遭时艰难，荐[⑱]更多故。向非神灵攸赖，则余即欲为此旧观之复，其可得邪？然则为守土者，欲修废举坠，以事神保民，盖必及其无事之时。而其时又难得而易失如此也，况于政刑之大哉。既以告来者，而又为迎享送神之曲，使工歌以祀神。其词曰：

伐鼓兮吹篪[19]，迎神兮郊之西。导雾旆兮，从云旗。云旗兮舄奕，龙之君兮来格。兰桂兮为堂，风涛兮画壁。荐椒醑[20]兮，陈牲灵。燕娭[21]兮孔怿[22]，潭水兮溶溶。涵空明兮神所宫，鬲津兮活活。朝出游兮，暮吟秋月。终古此邦兮，神无坻伏[23]。沛膏雨兮生稻粱，风电驰击兮扫除不祥。俾鲐龀[24]兮，寿而臧[25]。我民报赛[26]兮，永永无忘。

① 此文系为时任宁津知县彭戴恩撰。彭戴恩，江西宁都监生，咸丰元年七月起任宁津知县，直至同治元年尚在任（其间咸丰七年、八年两次离任又回任）。其叔彭玉雯，字云墀，举人出身，道光十三年知宁津县，循声卓著，县民有彭青天之称。龙神祠在宁津西北二十里龙潭上，以五色土塑五龙曲蟠状，每遇旱，县令则于此祠祈祷，以五色纸为阄，拈得哪种颜色即迎该色龙入城，雨即下。后因开浚河渠，潭由周广二里余大面积缩小至仅数亩（据光绪《宁津县志》）。

② 隆杀：犹尊卑、厚薄、高下。

③ 宁津：因临鬲津河得名，清代属京师河间府。现属山东德州。

④ 道光癸巳：道光十三年（1833）。

⑤ 浸：此处为“逐渐”意。

⑥ 隳剥（duò bō）：破败剥蚀。

⑦ 癸丑：咸丰三年（1853）。

⑧ 甲寅：咸丰四年（1854）。

⑨ 连镇：太平军林凤祥、李开芳率领的北伐军，于咸丰四年二月自直隶静海、独流突围南走，五月五日占据东光县的连镇。

⑩ 科尔沁僶（mǐn）亲王：僧格林沁。咸丰五年正月，僧格林沁破东连镇木城，生擒太平天国北伐军统帅林凤祥。六月，又在山东冯官屯生擒李开芳。

⑪ 鞫（jū）：审讯。

⑫ 易饥而穰（ráng）：由缺粮变为足食。穰，丰收。

⑬ 其曷可诬：怎么可以抹杀呢？诬，作“抹杀”解，如李贽《圣教小引》：“虽余志气可取，然师友之功安可诬耶！”

⑭ 鸠工庀（pǐ）材：招聚工匠，筹集材料。唐李方郁《修中岳庙记》：“遂鸠工庀材，四旬而就。”鸠，聚集。庀，备办。

⑮ 丙辰：咸丰六年（1856）。

⑯ 砻石：打磨石料。

⑰ 丽牲之碑：祭神之碑。丽，系、栓之意。丽牲，古代祭祀时将所用的牲口系在石碑上。语出《礼记·祭义》：“祭之日，君牵牲，穆答君，卿大夫序从。即入庙门，丽于碑。”

⑱ 荐：屡次，接连。

⑲ 篪（chí）：竹制吹奏乐器，八孔，似笛。

⑳ 椒醑（jiāo xǔ）：以椒浸制的芳烈之酒。

㉑ 燕娭（xī）：也作“燕嬉”，宴饮嬉戏。娭，同“嬉”。

㉒ 孔怿（yì）：很喜悦。孔，很。怿，喜悦。

㉓ 坻（zhǐ）伏：潜伏。

㉔ 鲐龀（chèn）：老、幼。龀，年幼，本指小孩换牙。

㉕ 寿而臧：长寿且快活。

㉖ 报赛：丰收后举行的谢神祭祀活动。如唐代王建《赛神曲》：“但愿牛羊满家宅，十月报赛南山神。”

郁郢山房文略·卷二

云南同官录小引

《滇南同官录》者，余奉命备兵迤西时所编也。自督、抚、学政、藩、臬[①]而下，凡粮储道[②]一，盐法道[③]一，分巡兵备道[④]三，知府十四，直隶同知三，直隶知州四，同知十，通判六，知州二十六，州同一，州判五，知县三十九，县丞十二，盐提举三，盐大使五，布按经历各一，布库大使一，按司狱一，道库大使一，府经历十一，司狱四，知事五，巡检二十二，吏目二十九，典史三十九。统计有印官二百五十二员。其需次之守丞牧令亦附焉。余则纪不胜纪矣。

滇南距京师八千二百里，迤西治大理且万一千四百余里。自花门煽乱，郡县陷没者多，或倐得倐失[⑤]，皆有岌岌不终日之势。

朝廷既鞭长莫及，每有所除授，则相顾愕眙[⑥]，虽大吏犹或蹲循，况其下乎。然则破除资格之事兴，而吏道自此杂糅，所由来者久矣，岂非时势使然哉。呜呼，余于兹编，盖不能无所感云。

同治七年秋九月朔有二日。

① 藩、臬：分别为布政使（管一省财政、民政）、按察使（管一省司法监察邮驿）的习称。

② 粮储道：管理漕粮储运等事的道员，秩正四品，受总督、巡抚统辖。

③ 盐法道：掌督察盐场生产、估平盐价、管理水陆挽运事务。

④ 分巡兵备道：布政使及按察使派出（实际上由朝廷任命）驻守一定地方，管理钱谷或刑名，秩正四品，称分守道或分巡道，既是省之下、府之上的地方政区行政长官，又是监察所属地方政务的监察官员，大多兼兵备衔，如赵树吉之“迤西兵备道”。

⑤ 佹（guǐ）得佹失：时而得，时而失，得失出于偶然。佹，出于偶然的。

⑥ 愕眙（chì）：惊相顾视。《新唐书·忠义传中·张巡》：“俄而缒士复登陴，贼皆愕眙，乃按甲不出。”眙，直视，瞪目。

射艺详说新注跋[①]代

甲寅岁，朱彦轩中翰[②]馆余家，暇辄作茗谈，纵论古今文学，间及武事。彦轩示余一册曰：“此中山侍卫崔公起潜所著《射艺详说》，而吾乡史吟舟太守之所注也。”读之，言射綦详。其浅者大都尽人所易通晓，至愚极懦之可习而至；其精者，则条贯于太极动静互根之理，而发明乎得失相去之微，殆技也而进于道者邪。

余惟射之一道，蜂门甘蝇[③]，后代有能者，然其秘，世率少传书。我朝武备修明，骑步射并重。八旗绿营、蒙古之杰，夙有师承。挽强命中，号称劲旅。今中外无事，弓矢载櫜，武备稍稍弛矣。一旦小丑跳梁，风鹤四起，将欲使民自卫，而父老无复知兵者。嗟乎！此非守土者之责与？

吟舟以文学才，出守中山[④]。甫下车，河朔戒严。巡阅之下，兼与中山子弟张侯，画鹄[⑤]讲求此道。不动声色，而人心赖以安定，可谓贤且能者矣。

是书之注，岂独以津逮后学，将使凡守土者操此以教其民抚弦贯革，足资敌忾，于以慎固封守、与民休息无难也。然则此编也，不尤为救时之要务哉！

爰缀数语于简末，而归之彦轩，使还质吟舟太守焉。时夏六月七日也。

①《新镌射艺详说》一卷，清崔起潜撰，史策先注。崔起潜，字际云，正定人，康熙五十六年（1717）武进士，授三等御前侍卫，后至总兵。史策先，字吟舟，枣阳人，道光十三年（1833）进士，由御史授广平知府，调任正定。咸丰末，因眼疾退休告归，主书院讲席。生平喜谈兵。后主修《枣阳县志》，卒于同治十一年。此跋文不知代何人撰。

② 中翰：内阁中书的别称。

③ 蜂门甘蝇：皆古之善射者。蜂门，亦作“逢蒙”，传始学射于善射者甘蝇，又学于羿，“思天下唯羿胜己，于是杀羿”。

④ 中山：河北正定府（清雍正前名真定府）古称。

⑤ 画鹄（gǔ）：画箭靶。此指练习射箭。鹄，靶心。

书甘明府事[①]

吾蜀甘君治堂，名来旬。以孝廉官秦中，补华阴令。乡绅某素强富，子弟傔从[②]所为多不法。家有别业，囤木棉，召诸无赖而佣之。凡携金人与贸易者，辄失去。然以其强，无敢踪迹。

甘君下车稔[3]其事，数欲大创之。会乡民某大某二击鼓来诉。讯之，则往绅家市棉，失金五百者。君绐[4]之曰："汝自疏防而他人是咎。彼富绅也，宁有列大戟[5]、拥重资，而白昼盗人金者乎？"曰："固也。方吾两人入园时，系骡于门内，以负载属其佣[6]。其佣箝门入[7]，金固累然在也。及辜较[8]出而金失，门箝如故，是可疑也。"君乃亲往勘验。见墙宇深峻，别无盗迹。遂拘其佣三人以归。将行，绅弟某使谓佣曰："若行矣，无所苦。一知县何为也？"

君衔之归。间三人于后廨[9]，昼夜研讯。一佣自服曰："金本吾盗也。"问："金何在？"曰："在厨匮中，曾以托伙伴冉二。"君遣仆遍搜不得，方欲拘冉二，忽夜有二人叩署门。入，声言案有他故。问何以知，曰："邻儿孟锁儿家素贫，而近日数以银易钱。遣人密探，果得其实。不此之究，而诬其佣，何也？"

先是，绅弟某倚绅势，料君必不敢究诘。及闻搜捕，知事急，乃令人阴饵锁儿，匿金于其家。至是遣其属康武生、家人王升等，赴县讼锁儿盗金。而别遣人于潼商道[10]，控君诬良罪。君不为动，但命役往发赃，并拘锁儿。锁儿至，支吾不已。械之，稍吐实。君曰："不拘冉二，此狱何能定？"遂逮系冉二。一鞫尽得其实。然检原金，只二百余。以问锁儿，并得康武生、王升等分赃状。狱成，具牒申臬署。

当君之捕治也，绅方入觐京师。及归，闻其事，颇衔恨。而大府已画诺，计无所出。适前臬开藩[11]去，以督粮道某摄[12]其任。乃嘱某使平反之。某如其言，饬提全案覆审。

君往见某，某盛气待之。君曰："此案皆间壁讯鞫[13]，众口确凿，不谋而合。其为信谳[14]无疑。且全供具在，决难遁饰，若有失入[15]，请听查参。"某复按，果无可置喙，乃婉辞谢之。事定，流其佣及康武生王升等五人，释锁儿。追全赃给乡民。华阴颂神明焉。

太史氏曰："世禄之家，鲜克由礼。"[16]邑有强绅，里无宁岁矣。而为守令者，方听其所为，不一裁以令典，甚至枉法循私，百计求悦以自取利。然后知巨室之为患，非其天性使然，亦由执法者有以肇其端，而助之焰也。即或公正自持，力惩积弊，又往往卤莽灭裂，卒至伤痍[17]，而势仍不可制。以此又知非徒不畏强御之难，而贤人君子，不幸而以血气偾事。呜呼，盖其难也。若甘君者真可以风矣！余与甘君交，其忠厚和平，绝不类能吏。而所为乃如此，孰谓儒术之迂疏乎。

① 甘明府：甘来旬，字治堂，四川荣昌人，道光十七年丁酉科举人，大挑发陕西长武，继补华阴。后以同知分发云南，以功升署云南澄江府知府（据县志）。后卒于官。此文也载《续碑传集》卷四十四。明府，清代对知府的习称。

② 傔（qiàn）从：侍从；仆役。傔，侍从。

③ 稔（rěn）：熟知。

④ 绐（dài）：哄骗。

⑤ 大戟：戟，一种戈和矛的合体的古兵器，往往作为仪仗陈列，以显威势。

⑥ 属其佣：交代其佣看管。

⑦ 筦门入：为锁门而进来。

⑧ 搴较：查对，计点。

⑨ 廨（xiè）：官署。

⑩ 潼商道：时陕西设潼商道，辖同州府、商州直隶州，华阴属同州府。

⑪ 开藩：升任高职，如按察使（臬司）升巡抚。

⑫ 摄：代理、署理。

⑬ 间壁讯鞫：单独、背靠背审讯，使互相无法串供。

⑭ 信谳（yàn）：即铁案。谳，议罪，定罪。

⑮ 失入：谓轻罪重判或无罪而判刑。

⑯ 世禄之家，鲜克有礼：世代做官的人家，很少能遵循礼教的。语出

《尚书·毕命》："我闻曰：世禄之家，鲜克有礼。"

⑰ 伤痍：受创伤或被挫伤。《后汉书·庞参传》："陛下愍百姓之伤痍，哀黎元之失业。"

从兄书三[①]墓志铭

树吉自四岁受书，十七入郡庠。凡十四年俱禀先君教。其中唯庚子辛丑[②]两载，从从兄书三公读。公爱吉最深，课吉亦最勤。故家事如麻，而吉得以不废学者，公之力也。其后三年，公卒。先君殡[③]之于先叔茔右，为卜壤。不果葬，先君亦见背。又九年，吉始葬公于其殡宫之数武，而为文以铭之。

公讳树笏，字搢初，号书三。胞伯坡溪公四子，公其长也。少警敏，先大父[④]授公读，学为时文诗赋，即有法度。长更从先君游八年，学益进。先君期以大成，教诲逾于所生。然应童子试率不售，卒以困于一衿[⑤]，赍志而殁。

生平喜为古今体诗，与富顺朱湄君茂才[⑥]，以诗交最密。性尤友爱。其弟仲黄、秉黄[⑦]皆年少而慧。辛丑仲黄夭，公哭以诗，有"含悲试问登台处，弟望何乡是故乡"之句。自是形神惘惘，如有所失。癸卯，秉黄复夭于疫，时公亦卧病且剧，闻秉黄卒，大哭，呼家人以杖来，强倚而立，二人左右掖之往，一恸几绝。扶归寝，召吉代作祭秉黄文。伏枕授意，凡数息乃毕。先君忧其悲裂肝鬲，婉劝者再，愈益哭。吉乃夜挑灯捉笔。方脱稿，闻先君呼书三声，旋呼旋哭，骇极往视，公已不能言。但双泪如雨下，遂卒。距秉黄死才五日耳。

呜呼！公之笃于骨肉，而忧伤以死，诚可逆料。独怪夫苍苍者既畀之美质，而又以微名踬之；踬之不已，又夺其两弟。若迫诸万无可解免之路，使伤其心而陨其生。天下之丰于才，挚于性，而穷厄以死如公者，诚不少也，而独何以为天乎！呜呼悲矣！公卒年二十八。有《心香阁诗存》二卷。娶嫂罗氏，子峻熙，女二。铭曰：

谓天薄公而赋其灵，谓天厚公而阨其身。将天者之不可知，抑神者之难明。墓门兮树如荠，前叔圹兮右祔以弟。夜台冥冥兮，相依孔迩。我铭其幽兮，以告其子。呜呼，华表鹤翔兮，将集于此。

① 从兄书三：赵树箌，生于嘉庆二十一年丙子正月初一（1816 年 1 月 29 日），卒于道光二十三年癸卯五月十四日（1843 年 6 月 11 日），字书三。赵树吉胞伯坡溪公赵海（家谱作波溪公）长子，《宜宾赵氏家谱》云“字缙初，一字书三”。

② 庚子辛丑：道光二十、二十一两年（1840、1841）。赵树吉生于道光七年丁亥十一月二十三日（1828 年 1 月 9 日）。

③ 殡：停柩待葬，或暂时简葬。

④ 先大父：死去的爷爷赵钟琳。

⑤ 衿：本指秀才衣衫，指代秀才。

⑥ 茂才：秀才。因避东汉刘秀讳，改“秀”为“茂”，后遂沿之成俗。

⑦ 仲黄、秉黄：或指赵树甲、树钺。见本卷后文之《显祖考东乡公阡表》。

刑部员外郎江西吉安府知府范君墓志铭①

君讳泰亨，字右民，一字云吉。为人纯笃温蔼。外划削圭角，而中实沉毅，敦尚大节。与人言，若唯恐伤其意，至其有所不可，则断然必直于理。遇事无难易，务尽其方，往往不动声色，而事自办。故其视天下无不可为者。

先世闽人，迁湖南宜章，再迁四川隆昌，后遂为隆昌人。曾祖瑞嵩，祖腾耀，考开廷。两世俱以君官封中宪大夫。本生考开通，封朝议（夫）［大］夫[②]。妣皆封恭人。

少从伯兄泰衡受学，年十二即补府学生，食廪饩。屡试皆高等。然应乡举辄不中。道光庚戌，以拔贡生起家。试刑部七品小京官，升额外主事。再举顺天试，亦报罢。补安徽司主事，充提牢厅提牢官，秋审处坐办，升陕西司员外郎[③]。明习律令，所治狱皆手自定谳，吏不能欺。然用心仁恕，人无冤累。上游以为能，而君殊不自喜，曰:“此非吾志也。若得居台谏，一言天下事，乃吾志尔。”

自粤匪起，东南久用兵，人材缺乏。朝廷始向用[④]儒臣，搜剔幽滞，破去寻常资格，以待能者。而益阳胡文忠公[⑤]，及今四川制军骆公[⑥]、湘乡相国曾公[⑦]，先后荐君才可大用。是时君名动天下，大吏争引与为助，而君顾不轻就，人益以此重之。湘乡相国数自皖寓书京师招君，君固辞。比以外艰归，又使人走书币[⑧]蜀中，即所在为君治行。会有奏调君以道员差委湖北者，君乃以先得相国檄，服阕，之皖军。至则留幕两月，甚见优礼。君亦慨然感奋，思有以自效相国。乃令往督江西牙税[⑨]，并总理大营粮饷。朝廷知君名久，旋除[⑩]吉安府知府。逮命下，而君则死矣。惜哉！

君以嘉庆戊寅[⑪]正月二十三日生，同治癸亥[⑫]十二月十三日，疾卒于江西，年四十有六。

君少孤，教育于伯兄泰衡，今万县广文伯崇先生也，先生故家贫，授徒自给，学宗宋五子[⑬]，而尤究心经世之业。既爱君笃，督课尤严。君事兄严，而服教乃至笃，深自刻励。于内行尤修饬[⑭]，虽远宦，而钦钦守兄训，不跬步放失。兄子运鹏，幼受君读。君既官刑部，而运鹏亦入翰林值枢曹。饮食教诲，相倚若性命。故其卒也，运鹏哭尤哀。

余与君为齐年生[⑮]。咸丰中，同官京师，往来多英俊。独剑州李申夫礼部、中江李眉生兵部四人者，交尤深。申夫性刚直，或小不善规切，弗少宽闲，奋袖慷慨，而君处之恂恂无忤色，久而益笃。余则默坐其间，不厌亦不欲去也。君故善饮，平居感念时事，幽愤无所发，每酒酣，剧谈脱冠，顶已童然。而义奋作色，或中夜起舞，至歌呼痛哭，未尝稍颓侵。余甚壮之。

呜呼，而孰知其止于此邪！方君至江西，金陵围师将成功，待饷急。时大吏方建议，欲尽夺牙税归本省。君任事甫月余，遽病痛，呕血日数升，遂不起。呜呼，其果以是而陨其生邪！抑其不幸，不克所施者，固不可得而知邪！而君之才之所未竟，则亦岂止于是乎哉！

君娶敖氏。子运鸾。女三，一适朱氏。运鸾从余游，英伟敦重，未冠，为文章辄惊其长老，可谓有后也已。

以甲子某月日，葬隆昌某乡之原。铭曰：

凤也而铩[16]，騕也而乘[17]。蹩躠魋颜[18]，巍然旆旌。匪以其材，其逢适亨。吁嗟范君，汶阜[19]之英。如圭辍雕，如渊受盈。有拔而起，隆隆厥声[20]。孰靳于成，以弗永龄。凡才之生，与时晦明。不扶其倾，曷佐中兴。埋忧三泉，雪泗八纮[21]。镌辞纪哀，终古冥冥。

① 本文也收入缪荃孙《续碑传集》卷四十四，但将本书“君事兄严，而服教乃至笃”句中“服教”一词，作“教服”，似不妥。“教”应是动词，服教，遵从教诲。范泰亨，见《诗存》卷一《正月二十四日送范云吉比部泰亨李申夫仪部甲先两同年归蜀》注。

② 大夫：原作“夫夫”，显误，径改。

③ 员外郎：清六部各司除正职郎中外，设一副职名员外郎。

④ 向用：有意任用。《宋史·选举志一》：“时取才唯进士诸科为最广，名卿巨公，皆繇此选，而仁宗亦向用之，登上第者不数年，辄赫然显贵矣。”

⑤ 胡文忠公：胡林翼，湘军重要首领，因于咸丰六年（1856）攻克武昌，升湖北巡抚。咸丰十一年病故后赠总督，谥文忠。

⑥ 骆公：四川总督骆秉章，咸丰十一年（1861）任四川总督。

⑦ 曾公：曾国藩。因后至武英殿大学士，故称相国。

⑧ 走书币：送去书札、礼单和礼品作聘请之礼和赴任盘缠。

⑨ 牙税：向商务中介（牙商）收取的税。

⑩ 除：授官。

⑪ 嘉庆戊寅：嘉庆二十三年（1818）。

⑫ 同治癸亥：同治二年（1863）。

⑬ 宋五子：指北宋周敦颐、邵雍、张载、程颢、程颐五人。均为著名理学家，为后世推崇。

⑭ 修饬：行为端正不违礼义，或谨严不逾规矩。《北史·羊烈传》："烈家传素业，闺门修饬，为世所称。"

⑮ 齐年生：科举同年。范与赵同为道光己酉拔贡。清代自乾隆中期起，逢酉之年选贡，优选者以小京官用，次选以教谕用。每府学二名，是年叙州府为范、赵二人。

⑯ 笯（nú）：鸟笼。

⑰ 乘：驷马之车。此句言凤凰居笼，老鼠得势。古以四马一车为一乘。

⑱ 蹙齃（cù è）魋颜：讽刺怪头怪脑的人倒像模像样的。蹙齃，眼睛鼻子挤在一处。魋颜，额头突出。语出《史记·范睢蔡泽列传》："先生曷鼻，巨肩，魋颜，蹙齃，膝挛。"

⑲ 汶阜：汶山，在蜀。古蜀谣："汶阜之山，江出其腹。帝以会昌，神以建福。"

⑳ 隆隆厥声：其声隆隆。

㉑ 八纮：八方极远之地。

吏部文选司七品京官彭君韵谷墓志铭

南宁彭君韵谷，余己酉齐年友[①]也。生而英颖，有神童之目。年十二补弟子员[②]，十八选拔明经。明年廷试[③]高等，试吏部七品京官，文选司行走。又二年，乞假归娶。归三年而滇乱，遂不复出，以迄于死，年才三十有九。呜呼，惜哉。

方余与韵谷往来京师，君年尤少，美风仪。记览闳博，于文辞无所不工。又气盛而志壮，故尝傲睨一切，同辈多畏慕之。公卿翰林，如今湘乡相国，故侍郎吴公存义[④]，尤誉重君。君亦慨然自负，欲有所大用于世。其后南北间阻，不相闻者十六七年。洎余备兵迤西，乃复见君于南穹。

追念曩游，相向凄惘。君故豪于饮，遭乱后嗜尤笃，余因是数招之。每酒酣，历道往年滇中乱离状。至于悲郁幽愤，则哀歌无憀，颓然自放若不胜者。已而叹曰："余无所复用于世矣。"余固已悲君之遭，而惜其遽衰。呜呼，而孰知其忧伤憔悴之久，而将死也夫！

以韵谷之才，既已显闻于朝，方其年少岁月之盛，内有名臣贤达为之师友，而地大物博，又足以恢扩其志气。令稍久于中，固宜卓有所就。不幸而遂止于此。此知君者所不能无遗憾者与。

然自滇乱十余年，至今未绝。士之抱负才智，而不获自见者，往往窥时上下，以赴事会。然而摧败折辱，行堕而身亦随陨者有之。独韵谷落寞寡所合，终不肯微自贬损以徇人，而人亦卒莫能屈也。且其家虽不大丰，其先人遗业，犹足自娱乐。独弃勿取，一归其弟，乃至颠沛穷阨，困死而不悔，是皆有过人者。呜呼，岂其中无所得而能然邪？

君讳松龄，韵谷其字。先世江右著姓。父某，以医游南宁，遂家焉。生平有隐德，所活人尤众。晚乃得君兄弟。君生道光壬辰[5]某月日，卒同治庚午[6]八月二十六日。娶戴氏。无子，以弟之子某嗣。葬某乡某原。君之殁也，余方按部[7]威楚，其家人奉君遗命，以所为诗稿归余。多可喜者，余既录而藏之。君尤精数学。将死，谓其友曰："今日如闻雷，余必死。"已而果然。乃为铭曰：

如麟一角，如凤五色。既扬于廷，光我上国。莫挤而止[8]，顾受以俟。考盘寤歌[9]，鹏集厥家[10]。凶暴之烬，真与几何。嗟嗟彼苍，抑独何心。

① 己酉齐年友：赵树吉道光己酉（1849）拔贡、举人。与彭韵谷系拔贡同年友。彭韵谷为"十八选拔明经"。

② 弟子员：县学生。补弟子员，不为县学生员。

③ 廷试：清制，同治二年以前，拔贡经次年廷试后，优等者可任七品小京官或者地方官。

④ 吴公存义：字和甫，江苏泰兴人，道光十八年进士，曾为云南学政。同治初，曾署礼部、工部侍郎。同治七年卒。

⑤ 道光壬辰：道光十二年（1832）。

⑥ 同治庚午：同治九年（1870）。此年冬，赵树吉"引疾归"。

⑦ 按部：巡视所属地方部属。威楚，即楚雄。

⑧ 莫挤而止：并不是因遭人挤排而仕途终止。出自王安石《泰州海陵县主簿许君墓志铭》："有拔而起之，莫挤而止之。"赵树吉用此感叹韵谷身世，颇同于王安石所铭之许平。

⑨ 考盘寤歌：出自《国风·卫风·考槃》。考盘，架木作屋，避世隐居。寤歌，醒而歌。盘、槃通。也有解《诗经》者称"考槃"为"敲盘"。

⑩ 鹏集厥家：鹏为恶鸟，落其家则是凶兆。

贵州即用知县余君墓志铭

君讳祥钟，字觉峰。其先浙之绍兴人。曾祖某。祖绍先，嘉庆中进士，补四川邻水县知县，有廉能声，卒葬长寿。父名献璜，国子监生，寓居吾宜。自君补府学生员，始注籍，故今为宜宾人。

觉峰少敏悟，家贫溺学。泛涉经史，为诸生，翘然辈行中。年十九，中道光甲辰恩科[①]举人。至咸丰庚申恩科[②]，乃成进士。闱艺出都下，一时传诵。引见，用知县分发贵州。未行，以六月晦日[③]疾卒京师，年三十六。同治元年[④]某月日，祔葬[⑤]长寿祖茔。配雷氏，继配某氏、张氏。子某。

觉峰为人静默贞介，取与不苟，而志愿远大。少年颇兀傲自喜，视群辈琐琐[⑥]无足当意，以此多与人龃龉。久之连蹶礼闱[⑦]，又益困。颜色憔悴，意气颓放。独其志穷而不衰，为文章雄厚深博，若不可际。至于端忧感愤，作为诗歌，以抒其幽愁湮郁之气，怨而不怒，悲壮而有余，见者多韪之。惜其所遭阨穷，不得专精竭才，使驯至[⑧]乎古作者之盛。将显矣，而遂病且死。呜呼，其命也夫！

初，君下丙辰[⑨]第，留京师年余，贫几不能自存。其戚某，官京县，乃聘君主书记。君之祖盖尝有德于其先人。已而复随某[⑩]馆宁河。逾年，以试事来主余寓[⑪]，日夜谈饮甚欢。然裘敝履穿，无异畴昔，余甚怪之。及疾革[⑫]，出囊金百两付余，且泣曰："吾为某记室，修脯外未尝辄受一钱。铢积黍累，以有此数。将持归为堂上需。吾虽困，私戒勿动。甚矣，吾贫之悲也。今不幸且死，子必为我奉致之，知吾死不忘亲也。"伤哉！既卒，余与从兄树棻[⑬]买棺敛焉。越二年，与从子亮熙[⑭]谋，合凡赙赠者，得若干金，乃归其丧。

余于君家为三世交，觉峰与弟瑞钟又从先中宪游。觉峰长余三岁，余尝兄事君。树菜兄与君同乡举，亮熙则君同榜进士。以君私好余文，余不可不铭。铭曰：

畀以瑰姿兮，又富以文。违俗而踽行兮，微尚攸存。协司民之孤终兮，将承华勋。忽壮而逝兮，天命难论。我铭其幽兮，敢告后人。曰此畸士之藏兮，而廉吏之孙。

① 甲辰恩科：道光二十四年（1844）甲辰，以皇太后七旬万寿，本年八月开恩科乡试，来年三月举行会试（据《清实录》）。

② 庚申恩科：咸丰十年（1860）庚申，以咸丰皇帝三旬万寿，于本年八月举行恩科乡试，次年三月举行恩科会试（据《清实录》）。

③ 晦日：农历每月最后一天。

④ 同治元年：公元 1862 年。

⑤ 祔葬：夫妻合葬。或子孙葬于祖先墓旁。

⑥ 琐琐：平庸。

⑦ 连踬礼闱：指会试屡次受挫。礼闱，考场别称。

⑧ 驯至：亦作“驯致”。逐渐达到、最后到了（某种程度、地步）。

⑨ 丙辰：此指咸丰六年（1856）。

⑩ 随某：此或系赵树吉所代为作《重修龙神祠碑记》之彭戴恩。

⑪ 主余寓：寄居我家。

⑫ 疾革：病危。如苏辙《龙川别志》卷上：“八王疾革，上亲往问。”

⑬ 树棻：即前屡现本书《诗存》中之兰生。

⑭ 亮熙：赵亮熙，字汝能，一字寅臣。清道光十五年（1835）乙未八月二十一日辰时生。郡附生。咸丰乙卯举人，选授彭水训导。庚申恩科进士，钦点工部主事，签分虞衡司行走，补授都水司主事，铅子库主事，都水司员外郎，营缮司郎中，则例馆总纂，稽察钦奉上谕事件处行走，钦派琉璃窑监督，木仓监督，会典馆总纂修。光绪丙子顺天乡试同考官，庚寅恩科会试同考官，乙酉陕西乡试大主考，戊子贵州乡试大主考，简授浙江处州府知府，调署台州府知府，三次大计卓异，在任候升道，赏戴花翎随带加三级。光绪

三十年（1904）甲辰八月卒（上录《宜宾赵氏家谱》）。另，其子赵增琦“光绪甲午顺天举人，联捷进士”，其曾孙（赵增琦孙）即近代著名戏剧家赵景深。

灌县训导曾君墓志铭

同治六年丁卯，余以备兵迤西，便道归省。及郡，而闻吾友曾君寿绅之丧。呜呼！余与寿绅别四载余耳。其幽忧侘傺[①]，无聊之感，与其支离病骨，毛发脱落之状，当时固已心忧之。而今竟死矣，悲哉！君之卒以丁卯[②]七月某日，其生以道光壬午八月某日，年才四十有六。

方甲辰讫戊申四五年间，君与余俱为诸生。其时郡中同辈，若章斐泉通守，陈云笙明府，杜小城、鲁亚三、谢经樵秀才，及余姊丈蒋介眉广文诸君，文采风流，争相标尚。君又妙解音律，每酒酣，丝竹嗷嘈间，为曼声以度曲[③]。或脱帽欢呼，谐谑杂沓，一坐尽倾。其风趣如此。

洎余庚戌通籍，旋奉先大夫讳归里。明年，君始以计偕入都。复与李申夫方伯，眉生廉访，范云吉、包云皋两比部、伍嵩生[④]编修，文酒过从，无异畴曩。

迨癸丑[⑤]，余服阕官翰林，而君再试不第。值粤匪寇大河南北，乃北出居庸关，循边墙，入雁门而归。是役也，其行六七千里，体既清羸，又蒙犯塞外霜露，自是遂患心痛疾。其后犹屡以会试来京师，来辄主于余，然皆不久即去。欲求如向时之欢聚，邈不可得。唯壬戌、癸亥，留京师二年[⑥]。然诸君或出或归，或且死，而君亦以旧疾时时发动，发则呻吟床蓐[⑦]，呕水日数升。少间，犹一弄弦管以自怡，而凄清哀婉之音，已无复当时意兴。盖君之病已深，而且将死矣。悲哉！

君讳其祀，初名其恭，字寿绅。先世由楚迁蜀宜宾。曾祖某，祖某。父国相，以宿学称，教授弟子凡数百人。生平尤多懿行。终岁贡进士[⑧]。君幼禀严训，年二十补县学附生，旋食饩。中咸丰辛亥[⑨]恩科举人，同治壬戌大挑[⑩]二等，选授成都府灌县训导。

君为人外虽萧散，而内行修谨。事母太孺人孝，待诸弟友爱。处师友间，久而益笃。尝为族人诬讼，学使徐稼生先生廉得其情，责诬者而拔置君第一，郡人皆大服。性颖悟，记问该博。诗文辞赋靡不工，制艺尤渊源家学。不苟趣时[⑪]，好为古今体诗，时驰骋于李昌谷玉溪生[⑫]之间。壮年兼究心医药星命，及堪舆家言。然未尝以此炫世。家素贫，屡主荣县、翠屏诸讲席，资脡脯[⑬]以给。既铨广文，乃迎养母太孺人，并挈其家以行。至甫数月，而君竟以不起。原配雷氏，继娶杨氏，妾黄氏，皆无子。

呜呼，天于吾寿绅，何其酷邪！余与君交廿四载，吾弟黼臣继妇又君妹也。然则非余孰知之而孰铭之。铭曰：

君尝谓余："余病虽羸，终当捷南宫博花诰，以宁吾亲于泉壤，而使吾子文其碑。"不知者以为其言之壮，而知之者则以为其心之悲。呜呼噫嘻！而今已矣，君其逝矣。先德之遗，宜在君者，而不嗣矣。地下差乐，故人实多，幽宫一闷，将奈君何。

① 幽忧侘傺（chà chì）：幽忧，过度忧伤。侘傺，失意而神情恍惚的样子。《离骚》："忳郁邑余侘傺兮，吾独穷困乎此时也。"

② 丁卯：指同治六年（1867）。

③ 度曲：唱曲。张衡《西京赋》："度曲未终，云起雪飞。"

④ 伍嵩生：伍肇龄，四川大邑人。后官至侍讲大学士。

⑤ 癸丑：此指咸丰三年（1853）。赵树吉道光三十年（1850）中进士后即丁父忧三年，癸丑服满（称为"服阕"）。

⑥ 二年：即同治元年（1862）壬戌、同治二年癸亥。

⑦ 蓐（rù）：本指草席、草垫，此指床，意同床褥。

⑧ 岁贡进士：即所谓“岁进士”，为贡生的雅称。

⑨ 咸丰辛亥：咸丰元年，“今朕缵承大统，宜遵成式，嘉会士林。着于咸丰元年举行乡试恩科，二年举行会试恩科”（据《清实录》咸丰朝）。

⑩ 大挑：在举人中挑选部分优秀者为官。一等以知县用，二等以教职用。

⑪ 趣（qù）时：谓努力与当时的形势、环境及条件相适应。此指追从当时士风所尚。

⑫ 李昌谷玉溪生：李贺、李商隐。

⑬ 脡脯（tǐng fǔ）：干肉，即束脩。此指寿绅家贫，靠教书收入养家。

赠奉直大夫胡君吉庵①墓志铭

同治四年秋，今川督骆公以疾方在告，屡疏求去。蜀人惴惴，如恐失慈母。时胡君炳奎，官刑部，为书千余言，将集同官诣阙请留。会天子再予骆公假，书不果上。然予以此心识胡君。明年春，将省墓，来告归期。泫然曰：“曩者先人之葬事不备，无以掩诸幽，子其可为铭？”

按状，君讳启祥，字吉庵。先世湖南邵阳人。曾祖国取，祖北海。父邦昌，赠奉直大夫。妣左氏，赠宜人。乾隆中叶，君之祖始迁蜀射洪，遂为射洪人。

君盖奉直君之第三子。奉直君早逝，左宜人抚诸孤成立。以力田为生。君幼读未卒业，即任家督。然敬礼儒士，终身不懈。士亦以此乐交之。教炳奎甚严，延师程督，卒能有立。赠君如其官。以乾隆壬寅十二月八日生，道光庚子五月十日卒，年五十有九。葬宅左三台山下。

生平孝友敦厚。左宜人晚年病痿痹，绵历床蓐，君侍疾唯谨。值严冬，亲取槭牏[②]涤之，以火爆令干暖，湿则复易。至其琐屑污秽，有人所尤难者，而君处之无怠色。左宜人欲礼佛峨眉，年高不能往，常悒悒。君乃刻木像宜人，负之徒步走数百里，登峨眉绝顶礼谒。还复命，宜人喜曰："吾愿毕矣。"是年遂卒。

长兄启成殁，遗孤文庆、文昭皆幼，君抚之如己出，为授室[③]经纪其家。及君卒，文庆为持斩衰[④]三年所以报也。仲兄启凤尚俭约，而弟启麟以挥霍自喜。君常左右其间，俾各得其意，垂老卒无间言。君与昆季有分，则曰："吾兄弟食指多[⑤]，吾只一子，得薄田给饘粥足矣。"

性好施予，不为时俗琐琐计。有求贷者负数十金无所偿，又贷，又与之；又负，即又与。戚某惑于形家[⑥]言，侵葬君地。君置酒邀与款曲，即以券[⑦]付之，曰："毋为他日子孙患。"其行事多此类。既殁，远近争来吊，皆涕泣叹曰："善人死矣！"

娶蒋宜人，生一子即炳奎，名文魁。道光己亥[⑧]恩科举人，截取当选为令，不就。乃入赀为刑部主事。呜呼，观炳奎之所以去就，与余所以心识之者，即君可知矣。况其行谊显著，准于古，宜铭。铭曰：

于铄[⑨]赠君，令德縠诒[⑩]。克就厥嗣[⑪]，扬声鸿逵[⑫]。有閟阴堂，其藏其归。越廿七祀，树栾[⑬]表之。峨峨丰碑，蟠云负螭。考行刻文，以告后知。

① 胡君吉庵：胡启祥，光绪《射洪县志·人物·孝友志》有传：以力农起家，目不知书，天性纯笃，早失怙。事母左氏衣裳枕簟必亲手浣洗，每事曲当母意。

② 槭牏（wēi yú）：即"槭窬"，便桶，便器。牏，古通"窬"。

③ 授室：本谓把家事交给新妇。后以"授室"指娶妻。

④ 斩衰（zhǎn cuī）：亦作"斩缞"，旧时五种丧服中最重的一种，用粗

麻布制成，左右和下边不缝，服制三年。子及未嫁女为父母，媳为公婆，承重孙为祖父母，妻妾为夫，均服斩衰。

⑤ 食指多：吃饭的人多。旧时习惯以指记数。

⑥ 形家：堪舆家，即俗所称阴阳、风水先生。

⑦ 券：此指地契。

⑧ 己亥：道光十九年（1839），道光皇帝以六旬及皇太后寿辰，开乡、会试恩科。乡试于道光二十年秋举行。

⑨ 于铄：表赞美。铄，美盛、美好。《诗经·周颂·酌》："于铄王师，遵养时晦。"

⑩ 穀诒（yí）：语出《诗经·鲁颂·有駜》："君子有穀，诒孙子。"穀，有"俸禄""美善"之意。诒，传给。

⑪ 厥嗣：指其后代。厥，其。

⑫ 扬声鸿逵：颂赞其品德随鸿飞而远播。逵，九衢大道。

⑬ 树栾：种上栾木（树名）。古称"大夫（之坟）八尺，树以栾"。

显祖考东乡公[①]阡表

惟我祖考，卜葬鹅山[②]之廿有二载，其第四孙树吉，乃泣而言曰：呜呼，公以德行文学师表，远近垂数十年。我显考朝议府君，尝欲砻石乞铭，以彰公之遗行。遭家多故，日月不宁，时以为戚。今府君弃养又十载，树吉仰赖祖荫，列官于朝。咸丰庚申，天子万寿庆辰，推恩先世，貤赠公为朝议大夫，掌江西道监察御史。所以光显而宠褒之者甚大。而贞珉无刻，名迹弗著，其何以服兹休命，昭示来祀。且坠先人遗志，不可谓孝。于是谨详其世系与公之生平，矜式儒林，委祉后昆，以克承天子之宠锡[③]者，次第崖略而具于碑。

公讳钟琳，字玉圃。先世居浙，明季有任成都别驾者，讳失传，卒官，始寄蜀籍。四传至国初荣县公，讳发祥，占籍宜宾，后遂为宜宾人。荣县公生康熙丙戌进士、江南高淳县知县，升吏部主事、文选司员外郎，讳昛，是为公曾大父。吏部公生廪膳生、赠文林郎，讳士先，是为公大父。文林公生岁贡生，赠奉政大夫，讳堂[4]，是为公考。

奉政公子四人，公其第三子也。少食贫，从奉政公读。溺苦于学，弱冠为县学附生，补廪膳生，选乾隆己酉[5]科拔贡，应乡举连不得志。里居授徒，为时所宗。晚乃铨东乡县教谕，在任六年，移疾归。年七十八终于家。

公性孝友。我曾祖妣尹太宜人，晚得疾，四体痿痹，殗殜[6]床褥。公营治勤密，医饵之药皆手自调剂。尝亲持槭牏辨色审气，以验间否，历七八年如初。侍疾时，我伯祖和轩公[7]讣至东乡，府君秘不敢以闻。一日公与门人符生饮，凄然不自胜。曰："吾当解组依吾兄以终，不愿郁郁久居此也。"符以实告，公则大恸几绝，促府君治行，决计弃官归。众力慰解，俱不听。邑令党侯[8]请俟孔庙工竣，乃止。然自是常不乐。

生平质方端重，体干魁伟，广颡丰颐，见者咸敬惮之。然为学务切近，诱掖后进，汲汲如不及。遇孤寒，尤加意培植，务有成就。尝言：液者，心之精也，心非液则涸，何以能虚能灵，具众理应万事，一切为不善，职此之由，大旨以养心存液为主。盖本奉政公"液心"名斋之意，而推阐之，其学大要具是。

公既里居以授徒自给，堂伯湖公[9]辈，十一人就受读，皆成名。四方负笈者岁益不绝。公因其短长，施以斤削，取适法度，不揉其天[10]，久之辄成器以去。其试于有司者，孝廉明经，下至博士弟子，先后获隽凡数百人。传其业以诏来学，掇巍科登显宦者，比比也。

其在东乡也亦然。初，东乡故荒县，又遭白莲乱。后文教凋劾[11]，孔庙堕（歜）［缺］[12]，典礼不具。邑之人士不被休荫，数十年不第一人。公至，释菜[13]毕，慨然曰：是吾责也。谋于党侯，崇而新之。岁戊子[14]工告讫功，公乃率诸生习礼其间。凡豆笾[15]钟敔[16]，及登降拜跪，灌[17]献歌舞之节，始中仪式。是科省试，举孝廉二人，自后滋盛。去之日，诸生遮道请留，有涕泣者。里人李德林，健于读，窭甚。公教之而资以卒业，李遂举癸酉孝廉，为九姓司学训导。东乡老诸生武培德，奉孀母，亦贫。公以时赒恤[18]，而教其二子升彤升淮，并列于黉。其它行事多类此。

初封修职郎。咸丰癸丑，宣宗成皇帝升祔礼成，覃恩以树吉官貤赠儒林郎、翰林院庶吉士，再赠朝议大夫、掌江西道监察御史。

呜呼！树吉生也晚，于公行谊不能具万一。然回忆曩年，逮公存时，宗族里党逊让相尚，士兴于文，而民勤其业。年丰俗俭，岁时伏腊，熙熙融融。吏胥终岁不一至其乡。自公之殁十余年，而吾乡之俗浸以大变。然则当时之薰德于公，与公之生平于世，为何如也。

公生以乾隆庚辰二月十二日，卒以道光丁酉[19]二月二十六日。越己亥，祔葬金鹅山祖茔，卯山酉向之阳。元配任孺人、继配樊孺人俱封安人，晋封恭人。生伯父，讳海，岁贡生，候选训导。次即府君，郡廪膳生，封儒林郎，晋封中宪大夫。次叔父，讳淹。孙树笏、树谦、树甲、树吉、树钺、树纪、树烈、树枟凡八人。树笏、树甲、树钺俱早卒。曾孙峻熙、愚熙、鲁熙、受熙、存熙、崇熙。

咸丰十年庚申月日，某官第四孙树吉表。

① 东乡公：赵树吉祖父赵钟琳，字玉圃，道光四年（1824）以拔贡曾作东乡县（今宣汉县）教谕，在任六年，移疾归，服侍患风痹的母亲尹氏八年如一日。事载光绪《叙州府志·人士》："少家贫，苦于学。既长，补县学生，选乾隆己酉拔贡，任东乡教谕六载，移疾归。生平内行纯懿。母氏尹，病风痹。晨夕诊视，手自制方，称药量水，必亲必慎。历八年如一日。与昆弟友

爰，至老弥笃。交友无城府，引掖后进，汲汲如不及。族人及远方从学者众，至讲舍不能容，经指授辄成名去。其在东乡亦如之。著有《勉斋文集》二卷，杂著一卷。年七十八卒”。

② 鹅山：金鹅山，在旧宜宾县黎汤乡（今宜宾市叙州区赵场）。

③ 宠锡：帝皇的恩赐。宋曾巩《明州拟辞高丽送遗状》：“州郡当其道途所出，迎劳燕饯，所以宣达陛下宠锡待遇之意，此守臣之职分也。”

④ 讳堂：赵氏升可公，即后文以“液心”名其斋者。

⑤ 乾隆己酉：乾隆五十四年（1789）。

⑥ 殗殢（yè tì）：因病困于床。殗，病。

⑦ 和轩公：赵钟淳，赵堂长子，乾隆十八年（1753）生，道光六年（1826）卒，以举人分发浙江署富阳知县，历补缙云知县，调任海盐、署长兴、仍补缙云知县、署绍兴府南塘通判，后改教职任邛州学正。

⑧ 党侯：党觐文，榆林举人，道光六年任东乡县令。

⑨ 堂伯湖公：赵湖，赵钟淳（和轩公）长子。

⑩ 不揉其天：不强行改变其天性。揉，古同“柔”，意为降服，使降顺。

⑪ 凋劢（diāo guì）：凋敝。劢，筋疲力尽。

⑫ 缺：垮塌之状。原书作“歀”，系“缺”异体字。

⑬ 释菜：亦作“释采”，古代入学时祭祀先圣先师的一种典礼。《礼记·月令》：“（仲春之月）上丁，命乐正习舞，释菜。”

⑭ 戊子：道光八年（1828）。

⑮ 豆笾：皆祭器。两者形同，木质曰“豆”，竹制曰“笾”。

⑯ 钟敔（yǔ）：皆古代打击乐器。敔，奏乐将终时，击之使演奏停止。

⑰ 灌：古代祭祀的一种仪式，斟酒浇地。

⑱ 赒恤（zhōu xù）：赒济救助。

⑲ 道光丁酉：道光十七年（1837）。

夔州府学教授唐鹿崖[①]先生墓表

先生姓唐氏，讳兆扶，原名张扶，后改今讳，字鹿崖。四川绵竹县人。唐故方雅族，先生父尧春[②]，乾隆中进士，官贵州兴义府知府。生子七，先生最少。少年与诸昆皆以文辞鸣。嘉庆辛酉[③]，举于乡，屡试礼部，辄报罢。大挑一等，以知县用，不就。请改教职，选苍溪县教谕。秩满，推升叙州府学教授[④]。后以吏部咨取，选福建将乐县知县，复不就。再选夔州府学教授。年八十余卒官，归葬绵竹某乡某原。

先生博览群书，贯穿该洽[⑤]。邃精性理之学，以斯道自任，立言必轨于孔孟。当是时，训诂[⑥]学兴，浸淫已百余年。为是学者专推孔郑[⑦]诸儒为宗主，以与宋儒相抵牾。始犹未甚远于道也，而一二有势力者主持于上，海内后进靡然从风，碎义孤文，矜为创获[⑧]；逞其私臆，以丑诋先儒；搜剔瘢疻[⑨]，务在排击流失。至嘉道间，而其弊极矣。先生悯大义之芜没，惧坠绪[⑩]之将湮，柴立无阿[⑪]，学必心得。不为断断之辩以钓取虚誉，亦不苟徇程朱。尝作《大学恕字图》[⑫]，其说以谓内而“格致诚正”，外而“齐治均平”，皆本诸身藏身恕，则有诸己而求诸人，所谓“自新以新民”也。藏身不恕，则不能喻诸人，所谓“本乱而末治者否矣”。其言圣学审端，致力处最为简要。又为《论文质疑》二卷，以阐古本《大学》及《中庸》精蕴，其语尤粹，多儒先所未发。又《蠹食权舆》二卷，皆羽翼微言[⑬]，有功经传。生平学术精力，具见于此。

先生行谊端重，为博士官数十年，闭户自精，勤劬[⑭]过于科举时。然不求人知，人亦罕有知者。唯通州徐树人[⑮]先生极推重之。

晚年益聪强。两耳长三寸余，白须罗罗然，望而知为有道君子。与人言，初若龃龉不相入，久而愈和。见者始皆大哔，已而又皆大服。为文章才既宏博，学识尤足相副。雄厚深奥，卓然成一家言。举唐宋来辞章，科臼一洗空之。当其得意，自谓不在扬子云、司马子长下。即制艺数十篇，先生所降格以为，津逮后学者。时贤读之，则已口呿舌举[⑯]，不能终篇，其超诣可知也。

树吉从先生游，学为制举文[17]，于道概乎未有得。记官谏院时，先生寓书京师，并寄时事策五篇，大抵多言坚壁清野，法本嘉庆中龚太守瀚原议，而益推阐之，皆凿凿可见施行。时方数遘夷患，逡巡未上闻，而先生殁矣。

呜呼，树吉之于先生，愧何如邪！先生五十后始生子，子男九人。方先生殁时皆少，于先生行事不能详。其撰著藏于家者，未知尚复有几。恐自兹以往，岁愈久愈益泯没。用敢著其荦荦大者于碑，以遗先生之孤，而使揭诸墓。其他事不备论云。

① 唐鹿崖：名兆扶（1783—?），也即张扶。道光二十四年出任叙州府教授，详见本文。据《绵竹县志》，其著作尚有《论语注存》《唐教授诗文稿》《虚字俗解疏》未刊。

② 尧春：唐乐宇，字尧春。乾隆三十一年（1766）进士，授户部主事，后授贵州平越知府，调任南笼（即兴义旧名府）。

③ 嘉庆辛酉：嘉庆六年（1801）。

④ 叙州府学教授：时在道光二十四年（1844）。

⑤ 该洽：博通。该、洽，均广博之意。

⑥ 训诂：指对古书字句所作的解释。

⑦ 郑孔：指东汉经学家郑玄、唐代经学家孔颖达。

⑧ 创获：过去未曾有的成果或心得。明沈德符《野获编·礼部·笏囊佩袋》："古今制度，有一时创获，其后循用不可变者。"

⑨ 搜剔瘢疻（zhǐ）：犹吹毛求疵，批评一些人死钻古文，不求大义，专干犹如找寻伤疤淤青的事，一有所获，则以为创获而得意。疻，殴伤所致的皮肤青肿。

⑩ 坠绪：本指掉落的线头。比喻将湮没、绝灭的学说。

⑪ 柴立无阿：犹刚直不阿。柴立，如枯树般骨立。阿，曲从。

⑫ 大学恕字图：也名大学图论。

⑬ 羽翼微言：羽翼，维护、辅佐。微言，精深微妙的言辞。

⑭ 勤劬（qú）：辛勤劳累。劬，过分劳苦，勤劳。

⑮ 徐树人：徐宗干，字树人，江苏南通人。嘉庆二十五年（1820）进士。曾于道光二十三年（1843）调任四川保宁知府，署川北道。

⑯ 口呿（qù）舌举：犹口张舌结。呿，张口的样子。

⑰ 制举文：应试文章。

湖北试用知县陆君墓表①

咸丰四年，粤西贼再陷鄂楚，试用知县陆君维澥骂贼死。事闻，得旨照知府例赐恤，并建坊立祠以祀，给予云骑尉世职。同治九年，余备兵迤西，驻楚雄。其子树矩从余游，乞表其墓，于是君归葬十六年矣。

初，君试为湖北令，既至月余，会城戒严。君巡历城防，诘奸运饷，屡著劳勚。大府以为能。久之贼麇至，巡抚各官弃城走湘楚，贼得入。君率其仆吴增，手一剑，由宾阳门巡城，至中和门遇贼。厉骂，贼斫之。增以身翼君，被重伤。增仆，君遂遇害。时甲寅六月二日也。是夜，增复苏，潜起负君尸匿旧馆僻处。已则裹创出，乞食贼中，遥为逻守数月，卒不去。以此尸得完。

先是，是年春君邮书树矩曰："贼势猖獗，城岌岌恐不守。吾读书三十六年，所学何事！岂苟图存活者！勉事尔母，教尔弟不坠门业为幸，毋以我为念。"自后家问遂绝。盖是时君已有必死之志矣。

君既死五月，而湘乡相国及塔忠武②公，率师来复会城。增乃与馆人陆世漳，具呈君死事状。洎出君尸，则面目如生。事得白，旋优恤有加。而巡抚某公，亦卒置于法。呜呼，患难死生之际，争于一念。若君者，其视某公贤不肖何如邪。

君原讳逵，字鸿猷。后乃改今讳，字瀛舫。楚雄人。由县学廪生中云南道光庚子科举人，咸丰癸丑科大挑一等，分发湖北试用知县。年四十有二。曾祖某。祖某。考永镇，县学生。君少孤贫，溺苦于学。母失明，凡扶持出入饮食，下至衣履琐事，必躬必当，不假他手。教授昆明，馆谷所入，悉令孺人备甘旨奉母，毋余私，天性笃挚盖如此。尝手抄三经折，中及他著述，庚申家破，皆毁于火。

配某氏。子二，长树矩，县学生袭云骑尉。次某。乙卯某月某日，葬城西陆家湾先茔。

陆世漳者，籍江夏，君旧馆人也。以同姓故，齿为伯仲行。既殓君，复出资与仆吴增，扶榇走数千里，卒达楚。临窆[3]，视封树，泣拜而去。可谓义士。并书之，以见君忠贞大节，其感人如此，俾树矩镌而揭诸墓上。

① 此文收入缪荃孙《续碑传集》卷六十二《忠节九》。咸丰四年（1854）六月，太平军攻破武昌，湖北省城官员多战死或被杀，独巡抚青麟率残兵弃城出逃。青麟后被朝廷追责正法。

② 塔忠武：塔齐布。咸丰四年（1854），因收复湘潭，被越级擢升为提督。咸丰五年（1855）七月，病死，时年三十九，赐谥忠武。

③ 窆（biǎn）：下葬。

与阜城刘耕珊明府书

吉白。耕珊明府足下。向在都时，蒙不以鄙陋见弃，寄大作嘱定。并因彦轩中翰，数致拳拳。仆承命惴栗[1]者累日。既念足下下问之意，苟有所知，不当自匿。因抉其可商者墨诸简端，还质高明，属以足下。

使车敦迫，不获把晤一问可否，良用滋惧。嗣诵致彦轩书，乃蒙齿及，优奖再三。谦谦然引仆为知己，至欲仿张迥拜齐己[②]故事。嘻，过矣。

夫学问之道，必真有得于己，而后能出其甘苦以示人。昔孔子问礼老聃，学琴师襄。二子之贤，万不及孔子，要其明于礼精于乐，固有足师者。诗文虽小道，何独不然。

仆生二十七年矣，儿时所读书，厚不盈尺。少长，执笔学帖括[③]，于道茫乎未有闻。唯酷嗜汉魏以来诗文，偶有所述，然皆榛棘瓦砾[④]，自知不类于大雅，是以心虽嗜而口未尝言。所以献替[⑤]于足下者，冀足下有以教之耳。不意足下矜宠之过，而遽欲居之以师也。孟子曰："人之患，在好为人师。"夫已有所得而好为人师，尚且不可，况无所得者邪。郑康成[⑥]湛深经学，当时学者翕然宗之，独邴原终不以为师[⑦]。足下之才可媲邴原，而仆之学万不逮康成。足下不为邴原，而强仆为康成邪？

虽然操过人之识者，常怀不及人之忧；存下人之志者，必有善取人之量。足下天姿卓荦，腹笥[⑧]又侈侈隆富[⑨]，而能自视欿然[⑩]，虚心求益若此。吾知集思广益，其驯致于古人，以必传于后无难也，其又可终负邪？

仆闻他山之石，可以攻玉，交友以之。自今以往，愿足下勿复言师，而自待如玉。使仆得窃比于攻玉之石，以稍献其琢磨之技，则与夫弊弊[⑪]然侈传道受业之虚名者，或稍胜焉。足下其有意乎？

吉白。

① 惴栗：因恐惧而战栗。出自《诗经·秦风·黄鸟》："惴惴其栗。"

② 张迥拜齐己：事见《诗话总龟》卷六《评论门》：张迥少年苦吟，未有所得。梦五色云自天而下，取一团吞之，遂精雅道。有《寄远》诗曰："锦字凭谁达，闲庭草又枯。夜长灯影灭，天远雁声孤。蝉鬓凋将尽，虬髯白也无？几回愁不语，因看《朔方图》。"携卷谒齐己，点头吟讽无斁（yì，厌

倦)，为改“虬髯黑在无”，迥遂拜作一字师。

③ 帖括：科举应试文章。

④ 榛棘瓦砾：微不足道的。

⑤ 献替：“献可替不（否)”的缩语：进献可行者，废去不可行者。语出《左传・昭公二十年》：“君所谓可而有否焉，臣献其否以成其可。君所谓否而有可焉，臣献其可以去其否。”

⑥ 郑康成：东汉经学大家郑玄。

⑦ 邴原终不以（康成）为师：事见《三国志・魏书・邴原传》：邴原欲拜孙崧为师，孙崧说：“郑君学览古今，博闻强识，钩深致远，诚学者之师模也。”为啥不拜他为师，反而舍近求远。邴原答：“人各有志，所规不同，故乃有登山而采玉者，有入海而采珠者，岂可谓登山者不知海之深，入海者不知山之高哉！”邴原甚至还把孙崧为他向郑玄写的推荐信放在了家里。

⑧ 腹笥：语出《后汉书・边韶传》：“边为姓，孝为字。腹便便，五经笥。”后因以称腹中所记之书籍和所有的学问。

⑨ 侈侈隆富：形容数量很大。侈侈，繁多的样子。隆富，巨富。

⑩ 欿（kǎn）然：不自满之意。欿，不自满。《孟子・尽心上》：“附之以韩魏之家，如其自视欿然，则过人远矣。”

⑪ 弊弊：辛苦疲惫貌。

答叶子亨世兄书[①]

分袂后忽忽两年。词曹如水，致缺裁候，言之只增愧悚。春间从陆梅生前辈处接奉来书，并牙章一副，展玩再四，睹物思人。悠悠此心，万里相印。君不忘鄙人，鄙人敢顷刻忘君哉。闻亏短之项已全数完缴，为欣慰无量。吾师半生廉名，借以不累，仆正当仿叔向贺韩宣子[②]故事耳。

然仆窃有恳者。吾师宦蜀十七年，循声政绩不绝人口。至今乡之父老子弟，犹津津乐道之。仆昔少贱时，吾师识之于诸生中，因得受业门下。十年来受恩最深，钦服最久。自壬子春吾师辞世，每怀謦欬[3]，未尝不涕泪横流。思所以报吾师者，唯文章一道，稍易致力。屡欲修柬求吾师遗事，辄以道远时艰故，握笔而复废者数四矣。然此事一日不为，此心一日不安。

夫传述先德以永令名者，孝子之心也，君之事也。表扬行谊以彰师范者，弟子之义也，仆之责也。昔范蜀公[4]生存时，司马温公为立传，后世称之。惜仆曩年齿稚学陋，日操笔作帖括，不能如温公之蓄道德能文章，有以捃摭[5]卓行于当时，使吾师亲见之，与之商榷审定，以信今而传后，而委委靡靡，至于木坏山颓，然后皇然如恐不力。仆虽无文，未足以传吾师，其复忍坐视吾师之可传者积久芜没，而嘿嘿禁声乎哉？伏望胪[6]其行状，邮寄京师，俾仆得以从事。庶几吾师在民之功德，昭然表著于时，则仆之所以报师恩，亦即君之所以光先德与。风便[7]率布区区，顺问起居，伏候还示。吉顿首。

① 叶子亨：全名叶嘉会，子亨或其字。世兄，旧时也称师友等世交之子为世兄。其父叶朝采（1798—1862），字筱铏，也作小舟，也字方泉。浙江钱塘人，道光十五年（1835）乙未科二甲进士，以知县即用。道光二十年出任罗江知县，在罗江劝农植桑养蚕（同治修《罗江县志·艺文志》有邑人张庭芳撰《邑侯粟、叶二公合传》颂其事）。道光二十四年调任叙州府宜宾县知县，至道光二十八年任满。赵树吉以师视之。后曾任直隶邛州知州，咸丰二年（1852）壬子春卒。同年五月，四川总督徐泽醇奏称叶朝采亏短公项，并请将其子叶嘉会革职究追。上谕："四川已故邛州直隶州知州叶朝采，亏短该州任内正杂各款银至一万二千余两之多，显有亏那侵蚀情弊。伊子捐纳盐大使叶嘉会任意拖延，不行交出，着即先行革职"，"该故员寓所资财，着即查抄。其原籍家产，一并查封备抵"。本文系赵树吉言欲为其立传事，可见其尊师之心拳拳。

② 叔向贺韩宣子：典出《国语·晋语八》：韩宣子对叔向抱怨为官不富，叔向贺之，并以栾武子和郄昭子为例，说明贫而有德之可贺，富而无德之可忧。

③ 謦欬：借指谈笑，谈吐。苏轼《黄州还回太守毕仲远启》："路转湖阴，益听风谣之美；神驰铃下，如闻謦咳之音。"

④ 范蜀公：范镇，字景仁，四川华阳人，北宋文学家、史学家。后为翰林学士，与欧阳修、宋祁共修《新唐书》。封蜀郡公。《宋史·范镇传》载："镇平生与司马光相得甚欢，议论如出一口，且约生则互为传，死则作铭。光生为《镇传》，服其勇决。"

⑤ 捃摭（jùn zhí）：采集、搜集。

⑥ 胪：陈述，陈列。古者他人作墓铭传记，例先由传主家属或亲近写出"行状"，罗列传主家世、行迹、功名等供撰写者採择。

⑦ 风便：犹顺风。《宋史·陈尧叟传》："海北岸有递角场，正与琼对，伺风便一日可达。"

郁郘山房疏草

郁郅山房疏草·卷一

请严备海防疏[①]

奏为夷患日深，吁请重悬赏格，严备战守，以伸天威而固人心事。

窃见夷船停泊海口以来，抗不就抚。皇上加意柔远，不即用兵，仍谕督臣妥议。目前该夷猖獗倍甚，计必多方要求，使我断难俯就。其为剿办，理在不疑。

臣闻该夷现踞海口，勾结内地民人，雇役日给一金，较兵勇口粮数倍。奸民利其厚饵，乐为之用。又，前该夷攻我炮台，津勇溃散，督臣立斩数勇，溃散如初。诚使早捐万金，选择精锐，无论文武官，就其民心悦服，胆略兼优者率之，临事奋臂一呼，前有厚赏，后有严刑，何至望风即逃，军威不振。

臣拟请皇上明降谕旨，激励军民，并令办理夷务诸臣，即出帑金重悬赏格，简练兵勇中敢死士数百人，以备短兵接战之用。

至该夷贪利性成，攻战亦胁和伎俩，就令深入，岂敢久持。但用炮是其所长，在我惟当修具坚守，不宜多载炮位。添设炮台，非惟无补，转以资敌。但令深掘濠堑，厚筑土垣。炮来有所避藏，炮过突出擒斩，则勇气自倍。一面别遣健卒，或多募水手，散布渔舟，使乘上岸时焚其海口辎重，船只俾难兼顾。但能烧毁一二，即当破格赏之。

并请速谕沿海疆臣，务督将弁巡防。若有续过夷船，即早截击。庶守备日修，该夷进无听逞，即抚议亦易成矣。

臣为事机间不容发，万难姑息因循。绝后患而振国威，在此一举。

伏望皇上勿参疑虑，臣无任激切引领待命之至。谨奏。

咸丰八年四月十九日奏。　旨留[2]。

① 第二次鸦片战争中，咸丰八年（1858）四月初八日上午八时，英法联军兵舰开到大沽口，限直隶总督、钦差大臣谭廷襄两小时以内交出大沽炮台。十时，联军开始向大沽炮台开炮轰击。由于谭廷襄及直隶提督张殿元、署天津镇总兵达年等负责陆路指挥的文武大员畏敌逃跑，全军溃散，大沽炮台终于落入侵略者手中。十四日，英法联军进逼天津，京畿震动。十七日，清廷被迫派大学士桂良、吏部尚书花沙纳前往谈判。此战导致中英、中法《天津条约》的签订。

② 旨留：上奏后，上奏者一般在自己留底稿本上记录皇帝旨意或处理结果。这里“旨留”二字就是赵树吉在奏稿后抄录的旨意，其意为此奏折已被留在宫中，即“留中”（或供存档备查，或暂缓批答付议）。

劾贻误军事大员疏[1]

奏为夷情未定，请将贻误事机各大员严行黜罚，以重筹防事。

窃自夷船驶入津门，肆意要求，敢形欺慢，陈兵会议，恐胁百端。至有内江通市，夷酋驻京之请。皇上断恩以义，弗允所求。彼苟欲逞其狂谋，势必重烦于天讨。

臣惟善制敌者，不恃乎利兵坚甲，而在委任得人。若委任不得其人，则当即时黜退。此战胜之原，不可不察也。

伏查直隶督臣谭□□、布政使钱□□，身为封疆大吏，当夷船初至，诚能固结众心，严为准备，何至炮台失陷，兵勇溃逃。及临事张皇，反戮练勇数人，希图卸责。坐使群情涣散，人心动摇。

皇上不加重谴，但命摘去该督顶戴，以示薄惩[②]。而谭□□等束手无能，一筹莫展。徒日以警报震动圣心。上贻君父之忧，下失绅民之望。

近闻本月初六日[③]，津城外民居不戒于火，夷酋上岸滋扰，人情汹惧。谭□□、钱□□相约潜逃。并邀议抚诸臣，于子丑刻赴其行营会食，意欲挟以同行，盖彼两人将逃而畏诸臣之议。

其后也庸懦偷生，置国事于不问。将复使捍御外侮，收效桑榆，臣有以知其不能矣。

国□[④]、珠□□[⑤]、富□□□[⑥]等，既系带兵防守，辄以闻炮肆其狂奔，恇怯无能一至于此。

伏读四月二十四日谕旨，以提臣张殿元[⑦]失事立予革职。法令明肃，诚足饬军伍而儆效尤。今谭□□等，既有封圻之责，国□等，亦属奉命前往之员，较其职守重轻，又非张殿元之比。

臣愚以为该夷即已就羁縻，尚宜明行严罚，况今夷情未定。攻战之举，盖未可知，威令不伸，何以使众。伏望皇上严行黜罚，别简贤能。庶几委任得人，于时务方有裨益。

臣亦知黜陟之柄，本非臣下所敢干。然大局攸关，义不容默。是以披沥直陈，伏乞皇上圣鉴。谨奏。

咸丰八年五月二十日具奏。 旨留。

本日奉廷寄：交僧亲王查明覆奏[8]。奉旨：谭□□、国□、珠□□、富□□□俱着革职。钱□□着勒令休致。钦此。

① 咸丰八年（1858），英法联军第一次攻陷大沽炮台后，清廷处于十分被动的局面。消息很快传入京师，臣民震怒，纷纷要求追究督臣丧师辱国，置京城于炮口之下的责任。赵树吉也上书请严惩“贻误军情”的钦差大臣，直隶总督谭□□（谭廷襄），布政使钱□□（钱炘和），刑部左侍郎国□（国瑞），护军统领珠□□（珠勒亨），副都统富□□□（富勒敦泰）等五人。原书所参人员只书其姓，其名留空，这是原书即有意这样，自有其考虑，本非上奏时留空。本书校注时以均以方框符号填补，下同。

② 薄惩：咸丰八年四月十一日（1858 年 5 月 23 日），清廷以“督办防务、调度无方，革直隶总督谭廷襄职，拔花翎。仍留任”。

③ 本月初六日：咸丰八年五月初六（1858 年 6 月 16 日）。此日事《天津夷务实记》有记载，称谭等人五月初五夜“借贺端阳，以为通宵会饮”，结果听闻“夷等有意于初六巳刻夺城，督宪即调兵勇保护，疾向西奔，意图暂避”，“自督宪启程后，津郡满城惊扰，众议沸腾，多有连夜续行奔避逃难者”。六日子时，有逃回居民纵火。

④ 国□：国瑞。带马队扎南岸新城迤南，距炮台二十余里，带马队赶到时炮台已失。

⑤ 珠□□：珠勒亨。扎北岸新河地方，距北炮台也不远。

⑥ 富□□□：富勒敦泰。扎营北岸于家堡，距北炮台约六里。

⑦ 张殿元：直隶提督，据《咸丰八年上谕档》载：“四月二十四日内阁奉上谕：直隶提督张殿元着即革职交托明阿军营差遣。”

⑧ 僧亲王查明覆奏：兹摘录该覆奏及处理结果如下，以供参考：

咸丰八年六月十四日军机处录《钦差大臣僧格林沁奏参天津失事大员折》载：“富勒敦泰统带京营炮位驻扎北岸，失陷炮位营盘，所获咎戾与已革提督张殿元、已革总兵达年、副将德魁，情罪相同，应请旨将已革副都统富勒敦泰即行拿问，交巡防王大臣照例治罪。珠勒亨、国瑞统带马队，于夷船闯入海口，炮台失陷时，珠勒亨虽经督兵击打，国瑞亦带队援应，究未能奋力攻夺，均属咎无可辞，应请旨将革职留任护军统领珠勒亨，刑部侍郎国瑞，一并交部严加议处，以昭炯戒。”直隶总督谭廷襄，身任疆圻，“甫经开仗，兵勇溃散，炮台失守，谭廷襄督率无方，已有应得之咎。现据国瑞、富勒敦泰亲供，均称前敌失利，谭廷襄等乘轿向西奔走等语。其为该督恇怯无能，贻误事机，罪更难逭。”“况天津海口为都城门户，现被蹂躏，炮台拆毁，炮位遗失，情形较重。谨附折参奏，可否将直隶总督谭廷襄，饬交巡防大臣查询办理。”

《清实录》咸丰八年戊午六月庚申（十六日）：“内阁奉上谕：僧格林沁奏遵旨查参天津失事大员一折。革职留任护军统领珠勒亨，马队伤亡，营盘不整，刑部侍郎国瑞，虽营盘未动，惟未能上前援应，各有应得之咎。珠勒亨、国瑞，着交部分别严加议处。已革副都统富勒敦泰，统带京营炮位，驻扎北岸，竟将炮位营盘全行失陷，着即拿问，同已革提督张殿元、总兵达年、副将德魁，一并押解来京，交惠亲王、载垣、端华会同刑部严行审讯，按律定拟据奏。直隶总督谭廷襄有统辖绿营之责，据奏兵力足恃，布置皆妥，乃一经开仗，即失炮台，实属督率无方。并据僧格林沁查取国瑞等供，是日该督坐轿奔走，尤为恇怯无能，大负委任。谭廷襄着即革任来京，听候查办。钦此。”

请罢大钱疏

奏为大钱流弊滋深，请复制钱[①]，以重圜法[②]而苏民困，仰祈圣鉴事。

臣窃见自春入夏，雨泽甚稀。皇上轸念民依，虔申祈祷。近已甘霖渥沛，秋成自可无虞。然而货物倍昂，民生愈蹙。人多歇业，饥莩日增。就中八旗尤为穷困。

其故何哉？盖京师之患，不在偏灾[③]之为害，而在大钱之不便也。

溯查军兴以来，添铸当十大钱。原欲于权宜通变之中，仍寓利用便民之意。无如有司过计，规制繁兴。私铸乘之，渐形窒碍。只以法令明肃，申戒再三，市肆遵行，至今未废。然奸商驵侩[4]，任意低昂，银钱贵贱悬殊，流弊因之日甚。

夫钱少则贵，多则贱者，古今之通理也。今大钱遍满京师，而行使不出百里之内。以至每银一两，约易京钱十七八千[5]，商贾贩物，以银出入恐多折耗，增价求利势有必然。所苦者小民：罄从前十日之资，不能供此时一饱之费。于是纷纷歇业，无以为生。老弱行乞于街衢，壮者窜身于盗贼。

至于八旗兵丁，不贾不农，别无生计。一月之入，惟此钱粮。八口嗷嗷，待而举火。今既依官[6]折发支领，所值几何，势不能赡养家人计，惟有束手待尽。其余闲冗，力尤不给，骨立黄瘦，十室九同。愁苦之情形，实寻常所未有。尚赖圣慈矜恤，屡予增加饭厂，展期不住散放，得以稍谋果腹，旦夕苟延。然实惠岂易均沾，众情未可长恃。求生之心既迫，苟且之念必萌。滋生事端，何所不至。京师为根本重地，岂可不为寒心。

臣愚以谓大钱不罢，则市价不平。市价不平，而欲兵民之无困，不可得也。且大钱之不便，人无愚智，皆所共知。而未有肯为皇上一言者，徒以经费支绌之际，稍有利益，不容妄议更张耳。

臣请以利害衡之：夫所谓利者，不过曰减本损工，可敷支放而已。不知得其利者一而微，受其害者三而大。当十实钱六七百，始抵制钱一千。然质重者，一文可铸制钱五六，轻者亦可铸四五。利既数倍，人争私销。近闻畿辅风行，率皆自京贩卖。如此不止，将成钱荒，害一[7]。饭厂久行，糜费不少；货物短绌，关税更亏。阳获锱铢之征，阴失倍蓰之利，害二。食用弥艰，盗风日炽，兵无劲旅，人有危心，害三。具此三害。臣见变法本以利国，而反使上下交敝，恐非权宜变通之本意也。

伏查咸丰七年，户部于酌改卯[8]额折内，奏称："制钱自国初以来历年鼓铸，洵为经久不易之常规。虽变通贵乎因时，而成法不容尽废，请仍以一卯铜铸制钱存库。"当时计臣此论，具有深意。况今时移势异，流弊丛生，岂宜因循，不思改计。窃谓月铸五卯制钱，辅以宝钞，使支放不至大绌足矣。如此则钱少而贵，诸弊可不除而自去也。

拟请饬下户工二局，将大钱概行停铸，仍铸制钱。然后涣发德音，与民由旧。其布在民间者，令崇文门各税务及捐铜局，得以收纳之。或除正项职官外，专以捐级空衔贡监等项折收。俾定章程以示限制，庶废钱既有所归，亦可借资熔铸。数月之后，必复旧观。国计民生，两有所裨益。

臣尝考于书史，窃见自古圜法，如周景王之宝货，蜀汉之直百，魏之当五百、当千，晋之比轮，唐之开通元宝，明洪武之当十、当五，虽为制各殊，然行之未几，卒以皆废。乃知大钱法难经久，自昔已然。简册具存，非臣臆说。

仰惟皇上至圣至明，物力之艰，久已上邀洞鉴。伏读本月二十三日恤兵之谕，未尝不感激涕零。宋臣苏轼有言："以物与人，物尽而止；以法活人，法行无穷。"若今日欲厚民生，其事莫便于此。伏乞皇上博咨广访，并敕部熟议施行。或别有良法，可以救弊补偏，非臣之愚所能拟议。臣不胜恳切待命之至。谨奏。

咸丰九年五月初一日奏。

① 制钱：本朝依法定的钱币体制由官炉铸行的钱币，这种钱币规定了铸造数量、尺寸、重量、各种材料比例等，即所谓"通宝"。本文所指各种当十、值百之类大钱，本不属于制钱，弊端太多，所以应予停铸。

② 圜（yuán）法：币制。

③ 偏灾：犹言大灾。指危害很大的灾害。

④ 驵侩（zǎng kuài）：《史记·货殖列传》："驵侩会两家交易者，如今之度市"。也即现在之中介、经纪人。

⑤ 十七八千：通常一两银子兑几千铜钱，所以这种铜钱贬值是相当厉害的。

⑥ 依官：以官价折算，当然是按大钱折发，所以实际所得无几。

⑦ 害一：指大钱材值和币值倒挂，奸商重铸牟利。

⑧ 卯：古代造币场所开铸之期称卯。又，开铸一次亦称卯。每年规定铸造期数，如"每岁铸钱十二卯，共得钱七万五千串有奇"。

请别简贤能督川办贼疏[①]

奏为川省匪徒猖獗，请别简贤能暂署川督，以靖地方、以安全局事。

窃臣恭阅邸钞，本月初一日据有凤[②]奏，滇省大关盐井渡匪徒攻扑筠连，另股匪徒窜扰高县、庆符，于九月间先后失守。

伏思川省虽僻处西陲，实为今日根本要地。盖其地高踞上游，足以控制湖湘，屏蔽关陇。其财赋之出，则足以灌输邻省，源源不穷。军兴以来，贼势蔓延，而自陕以北晏然安堵。金陵大股，沿江出没，而终不能逞志于两湖者，恃有全蜀故也。

今滇匪突然窜入，则腹地恐易动摇。盖川省情形，与他省不同。而此股贼匪，又与川省他处不同。其间五方杂处，人烟稠密，游手尤多，啯匪乘机易于裹胁。承平日久，民不知兵。庆符去叙州仅百二十里。由长宁小河至江安、泸州，亦瞬息可到。倘堵御不力，则顺流而下，沿江郡县，皆不可问。川省动，则两湖、陕西俱因之而动。滇黔回匪苗匪，尤难保不乘势窜人，其患岂可胜言。事关全局安危，非但一乡一邑而已。

臣愚以为，燎原之势虽成，若大吏得人，犹可即时扑灭。惟念有凤以多病之躯，兼兹重任。平日接见属员，尚且不能久坐，当此有事之时，筹度机宜，件件均关紧要，稍有疏忽，贻误非轻。黄宗汉远在广东，尚不知何时赴任。若待其由京前往，亦虑不及于事。其余邻省督抚，皆有军务，似未便暂离。惟陕西安静无事，境界毗连。巡抚曾望颜[3]，办事认真，威望素著。若令暂行署理，一俟黄宗汉到任，再令交卸，必能绥定边疆，于大局实有裨益。且程途较近，计日可到。

夫遏之于方事之始者，易为功；靖之于既溃之后者，难为力。此古今之常理也。惟是用人大政，非小臣疏远所敢与闻。只以全局攸关，是用辄陈愚昧，伏乞皇上裁择。臣不胜战栗陨越之至。谨奏。

咸丰九年十月初四日奏，留中。

本日奉上谕：曾望颜着署四川总督，陕西巡抚着谭廷襄署理，俱着驰驿前往。钦此。

① 咸丰九年九月，因烟贩二人（当时贩烟土合法）由大关过境四川筠连时，被宜宾千总勒索并押送叙州府，打算杀害，同为烟贩（一说是护烟镖师）的李永和、蓝朝鼎在家乡牛皮寨（处今云南盐津和四川筠连间）以三十多人起事复仇，随即越过川滇边境，进入四川筠连境内，当日（九月八日）即占领筠连城，十一日占高县城，十三日占庆符，扩展到数千人，二十日直逼叙州府城宜宾县城下，并占据城西北制高点翠屏、真武二山，成居高临下之势。署四川总督有凤连连告急，赵树吉遂有此奏。

② 有凤：正黄旗宗室，镇国公，曾任杭州将军、福州将军，曾署闽浙总督。咸丰六年九月调任成都将军，次年七月，署四川总督。咸丰八年十一月，因病解成都将军任（实际上有凤在曾望颜到任后仍然在任）。咸丰九年四月令调两广总督黄宗汉为四川总督，与时任川督王庆云对调。未到任前，仍由有凤兼署四川总督，旋“以滇匪窜扰四川筠连等县”，下部议处。直至咸丰十年

一月，有凤方“因病回旗调理”，次月“着照部议革任”，十一月病故。

③ 曾望颜（1790—1870）：字瞻孔，号卓如。广东香山人。道光二年（1822）壬午科进士。咸丰九年（1859），赵树吉上奏请调曾望颜督川，奏上，即旨令曾以七十高龄由陕西巡抚调署四川总督。曾望颜后于同治九年（1870）病故于家乡，享年八十一岁。

请饬拨精兵援叙并劾县令不职疏[1]

奏为叙城被围日久，请饬另简精兵赴援，并将疏庸不职之知县严行查办，恭折奏祈圣鉴事。

窃滇匪窜入川境，滋扰郡城。皇上轸念边疆，特命曾望颜驰往署理川督，以资剿办。近复迭奉明谕，严申军律，迅扫贼氛。谅此幺么指日可期荡灭。

惟查自九月初八，三县相继失守以后，贼首李短搭搭率伙党千余人，由横江顺流直下。二十日遂扑叙城，占踞城外翠屏、真武二山及小校场、吊黄楼等处。兵练死者三百余名。提督万福带兵三千，远住牛市墒[2]，仅分遣一千到城。副将高克谦等，带兵九百余名，为贼迎击，损伤二百余名。以此官军，见贼即逃，无复斗志。如曾望颜所奏余振海、安定国[3]之事，乃其明验。言之实堪痛恨。若非马天贵阵亡，则有凤又当以获胜入奏矣。军律如此，又安望有灭贼之日耶！况石马溪[4]一败，弁兵同时战殁者又复不少。

以屡挫之士气，当方张之贼锋。即勉力相持，正恐难期得力。顷闻贼又于西北二门外，开挖地道，孤城久困何堪。复迁延岁月，致有疏虞。且叙州为水陆交通之区，若不于此时一鼓歼除，就使危城得以保全。而一经逃窜，上下游则滋蔓愈多，绝非旦夕所能奏效。川中为东南要领，本根一动，关系非轻。安危之机，实在今日。

唐臣陆贽有言：兵闻拙速，未睹工迟。速则乘机，迟则生变故也。为今之计，惟有请旨饬下署四川总督，另选精兵，迅即赴援，务期殄尽根株，毋留余孽。庶城围既解，而边境亦安，于大局方有裨益。

至牧令为守土之官，闻警之余应如何加意防范。乃宜宾县令汪□□[⑤]，平时既不洽舆情，临事复毫无准备。以致贼匪长驱直入，夺踞近城要隘。居民受其荼毒，纷纷投水，惨淡呼号。而该县令终日在署饮酒，形同聋聩。知府英汇[⑥]责令该县协同守御，辄敢托故不出。及被围日久，惟知哭泣。庸懦偷生，置民社于不问。当此防剿吃紧之际，岂宜稍事姑容。应请一并饬下该署督，严行查办[⑦]，以儆疏庸而重地方。臣愚昧之见，是否有当，伏乞皇上圣鉴。谨奏。

咸丰九年十二月初一日。

① 宜宾城背靠翠屏、真武二山，此时已被占。城南、北两面临金沙江、岷江，两江合后东去，至此而下始称长江，故为天然屏障。城西、城北则以壕沟防御，但城西稍开阔，围城期间主战场即于城西小教场，同时李蓝又在城北开挖地道。李蓝在城北岷江对岸因黄庭坚而名的吊黄楼处设指挥部，清军署总兵马天贵十一月二十四日率军攻吊黄楼，全军覆没，马天贵身亡。此战李蓝军威大振，叙州危急。随后李蓝分兵沿岷江上溯攻犍为，十二月，因久攻叙府不下，李蓝全军遂解围去。赵树吉此疏时城尚未解围，数日后，即闻解围消息，作《闻官军破贼郡城获全》一诗，见本书《诗存》卷三。

② 牛市塥（piǎn）：距叙州府宜宾县城（也为府城）岷江上游约十二公里处一场镇俗名，沿江边长条平台而建，今属宜宾市叙州区，名喜捷镇。塥，四川的方言，长条状的低地平地。

③ 余振海、安定国：咸丰九年（1859）十一月二十五日曾望颜奏称“署守备余振海、把总安定国，见贼先逃，以致署总兵马天贵阵亡”。上谕“情事

殊堪痛恨，着曾望颜查明该两员。实系临阵溃逃，即行正法”。后曾望颜复奏“当马天贵阵亡之时，虽据查明无见贼先逃情事，惟主将被害，未能策应，实属救援不力”。

④ 石马溪：地名，有溪在此入岷江，溪以唐京兆尹黎干墓所遗之石马名，距岷江上游为牛市堨约十数华里，下游距郡城不足十华里。十月十七日，清军参将高克谦、游击明耀光率兵九百，大败于此。

⑤ 汪□□：时任宜宾知县汪觐光，江苏省甘泉县人，道光十五年（1835）乙未科进士，咸丰八年起署宜宾县令。

⑥ 英汇：咸丰八年，引见京察一等人员后，交军机处记名以府道用，咸丰九年署叙州府知府。旋因李蓝攻占筠连、高县、庆符三城，被“撤任，随营效力，并下部议处”。一年多后，因查明，“前叙州府知府英汇、宜宾县知县汪觐光既据讯无营私激变各情事，均着免其置议”。

⑦ 严行查办：此奏上后，即日有上谕：“有人奏，四川叙州被围日久，请饬迅派精兵赴援，并将庸懦不职之知县查办一折”，“查明汪觐光庸懦各情，严参惩办。不得以叙州未失，辄称保守有功，量从末减。至署守备余振海、把总安定国，见贼先逃，以致署总兵马天贵阵亡。前已降旨，交该署督查明，如系临阵溃逃，即行正法。着仍遵前旨，确切查办。”次年二月，复谕令：“曾望颜奏，查明临阵溃逃之营员，并庸懦不职之知县，分别办理一折。四川署守备余振海、把总安定国，当马天贵阵亡之时，虽据查明无见贼先逃情事，惟主将被害，未能策应，实属救援不力，咎有应得。又宜宾县知县汪觐光，平日性耽曲糵，贻误地方。余振海、安定国、汪觐光、着一并革职。”

请饬南北诸军并力剿贼疏[①]

奏为贼势趋重舒、潜，请旨饬下南北各军，并力进攻，间道应援，以联声势而赴事机，殪[②]厥渠魁，用伸天讨事。

窃以用兵之道，去而不再来者，时；失而不复得者，机。军兴以来，于今十载。征调半天下，糜饷数千万。而卒未能扫穴擒渠，则以屡后时而数失机也。

曾国藩克复武汉，顺流东下，此时有灭贼之机，而失于九江之蹉跌；李续宾简锐东征，直趋庐、凤，此时有灭贼之机，而失于三河之败亡。议者遂归咎于国藩之顿兵，与续宾之冒险，此皆昧于时与机之说也。

夫魏师袭邓，而蓝田卷甲；田忌走梁，而庞涓陨身。批亢捣虚[3]，形格势禁。用兵之要，万不失一。假令国藩续宾出师之日，豫军出信阳以图蕲、黄，皖军逼卢、六以收舒、桐，徽、宁之兵道宣、歙以规池、太，瓜镇之众溯滁来以扼巢、淝，诸道并进，四面合围，一鼓荡平，何劳再举！计不出此，一举奋迅，而诸军邅回[4]；一将入于窞[5]中，而诸将观于壁上。功败垂成，贼氛复炽。事机坐失，扫荡无期。干城之材，灰身而致命；巾帼之帅[6]，拥众而全躯。尤令忠义寒心，豪杰解体。

夫据上游之势，而可以力征经营天下者，莫如两湖。国家厚泽深仁，沦肌浃髓。两湖之士，亡身破家，蹈锋刃而不恤。自李续宾战殁以后，两湖为之夺气。赖曾国藩、胡林翼等扶掖死伤，蓄养精锐，经年累月乃复大举。仰借圣主威灵，所向克捷，万无意外之虞。

惟闻逆渠陈玉成、张落行[7]等，率领大股悍贼，号称十余万众，齐往潜山太湖，抗拒我军。众寡之形，什倍于我。万一疏防，为贼所覆，不独国藩等智穷力竭，难期复振，且全楚震动，河洛骚然。天下安危，关系重大。兵法有曰：攻其所必救。又曰：致人而不致于人。此时卢凤六合贼势必单，请旨饬下袁甲三、和春、张国梁等，克期进取，捣其巢穴，逼令反顾。则曾国藩等蹙之于后，袁甲三等扼之于前，首尾夹攻，尽杀乃止。并命两营各简锐卒三千人，统以健将，间道疾行，出其不意，以为楚军声援，亦足褫贼狂魄。诏书所至，曾国藩等益当感奋不顾，而袁甲三等知圣意所在，亦不敢如从前统兵各员，人怀一心，秦越相视。如此，则釜鱼槛兽之技穷，而拉朽摧枯之势举矣。

昔钟、邓[8]并驾以取蜀，贺、韩[9]齐趋以破陈；信、越、殷、贾[10]之师来而垓下围，愬、武、古、通[11]之力合而淮蔡定。时不再来，机不可失。惟在我皇上临之以日月，震之以雷霆，勖其戮力同心，戒其私衷褊见，共申天讨，永迓洪厘[12]。中外臣民，万世攸赖。刍荛之言是否有当，伏乞皇上圣鉴。谨奏。

咸丰十年二月初六日。

① 此文也载于尹耕云《心白日斋集》卷二，题为《请饬南北各应援图皖楚师疏》，字句稍异，并删去开头事由和文末“是否有当”等结语，或为与尹耕云联署上疏。

② 殪（yì）：杀死。

③ 批亢捣虚：抓住要害乘虚而入。《史记·孙子吴起列传》：“救斗者不博戟，批亢捣虚，形格势禁，则自为解耳。”

④ 邅（zhān）回：辗转、盘旋，此言迁延不进，迂回绕圈。邅，打转、改变方向。

⑤ 窞（dàn）：深坑。《周易·坎》：“习坎，入于坎窞，凶。”

⑥ 巾帼之帅：这是用诸葛亮以女人服装送司马懿，激其出战的故事。典出《晋书·宣帝纪》：“亮数挑战，帝不出，因遗帝巾帼妇人之饰。”

⑦ 张落行：它书亦作张洛行、张乐行等。

⑧ 钟、邓：钟会、邓艾。

⑨ 贺、韩：贺若弼、韩擒虎。隋开皇八年，分兵八路齐进，以贺、韩所率为主力攻破建康，灭陈。

⑩ 信、越、殷、贾：韩信、彭越、周殷、刘贾。

⑪ 愬（sù）、武、古、通：李愬、韩公武、李道古、李文通，四人皆裴度手下大将。

⑫ 洪厘：犹洪福。厘，福气、吉祥。《史记·孝文本纪》：“今吾闻祠官祝厘，皆归福朕躬，不为百姓，朕甚愧之。”

劾江督苏抚罪并请简员督办疏[①]

为东南大局溃败已极，请旨申明军法，并迅简附近统兵大员，星夜驰往督办，以壹事权而固疆圉事。

窃臣闻杭城收复，贼未大创。乃由长兴至建平，夺东坝入我腹地。陷溧阳后即犯宜兴，因兵民守御，不得逞，窜至武进之杨笠埠。其时官兵未到，赖观村丰义等处乡团，齐心杀贼，擒长发老贼十余名，送常城正法，贼势稍挫。去扑金坛，备严失利。回陷溧水，取道茅山[②]，一日而至句容。占踞城邑，围逼大营，相持十有余日。

至闰三月十五，天忽奇寒，雨雪大至。金陵老贼窥我空虚，潜约溧水句容之贼，四面冲击，驱难民填入长壕，贼从人身践踏而过。大营不支，夜半遂溃。和□[③]单骑走镇江。犹幸张国梁所部未散，整齐队伍，亲身断后。一切军装器械，委之于贼。退至丹阳，招集溃兵，尚得数万。贼氛逼近，张国梁[④]抚集创痍，躬亲搏战。乃近日传闻，张国梁方被贼围，和□已脱身逃至常州。何□□[⑤]闻和□进城，遂连夜遁回苏州，望风奔溃，不复以固守为心，是其意中尚有国法耶！臣请以和□、何□□之罪状，为我皇上缕晰陈之。

夫和□有可杀之罪二，何□□有可杀之罪三。是即皇上覆载包容，恩同天地，亦必不能曲宥此两人也。

兵贵拙速，不贵巧迟。和□统兵数年，不能克期进取，旷日持久，师老无功，縻饷至数千百万，徒以供昏庸醉饱之用。无事则偃蹇骄矜，有急则苍黄逃遁。此次所借口者，不过曰分兵援浙耳。试问此数年中，刻刻分兵援浙耶！此和□之罪一也。

张国梁身经百战，江左恃为长城。和□平日心忌其功，遇事掣肘。及势机危急，张国梁血战被围，和□即当捐弃宿嫌，督兵往救。否则婴城固守，联络声威。乃一矢未加，而弃师独走。此则有心陷国梁于死地而不顾。封疆之糜烂，和□之罪二也。

贼之犯常州也，合郡绅民诣督臣，请兵出队，民团自愿助剿。维时浙抚王有龄所统兵勇一千名在常，名威武振军。何□□但令守城，不许出战。其实杨笠埠各处，发逆无多，皆系土匪乘机肆杀，但得兵勇火器，可以集事。乡民望兵如岁[⑥]，预备数千人之食。久待不至，贼到反得因此为粮，杀伤民团不下数万。何□□送眷至泰州，乃拨威武振军三百名护送。路过江阴，居民惶惑，即日罢市。是国家养兵不以拯民，而以自卫，不以杀贼，而以保家。此何□□之罪一也。

贼扑大营在闰月初一、二日，维时援浙之师如张玉良、熊天喜等精兵猛将，悉数到常，实有六七千人。傥即简练精锐，由贼扑句容之路星夜尾追，与大营前后夹击，必可克复句容，尽歼丑类。乃何□□将调回之兵，分布各路无贼之处，大营传令调援，何□□诃斥其差弁，不发一兵。张玉良力请往援，并告以留一军防溧阳，分兵由溧水句容进剿，则常州安如盘石，贼从何处飞来！乃诸将请援之说愈坚，何□□拥兵自卫之意转愈决。坐视大营之溃以误封疆，何□□之罪二也。

夫常州，苏省之藩篱也。兵将云集，粮台所在，银米充牣[⑦]。当和□退至丹阳，情形已万分危急。为何□□计，惟有激励将士，抚谕民团，筹备军火粮饷，接济和□。一面躬自出次[⑧]，定万姓之心，作三军之气。尚可收合余烬，重振军威。岂有一闻丹阳失事，仓卒潜逃，不与和□等一见，而敢以保守省城之言，欺饰于君父之前者。且使常州不保，省城岂能独全。推究其意，此次大营之溃，由何□□之坐视，故始终不愿与和□等相见。任性昧良，至此已极。何□□之罪三也。

军兴以来，未有破坏如今日者。前以清江陷而庚□[9]走，今丹阳失而和□、何□□亦走。若再不申严军法，则何城不可陷，何人不欲走。溃败决裂，伊胡底耶。

伏乞皇上速震天威，重治其罪。其未经逮问之前，仍请严责和□等，暂统诸将，速赴丹阳救应张国梁。饬令何□□速回常州暂筹一切。和□等不得离丹阳一步，何□□不得离常州一步。

至附近各营，惟曾国藩、胡林翼两军向称得力。并请于二人中，迅简一员，即以和□、何□□之任任之。令其统领全军，星夜驰往督办。

近日外廷建议者，每及将帅必曰曾、胡。臣非敢随声附和。惟念和□、何□□既难冀以桑榆晚盖之功，而代此任者，非统重兵，不足补创残之缺；非地居较近，不足践星火之期。是以冒昧直陈。事关重大，仍请断自圣裁。臣为东南大局起见，是否有当，伏乞皇上圣鉴。谨奏。

咸丰十年四月十六日奏。

十九日奉上谕：何□□奏官军失利，现往常熟照料粮台，并自请严议等语。两江总督何□□，驻扎常郡，为策应大营后路。乃自丹阳失守，即思前往苏州。现又辗转退至常熟，以照料粮台为词，希图掩饰。实属畏葸无能，有负委任。何□□着即革职来京，听候审讯。钦此。

又奉上谕：曾国藩着先行赏加兵部尚书衔，迅速驰往江苏署理两江总督。未到任以前，着徐有壬暂行兼署。钦此。

① 此文也载于尹耕云《心白日斋集》卷二，题为《劾两江总督何桂清，请授曾国藩为钦差大臣总督疏》，字句稍异，并直书所参人员姓名，或为联署上疏。咸丰十年（1860）闰三月清军江南大营第二次溃败后，朝臣纷纷上奏

要求追责钦差大臣和春（江南大营统帅）、两江总督何桂清，放任溃败，致使大局一败涂地的行为。后和春病死军中，何桂清则被定罪斩首于京城。本文“何”指何桂清，“和”系指和春。庚，即庚长。

② 茅山：原名句曲山，位于现在的江苏句容市。

③ 和□：和春，正黄旗人。四月二十一日上谕称：“钦差大臣暂署江宁将军和春，督师江南，前因金陵大军退守镇江，当经降旨将其革职。仍暂署理江宁将军，留于江南督兵，以观后效。兹据徐有壬等奏，逆匪攻犯常州府城，和春亲自带兵迎敌，胸前重受枪伤，冲围而出，火毒内陷。呕血身亡。和春自广西转战数省，由安徽至江南，数载以来，战功卓著。兹虽兵机屡挫，尚能血战捐躯，殊堪悯恻。和春着开复革职处分，照将军例赐恤，以慰忠魂。”寻予祭葬世职。谥忠壮（据《清实录》）。

④ 张国梁：江南提督，死于此次江南大营溃败。清廷在确信他死之后发布圣谕：“江南提督张国梁，由广西自率所部，随同向荣转战数省，所向无敌。朕见其谋勇兼优，功勋卓著，由偏裨擢至提镇大员，并令帮办江南军务。殊恩异宠，屡赐褒嘉。复因其克复城池，赏给世职。该提督感激图报，誓志灭贼。数载以来，东南半壁，倚为长城。讵意本年夏间，金陵大营溃败，和春退守丹阳，张国梁自镇江往援，出城击贼，身受重伤，策骑渡河，人马俱没于水。先后据薛焕等奏报，朕犹以为传闻之讹，未即开缺，谕令详细确查，并命其弟寻觅骸骨，尚冀该提督不死，出为国家宣劳。乃距今数月，终无确耗，其为业经捐躯，已无疑义。若使张国梁尚在，苏常一带，何至糜烂若此。追念荩臣，益深怆恻！”（据《清实录》）

⑤ 何□□：何桂清，生于嘉庆二十一年（1816），字丛山，号根云，云南昆明人。道光十五年（1835）进士，历任编修、内阁学士、兵部侍郎、江苏学政、礼部与吏部侍郎、浙江巡抚、两江总督。咸丰十年正月赏加太子太保衔。同治元年九月，得旨“比照带兵大员失陷城寨”处决。

⑥ 望兵如岁：盼望官兵。年谷之成曰岁。《左传·哀公十六年》：“国人望君，如望岁焉。”

⑦ 充牣（rèn）：充实。

⑧ 出次：出军驻扎。

⑨ 庚□：庚长，江南河道总督。咸丰十年二月，捻军攻清江浦，庚长尚在演戏宴客，逃往淮安府城，后被参劾，上谕："江南河道总督庚长，当清江防堵吃紧之时，辄因酬神演戏，已属不知缓急。犹复观剧终日，迨闻贼警，仓惶出队。迎剿失利，遽行退入淮城，尤属畏葸无能，有负委任。庚长着即革任来京，听候审讯。"（据《清实录》）

遵保川省官绅办理团练疏

奏为遵旨敬陈四川团练情形，并请简派督办大臣，恭折仰祈圣鉴事。

窃臣恭阅邸钞：六月十四日。奉上谕。前谕河南等省办理团练，并各派大员回籍督办。因念四川地属岩疆，毗连云贵，近因滇匪窜扰，尚未肃清。嘉庆年间，该省举行坚壁清野之法，著有成效，此次自应仿照办理。所有应办事宜，即着籍隶四川在京官员，就地方情形各抒所见。该省官绅中有名望素著、练达事务者，并着各举所知，候旨派往。该官绅等必知共体时艰，尽心筹办，用副朕绥靖边疆至意。钦此。

臣恭读之下，感戴难名。伏思四川虽僻处西陲，实上游之重地，成都为全蜀根本。雅州、嘉定现经滇匪滋扰，各属戒严。叙州、重庆以下，毗连滇黔，匪徒出没。酉、秀一带，驻兵防剿。均为吃紧之区。且粤匪石达开直扑黔中，屡有窥伺蜀疆之意。诚恐乘机窜扰，尤不可不先事严防。

溯查嘉庆年间，教匪煽乱[①]，川中办理团练。因举行坚壁清野之法，无事归农，有事守堡。贼至即击，无往来征调之劳；粮因于民，无饷食转输之费。试之数年具有成效，三省寇患卒以荡平。迄今东北各路，堡寨遗址尚有存者。即川南一带如犍为、宜宾、屏山，逼近猓夷之地，亦皆建有碉楼，可资守御。自去冬滇匪窜扑叙城，南岸两路团练攻剿得力，各郡皆闻风自卫，迭遏贼锋。但得绅士认真经理，并饬地方官与绅民联为一气，勿阴行挠阻，则事易集而效易成。惟幅员广阔，倍于他省，督办之员责任綦重。

臣籍在京供职各官，并无京堂以上大员。臣目睹时艰，何敢以名位卑微，遽安缄默。因与各员公同详酌，查有在籍之前任詹事府右春坊右赞善李惺[②]，卓识冠时，老成练达，品端望重。为通省官吏绅民素所推服。以之督办团练，洵堪胜任。又前任宜昌镇总兵虎嵩林，威望素著。现任成都府知府杨重雅，为守兼优，均堪帮办，以收实效。可否请旨分别简派。

其地方官及绅士，如现任马边厅同知孙濂，现任绵州直隶州知州毛震寿，现任成都县知县彭名湜[③]，署秀山县知县刘钟璟，署南溪县知县唐炯[④]，现任永宁县知县卫元夔，现任叙马营都司徐璋，署铜梁县知县孙钧，现任户部主事陈继薰、傅世纶，兵部主事傅大贞，刑部主事徐忠锐、温圻，在籍前任吏科给事中伍辅祥，检讨童棫[⑤]，前湖南保庆府知府张由庚，江西分宜县知县杨在寅，前直隶高邑县知县程光莹，举人邹容彦、侯恩济，廪生黄来备等，或民情爱戴，习熟地方，或曾经办团，人心帖服。均可随同办理，藉资差委。其余官绅，有堪以办理者，应准督办大臣随时保奏。

至团练章程及坚壁清野之法，本有成规可循。今河南山东等省，又有奏定条款，自当参酌地方情形，采择施行。毋庸另拟章程，以省繁复。如有应行变通者，即由督办大臣随时酌量议奏，以期有利无弊。

再，滇匪窜扰各属，有倡办民团协同官兵打仗，力解城围者，其出力之团长及伤亡团丁，未据查奏。应请仿照山东定议，令督办大臣确查，先行奏请，分别奖励议恤。毋许冒滥，以资观感。庶人心益行鼓舞，而诸务亦推行尽利矣。

臣再三公议，意见相同。谨缮折具陈。是否有当，伏乞皇上圣鉴。谨奏。

咸丰十年六月。

① 教匪煽乱：也称“川楚”教乱。指嘉庆初年白莲教起事，川楚各地实行“令民筑堡御贼”“坚壁清野”之法，将村民居堡中，训练团练防守。

② 李惺：李西沤。见《诗存》卷五《闻李西沤前辈下世感赋》注。

③ 湜：音 shí。

④ 唐炯（1829—1909）：字鄂生，晚号成山老人。贵州遵义人（时属四川省）。道光二十九年（1849）举人，捐知县，咸丰九年（1859）署叙州府南溪知县。李蓝围叙期间，曾受命单骑赴吊黄楼谈判。咸丰十一年署绵州知州（据《绵州志》），唐炯因政绩和军功屡获升迁，历知府、道员、云南布政使、云南巡抚。后曾因中法战争中失城被判斩监候，继获赦赴云南督办矿务。光绪三十四年（1908）加太子少保衔，次年病逝，年八十。

⑤ 棫：音 yù。

条陈时政疏①

为时势艰危，吁请早定大计，以振积习而固邦本，恭折仰祈圣鉴事。

臣闻事变之作，将以开圣人也。从古无无事之国，要视人主之自为。故宣王有猃狁②之乱而周室中兴，高帝有平城之危而炎祚转盛。我朝康熙中，三藩煽逆，海内动摇。我圣祖仁皇帝力排众议，独运庙谟，宵旰忧勤，卒平大难。此岂独运会使然哉。诚奋于志而图其艰也。

方今小丑跳梁，已逾十载。师老财匮，久无成功。秋间复构逆夷之患，称兵犯顺，肆扰京畿。圣驾巡幸木兰，寇骑益无忌惮。

近者抚议已成，夷兵远退。此正天与皇上发愤经营之时，宗社安危之所关，中外观听之所系。而回銮之请，既未奉俞旨，侧闻庶政，亦未有以大异乎安常处顺之为。臣诚不胜过虑，谨条举要事，敬为我皇上披沥陈之。

一曰简拔人材。自古戡乱之君，必先得人以为之用。今时事孔亟矣，臣以为非得人不足有为。欲得人材，则宜自大臣始。国家承平日久，大臣中多衰庸阘冗[③]之人，利弊不知，献替不闻。奉行文书便谓尽职，查照例案则曰经纶。考其所为，数书吏足以办之，虽名为大臣，实与小臣无异。甚者至结认师生以相援引，交通外官以取贿赂。如此之类，不过藉荣利以便私图，一旦所欲既遂，有乞身而去耳。是以京营缺额而不知，器械朽钝而不问，财用竭乏而不能足。其他政务，概亦相同。且如今秋逆夷滋扰，当时苟有一二可倚，如宋臣寇准李纲之流，则事变之兴当不至是。而乃敌骑充斥，敢肆猖狂：焚烧我园居、掳掠我珍宝、蹂躏我土地、拆毁我城垣，使畿辅之民，肝脑膏于郊原，财产荡于灰烬。其存者，流离骨肉，饥饿无归。幸赖皇天眷佑之深，圣主福德之厚，故使逆夷悔祸，金瓯无缺耳。不然仓卒之际，尚堪复问乎！

然而寇退之后，泄沓如常。方且纷粉保举。譬如人为其主守舍，一旦窃盗坏垣而入，席卷而去，彼童仆厮养，反诩然自以为功。此岂其理也哉！而况徇情冒滥，物议沸腾者乎。隳[④]忠义之心，贻敌人之笑，莫此为甚。此则朝无人材之明验也。臣愚以为，宜因此时，于大臣先加选择：其衰庸阘冗者，听其罢去，而别简外任中刚正练达、素有声望者代之。又以时召对咨访，授之笔札，使条上时政、荐举贤能，而考其成效。则人材自出，庶政自理。至于武臣，尤号乏人。宜令曾国藩等营，各选得力镇将二三员，分任京外重地，以资训练，而备缓急之用。然后由内而外，以次得人。而天下四夷，庶无轻量朝廷之心矣。

一曰固结人心。国之所恃以图存者，人心而已。聚则易安，散则易危。故昔人比之木之有根，灯之有膏。其间聚散之机，间不容发，甚可畏也。比年以来，圜法弊坏，京师之人，多至失业，饿莩日增。八旗兵民尤为穷困。人心亦稍不悦矣。然自圣驾北巡，历今四月有余，安然无事。自古外患凭陵⑤而内忧不作，求之史册，实所罕闻。此皆我国家厚泽深仁，涵育二百年之久，而群下之心，谅皇上之不得已也。且诸夷之不敢遽逞其欲者，亦岂不以人心之服我者深，而不直彼乎。臣尝采访舆论，皆延颈企踵，日望銮舆之速还。及闻暂缓回銮，众情忧疑，颇形失望。诚恐来春再行展期，则京师萧条必倍今日。人心一散，势不复聚，臣窃惜之。且御园器玩，检拾颇多，转卖已非一人，谁复诘其所自！若必究治，恐不胜穷，而官吏借此为名，肆行搜捕，拷讯疑似，辗转株连。苟非证据确然，往往严刑逼认，邀功生事，远近惊惶。臣恐小民自此愈不安生矣。若有不逞，可为寒心。不知朝廷何以善其后也。臣愚以为，宜谕步军统领衙门及巡防处，如有检拾官物者，听民自缴。勿复穷治。并下诏安抚中外，深自引咎。其畿辅被难之民，令地方官量为收恤，毋使失所。恩纶所至，军民等必当感激，而众志自有成城之固矣。

一曰培养元气。今之时势，譬如人之一身，无尺寸之肤不病，幸而元气未至尽耗，苟有扁鹊为之医，以参蓍为之药，则犹可及治也。自祖宗以来，务崇宽大，国之元气，可谓厚矣。而比年世事日多，外或伤于征求之急，内或伤于刑狱之繁。盖军兴数年，虽未尝一日加赋，而津贴、劝捐、抽厘，所以取之者，百倍于正供。其他无名之费，尚不止此。加以官绅中饱，胥吏婪索，朝廷无加赋之名，而民已破家荡产矣。且东南被寇，兵火仓皇，郡县流亡十恒六七。而上年何桂清王有龄等，办理海运至一百六十万石之多，并有预运之米作为商捐者，实为近岁漕务所未有。此非州县鞭挞追呼，所得何能若是。而脂膏既竭，则苏常之沦陷随之。乃知聚敛之臣所得至微，而所害至大。由此类推，则直省概可知矣，此外之损伤元气者也。

至于京师，屡多重案。虽罪戾皆由自取，然除弊过急，遂有流于苛刻而不觉者。其间牵连人证，辗转查抄，则似危邦之政刑，恐非圣朝之美事。传曰："月食修行。"计自戊午，至今才三载耳，而月食之异至，凡四见。其毋乃刑法过当之所致欤？此内之损伤元气者也。臣愚以为津贴抽厘之类，虽不能尽去，亦当择其可已者罢之。并令各督抚，严定核实章程，毋使为贪吏所侵蚀。其克复州县，则量蠲一二年赋税，以纾其力。至前戒严时，刑部暂释各案人犯，无一逃匿者，似宜宽其既往，予以自新，以昭圣主尚德缓刑，感召天和之至意。庶内外交修，而元气乃可渐复矣。

以上三条，皆国家之至计、近今之急务。而其要，则尤在惕厉[⑥]圣心，以为施行之本。圣心一奋，则虽难必易，虽弱必强。伏见皇上御极之初，励精图治，天下想望，庶几复见全盛。其后兵革既兴，所遣将帅，持久无成效。疆事日急，帑藏日亏，而左右任使之臣，又皆不能称上意，于是始有倦勤之志矣。

近闻道路相传，皆云圣驾驻驿木兰，颇以射猎饮酒为乐。愚民无知，遂以为有不思回京，将迁陕西之意。臣惟楚以群蛮之叛，欲迁阪高，芳贾以为我能往，寇亦能往[⑦]；晋以苏峻作乱，议迁豫章，又议迁会稽，而王导以为寇方强盛，不宜示弱[⑧]。以皇上之明，臣固知必不如此。然当卧薪尝胆之秋，而久无以餍服[⑨]众望，亦何怪人言之疑虑也。

且皇上以抚议为可恃乎？不可恃乎？如知其难恃也，则盍亦求所以自强之术而已。夫逆夷以区区舟楫之国，而称兵于数万里外之旷野平原，舍其所长，用其所短。然自去夏败衄，招兵买马，日谋深入，炮车马队数月毕具。而况堂堂中国，顾不能有所振作哉！在皇上一念之间耳。诚能日夜祗惧[10]，奋发有为，使天下晓然知圣意之所在，将智者效谋，勇者毕力。则是秋间一变，乃天所以甚诸夷骄悖之疾，而警我数十年因循之弊。因灾而致福，化弱而为强，此中国无疆之庆，非诸夷之利也。伏愿皇上念先朝付托之重，勿图目前旦夕之安。及早还宫，讲求实用。宗社灵长，庶基于此。若乃无大振作，而望有益于时，则非臣之所敢知也。

臣赋性愚戆，罔知忌讳。干冒宸严，不胜战栗。伏乞皇上圣鉴。谨奏。

咸丰十年十二月二十一日。

① 此文也收入盛康《皇朝经世文续编·卷十·治体三政本上》篇名《请早定大计疏》，但略有改动。如：凡“夷”字通作更改，如“逆夷之患”作“海寇之患”、“夷兵远退”作“寇兵远退”、“逆夷滋扰”作“海寇滋扰”、“故使逆夷悔祸”作“故使彼族悔祸”、“且诸夷之不敢遽逞其欲者”作“且彼族不敢遽逞其欲者”、“天所以甚诸夷”作“天所以甚彼族”、“非诸夷之利也”作“非彼族之利也”，不一而足，盖依《北京条约》不得称外国人为“夷”之故。又，“则盍亦求所以自强之术而已”无“盍”字。另，“灯之有膏”作“镫之有膏”。此折言辞尖锐切直，披肝沥胆，侃侃而言，催促躲在热河的皇帝尽快回京，甚至希望皇帝下诏自咎（罪己诏），因而被留中不发。据陈代卿（云笙）所言，赵树吉因此悲愤难名，放声痛哭。足见其拳拳之心。尤其是他提出的“盍亦求所以自强之术”，“堂堂中国，顾不能有所振作哉！”振聋发聩。

② 猃狁（xiǎn yǔn）：周朝时对北方一些游牧民族（戎族与狄族）的称呼，即南北朝之前史书中所称“匈奴”。

③ 阘冗（tà rǒng）：庸碌低劣。

④ 隳（huī）：毁坏。如“颓隳”“隳节败名”。也读 duò，通“惰”，参前《诗存》卷二之《送祐熙侄以县令需次河南》注。

⑤ 凭陵：横行，猖獗。

⑥ 惕厉：警惕激励。厉，作“磨砺”解。语出《周易·乾》：“君子终日乾乾，夕惕若厉，无咎。”

⑦ 寇亦能住：语出《左传·文公十六年》：“楚人谋徙于阪高。芀（wěi）贾曰：‘不可。我能往，寇亦能住。不如伐庸。’”

⑧ 不宜示弱：事见《晋书·王导传》：导曰：“若不绩其麻，则乐土为虚矣。且北寇游魂，伺我之隙，一旦示弱，窜于蛮越，求之望实，惧非良计。”

⑨ 餍服：谓使人充分信服。

⑩ 祇（zhī）惧：敬惧，小心谨慎。《汉书·刘辅传》：“然犹君臣祇惧，动色相戒。”祇，恭敬。

郁郅山房疏草·卷二

请饬提臣督办川省军务疏[1]

奏为川省贼氛蔓延愈甚，拟请敕下邻省提臣，乘胜驰往剿办，以振军威而安边徼。恭折奏祈圣鉴事。

窃滇匪窜扰川中，一载有余矣。当叙州解围之初，逆党不过千人。原可克期扑灭，而文武大员拥兵避寇，不敢一与交锋。捏报战功，虚糜军饷。即间有接仗者，亦皆兵骄勇怯，见贼即逃。其中得力之员，如游击明耀光，南溪县令唐炯，贼最畏惮。而职小权轻，又为大吏所抑。遂致因循岁月，养成贼势。今逆党且二十余万，蹂躏已数十州县矣。

李逆自去冬窜踞富顺县之牛腹渡，与何逆合股[2]，凶焰甚炽。张逆[3]以十一月十二陷永川后，分为四股：一围大足，一围铜梁，一围荣昌，一踞永川之乡场。惟蓝逆在金堂县之赵家渡，经蒋玉龙奋力击败，复追剿于内江田家埸，再战皆捷，然亦尚在内江境上。

顷闻内江、安岳贼并扑城，则是此股贼锋，亦未尝大挫矣。此贼党分合出没之实在情形也。

窃计川中素称饶足之区。如犍为、富顺之井厂，以及威远、隆昌、资州、内江、安岳、遂宁、铜梁、大足、荣昌、永川、泸州等处，皆全蜀之精华。而现在处处有贼，且有屡被残破者。况张逆之陷永川，意在窥伺重庆。盖重庆三面临江，最为险要。惟永川一道，为陆路要隘，可以直拊其背。若使重庆不守，则上下游关隘皆失，全川郡县俱不可问，此其可忧又非复前日之比矣。

伏思骆秉章自折回湖南，尚无蒇事消息，未知何时果能赴川。前奉旨，命前任贵州提督蒋玉龙[④]，统带兵勇。仰见圣主廑念边疆，及早肃清之至意。但贼势蔓延已非一境，而蒋玉龙牵制方隅，颇有不能兼顾之势。若再稽延时日，深恐蹈粤西故辙，贻患伊于胡底。

臣查四川与贵州，相距最近。现在钦差大臣督办贵州军务田兴恕[⑤]，声威懋著，胆略俱优。闻其由铜仁石阡直抵黔省，所过之地皆闻风弃械，剃发投诚。黔中大股匪徒不日可期扫荡。其才能忠勇，久邀简在之知，毋烦臣之缕述。合无仰恳圣恩，俯念四川紧要，关系大局，敕下该大臣，将黔省大股削平，即行专办四川军务，统所部之兵，迅速前往。其黔省善后事宜，令其拣留得力之员，交该省抚臣妥筹商办。庶于蜀事大有裨益，而于黔事仍无所碍。先声远布，立奏肤功。足纾圣主西顾之忧，兼慰生民时雨之望。

再，川兵额设三万，自东南军兴，征调所余，不及一万以上。现在多系新募之兵，不娴军律。而省垣标兵，尤多孱弱，不堪接仗。臣籍隶四川，素知土兵骁勇异常，可否令该大臣到川后，将不能得力之兵，裁撤归伍，另添调土兵数千。则既可节糜费而裕饷需，并可振军威而资得力，于军务似较为有济。

臣愚昧之见。是否有当，伏候圣裁。谨奏。

咸丰十一年正月二十日。

① 李蓝部队自撤围叙州府北上后，声威日壮，几乎扫荡全川。清廷原本有调湖南巡抚骆秉章率军援川之意，随因“已收复筠连等三县，叙郡亦已解围，情形较松”而罢。咸丰十年六月，再有“着骆秉章即驰赴四川，督办军务”，并要求其“迅速启程，由便道入川，毋稍延误”的谕旨。而骆秉章则请改派左宗棠入川，不许，仍命其“迅速入川，以清蜀境，毋再迁延”。九月，骆始交卸湖南巡抚大印。十一月，又以湖南军事吃紧，请“暂调赴蜀各军援剿”，自己的部队不去，获准“暂缓入蜀”。此即本文所称骆秉章“折回湖南”一事。直至咸丰十一年二月，在曾望颜被撤职后，署四川总督的崇实一再吁请、成都告急的情况下，清廷考虑到崇实难支大局，再次谕令骆秉章率部援川，但骆秉章仍以湘楚战事为托词，四月，始由湖北沙市启程。五月初扎重庆，此时川北诸府县在李蓝攻打下，危如累卵，成都也朝夕不保，崇实如坐针毡，一再上表，请促骆前进省城。七月，清廷实授骆秉章四川总督，仍督办军务，骆始进驻潼川府。此后，骆秉章对李蓝诸路发起攻势，屡获大胜。赵树吉上此折时，正因骆秉章获准“暂缓入川”后，入川遥遥无期，但川事急不可待，故提议派身为“贵州提督、钦差大臣督办贵州军务”的田兴恕援川。

② 与何逆合股：咸丰十年九月，李蓝各军会于富顺牛腹渡，合众已达二十几万。何逆，何崇政，四川名山人，秀才出身，因屡献策镇压太平军被笞，愤而往宜宾投李蓝，献计杀死清军总镇马天贵，遂成李蓝骨干。

③ 张逆：号张五麻子，攻占永川，据城三日后转攻荣昌等地。

④ 蒋玉龙：已革贵州提督。曾获谕令“赏给三品顶戴，所有四川省兵勇，均归统带”。

⑤ 田兴恕：生于道光十六年（1836），卒于光绪三年（1877），字忠善，湖南镇筸（gān）人（今湖南凤凰县）。出身贫寒，幼时备尝艰苦。十六岁投军，敢死有谋，数年间即升至副将。咸丰十一年（1861），田兴恕在原贵州提督蒋玉龙被革职后，升为提督、并授钦差大臣督办贵州军务，时年仅二十四岁。同治元年（1862）因贵州教案被撤职发配新疆，至甘肃，被时任陕甘总

督的左宗棠奏调旗下效力，十余年后被赦回原籍闲居，光绪三年病逝于家，年四十一岁。田兴恕在军中也深受骆秉章赏识，并多有提携。田显达后始拜师读书，初通文墨。本文中赵树吉称其“声威懋著，胆略俱优”，并非过誉。

请罢斥贻误军事大员疏[①]

奏为贻误军事诸臣相继复用，无以服人心而儆效尤。恭折缕陈，仰祈圣鉴事。

窃臣伏见赛□□[②]、胜□[③]、雷□□[④]、福□[⑤]、德□□[⑥]等，皆从前贻误军事获咎之员。而自去岁以来相继录用。近则赛□□补正红旗蒙古副都统，署正蓝旗蒙古都统。胜□以钦差大臣补兵部右侍郎。雷□□补光禄寺卿，署刑部右侍郎。福□补四川将军。德□□赏给三品顶戴，署密云副都统。数月之间皆至显要。臣先后恭阅邸钞，已深诧异。参之舆论，异口同声。

窃惟皇上慈惠宽仁，于诸臣有罪之时，不加显戮。天地高厚之恩，已非该臣等顶踵捐糜[⑦]所能仰报。一旦联翩并起，天下之人，皆知其有不可逭之罪，而未闻其有可用之材，以为如此之辈尚蒙擢用，则自今以后，谁复肯为国家尽力者。人心世道，所关非细，臣请得而详论之。

赛□□以宰辅大臣受督师重寄，当粤匪初起时，若能倚任提督向荣，与筹方略，釜鱼槛兽，何难一鼓荡平。而乃坐失机宜，拥兵纵寇。永安一溃，贼焰遂张：上自湖湘，旁连闽岭；下及江淮南北，远至畿辅东西；荼毒生灵，焚毁城邑。竭天下全盛之兵力，不足以尽根株；罄府库数世之敛藏，不足以填溪壑。自是国计竭蹶，边鄙空虚；外夷生心，遂肆猖獗。贻忧君父，震动宫闱。谁生厉阶[8]，至今为梗。此则首祸之人，帱载所不容，人神所共愤者也。即使终身沦弃，宗社之灵，犹将阴诛殛之。而况复跻之冠裳之列乎。

胜□行同无赖，恃势骄横，好谀忌功，刚愎自用，所为肆无忌惮。自以为方今用人之际，朝廷莫如我何。其败露之迹，如独流之养贼自重，高唐之掩败为功，久已难逃圣鉴。至其挟私误公，居心险诈，人或不尽觉察。姑以一二言之。

前臬司李孟群[9]，以孤军遏贼庐州西路，时军事方急，兵无现粮，屡次求拨银两。胜□心忌其能，靳而不与。李孟群日与士卒食粥一次，犹复迭出血战，抗拒月余。贼中探知其然，遂尽力攻扑。胜□复不遣兵救援，坐视李孟群全军之没而幸其祸。事闻之日，乃以筹拨银四千两，未及解到为词，以自掩饰。此则陷人于死地，而不顾事之成败者也。

苗沛霖初受袁甲三节制，本无嫌怨。胜□至皖，亦引为腹心。自袁甲三督办剿匪事务，胜□恶其代己，图欲倾之。及奉命再出，乃阳以甘言结好苗沛霖，而阴为鼓煽浮词，构成间隙。苗沛霖由是遂怀怨望，驯至决裂。闻近来犹有书往还，语秘，人莫能知。然胜□终不以一言消其异志者，幸人之叛，以示皖豫之不可无我。而大局之坏，则所弗恤也。

去秋八里桥之役，败声既闻，京师大震。胜□佯称伤重，踉跄入城回家，宣言将死，以掩人耳目。其戚友遣探，乃知炮中马背及鞍，灼及髭颔。当时惊坠，实无重伤。不两日，胜□竟潜行出城，视其家属于天灵寺，拨所带汴勇五十名护卫之。及自称伤愈，托以素谙守御，讽诸大臣留彼防城。其时，僧格林沁尚与夷酋相持，胜□亦奉命带兵之员，自当仍出抵御。乃竟鼠伏城中，一筹莫展，逡巡畏避，借此偷生。且议抚之初，不闻出一正论。迨探知抚议已有成局，始故为异议，并先期入奏，以悦圣意而固其宠。

事定后，犹复以打仗出力，滥保多人，请加奖励。前河南总督庚□，失守清江获咎，屡奉严旨，催解到京。乃在路捏病逗留。先遣人至该营，捐银一万两，希图邀恩免罪。胜□辄任意陈奏，代为乞恩。且以丧师失律，未经审讯重案，复敢哓哓置辩，预为将来开脱地步。天良何在，国宪何存！幸赖圣明洞鉴，均未允准。然其徇情藐法，贪贿欺君，情节显然，尤为可恶。

至于以保举居奇，滥收门生，贿赂公行，非夤缘不售。即筵席一项，馈送络绎于途，皆折价收钱，动盈巨万，其他可知。是故奔竞无耻之徒，率以其营为捷径。并与其私人在城内外狎妓挟优，酣歌纵饮。丑声流播，耳不忍闻。当圣主宵衣旰食之时，身为大臣，应如何痛自损抑。而乃纵情肆欲，视国事为儿戏，此其尤不足比于人类者也。

雷□□性本贪婪，复多残忍。在江北时，惟知杀戮无辜，朘削[10]肥己。引用奸人为其爪牙，曾有五虎[11]十三狼之号，江北绅民痛恨至骨。

德□□恇怯无知，带兵日久，曾未一临行阵。虚糜兵饷，捏报战功。当李续宾乘胜图皖，庐州之贼闻风胆破，已无固志。德□□若能前进，则天长、六合之贼，必不敢倾巢以救庐州。即使远出，而我师蹑其后，贼必反顾要害。牵制旬余，李续宾可以得志。庐州既复，金陵自孤。当时转机，实在于此。不此之计，而徒袖手旁观，使忠义之师，灰身致命。较之败退，罪又甚焉。且其失扬州时，日夜纵酒醉卧，不省人事。贼匪只百余人，突然鼓噪而人，德□□赤足裸体，为其下负而出逃，仅以身免，贼中传以为笑。是皆共见共闻者也。

此数人者，向使皇上早知其误事如此，必不肯轻以重任相付。亦既失之东隅，则桑榆之效，亦略可睹矣。以为人才不足耶？则满汉诸臣中，贤于彼者当不乏人，何所取而必欲用之！以为知其无能耶？则是不惩前事之失，而又将蹈其故辙也。夫天下事，数十贤能维之而不足，一二不肖坏之而有余。今朝廷纪钢废弛已极，而又任用群小，使相率效尤。则天下之事，更何所恃。此臣所以私忧窃虑，至于寝食不安者也。

溯查道光年间，奕经、奕山、琦善等，蒙宣宗成皇帝弃瑕录用，旋因御史陈庆镛之谏，立即收还成命，令其闭门思过。著在《实录》，以为盛美。何尝累先朝日月之明，适足彰圣人无我之大仰。惟皇上御极以来，业隆继述。用人行政，一秉至公。其于诸臣，岂有顾惜。

伏愿监于成宪[12]，将赛□□等早行罢斥，以顺公论而儆将来。则臣虽以言致怨，亦无所恨。臣为大局起见，是否有当，伏乞皇上圣裁。谨奏。

① 原文无具奏日期。查《清实录》载：赛尚阿，咸丰十一年五月四日“正红旗蒙古副都统赛尚阿、因病解任”；胜保，咸丰十一年二月十二日“以候补侍郎胜保为兵部右侍郎”；雷以诚，咸丰十年十二月二十七日“以光禄寺卿雷以诚、署刑部右侍郎”；福济，咸丰十一年正月初八“以正黄旗汉军副都统福济为成都将军”；德兴阿，咸丰十一年二月初七日“赏六品顶戴德兴阿三品顶戴、署密云副都统”。

② 赛□□：赛尚阿，咸丰元年二月授文华殿大学士。时太平军尚初起，三月，以钦差大臣并授“遏必隆”刀予先斩后奏之权，赴湖南防堵太平军。后赴广西接替钦差李星沅。自永安败后，因连吃败仗，被斥调度无方，号令不明，赏罚失当，致劳师縻饷，日久无功，致太平军突出广西，攻入湖南，至此日益壮大，战乱延绵咸丰一朝。清廷于咸丰二年八月将其褫职逮京治罪，咸丰三年三月被判斩监候，咸丰五年改遣戍军台。咸丰六年十一月回京。咸丰十年，赏五品顶戴，复命总统左翼巡城事宜，八月，赏侍郎衔。咸丰十一年二月授正红旗蒙古副都统，三月，署正红旗满洲都统。咸丰十一年五月因病奏请解任。

③ 胜□：胜保，满洲镶白旗人。举人出身，咸丰二年升内阁学士。胜保当年曾力主严惩赛尚阿，并因献策被派河南带兵，从此因屡立战功步步高升，终成带兵大员，加太子少保衔。随后因高唐久战无功曾被革职发往新疆，以后有逐步再起，被授蒙古都统、钦差大臣督办安徽军务，咸丰十年正月以未能克服庐定，被撤钦差大臣，稍后再降为副都统，再被撤任回京以三品京堂候补。十一年二月又被授兵部右侍郎，即此文所参。

④ 雷□□：雷以諴，曾任江苏布政使。咸丰六年（1856）三月，太平军攻破清军江南、江北大营，清军溃散，扬州再陷。雷以諴因避敌不战，及捏饰败绩，“昧良罔上”被革，发遣新疆，被释后又授陕西按察使、三品顶戴陕西布政使。

⑤ 福□：福济，道光十三年进士。咸丰三年，漕运总督，督办淮北盐务，十二月调安徽巡抚，咸丰五年十月因克庐州，加太子少保衔，头品顶戴。咸丰七年二月，因失桐庐六安，交部议处。咸丰八年，又因连遭失城池，一筹莫展，交部议处。同年八月被革去头品顶戴和太子少保衔，招赴京另候简用，九月授内阁学士，兼礼部侍郎衔。次年，赏还头品顶戴。咸丰十年六月，福济被授工部左侍郎，九月署陕甘总督，十月兼正黄旗汉军都统。咸丰十一年正月，授成都将军。

⑥ 德□□：德兴阿。咸丰六年江北大营被太平军攻破，代替托明阿任钦差大臣，加都统衔，收复扬州，次年收复瓜州。咸丰八年后因兵败浦口、失陷扬州被夺去花翎、世职，革职留任，复于咸丰九年围攻六合不下，革职回京以六品顶戴交僧格林沁差遣。

⑦ 顶踵捐糜：指捐躯，牺牲。《孟子·尽心上》：“墨子兼爱，摩顶放踵利天下，为之。”顶踵，头顶与足踵。捐糜，弃食，犹牺牲。

⑧ 厉阶：指祸端，祸患的由来。《诗经·大雅·桑柔》：“谁生厉阶，至今为梗。”

⑨ 李孟群：安徽按察使。咸丰八年七月始代行安徽巡抚事，庐州既陷，复收集饥困之溃军于庐州以西固守。咸丰九年，营垒被攻陷，李孟群被俘，绝食不降，被杀，年三十二岁。

⑩ 朘（juān）削：剥削。

⑪ 五虎：曾有人奏雷以諴军营委员雷凤翥、黄钟、吴云、𨭎筹麟、虞咏龄，皆雷以諴之私人。众称为五虎。

⑫ 监于成宪：依据先王制定的典章、法度行事。语出《尚书·说命下》："监于先王成宪，其永无愆。"监于，参照，借鉴。"监"通"鉴"。成宪，现成的、原有的法律、规条。

请禁官私钱商减数发钱疏

奏为银价日昂，官票取钱过少，请饬顺天府五城出示严禁事。

窃见近日京师街市，银价每两换至京钱三十余千，一切货物异常翔贵。而每票一千，仅止取京钱五百文，或四百余文不等。小民穷困既深，度日已属不易。八旗户口，生计尤艰。人心皇皇，甚有不能终日之势。臣访察其故，实由近来私铺无帖，民间所用，皆系官号钱票。前因道路传闻，有户部欲裁撤四乾官号[①]之谣，民间疑惑，粉纷持四乾钱票增价买银。遂致银价日昂，官号因而减数发钱以敌之。银价所买之数愈多，官号所发之钱亦愈少。私铺所发，与官号略同。物价之不平，人心之不靖，皆由于此。

伏思今之时势，大异往年。自去秋以来，人心颇形浮动。持械行劫之案，层见迭出。虽经尽法捕治，而此风至今未熄。若不即行禁止，使商专其利，民受其害，谋生无术，怨讟[②]必深。激成事变，何所不至，此旦夕之忧耳。

故臣以为事体至小，所关则大。不可不察也。应请饬下顺天府五城，一体出示，严禁经纪人等，毋得高抬银价。官私钱铺，仍照实数发钱，不许任意短减，以多取少。违者加等重惩。至四乾官号，本无裁撤之事，如有敢造谣言，以惑众听者，并许禀官究治。庶公私皆有裨益，可无意外之虞矣。

臣目击情形，实难稍缓，冒昧直陈。是否有当，伏乞皇上圣鉴。谨奏。

① 四乾官号：据《内务府档·户部册》载：咸丰三年，在京师开设官号“乾豫号、乾丰号、乾恒号、乾益号”，统称“四乾官号”。由官拨给成本银，招商经营管理。各号业务主要是发行银票、钱票，并经管八旗兵饷。官号发行的“户部官票”都盖有“户部”字样。“户部官票”以银两为单位又称“银钞”，一两（白银）抵制钱二千文。

② 怨讟（dú）：怨恨诽谤。《后汉书·王梁传》：“建议开渠，为人兴利，旅力既愆，迄无成功，百姓怨讟。”讟，《说文》：“痛怨也。”

参劾承审委员疏[1]

奏为查办知县婪赃重案，延不奏结。并承审委员有袒庇消弭情事，请旨一并革职审办，恭折奏祈圣鉴事。

窃惟外间积习，遇有参款，往往扶同徇隐，化大为小，化有为无。致令民冤莫伸，贪吏愈无忌惮。近奉严旨申谕，期于破除此弊，意至深切。无如再三告诫，置若罔闻。

查前任四川隆昌县知县魏□□[2]，婪赃[3]虐民，纵勇行劫。经臣于咸丰十一年六月间，据实纠参，请饬查办在案。迄今一载有余[4]，尚未审拟完结复奏。

风闻该督提集人证到省后，交成都府发审局委员研讯。乃不肖之委员吴□□[5]、罗□□[6]二人，竟敢袒护同官。并未将魏□□家丁提质。惟于人证，多方抑勒，欲将赃款全行消弭。即如原参魏□□勒断监生彭竣华买郭文焕田土，锁押索银一百二十两一节，吴□□等将魏□□索去之银，作为彭峻华预交郭文焕田价，教令魏□□用银七十两，贿通医官徐明德、蠹役李端，假造契约、收约存案，仍断郭文焕卖业，还彭峻华钱二百钏。彭峻华不允，该委员等反将彭峻华揭去顶帽，掌责凌辱。吴□□等又教令魏□□认退彭峻华银一百二十两，未经过付。彭竣华在督署具控有案。

又，原参练勇劫李荣书家存谷，魏□□反将李荣书收卡，罚谷四十石，钱三百钏，尽行入己一节。吴□□等加以威吓，令李荣书将罚项作为捐款。并令魏□□认还李荣书钱数十钏。

又，李明儒无故被魏□□诬以闹堂，收卡勒索银一百五十两一节。吴□□等教令魏□□用银八十两，与李明儒私和。遣刘宗兰、徐明德劝李明儒具结完案。李明儒等俱不允。该委员并有如不听从，定受刑杖，难免押保店苦累之语。至今案悬莫结。

其余如搕索⑦黄德备、罗瑞连、李明玉、薛仕品等银两各款，均经该委员等，巧为开脱，加以刑吓勒逼具结。似此徇私舞弊，国法何存。

窃思魏□□身任地方官，辄敢贪婪枉法，赃私数千两之多。既经确有端倪，即当尽法惩治。乃该委员吴□□等，仍复徇情袒庇，巧为弥缝。以特旨查办之案，尚敢如此，其寻常控告者可知。若不执法严惩，何以挽回积习。

相应请旨将前任隆昌县知县魏□□及委员吴□□、罗□□一并革职，交四川总督，按原参各款严行审办，务期水落石出。并迅速拟结，不得再事延宕。庶足以惩贪冒而儆党援。

臣为剔除积弊，整饬官方起见，是否有当，伏乞皇上圣鉴。谨奏。

同治元年十月十八日奏。

三年七月十四日内阁奉上谕：前因给事中赵树吉奏参署知县魏□□婪赃重情，并委员承审袒庇。先后发交崇实、骆秉章查办。并将魏□□革职严审。兹据骆秉章奏，查明被参各款，请旨惩办一折。此案四川已革知县魏□□，于署隆昌县任内，科派粮户，摊捐防费。又遇事勒索，将该县富民李明儒、薛仕品、李荣书、罗瑞连等，或因与差役练勇口角，或妄称有通贼情事，各勒罚银钱谷石，枷责押追，全缴方释。计赃已逾千两以上。又勒断彭竣华买郭姓田土，锁押勒交定钱。复纵容陈八仙勇丁，在该县肆行劫掠，不能捕治。种种横索暴敛，一味严酷，实属大干法纪。该县地方，甫经兵燹，民困未苏，而该革员苛政虐民，无所不至。情节较重，亟应从严惩办，以儆官邪。魏□□着发往新疆充当苦差，并不准援免。以示惩儆。委员吴□□、罗□□等，于承审此案后，先后赴开县、广元各县署任，未经审结，尚无消弭赃款，勒结情弊，着免其置议。余着照所议办理。该部知道。钦此。

① 此案自咸丰十一年六月赵树吉奏报后，谕令查办，至第二年同治元年十月，赵树吉再次上奏请追究此案承办官员从中弥缝，枉法包庇，即此文所陈。接此奏章，清廷当日谕令："四川隆昌县知县魏元燮婪赃虐民，纵勇行劫一案。前因有人奏参，当交署四川总督崇实查明参办。崇实卸任，骆秉章简授四川总督，到任在后。自应按照所参各款，确切查明办理，无所用其回护。惟案悬未结，事已一年有余。兹复有人奏称此案提省交发审局研讯，有委员吴云程、罗廷权二人，竟敢袒护同官，未将魏元燮家丁提质，惟于人证多方抑勒，欲将赃款全行消弭，并练勇行劫李荣书家存谷，魏元燮反将李荣书收卡，罚出钱谷入己等事。均经吴云程等教令魏元燮设法诪张。其余如勒索李明儒、黄德备、罗瑞连、李明玉、薛仕品等银两各款，亦均由该委员等巧为开脱。并加刑吓，勒逼具结等语。如果属实，大干法纪，必应彻底严行究办。以除积习而儆贪邪。"拖延多年此案于同治三年勉强结案，处理结果赵树吉详细抄录于文后。由此案和以下《劾川东道疏》《劾川省州县片》所揭露，足见当时吏治之坏，也见赵树吉之嫉恶如仇。

② 魏□□：魏元燮。

③ 婪赃：贪污受贿。

④ 一载有余：此案当时谕旨，摘《咸丰同治两朝上谕档》第十一册（中国第一历史档案馆编）："咸丰十一年六月二十九日奉上谕：有人奏四川隆昌县知县魏元燮，任性贪婪，纵差私设卡房。富民李明儒无故被其锁押，勒索银两。又私串差役，诬薛仕品、李明玉通贼，勒银罚钱，追缴入己。练勇劫李荣书家存谷，反将李荣书收卡，罚谷罚钱。勇目陈八仙之勇，劫罗瑞莲佃户财物，被民团格杀一名，反以罗瑞莲招佃不法，锁押枷责，勒索银两。粮户黄德备家被贼焚掠逃回，诬以从贼，与门丁等勒索银两，始行释放。又勒断彭峻华买郭姓田土，锁押索银，医官徐姓过付。贼窜隆昌时，该员将城外陕商振元永等夏布万匹，干没入已。勇目陈八仙恣勇行劫，并不究治。贼弃荣昌县城远窜，该员捏称督同陈八仙克复等语。魏元燮身任地方，辄敢婪赃虐民，纵勇行劫，实属大干法纪。着崇实按所参各款，切实查明，从严参办，毋得稍事徇隐。原奏片着抄给阅看。将此谕令知之。"

⑤ 吴□□：吴云程。

⑥ 罗□□：罗廷权。

⑦ 搕（kē）索：敲诈勒索。搕，敲。如搕诈（敲诈）。

请查诬控武弁片①

再，臣风闻，前任四川绥定营游击徐璋，招降贼目郭安邦二万余人。嗣郭安邦因要求不遂，心怀怨望，探知前署督标中军副将张定川，劣迹昭彰，为督臣所深恶，奉旨革职拿问，正在审办，遂起意诬陷。捏称该游击与张定川系属师生，教令伊到省拜为老师，并令面禀：泸州股匪要张定川前往招抚，方愿投诚，务必设法救出张定川，给还官职等语。

控经署督标中军副将明耀光详禀督臣骆秉章，奏参审办。业据臬司牛树梅亲讯数次，所供尽属虚诬。而该督等，狃于郭安邦一面之词，必欲锻炼成狱，与臬司意见颇有龃龉。

窃思郭安邦所控各情，并非利害切身，何至以私相告，语之言迫。而控诉其中牵引张定川事，意图耸听，毫无据证。其为架空巧构情节，已属显然。难保非受人指使，借端陷害。

复查该游击，久历戎行，声名卓著。所至之处，凡可以保卫地方，利益生民之事，知无不为。舆情爱戴之深，甚于贤守令。前在叙马营都司任内，值李逆新窜入川，庆、筠、高三县，相继失守，距叙州府城，仅百二十里。该游击驰兵往援，以众寡不敌，力战受伤，舁归郡署。其时知府英汇远驻南广，知县汪□□[2]终日酣醉，鼠伏署中。人心皇皇，几无固志。赖该游击裹创誓众，布置城防，克日登陴，躬亲督率。比贼至，而守御已固，不敢遽攻。众心由是始定。

其后弧城久困，又连月苦雨，几有累卵之危。该游击事事预筹，随机应变，无不洞中肯要。兼之昼夜巡防城上，往来风雨泥淖中，不遑寝食。绅民见其如此，咸为感泣，守御益严。贼计无所施，又贿通县署卡犯，谋为内应，百余人乘夜放火，夺门而出。城中震骇。该游击立时督兵，擒斩数十人，并搜获余党，悬首示众。顷刻而定，匪徒为之夺气，叙郡卒以保全。凡始终其事，五十余日，备极艰辛，不辞劳瘁。

其他如招降唐友耕[3]、救援自流井，亦皆多所全活，懋著勤劳，可谓竭尽血诚，有功于地方者矣。当兹军务未平，需才孔亟，方将保护而爱惜之，以为他日大用。今乃以投诚新附之人，乌有子虚之事，遽欲陷人于罪，以快其私怨，而售其欺谋。臣谓此等刁风，渐不可长。相应请旨，饬下四川总督，会同臬司，亲提人证，秉公审讯，毋得意存成见，稍涉偏徇。使挟私者不得逞其反噬之谋，庶足杜倾邪而安良善。

臣愚昧之见，是否有当，谨附片缕陈，伏乞皇上圣鉴。谨奏。

同治元年十月十八日奏。

① 此文为前文《参劾承审委员疏》附片。此案因闻骆秉章奏请将徐璋暂行革职后，赵树吉为其辩诬，清廷即责令骆秉章"秉公查讯，迅速据实具奏，不准意存偏徇，稍涉宕延"。次年二月，骆秉章审结，徐确系被诬告，诬告者被治罪，但徐璋因"驾驭失宜致被摭拾，请开复原参处分，留营以都司降补"。

② 汪□□：即时任宜宾县知县汪觐光。

③ 唐友耕：云南大关人，字泽波。本为李蓝初起时先锋，咸丰九年（1859）冬，于李蓝部队围攻叙州府城期间投降官军，后屡立战功。同治二年因获石达开，官至四川提督。

请诛革员胜□疏[①]

奏为带兵大员罪状昭著，请特申宸断，以彰国法而儆党援，恭折仰祈圣鉴事。

臣闻刑赏者，朝廷之大权也。自古帝王，明以出之，断以行之，信赏必罚，所以维持国是于不坠者也。若有功而赏不逮，有罪而罚不果，则善者无所恃，恶者无所惧。其究也，纲纪废弛，威柄陵替，天下皆有轻量朝廷之心。而其端，则始于偏听之不聪，当几之寡断。

窃见已革兵部侍郎胜□，跋扈骄横，敢行欺罔，荒淫贪冒，养寇殃民。种种妄为，不法已极。虽置之重典，犹不足以蔽其辜。自去冬奉旨革职查抄，拿交刑部治罪。凡有血气，无不以手加额，同声称快。近闻业已押解到京，并派议政王、军机大臣、大学士会同刑部审讯。生杀予夺，国家自有权衡，非微臣所敢与。且该革员罪状昭著，已无疑义。皇皇圣训，中外皆知。王大臣等，必能恪遵前旨，按律科罪，亦无待于臣言。

惟臣恭阅邸钞，穆腾阿[②]、瑛棨[③]由六百里驰奏：“直隶军务吃紧，请饬胜□剿办。”虽经严旨申饬，然道路相传，皆言其党与甚多，似此代为乞恩者，尚不乏人。诚恐众说粉纭，借口时艰，危词耸听。一旦巧回天意，使元恶稽诛，则其患有不胜言者。

大抵为之请者，其说有三。

或谓人才难得，该革员行虽无状，而勇往可用。臣窃以为不然。查该革员身膺统帅，前后将及十年。带兵不为不多，糜饷不下数十百万。然自江南尾贼北上，一困于独流，再困于高唐。若非僧格林沁一军得力，则粤逆李开方、林凤翔皆成逋寇，畿辅糜烂，岂复可问。其后两办皖豫捻匪而败，帮办夷务而亦败。八里桥之役，该革员闻炮落马，即时狂奔入城。鼠伏其家，佯称伤重。由是言之，臣不知其所谓“勇往”者何在也。

或谓“使功不如使过”，若宽其既往，予以自新，必能激发天良，立功赎罪。臣又以为不然。该革员以屡经获咎之躯，蒙文宗显皇帝弃瑕录用，仍畀以专阃[④]重寄。皇上御极以来，又复再四优容，谆谆训诫。所以冀其悔悟者，时亦久矣，恩亦至矣。不于此时力图报称，稍赎前愆，而乃怙终不悛[⑤]，夜郎自大，拥兵纵寇，纳贿营私。是其天良澌灭，尚何有几希感愧之萌？如此而犹望其捍御外侮，收效桑榆，岂可得乎？夫鹰鹯[⑥]不以在罗网而忘其搏击，豺虎不以出槛阱而易其毒噬。何则？其性然也。今若不鉴其前车之覆辙，而反期以将来难必之功，臣恐军符一握，故态复萌，非徒害及生灵，又将贻误大局。彼时听之不可，禁之不能，将欲其俯首就逮，复对狱吏，臣又有以知其不能矣。

至于以降匪宋景诗等，迟回观望，该革员一出，即能消弭乱萌。此尤挟制之词，决不可信。夫该革员非有威信恩德，足以服人也。徒以天家官爵，诱之使降，百姓脂膏，纵其所取。而该降匪等，自知所行不容于众，正特借该营为逋逃薮[⑦]，以便其私图耳。此等反复狡诈之徒，诛胜□亦反，不诛胜□亦终必反。诛之，则或有所畏而不敢反，即反而祸亦小；不诛，则有所恃而久必反，既反而祸愈大。皇上为社稷生民主，何惮于一二武夫叛卒，使跋扈欺罔之臣，幸逭刑诛，而贻天下以后患乎。

凡此数端皆为邪说。若中外臣工，俱无为是言者，则臣为过计。万一有之，亦安可以不察！

夫法者，祖宗之典，而天下之公也。定之自祖宗，则今日不得易。公之在天下，则贵近不得私。胜□之犯法，是得罪祖宗也，是得罪天下也。皇上虽帱载包容，恩同天地，欲曲法以生之，何以对祖宗、谢天下乎。

伏见近来烈风数作，扬沙折木，当昼晦冥。臣愚，不知占验。考之《洪范》咎征，“曰蒙[⑧]，恒风若[⑨]”。班固《汉书·五行志》谓：思之不睿，厥咎蒙，厥罚常风。窃惟皇上嗣服以来，仰赖两宫皇太后，宵旰忧劳，勤求治理。岂复有所壅蔽，以稍伤日月之明。然天戒昭然，必非无因而至意者，其在是欤。

伏乞皇太后，皇上加意垂察，宸断独伸。将该革员明正其罪，毋为群言听摇夺。以彰国法而儆党援。则臣虽以言获罪，万死无憾。披沥直陈。伏乞皇太后，皇上圣鉴。谨奏。

同治二年二月二十一日奏。

① 同治元年（1862）十一月中，以胜保骄恣欺罔，从督办陕西军务任上被革职，由多隆阿拿问，解京议罪。不几日，宣示胜保罪状，籍没财产充兵饷。同治二年（1863）二月，御史赵树吉参其罪状昭著，虽置重典无以蔽辜，请特申宸断，以正刑典。同治二年三月，命王大臣切实根究，复核胜保情罪。质罪明确，按律定拟。赵树吉此疏上后，与胜保有关系的御史吴台寿奏称“胜保有克敌御侮保卫地方之功，无失地丧师贻误大局之罪，有私罪而无死罪。给事中赵树吉所奏实为过当，恳请持平办理”。并抓住赵树吉奏章中所引

《洪范》及《汉书·五行志》，攻击赵树吉大不敬，应立斩之。后有人揭发胜保有恩于吴兄吴台朗，吴本意是试图通过打压赵树吉使其他人再不敢言，从而救胜保。于是上谕斥吴台寿“荒谬诞妄，肆无忌惮，实为台谏中卑鄙无耻之员”，并将他与因巴结胜保而成候补道台吴台朗一并革职。同年三月十六日胜保即被赐自尽。

② 穆腾阿：字瑞亭，同治元年冬十月受命襄办胜保军务。十二月初，穆腾阿会同瑛棨办理省城防守事宜。

③ 瑛棨：汉军正白旗人，时陕西巡抚。因陕西平乱不力，同治二年七月革职。

④ 专阃（kǔn）：专主京城以外的权事。亦称将帅在外统军为“专阃”。阃，城郭的门槛。

⑤ 怙终不悛：有所恃而终不悔改。悛，悔改。

⑥ 鹯（zhān）：猛禽名。似鹞鹰，黄色，也称“晨风”。陆玑称其“燕颔勾喙，响风摇翮，乃因风急疾，击鸠鸽燕雀食之”。

⑦ 逋逃薮：罪犯逃亡时躲藏的巢窟。

⑧ 蒙：昏蒙。

⑨ 恒风若：恒风，持续不停的大风。《尚书·洪范》：“曰咎征：曰狂，恒雨若……曰蒙，恒风若。”孔传：“曰君行蒙暗，则常风顺之。”

请饬另核捐案疏

奏为请申明捐输银两，概不准援案请赏举人，并令将该捐生，另行核给奖叙，以重名器而绝幸心。恭折仰祈圣鉴事。

窃臣恭阅邸钞，据署两江总督李□□片奏[①]，原任江苏督粮道杨坊（书）[②]之子，例贡生杨宝镕，将其父在日认捐银一万两，如数补缴，援案请赏举人，一体会试，奉旨：户部核议具奏，钦此。

其应否准驳，未知部臣集议何如。惟查道光年间，京畿荒旱，各官倡议劝捐。经潘仕成捐银一万二千两，蒙恩赏给举人，准其一体会试。此当时逾格之恩施，原未尝着为定例也。厥后浙江叶元堃、江苏黄立诚陆续报捐，亦请赏给举人。曾经御史朱嶟陈奏，以为适足生富家侥幸之心，而阻寒儒进修之志，请令嗣后捐输应奖，概不准援引成案，冒请赏给举人。奉旨：所奏甚是。仰见宣宗成皇帝慎重名器之至意。军兴以来，捐例屡经推广，而卒未议及此条。

诚以举人为多士进身之阶，国家所以砥砺人材，敦崇经术者，胥在于此。名臣循吏，多出其中，故历代以为大典。使以取士之途，为劝捐之术，则朝廷搜拔真才之意谓何？徒见自轻其名器而已矣。其不可者一也。

捐例之开，外官可捐至州县道府，内官可捐至员外郎中。唯清要衙门，非举人出身不得与。今以例贡而得给举人，则未登朝籍，既可由此而捐至中书；已列曹郎，又可夤缘而保送御史。是始终以入资而得，与捐纳清要者，何以异哉？且御史为朝廷耳目之官，即进士翰林，犹当严慎其选。以举人捐纳之部郎，不四五年便叨言路，臣犹谓其过轻，欲请严示限制。况以例贡而得之者乎。争趋捷径，滥厕清班，渎乱官常，莫此为甚。其不可者二也。

捐纳一途，在内则有大臣之验看，在外则有督抚之甄别，亦非漫无决择于其间。至中式举人，则有在部之磨勘，有场前之覆试，其被议者，重则予以斥革，轻则罚以停科。须其毫发无疵，然后春闱可与。今以捐输而给举人，既不问其人品之何如，亦不问其文理之通否。一经呈报，便谓孝廉。考核无凭，孰知真伪。彼既视之甚轻，必且不知自爱。一体会试，则买通关节，雇倩[③]枪替。种种流弊，又不待言。其不可者三也。

举人之赏，往往施之一二品大员子弟。其祖父或为耆旧，或有勋劳，加以逾格之隆施，以示国家之笃念。然亦未尝数见，故得之者以为殊荣。若捐输之官绅士民，果能好义急公，自不得不量加鼓励。但以现在章程而论，奖励已属过优，岂可别生希冀。今乃请赏举人，则何以劝勖旧子孙哉。其不可者四也。

若夫捐输之准驳，尤有难言。朝廷以付部臣，部臣以付书吏。书吏唯利是视。得贿者虽违例必准，无赂者虽合例必驳。往往同一案，而彼此互异；同一事，而先后各殊。贿赂通行，高下其手。况赏给举人，从前既有成案，此次即可引征，虽有“不得援以为例”之文，而奸吏舞文，何所不至。欲求无弊，盖亦难矣。

至此项银两，本为该故员杨坊（书）认捐之款，与该例贡生杨宝镕好义乐输，出于至诚者不同。该故员以数千万之巨资，不欲仰邀议叙。而该例贡以补缴万金之数，遽欲乞破格之隆施。揆诸“克成父志”之言，亦未允协。该署督既称该例贡读书有志观光，则转瞬秋闱，自可勉图上进。如果不愿官职，该署督唯当查该故员有无兄弟子侄，另行奏明请奖，以励其报效之忱。何必为之委曲求全，以希不数见之恩施耶？

相应请旨，饬令嗣后捐输银两，仍不准援赏给举人成案。并令该署督，将该例贡杨宝镕另行核给奖叙。庶名器重，而人绝幸心。于学术士风，均有裨益。臣愚昧之见，是否有当，谨缮折具奏，伏乞皇上圣鉴。谨奏。

① 李□□片奏：此疏未署日期。查李鸿章于同治四年四月至同治五年十月署两江总督，同治五年正月二十五日上《杨宝镕捐输请奖片》。

② 杨坊书：当为杨坊，名启堂，字荣阶，号憩棠，浙江鄞县人。上海买办，洋枪队华尔岳父。查李鸿章同治五年正月二十五日《杨宝镕捐输请奖片》引杨宝镕称“前经生父原任江苏督粮道杨坊书捐银一万两，正拟筹解，因病身故”。所谓“杨坊书”系误读“杨坊书捐银一万两”之“书”字，误以“坊书”二字为杨氏之名。此“书”字为动词，指“书写认捐一万两的承诺”。李鸿章在附片中写道：“臣查已故苏松督粮道杨坊，生前竭力办公，迭捐巨款。其子例贡生杨宝镕，克成父志，复尊缴军饷一万两，实属急公好义。

该贡生闭户读书，有志上进。合无仰恳天恩，俯准赏给举人，一体会试，以昭奖劝。”故此“书”当删去。

③ 雇倩：出钱雇请。

劾川东道疏[①]

奏为监司大员贪污巧猾，据实纠参，请饬撤任查办事。

窃惟川省吏治，废弛久矣，自骆秉章莅任以来，与藩司刘蓉、臬司牛树梅躬行督率，加意整顿。先后甄别奏参、及列入计典之劣员，不下二三十人。绅民同深悦服。惟积习已久，尚非一时所能剔除。如现任川东道恒□[②]，贪婪性成，声名狼藉，而居心狡险，无所不为。尤为川省劣员之最。

查该员前任泸州知州时，奉委就近开局铸钱。该员每炉需索重费至数千金之多，遂纵炉头多搀铅沙，偷减铜料，以致新钱破碎薄小，不堪行使，公私交病。实由该员受赃徇隐，有以致之。又擅开私炉百余座，盗铸官铜以充囊橐。并将永宁道捐入书院发当商生息银四千两，提取入己。又将书院束修膏火，停支两年入己，计银在千金以外。其尤可恶者，在泸州任内，借兵差为名，亏挪库帑四万余金。即以此银，钻营前任督臣，屡署大缺，并加捐道员。经藩司刘蓉到任后，清厘亏款，该员辄假造绅士借票，希图抵赖。并用重贿夤缘，入夷教艾加纳之门，以为挟制地步。且指名要缺。艾加纳遂令崇实为之求请，再署川东道缺。

闻此次赴任时，川东人将城门关闭，不令入城。该员鼠伏城外数日，始得私行入署。其为舆情愤怨，已可想见。

伏思恒□以监司大员，乃如此贪污不职，胆大妄为。复敢借夷教以挟制上官，固其禄位，实属巧猾已极，为法纪所不容。若相率效尤，将使为之上官者，何所纠劾。于吏治大有关系。相应请旨，饬下四川总督，将恒□撤任查办，毋任狡赖。庶足以昭炯戒，而肃官方。臣为整饬吏治起见，是否有当，伏乞皇上圣鉴。谨奏。

同治三年□月□□日奏。

① 据《清实录》此疏及以下附片《劾川省州县片》实为同治二年奏。此奏折当于同治二年九月，与下《劾川省州县片》为一折两片。兹摘《清实录(同治朝)》卷之八十（646页上），同治二年九月二十八日“谕议政王军机大臣等：有人（给事中赵树吉）奏，监司大员贪污巧滑，并州县陵虐无辜，草芥人命，请饬查办各折片。据称现任四川川东道恒保，贪婪性成，居心狡险。前在泸州知州任内，奉委开局铸钱，每炉需索重费，至数千金之多。纵令炉头偷减铜料，以致新钱不堪行使，公私交病。又擅开私炉百余座，盗铸官铜以充囊橐。并将永宁道捐入书院发商生息银四千两，及书院束脩膏火银千余两，均提入己。复借兵差为名，亏那库帑四万余金。迨经藩司刘蓉到任清厘，该员辄假造绅士借票，希图抵赖。并夤缘入夷教艾加略之门，指名要缺，艾加略令崇实为之求请，遂得再署川东道缺。赴任时，川东人闭关，不令入城。该员鼠伏城外数日，始得私行入署”。据其内容，即此中疏语。此案与后文之案于同治四年二月底，依骆秉章奏报结案：“恒保前在泸州任内，滇局开炉铸钱，有滇省委员经理，恒保不能向炉头索费。纵令偷减，亦无可盗铜私铸。局绅邓云骧等，借领书院膏火生息钱文，办理防剿，亦非恒保任内之事。至恒保任内，因办防提用公项银两，已造册报销。邓云骧等借领银钱，除就地筹还，并经恒保垫解外，余欠无多，应归局绅弥补归款。其再署川东道缺，系骆秉章因人地相宜，委令前往署事，并非夤缘而得。”

② 恒□：即恒保。

劾川省州县片[①]

再，臣风闻川省近年不肖州县，往往借端讹索，侵蚀捐输。而忌团练之不便己私，遂一一文致其罪。轻则笞杖，重则斩决。上控累累，一经驳诘，则加以抗粮哄堂、把持公事、拒唤伤差、敛钱聚众等名目，甚至诬以通贼谋反重情。

如署达县令李□□[②]，因索诈不遂，将监生张联升斩决，并用木笼将其子治死。已革安岳令李□□[③]，因索赃不遂，将廪生张洪谟拟以斩候。署中江令张□□[④]，将附生黄珍杖责三百几死。署眉州牧刘□□[⑤]，贪酷尤甚。每传一团首至，即诬以有犯禁事，收入羁卡。赃晨入，而人夕释，不更问也。廪生王化珩，派充团首，素无过犯。因寨上拿获拒伤事主之窃贼，亲押送官。该员不问窃案，遽谓王化珩平日办团，敛钱聚众。王化珩申辨，该员始则将王化珩掌责，继以大杖。又继以笞责，不准报数。自日昃至二更，约笞七八千之多。共笞生监三人，皆几至于死。并收入卡房。经家人上控，遂诬以不轨。幸臬司牛树梅严行驳诘，始得释放。不然各生又将入死罪矣。闻该员尚斩决一廪生。与署金堂令王□□[⑥]，将一附生立毙杖下，均不记姓名。恐以外似此者，尚不乏人。

至如绵竹，经贼窜扰之后，民间流离失所。而该署县令王□□[⑦]，勒捐至十余万之多，大半侵吞入己。敲扑幽囚，无恶不作。

此等州县，势不至激民为变不止。国家爱民如子，事事体恤。即捐输，亦万不得已之为。而该员等，唯知凌虐无辜，藉端肥己。视人命如草芥，视团练为仇雠。若不严惩，何以儆效尤而安边徼。相应请旨，一并交四川总督撤任，确查审办。臣既有闻见，不敢缄默自安。谨附片陈明，伏乞圣鉴。谨奏。

① 此为《劾川东道疏》附片。同日，也有如下上谕："监司大员，有表率属吏，整饬地方之责。若如所奏，恒保贪污不职各款，已属劣员之最。复敢借夷教以挟制上官，固其禄位，居心狡险。尤属法纪所不容。着骆秉章即将该员严行查办。将所参各情一一彻底根究，务须水落石出，据实具奏，毋任狡赖。至川省地方，甫经兵燹，各属团练，地方官正当实力奉行，以资捍

卫。而各该州县等，竟敢因索诈不遂，将团首生监人等任意斩决。视人命如草芥，视士子为仇雠。贪暴凶残，实属目无法纪。着骆秉章按照所参各员，一严行查办，切实根究，毋稍徇纵。以惩贪暴而重人命。原折片均着钞给阅看。将此谕令知之。”此案骆秉章办理结案，奏称“或事出有因，或查无其事请”，最终涉案“各员均着无庸置议。惟刘彝德，于审断宁友娃行窃李上林一案，并不虚衷研鞫，辄听信贼犯宁友娃狡饰之供，擅将送贼之廪生王化珩等杖责，实属粗率。刘彝德着交部议处”。

② 李□□：李应观。

③ 李□□：李岳龄。

④ 张□□：署中江令张嗣成。

⑤ 刘□□：署眉州牧刘彝德。

⑥ 署金堂令王□□：王树桐。

⑦ 署县令王□□：署绵竹令王兆俊。

请发仓谷并弛米禁疏

奏为川省连年闭籴[1]，米价腾贵，饥民过多，请饬下督臣，酌发仓谷办理，并出示弛禁，以资民食而靖边圉。恭折奏祈圣鉴事。

臣闻食为民天，箕畴[2]所以列八政之首也。川省夙称天府，产米之处颇多。然各州县中，地之肥瘠不同，岁之丰歉亦异。全赖商贩往来运售，粮米流通，挹彼注兹，始足以资粒食。自军兴以来，民间多被贼蹂躏，盖藏一空。幸股匪肃清，连岁风雨调和，秋成稍稔，得以无事。

闻去岁督臣因兵燹之余，恐小民无所积储，缓急难恃，乃出示严禁，米石不得载出川境。其意本欲以实边陲，而备不虞也。而地方官不论事势，遂各分畛域，一概闭籴。乡民有谷者，亦借此囤积居奇。

兼以无业不逞之徒，及恶胥蠹役，见有贩运米石者，便借口违禁，锁押抢夺，无所不至。商贾益畏而不行。甚至有此乡之米，不准售卖别乡；此团之米，不准售卖别团者。人心皇皇，饿莩满路。幸各处发社仓平粜，权济一时。然已发之仓谷未填，州县之遏籴如故。

今春又值天旱，米价遂复腾涌异常。即如夔州府属之巫山一带，地多山石，只宜种植苞谷。全赖上游开、万③之米接济。一旦商贩裹足，小民持钱无所得食。草根木皮啮之皆尽，束手待毙十室而九。臣屡接乡人来信，及问之由川北上者，佥云自成都至夔巫，上下数千里，市间斗米卖至五六千，至二三千制钱不等。饥困大约相同。其势岌岌不可终日，地方官迟延未报。若不为之所，恐激生变故，殊可寒心。

伏思川中为水陆要枢，财赋灌输数省。西北陕甘，东南黔楚，邻氛未靖，处处堪虞。即本省中，散勇游民蠢然欲动者，尚复不少。若乘此众情浮动之时，揭竿一呼，饷缺兵单，何勘设想。所关岂止一隅已耶。相应请旨饬下四川总督，察看情形，酌发仓谷办理。并出示严禁所属地方，不得再行遏籴。俾商贾畅行，以资接济。其既发之仓，一俟秋冬后，仍督饬各州县采买补足，毋令虚悬。现在青黄不接之时，情事尤亟。若早办理一日，则民间早受一日之赐。庶奸民无所凭借，边疆可冀永安。

梼昧④之言，是否有当，伏乞皇太后，皇上圣鉴。谨奏。

同治四年闰五月□日。

① 闭籴（dí）：即“遏籴”，不准灾区买进粮食，限制了买进，也同时限制了卖（粜），没有买卖流动，这种一刀切的粗暴为政，于灾区危害甚大。

② 箕畴：即《尚书·洪范》之“九畴”，其三“农用八政”之首即“一曰食”。

③ 开、万：开县、万县。

④ 梼昧：愚昧无知。郭璞《尔雅序》：“璞不揆梼昧，少而习焉。”

瓮天琐录

瓮天琐录

杜诗轻红对重碧

杜诗“重碧拈春酒”有读“重”为平声者。余按“重碧”“轻红”自是取轻对重，且公诗有“嘉州酒重花绕楼”，此可证也。

《忆郑南玭》[1] 玭字下恐有脱字

杜诗《忆郑南玭》五律一首“玭”[2]字下恐有脱字。诗首联云：“郑南伏毒寺，潇洒到江心。”疑伏毒寺别有一名。仇兆鳌[3]曰：“吴若注‘玭’疑作‘玼’[4]，玉色鲜洁也。”此说近之。观次句，知寺本临水，当是以玉比水之鲜洁，因以名寺。其曰“石影衔珠阁，泉声带玉琴”，映衬“玼”字尤属显然，但不知玼字下脱何字耳。后阅王渔洋[⑤]先生《陇蜀余闻》云，郭宗昌华州人，“辟沚园白厓湖上”，“又有别业在郑南，即杜子美西溪，与其友王承之东荫，商为南玼社”。按此亦作“南玼”，则“玭”为讹字无疑。旧谓“玼”字下恐有脱字，或是“忆郑南南玼”，写者脱去一南字耶？

①《忆郑南玭》：杜诗全文：“郑南伏毒寺，潇洒到江心。石影衔珠阁，泉声带玉琴。风杉曾曙倚，云峤忆春临。万里沧浪外，龙蛇只自深。”

② 玭（pín）：珍珠。

③ 仇兆鳌：原名从鱼，字沧柱，号知几子、四明先生、章溪老叟。明崇祯十一年（1638）生于浙江鄞县（今宁波市鄞州区）。作《杜诗详注》。

④ 玼（cǐ）：鲜明的样子。

⑤ 王渔洋：王世祯。

《秋兴八首》之香稻辨

杜公《秋兴八首》[①]末一首：“香稻啄余鹦鹉粒，碧梧栖老凤凰枝。”钱牧斋《杜诗笺注》[②]“香稻”一本作“红稻”，一本作“红豆”。按放翁寻梅绝句[③]云：“红稻不须鹦鹉啄，清霜催放两三花。”疑“香”字本是“红”字，后人未见红稻，故改作“香”字。或又以“香稻”对“碧梧”不工，遂以意改作“红豆”耳。观放翁诗，自是用杜此语。可知宋时本犹作“红稻”也。又杂句“饭馈海陵红稻软”，韦庄诗“秋雨几家红稻熟”[④]，今滇中有一种稻，其外色殷而米则红，谓之“红谷”，或即所称“红稻”耶？

①《秋兴八首》：《秋兴八首》是杜甫寓居夔州（今重庆市奉节县）时创作的以遥望长安为主题的组诗，其八：“昆吾御宿自逶迤，紫阁峰阴入渼陂。

香稻啄余鹦鹉粒，碧梧栖老凤凰枝。佳人拾翠春相问，仙侣同舟晚更移。彩笔昔曾干气象，白头吟望苦低垂。”

②《杜诗笺注》：钱谦益（即钱牧斋）作。《钱注杜诗》香稻下注：“草堂本作红豆。一作红稻。一作红饭。”

③ 寻梅绝句：全名《江上散步寻梅偶得三绝句》。《梦溪笔谈》则改红稻为“红豆”。

④ 宋代王禹偁《送李著作》诗：“饭馈海陵红稻软，鲙擎淮水白鱼肥。”韦庄《鄠杜旧居二首》：“秋雨几家红稻熟，野塘何处锦鳞肥。”

坡公《寄刘孝叔》之资斧辨

坡公《寄刘孝叔》诗云：“汗流奔走谁敢后，恐乏军兴汗资斧。”旧注作“旅资”解。邵长蘅[1]注云“资斧”之“资”，当是“质”字之讹。又云“质”与“锧”通，引《史记·范雎传》“臣之胸不足以当椹质”，又“一语无效，请伏斧质”。又引梅福、石庆传语，以为诸本既讹“资”，旧注因作“旅资”解，极无谓。余按，班固《前汉书·荆燕吴传》叙云：“虽戒东南，终用齐斧。”颜师古注曰：“《易》云‘丧其齐斧’，故引以为词。”又，《王莽传》，司徒寻初发长安，亡其黄钺，房扬曰：“此经所谓丧其齐斧者也。”应劭注：“齐，利也。亡其利斧，言无以复断斩也。”今本《易·巽》上九，“齐斧”作“资斧”。《三国志》陈孔璋[2]云：“腰领不足以膏齐斧。”服虔以为与“资斧”同。然则“资”与“齐”，古字通用耳。旧作“旅资”解固非，而邵注竟以为讹字，改作“质”，亦未细考也。

又，高士奇《天禄识余》[3]引虞喜《志林》云：齐，侧阶切。凡师出，斋戒入庙受斧，故言齐也。然《易·巽》九二“丧其资斧”，《王莽传》引之亦作“齐”，服、应二说是也。

① 邵长蘅：一名衡，字子湘，号青门山人，武进（今江苏常州）人。
② 陈孔璋：陈琳。文见《文选·檄吴将校部曲文》。
③《天禄识余》：清代作家高士奇撰写的一部杂文书籍。

班史《高惠高后文功臣表》云字之讹

班史《高惠高后文功臣表》[①]云："多陷法禁，陨命亡国，或云子孙。"汲古本无"或"字，皆不可解。按，"云"恐是"亡"字之讹。言多陷法禁陨命，亡国或亡子孙。"亡"与"无"通耳。汲古本当是脱误。

①《高惠高后文功臣表》：此文即《汉书·高惠高后文功臣表》。中华书局点校本《汉书》已将此定为"多陷法禁，陨命亡国，或亡子孙"。

《郑风·将仲子兮》三章[①]

毛氏苌[②]曰：仲子，祭仲也。郑康成曰：祭仲骤谏[③]，庄公不能用其言。孔颖达、吕祖谦皆祖其说。黄氏佐[④]并引《左传·襄廿六年》郑伯为卫侯如晋，子展赋"将仲子兮"，晋乃归卫侯事，尤有依据。然余细味此诗，词旨深婉，似是庄公讽公叔段之词。其曰仲子者，指公叔段也。意谓：汝毋为邪谋以图我社稷，我于土地岂敢有爱而不畀[⑤]汝！特畏人言耳。观左氏所传，则庄公之屡拒群臣，而不遽发者，安知其初不犹冀叔之翻然自悔其所为乎！味"仲可怀也”三句，何等委婉温厚。此与下《大叔于田》[6]篇“将叔毋狃，戒其伤女”，皆风人之旨。或有疑庄公之刻薄寡恩，不宜有是言者。不知庄公虽薄于骨肉，其天良犹未尽澌灭。城颍之誓[7]，“既而悔之”，得颍考一言，而遂从之如转圜，复为母子如初。则其心犹未至于荡然而无几希之存也。然则庄公之不得已于其母，而又不欲负杀弟之名，姑以危言警动之，使知惧知悔，戢其邪心，亦情理之常。至于袭郑之谋成，而后迫而出于伐，盖亦非其初心矣。意此诗或作于“缮甲兵，具卒乘”之前。由此言之，而诗之温柔敦厚，其味乃益无穷。此圣人所以取而存之欤！至目为淫奔，则前人论之详矣。证以子展之赋，固不待辨而自明也。

又按：伯有赋“鹑之奔奔”，当时即受面斥。若此数篇为淫诗，何以赋者皆见许乎！吴公肃曰：子展赋《将仲子兮》，取兄弟相护之意。然则以此篇为庄公讽公叔段之诗，似为得之。

①《诗经·郑风·将仲子兮》：其诗云“将仲子兮，无逾我里，无折我树杞。岂敢爱之？畏我父母。仲可怀也，父母之言，亦可畏也。将仲子兮，无逾我墙，无折我树桑。岂敢爱之？畏我诸兄。仲可怀也，诸兄之言，亦可畏也。将仲子兮，无逾我园，无折我树檀。岂敢爱之？畏人之多言。仲可怀也，人之多言，亦可畏也。”

② 毛氏苌：毛苌，西汉赵人，他与西汉鲁人毛亨在《诗经》的传播上有非常大的贡献，经学家将毛苌辑注的《诗》称为《毛诗》，以别于《齐诗》《鲁诗》《韩诗》三家。后来《诗》被奉为《诗经》流传至今。毛亨所作的《毛诗诂训传》（即《毛传》）也成为《诗经》研究的经典，东汉末年，郑玄为之作《笺》，唐代孔颖达又进一步疏解《毛传》《郑笺》而作《毛诗正义》。

③ 骤谏：屡次进谏。

④ 黄氏佐：明代经学家黄佐。

⑤ 畀（bì）：给与。《说文》：“畀，相付与之，约在阁上也。”象形字，象一束纺织物（约），放在一个托盘（阁）上面。君主古代赐予臣仆物品采

取的方式，因此得出语义为“与也”“予也”。

⑥《大叔于田》：其所引“将叔毋狃，戒其伤女”一句，见《诗经·郑风·大叔于田》第一章。原书作“此与下叔于田篇”，“下”字后夺一“大”字，故改为“此与下《大叔于田》篇。”

⑦ 城颍之誓：《左传·隐公元年》：郑庄公遂置姜氏于城颍，而誓之曰：“不及黄泉，无相见也。”既而悔之。

《遵大路兮》二章[①]

序说，言无弃故旧也。小序云[②]：“思君子也。庄公失道，君子去之，国人思望焉。”其义尤长。

①《诗经·郑风·遵大路》：“遵大路兮，掺执子之袪兮，无我恶兮，不寁（zǎn）故也！遵大路兮，掺执子之手兮，无我丑兮，不寁好也！”

② 小序：指《毛诗》小序。

《女曰鸡鸣》三章

“琴瑟在御，莫不静好”八字，写夫妇闺房和乐气象，后人千言万语，如何能道得出“知子之来之”六句[①]。凡贤妇人于其夫，亲密良友，必以物赠之，千古闺人性情，随数虚字跳跃而出。

① 六句：指《诗经·郑风·女曰鸡鸣》第三章：“知子之来之，杂佩以赠之。知子之顺之，杂佩以问之。知子之好之，杂佩以报之。”

《有女同车》[1] 二章

此诗盖美孟姜之贤而作。其称孟姜虽与《墉·桑中》篇同，而贞淫各异。郑康成谓：“孟姜，列国之长女。”孔颖达谓：“列国，姜姓齐、许、申、吕之属。”《集传》[2]则以为：“孟，长也，姜，齐女言贵族也。”然则此孟姜盖确指其人，当是齐女之嫁于郑者。两章意专称美，毫无讥刺。观其容貌服佩，而德音之不忘，愈彰可谓贤矣。不知《集传》于此诗，何以犹疑为淫奔也？又于次章曰“德音不忘，言其贤也”云云，若果为淫妇，何德音之可言乎，又何贤之可言乎？以矛刺盾，其谬立见矣。

①《有女同车》：这首诗和以下的《野有蔓草》《萚兮》等都是昭公十六年夏四月，郑国的六卿为晋国韩起（宣子）饯行时，六卿应宣子所请而吟诵的诗歌。《诗经·郑风·有女同车》，其诗云：“有女同车，颜如舜华。将翱将翔，佩玉琼琚。彼美孟姜，洵美且都。有女同行，颜如舜英。将翱将翔，佩玉将将。彼美孟姜，德音不忘。”

②《集传》：朱熹《诗集传》。此句引语为《墉风·桑中》朱注。

《萚兮》 二章[1]

按，此言槁叶之在树，已甚危矣，若加以风，则脱落耳。伯叔，指兄弟也。兄弟有相维相恤之谊，忍坐视其危而不救乎！吕祖谦以为，昭公微弱孤危，其群臣相谓虽未必然，然味其意，大抵望兄弟急难之词也。通体亦无男女情事，与《扬之水》诗意略同。

或言：萚，待风而落，以兴彼唱而此和。及以风喻号令，谓群臣自相唱和，故刺其专，皆非。

①《萚（tuò）兮》二章：此诗寓意历来众说纷纭。但在今人看来，倒宁愿把它当成为情诗。《诗经·郑风·萚兮》“萚兮萚兮，风其吹女。叔兮伯兮，倡予和女。萚兮萚兮，风其漂女。叔兮伯兮，倡予要女。”全诗洋溢着豪放泼辣和欢快气氛。赵树吉解为“兄弟急难之词”，也未尝不可，但已是一种萧瑟之气。萚，草木脱落的皮或叶。

《彼狡童兮》二章

此疑是当时放逐之臣所作，其忧国爱君[1]，寝食不忘之意，昭然若揭。《集传》以为淫女言：子虽见绝，未至于使我不能餐，不能息。殊失此诗之旨。狡童或以为指昭公所用之人，或以为径指昭公亦可。箕子《黍离》之歌[2]，其嚆矢[3]也。

① 忧国爱君：忧国爱君之人，对此诗喜作忧国爱君之解。风趣之人则认为是小情人闹点小别扭、撒撒娇之类，通篇“你太坏”“就是你”，当不得真。《诗经·郑风·狡童》，其诗云：“彼狡童兮，不与我言兮。维子之故，使我不能餐兮。彼狡童兮，不与我食兮。维子之故，使我不能息兮。”今天的人读这诗，不会像老夫子这么沉重，其实春秋之人也是借诗言事，多所讽喻。

② 箕子《黍离》之歌：箕子作《麦秀歌》：“麦秀渐渐兮，禾黍油油。彼狡童兮，不与我好兮。”《黍离》一般认为是无名氏所作，是《诗经·王风》篇名。

③ 嚆矢（hāo shǐ）：发端。

《子惠思我》二章[①]

当从序说[②]。观子太叔之赋《褰裳》，而宣子答之曰："起在此，敢勤子至于他人乎？"语意显然，与子展赋《将仲子》皆可以《左传》为确证。

①《子惠思我》二章：即《诗经·郑风·褰裳》。其诗曰："子惠思我，褰裳涉溱（zhēn）。子不我思，岂无他人？狂童之狂也且！子惠思我，褰裳涉洧。子不我思，岂无他士？狂童之狂也且！"此诗是在前述为韩宣子饯行时子太叔所诵，韩宣子听后说："有我韩起在此，哪敢麻烦您呢？"参见《左传·昭公十六年》。

② 序说：《毛诗》此诗小序说：《褰裳》，"思见正也。狂童恣行，国人思大国之正己也"。

《东门之墠》二章[①]

此思贤者而不得见之词。味"室迩""人远"二句，则其人之高夐[②]绝俗可知。次章思欲一见，又怪其不肯来见，此贤者所以终不得见也。篇中有钦慕之忱，无狎亵之意。孟子所谓段干木、泄柳[③]；扬子云称，严君平[④]可就见而不可诎，其此类欤。此章自来儒先皆未论及此，何也？

①《东门之墠（shàn）》二章：墠，经过整治的郊野平地。《诗经·郑

风·东门之墠》："东门之墠，茹藘（lǘ，茜草）在阪。其室则迩，其人甚远。东门之栗，有践家室。岂不尔思？子不我即！"

② 夐（xiòng）：此为"高超"之意。如宋孙奕《履斋示儿编·诗说》："杜陵翁独为诗人冠冕者，吐辞不凡，夐出尘表。"

③ 段干木、泄柳：皆古代乱世不愿为官者。事见《孟子·滕文公》：公孙丑问曰："不见诸侯何义？"孟子曰："古者不为臣不见。段干木逾垣而避之，泄柳闭门而不内，是皆已甚。迫，斯可以见矣。"晋人段干木清高不仕，魏文侯登门拜访，他翻墙逃避。泄柳不愿做鲁穆公的臣子，穆公来见请，他闭门不纳。

④ 严君平：汉代高士，《汉书·严君平传》载：李强欲访严君平，询扬雄，扬雄说："君备礼以待之，彼人可见而不可得诎也。"诎（qū）：通"屈"，弯曲，屈辱。

《风雨凄凄》三章①

小序："思君子也。"愚按，昔人谓松柏后凋于岁寒，鸡鸣不已于风雨。语亦可证。与《召南》"喓喓草虫"篇②大意相类。

① 此指《诗经·郑风·风雨》。其诗三章四句："风雨凄凄，鸡鸣喈喈。既见君子，云胡不夷？风雨潇潇，鸡鸣胶胶。既见君子，云胡不瘳？风雨如晦，鸡鸣不已。既见君子，云胡不喜？"《毛诗》小序称：《风雨》，"思君子也。乱世则思君子不改其度焉"。

②《召南》"喓喓（yāo yāo）草虫"篇：《召南》，《诗经·召南·草虫》，此句为："喓喓草虫，趯趯阜螽（zhōng，阜螽即蚱蜢）。"原书误作"《周南》"。喓喓，虫鸣声。

《扬之水》二章①

此与前《萚兮》篇相类，皆兄弟相儆戒之词，此则词旨更为急切。观诗中“无信人之言”句，再三言之，意当时有兄弟为谗言所间者，故反复告诫，以解其惑耳。次章“维予二人”，即前予与女也。先儒言“所可信者惟有二人”，义殊支离。

① 此指《诗经·郑风·扬之水》：“扬之水，不流束楚。终鲜兄弟，维予与女。无信人之言，人实诳女。扬之水，不流束薪。终鲜兄弟，维予二人。无信人之言，人实不信。”

《出其东门》二章①

此礼法之士超然不囿于流俗者，故圣人取以垂教。

①《诗经·郑风·出其东门》：“出其东门，有女如云。虽则如云，匪我思存。缟衣綦巾，聊乐我员。出其闉阇，有女如荼。虽则如荼，匪我思且。缟衣茹藘，聊可与娱。”《毛诗》称此诗“闵（悯）乱也”，“兵革不息，男女相弃，民人思保其家室焉”，与赵有异。

《野有蔓草》二章[①]

苏颖滨言：郑人困于乱政，思得君子，以被其膏而不可得，然犹庶几（薢茩）［邂逅］而遇之。其义为长。按《左传》：郑伯享赵文子于垂陇[②]，子太叔赋《野有蔓草》，文子曰："吾子之惠也。"引以为证，尤确。

①《诗经·郑风·野有蔓草》："野有蔓草，零露漙兮。有美一人，清扬婉兮。邂逅相遇，适我愿兮。野有蔓草，零露瀼瀼。有美一人，婉如清扬。邂逅相遇，与子偕臧。"

② 郑伯享赵文子于垂陇：此事载《左传·襄公二十七年》。郑伯（郑简公）享赵孟（赵武，即赵文子）于垂陇，子展、伯有、子西、子产、子大叔、二子石从。赵孟（赵武）曰："七子从君，以宠武也。请皆赋以卒君贶，武亦以观七子之志。"于是大家依次诵诗以颂赵武，轮到子太叔，朗诵了《野有蔓草》，赵文子曰："吾子之惠也。"这首诗《左传·昭公十六年》郑国六卿为韩起（宣子）饯行时，子齹（cī）诵过，当时，韩宣子听后说："孺子好啊！我有希望了。"参前文《〈有女同车〉二章》注。

《溱洧》二章[①]

郑诗廿一篇，惟《女曰鸡鸣》《有女同车》《子之丰兮》《出其东门》，与此篇有男女情事。然《鸡鸣》《同车》皆美贤妇，《丰》是刺乱，《东门》则礼法之士。此乃举其习俗，如近世竹枝词之类，故以此终之。然则《郑风》廿一篇之无淫奔诗亦可见矣。

①《溱洧（zhēn wěi）》二章：这是《诗经·郑风》的最后篇诗。其诗云："溱与洧，方涣涣兮。士与女，方秉蕑兮。女曰观乎？士曰既且。且往观乎？洧之外，洵訏且乐。维士与女，伊其相谑，赠之以勺药。溱与洧，浏其清矣。士与女，殷其盈矣。女曰观乎？士曰既且。且往观乎？洧之外，洵訏且乐。维士与女，伊其将谑，赠之以勺药。"赵称"如近世竹枝词之类"，确实有如风俗动画。《毛诗》此诗小序则称：《溱洧》，"刺乱也。兵革不息，男女相弃。淫风大行，莫之能救焉"。溱、洧，郑国两水名。

《东方之日兮》二章①

此盖齐君乐与贤者共数晨夕，意日旦出于东方，月望亦出于东方，故曰"东方之日""东方之月"也。"彼姝者子"，与鄘之《干旄》篇同。晨在室而夕在闼，见与贤者习处而不厌也。诸儒以为日月喻君臣，及以日月喻彼姝颜色美盛，皆支离不可从。

①《诗经·齐风·东方之日》："东方之日兮，彼姝者子，在我室兮。在我室兮，履我即兮。东方之月兮，彼姝者子，在我闼兮。在我闼兮，履我发兮。"

彭姜畦解先祖匪人王之荩臣

彭姜畦同年云："四月惟夏，六月徂暑。先祖匪人，胡宁忍予"①，《集传》作"先祖岂独非人乎"②解。人虽遭乱迫切，岂有出悖慢之言，以詈其先祖者？当是遭乱者呼其先祖曰："我非外人也，胡忍使我至此乎？"或径作"先祖于我至亲，非他人比。胡宁忍恝视[3]我乎”解亦通。

又言：《大雅·文王》之篇[4]“王之荩臣[5]，无念尔祖”，《集传》以为[6]王指成王，尔祖指文王，于是呼“王之荩臣”而告之曰：“得毋念尔祖文王之德乎”云云，意似未安。意此二句当指殷士，盖戒殷之孙子：自此永为我周之荩臣，知天命有归，毋更念尔殷之祖也。余亡友朱湄君亦有此论，与姜畦所见略同，足正《集传》之误。

又言：陈思王送白马王彪诗，首尾相衔，其体始此。

① 先祖匪人，胡宁忍予：此句在《诗经·小雅·四月》首：“四月维夏，六月徂暑。先祖匪人，胡宁忍予？”

② 先祖岂独非人乎：《诗集传》朱熹注：“此也遭乱自伤之诗，言四月维夏，则六月徂暑矣。我先祖岂非人乎，何忍使我遭此祸也？”按朱熹这句话，确实是抱怨先祖“不是人”。

③ 恝视（jiá shì）：漠视。

④《大雅·文王》之篇：《大雅·文王》与此文相关的第五章：“侯服于周，天命靡常。殷士肤敏，祼将于京。厥作祼将，常服黼冔（xǔ，殷冕）。王之荩臣，无念尔祖。”其意如赵树吉所言，告诫殷、商归周诸臣，效忠周朝才是顺应天命，不要老是挂念已经成为历史的自家老祖宗。

⑤ 荩（jìn）臣：忠诚的臣子。荩，古同“进”，原指帝王所进用的臣子，后称忠诚之臣。

⑥《集传》以为：《诗集传》注称：“王，指成王也”，“尔祖，文王也”，“言商之孙子而侯服于周，以天命之不可常也。故殷之士助祭于周京而服商之服也，于是呼王之荩臣而告之曰：‘得无念尔祖文王之德乎。’”

《齐风·无佃甫田》三章[1]

《集传》以为“戒时人厌小而务大，忽近而图远，将徒劳无功”。论甚阔大，但末章意无归着。小序以为“大夫刺襄公”，得之矣。然谓其“不修德而求诸侯，志大心劳”，犹未为得也。愚按：“未几见兮，突而弁兮”，有惊叱神气，疑是鲁桓初年，庄公初立时情事。考庄公以桓六年生，至桓十八年十三岁，十四岁即位。所谓“婉兮娈兮，总角丱兮”，是其为童子未久也。今既立，则所谓“突而弁兮”者也。味此，则仍以刺齐襄淫乱为近。前二章“远人”指文姜。“无思远人”，是戒襄公勿再为淫乱。若曰：鲁桓之薨，端由齐子。今其子既立，将防闲②其母。则思之“忉忉”③“怛怛”，是徒劳也。将念其父仇，则昔总角而今戴弁者，乃可畏之至，而不止于徒劳其思也。四“无”字④深相警戒之词。盖此诗虽不明指文姜事，而序次恰在《南山》《敝笱》之间，衡以鲁事为近。意鲁庄初立，齐人心目中之庄公，犹时时料其为终必复仇制母之庄公也。至《敝笱》作，而乃知其无能为矣。故下二篇，赞美处即是讥刺处。又，“田甫田”即畋猎也，说详下《卢令令》篇。至夫人姜氏，虽以庄元年孙于齐，而二年十二月一会齐侯于禚，四年二月再飨齐侯于祝丘，祝丘鲁地。五年复如齐师，盖庄公以练祭⑤，念母而迎之归，其后遂仍居鲁耳。固知此“远人”指文姜也。末章婉娈，少好貌。丱，两角貌。弁，冠名，言总角之童，见之未久，而忽然戴弁以出，其为指庄公尤显然，且婉娈之文与下《猗嗟昌兮》篇所称美者亦同。鄙意此解似较有着落。

①《诗经·齐风·甫田》：“无佃甫田，维莠骄骄。无思远人，劳心忉忉。无佃甫田，维莠桀桀。无思远人，劳心怛怛。婉兮娈兮，总角丱兮。未几见兮，突而弁兮！”

② 防闲：防备和禁阻。《毛诗序》：《敝笱》，“齐人恶鲁桓公微弱，不能防闲文姜，使至淫乱，为二国患焉”。

③ 忉忉（dāo dāo）：忧思貌。“无思远人，劳心忉忉。”毛传：“忉忉，忧劳也。”孔颖达疏：“忧也，以言劳心，故云忧劳也。”

④ 四“无”字：此诗即首两章均以“无佃甫田”开头，并两言“无思远人”，所以有四“无”字。

⑤ 练祭：古代亲丧一周年的祭礼。又称“小祥”。《礼记·曾子问》：“小祥者，主人练祭而不旅。”

国朝钱陈群书坡公砚铭

国朝钱陈群[①]书坡公砚铭：“帝规武夷作茶囿，山为孤凤翔且嗅。下集芝田啄琼玖，玉乳金砂发灵窦。残璋断璧泽而黝，治为书砚美无有。至珍惊世初莫售，黑肩黄眼争妍陋。苏子一见名凤咮[②]，坐令龙尾羞牛后。”共七十字。按先生龙尾歌，盖为此作解嘲也。施注[③]不载此铭，当补之。

① 钱陈群（1686—1774）：字主敬，浙江嘉兴人，康熙六十年（1721）进士。八十九岁卒，谥文端。

② 凤咮：凤咮砚。苏轼曾云：建州北菀凤凰山，山如飞凤下舞之状。山下有石，声如铜铁，作砚至美，如有肤筠然，此殆玉德也。疑其太滑，然至益墨。熙宁五年，国子博士王颐始知以为砚，而求名于余。余名之曰凤咮，且又戏铭其底云：“坐令龙尾羞牛后”。不料“坐令龙尾羞牛后”一句，竟使得名砚产地歙州人“甚病此言”，东坡后来求歙砚，歙人就反讽他“子自有凤咮，何以此为？”

③ 施注：指南宋施元之与顾禧合著《注东坡先生诗》。

箕子“不忍言殷恶，以存亡国宜告武王”句非不可解

王定甫太常所寄《归方评点合刻》[1]内《周本纪》一条，震川评云[2]：“‘箕子不忍言殷恶，以存亡国宜告武王。’不甚可解，疑有脱误。”余按：宜，事宜也。箕子不忍言殷恶，但以圣王存亡国之事宜告武王。语意本自了然明白，不知震川何以言不解也。

又言：“此隐括《洪范》[3]言，而言鲧殛禹兴是‘存亡国’。”亦非是。“存亡国”，如汤封夏之后于杞，周封殷之后于宋是也。其时武王诛纣，而武庚封于殷墟，未必非箕子存亡国之言有以启之也。

①《归方评点合刻》：即王振《归方评点史记合笔》，该书是王拯所作研究《史记》古文笔法的著作。自称其目的是“补归方两先生所未尽言”，“归”指归有光（震川），“方”指方苞。

② 震川评云：此段全文为：“‘箕子不忍言殷恶，以存亡国宜告武王。’不甚可解，疑有脱误。又，此隐括《洪范》而为言也。鲧殛禹兴，此存亡国也。《九畴》皆有国者所宜用也。”

③《洪范》：《尚书》篇名。传为箕子向周武王陈述的“天地之大法”。《汉书·五行志》载：“禹治洪水，（天帝）赐《洛书》，法而陈之，《洪范》是也。”此书也称《洪范九畴》。洪，大。范，法。九畴，九种。

倪璠解庾信《小园赋》牵强

钱塘倪鲁玉璠[1]曰：“庾信《小园赋》[2]自‘若夫一枝之上’，至

‘又足兼容也’，以古韵按之，疑用韵语，盖赋之发端非序文也”云云。余按：此说支离牵强[③]，殊属无谓。若前数行为用古韵，何以“尔乃窟室徘徊”以下所用韵截然不同乎？至以“所”字为韵，与下“地”“第”通，而疑“眠”字为古“眂”[④]字，且云至“王根之宅”句换韵，下皆从之。因以“寂寞人外”，“外”字作鱼厥切[⑤]。又疑“风霜”为“风雪”，而以“利”作力蘖切。“至‘非有意于轮轩’句换韵”，而以“轩”为许斤切，遂疑下“钟鼓”为倒文，谓“钟”当如中之切，“为‘渚’”，仍“容”字“音淫”，皆牵强不通，后学切勿为所惑误。

① 倪鲁玉璠：倪璠，字鲁玉，钱塘人。康熙举人，官内阁中书舍人。其《庾子山集注》初刊于康熙二十六年（1687），钱塘崇岫堂镌版。本文批评倪璠单纯追求“和韵”而不惜牵强，乱改读音甚至因此损害文意的做法。

② 庾信《小园赋》：兹录本文论及的《小园赋》此段：“若夫一枝之上，巢夫得安巢之所；一壶之中，壶公有容身之地。况乎管宁藜床，虽穿而可座；嵇康锻灶，既烟而堪眠。岂必连洞房，南阳樊重之第；绿青锁，西汉王根之宅。余有数亩弊庐，寂寞人外，聊以拟伏腊，聊以避风雨。虽复晏婴近市，不求朝夕之利；潘岳面城，且适闲居之乐。况乃黄鹤戒露，非有意于轮轩；爰居避风，本无情于钟鼓。陆机则兄弟同居，韩康则舅甥不别，蜗角蚊睫，又足相容者也。尔乃窟室徘徊，聊同凿坯。桐间露落，柳下风来。琴号珠柱，书名玉杯（下略）。”

③ 此说支离牵强：赵所质疑的一段，倪鲁玉的原文是：以上（指首段，即自“若夫一枝之上”，至“又足兼容也”）似赋序，至“乃尔”句始是赋。然以古韵按之，“若夫”以下疑用韵语，盖赋之发端，非序文也。今附读于后。所，音徙。班固《西都赋》云：“缭以周墙，四百余里。离宫别馆，三十六所。”古无四声，徙与地第皆通韵矣。眠，疑作眂。《汉书·叙传》云：“伯惶恐，起视事。”注：“眂，古视字。”视亦今韵之上声者也。至“西汉王根之宅”句换韵，下皆从之。“寂寞人外”，外，鱼厥切。《黄庭经》云：“洞视得见，无内外。存漱五牙，不饥渴。”与腊同韵。风霜，疑作“风雪”。利，

力蘗切，如“厉”之音“烈”矣。乐，读如“栎”。至“非有意于轮轩”句换韵。轩，许斤切（xīn）。钟鼓，疑倒文鼓钟。《小雅》有《鼓钟》之诗。钟鼓、鼓钟，随文上下。钟字如中之切为“渚”，仍《周易·讼卦》中与成同韵矣。“陆机”至“又足相容”，同前韵。容音淫。《楚辞》曰：“贤士穷而隐处兮，廉方正而不容。子胥谏而靡躯兮，比干忠而剖心。”若云“陆机则兄弟同居，韩康则不别舅甥”，甥字亦同韵。

④ 眡（shì）：与“视”通。此字“眡”为同一字，《正字通》：“俗眡字。”倪璠书原文即用“眡”。

⑤ 鱼厥切：按反切法注音，用“鱼”字声母 y，“厥”字韵母加声调 uè，拼读成 yuè。

彭韵谷《咏溺器》

南宁彭韵谷铨部松龄，为余己酉选拔同年。尝诵其《咏溺器》云：“一生受辱淮阴胯，千古奇冤智伯头。”可谓典切。按襄子“漆智伯头为饮器”①，前人注云②：饮器，名虎子。即溺器。盖所以深辱之，非饮酒器也。

① 漆智伯头为饮器：事见《史记·刺客列传》：赵襄子最怨智伯，漆其头以为饮器。

② 前人注云：晋灼曰“饮器，虎子也”。

颜鲁愚书滇抚署大堂东壁

滇抚署内大堂东壁上，有颜鲁愚①先生伯焘书石刻，云：“吏不畏吾严，而畏吾廉；民不服吾能，而服吾公。公生明，廉生威。”廿四字，笔法极道劲可喜。

① 颜鲁愚：颜伯焘。嘉庆十九年（1814）中进士，道光年间曾任云贵总督。

偶得四句

余偶得四句，云：方寸中一片生机，脸面上一团善气，家庭内一种太和，宇宙间一般乐意。

趋吉避凶非趋福避祸

故城贾运生[①]中丞，名臻。其《郡斋笔乘》中一则云：“《易》言‘趋吉避凶’，盖言趋正避邪，若认作趋福避祸便误。刁蒙吉[②]先生之言如此。”此论甚好。余按《书》[③]云：“惠迪吉，从逆凶。”《易》云：“吉凶悔吝[④]，生乎动。”其动而惠迪，则之吉；动而从逆，则之凶，视其理而已。圣人不邀福，圣人亦岂乐祸！若以数言，则动而惠迪当吉，而有时未必得福；动而从逆当凶，而有时未必得祸。圣人又安能逆料造化之必不颠倒，世情之必不崄巇[⑤]哉。箕子之囚奴，文王之羑里，周公之东征，孔子之厄陈蔡，何尝是福。而数圣人处之不疑者，亦谓惠迪则有吉之理，从逆则有凶之理，理在而数亦听之矣。若作祸福解，则后世生贪妄心者，皆得援以为口实，非圣贤学问也。

① 贾臻（1809—1869）：字退崖，号运生，直隶故城（今属河北）人。道光十二年（1832）进士。

② 刁蒙吉：刁包（1603—1669），字蒙吉，直隶祁州人。王士祯《池北偶谈》卷七“刁蒙吉”条记《潜室札记》云：“《易》言趋吉避凶，盖言趋正避邪。若认作趋福避祸便误。”但刁包《潜室札记》卷下第二十四页原文略不同：“《易》曰趋吉避凶，盖言趋正避邪也。后人以为趋利避害，失之远矣。”

③《书》：指《尚书》。所引此句：“惠迪吉，从逆凶，惟影响。”

④ 吉凶悔吝：语出《易经·系辞下》：“八卦成列，象在其中矣；因而重之，爻在其中矣；刚柔相推，变在其中焉；系辞焉而命之，动在其中矣。吉凶悔吝者，生乎动者也；刚柔者，立本者也；变通者，趋时者也。吉凶者，贞胜者也；天地之道，贞观者也；日月之道，贞明者也；天下之动，贞夫一者也。”

⑤ 崄巇（xiǎn xī）：险峻崎岖，喻人事艰险或人心险恶。《文选·刘孝标·广绝交论》：“呜呼，世路险巇，一至于此。”崄，古同“险”。

阅李西沤前辈《拙修录》有感

阅李西沤宫赞[①]前辈《拙修录》[②]，意有所得，偶成数语云：心清则虚，气静则徐。虚则不居，徐则有余。不居故能用，其用而为百体枢；有余故能物，其物而为万事车。为百体枢，其神蘧蘧[③]；为万事车，其行与与。是以放则弥于宇宙之大，而卷则游于天地之初。

① 宫赞：詹事府左右春坊赞善习称。

②《拙修录》：李惺署名“拙修老人”作。

③ 蘧蘧（qú qú）：惊动的样子。

土主庙非祠杜宇

吾蜀多土主庙，不知何神。后官滇南，于曲靖亦见之。友人彭韵谷云：蜀之先，其王名杜宇者，有惠政。后化为子规，蜀人思之，因立庙以祀。土盖杜字之讹，称杜主犹英惠王[①]之称川主耳。曲靖属益州郡，故亦有庙。

余尝韪其说。然考《史记·封禅书》云：“雍营庙亦有杜主。杜主，故周之右将军。其在秦中，最小鬼之神者。”注：《索隐》曰：“《地理志》杜陵，故杜伯国。有杜主祠四。墨子云‘周宣王杀杜伯不以罪。后宣王田于圃，见杜伯执弓矢射，宣王伏弢而死’。故祠之。”则杜主有庙其来已久，亦非祠杜宇也。以其为小鬼之最灵，故秦中祠之。秦蜀毗连，风俗浸淫，遂并祠于梁、益间耳。杜与土同音[②]，后人失考，因书作土。此论似较确。

徐孚远曰：周无左右将军官，秦始置。至武帝时乃增置之，此因秦之官名也。

① 英惠王：李冰封号，此封号至少在宋代即已有，陆游曾有诗《离堆伏龙祠观孙太古画英惠王像》。孙太古是宋代画家孙知微，号太古遗民。

② 杜与土同音：《说文注》说：“杜”字“从木，土聲”，可见古时“杜与土同音”。又，“土”为“肚”“杜”“堵”之声旁。

雨木冰者何

《春秋·成公十六年》："春，王正月，雨木冰。"[①]《公羊传》曰："雨木冰者何？雨而木冰也。何以书？记异也。"《谷梁传》曰："雨而木冰也，志异也。《传》曰：根枝折。"注："雨着木成冰也。"按，此即木介。郑嗣曰："雨木冰者，木介甲胄，兵之象。"何休曰："木者少阳，幼君大臣之象；冰者，凝阴兵之类也，冰胁木者，君臣将执于兵之征。未几而有沙随苕丘之事[②]。"刘向则以为：木者少阳，贵臣卿大夫之象，后世雨木冰多应在大臣。语云："木作介，达官怕。"又谓之"木稼"。苏氏辙曰：雨木冰，五行木不曲直，庶征常寒之罚。唐逊皇帝以为木稼者是也。木稼盖木介耳，今燕赵间人谓之树稼，古谓之雾凇。谚云："霜凇打雾凇，明年抱饭瓮。"则又以为丰年之兆矣。同此一物而休咎各殊，何耶？又《谷梁传》曰"传曰根枝折"，此语殊不可解。

① 雨木冰：因雨而树木裹冰。古人有的以为是主兵凶之兆。《钦定春秋传说汇纂》卷二十四"春王正月雨木冰"条下即汇集了关于此一自然现象诸种说法，这些说法赵树吉本文多所引用，表示不赞同，认为"雨木冰"之"木冰"，不过是"木稼"或"雾凇"而已。其实今人以为，"木冰"因雨而生，而"雾凇"则因雾而成，两者并不相同，木冰坚固而雾凇松散，所以木冰是木介（介，裹在士卒身上的护革），非雾凇（松散如花或叫木稼）。

② 沙随苕丘之事：这是在出现雨木冰这年发生的两件事：鲁成公母亲穆姜与叔孙侨如有私，合谋废掉年幼的成公，时鲁为晋国抗楚的盟国，在鄢陵之战，鲁国迟到，未及参战。随后，在晋厉公于宋地沙随召集的举行的盟会期间，晋厉公受叔孙侨如贿人挑拨，拒不会见鲁成公；此后，鲁成公同季孙

行父参加晋厉公召集，在苕丘举行的另一次会议，叔孙侨如故技重施，晋厉公竟抓了随同鲁成公与会的季孙行父。

卫郑皆淫诗乎

《卫风》首《淇澳》[①]，《郑风》首《缁衣》[②]，孰谓卫郑皆淫诗乎？

①《淇澳》：亦作“淇奥”，淇水弯曲处。“奥”“澳”通，读yù，水边深曲之处。毛亨认为《卫风·淇澳》是“美武公之德也”。朱熹也认为是“卫人美武公之德，而以绿竹始生之美盛，兴其学问自修之进益也”。今人则认为《淇澳》是首情诗。此诗共三章：“瞻彼淇奥，绿竹猗猗。有匪君子，如切如磋，如琢如磨。瑟兮僩兮，赫兮咺兮，有匪君子，终不可谖兮。瞻彼淇奥，绿竹青青。有匪君子，充耳琇莹，会弁如星。瑟兮僩兮，赫兮咺兮，有匪君子，终不可谖兮。瞻彼淇奥，绿竹如箦。有匪君子，如金如锡，如圭如璧。宽兮绰兮，猗重较兮，善戏谑兮，不为虐兮。”

② 缁衣：《毛诗》：“《缁衣》，美武公也。父子并为周司徒，善于其职，国人宜之。故美其德，以明有国善善之功焉。”其诗三章十二句：“缁衣之宜兮，敝予又改为兮。适子之馆兮，还予授子之粲兮。缁衣之好兮，敝予又改造兮。适子之馆兮，还予授子之粲兮。缁衣之席兮，敝予又改作兮。适子之馆兮，还予授子之粲兮。”

《庐令令》三章[①]

此刺鲁庄与齐襄田猎也。冬田曰狩。庐，田犬也。《春秋·庄公四年》："冬，公及齐侯狩于禚。"[2]《公羊传》以为讥其与仇狩，此其事也。《集传》"大旨与《还》[3]略同"之说似未确。观篇中三言其人[4]美，其为指鲁庄尤显而易见。或问《齐诗》十一篇，而襄公时诗竟居其六，何也？应之曰：鲁桓之薨，圣人有隐痛焉。故既大书于经，复详载于《诗》。非独著齐襄之丑恶，亦所以深罪文姜与庄公，而垂示后世也。

①《诗经·齐风·卢令》："卢令令，其人美且仁。卢重环，其人美且鬈（quán）。卢重鋂，其人美且偲（cāi）。"

② 禚（zhuó）：古邑名。春秋齐地，在今山东省长清县境。

③《还》：亦《齐风》之诗。

④ 三言其人：《公羊传》说，是因为讳言，鲁庄公怕人家说自己与仇人（齐侯）一道打猎。所以只说对方是"其人"。

《鸡既鸣矣》三章[1]

诸儒皆谓美古贤妃诗。《序》亦曰[2]："鸡鸣思贤妃也。"惟郑氏康成[3]云："武王封吕望于齐，其子丁公嗣位，后五世，哀公政衰，荒淫怠慢，齐人变风始作。"后之说诗者因以为齐哀"荒淫怠慢"，故诗人"陈贤妃贞女，夙夜警戒相成之道"。朱子颇韪其言。但以史载齐哀被谮于纪侯，为周所烹，未闻有荒淫事，故《集传》仍从旧说。

余谓哀公事既无征，不得以郑氏孤文为确据。且齐首《鸡鸣》，犹邶、墉之首《柏舟》，必有所指。即以为哀公之贤妃，御于君所，其儆畏告戒如此，亦不为凿空也。

①《诗经·齐风·鸡鸣》，为齐风首篇三章十二句："鸡既鸣矣，朝既盈矣。匪鸡则鸣，苍蝇之声。东方明矣，朝既昌矣。匪东方则明，月出之光。虫飞薨薨，甘与子同梦。会且归矣，无庶予子憎。"

②《序》亦曰：此诗《序》："《鸡鸣》，思贤妃也。哀公荒淫怠慢，故陈贤妃贞女，夙夜警戒相成之道焉。"

③ 郑氏康成：郑康成语"荒淫怠慢"后尚有："纪侯谮之于周懿王，使烹焉。齐人变风始作。"

《雄雉于飞》四章[①]

此贤臣被放而惓惓君国，深自刻厉，欲以善处得全也。其曰："我之怀矣，自诒伊阻。"即臣罪当诛，天王圣明意。前三章，托为弃妇之词，故以雄雉为比。末章乃赋其事，言凡尔百君子，指当时在廷同官言。虽不知我之德行，而我不敢以众人不知自懈也。

凡人当放废时，易至失其常度，非入于忮[②]即急于求。我惟去其忿嫉，而不害于人，惩其贪恋，而无争于世。庶几持守不失其正，可以处群疑众谤间，而无往弗善矣。观孔子节取，以称仲氏知圣贤克己之学，求仁之方，皆不外是非深明于道义者，能为是言乎。旧说[③]以为征役既久，思妇怨旷。殆浅之乎说诗矣。

①《诗经·邶风·雄雉》："雄雉于飞，泄泄其羽。我之怀矣，自诒伊阻。雄雉于飞，下上其音。展矣君子，实劳我心。瞻彼日月，悠悠我思。道之云远，曷云能来。百尔君子，不知德行。不忮不求，何用不臧。"

② 忮（zhì）：害；嫉妒；记恨。

③ 旧说：谓《毛诗》小序所云："《雄雉》，刺卫宣公也。淫乱不恤国事，军旅数起，大夫久役。男女怨旷，国人患之而作是诗。"

人岂可以地限哉

以桑濮淫靡[①]之俗，而前则庄姜[②]有贞静自守之操，后则共姜[③]有矢死靡他之节。以功利武勇之区，而郑则东门有室迩人远[④]之高贤，秦则蒹葭[⑤]有秋水溯洄之隐士，人岂可以地限哉。

① 桑濮淫靡：桑间濮上淫糜之音。《礼记·乐记》郑玄注："濮水之上，地有桑间者，亡国之音，于此之水出也。昔殷纣使师延作靡靡之乐，已而自沉于濮水，后师涓过焉，夜闻而写之，为晋平公鼓之。"

② 庄姜：卫庄公的夫人。卫庄公再娶两女以后，庄姜备受冷淡，孤灯自守。《诗经·卫风·硕人》歌颂道："硕人其颀，衣锦褧衣。齐侯之子，卫侯之妻，东宫之妹，邢侯之姨，谭公维私。手如柔荑，肤如凝脂，领如蝤蛴，齿如瓠犀，螓首蛾眉。巧笑倩兮，美目盼兮。"

③ 共姜：周时卫世子共伯之妻。共伯早死，她守节不再嫁。

④ 室迩人远：参前《〈东门之墠〉二章》注。

⑤ 蒹葭：见《秦风·蒹葭》，它的名句"所谓伊人，在水一方"千古流传。不过"伊人"不被认为是隐士。

吕祖谦论齐俗

吕氏祖谦曰：班固《前汉书·地理志》载齐之风俗曰："俟我于著乎而，此亦其舒缓之体也。"与《集传》俗不亲迎[①]之说不同。

① 俗不亲迎：《诗集传》此语在《齐风·还》，引东莱吕氏曰："婚礼婿往妇家亲迎，既奠雁（古俗：新郎至女家，献雁为贽礼，称"奠雁"），御轮而先归，俟于门外，妇至则揖以入。时齐俗不迎亲，故女至壻门始见其俟己也。"吕祖谦，东莱人。

子上之母死而不丧辨[①]

《礼记·檀弓》"子上之母死而不丧"一节，注谓子上之母，子思出妻[②]。愚按：出母疑即生母之谓。"出"，训如《左传》"康公，我之所自出"之"出"，谓其所生也。伯鱼之母死[③]，期而犹哭，孔子曰："嘻！其甚也。"伯鱼闻之，遂除之。盖犹为所生母服期也。礼：父在，为母服期。盖指嫡母而言[④]。伯鱼当时已为所生母丧，犹欲过期。故圣人既使伸其子之私情，而又不肯徇情溺爱，至期而犹哭，而遂讽以除之也。

又，《檀弓》曾子谓子思一节[⑤]。按子思受业于曾子，曾子于丧礼最精详，岂有至子思受业后，尚有不当于礼之言，而必待子思之救正者？且以弟训师，非独不可施于曾子而已，先儒谓戴记[⑥]多伪作，如此类者，不可枚举。

① 赵树吉本文否认子上之母是被子思所休的"出母"，而是"生母"，认为即使为生母服丧，也不应该过分如伯鱼丧母那样。所以"子上之母死而不丧"，子思对不许儿子（子上，名孔白）服丧母未尝不可。但对"出母"一词的理解，众说纷纭，迄今也无定论。

② 子上之母，子思出妻：《礼记·檀弓上》"子上之母死而不丧"注："子上，孔子曾孙，子思伋之子，名白，其母出。"《檀弓》此句为："子上之母死而不丧。门人问诸子思曰：'昔者子之先君丧出母乎？'"所以本文称

“注谓子上之母，子思出妻”，这不是“注”的原话，而是文意。按照一般的词义，出妻是指“被休出门的妻子”，如果亡故，按照周礼，只要父亲还健在，她的儿子应该为她服丧。而“出母”，是对她儿子而言，是被父亲“休出”的母亲，所以子思不让子上为已被父亲子思所休的母亲服丧是不合周礼的。

③ 伯鱼之母死：此句至“遂除之”，俱引自《礼记·檀弓上》。

④ 指嫡母而言：子上非嫡母所生。

⑤ 曾子谓子思一节：也出《礼记·檀弓上》。曾子谓子思曰：“伋，吾执亲之丧也，水浆不入于口者七日。”子思曰：“先王之制礼也，过之者俯而就之，不至焉者，跂而及之。故君子之执亲之丧也，水浆不入于口者三日，杖而后能起。”

⑥ 戴记：礼记本分《大戴礼记》，戴德编；《小戴礼记》，戴圣编。由于取材于《记》，而各种《记》杂乱无章，伪作颇多。

星陨如雨辨

《春秋·庄公七年》：“四月辛卯夜，恒星不见，夜中星陨如雨。”“陨”《公羊》作“贯”。《左传》：“夏，恒星不见。夜明也，星陨如雨，与雨偕也。”《谷梁传》：“着于上，见于下，谓之雨；着于下，不见于上，谓之陨。”后人遂训“如”字作“而”，谓星既陨而复雨也。然《公羊》明言：“‘如雨’者何？如雨者，非雨也。非雨则曷为谓之‘如雨’？《不修春秋》[①]曰：‘雨星不及地尺而复。’君子修之曰‘星贯如雨’。”不修，言旧时史官所纪之《春秋》。君子，指孔子修之者，则既经宣圣笔削之《春秋》也。愚按：如雨者，极言陨星多如雨点之密也，今《钦定春秋传说汇纂》中辨之极详。

①《不修春秋》：是指未经孔子整理的原鲁国史书。

《魏风·十亩之间》二章[1]

此诗自是贤者不乐仕，与下《伐檀》不素餐之君子同，其高节素志，可以想见。若必以为政乱国危，始作辞位之计，则国既不安，即归农圃亦岂能免祸乱耶？

①《魏风·十亩之间》：《诗集传》："政乱国危，贤者不乐仕于其朝，而思与其友归于农圃。"此诗《毛诗》序则云："刺时也。言其国削小，民无所居焉。"赵树吉认为属前者，故用"自是"引发。其诗曰："十亩之间兮，桑者闲闲兮，行与子还兮。十亩之外兮，桑者泄泄兮，行与子逝兮。"

《邶·凯风》四章[1]

《序》云[2]"凯风，美孝子也"，朱子以为[3]此诗乃孝子自责之词，而不及其母之不嫁。其见卓矣。乃《集传》则又谓"卫之淫风流行，虽有七子之母，犹不能安其室"，何也？愚按：此当是有母暴戾恣睢，不近人情，而其子失爱者，故痛自引咎。孟子亦以为亲之小过，未尝言其欲嫁。康成诸儒特以"不安于室"四字，遂解为其母有嫁志，而《集传》又增出"卫之淫风流行"句以实之，盖愈解愈误矣。

①《诗经·邶风·凯风》："凯风自南，吹彼棘心。棘心夭夭，母氏劬劳。

凯风自南，吹彼棘薪。母氏圣善，我无令人。爰有寒泉，在浚之下。有子七人，母氏劳苦。睍睆黄鸟，载好其音。有子七人，莫慰母心。”

②《序》云：此诗争议颇多，兹录赵树吉所指“诸儒”论点于此。《毛诗》序云：“美孝子也。卫之淫风流行，虽有七子之母，犹不能安其室。故美七子能尽其孝道，以慰其母心，而成其志尔。”郑玄笺云：“母有欲嫁之志，孝子自责已无令人，不得安母之心，母遂不嫁，故美孝子能慰其母心也。”孔颖达疏曰：“虽有七子之母，犹不能安其夫室，而欲去嫁，故美七子能自尽孝顺之道，以安慰其母之心，作此诗而成其自责之志也。此与孝子之美，以恶母之欲嫁。”在赵树吉看来，实在是上纲上线，愈解愈误。

③ 朱子以为：《诗集传》言：“卫之淫风流行，虽有七子之母，犹不能安其室，故其子作此诗，以凯风比母，棘心比子之幼时。盖曰：母生众子，幼而育之，其劬劳甚矣。本其始而言，以起自责之端也。”

习习谷风氓之蚩蚩皆弃妇之词①

《邶·习习谷风》《卫·氓之蚩蚩》皆弃妇之词。其反复悲叹，哀恻动人。惟此二篇为最。孔子所谓可以怨者与？先儒以为：“谷风之夫妇始以正，故其词多怨；氓之夫妇始不以正，故其词多悔。”愚按：“匪我愆期，子无良媒”，及“尔卜尔筮，体无咎言”云云，则其以礼自持可知，谓为“始不以正”，殆未必然。篇中一言“送子涉淇，至于顿丘”，再言“淇水汤汤”，盖确有所指，非同托言。其云：“士之耽兮，犹可说也。女之耽兮，不可说也。”孔颖达谓：“女与士耽，过度则淫，而伤礼义。”刘瑾谓《集传》以此妇立言之意，专主于言妇人不可一失其节，故重女而轻男，非谓男有可耽之理而无所妨也。愚谓其词虽似有抑扬轻重，然仍是怨士之意。观下“女也不爽，士贰其行”四语可见，末云“反是不思，亦已焉哉”，即乐府所谓“覆水再收不满杯，贱妾一去难重回”[②]也。

① 对这这两首诗的解读难见异议，均认为是弃妇之词。兹录此两诗以为参照。

《诗经·邶风·谷风》：“习习谷风，以阴以雨。黾勉同心，不宜有怒。采葑采菲，无以下体。德音莫违，及尔同死。行道迟迟，中心有违。不远伊迩，薄送我畿。谁谓荼苦，其甘如荠。宴尔新昏，如兄如弟。泾以渭浊，湜湜其沚。宴尔新昏，不我屑以。毋逝我梁，毋发我笱。我躬不阅，遑恤我后。就其深矣，方之舟之。就其浅矣，泳之游之。何有何亡，黾勉求之。凡民有丧，匍匐救之。不我能慉，反以我为仇。既阻我德，贾用不售。昔育恐育鞫，及尔颠覆。既生既育，比予于毒。我有旨蓄，亦以御冬。宴尔新昏，以我御穷。有洸有溃，既诒我肄。不念昔者，伊余来塈。”

《诗经·卫风·氓》：“氓之蚩蚩，抱布贸丝。匪来贸丝，来即我谋。送子涉淇，至于顿丘。匪我愆期，子无良媒。将子无怒，秋以为期。乘彼垝垣，以望复关。不见复关，泣涕涟涟。既见复关，载笑载言。尔卜尔筮，体无咎言。以尔车来，以我贿迁。桑之未落，其叶沃若。于嗟鸠兮，无食桑葚。于嗟女兮！无与士耽。士之耽兮，犹可说也。女之耽兮，不可说也。桑之落矣，其黄而陨。自我徂尔，三岁食贫。淇水汤汤，渐车帷裳。女也不爽，士贰其行。士也罔极，二三其德。三岁为妇，靡室劳矣。夙兴夜寐，靡有朝矣。言既遂矣，至于暴矣。兄弟不知，咥其笑矣。静言思之，躬自悼矣。及尔偕老，老使我怨。淇则有岸，隰则有泮。总角之宴，言笑晏晏。信誓旦旦，不思其反。反是不思，亦已焉哉。”

② 覆水难收句：见李白《白头吟》：“覆水再收岂满杯，弃妾已去难重回。古来得意不相负，只今惟见青陵台。”

附录：赵树吉友僚诗文

赵沅鹊先生事略

赵增瑀

古戎州揽岷峨、金沙双江之胜，其西南，林壑尤深秀。赵沅鹊太史世居其间，且三百年矣。杨庆伯[①]中丞尝过而叹曰："吾遍游蜀中，独此与内江山水近江南。固知其大有人在也。"

先生生而醰粹[②]，美风仪，有玉人之目。自年十五六纶巾赴试，士林无远近，望尘瞻慕，争以一见为荣。

登道光己酉拔萃科，本年领乡荐，逾岁庚戌联捷，入翰林。散馆授职编修，转御史，晋给事中，外简云南迤西兵备道。甫二载引疾归，卒年五十二。

捷南宫时，为华阳相国卓文端所识拔。既撤棘[③]，文端欢庆语京僚："某今科门下得一美貌生。"初上谒，锦字甫投，文端悉召家人、孺子妾，施罗帏窥容。一时声誉满京华，诸名卿贵人，皆觊与之交。

先生才藻丽逸，工书法，得松雪之遗。既以少年拾级青霞，名位自有矣。而先生顾涕唾[4]、陋贵富，自恨植道薄，专务宅心，淡定炼骨，力求别于恒流。其改官御史也，曾文诚壁光[5]方入直上书房，为恭忠亲王师傅，欲引以为助，且曰："汝性刚，居谏垣必触奇祸。"先生坚复之，以谓生平读古人书，每睹谏议臣摩厉锋棱，尝欲铁笔簪头，持白简一吐胸中槎枒不平气，为朝廷整肃纲纪，虽死职无所悔。既补官，则悉断绝中外交往书函。

当是时，发捻军兴，朝政日丛杂。假冠盖节钺为奸蠹者，往往纵轶法纪外。先生平昔持论："必于不肖之昭著者，务决去之。"章奏屡屡上，所参革京内外巨僚以数十计，罪尤重者卒至伏法死。尝一疏劾十数人，朝奏闻，夕已报可。宫门每传闻赵御史章疏上，宦寺胥惊异，诸亲王大臣辄诧声相问曰："有我不？"

文宗在位，尤器异先生，尝特简河南学政矣。某相国以索书不与衔之，进曰："赵某年尚少气健，姑辽缓之。"又尝简广东督粮道矣，忌者曰："赵某直臣，宜留之都中。"命皆格不下。

天津之变，文宗狩热河。先生屡疏乞还京[6]，不得请。及大行崩逝，空宫槐绿，泪洒周庐。先生赋诗[7]有"一从白马朝天后，无复青骡按辔回"之句，盖自伤其孤立也。

某督师[8]养寇自重，先生迭劾之，纳重金不入，则走刺客京师，将伺隙剚以刃。当拜疏时，既定稿，门窗上下周遭，键铁锁，先生据几坐，命从子某书之。从兄某[9]方宦比部郎，闻之汍澜雪涕，沮勿上；从子某[10]且书且回顾，先生默不言。久之，沉沉鼾声起矣。当是时，某督师势张甚，党亲盘互于朝廷，又遍以金珠结当路，知先生者皆谓疏上祸不测。先生阴规死计，以护眷还乡浼[11]同里张比部，而二三石交迭以酒食酹先生，若诀然。先生言笑自若。疏上，有吴台朗、吴台绶[12]者，请立决，指疏末语引《汉书·五行志》假天文迷罔朝廷，当斩。张文襄时雅从先生游，乃代杨侍御草章奏[13]，劾吴赖。太后明断，卒诛某督师，罢两吴也。

先生之观察滇西也，所治楚雄犹陷于杜文秀。大吏欲留之会垣，先生持不可。偕李、杨[14]两镇将往，先后复五城，卒莅治所。与民休息，远近有赵青天之称。会枢府某大臣[15]前任直督无状，先生劾罢之。既复起，阴致书滇督，为泄忿计。时曾文诚适抚黔，先生业师也，滇督则使文诚促先生速引疾归田。

先生既解组，教授里中，以修脯奉太夫人，色养愉愉，体慰微至。晚年癯骨嶙峋，色玉立，微须。每剧谈文义，手绿玉长杯，啜白酒一釂辄尽，十数尊未尝醉。足迹始终不一至守命署。往还乡里，游钓山水间。化其德者，皆以为光风霁月，迴异立朝挺挺风骨云。

先生名树吉，字迪初，又字沅鹄。有《郁郢山房诗文》、骈体若干卷行于世，疏稿上下卷，不及刊者尚居半。先生有言，不欲为宗族乡人府怨也。

赞曰：郑亲王肃顺当煊赫柄政时，嘘拂升云霄，日网罗都门才俊。先生亲家翁某，方课书邸第，迭为肃结纳先生，不可得，则曰："第命舆过王宫前，一投刺，高官厚糈惟所欲。"先生曰："我不往固也，我谓君且速行。"肃尝欲得先生撰文，书皇邸为寿，以千金介，而予阍者梁成金五十，俾研松烟为渖，致先生书。梁成捧巨砚，终日硿硿磨大墨作声响，迭前立案前，曰："主速书，主速书。"一日复言，先生大怒，批其颊，促还之。梁成潸潸泣曰："成受金五十，罄矣。"先生自取紫貂朝衣，入质肆，典金与梁成偿所负，卒不书。肃顺既诛，缇骑往王邸簿录，亲家翁某于扰攘中自门间逃走。邸中贵人方啜燕窝粥，兵卒不识，以谓王家乃碎屑莱菔细丝作米饭也。

夫士有文章炳蔚，风采耀人间，第以中心之犹热，稍不自检，

忽中于势之所诱，遂不免玷身辱名，一败而不可复收者，后之人可毋鉴欤。(《鹅山文钞》卷六)

① 杨庆伯：杨重雅。清江江西西德兴梅溪人，原名元白，字庆伯。道光二十一年（1841）进士。授检讨。咸丰间知成都府，镇压蓝大顺军，并辅助骆秉章规划全蜀军事。光绪间官至广西巡抚。

② 醰粹（tán cuì）：醇厚，纯美。

③ 撤棘：指会试发榜后。

④ 顾涕唾：眷顾弱者。苏舜钦《答宋太祝见赠》诗："翘然当路人，顾我甚涕唾。"

⑤ 曾文诚壁光：见本书《诗存》卷三《宿张肖眉洵编修淀园直庐》注。

⑥ 屡疏乞还京：参看本书《疏草》卷一《条陈时政疏》。

⑦ 赋诗：即本书《诗存》卷四之《员峤》一诗。

⑧ 某督师：指胜保。见本书《疏草》卷二《请罢斥贻误军事大员疏》《请诛革员胜□疏》。

⑨ 从兄某：赵树宜，字槐厅，举人。刑部陕西司员外郎，做京官三十余年。退休后主讲宜宾翠屏书院。

⑩ 从子某：或指赵亮熙，字寅臣，赵树吉从兄树人子。咸丰庚申进士，时任职工部。

⑪ 浼：托人。

⑫ 吴台朗、吴台绶：兄弟二人。吴台绶（寿），御史。二人因为胜保说清而诬赵树吉，双双被革职。参见本书《疏草》卷二《请诛革员胜□疏》注。

⑬ 章奏：即《劾御史吴台寿申救胜保挠法饰词挟制，并劾其兄吴台朗夤缘招摇状》，此疏也有指张之洞系代御史刘其年作。

⑭ 李、杨：李维述、杨玉科。

⑮ 某大臣：谭廷襄。赵树吉曾有《劾贻误军事大员疏》(见本书《疏草》卷一)，致其被革。

《郁郅山房诗存》序

朱鉴成

世有著作家，每书成，喜索人序其文，而序者恒患苦之；然文采自命之士，自著书未成，乐序人文以自见；而著作家又未赏不患苦之：二者盖交笑矣。沅青有诗而吾序之，两人自无有患苦，任世之交笑可矣。

沅青与吾兄弟以文章切劘者几三十年，少为诗不鄙吾而商之。其于古人所谓发乎情，止乎忠孝之旨，已隐隐兆其倪。入翰林后常相别，别数年必聚，聚必论其诗，境时时变而上。吾昔入都题其卷端，有“五年不见诗如此，海内交章算有君”之句。沅青笑谓：“子当不吾谀。”而故旧之知诗知沅青者，传以为口实。

今吾复至京师，论其诗则又迥异昔时，镂肝钵肾之为，而益大畅古人之旨，则已为台谏八年矣。食贫修业，交胜于厥。初，吾假其疏稿，与其诗错杂观之，沅青太息谓余曰：“滔滔皆是子所知也。圣人忧民，立贤无方，公卿侍从殷殷搜访，扬于廷立，畀以封圻，连率州郡。称与不，则事成败始知之。余识阍力薄，弗能也。惟于不肖之昭著者，务决去之。然识暗而必待其状之著，力薄而弗获吾心之从，惟吾罪矣。”

沅青之论如此，然吾观其诗，于一节之士，咨嗟缠绵不容已。此岂无善善意者，而何以能见怨而不知见德如此也？盖其迂矣。不独世笑之，吾亦笑之矣。

吾为诗稍迟于吾兄，早于沅青。所谓古人之旨，仿佛窥之。老不堪用，录录居此间，沅青日就吾论诗。沅青性呐，言殊不流。吾谓沅青：“子诗胜吾”，不应；“然则子迂甚吾”，沅青则吱吱笑。

呜呼！沅青迂诚甚吾，诗之胜吾尤尔矣！沅青迂甚吾，未损其早达，则今之仕宦不进，迂不任咎也。

世未必能说沅青，况于其诗也。其以寄吾兄乎？吾兄以官累，羁愁海上，知诗，知沅青者也，迂与沅青等者也，亦多见怨于世而不知见德者也，其有以报沅青也。

富顺朱鉴成

书赵给谏树吉赠序后①

陈代卿

沅卿与余同年而兼姻娅，少相善。大小试赴省入都，无役不偕。沅卿好为诗，余尝和之，或余有作而沅卿为之序，今皆不存稿。惟余咸丰辛亥，奉先大夫讳归，沅卿有见怀诗云："铜马门边路，当时共僦居。秋声萧寺雨，旅食潞河鱼。多难人俱去，重来梦不如。因君觅鸿爪，独立佛灯初。"是诗声情绵邈，集中不载。已未春，余复入都，沅卿方官御史。次年庚申之变，三宫比狩滦阳，回銮未卜。沅卿有条陈时政疏，以刘蕡之发愤扼腕，兼贾长沙之痛哭流涕，披沥陈之，长二千数百言，久不得报。一日与余饮同年徐太史昌绪宅，谈及时事，不能下咽。主人方慰之，沅卿掷杯大哭，满座为之悒悒，不终席而罢。

今沅卿往矣。回忆四十年来，一副热泪，更何处得此人也。同治癸亥，余以拣发之官山左。沅卿有赠序，见集中。颂不忘规，其意甚厚，非寻常投赠语也。既又得沅卿书，自谓素性不能俯仰随人，绝非外官气象。且好直言，所疏陈某事，颇有龉龁之者。惟有顺时安命，饱食老仓米以听之而已。后以京察放云南迤西道。时逆回杜文秀方踞大理，留驻楚雄，有荒田谣、乡兵叹等乐府。仁民之心，溢于言表。迤西士民感其惠政，闻与大府不合，将引疾归，争叩府门陈词借寇。沅卿挥泪慰遣之，乃能成行。到家奉母，自是遂不复出。著有《郁郅山房疏草》二卷、《文略》二卷、《骈文》二卷、《诗钞》八卷、《瓮天琐录》一卷，俱梓行。（《慎节斋文存》卷下）

① 赵树吉原文参见本书《骈文》卷一《送陈云笙同年耿甥笃卿之官山左序》。

致赵元卿给谏

李 榕

自癸亥春初领兵出皖省后，便未与弟寄一字。曰劳曰懒曰甚欲详，积时既久，愈不能下笔。但有内疚，更无他说。顷遇柳云怡孝廉，得读弟与眉生书，备悉近况，至为欣慰。

兄四月初遣散所部全军，时师相寓书，将委以地方之任。比五月初撤兵事毕，而山东变起。师相移节北征，复檄召募马队，随同渡江。兄以频年战戍，精力疲殆，骑兵之苦，倍于步卒，遂辞不任，自愿解兵入幕，从事笔札。师相具允所请。此后得稍稍休息矣。帅节于月七日次清江，初计开府徐州，经营齐、豫。近日捻众全趋蒙、亳，淮之南北一时吃重，因改计移驻临淮。僧邸旧部散处济宁，师相略俟湘军稍集，进发临淮。嘱兄至济宁收齐僧邸旧部，带过徐、淮，一面听候调遣。兄此行不过四五十日，仍回幕府。拟曰视师非将兵也，兄在行间七年，颇有阅历，而深厌苦之，如久病见药，饱食见饭。然以揆之师相，则十不及一二。此老真是可怜，真是当今第一苦人。我辈羞言劳字耳。

眉生在善后局，专办工程竹头木屑。物物讲求，迥非昔日囫囵气象。此行见兄在师相左右，颇以不相聚为怏怏。又其家累日甚一日，急急焉以救穷是谋。近有署江安粮道之信，此缺年来清苦，但得千余金养廉耳。海航在无为州，循声大著，破除向来州县一切等等法门。兄三过其境，一至其署，事事惬心。师相去后，渠亦将有退志。恰合得“读书人做官”一句话，可喜也。

云吉志节与海航同，才气过之，同见赏于师相。海航能奏一官之效，云吉未得展一日之长，岂非命也。兄与眉生，场面太宽，收拾不易。每羡海航之好为发端，好为结束，只悲云吉耳。

陈君舫仙，湘乡人。以军功起家，授陕西按察使。渠久在兵间，贤而能者。于其行也，属此函便一访高斋，幸相谈聚，借知外间事也。附寄银百两，为乡人团拜费。不知值年为谁，未作公函，乞婉致之。同乡官名号，便开一纸纳复函中，寄爵相幕府，或寄眉生亦可。

眉君入中书，抟九在枢直，与弟朝夕相处，可云不孤。差胜兄与眉生、海航，共事一方，犹是离群索居也。三君同看此信，恕不一一。

南岳长老到粤后便未与之通信，眉君知之。（《十三峰书屋全集》卷四书札二）

致赵元卿给谏

李 榕

陈舫仙臬使六月入都，奉一函附同乡团拜费百金，未接回书，殊以为念。兄山东之役，住兖、济者月余，中间过曲阜，纡道游泰山，颇遂生平游历之愿。七月望，至彭城，师相驻节考院，屋宇卑狭，幕府八人，比舍而居，酷似村塾。文书之暇，师相散步院落中，八人者环列左右，更端议论，间以诸笑，肃然有父兄子弟之仪，而欢然为宾客僚吏之好，军中一乐也。

捻匪行径，已是流寇。师相力扼徐州、济宁、临淮、周家口四处，厚集诸军，为深固不摇之局。任是如何变动，总不因贼为转移，使其不得为流寇。

曰神速、曰失机会、曰绕出贼前、曰尾贼穷追，皆是隔壁话，皆是历年报仗谣言。何以故？人要吃饭，马要吃草料。壮盛者日行百里，三餐饭缺一不可。晚间睡得，明日走得。此天下古今同然之道。然以言平人也，若要使人打仗，则日行不能百里，何以故？百里之内无饭店也。贼无饭店何以能百里？曰：虚话也。今使万人鱼次而进，前者三十里，后者方出门也。贼到之处，四无人迹，探者闻风，从而倍之，报者又从而倍之，则贼日行百里矣。官军与贼打仗，至早在辰、巳，贼接仗即败，败即追，至迟未、申间，亦须收队，不能百里也。或问何不穷追？路上无饭店故也。或问何不带饭？曰带饭之人，不能行百里也。然则何以天下人皆曰贼日行百里，其造为此谣者，何以故？曰贼日行百里，追及，见我之勇；不追及，见我之量力。两全之术也。其实贼亦人耳，吃饭、睡觉、走路，无差别也。或曰：见有在兵间来者，皆曰某年某战追贼百余里，谓之兼程，谓之轻骑，子何独强辩若此？曰：在兵间来者，曰文曰武。文人听人说话，未尝走路；武人走路，又不肯说真话。世无第五伦，说战功，我将向谁质是非哉？近日捻匪东突西窜，谈者动谓其飘忽，加倍描写，若不食而翼者。又责官军之不能神速。写此为老弟一笑，不必说向人，惹闲气也。

今早眉生书适至，公事不甚烦劳，日有看书功课，胸中恬适，不牢骚，足以相慰。徐州距京十四程，音问易达。弟之闲或过于兄，请月致一函，有话便说，不必文理，亦不必过拘拘于报施之数。眉君数年前致兄两书未报，此时亦不必怀憾在心。兄非美人，却亦不能无恃爱装娇之意，诸君何妨温存温存。（《十三峰书屋全集》卷四书札二）

致赵元卿给谏

李　榕

奉十月廿七日复书，忽睹眉君凶讣，惊悼不已。内附四月中致我一函，感叹亡友相爱之意，益悲不自胜。闻其弟铁君同在都中，身后事有人料理，甚幸甚幸。眉君一生好游览，著述其诗古文日记稿本，弟与铁君必善为之收存也。

差官回，询弟起居，知近来体貌清瘦，倍于往年。每日晏起过午，对人发语迟滞，气嘘嘘然若不相属。前月王鼎臣自都中来，曾见弟于眉君座上，说亦相同。鄙怀悒悒，急欲一言。

以弟赋性清介、静默自喜，登科以后，弥自矜重。由静默而入于简易，由简易而入于坚卓，由坚卓而入于枯寂，近则几于槁矣。

以美德而流为痼疾，抉其根止坐一懒字。抉懒病之根，止坐自恃二字。好逸恶劳盈天下者，懒人也。贫贱而懒，则人非笑之；富贵而懒，人或不以为病，从而曲原之；富贵聪明而懒，人且有赞美者谓绝俗也，谓寡营也。声援相假，不责疏慢之无礼，而赏洒脱之有韵。于是懒名日著，懒病日深。不至叔夜之自命为七不堪，挟其懒以告天下人不止。兄敢横断一言曰：弟之懒成于自恃。

今日欲治此病，第一良方曰“习劳苦”。谏官不能日有公事，何从劳苦一身？运动、行立、坐卧之节，皆可以劳苦我也。庭除以内，妇子仆婢洒扫浣沐之役，米盐蔬果琐屑之用，为撙节之，整齐之，皆劳苦事也。劳苦习则精神长矣。涤师军中勤劳，十倍于僚吏，其自奉服食，与酬赠犒劳之费，设一内银钱所，月有综核。厨房酒肉账簿，日有常经，不得过若干数。宴客之席，每亲自点菜，过心过目，以此为娱。常人动言大臣不亲细事，吕端小事胡涂，此正是懒人文过语。及问其大事，依然胡涂。甚愿弟之发奋，亲细事也。

其次曰“勤见客”。一以修报施之礼，敬人者君子也。一以扩见闻之胸，闭门抱影，是聋瞶也。与一二人周旋，犹瞽之倚相也。勿谓俗言不入耳，谣言不中听。多收几句，存在胸中考究，有何妨碍。弟为谏官，职在风闻言事，胡乃深闭若此？又历年不答人拜，负谤不少。未尽礼于人，而曰“不畏谤”，君子弗取也。习劳苦、勤见客二节，是弟平日所最短者。特为痛切言之。

长养精神之道，更有一说，曰“莫愁”。兄三十以前善愁，彻夜不寐，向人额有蹙纹。及从沤师习闻空冷之说，识力稍定。又好为悲天悯人，愤世嫉俗之论，其愁愈甚。上年在都，与弟相处，闲谈动气，触酒益狂，不爱作吉祥语，弟盖亦深怖也。自奉涤师之教，愁病顿减。其律己也，但问日行功课，谓日课如业织者，今日放下机头，成得几尺几寸。其待人也，谓姑置其短处，且先观其长处。一意孜孜勉勉，则自视不愁；一意与人为善，则于人不愁。涤师又好为谐语，文书之暇，日与客围棋一二局，随手布子，不为苦思，亦适情之一法也。

弟苦宦十年，每代为设处，殆少生人之趣。往者都门夷祸，天地为晦，兄时在祁门军中，每念弟当有首阳之厄。如此大难，坦然过去，知愁之一字，不足为弟累也。所勖三事，复书中望详示一通，用释愚虑，且以尽观摩之益。至切至切。（《十三峰书屋全集》卷四书札二）

复赵元卿给谏

李　榕

正月廿日，折差回奉惠书，知精神如旧。鄙言复多所嘉纳，为之喜慰。至谓平日深自敛抑，屏弃人事。敛抑则可，屏弃人事则不可。终日与人应接，而不损吾之敛抑，此正是用功考验实落处。又言此时若重换面目，时勤款接，终日奔驰，正恐有损无益。此尤失苦衷规劝之意。兄所以敬爱阁下者，正在平日不务奔驰，岂有望君重换面目之理。兄前书亦斟酌分明，愿弟时一挂目古人弦韦之佩。正以相反相成，在勇于自克者识其意耳。

兄二月九日随师相启行，十九日次济宁，以捻逆东趋，留驻于此。近日贼聚郓、巨之交，东勇八千余人，扼运河东岸。淮勇万五千人，紧蹑贼后。但能遏其渡运，驱而之西，各路游击之师均易着手。此间约有两月屯驻，过夏亦未可知。兄拟以秋间归蜀，以师相挽留，兼属其次公子课读，目下尚未取到。

军中幕府多暇，尽有余力看书。《通鉴》既承买就，乞即寄来。

《通考》有善本否？《通志》一时觅不得，尚可从缓。弟耳目颇隘，已属抟九合力为之。此次人回，莫教又空空也。眉生署徐道，由金陵至此，盘桓数日，到任去矣。渠耳聋颇剧，然其力强气定，举无废事，发愤要作好官。兄自视骎骎，将为懦夫矣。（《十三峰书屋全集》卷四书札二）

元卿云吉与湘筠兄每夕见过感赋

王　拯

人去霜阶月满庭，虚堂愁影畏冥冥。剩开曲径延三益，肯把空觞对独醒。世事尚须烦斧钺，生涯何意托参苓。五湖他日闲鸥鹭，归去孤蓬卧雨听。（《龙壁山房诗草》卷十二）

十一夜月甚佳叠用前韵邀元卿作明日翁殿撰同龢钱编修桂森高侍御延绶和诗皆至并酬

王　拯

一雨勒春寒，风威犹廪廪。羔裘夜重衾，将老叹衰禀。会经堂前月，坐阅间三稔。去年邸舍春，独作陈留饮。可怜才命薄，衫袖泪如渖。谁知和玉珍，未与荆金品。谓从子叔明。翩然贡篚陈，岁月才苒荏。穷鳏百念灰，归老计弥审。良时倏可乘，奇数亦已甚。明庭球玉登，胡复瓦砾碜。闻命走循墙，羸孱惧颠磁。旧巢频洒扫，老屋自凄懔。霄露下泠泠，林烟生淰淰。连楹密帷幕，列树疏柘椹。中庭行侧冠，有客喜联衽。好修弗遗予，妄发定怀朕。天阙望嵯峨，高寒照心谂。艰危常旰食，奔走亦宵饪。恩遇许崔员，衡裁接张沈。忽思风檐客，剖腹忘宵寝。输君连城壁，璺驳不镘锓。鸡鸣良夜深，清味各思噤。归梦五色云，从天落孤枕。（《龙壁山房诗草》卷十三）

元卿夜过寓斋

王　拯

坐爱庭阴晚，今宵复共君。林烟清不断，竹露定中闻。客思惊秋早，诗情入夜分。那堪歌水调，将去惜离群。（《龙壁山房诗草》卷十四）

阅元卿近稿书二十八字

朱鉴成

五年不见诗如此，海内文章算有君。穷者人间剩东野，霜猿晓角不堪闻。（《题凤馆稿·归雅集》）

客中甚忆京华故人作诗摅怀①

朱鉴成

仙骨如君近益稀，饥来时复典朝衣。十年诗学成家苦，太古襟情应世非。何事为余增涕泪，不轻诣客见廉威。看骑骢马人争避，未有丰貂易赐绯。官翰林数年不能置貂裘，御门侍班即以补服往役。时补谏职。赵编修。（《题凤馆稿·徙溟集》）

① 朱鉴成此诗忆京华故人多人，此摘忆赵树吉一首。

摸鱼儿次伯荪支重阳原韵即送其之京师

朱鉴成

怪江湖，不生风浪，暂羁之子行迹。九回肠断无由说，管甚绿尊瑶席。刚一夕，便乐也无多，况是飘零客。惺惺可惜。算石上三生，天涯半载，长记南屏鲫。

君行矣，关塞枫林不隔，梦魂也累双屐。潇潇秋气茫茫酒，守定晓钟休击。居苦仄，愿走马，春风喜迓晨风北，金台驾息。快觅我素心，云眉赵李范，云吉赵元卿李眉生李六容。离恨代谭剧。（《题凤馆词稿》）

秋寒简元卿

沈寿榕

无风无雨无霜雪，九月隆寒突过冬。我学老蚕作春茧，君如奇鹤敛秋容。客心俯仰泪双落，山顶推移云万重。莫漫著书写孤愤，戏拈秃笔已藏锋。（《玉笙楼诗录》卷六）

浮沉三首示元卿

沈寿榕

浮沉之势如温温，虚矜之气何轩轩。动色相戒防危言，操刀欲割嗟钝根。猛虎在旁馁以肉，胡不设阱张篱藩。作歌呜咽不成语，悲哉杜老留花门。

主人升堂宾客喜，再拜陈词舞而起。一尊先进紫霞觞，灵药在中长不死。白璧[①]黄金为公寿，公家已多安用此。何如化作双鸳鸯，对酒不欢将老矣。

碱砆之质为琅玕，沟渠之水为波澜。眼前朱紫艳如绣，胸中冰雪何须寒。虚声自炫复相假，负重不远宁知难。乾坤生材等弃置，深山大泽龙蛇蟠。（《玉笙楼诗录》卷六）

① 白璧：原文如此，疑“白璧”之误。

触物二首再示元卿

沈寿榕

朱墨不共色，冰炭不同器。负质各怀真，矫焉思立异。守道蕴以仁，达权明其智。无求斯无争，相类乃相忌。

千章蔚邓林，选材推工师。群称栋梁器，乃珍樗栎姿。拳曲且拥肿，价重而货奇。绳墨尔何物，毁弃无用时。（《玉笙楼诗录》卷六）

与元卿话

沈寿榕

故人家在古戎州，定有思乡无限愁。记得十年前旧事，片帆斜日吊黄楼。楼距叙州府十里许，黄文节遗迹也。（《玉笙楼诗录》卷六）

读元卿诗即赠二首

沈寿榕

楼高春自来，好山怜我痴。尘闷郁如瓮，哑然吟君诗。诗中有骨法，独立清且奇。云霞照冠佩，绰约天人姿。海掀千顷波，片帆轻可移。强敌逼城下，指挥先登陴。问君操何术，所造能若斯。括其妙曰重，志定神不疲。方寸百灵宰，俗眼多相皮。泠泠玉渊水，掬洗开昏眵。

闭门甘守寂，学古宗骚雅。偶然相视笑，彼此胡为者。君意自冲淡，予怀信疏野。天真岂雕凿，风度绝潇洒。下士施狡狯，文字尤苟且。貌人以自貌，善媚粉黛假。云力大于身，按之不盈把。初闻鸣钟镛，再击类土瓦。嗟予若顽铁，借君大炉冶。言别赋西征，时将赴楚雄府。寸心何由写。（《玉笙楼诗录》卷六）

蜀人至闻赵元卿观察殁于里泣輓四首

沈寿榕

好友元卿死，初闻泪满裳。旧游太零落，新稿待商量。眼底谁名士，愁中忆侍郎。前数日闻薛镜（觐）堂侍郎讣。正多忧患事，何只痛琴亡。

少壮先游蜀，公才已早知。从征南下日，被命北来时。己巳余再入滇明年君授迤西兵备道。乍对重阳酒，同吟秋草诗。君和余秋草诗四首。寥寥千古意，无语两心期。

宦境真如水，言归未买山。远闻移疾去，差喜著书闲。消息频相问，牢愁恐未删。崚嶒支铁骨，犹自说清孱。

元卿原不死，死去作星辰。世惜文章老，朝推御史真。君初官给谏有直声。家庭知有子，碑版属何人。凄绝戎州路，无从问去津。（《玉笙楼诗录》卷十）

秋柳秋虫二诗和赵元卿编修作

李榕

回首春风濯濯姿，当年张绪最堪思。数声哀怨来羌笛，一角斜阳照酒旗。何处红尘沾落絮，几人绿鬓感衰丝。如何灞水桥边路，不似灵和殿里时。

月华如水夜凄清，幽韵居然籁自鸣。空馆雨凉灯有蕊，残更风咽柚无声。难平东野昂藏气，谁识欧阳叹息情。知尔不须劳负蝂，苦吟还可了余生。（《十三峰书屋全集》卷二诗集）

赵元卿编修名树吉，叙州人

李 惺

闭门终日一无求，药鼎绳床梦益州。对客呈诗如献佛，典衣得酒胜封侯。飘零眷属梁园雪，零落官场蓟树秋。同辈如云君早达，岁寒珍重紫貂裘。（《苏邻遗诗续集》）

郭筠仙龙皞臣邓弥芝王壬秋订余同出都连夕集尹杏农寓话别赵沅卿李眉生皆至呈主人及诸君子

莫友芝

抱火坐积薪，恬嬉昧攸灼。先忧能几人，事外守寥廓。旅食忆十年，百度成古昔。蹩躠复奚为，坐听辙鱼涸。稍多同方子，仕已甘索莫。相思即招寻，境局意良拓。残春一以送，云散在旦夕。连霄杏公家，鸡鸣纵狂噱。弦蟾亦惜别，照客不肯落。江岭积疮痍，兵革延广斥。人生各有傃，安得还此乐。勖矣平生心，百岁视畴昨。（《郘亭遗诗》卷六）

读朱眉君鉴成北征南征都门诸集为题长篇于后

江国霖

我晤眉君面，如见眉君诗。天风海水喷胸臆，美酒百尊酣醉时。我读眉君诗，如共眉君话。十石强弓谈笑开，拔剑高歌天宇隘。三峨矗立江水横，眉君坐啸殊无朋。东洲老笔最坚瘦，一朝发尔噌吰声。长安贵游盛车马，眉君遇之才斯下。就中磊落三五人，略许叩门说风雅。蜀士今闻李范赵，李眉生兵部，李六容仪部，范云卿侍御，赵元卿比部[①]。眉君夸其诗笔好。琅琅都门酬唱篇，画角清钟兢霜晓。见辄痛饮吟辄豪，如斯欢会从前少。客居忽不乐，仗剑之炎州。泰山初日荡双眸，大河横过轻如鸥。西子湖边杨柳醉，富春江上琵琶愁。联镳草檄枚马邹，金符玉节相咨谋。亦闲亦壮君之游，故应有奇诗必搜。解衣乃在循之合江楼，坡仙大笑东家丘。我时去官百事懒，未肯敲人铁门限。逡巡百日始见君，剪烛谈深酒杯浅。可惜君来时，海国风涛多。五羊仙人不可见，城垣白日游蛟鼍。豢之驱之两无术，太息曩者乖人和。君过珠江问劫火，定应叱咤成悲歌。我游粤中今一纪，百事盈亏付流水。但愁西鄙尚荆榛，不信南交多薏苡。循州[②]之来偶然耳，得读君诗差自喜，手钞须买洛阳纸。更欲因君问乡人，如此才笔今复几。眉君云鲸鸣潮涌外观赫也，中多悱恻深微，有夜得一士旦告人之意。惜小生不足当也。（《梦苏斋诗集·海上寓公草》）

① 此诗中江国霖自注“范云卿侍御，赵元卿比部”有误，实应为“范云吉比部，赵元卿侍御”。

② 诗中“循州”为惠州古称。

送沅青观察同年之任迤西

董文涣

祖帐临寒腊，鸣驺别帝畿。送君炎儌去，喜是故乡归。路入牂牁险，霜随貙豸威。南车傥回顾，早晚待彤闱。(《岘嶕山房诗集初编》卷七)

别京师诸友六首（其二）

高心夔

武选好寮婿，隆昌范泰亨云吉。濯锦双琼钩。直法西曹内，义泣阶下囚。乡有贤给事，宜宾赵树吉元卿。虽瘦骨则镠。长冰卧绝谷，百兽不敢投。

逢君数言笑，卉木荑素秋。善乎三子刚，以变高明柔。我行杖孤志，天阶辟翔游。归来颜深苍，谁与名乐忧。(《陶堂遗集·陶堂志微录》卷二)

十月二十二日许编修宅集留别主人暨黄御史锡彤兵部锡焘昆季李中允文田陈兰彬敖册贤刘锡鸿曹耀湘四刑部期谢编修维藩未至简之八首（其三）

高心夔

龚惟咸丰末，游宴文彦薮。出门累车骑，并席持肱肘。联翩吴楚间，俊赏不私厚。蜀才竞凤举，高气出氛垢。旅食依昆明，风日美荷柳。二黄同遨罢，镫火哦一牖。主人古孟尝，泪感台倾后。隆昌范泰亨宰树拱，宜宾赵树吉困滇右。鼻酸对敖君，今昔当恸否。谁能转天地，重此挹尊卣。迷忘旧酒垆，怆别行八九。（《陶堂遗集·陶堂志微录》卷四）

解任后闻赵元卿前辈亦引疾求退戏作二首不必寄赵

彭瑞毓

多谢瑶池雨露栽，勿惊先后落尘埃。监司着我原侥幸，台省如公岂易哉。汤镬翻身差可喜，泉刀脱手又谁来。道旁赢得儿童笑，穷子高辛结伴回。

浮生去住本何常，自有天公为主张。才涉怨尤先自浅，能安愚

鲁比人强。鹤因屡舞宜遭煮，雁不能鸣也召殃。世事难知神道远，故应齐物着蒙庄。（《赐龙堂诗稿》卷八）

读赵元卿给谏树吉疏稿书后

陈良玉

雪涕龙髯恸莫攀，排奸疏早望回銮。孤危阳气扶谁壮。忠爱臣心出更难。青史异时劳简册，汉庭一纪重衣冠。重阳节过霜风厉，寂寞秋英耐饱看。（《梅窝诗钞》卷三）

读赵元鹳侍御树吉奏疏

杨　岘

论兵自诩古人同，亦向当年树战功。事业遽输蓝面鬼，声名虚负黑头公。天边戎马骄余气，海上鲸鱼跋大风。一纸弹章容易死，将军还是可怜虫。（《迟鸿轩诗乘》卷三）

敬用观察赵沅青夫子原韵廪生受业李维暹

劫灰换红羊，生民室家恋。兵驱贼踪躏，团团蚁磨转。况我滇乱生，弥年苦集霰。荼毒煽花门，策穷金闺彦。斫吏惊白丸，九重廑南眷。中原莽干戈，鞭长御难善。城郭尽为墟，降叛互媒衒。春田掩平芜，秋斋焚笔砚。遗黎幸添丁，那复近书卷。

自闻使君来，功思造化补。当年御史台，抱义而仁处。疏草落人间，清直声楚楚。蔚然中兴颂，金石庙堂拊。帝曰汝往哉，西陲民正苦。所愧筐篚虚，无以奉清糈。春风嘘兰艾，和气酿农圃。廉静持化本，风教有何阻。侧闻田叟谣，同社足鸡黍。

飞檄到黄龙，痛饮折梅枝。献馘析珪组，慰此蒸民思。胡为舍我去，来苏愿终违。男走女辍舂，依依徒怨咨。呼天天不闻，沥胆以敷辞。大府其许我，时雨洗疮痍。尔之不许我，天监其在兹。抚我与虐我，间不容发时。使君驾不回，飞梦驰边陲。

洱海何年清，苍山多战尘。嗷嗷中野鸿，彼苍宁忍闻。夺我使君去，不当怨尤人。攀辕起诸将，吞声同苦辛。天门詄荡荡，信多麟凤身。十年胡不来，一援饥溺民。连月捷书至，人语含欢欣。孔席不暇暖，妇口安足论。临歧劝一觞，浩歌随元云。

敬用观察赵沅青夫子原韵 廪生受业沈宗舜

帝命巡西陲，下车教化善。善政终冬温，德心荷天眷。文教从此开，琳琅满诗卷。翰苑推名儒，柏台领群彦。美玉实在斯，善价岂自衒。妙手分天章，几人亲几砚。请教忻日长，忽惊旌节转。旌节不可攀，士民泪如霰。碑留云思后，梦寐犹依恋。

国家重廉察，所关岂小补。率属怀洁清，观风问疾苦。叱驭入穷荒，何畏道修阻。寸心质天帝，宁俭辞厚糈。下僚惮丰裁，馈赠戒无处。回忆立朝时，弹劾刈棘楚。此方经寇乱，斯民遍循拊。生机回枯荄，农力尽场圃。试听来暮歌，何以颂郇黍。

族庖易刀折，何况纷扰时。世情耻悃愊，谁与苏疮痍。宦海多风涛，手版从此辞。破甑尚勿顾，好官已烂思。但惜经世志，于今中道违。志违遂瞻依，归养白云陲。定知承欢下，不忘寒暑咨。清献一琴鹤，君心久鉴兹。征书且赴陇，春信报梅枝。

桐鱼叩石鼓，清扬声远闻。丹梯被接引，蹇步离风尘。束发受书史，画荻怀劬辛。一从侍末坐，圭璧知束身。余事及文艺，矩矱遵先民。远近慕风采，鼓箧同欢欣。临河忽返驾，世事安可论。功名视流水，富贵如浮云。归装几诗卷，出处真完人。

敬用观察赵沅青夫子原韵廪生受业卜湘

戎马生西郊，桑梓难系恋。我楚固金汤，十年劫流转。老稚转沟壑，挥泪如集霰。谓欲见天日，庶得救时彦。夫子衔命来，西迤获天眷。传檄贼胆寒，民爱知政善。德如风偃草，心实不外衒。因之农服畴，士亦亲笔砚。治道岂在多，论语书半卷。

山甫佐中兴，衮职阙可补。舍之则卷怀，蘧瑗严出处。我公昔早达，台省实翘楚。执简风霜生，献颂金石拊。豸绣出巡边，宁畏行役苦。但思拯饥溺，何曾计禄糈。下僚咸敬畏，夙莫懔樊圃。连城屡告捷，归舆谁能阻。去去话桑麻，田家足鸡黍。

忆昨下车始，桃花开满枝。课士分鹤俸，循循钦教思。郡中秋多疠，自天孽难违。积棤蔽原野，昼嗟宵复咨。一疏通鬼神，祝史无愧词。从此庆再生，国手医疮痍。焚香告苍穹，祝公常在兹。福我更寿我，玉烛旸雨时。三年仁政成，沾被匪西陲。

霾风起天末，难避元规尘。前途唱骊歌，掩耳何忍闻。无乃天地闭，故欲阨贤人。白驹永朝夕，莫慰我酸辛。我父与我母，劬劳生我身。喜我得教养，复为三代民。攀辕事难成，调苦心不欣。蜀山在何许，旧文重细论。回首望点苍，黯黮多阵云。

敬用观察赵沅青夫子原韵拔贡受业陈思相

兰室久忘香，索居翻系恋。高山仰嵯峨，在远思辗转。丧乱起滇南，先集实维霰。涓流忽不塞，溃决窘群彦。西土皆绎骚，帝心劳注眷。十载势滔天，胥溺何能善。乱丝治犹棼，碱砆宝空衒。材武重当时，谈笑耻笔砚。谁知出群材，读破书万卷。

来者犹可追，亡羊牢且补。思澹道黎灾，敢择安土处。志壮无畏途，按部临威楚。满野集哀鸿，还定劳安拊。疏词格神明，疫疠不为苦。宁辞暮夜金，公忠忘薄糈。萧然灯火出，荒斋入场圃。廉静以化民，山川岂云阻。芃苗一时新，阴雨膏郇黍。

青青上林树，翘然借一枝。风霜挺真节，蚁穴匪所思。贤哲重进退，守义志岂违。悠悠乱靡定，攀辕胥叹咨。九阍远莫达，借寇徒费词。欷歔复欷歔，谁为起疮痍。安得驹维絷，朝夕长在兹。一试补天手，张尪住有时。故使众觥望，酒浆竭西陲。

春风吹我襟，时雨浣我尘。茅塞心顿开，得闻所未闻。况兹膏与馥，沾溉无遗人。四牡今忽驾，蹇裳倍酸辛。回音应西望，痌瘝切乃身。三径有松菊，所嗟此穷民。宦海风波险，安归良足欣。随意自卷舒，磷淄不须论，其如苍生意，引领常望云。

（以上四首均录自光绪《楚雄县志》卷一二《艺文下》。赵树吉原诗见本书《诗存》卷八《庚午之冬引疾归里留别池西士民四首》）

送观察赵沅青先生归里知县黄文炅嘉定

鸡和[1]方奏捷，拂袖竟归耕。谏草存宣室，骚坛主旧盟。攀辕人借寇，立雪士尊程。叱驭能回驭，笙诗听再赓。

骢马丰裁峻，彤廷善激扬。荐贤回气数，诛佞懔清刚。西徼烽烟满，东山岁月长。遂初欣早赋，琴鹤整归装。

万里为边吏，山公幸见知。才惭三语掾，清咏一编诗。云返峨眉倦，碑贻岘首思。中兴求治切，应再迓旌麾。

① 鸡和：古地名鸡和城，在今南华县东。《元史·地理志四》威楚路镇南州条记："川名欠舍，中有城曰鸡和。至唐时，蒙氏并六诏，征东蛮，取和子、鸡和二城，置石鼓县，又于沙却置俗富郡。"

送沅青赵观察归里都司沈朝觐

玉堂金殿旧声闻，隔岁花时拜使君。峻望早传骢马使，清标真称凤鸾群。爱如冬日融融暖，德比名香细细熏。我愧景宗无健笔，强拈余韵祝卿云。

边陲半壁独支撑，忽听骊驹唱一声。卧辙难留孔北海，长城幸有李西平。归装诗载千篇富，行部风传两袖清。苍洱他时看澈底，高文还待写峥嵘。

送观察赵沅青先生归里副榜谢焕章

君本名臣裔，清声历代传。忽闻黄鹄举，怕读白驹篇。苍赤咸挥泪，林泉暂息肩。絷维留不得，归养思飘然。

西陲声望著，一别众心悲。梦绕蚕丛路，诗留鹿郡碑。淮南招隐早，砚北掎裳迟。藉有三生幸，垂青敢所期。

（以上三首均录自光绪《楚雄县志》卷一二《艺文下》。赵树吉原诗见本书《诗存》卷八《同僚多以诗赠行赋此奉酬》）

后 记

本人有幸受宜宾市地方志办公室委托校注《赵树吉集》，本书作为地方历史文献整理的重要成果之一得以出版，首先要感谢宜宾市地方志办公室的信任和支持，特别是本套丛书的副主编王卫义先生的具体指导。

宜宾有深厚的历史文化底蕴，前人丰富的著作，很多已经湮没在历史长河中。幸存的历史文献需要我们抓紧整理和研究，以便能吸收其中那些能养成民族精神、增强民族自信、提高民族自豪感的营养元素，使之成为建设强大国家的精神能量。这是整理出版此书的现实意义所在。庆幸历史给我们留下了赵树吉的著作，这是我们的荣幸，但是我们不仅仅有赵树吉，希望还能读到更多。

如本书校注说明所述，本书包括了目前所存、由赵树吉门人在其逝世后整理，以“郁鄢山房”冠名（除《瓮天琐录》外）刻印的书卷。《康熙字典》说：“郁鄢，县名，在犍为。”这两个字的读音是“cún mǎ”，它的位置就在今四川宜宾市叙州区泥溪镇的宣化坝。隋唐时鼎鼎有名，所以赵树吉自豪地用它作书斋名。

《叙州府志》有赵树吉传，他的出生地旧称叙州府宜宾县黎汤乡，如今是宜宾市叙州区赵场。生于道光丁亥（道光七年）十一月二十三日（1828 年 1

月 9 日）。字迪初，一字沅鹬（据家谱），也作沅青、元卿。道光三十年中进士，著名御史，后来派到云南当迤西道道台，最后以病休回家教书。卒于 1880 年（光绪六年）。

赵树吉的这套书起自他中进士，止于辞官抵达家门，是他整个仕宦历程的记录。其中既有作为诗人对内战和外敌入侵、国家颓败的伤痛，对战乱中的生民疾苦的哀怜；又有作为谏官，道道奏章表露出他的铮铮铁骨、无私无畏，犯颜直谏。

作为诗人，徐世昌辑《晚晴簃诗汇》称其“诗才茂美，托旨深长。当时蜀中诗家，推为巨擘”。《清人诗集叙录》则说他“时为宋途，然无饾饤之习”，意思是步宋诗，但没有宋诗那种堆砌的习气。这可以从他的众多古体诗看出来。

但是今人读诗，重在其意。由于始终处于忧患之中，天灾人祸和战乱之苦在他诗中不少见。如《邯郸行》（卷一）、《羊城行》（卷二）。尤其处于贫穷和兵祸中的云南人民的非人生活给他很大震动，几首“悲歌”写得催人泪下：悲夫役、悲捐派、悲掳掠、《荒田谣》、《秋疠行》（均见卷八），其意义不输“三吏三别”。赵树吉是典型的“居庙堂之高则忧其民，处江湖之远则忧其君”，不知何时而乐的人。

他的思乡诗也写得非常感人。在与友人唱和的诗中，他不时提到家乡的美味荔枝苦笋美酒美景。孤灯独坐之时，即发“故乡在何许，万里云叆叇”之叹（《冬夜独坐》）。他写旅途的艰辛，则充满奇绝险峻，令人屏息、目眩股战，如《上大关脑》（卷七）等。

他曾立志“铁笔簪头”，“虽死职无所悔”。此后，作为一代著名御史，他名震朝野，刚直之声满天下。

他的《请诛革员胜保疏》，不胫而走，国人争相传诵传抄，竟至洛阳纸贵，以致成为历史上著名奏疏之一。他的“夫法者，祖宗之典，而天下之公也。定之自祖宗，则今日不得易。公之在天下，则贵近不得私。”“（皇上）欲曲法以生之，何以对祖宗、谢天下乎！”“臣虽以言获罪，万死无憾！”声震庙堂，誉满天下。

他的《条陈时政疏》，怒斥“大官类多暗庸，以奉行文书为尽职，京宫阙额而不知，器械朽钝而不问，财用竭乏而不能足，寇至张皇，寇退泄沓如故”；痛斥当时官场劣习，“奉行文书便谓尽职，查照例案则曰经纶。考其所为，数书吏足以办之，虽名为大臣，实与小臣无异。甚者至结认师生以相援引，交通外官以取贿赂。如此之类，不过借荣利以便私图，一旦所欲既遂，有乞身而去耳”。

尤其难能可贵的是其洞察力，在《条陈时政疏》中，他认为与帝国主义签订的和约并不可恃为安全之本，而必须要自身强大：“皇上以抚议为可恃乎？不可恃乎？如知其难恃也，则盍亦求所以自强之术。”“堂堂中国，顾不能有所振作哉！在皇上一念之间耳。诚能日夜祗惧，奋发有为，使天下晓然知圣意之所在，将智者效谋，勇者毕力。则是秋间一变，乃天所以甚诸夷骄悖之疾，而警我数十年因循之弊。因灾而致福，化弱而为强，此中国无疆之庆。”这些话振聋发聩，可惜昏庸的清帝没有听进去，置之不理。赵树吉对朝政彻底失望，竟在朋友面前难掩悲愤，掷杯痛哭。后来，有人终于拔掉了这个眼中钉，把他弄到战乱中的云南去当道台（迤西兵备道）。这反而造就了一代廉吏。

赵树吉在当京官时，穷而不堕其志，时刻未忘自己是“廉吏之后”，所以穷就是“固然”。他的好友王拯说赵树吉住的地方如“山居”，而他自己则说“闭门若空谷，矮屋如渔舟”，“囊空瓶罍耻，茗饮聊自谋”（《冬夜感怀二首》）。因囊中羞涩，常失约同僚聚会，逢生日竟要关门躲客。他自言“为贫始学宦，宦久乃愈贫”（《送少舫弟回蜀乡试三首》），常常因生活窘迫萌生去意。

他落到“南荒”后，终以循吏载入云南史册。《云南通志》及《新纂云南通志》均载：他在迤西兵备道任上，“减徭役，招流亡，抑豪强，饬吏治，政绩为滇中最”，“解组归，行李萧然，所余廉奉，尽捐置书院，以供诸生膏火，至今楚郡士民讴思不忘云”。他离去后，楚雄人民将他奉入长生祠，这是好多为官者求而不可得的荣誉。

当时人评论赵树吉时，认为他“迂甚”，他也自称“迂生”。平时沉默寡言，朋友吹拉弹唱之时，他一人可以终席无言，写起诗来却洋洋洒洒，像完全换了一个人。朋友聚会，他们多是如今 AA 制，出钱或提酒菜凑份子。他穷，又不愿向人借钱，往往借故推脱。而且与一般京官不同，他不喜交际。这种性格影响了他的仕途，好友李申夫（榕）专门写信劝过他，他不愿改变，坚持做他自己（见附录李申夫信）。但是迂直相连，唯如此，才有今日我们所见的赵树吉。

本书整理工作历时两年多。诸多师友提供了不同形式的帮助。

特别感谢著名文史专家、宜宾市历史学会原副会长、宜宾市史志协会副会长李伯章老师。他对此书的整理出版始终给予极大关注。还在《诗存》部分初稿成时，笔者就专门打印呈送李老师教正，这是第一次与李老师相交。待全书成稿后，宜宾市地方志办公室正式委托伯章老师审读。尽管已是重病在身，自知来日无多，伯章老师欣然抱病详审，并多次面谈赐教，提供了很好的指导和修改意见。尽管我多次劝告李老师养病第一，其他诸事均可放下，但他坚持审稿，并说希望以此书树立样板。今年三月下旬，李老师病情恶化，双腿浮肿，癌痛加剧，欲回家乡简阳养病。彼此心知恐成永诀，但李老师坚持将此书稿带去，一定要赶时间审完。书稿刚审完，李老师即身故。如今捧读书稿，有些字迹已不如常态，甚至难以识读，令我唏嘘哽咽。有师如此，相识恨晚。

西南大学历史地理研究所教授赵永康老师，始终关注本书的校注工作，并不顾八十高龄，冒着酷暑去泸州市图书馆为我拍摄书影。在此深表谢意。

本书的整理，始自薛元敬先生提供原书复印件并装订成册，极大地方便了此书的校注。翠屏区政协文史办郭述华先生对本书的校注提供了支持和帮助。感谢二位先生的支持，使这项工作得以起步。

感谢陈伟平先生热心提供《富顺自流井珍珠山王氏宝善祠四修家谱》等资料。

最后，无可避免地，由于校注者本人水平所限，所有预期，犹恐不逮。交稿后即惴惴不安，希望读者对其中谬误不吝赐教。一字之师也是师，先此致谢。

祁青贵

2019 年 6 月 21 日

图书在版编目（CIP）数据

赵树吉集校注/(清)赵树吉著；祁青贵校注.—成都：巴蜀书社，2019.12
ISBN 978-7-5531-1239-8
（宜宾历史文化研究丛书）

Ⅰ.①赵… Ⅱ.①赵…②祁… Ⅲ.①中国文学—古典文学—作品综合集—清代
Ⅳ.①I214.92

中国版本图书馆CIP数据核字(2019)第264803

赵树吉集校注 （清）赵树吉 著

ZHAOSHUJI JI JIAOZHU 祁青贵 校注

责任编辑	周昱岐　马　兰
出　　版	巴蜀书社
	成都市槐树街2号　邮编：610031
	总编室电话：（028）86259397
网　　址	www.bsbook.com
发　　行	巴蜀书社
	发行科电话：（028）86259422　86259423
经　　销	新华书店
印　　刷	成都市万普印务有限公司
版　　次	2019年12月第1版
印　　次	2019年12月第1次印刷
成品尺寸	240mm × 170mm
印　　张	34.5
字　　数	500 千字
书　　号	978-7-5531-1239-8
定　　价	138.00元